TEUTO
TOD

Günther Butkus
(Hg.)

TEUTO TOD

31 Kriminelle Geschichten

PENDRAGON

Pendragon Verlag
gegründet 1981
www.pendragon.de

Gedruckt auf holzfreiem und alterungsbeständigem Papier

Originalausgabe
Veröffentlicht im Pendragon Verlag
Günther Butkus, Bielefeld 2013

Umschlag und Herstellung: Uta Zeißler
Umschlagfoto: © PantherMedia – Stephanie Frey
Satz: Pendragon Verlag auf Macintosh
Lektorat: Anja Schwarz und Katharina Bensch
Gesetzt aus der Adobe Garamond
ISBN 978-3-86532-279-8
Gedruckt in Deutschland

Inhalt

Stefan T. Gruner

Der Fenstersprung

„Wer sich zu fest in eine Mordgeschichte verbeißt, kommt am Ende darin um!" Diese freundliche Warnung von Nora galt ihrem Freund Norbert. Hörte der in eine Mordgeschichte verbissene Norbert hin? Keine Spur. Fünf Wochen später lag er zerschmettert auf dem Pflaster vor einem Hochhaus in der Kolbergerstraße, Stadtteil Stieghorst, mit einem rätselhaften roten Farbflecken im Rücken.

Nora war, als sie die Warnung von sich gab, nur von Norberts Besessenheit für einen „höheren Unfug", noch nicht von Norbert selbst genervt. Warum auch? Es war Mitte Juli, Samstagnachmittag, bestes Wetter, sie saßen in ihrem Lieblings-Café am Gehrenberg, alle Stühle besetzt, alle Gesichter entspannt, die Welt flanierte vorbei und bewies, dass sich Bielefeld unaufhaltsam zur attraktivsten Stadt der Republik entwickelte, und das Wichtigste, sie mochten sich. Viel mehr kann man von einem Samstagnachmittag nicht erwarten.

Wenn Norbert nur endlich von der Geschichte aufhörte, wie ein junger Selbstmörder aus dem Fenster sprang, im Flug zum Mordopfer wurde und als juristisch mehrdeutiger Fall am Boden aufschlug! Für Nora nichts weiter als „konstruierter Quark", für Norbert eine unbedingt zu lösende Denksportaufgabe: Kann als Mord enden, was als Selbstmord begann? Norbert fühlte sich von dem Fall wie verhext, Nora korrigierte: „am falschen Ende angefixt" – dann tunkte sie versonnen die Vanillekugel mit dem Halm in ihren Orangensaft, ein ideales Sommergetränk, *sanfter Engel* genannt.

Norbert wiederum vergaß vor lauter Überzeugungsarbeit seinen *Banana Shooter* anzurühren.

Hans Bankl erzählt die Sache so: 1994 stürzte sich ein junger Mann aus dem zehnten Stock, um seinem Leben ein Ende zu bereiten. Als er jedoch im freien Fall am neunten Stockwerk vorbei schoss, traf ihn durchs offene Fenster eine Kugel, die während eines Ehestreits abgefeuert wurde, und tötete ihn, bevor er unten ankam.

Der Hammer, oder? Kurios. Knifflig. Vielschichtig. Delikat. Nach und nach fielen Norbert immer mehr Ausschmückungen der Geschichte ein, die er in allen Einzelheiten seiner geliebten Nora erläutern wollte. Zunächst hier, am Gehrenberg, an dem schmeichelnd-lauen Juliabend trotz günstigster Umfeldbedingungen ohne Erfolg.

Im Unterschied zu Nora sah Norbert keinen Grund, an der Darstellung zu zweifeln. Professor Hans Bankl war ein anerkannter Pathologe, der neben populären Darstellungen über 180 wissenschaftliche Beiträge veröffentlicht hatte. Zusätzlich versprach Bankl den Lesern, in seinen Darstellungen jeden einzelnen Fall von Spekulationen und absichtlich in die Welt gesetzten Fälschungen zu befreien.

Warum einem derart kompetenten Wissenschaftler misstrauen?

Norbert versuchte Nora den Fall abwechselnd in seiner juristischen Verzwicktheit, emotionalen Komplexität und philosophischen Raffinesse nahezubringen. Da sie das Ganze als „kranken Scherz" abtat, packte er sie zunächst an der Wurzel des Lebens, am Geld:

„Denk doch nur mal an die Lebensversicherung des jungen Mannes, dessen Name leider nicht erwähnt wird. Für die Versicherungsgesellschaft, bei der er mit *einer Million* Euro oder Dollar – Bankl vergaß leider auch, den Ort des Geschehens zu nennen – gegen sein vorzeitiges Ableben versichert war, konnte es keineswegs gleichgültig sein, ob der Mann als Selbstmörder starb oder sich mitten im Flug zum Mordopfer wandelte.

Selbstmördern ist jede Auszahlung zu verweigern; Zahlungen werden nur fällig, wenn die eigene Hand nicht im Spiel war ..." (die Lebensversicherung schummelte Norbert dazu, um der Sache Brisanz zu verleihen).

„Und hat sie nun gezahlt?“, erkundigte sich Nora, um die Sache abzuschließen.

„Das führt zur zentralen Frage, wann *genau* der Tod eintrat, Nora, beim Schuss durchs Fenster, bevor der Namenlose landete, dann wären die streitenden Eheleute haftbar zu machen, oder erst nach dem Aufprall, dann wäre es wieder ein gelungener Selbstmord.“

„Das beantwortet meine Frage nicht.“

„Kann es auch nicht, denn richtig verzwickt wird die Sache erst, wenn ich, was gar nicht abwegig ist, davon ausgehe, dass weder die Kugel im Kopf, in der Brust, im Bauch – auch der betroffene Körperteil bleibt leider im Dunkeln – noch der Aufschlag auf dem Pflaster allein zum Tod geführt hätten, weil man sowohl bei Schusswunden als auch bei Abstürzen die wunderlichsten Überlebensgeschichten kennt. Nein, stell dir bloß für einen Moment vor, dass lediglich die *Kombination* beider das definitive Ableben des Namenlosen verursacht hat! Schuss *plus* Aufprall war einfach des Guten, entschuldige, des Schlechten zu viel, Nora. Wenn dem so war, bleibt der letzte Verursacher in der Schwebe. Ist das nicht zum Haareraufen?“

Nora gähnte. An der Stelle ist es angebracht zu erwähnen, dass Nora, in Föhr geboren und aufgewachsen, für ein Soziologiestudium nach Bielefeld kam, während Norbert ein leineweberechter Bielefelder in der zwanzigsten Generation war. Zufall oder nicht, die beiden bestätigten den nie ganz ausgeräumten Verdacht, dass die Geophysik einer Landschaft sich auf die kollektive Psyche niederschlägt, und diese wiederum auf den Einzelnen abfärbt, ob er will oder nicht.

Nora, vom freien Blick über Land und Meer geprägt, duldete nur klare Ansagen, Ja, Nein, Tatsache, Ende … nur bitte kein Vielleicht, Könnte-sein, Wäre-möglich. Norbert jedoch, der Westfale, unser Bruder im Geiste, ist seelisch gesehen Waldes Kind. Wer Bielefeld aus der Vogelperspektive betrachtet, erkennt selbst heute noch unschwer, dass die Stadt Haus für Haus dem Teutoburger Wald – dem Urbild für Wald schlechthin –

abgerungen wurde. Hier also von der Grundprägung her dichtes Blätterdach, kompakt gedrängte Baumstämme, Blick fest eingegittert, Füße in dauerfeuchten Boden sinkend, morgens Nebel, mittags Regen, abends Tau, das macht behutsam, Feinde sagen plump, und empfänglich für die Naturgeister, Feinde sagen abergläubisch.

Geschichte? Sollte man denken, wenn man Norbert im urbanen Umfeld wandeln sieht, wo Bäume trotz Bemühens der Stadtverwaltung nur noch Dekorationswert besitzen. Doch das altwestfälische Temperament hat einen Trägheitseffekt, der über den – an Jahren gemessen flüchtigen – Stadtbau hinein und wohl noch in ferne Zukunft hinaus wirkt. Kurz, Norbert ist beharrlich, Feinde sagen stur, und er liebt das Geheimnisvolle, Hintergründige, das er endlos zergrübeln kann. Es sind unsere Tugenden, dieser Drang in die Tiefe, der, wie man an Norbert sehen wird, bei standhaftem Beharren darauf nicht nur unzeitgemäß erscheint, sondern lebensbedrohliche Formen annehmen kann.

Nora gab sich immer noch vom Thema angeödet. Sie hatte ihren *sanften Engel* überhastet ausgetrunken. Ihre Blicke suchten in der Umgebung nach einem Aufhänger für einen neuen Gesprächsinhalt, zum Beispiel, ob die Cafés wirklich noch auf ihre Kosten kämen, wenn sie bei kaltem Wetter Lammfelle verteilten und Heizdächer anwarfen, um die letzten militanten Raucher an ihre Freilufttische zu locken. Bedroht von dieser Ablenkung schwenkte Norbert von der Denksportaufgabe zur emotionalen Tiefenverwirrung: „Du, Nora, von der Frage nach der finanziellen Entschädigung abgesehen, stell dir bitte die Achterbahnfahrt der Gefühle von Seiten der Angehörigen vor! Wie werden die Eltern, die Geschwister, die Freunde, die *Verlobte* des Namenlosen mit der absurden Situation fertig?"

„Er hatte eine Verlobte?"

„Aber ja", bestätigte Norbert (gelogen, aber offenbar der Türöffner für ihr Interesse und insofern gerechtfertigt), „sowas schockt doch jedes *mitfühlende* Wesen, oder?"

Noch fühlte Nora nicht mit.

„Die Nachbarschaft sucht Sündenböcke, Nora. Alte Faustregel. Die Frage, wer den Namenlosen so weit trieb, aus dem Fenster zu springen, wirft mögliche Schatten auf eine Quälgeist-Familie, gemeine Freunde, hartherzige *Verlobte*, da kommt der Schuss aus dem Fenster ein Stockwerk tiefer gerade recht, um die Aufmerksamkeit auf die Frage zu lenken, wie Gewehrkugeln am hellen Tag durch ein Wohngebiet fliegen können und dabei vielleicht noch zu Rettende ins Jenseits befördern. Genau so sahen es die Anwälte der Hinterbliebenen (auch sie von Norbert aus dramaturgischen Gründen dazu gemogelt), die den zankenden Eheleuten alleinige Schuld am Tod des zu dem Zeitpunkt noch Unversehrten gaben. Auch wenn die Kugel aus dem Fenster des neunten Stocks einem anderen galt, hätte sie den Vorbeifliegenden, einen zunächst noch in Selbstvernichtung begriffenen Täter, schlagartig zum Opfer gemacht."

Norbert legte eine Pause ein, in der Hoffnung, dass erste Neugier-Funken auf seine Geliebte übersprangen; stattdessen entdeckte er an Noras umherwandernden Augen einen weiteren Versuch, das Thema zu wechseln, was er unbedingt verhindern musste. Norbert, Urwestfale, wie gesagt, nicht nur beharrlich, auch findig, einfühlsam und taktisch unschlagbar, wenns darum ging, an die Tür des weiblichen Herzens zu klopfen, kitzelte Nora umgehend bei der Solidarität mit der Angeklagten:

„Wer aber gab den verhängnisvollen Schuss ab, Nora? Eine *Frau!* Eine erzürnte Ehefrau, die ihrem Mann mit dem Gewehr nur etwas Angst einjagen wollte, mehrfach auf sein *Herz* zielte, das ist wahr, am Ende aber doch, als sie abdrückte, den Lauf an ihm vorbei hielt. Darf man ihr, die mit ihrer eigenen Verzweiflung beschäftigt war und allenfalls billigend in Kauf nahm, eine Krähe vom gegenüberliegenden Parkbaum zu pusten, ernsthaft einen Totschlag anhängen? Wer in aller Welt käme auf die Idee, dass statt einer Krähe, die im Baum sitzt, ein Mensch am Fenster vorbeifliegt?"

Nora spitz: „Gegenüber war ein Park?"

Norbert kleinlaut: „Na ja, so gut wie. Es wird nicht weiter ausgeführt. Jedenfalls menschenfreies Gelände. Das ist aber doch hier nicht der Punkt! Zwar ist der Gebrauch von Handfeuerwaffen in dicht besiedelten Gegenden sicherlich fahrlässig, das darf jedoch nicht so weit gehen, dass man von einer in Wut Entbrannten hellseherische Fähigkeiten erwartet. Hand aufs *Herz*: Wie oft fliegt dir, die du ja auch in einem Hochhaus wohnst, ein Mensch am Fenster vorbei? Und wenn ja, was hat er da zu suchen?"

„Die Frage werde ich dem Nächsten stellen, der mir im freien Fall am Fenster erscheint. Versprochen."

Feine Ironie? Dezenter Zynismus? Nicht mit einem Bielefelder! Das sind Spielwiesen für Flachwurzler. Norbert nahm Noras Versprechen ernst und legte nach: „Konsequent zu Ende gedacht könnte man auch sagen, der Namenlose, ohnehin auf dem Weg zum Tod, hätte sich bei der Frau für die Kugel bedanken müssen, denn sie hat bei seinem Vorhaben nach dem Motto „doppelt genäht hält besser" im wahren Sinn des Wortes Schützenhilfe geleistet."

Nora fühlte sich inzwischen so weit herausgefordert, dass sie bereit war, ihre Ablehnung zu begründen, um die Sache vom Tisch zu haben: „Weißt du, an was mich der Fall deines Namenlosen erinnert? An den Witz von dem Selbstmörder, der auf Nummer sicher gehen will – sich vergiften *plus* sich erhängen *plus* sich erschießen *plus* sich ertränken – und gerade deshalb nicht zu Tode kommt: Er schluckt die Kapsel, lässt sich von der Brücke fallen, durchschießt in seiner Benommenheit das Seil, erbricht, kaum im Fluss, durch einen Speireflex das Gift und wird trotz verzweifelter Gegenbewegungen ans Ufer gespült ... Über solche Märchen will ich nicht mal spaßeshalber nachdenken."

„Aber die Sache wird von einem Wissenschaftler vorgebracht! Der Autor hat einen Ruf zu verlieren – er kann sichs nicht leisten, Lügen zu servieren!"

„Vorsicht", warf sie ein, „immer wenn du anfängst zu reimen, bist du auf dem Holzweg."

„Nichts da! Bekanntlich reicht keine noch so abenteuerliche Fantasie an die tatsächlichen Verrücktheiten! Nenn den Fall abgedreht, nenn ihn absurd, grotesk, aber gerade das kann nur die Wirklichkeit liefern. Wie das Sprichwort sagt: Das Leben schreibt die unglaublichsten Geschichten."

„Umgekehrt wird so manche unglaubliche Geschichte dem Leben zugeschrieben, damit überhaupt noch jemand zuhört."

„Sei doch nicht so sperrig! Die Sache stößt, recht besehen, bis in die *überirdischen* Gerichtsbarkeiten vor! Selbstentleibung! Frevel wider den Schöpfer! Klare Sache. Satan freut sich schon. Da fällt der Schuss. Plötzlich doch eher ein Fall fürs Fegefeuer? Hatte der Himmlische selbst den Finger am Abzug? Gelang es Unserem Herrn einmal mehr, aus einer doppelten Verwerflichkeit – Selbstmord hier, Gewalt in der Ehe da – ein rettendes Ende herauszuschinden?"

„Oje, Norbert, du beginnst, im Fieber zu reden," sagte Nora und wiederholte ihre Warnung um einige Grade eindringlicher: „Wer sich zu fest in eine Mordgeschichte verbeißt, kommt am Ende darin um!"

Das reichte fürs Erste. Norbert verschonte Nora mit weiteren Ausschmückungen. Mehr als alles lag ihm an Noras guter Laune, von der abhing, wie ihm das Essen schmeckte, die Arbeit von der Hand ging, der Kinofilm gefiel, die Freizeit Spaß machte, nicht zuletzt, wie sich das Geschehen hinter der gemeinsamen Bettkante gestaltete. Was nicht hieß, dass er seine Spekulationen einstellte. Er verhandelte den Fall nun lediglich vor einem inneren Gericht und ließ die unterschiedlichen Experten in seinem Gehirn gegeneinander antreten.

Bis zu dem Abend, an dem sich seine Überzeugung und Noras Zweifel auf einer neuen Stufe wieder kreuzten.

Sie waren fleißige Kinogänger. An jenem Abend sahen sie im Lichtwerk nach einem sündhaft guten italienischen Essen, begleitet von einigen Chianti, den Film *Magnolia*, 1999, Regie und Drehbuch Paul Thomas Anderson, eine Hollywood-Produktion und trotzdem gut.

Der Film beschäftigte sich mit der Frage: Zufall oder Vorsehung? Schon die Eröffnungsszenen des Films verdeutlichten anhand kurioser Verkettungen die Rätselhaftigkeit des Faktors Zufall, wobei die Verzahnung der Zufälle dann doch – so Andersons Botschaft – ins „Schicksalhafte" verwies. Die letzte dieser Einstiegsgeschichten griff das Geschehen des bei Professor Bankl noch Namenlosen auf, nannte aber diesmal Ross und Reiter, Daten und Fakten! Kein Wunder, dass Norbert, überwältigt von der unverhofften Bestätigung der Geschichte, Nora, die Ungläubige, in den Schenkel kniff.

Es war ein Kniff, der ihr beweisen sollte, dass sie jetzt nicht träumte, sondern den Tatsachen, wie er sie ihr seit Wochen beibiegen wollte, endlich ins Auge sah.

Sieg auf der ganzen Linie!

Die Sache hatte nur einen Haken. Schon nach den ersten Sätzen traten Ungereimtheiten auf. Im Unterschied zu der Version Bankls spielte sich die Szene 1958 ab. Der junge Selbstmörder sprang diesmal vom Dach eines achtstöckigen Hauses, wobei ihn erst drei Stockwerke tiefer die Ladung einer Schrotflinte, versehentlich abgefeuert von einer mit ihrem Mann streitenden Frau, im Bauch traf.

Die konkreten Angaben, die im ersten Moment die Echtheit des Vorfalls belegten, brachten durch zusätzliche überraschende Wendungen die Glaubwürdigkeit wieder ins Wanken: „Die Geschichte, die anlässlich eines Galadiners der Amerikanischen Gesellschaft für Gerichtsmedizin im Jahre 1961 von deren Vorsitzenden Doktor John Harper erzählt wurde, begann mit einem einfachen Selbstmordversuch des siebzehnjährigen Sidney Berenger in Los Angeles am 23. März 1958.

Sidney Berengers Selbstmordabsicht wurde durch einen Zettel in seiner rechten Hosentasche bestätigt. Zur gleichen Zeit, als der junge Sidney auf dem Dachsims des achtstöckigen Wohnhauses stand, kam es drei Stockwerke tiefer zu einem handfesten Streit. Die Nachbarn hörten – und dies nicht zum ersten Mal – die Auseinandersetzung der Mieter mit an. Es war nicht ungewöhnlich, dass sich die beiden hierbei mit einer Schrotflinte oder einer der vielen Handfeuerwaffen im Hause bedrohten. Als sich versehentlich ein Schuss löste, kam Sidney gerade vorbeigeflogen. Hinzu kam, dass es sich bei den beiden Mietern um Faye und Arthur Berenger handelte, Sidneys Mutter und Sidneys Vater. Als sie sich zum Tathergang äußern sollte, schwor Faye Berenger, sie hätte nicht gewusst, dass das Gewehr geladen war.

Ein Junge aus dem Haus, der mit Sidney befreundet war und ihn gelegentlich besuchte, sagte aus, dass er sechs Tage vor dem Vorfall gesehen hätte, wie die Schrotflinte geladen wurde. Wie es schien, hatte Sidney Berenger den ewigen Streit und die Gewalt innerhalb seiner Familie nicht mehr ertragen können. Da er wusste, wie streitsüchtig seine Eltern waren, hatte er beschlossen, etwas zu unternehmen. Wenn sich die Eltern ohnehin umbringen wollten, wollte er ihnen dabei helfen – so lud er das Gewehr und machte es für die ahnungslose Mutter scharf.

Sidney Berenger springt vom Dach des achtstöckigen Hauses. Seine Eltern streiten sich drei Stockwerke tiefer. Der versehentlich ausgelöste Schuss trifft Sidney in den Bauch, als er das Fenster, hinter dem gestritten wird, im fünften Stock passiert.

Er ist auf der Stelle tot, stürzt jedoch weiter, nur um fünf Stockwerke tiefer in einem Sicherheitsnetz zu landen, welches drei Tage zuvor für eine Kolonne Fensterputzer gespannt worden war, und das seinen Sturz aufgefangen und ihm das Leben gerettet hätte – wäre da nicht das Loch im Bauch gewesen.

Der Gerichtsmediziner befand, dass aus dem missglückten Selbstmord unversehens ein geglückter Totschlag geworden war. So wurde Faye Berenger des Totschlags an ihrem Sohn angeklagt und Sidney als Mittäter bei seinem eigenen Tod vermerkt …“

Norbert war derart aufgewühlt, er mochte die „neun persönlichen Schicksale", die anschließend in *Magnolia* „miteinander verwoben" wurden, nicht mehr mit verweben. Er drehte eine Runde nach der anderen im Ravensberger Park, in dem das „Lichtwerk" steht, schnaufte laut und biss sich wiederholt in die Faustknöchel. Anderthalb Stunden später erschien Nora an der Freitreppe zum Kino, eine Brezel links, ein Bier rechts in der Hand und wollte nur beiläufig wissen, ob Paul Thomas Anderson möglicherweise ein Nachkomme von Hans Christian Andersen sei – bloß zur Verschleierung mit o statt e am Ende?

Das tat natürlich weh, aber ein Westfale weiß, wann das Tischerücken keinen Sinn mehr hat. Gerade die Häufung der Zufälle, die ihm den Glauben ans Überzufällige nahebringen sollte, gerade sie schien ihm nur – reuiger Kniefall vor Nora – eine Spur zu bemüht, um wahr zu sein.

Konnte das noch stimmen? Das streitende Ehepaar die eigenen Eltern? Der Sturz in die Tiefe eine an eine Zirkusnummer erinnernde Vorführung über einem aufgespannten Netz? Die Flinte, die Sidney eine Schrotladung in den Bauch verpasste, von ihm selbst geladen? Somit der Selbstmörder Mittäter beim eigenen Mord?

Norbert ging in die Tiefe, er hakte nach. Er betrat den dichtesten Wald, den ein forschender Geist heute betreten kann, das Internet, und fand heraus, dass im Datendschungel des *World Wide Web* ein Sidney Berenger – außer als *Magnolia* Filmzitat – nirgends auftauchte.

Stattdessen zitierte ein Artikel der gerichtsmedizinischen Abteilung der George Washington Universität die *Fortean Times* mit dem Bericht über den „bizarrsten Selbstmord 1994", der zumindest von der Jahreszahl her das Vorbild für Bankls Darstellung abgegeben haben dürfte.

Zu Norberts endgültiger Desillusionierung hörte sich der Fall nun so an: „Anlässlich des Galadiners der Amerikanischen Gesellschaft für Gerichtsmedizin erstaunte ihr Vorsitzender Don Harper Mills seine Zuhörer in San Diego mit den juristischen Komplikationen eines bizarren Todes. Er führte aus, dass der Arzt, der am 23. März 1994 den Leichnam von Ronald Opus untersuchte, als Todesursache eine Schusswunde im Kopf feststellte.

Der Verstorbene war vom Dach eines neunstöckigen Hochhauses gesprungen, nachweislich in selbstmörderischer Absicht (er hinterließ ein entsprechendes Schreiben). Als er am achten Stockwerk vorbei kam, beendete sein Leben eine durchs Fenster gefeuerte Gewehrkugel, die ihn sofort tötete.

Weder der Schütze noch der Verstorbene wussten zu dem Zeitpunkt, dass auf der Höhe des siebten Stocks ein Sicherheitsnetz für die Fensterputzer gespannt war. Dieses Netz hätte Opus' Selbstmordversuch mit Sicherheit scheitern lassen.

Das Zimmer im achten Stock, aus dem der Schuss kam, bewohnte ein älteres Ehepaar. Sie stritten sich. Der Mann bedrohte seine Frau mit einem Schrotgewehr. Er war vor Zorn so fahrig, dass die Schrotladung, als er den Abzug schließlich drückte, an seiner Frau vorbei durchs Fenster Opus traf."

Die Abweichungen zur *Magnolia* Darstellung – Preisverleihung 1994 statt 1961, Dr. Don Harper Mills statt Dr. John Harper, Datum des Tathergangs 1994 statt 1958, Ronald Opus statt Sydney Berenger, neunstöckiges statt achtstöckiges Gebäude, Schuss in den Kopf statt in den Bauch, tödlicher Treffer schon im achten statt im fünften Stock, der Mann statt der Frau am Drücker – führten Norbert seine übereilte Gutgläubigkeit vor Augen.

Es hätte der Bestätigung durch die George Washington Universität nicht bedurft, die den Bericht der Fortean Times lediglich zitierte, um ihre Studenten vor den Fallstricken des Internets zu warnen und alle Zitate aus diesen Quellen bei Facharbeiten für unzulässig zu erklären. Die Ablehnung war mehr als gerechtfertigt; sämtliche Daten waren falsch: Das Treffen der Amerikanischen Gesellschaft für Gerichtsmedizin fand 1994 in San Antonio, nicht in San Diego statt. Don Harper Mills führte in dem Jahr nicht den Vorsitz. Es gab weder ein Galadiner noch eine Preisverleihung. Im Übrigen klang die Geschichte eher nach einer Prüfungsaufgabe für Jurastudenten. Der Nachname des angeblichen Opfers war identisch mit einer Gestalt aus dem *Bloom County* Comic Strip.

Obwohl eindeutig ins Reich der Fiktion verwiesen, tauchten immer neue Varianten der erfundenen Story auf. In der Fernsehshow *Law & Order* lieferte der Staatsanwalt Ben Stone ein hypothetisches Beispiel von einem Mann, der vom Empire State Building sprang, um sich ein Schinkenbrötchen zu angeln, auf dem Weg abwärts jedoch von jemandem erschossen wurde, der ihn für einen Selbstmörder hielt.

Ronald Opus' Geschichte landete erstmalig im Sommer 1994 im Internet. Beliebt wegen des Unterhaltungswerts und der moralisch überraschenden Wendungen, begeisterte der Fall immer weitere Kreise der Cyber-Gemeinde, sie schmückten ihn aus und stellte Hunderte von noch kniffligeren Verwicklungen davon ins Netz.

Barbara Mikkelson erwähnt in ihrem *blog*, dass es sehr wohl einen Don Harper Mills gab, der erklärte, dass er die Geschichte 1987 erfand und sie beim Treffen der Amerikanischen Gesellschaft für Gerichtsmedizin zur allgemeinen Erbauung vortrug. 1994 kopierte jemand die Geschichte und stellte sie ins Internet. In wenigen Jahren gab es mehr als 200 000 Anfragen dazu. „Wir werden nie ganz nachvollziehen können", schloss Barbara Mikkelson, „wie sich die erfundene Anekdote von 1987 bis zum Jahr 1994 in einen vermeintlichen Tatsachenbericht verwandeln konnte: Ronald Opus hat nie gelebt, und sein Tod wird nie enden."

Norbert war Professor Bankl und Professor Bankl einem Internet-Selbstläufer aufgesessen! Nun hätte Norbert Nora Abbitte leisten und zur Tagesordnung übergehen können. Das verhinderte seine Natur, die ausgerechnet an dem Punkt in einen tragischen Wettstreit mit dem unbeirrbaren Temperament Noras geriet. Einen Menschen, der ohnehin immer mit einem Bein im Unwirklichen steht, ja dem das Unwirkliche zugleich das Unwiderstehliche ist, ließ die Idee, die als Tatsache seinen Verstand aufgeweicht hatte, als Geisternummer erst recht keine Ruhe.

„Alles", beschwor er Nora, „alles, was wir heute um uns haben, wurde zuerst gedanklich ausgetüftelt, durchgespielt, am Reißbrett entworfen ... Jedem Sein eilt das Konzept davon voraus! Das moralische Dilemma der Geschichte bleibt bestehen – wann die Wirklichkeit den Fall einlöst und in wessen Namen, ist für den Fall selber unerheblich!"

Noras Gesicht verdüsterte sich drastisch. Und das war noch nichts gegen die finsteren Wolken, die sich in ihrem Inneren zusammenbrauten.

Norbert, der Waldspross, wollte Nora, das Nordseekind, unbedingt in sein unterbelichtetes Grübelreich ziehen; das konnte nicht gut gehen. Jeder Westfale, dessen Herz für Norbert schlägt, weiß um die Mystik der Elemente! Dies nur als Hinweis – für Norbert zu spät! – denn er rief ungeachtet der bedrohlichen Mimik seiner Geliebten: „Trau einer Idee erst, wenn du sie begangen hast. Ja doch! Ich will die Denksportaufgabe Wirklichkeit werden lassen!"

Er brachte Nora dazu, ihm zu gestatten, unter ihrem Fenster im fünften Stock des Hochhauses an der Kolbergerstraße ein Baunetz anzubringen. Sie sollte sich mit einer Farbpistole ans Flurfenster einen Stock höher postieren und versuchen, ihn, der vom nächsthöheren Stock aus dem Fenster sprang, auf sein Kommando hin „rot statt tot" zu treffen.

Das Spektakel wurde vom gemeinsamen Freund Nils mit einer Digitalkamera vom Parkplatz der Anlage festgehalten. Nils, ein Ostfriese, hatte es mit der Kunst. Er nannte die Aktion eine *Street-Flight-Performance.*

Alles verlief nach Plan. Nora postierte sich am Flurfenster des sechsten Stocks, Norbert sprang aus dem siebten, und sie erwischte ihn mit der Farbpatrone, als er vorbei flog.

Lediglich das Netz vor Noras Fenster hielt nicht. Jemand

musste die Halterung gelockert haben. Norbert sauste widerstandslos durchs Netz die restlichen Stockwerke abwärts in den Tod.

Die Polizei rätselte, die Bestürzung der Hinterbliebenen schien unermesslich, die Trauergemeinde fand in der Kirche – der Beliebtheit Norberts entsprechend – kaum genügend Platz.

Zwei Wochen nach Norberts Beerdigung zog Nils bei Nora ein.

Pia Faller

Zwei Schwestern

„Annette?“ Keine Antwort. Dorothea stellte die Einkaufstaschen in dem kleinen Windfang an der Tür ab. An diesem Abend würde Herr Johanning zum Essen kommen, der nobel ergraute Witwer, einer der letzten Gentlemen der alten Schule. Überglücklich war er gewesen, als sie ihn eingeladen hatte. Und immer wieder hatte er zwischen ihnen hin- und hergeschaut, bis Annette ganz verlegen geworden war.

Dorothea war allerdings nicht nur auf ein Essen zu dritt vorbereitet. Sie war auch darauf gefasst, gegebenenfalls mit Herrn Johanning allein zu essen. Ohne ihre Schwester. Falls denn das Schicksal es wollte.

„Annette, kannst du das Fenster zumachen?“, rief sie. „Es zieht!“

Dorothea hatte sich Mantel und Stiefel ausgezogen und raffte die Strickjacke um die Schultern. Die Mundwinkel glitten ein bisschen weiter nach unten. Immer musste man Annette sagen, was sie tun sollte. Annette wusste, wie empfindlich ihre ältere Schwester und Wohltäterin war. Doch Rücksicht hatte Annette nie genommen. Auf andere noch weniger als auf sich selbst.

Und wenn Dorothea nicht achtgeben würde, Annette wäre verloren. Hatte Dorothea sie nicht gewarnt? „Wenn du nicht aufhörst, all diese Süßigkeiten in dich reinzustopfen, dann kriegst du Zucker“, hatte Dorothea gesagt. „Diabetes, versteht du das?“ Aber Annette hatte nicht verstanden oder hatte nicht verstehen wollen. Und nun musste Dorothea ihr täglich Spritzen geben. Und noch immer mochte Annette nicht von Toffees und Schokolade und Butterkuchen lassen. Sie war süchtig.

„Hörst du, Annette? Mach bitte das Fenster zu! Wir haben Westwind. Doch, ja, Westwind! Und du weißt, dass meine Haut dann immer schlimm ist.“

Dorothea war die Ältere. Sie kam nach dem Vater. Bereits die Eltern hatten hier gewohnt, in der Notpfortenstraße, nicht weit von der Süsterkirche. Und Dorothea hatte hier ausgeharrt. War geblieben in diesem Haus, das als eines der wenigen den Krieg und die Abrisswut danach überstanden hatte. Sie hatte aus dem Viertel nicht fortziehen wollen. Hatte sich nicht vorstellen können, diesen letzten verbliebenen Patrizierhäusern untreu zu werden, den lieben alten Giebeln, den herausgeputzten Fassaden, den letzten Zeugen einstigen Kaufmannsstolzes.

Sie selbst war stolz. Der Vater entstammte einer alten Patrizierfamilie. Er hätte die Tradition fortführen können und wollte es auch. Aber aus dem Krieg war er nicht zurückgekommen. Dorothea war ein kleines Mädchen gewesen, damals, als ihre Hautgeschichte begonnen hatte mit all den juckenden Bläschen. Die Mutter hatte jedes Mal geschimpft, wenn sie Blutflecken vom Kratzen in Dorotheas Blusen entdeckt hatte. Annette hingegen war gesund geblieben. Sie war hübsch und schlank gewesen und war es immer noch, leicht und tänzerisch, hatte viel gelacht und lachte immer noch viel. Wenn die Mutter nicht da war, hatte Dorothea ihre Schwester ermahnen müssen, nicht so wild und leichtsinnig zu sein.

Und etwas später war Annette fortgegangen. Das war richtig so gewesen. Immerhin hatte Dorothea den Jakob als Erste kennengelernt. Der war ein stattlicher Mann gewesen, ein Westfale nach alter Art. Und sie beide hätten ein Liebespaar sein können und sein sollen, Dorothea und Jakob. Doch die Mutter hatte gewünscht, Dorothea solle abwarten. Man wisse nie mit dieser Art Männern.

Jakob hatte sich aber nicht hinhalten lassen, und als Dorothea sich nicht entscheiden wollte, hatte er einfach Annette besucht. Heimlich hatten sie sich getroffen, und Annette hatte sich um das, was die Mutter sagte, nicht im Geringsten geschert.

So hatten Annette und Jakob geheiratet und waren nach Münster gezogen. Und Dorothea war es überlassen geblieben, weiter für die Mutter zu sorgen und für das Haus. Wie eine jüngferliche Nonne war sie gealtert in dieser Rolle als Hüterin und Pflegerin, und die Haut war dabei nicht besser geworden. Doch ihr Leben hatte einen Sinn gehabt im Gegensatz zu dem von Annette. Dorothea war ernsthaft und tapfer gewesen und war es noch heute.

Jakob hatte Annette damals vollends verdorben. Er hatte sie wie eine Prinzessin umsorgt und jeden Wunsch erfüllt. So hätte man mit Annette nicht umgehen dürfen! Man musste ihr sagen, was zu tun war. Das, was früher so gewesen, das war immer noch so. Er hatte sie verwöhnt, gehätschelt und gemästet, hatte sie der Familie entfremdet. Erst als er hinfällig geworden und früh dahingegangen war, an zu viel Schinken und Schweinskopf und Schnäpsen, hatte Annette ihre ältere Schwester wiederentdeckt.

Annette war zurückgekehrt ins Elternhaus, und bald hatte Dorothea lernen müssen, Annette die Spritze zu geben mit der nötigen Dosis Insulin, jeden Tag um die gleiche Zeit. Annette war die verantwortungslose kleine Prinzessin geblieben. Ihr fiel etwas herunter, sie lachte. Sie vergaß eine Verabredung in der Stadt, so dass Dorothea vergeblich wartete, und kicherte nur. Die alte Familienvase zerbrach ihr, sie fand es urkomisch. Sie ließ das Fenster offen trotz des Westwindes, bis es anschlug, und die Scheibe zersprang; sie lachte. Als sei alles im Leben einzig dazu da, ihr Spaß zu machen.

Seit einiger Zeit nun war Herr Johanning zu Besuch gekommen; erst sollte es nur einmal sein; sein Vater war mit dem Vater der Schwestern befreundet gewesen, Herr Johanning ging alten Spuren nach. Dann kam er häufiger. Er brachte Blumen mit und gefüllten Butterkuchen aus der Konditorei Knigge. „Lieber nicht so viel Kuchen für meine Schwester“, hatte Dorothea freundlich gewarnt. „Der ist doch vor allem für Sie!“, hatte Herr Johanning geantwortet und sich dabei ganz leicht verneigt. Das war liebenswert.

Er war ein aufrechter Mensch, der Herr Johanning, höflich,

kultiviert, zurückhaltend. Er sprach mit angenehmer Stimme, leise zwar, aber so, dass man es verstehen konnte. Er war elegant und diskret gekleidet. Er trug Stoffhosen mit Bügelfalten und hatte verblüffend gut geputzte Schuhe. Er wusste ernsthafte, verantwortungsbewusste Frauen wie Dorothea zu schätzen. Und eines Tages hatte Dorothea über die Frage nach seinem Sternzeichen sogar seinen Geburtstag erraten.

„Wollen wir Herrn Johanning zu seinem Geburtstag zum Essen einladen?“, hatte sie bald darauf ihrer Schwester vorgeschlagen. Und Annette hatte in die Hände geklatscht, wie ein kleines sorgloses Kind. Das war jetzt drei Wochen her.

„Es soll ein Festessen sein!“, hatte Dorothea noch versprochen. „Und wenn wir die Insulindosis ein bisschen erhöhen, dann kannst du bei allem mitmachen, dann kannst du essen, was du möchtest. Du sollst mitfeiern!“

Und Annette hatte so glücklich ausgesehen, dass Dorothea einen Schrecken bekommen hatte. Diesen Gesichtsausdruck kannte sie noch; von damals, als der Jakob gekommen war.

Und dann hatte Dorothea begonnen, noch genauer über Annettes Krankheit nachzuforschen. Sie war sogar nach Herford gefahren, damit niemand sie beobachten konnte bei ihrer verschwörerischen Arbeit. Die Stadtbibliothek war in einem ehemaligen Fabrikgebäude untergebracht. Es war nicht leicht gewesen, sich in den Stockwerken zurechtzufinden. Seit dem letzten Mal schien alles neu und anders geordnet. Sie hatte sich versichert, dass auch wirklich kein Bekannter in der Nähe zu sehen war, bevor sie sich bei der jungen Bibliothekarin nach der Medizin-Abteilung erkundigt hatte. „Was genau suchen Sie denn?“, hatte die gefragt. Aber das wollte Dorothea lieber nicht sagen. „Diabetes“, hatte sie vage gemurmelt. Die junge Frau hatte im Computer nachgesehen und war dann mit ihren hohen Stiefeln vorangegangen durch ein Labyrinth von Regalen bis zu einem, das für Dorothea interessant sein musste.

Und Dorothea war fündig geworden. Risikofaktoren beim Diabetes Typ II. Genau das war es. Dorothea hatte Annette den Arztbericht damals eindringlich vorgelesen, weil Annette sonst leichtfertig über alles hinwegging, so als könne keine Krankheit sie jemals erreichen. Typ II produzierte selbst zu wenig Insulin zur Senkung des Blutzuckerspiegels. Deshalb musste man dieses lebensnotwendige Hormon spritzen, wenn man weiterhin Zucker und Kohlenhydrate essen wollte. Umgekehrt jedoch, wenn Annette keinen Zucker und nichts Zuckerhaltiges zu sich nahm, nur Ersatzstoffe, und wenn sie dann trotzdem weiterhin Insulin bekommen würde, dann hätte sie bald einen Überschuss davon, und das könnte böse enden. Sehr böse.

Dorothea hatte das Buch im Triumph etwas zu laut zugeklappt. Doch niemand in diesen gedämpften Hallen hatte etwas bemerkt. Und von da an ging es darum, Delikatessen zu besorgen, die ohne Zucker hergestellt und trotzdem süß genug waren für ihre allzu süße Schwester. Im Supermarkt fragte Dorothea nach Lebensmitteln für Diabetiker. Die Dame an der Kasse sah sie so mitfühlend an, dass Dorothea beinahe abwiegelnd gesagt hätte, nein, nein, doch nicht für mich selbst, sondern für meine Schwester! Das hatte sie sich gerade noch verkneifen können. Und dann stand sie wie in einer Schatzkammer vor einer ganzen Regalwand voller zuckerfreier Süßigkeiten, zuckerfreier Weingummifrüchte, zuckerfreier Bonbons, zuckerfreier Schokolade, zuckerfreier Toffees, Riegel, Kekse, Kuchen, Torten. Wie in einem Rausch packte Dorothea so viel wie möglich in ihren Einkaufswagen, bis der Berg verdächtig hoch gewachsen war. Sie nahm drei Papiertüten, der Umwelt zuliebe.

Zwei Wochen vor dem Geburtstagsfest für Herrn Johanning hatte sie begonnen, Annette die Limonade zu servieren, dazu die sogenannten Energieriegel und die Schokolade.

„Jakob hat dich damals verwöhnt, jetzt will ich auch nicht länger streng sein“, hatte sie gesagt. „Du sollst endlich auch mal von mir bekommen, was dir Spaß macht!“ Und Annette hatte verwundert von ihrer Chaiselongue aufgeblickt. Dann, in dankbarer Erleichterung, hatte sie genascht, und geleckt, und geschleckt, und hatte nicht ein einziges Mal auf das Einwickelpapier geachtet, mit dem die Cupcakes und die Trüffel und Muffins umhüllt waren. Dort hätte sie, wenn auch in winziger Schrift, entziffern können, dass all diese Leckereien ihre Süße zuckerfreien Ersatzstoffen verdankten. Vermutlich hätte sie mit dieser Information allerdings ohnehin nicht viel anfangen können.

Dorothea hatte sogar eine Mischung für Vanillepudding ergattert und eine Backmischung für Shortbread und eine Nussnougatcreme, alles für Diabetiker. Und dann endlich, nun schon drei Tage vor Herrn Johannings Geburtstag, hatte Annette einen Anflug von Schüttelfrost verspürt und einen schnellen Puls gemessen. „Ich glaube", hatte sie etwas kurzatmig gerufen, „ich brauche mehr Insulin!"

„Aber natürlich, Annette! Ich komme schon!" Es ist nur gerecht, hatte Dorothea gedacht, dass jemand irgendwann seine Rechnung bezahlt für ein allzu süßes Leben voller Leichtsinn, voller Gelächter, voller unverdienter Aufmerksamkeit von Männern. Dergleichen musste sich rächen.

Dorothea hatte Pralinés mit verschiedenen feinen Füllungen gefunden. Die Trüffel schmeckten Annette besonders gut. „Ja, dann iss doch mehr davon!", rief Dorothea. Annette hatte zuweilen Schwindelanfälle und dann gleich wieder Heißhunger. Es gab Waffeln, gefüllt mit Marshmallow-Creme, es gab Lakritze für Diabetiker, zuckerfreie Zuckerschnüre. Annette schlingerte durch ein fiebriges Schlaraffenland. „Sind das alles Geburtstagsvorbereitungen?", seufzte sie, als Dorothea neue Süßigkeiten auftischte und die Verpackungen sorgsam beiseite schaffte, zur getrennten Entsorgung, verborgen vor allem vor dem eines Tages möglichen Interesse eines Mediziners.

Sie beruhigte Annette hinsichtlich ihrer Konzentrationsschwierigkeiten; das gehe bei diesem Wetter jedem so. Und dass Annette kaum mehr die Füße voreinander setzen konnte, dass sie weiche Knie hatte, das musste an der übergroßen Vorfreude liegen. Herr Johanning verneigte sich ja auch immer. „Da können wir ebensogut die Knie beugen."

Dorothea ging die Liste der Symptome durch wie ein Techniker seine Checkliste. Am liebsten hätte sie Häkchen gemacht.

„Soll ich Herrn Johanning lieber wieder ausladen, Annette? Wird dir so eine Geburtstagsfeier womöglich zu viel?"

Annette stützte sich von ihrer Chaiselongue hoch und schüttelte den verschwitzten Kopf. „Bring mir nur was zu trinken!", hauchte sie, und Dorothea brachte Diätlimonade in einem Wasserkrug.

Am Geburtstag selbst ging sie noch einmal los, um eine Mousse-au-Chocolat zu besorgen, diabetikergeeignet.

„Die mag Herr Johanning doch so gern!", rief sie Annette beim Abschied zu. Die nickte matt. Dorothea kämpfte sich durch die samstäglichen Einkaufsstraßen, erwiderte Grüße von Nachbarn und achtete sorgsam darauf, nicht vor den Diabetikerregalen erkannt zu werden. Die Kassiererin nickte ihr liebevoll zu. Beladen kehrte sie nach Hause zurück. Als sie im Windfang stand, spürte sie, dass etwas anders war. Sie rief, Annette antwortete nicht.

Dorothea ging in die Küche, nahm die Mousse aus dem Kühlschrank und spülte sie im Waschbecken weg. Sie ging in den Keller hinunter und holte eine zweite Mousse herauf – diesmal eine mit echtem Zucker. Die würde Herrn Johanning viel besser schmecken.

Dann rief sie den Doktor an. Es dauerte eine halbe Ewigkeit, bis er kam. Aber dann war er da und stürmte ins Erkerzimmer. Auch ihn hatte Annette vor Jahr und Tag mit ihrem angeblichen Charme um den Finger gewickelt.

Nach kurzer Untersuchung zog er Dorothea beiseite. Er sah ihr fest in die Augen. „Wann hat Ihre Schwester die letzte Spritze bekommen, und wie viele Einheiten?"

„Wie immer, Herr Doktor!", beteuerte Dorothea. „Alles genau nach Ihrem Plan."

Der Doktor seufzte. „Dann hat ihr Herz nicht mehr mitgemacht."

Dorothea schluchzte. „All die Jahre, Herr Doktor! All die Jahre habe ich für Annette gesorgt. Sie selbst hat sich doch nie um ihre Krankheit geschert! Und jetzt – jetzt fühle ich mich so schuldig!"

„Aber, Dorothea", beruhigte der Doktor und nahm sie in den Arm. „Sie haben alles getan! Wahrhaftig! Sie haben sich absolut nichts vorzuwerfen! Sie am allerwenigsten!"

Dorothea nickte unter Tränen. Der Doktor hatte Recht.

„Trauen Sie sich zu, hier allein zu bleiben?", fragte er.

Dorothea nickte: „Das schulde ich meiner lieben Schwester."

„Dann veranlasse ich alles Notwendige. Sie können hier in aller Stille mit der Verstorbenen sein."

Am Abend klingelte es, und Herr Johanning stand vor der Tür, blass und verschattet. Man konnte denken, er hätte geweint. Die Nachricht war schon zu ihm gelangt. Richtig, er kannte den Doktor.

„Bitte, kommen Sie herein", hauchte Dorothea.

Herr Johanning verneigte sich wortlos. „Darf ich zu ihr? Darf ich mich einen Augenblick an ihr Bett setzen?"

„Natürlich!" Dorothea bot ihm einen Stuhl an.

Lange saß Herr Johanning am Bett der zum letzten Frieden gebetteten Annette. Ihr Gesicht war glatter geworden, jünger, beinahe schön. Herr Johanning betrachtete sie wie man ein Heiligenbild betrachtet. „Ich muss Ihnen gestehen", murmelte er schließlich. „Ich war ein wenig verliebt in Ihre Schwester."

Dorothea schluckte.

„Sie hatte so etwas Leichtes, Unbeschwertes, Liebenswertes", fuhr er versonnen fort.

„Aber", stotterte Dorothea, „doch auch Verantwortungsloses."

„Etwas Spielerisches, Kindliches", meinte Herr Johanning.

„Und", stotterte Dorothea, „und ich?"

Herr Johanning erhob sich. „Sie sind in den letzten Wochen meiner Nichte aufgefallen."

„Ihrer Nichte?"

„Die im Supermarkt an der Kasse sitzt."

„Davon weiß ich nichts", fiel Dorothea nur ein. Sie musste sich an der Stuhllehne festhalten.

„Was weiß der Doktor?", fragte Herr Johanning streng.

„Nichts", hauchte Dorothea.

„Dann wollen wir es vorerst dabei belassen", sagte Herr Johanning. „Ich brauche ein wenig Hilfe im Haus. Jemanden, der die Einkäufe macht."

„Ich verstehe. Das kann ich."

„Und der im Garten nach dem Rechten sieht."

„Das kann ich auch. Ich fange morgen an."

„Um zehn bitte." Herr Johanning wandte sich zum Gehen.

„Und Ihren Geburtstag? Ich habe eine Mousse-au-Chocolat."

„Feiern Sie ihn", sagte Herr Johanning und ging.

Und Dorothea setzte sich an den Tisch, zupfte trotzig das Spitzendeckchen zurecht und entzündete eine Kerze und freute sich. „Kochen kann ich nämlich auch", lächelte sie und aß die ganze Schüssel leer.

Hellmuth Opitz

Heimspiel für Plessner

Wie zärtlich doch so ein Zielfernrohr sein kann, denkt Plessner. Spielerisch fährt er mit dem Fadenkreuz durch den Haaransatz einer älteren Frau, die gerade ein paar Tüten mit Einkäufen in den Kofferraum ihres Seat hebt. Die Frau mag Mitte fünfzig sein und ahnt nicht, dass ihr Leben gerade von der Nervenstärke eines Zeigefingers abhängt, der auf dem Abzug eines Präzisionsgewehrs ruht. Plessner krault sie weiter an der Stirn. Er hat einen guten Blick auf den hell erleuchteten Parkplatz des Supermarktes, dessen funktionales Gebäude in einem grellen Gelbgrün gehalten ist. In der Mitte prangt ein großes stilisiertes Neon-M. Wind und Regen des Nachmittags haben sich etwas gelegt. Jetzt, Ende Oktober, wird es bereits am frühen Abend dunkel. Plessner liegt etwas mehr als 200 Meter entfernt im Unterholz einer Bahnböschung. Natürlich ist es feucht und kalt zwischen den Büschen und jungen Ahornbäumen, aber sie bieten noch genug Blattwerk, um ihn perfekt zu tarnen. Von hier sind es knapp 100 Meter Fußweg zu einem alten Fußgängertunnel, der unter den Bahngleisen verläuft und kaum noch genutzt wird. Auf der anderen Seite steht das Auto. Nach dem Schuss wird es kaum eine Minute dauern, bis ich verschwunden bin, denkt Plessner. Der Griff seiner Remington 700 Sendero liegt beruhigend kühl und glatt an seiner Wange, während er anvisiert. Jetzt läuft gerade ein junges Pärchen über den Parkplatz, im Einkaufswagen kräht ein Kind. Die Frau schäkert mit ihm und hebt es heraus, um es im Kindersitz ihres Autos anzuschnallen. Ihr Mann hat die Einkäufe verladen, schiebt den Einkaufswagen zur Sammelstelle und kommt mit dem Chip zurück. Die Frau lacht über irgendeine Bemerkung von ihm, berührt dann sein Gesicht und gibt ihm einen Kuss. Plessner schaut auf. Keine unnötigen Grausamkeiten. Nichts Demonstratives. Dafür ist er heute Abend nicht gekommen. Er hat eine feste Verabredung. Mit einer bestimmten Person. Nur dass diese Person nichts von der Verabredung weiß. Geduldig wartet Plessner auf seine Frau.

Heute kommt es drauf an. Heute ist Heimspiel. Auswärts hatte alles bestens geklappt. Er hatte die Dinge erledigt wie ein Profi. Vor fünf Wochen auf dem Parkplatz eines Baumarktes in Mönchengladbach hatte er einen Mann mit nur einem Schuss in den Hinterkopf perfekt getroffen. Und das aus gut 250 Metern Entfernung. Der Mann knickte ein wie eine Gliederpuppe und ließ dabei ein paar Regalbretter fallen, die er gerade im Heck seines Wagens verstauen wollte. Es war interessant, dass zunächst niemand einen Schuss vermutete, obwohl Plessner keine Schalldämpfer verwendete. Schalldämpfer sind gut für die Nahdistanz, bei größeren Entfernungen stören sie die Präzision. Im Verkehrslärm und dem Rattern der Einkaufswagen hatte anscheinend niemand den Knall eines Schusses bewusst wahrgenommen. Während er die leere Patronenhülse einsteckte, die Remington rasch vom Zweibein losschraubte und alles in eine überdimensional lange Sporttasche warf, hatte er sehen können, wie die ersten Umstehenden auf den zusammengebrochenen Mann aufmerksam wurden. Ihrer aufgeregten Gestik entnahm er, dass sie das Blut am Kopf für die Folgen eines Sturzes hielten. Als die ersten Handys gezückt wurden, um den Rettungswagen zu rufen, hatte er sich davongemacht. Anderntags hatte er vom heimtückischen Mordanschlag auf einen 62-jährigen Ingenieur gelesen. Der Mann, glücklich verheiratet, lebte mit seiner Frau in Kerpen, die erwachsenen Kinder waren schon außer Haus. Die Motive für die rätselhafte Tat lagen laut Presse völlig im Dunkeln, die Polizei ermittelte im Umfeld des Opfers. Vor zwölf Tagen dann hatte Plessner in Dortmund zugeschlagen. Wieder ein Supermarktparkplatz, wieder hatte ein Schuss gereicht. Dieses Mal war es eine junge Frau gewesen, 25 Jahre alt, die mit zwei Leinenbeuteln, aus denen Chipstüten ragten, sowie einem Sixpack Bier unterm Arm aus dem Supermarkt kam. Er hatte sie exakt in die Stirn getroffen, das schwere Kaliber 338 Win Mag hatte ihren Kopf zurückschnellen lassen. Sie fiel mitsamt ihren Taschen einfach auf den Rücken. Die Passanten waren dieses Mal schneller zur Stelle und schauten entsetzt auf die Frau, der das Blut von der Stirn lief und von dort auf den Asphalt, wo es sich mit der größer werdenden Lache aus den zerbrochenen Bierflaschen mischte. All das hatte Plessner noch gestochen scharf durch das Zielfernrohr sehen können, bevor er seinen Platz zügig, aber gründlich räumte.

Dieser zweite Mord schlug ganz anders ein. Jetzt sprang die Boulevardpresse richtig darauf an: „Unheimlicher Supermarktkiller" – dieses Attribut zog sich durch die Schlagzeilen. Die junge Frau, eine Sportmedizin-Studentin, die bemerkenswert gut aussah, gab den reizvollen Kontrastpunkt in der bluttriefenden Berichterstattung. Unter der Schlagzeile „Unschuldiges Leben ausgelöscht" wurde geschildert, wie sie für eine Party mit Freunden eingekauft hatte – Knabberkram und Alkohol zum Vorglühen für den Discoabend – bevor sie „feige aus dem Hinterhalt erschossen" worden war. Plessner interessierte ein anderer Aspekt weitaus mehr: Der Ermittlungsansatz der Polizei hatte sich mit diesem Mord verändert. Weg vom Einzelfall, hin zur Serie. Zur Vorgehensweise. Zum Tatmuster. Das kam ihm sehr entgegen. Findige Journalisten zeigten Parallelen zu einem Sniper in den USA auf, der vor einigen Jahren gemeinsam mit seinem Stiefsohn aus einem eigens dafür umgebauten Auto heraus auf x-beliebige Passanten an Tankstellen und Raststätten gefeuert hatte. Erst nach neun Toten und einigen Schwerverletzten war es dem FBI gelungen, das tödliche Duo festzunehmen. Neben solchen Fakten wollte die Presse natürlich auch „Hintergrund" liefern: Wichtigtuerische Kriminalpsychologen und selbsternannte Profiler ergingen sich in profanen Täter-Analysen: Der Scharfschütze sei vom Tätertypus eher ein Feigling, weil er die Konsequenzen seiner Tat nicht genau sehen wolle, so lautete eines dieser Vulgär-Psychogramme. Plessner war das egal. Sollten sie doch mutmaßen. Ihm ging es dabei nur um eines: Keine Spuren zu legen. Wer als Scharfschütze nicht gerade so dumm war, Patronenhülsen oder Zigarettenkippen zu hinterlassen, konnte darauf zählen, dass nahezu keine DNA-relevanten Spuren gefunden wurden. Beim Nahkampf war das trotz aller Vorsicht nie auszuschließen. Plessner liebte die Distanz. Sie war bei einem Mord eben kein Zeichen von Feigheit, sondern von überlegtem Vorgehen. Augenzeugen nehmen eine solche Tat fast ausschließlich am Opfer wahr, der Mörder bleibt im Hintergrund verborgen. Eine solche Präzision kam Plessners Begriff von Perfektion nahe. Präzision. Perfektion. Plessner. Alles Worte, die mit einem P anfangen. Das P – dynamischster Explosivlaut des Alphabets. Konnte knallen wie ein Schuss. Präzision in Mönchengladbach. Perfektion in Dortmund. Und nun: Plessner in Bielefeld.

Ein Windstoß fährt durch die Ahornbäume und die Regentropfen fallen von den Blättern in den Kragen seiner Jacke. Plessner schaut durch die Zieloptik. Die permanente Beobachtung strengt an. Doch er muss warten, anders als in Mönchengladbach und Dortmund, wo er seine Opfer schnell ausgewählt und zügig liquidiert hatte. Er wartet auf seine Frau, die wie jeden Donnerstag nach dem Shoppen mit ein paar Freundinnen in dem Coffeestore über dem Supermarkt sitzt. Von hier aus kann er ihren metallicsilbernen Peugeot CC hervorragend sehen. Die Schussweite passt exzellent. Seine Frau wird das dritte Opfer sein. Das dritte Opfer einer Mordserie, die insgesamt fünf oder sechs Menschen das Leben kosten wird, so genau weiß er das noch nicht. Sie wird der Mord sein, auf den es ankommt, in einer Reihe scheinbar willkürlich ausgewählter Opfer. Eingebettet ins motivlose, Rätsel aufgebende Beuteschema eines Serienkillers. Auch die nächsten beiden Tatorte stehen schon fest und ergeben zusammen eine Blutspur, die sich von Westen nach Osten zieht: Mönchengladbach – Dortmund – Bielefeld – Magdeburg – Berlin. Vielleicht könnte er sogar noch einen Mord in Polen dranhängen. Sollen Sie doch glauben, dass sich da einer die A2 entlang mordet, um im Osten zu verschwinden. Ruhig, denkt Plessner, eins nach dem andern, komm runter jetzt. Der leichte Nieselregen setzt wieder ein. Die heikelste Aufgabe steht ihm heute Abend bevor. Würde ihn jetzt jemand nach dem Mordmotiv fragen, könnte er nur verlegen mit den Achseln zucken. Und bestünde derjenige dann darauf, wenigstens einen guten Grund dafür zu erfahren, warum er seine Frau umbringen wolle, würde er eine lapidare Antwort geben müssen: Sie nervt. Es ist die Summe von Kleinigkeiten: Die Art, wie sie in ein Brötchen beißt. Wie sie sich im Urlaub mit Sonnencreme einreibt und die Sonnenbrille als Haarreif benutzt. Allein ihr Name: Silke! Und wie sie mit ihren exaltierten Freundinnen redet, diesen verwöhnten Schicksen. Wie sie manchmal durchblicken lässt, dass sie den Hauptteil des Geldes in die Ehe gebracht hat als Töchterchen aus begütertem Hause. Und das, obwohl er sich in all den Jahren eine Zahnarztpraxis aufgebaut hat, die höchst erfolgreich läuft. Spätestens jetzt würde sie ihn kühl unterbrechen: „Mit meinem Startkapital und meinen Freundinnen." Plessner muss zugeben, dass sie in diesem Punkt Recht hat: Ohne die Flüsterpropaganda dieser Steffis, Heidis, Marias und Claudias hätte er nicht so erfolgreich in der besseren Gesellschaft Bielefelds reüssieren können. Doch – und das blieb festzuhalten – ohne seine Sorgfalt und Präzision hätte der Erfolg keinen Bestand gehabt. Im Grunde ist er ein Dental-Künstler. Nur ist das noch nie gewürdigt worden. Und genau das treibt ihn seit jeher im Innersten um, wenn er ehrlich zu sich selbst ist: Diese subtile Verachtung, die ihm seitens dieser Kreise entgegenschlägt. Einmal hatte er auf einer Party bei einer von Silkes Freundinnen zufällig ein Gespräch auf der Terrasse belauscht, in dem Steffi zu Conny gesagt hatte: „Ich weiß auch nicht, was Silke an Rolf findet. Der ist doch wie ein Klempner. Und außerdem so ein vergrübelter Einzelgänger. Dem mussten sie als Kind bestimmt ein Kotelett umbinden, damit wenigstens die Hunde mit ihm spielen." Worauf beide losgeprustet hatten, bis eine von ihnen Silke kommen sah: „Ssscht, Achtung!" Das war es auf den Punkt gebracht: Nix Künstler. Klempner war er in diesen Kreisen. Dienstbares Personal. Ein Fingerschnippen wert, mehr nicht. Diese Küsschen-hier-Küsschen-da-Begrüßungen: „Hach, Rölfchen, immer noch tapfer an der Zahnfront?" – alles Fassade. Und Silke war im Grunde nicht anders. Diese unterschwellige Dominanz, mit der sie ihn, den tumben Handwerker, darauf hinwies, was in diesen Kreisen ein „must" oder ein „no go" war. Sich in dieser Gesellschaft eine Zukunft vorstellen? Nicht mit ihm. Gut, denkt Plessner, mögen sie ihn doch alle als gutmütigen Blaukittel in Weiß abstempeln, sie kennen seine dunkle Seite nicht. Seine Entschlossenheit. Seine zielgerichtete Organisiertheit. Seine professionelle Kälte. Seine – und auf diese Eigenschaft ist Plessner in diesem Moment besonders stolz: Skrupellosigkeit.

Ein Paar, etwa Ende 40, kommt mit vollem Einkaufswagen aus dem Supermarkt. Beide im Dresscode der Gutbetuchten. Sie in Barbour-Wachstuchjacke, Edeljeans und Tod's, er mit kariertem Tweedsakko, unter dem ein moosgrüner Ralph Lauren Pullunder leuchtet. Die Optik des Zielfernrohrs ist wirklich exzellent: Er fährt ihr mit dem Fadenkreuz durch das honigblond gefärbte Haar, zeichnet die kleinen Fältchen neben den Augen nach, den schmalen Strich der roten Lippen. Der filigrane Look der Besserverdiener. Jetzt ein Schuss eisenhaltige Hässlichkeit dazu, denkt Plessner amüsiert, während das Paar die Heckklappe seines nachtblauen Jaguar öffnet. Er dehnt seine Finger, die in der dauerhaft geballten Haltung am Abzug etwas verkrampft sind. Keineswegs fühlt er sich als Herrscher über Leben und Tod, wenn er seine Opfer anvisiert, wie es die Pseudo-Profiler in der Presse nach dem Tod der jungen Frau gemutmaßt hatten. Solche Machtgefühle sind ihm fremd. Die Auswahl seiner Opfer erfolgt nach strengen Richtlinien. Das wichtigste Kriterium heißt: scheinbare Wahllosigkeit. Mann oder Frau: egal. Gleichgültig, ob alt oder jung. Erst ein 62-jähriger Ingenieur, dann eine 25-jährige Sportmedizin-Studentin, als Nächstes würde es eben eine 38-jährige Zahnarzt-Gattin treffen. Opferauswahl nach dem Zufallsprinzip, dieser Eindruck soll sich bei den Ermittlern verfestigen. Denn wo ein Serienkiller scheinbar wahllos auf Supermarktparkplätzen quer durch die Republik tötet, verliert die Untersuchung des Einzelfalls zwangsläufig an Bedeutung und die Prävention tritt in den Vordergrund. Sie dürfen eben nicht bemerken, dass ein zielgerichteter Mord in einer Serie wahlloser Zufallstötungen versteckt wird, dass sich ein konkretes Mordmotiv im scheinbar motivlosen Rausch eines Schießwütigen tarnt. Dass er eigentlich kein richtiges Motiv für den Mord hat, umso besser. Er steht wirtschaftlich trotz des eingebrachten Geldes von Silke auf eigenen Füßen. Er hat keine heimliche Geliebte. Die Freundinnen von Silke würden Stein und Bein schwören, dass ein so gutmütiger Trottel wie er nicht in der Lage wäre, eine solche heimtückische Mordserie auch nur im Ansatz zu planen, geschweige denn durchzuführen. Plessner konnte sich die Freundinnen bei ihren Aussagen lebhaft vorstellen: „Herr Kommissar, wie soll ich sagen, der Mann hat eben nur Implantate im Kopf, haha." Es ist eine clevere Vorsichtsmaßnahme, die Serie auch nach dem Tod seiner Frau fortzuführen. Endete die Serie nach dem Tod seiner Frau, würde ihm mehr Aufmerksamkeit zuteil, als ihm lieb war. Die Polizei würde sich fragen, warum die Serie so abrupt aufhörte, was schief gelaufen sei. Und sie würden die Antwort im letzten Mord suchen. Nein, dann lieber noch zwei, drei Zufallsmorde anhängen und die Blutspur schön nach Osten ziehen. Hört sich leicht an. Aber Plessner gesteht es sich ein: Die Herstellung von Zufall ist ein verdammt hartes Stück Arbeit.

Heute kommt es drauf an. Heute ist Heimspiel. Hier in Bielefeld. Hohes Risiko. Plessner vertraut seiner ruhigen Hand. Und der Durchschlagskraft seiner Remington Sendero 700 Kal. 338 Winchester Magnum. Absolut zuverlässig auf 300 Meter. Speziell konzipiert für Sondereinheiten von Polizei und Grenzschutz. Eine wunderbare Präzisionswaffe, die ihm Roth da besorgt hatte. Überhaupt, Roth. Ein Glücksfall, ihn wieder getroffen zu haben. Er hatte Roth bei der Bundeswehr Anfang der 90er kennen gelernt. Bei Schießübungen hatte sich herausgestellt, dass sie beide außergewöhnlich gute Schützen waren, und man hatte sie gefragt, ob sie sich eine Ausbildung zum Scharfschützen bei der Bundeswehr vorstellen konnten. Plessner hatte nein gesagt, weil er sich auf sein Zahnmedizin-Studium konzentrieren wollte, Roth hatte sich verpflichtet. Nach drei Jahren war er vorzeitig entlassen worden. Über die Gründe schwieg Roth sich bis heute aus. Er war der Typ, der immer Risiko ging, aber dabei absolut kalt, abgebrüht und nervenstark blieb. Sie hatten sich während dieser drei Jahre oft gesehen, auch nach Plessners Bundeswehrzeit. Sie waren mehr als Bundeswehr-Kumpels, sie waren „brothers in arms," wie Roth das nannte. Und das bezog sich nicht nur auf die gemeinsame Waffenkönnerschaft, sondern ebenso darauf, dass sie sich auch äußerlich ähnlich waren wie Brüder. Manche meinten sogar, wie Zwillingsbrüder. Gut, Roths Haare waren eine Nuance heller und die Nase ein wenig größer. Aber auf den ersten Blick konnten sie als Kopien voneinander durchgehen. Sie hatten das während ihrer Grundausbildung bei der Bundeswehr oft genutzt, um sich Freiheiten beim Ausgang herauszunehmen, was sie einmal sogar drei Tage im Bau gekostet hatte. Das schweißte sie umso mehr zusammen. Aber die Entlassung bei der Bundeswehr hatte Roth dann doch etwas aus der Bahn geworfen, sie verloren sich aus den Augen. Plessner hörte Gerüchte, dass Roth sich als Söldner in Afrika verdingt hätte, und konzentrierte sich fortan auf sein Studium in Hamburg. Vor drei Jahren schließlich hatten sie sich zufällig wieder getroffen, als ihr Bundeswehrstandort in der Lüneburger Heide 50-jähriges Bestehen feierte. Sie hatten sich auf Anhieb blendend verstanden, die alte Chemie war wieder da, als hätten nicht zwölf Jahre dazwischen gelegen. Inzwischen hatte Roth sich ein kleines, aber gut gehendes Speditionsgeschäft bei Berlin aufgebaut. Er war vorher tatsächlich lange Jahre als Söldner umhergezogen: Tschetschenien, Mauretanien, Sierra Leone waren seine Stationen gewesen, bevor er im Herbst 2002 bei Blackwater anheuerte, die sich gerade auf den Irakkrieg vorbereiteten. Im Herbst 2003 hatte er dann wieder gekündigt, „bevor es richtig dreckig wurde", wie Roth sarkastisch lächelnd sagte. Sie hatten sich von da an regelmäßig getroffen, auch wenn Plessner es tunlichst vermied, ihn in seinen Freundeskreis einzuführen, der, wenn man es genau besah, ohnehin der Freundeskreis seiner Frau war. Vor etwas mehr als einem Jahr hatte er ihm dann von Silke erzählt, seiner aufgestauten Wut und der daraus resultierenden Neigung zur radikalen Lösung. Er hatte nicht eine Sekunde gezögert, Roth diese innersten Geheimnisse anzuvertrauen. Niemand aus seinem Umfeld kannte Roth, es gab keine Verbindung. Der hatte ihn ruhig angesehen und gesagt: „Du musst das anders aufziehen. Bette es in eine Serie ein." Einbetten klang schöner, als es tatsächlich war. Doch die vier, fünf unschuldigen Opfer, die dabei anfielen, hatte Roth mit der Bemerkung „notwendige Camouflage" abgetan. „Söldnersprache", wie er grinsend hinzufügte. Die Arbeitsteilung war von vornherein klar gewesen: „Du ziehst es durch, ich übernehme Alibi und Logistik." Die deutlich strukturierten Aussagen Roths hatte Plessner als Wohltat und nicht als Befehl empfunden. Wie es überhaupt befreiend war, als das Räderwerk des Plans sich in Bewegung setzte. Es kam ihm vor, als habe er bisher nur in Schonbezügen gelebt, als könne er nun einen Teil seiner Persönlichkeit plötzlich aus dem Gefängnis der Normalität entlassen, das Undenkbare denken und sogar ausführen. Für Roth schien diese außergewöhnliche Erfahrung Alltag zu sein, so entschlossen war er vorgegangen. Zuerst hatte er das Gewehr besorgt. „Irgendwo aus Bulgarien", hatte er vielsagend gelächelt, aber so genau wollte es Plessner ohnehin nicht wissen. Er hatte nördlich von Berlin auf abgelegenen Schießständen in der Schorfheide ungestört üben können und schon bald seine alte Bundeswehr-Form wiedererreicht.

Diese Form kommt mir nun zugute, denkt Plessner und

wischt sich einen Regentropfen von der Nase. Silke wird in schätzungsweise zehn oder fünfzehn Minuten herauskommen. Er verspürt jedoch kein Lampenfieber, eher gespannte Erwartung. Dafür sorgt nicht nur das präzise Gewehr, sondern vor allem das präzise Alibi, dass sich Roth und er erarbeitet haben. „Die Alibis sind das Wichtigste", ständig hatte Roth ihm das eingeschärft. Als er in Mönchengladbach den Ingenieur erschoss, hatte Roth zur gleichen Zeit seinen Wagen an einer Tankstelle in Bielefeld aufgetankt. Er hatte ein Sweatshirt von Plessner mit Aufdruck getragen, das leicht wiederzuerkennen war. Der Quittungsbeleg und die Video-Aufnahmen der Tankstelle würden belegen, dass er, Plessner, zur Tatzeit in Bielefeld an einer Shell-Tankstelle gewesen war. Die Ähnlichkeit zwischen ihm und Roth war auch nach all den Jahren noch verblüffend. Beide hatten noch volles Haar und die gleiche drahtige Figur. Die zwei Zentimeter, die Plessner größer war, fielen nicht ins Gewicht. Für den Mord abends in Dortmund hatte er inklusive Tatausführung sowie Hin- und Rückweg gerade mal drei Stunden gebraucht. Roth war nach Dienstschluss an seiner Stelle in die Zahnarztpraxis gegangen und hatte gewartet. Nach einiger Zeit hatte Silke ihn angerufen und gefragt, wo er denn bliebe. Er hatte geantwortet, dass er noch an Kostenabrechnungen für die Krankenkassen sitze. Silke hatte ihn dann gefragt, ob er erkältet sei, seine Stimme höre sich so rau an. Er hatte noch etwas wortkarg herumgebrummelt, worauf Silke ihn mit den Worten „alter Muffelkopp" angeraunzt und aufgelegt hatte. Das alles erzählte ihm Roth bei seiner Rückkehr mit leichtem Grinsen. Plessner wusste also genau, in welcher Stimmung Silke war, als er gegen 22 Uhr zu Hause eintraf. Auch das ein rundes Alibi. Für Bielefeld war der Aufwand ungleich größer. Gemäß der Planung war Plessner heute Morgen zu einem großen Zahnärzte-Kongress nach Berlin gefahren, Thema: „Herausforderung Osten – wie stellt sich die Dentalmedizin dem Wettbewerb mit zahnärztlichen Billiganbietern aus osteuropäischen Ländern?" Während der Mittagspause hatte Plessner sich unauffällig verdrückt und mit Roth getroffen. Sie hatten die Autos getauscht. Roth hatte sich in Plessners Anzug geworfen und war an seiner Stelle zum Kongress zurückgekehrt, während Plessner mit Roths Wagen Richtung Bielefeld fuhr. Auf dem Kongress hatte Roth viele Visitenkarten verteilt und bei einem Diskussionsforum Fragen gestellt, die Plessner ihm vorher aufnotiert hatte. Kein Zweifel: Dr. med. dent. Rolf Plessner aus Bielefeld dürfte nachhaltigen Eindruck hinterlassen haben. In ihren Plan hatten sie aber noch eine zusätzliche Sicherheitsstufe eingebaut, „unser Sahnehäubchen", wie Roth es nannte. Ungefähr zur Tatzeit würde Roth mit Plessners Wagen in der Nähe des Kongresszentrums mit überhöhter Geschwindigkeit eine Radaranlage passieren, die zweifellos ein schönes Foto machen würde, wie Plessner nach einer anstrengenden Tagung etwas überreizt zu seinem Hotel fuhr.

Das musste ungefähr jetzt sein, denkt Plessner und schaut auf seine Uhr. Auch Silke muss jeden Moment herauskommen, der Coffeestore schließt um acht. Er hatte sie mal gefragt, ob sie und ihre Freundinnen es nicht als stillos empfänden, in einem Café innerhalb eines Supermarktes zu sitzen. Sie hatte ihn entrüstet angeschaut: „Erstens ist es kein Café, sondern ein Coffeestore und zweitens kriegt man dort den besten Latte Macchiato der Stadt!" Plessner kannte auch das drittens – Hafis, den syrischen Barista, der die versammelte Damenwelt mit seinen Schaumschlägereien das Schmachten lehrte. Im Grunde sind Silke und ihre Freundinnen doch ein Kaffeekränzchen, das sich jeden Donnerstagnachmittag von nahöstlichem Schmelz erotisch anprickeln lässt. Plessners Gedanken gehen etwas vor: Natürlich wird die Polizei Silke nach der Tat recht schnell identifizieren und sich bei ihm melden. Für diesen Fall hatten Roth und er auch die Handys getauscht. Roth wird drangehen, die Nachricht naturgemäß geschockt entgegennehmen und zusagen, so schnell wie möglich nach Bielefeld zu kommen. Er benachrichtigt Plessner, der drei

Stunden später erschüttert bei der Polizei erscheinen wird. Konzentration, denkt Plessner und gerade als er das denkt, erscheint Silke. Sie kommt zusammen mit Steffi aus dem Supermarkt, die beiden umarmen sich zum Abschied, tupfen Luftküsschen in den Abendhimmel und gehen dann zu ihren Autos. Er schaut durchs Zielfernrohr: Silke bleibt einen Moment stehen. Sie dreht ihm den Rücken zu, sucht wahrscheinlich in ihrer Handtasche nach dem Schlüsselbund. Hinter ihr schiebt ein Supermarkt-Angestellter gerade eine Schlange von Einkaufswagen zur Sammelstation. Silke kramt immer noch. Das dauert, denkt Plessner, während er sie anvisiert. Er atmet ruhig und spannt den Finger am Abzug. Silke legt plötzlich den Kopf in den Nacken. Jetzt, denkt Plessner und drückt ab. Im selben Moment reißt es Silkes Oberkörper nach vorn, sie hält sich die Hand vor den Mund. Der Schuss erscheint Plessner übermäßig laut, es fiept in seinen Ohren. Er sieht, wie Silke sich wieder aufrichtet, ihr Oberkörper ruckt erneut nach vorn. Sie niest ein zweites Mal. Die Leute auf dem Parkplatz haben schnell gemerkt, dass es sich um einen Schuss handelt. Sie ducken sich hinter Autos, entsetzte Rufe sind zu hören. Auch Silke versteckt sich. Plessner sieht, wie der Supermarkt-Angestellte sich langsam über seine Einkaufswagen neigt, seitlich abrutscht und hinfällt. Das darf nicht wahr sein. Auf dem leicht abschüssigen Parkplatz setzen sich die Einkaufswagen wie in Zeitlupe in Bewegung und prallen schließlich gegen einen geparkten BMW, dessen Alarmanlage sofort losjault. Fieberhaft packt Plessner zusammen. Er findet die ausgestoßene Patronenhülse nicht. Egal. Alles ist egal: Der ausgeklügelte Plan hat sich im Nichts aufgelöst. In Bielefeld würde er nicht noch einmal zuschlagen können, das würde die Polizei höchst misstrauisch machen. Banale Worte fallen ihm ein: Pleiten, Pech, Pannen. Worte, die mit P anfangen, dem Explosivlaut, der knallt wie ein Schuss. Und nachhallt wie ein Fehlschuss. Plessner, der Profi, hat keine Zeit zum Denken.

Dietmar Bittrich

Hier spricht Ihr Freiheitsberater

Zunächst möchte ich Günther Butkus dafür danken, dass er mir diesen Platz eingeräumt hat. Viele sind skeptisch gegenüber meiner Tätigkeit, nicht wenige lehnen sie rundheraus ab. Butkus steht dazu. Vielleicht, weil er meine Beratung bei Gelegenheit selbst in Anspruch nehmen will. Als Ostwestfale ist er dazu prädestiniert. Ich bin in allen Gegenden Deutschlands tätig gewesen. Doch das Land Ostwestfalen und der dunkle Magnetismus Bielefelds haben sich für meinen Beruf als die erfüllendsten Orte erwiesen.

Es war eine Dame aus einer der ältesten Bielefelder Familien, die mich vor jetzt genau sieben Jahren auf meine Berufung aufmerksam gemacht hat. Damals war ich mit dem *Gummibärchen Orakel* ein gern gesehener Begleiter und Vorleser auf Kreuzfahrtschiffen. Auch in jenem Jahr, als wir den Winter bei Temperaturen knapp über dreißig Grad verbrachten, unter dem flimmernden Kreuz des Südens, auf halber Strecke zwischen Papeete und Rarotonga.

Es war der Weihnachtsabend. Ich hatte frei. Die Weihnachtsgeschichte wurde von einer verdienten Schauspielerin verlesen, den ökumenischen Gottesdienst hielt der Bordpfarrer, und die Crew war in Engelsgewänder geschlüpft, um Weihnachtslieder wie Shantys erklingen zu lassen. Das gemeinsame Schmücken des großen Weihnachtsbaumes durch Crew und Gäste am Vormittag hatte noch als parodistischer Spaß durchgehen können. Mit der Dunkelheit jedoch war Besinnlichkeit eingezogen, und ich kam mir überflüssig vor. So spazierte ich über die Decks. Auf einem Kreuzfahrtschiff kann man kilometerweite Wanderungen unternehmen; an diesem Abend waren es einsame Wanderungen.

Ich wanderte also Deck für Deck ab, von oben nach unten, und begegnete niemandem. Als ich auf Deck Drei einen Schatten an der Reling lehnen sah, an der weiten Biegung zum Heck, ahnte ich zunächst nichts – oder doch etwas, denn ich bemühte mich, gleichgültig vorüberzuschreiten. Die Gestalt wandte sich um. Es war eine Frau in jenem gesegneten Alter, in dem die meisten Kreuzfahrtgäste sind und auf die immer sechs Überführungssärge in der bordeigenen Kühlkammer warten. Diese betagte Dame trug ein dunkelblaues Kostüm mit weißen Rüschen und eine matt schimmernde Perlenkette. Ich glaubte, sie von einer meiner Lesungen zu kennen. Auf jener Fahrt spielte ich allabendlich das *Gummibärchen Orakel* mit einer wechselnden Schar von Passagieren. Diese Dame hier war mehrmals dabei gewesen. Sie wusste, dass auch ich aus Deutschland kam.

„Können Sie mir sagen", fing sie an und räusperte sich; sie musste hier schon eine Weile stumm gestanden haben, „warum man das Wasser nicht sieht?"

Höflich beugte ich mich über die Reling. Tatsächlich war unten alles nur schwarz.

„Da ist kein Glitzern", beschwerte sie sich, „keine Spiegelung von Sternen. Und sehen Sie mal, der Himmel ist auch schwarz. Er müsste hier draußen übersät sein mit Sternen! Er ist stockdunkel!"

„Das Schiff selbst ist zu hell", fiel mir ein. „So ein Kreuzfahrtschiff produziert so viel Licht wie das Zentrum einer mittleren Großstadt."

„Ich komme aus Bielefeld", teilte sie mit.

„Na, sehen Sie! Mitten in Bielefeld sieht man nachts auch keine Sterne. Aber wenn jetzt hier auf einmal alle Lichter ausgingen, dann würden wir am Himmel Myriaden von Lichtpunkten sehen."

„Wie hoch sind wir hier überm Wasser?", wollte sie wissen.

„Zehn, zwölf Meter", schätzte ich.

Sie schien zu überlegen. „Vom Zehn-Meter-Brett bin ich mal gesprungen", grübelte sie. „Als junges Mädchen."

Ich hatte eigentlich nur spazierengehen wollen. Jetzt hielt

mich etwas bei dieser Frau, das zugleich unheimlich und anziehend war.

„Das Aufkommen war hart", erinnerte sie sich. „Obwohl ich Badeschuhe anhatte. Und jetzt, jetzt habe ich auch Schuhe an. Es ist nur diese bodenlose Dunkelheit, die mich abschreckt. Und da kommt mir der Gedanke, es wäre vielleicht doch besser am Tag."

Sie blickte mich an, als erwarte sie einen Kommentar. Doch ich war damals schon weit davon entfernt, Menschen zum Durchhalten und Weitermachen zu ermutigen oder von der Flucht abzubringen. Ich hatte mir eine Art von Buddhismus zurechtgelegt, nach der alles so geschehen sollte, wie es geschehen wollte.

„Tagsüber ist hier alles voller Leute", gab sie selbst zu bedenken. „Da wird es sicher welche geben, die mich zurückhalten wollen. Die sich als Helden aufspielen möchten. Und die Überwachungskameras werden meine Bewegungen registrieren. Es wird auf jeden Fall Zeugen geben."

„Und das möchten Sie vermeiden", stellte ich fest. Tätig werden würde ich hier sicher nicht, schon gar nicht als Held, aber ich konnte klärend behilflich sein. Ich sagte: „Es kommt noch etwas hinzu. Bei Tag würde man Ihnen einen Rettungsring hinterher werfen. Jemand würde die Brücke informieren. Das Schiff müsste stoppen. Dann würde ein Beiboot zu Wasser gelassen. Wenn ich Sie richtig verstanden habe, möchten Sie gerade diese Art Aufsehen vermeiden."

Sie nickte nicht, sondern nestelte gedankenverloren an ihren Perlen. „Ich bin am Meer aufgewachsen", kam es leise. „Ich bin oft nachts rausgeschwommen in diese schwarzen Wellenhügel. In denen spiegeln sich die Sterne als lauter Goldpünktchen, und die Hügel heben einen empor und lassen einen wieder in die Tiefe gleiten, in diese mit Sternen besäte Tiefe."

„Das klingt schön."

„Alles, was einen bedrückt hat, fällt ab. Man weiß nicht

mehr, warum man da ist, man weiß nur, dass man glücklich ist, endlos, ohne Zeit."

„Darauf kommt es an", flocht ich ein.

„Ich habe mich immer auf den Rücken gelegt und hinaufgeschaut, und dann war es so, als sinke ich in einen samtigen Grund, in dem die Sterne durcheinander wirbeln."

„Haben Sie Gedichte geschrieben, Frau – äh –? "

Ich nahm es als Zeichen des Vertrauens, dass sie mir an dieser Stelle ihren Namen verriet. Und ich bestätige dieses Vertrauen, indem ich ihn hier nicht nenne. Wer die Geschichte der Bielefelder Familiennachrichten kennt, weiß ohnehin Bescheid.

„Diese Sehnsucht, sich einfach fallen zu lassen", meinte ich, „diese Sehnsucht lebt in uns allen. Und am Ende erfüllt sie sich. Das ist das Tröstliche. Oh – schauen Sie doch jetzt mal! Jetzt kommt der Mond herauf. Und jetzt sehen Sie auch was!"

„Tatsächlich!", rief sie. „Da unten glitzert es!" Und dann leiser: „Die Sehnsucht erfüllt sich."

Unversehens war ich in die Position eines Beistands geraten. Bemüht hatte ich mich nicht darum. Es war so gekommen, es ist so bis heute. Nur habe ich jetzt mehr Routine.

„Die Sehnsucht erfüllt sich", bestätigte ich und fühlte mich von der Festigkeit meiner eigenen Stimme gestützt. „Wir fürchten uns vor dem Ende des Ichs. Und zugleich sehnen wir uns danach, weil wir wissen, dass dieses Ich einem viel Größeren Platz macht und dass wir wieder in das eingehen, aus dem wir gekommen sind. Das ist ein tiefes Wissen."

„Vielleicht ist es das", nickte sie.

„Es ist nicht die Sehnsucht nach Auslöschung", fuhr ich angeregt fort. „Die Sehnsucht nach Heimkehr. Es ist das Wissen, dass die Befreiung eintritt."

„*Sicher* können wir da nicht sein", meinte sie.

„Und es ist zugleich das Ende der Unsicherheit!", beharrte ich. „Das Ende aller Zweifel."

„Ich glaube, mir ist etwas schwindelig", murmelte sie.
„Ich rede zu viel", gab ich zu.
„Nein, es ist einfach – von hier oben – jetzt sehe ich erst, wie hoch es ist."
„Wir können ein Deck tiefer gehen", schlug ich vor. „Da vorn ist die Treppe."
Sie schüttelte den Kopf: „Das macht keinen Unterschied. Ich muss erst mal sehen, ob ich überhaupt in der Lage bin ..."
Überraschend beherzt raffte sie den Rock ihres Kostüms und schwang ein Bein auf die untere Stange der Reling.
„Ob Sie hier ohne Weiteres rüber klettern können?", stand ich ihr bei. „Soll ich Hilfestellung leisten?"
„Nein, nein. Bitte nicht."
Das war erleichternd. Rechtlich wäre eine tatkräftige Hilfe schwierig geworden. Inzwischen bin ich in ganz andere Grauzonen vorgestoßen; damals war es mein erstes Mal.
„Bitte", sagte sie und nahm ihre Perlenkette ab. „Für Ihren Beistand." Es war mein erster Lohn für diese Art Beratung. Und auf einmal war sie auf der anderen Seite der Reling. Sie schüttelte den Kopf, als ich Dank sagen oder widersprechen wollte. Sie atmete aus. Sie war erleichtert.
„Sie sind gelenkig", staunte ich. Vermutlich von Yoga oder Pilates.
Noch hatte sie sich dem offenen Meer nicht zugewandt. Noch stand sie mir zugewandt, mit blassem Gesicht, die Fußspitzen leicht wippend auf dem schmalen Absatz jenseits der Reling. Die Knöchel krallten sich weiß um den Handlauf. „Siebenundzwanzig Grad hat das Wasser", lächelte sie.
Und war verschwunden. Auf einmal und ganz ohne Laut. Wo sie gestanden hatte, schwebte der unsichtbare Umriss ihrer Silhouette. Der Blick fand keinen Halt mehr in der mondbeschienenen Weite. Ich wagte kaum, mich vorzubeugen. Mit angehaltenem Atem starrte ich nach unten in die Schwärze und lauschte. Etwas mochte zu hören sein, ein fernes Aufklatschen, oder auch nicht; und wenn es das war, war es ein

Klang wie lakonisches Abwinken, bescheidener Ausklang, keines Aufhebens wert.

Ich spähte den Schiffsrumpf entlang, bis mir die Augen tränten, und sah nichts und blieb an der Reling stehen, bis die Nacht allmählich fadenscheinig wurde, bis die Horizontlinie auszumachen war als vage flimmernder Strich, dann deutlicher als Grenze in der grauen nautischen Dämmerung. Als es heller wurde, und bevor die ersten Deckjogger kamen, begab ich mich in meine vom Reeder gesponserte Innenkabine, ganz still, durchtränkt von einem nie geahnten Frieden. Ich spürte, dass ich eine neue Bestimmung gefunden hatte, zum ersten Mal eine sinnvolle Tätigkeit.

Seither habe ich vielen Menschen in die Freiheit verholfen. Ich habe ihnen beigestanden, wenn sie unsicher waren, habe zu klären vermocht, wenn Zweifel kamen, und ich habe diejenigen, die noch nicht reif schienen, an ihrer Rückkehr in Verwirrung und Leiden niemals gehindert. Die meisten sehnten sich nach Erlösung. Die Angehörigen erschrecken vor dieser Sehnsucht, sie halten sie für ungerechtfertigt und wollen sie leugnen. Ich halte sie für einen Ausdruck der tiefen Erkenntnis.

Die Familie der Passagierin hat damals noch auf Tahiti und Rarotonga suchen lassen. Sie hat Anzeigen geschaltet, auch eine Website eingerichtet; die Vermisste, stand da unterm Foto zu lesen, sei „sportlich und bei guter Gesundheit gewesen". Das hätte ich bestätigen können. Doch ich schwieg. Auch an Bord war man diskret; eine offizielle Befragung oder Suche nach Zeugen fand nicht statt. Das Verschwinden von Personen kommt einfach zu häufig vor auf Kreuzfahrten. Und manchmal bin ich dabei gewesen.

Erinnere ich mich an jeden einzelnen, dem ich beratend zur Seite gestanden habe? An die Kreuzfahrer auf jeden Fall. Aber auch an die scheinbar so zähe Bergsteigerin, ebenfalls an den Spezialisten für Hochmoore, natürlich auch an die beiden Drachenfliegerinnen, die gerade einander geheiratet hatten, und an den Geologen mit detailreicher Kenntnis der letzten europäischen Treibsandvorkommen. Aber ich entsinne mich auch all jener Leidensmüden, bei denen ich unspektakulär einfach dabei saß, während sie, nach beruhigenden Magentropfen, in langsamen Schlucken mit dem allerletzten Getränk ihren Durst für immer stillten.

Die Beihilfe zur Befreiung ist in Deutschland strafbar, die unterstützende Anwesenheit nicht. Deshalb gibt es Hospize und in den Hospizen Helferinnen, die von den Wartelisten der Anwärter die Namen derjenigen an mich weitergeben, die der raschen Unterstützung am meisten bedürfen. Überdies gibt es geschulte Gesprächspartner in der Telefonseelsorge, denen ihr Mitgefühl sagt, wann bei einem ihrer Anrufer meine befreiende Präsenz hilfreich wäre. Und natürlich funktioniert die persönliche Empfehlung, weitergereicht von Freunden. Ist es ein Zufall, dass in Ostwestfalen und namentlich in Bielefeld der Bedarf besonders groß ist? Ich glaube nicht.

Wer sich an der Fachhochschule auskennt, zumal im Fachbereich Pädagogik der Kindheit, wird sofort wissen, welchen großen emeritierten Wissenschaftler ich begleitet habe. Ihm war ich von Butkus empfohlen worden. Diesem großartigen Erziehungswissenschaftler hatte seine Familie zum achtzigsten Geburtstag das Geschenk gemacht, er dürfe sich die Seniorenresidenz selber aussuchen, in die er im kommenden Jahr umzuziehen habe. Der Mann, seit einigen Jahren verwitwet, war zu vergesslich geworden, um Haushalt und Alltag noch allein und gefahrlos zu organisieren. Als er mir drei Wochen nach dem runden Geburtstag die Tür zu seiner dämmerigen Wohnung öffnete, hatte er auf seinem Sofa bereits viele Dutzend Einkaufstüten ausgelegt.

Ich musste ihn bitten, jede einzelne hochzuhalten. Dabei sah ich, wie eingeschränkt seine Bewegungen waren. „Ich selbst darf nichts berühren, aus rechtlichen Gründen“, erklärte ich ihm. „Bei uns ist ja alles reguliert, Professor, überreguliert, würde ich sagen. Brüssel diktiert, und wir folgen.“

Er nickte und sortierte die Tüten und fischte heraus: Penny, Netto, Lidl, Aldi. „Und die hier ist vom Biomarkt."

„Nein, die ist aus Papier, die geht nicht."

Er hatte viel aufgehoben. Eine durchsichtige Folie war auch dabei, mit der mal ein in Styropor verpackter Fernseher umhüllt gewesen sein mochte. Eigentlich hübsch. „Aber nein, die ist an einigen Stellen gelocht", fiel mir auf. „Das wäre schwierig, dann ginge es nur sehr langsam."

„Hier ist eine schwarze Mülltüte", murmelte er.

„Nein, nein." Ich lachte, um seine Stimmung und meine eigene ein wenig zu liften. „Das finde ich pietätlos. Ehrlich gesagt, auch die von den Supermärkten, von den Discountern, das ist – das ist unter unserem Niveau, meinen Sie nicht?"

Ich benutzte schon automatisch das *Wir*, für das die Altenpfleger berüchtigt sind, obgleich es ein Ausdruck freundlichen Mitgefühls ist. Der Gelehrte gefiel mir in dem abgeschabten Ledersessel in seiner verschatteten Bibliothek geistesgeschichtlicher Werke, die niemals einem Luftzug ausgesetzt worden waren. Es war angemessen, dass er sich in dieser Aura verabschiedete und auf sauerstoffarme Weise.

„Hier!", erhob er seine Stimme. „Die hat keine Löcher!"

„Na, bitte, da haben wir sie! Und die ist wunderschön, mit diesem Blumenaufdruck, die ist geradezu feierlich, ja, die hat etwas Zeremonielles. Es geht ja auch um eine Wiedergeburt."

„Um Gottes willen, bloß das nicht."

„Um eine Wiedergeburt als reines Sein", korrigierte ich, und weil er immer noch die Stirn runzelte, setzte ich nach: „Um eine Auflösung in reines Licht." Oder, wie ich seiner Miene entnahm, noch besser: „in reines Nichts."

Ich ließ mir die Tüte noch einmal von allen Seiten zeigen, ohne sie zu berühren. Sie sah frisch und makellos aus, selbst die Falze waren nicht abgeschabt. Das würde funktionieren.

„Gut, dann ist es das eigentlich schon. Sie waren Pädagoge, Professor, habe ich dem Web entnommen", sagte ich. Einige gehen ruhiger, wenn man ihnen dankt oder ihre Verdienste würdigt. „Es gibt viele lobende Erwähnungen. Sie haben an der FH gelehrt, Sie gelten als bester Kenner der Werke von Bruno Bettelheim."

Er ging nicht darauf ein. „Also, wie mache ich das jetzt?"

Ich vergewisserte mich mit einem Blick durchs Zimmer. Die Tür war geschlossen, das Fenster mit Buchstützen und Vasen verstellt. Die Patientenverfügung lag auf dem Sekretär, daneben der Umschlag mit meinem Honorar und das braune Fläschchen. „Das Beruhigungsmittel haben Sie genommen?"

„Brauche ich nicht. Mache ich Ihnen etwa einen unruhigen Eindruck?"

„Absolut nicht." Tatsächlich war er gefasster als ich. „Es geht lediglich darum, wenn der Sauerstoff rar wird, dass keine Angst aufkommt."

„Kriege ich nicht. Habe ich nicht. Kenne ich nicht."

Ich glaubte es ihm. „Dann ist alles in Ordnung. Es ist ja auch nur ein Einschlafen. Nur wissen wir, dass auch beim Einschlafen manchmal so ein Erschrecken vorkommen kann, ein Anflug von Furcht. Aber dafür bin ich ja dann da. In dem Fall würde ich Ihnen die Tüte abnehmen."

„Bloß nicht! Keine lebensverlängernden Maßnahmen."

„Sie bestimmen."

„Also, wie denn jetzt?"

„Sie nehmen die Tüte bitte mit beiden Händen wie einen Hut. Sie haben ja sicher mal einen Hut getragen oder eine Mütze. Genauso ziehen Sie die Tüte, groß genug ist sie ja – genau, ja, Sie ziehen sie vom Hinterkopf bis zu den Ohren herunter. Zunächst bitte nur bis zu den Ohren."

„Aua. Oh. Das ist doch nicht so leicht."

„Haben Sie Schmerzen in den Armen? Oder in der Schulter?"

„Geht schon, geht schon."

„Sonst machen Sie eine Pause."

„Ist schon in Ordnung."

„Dann ziehen Sie sie jetzt von oben ein bisschen nach vorn.

Nur ein bisschen. Wir haben keine Eile. Helfen darf ich nicht, nur beraten. Langsam nach vorn, über die Stirn, wie Ihr Kollege Bettelheim es vorgemacht hat."

„Wie lange dauert das denn?"

„Weiter nach vorn, Professor, über die Stirn und über die Augen, ja, richtig, nun über die Nase, gut, über den Mund, bitte, so tief es eben geht."

Ich habe nie ein Foto gemacht. Dieses wäre heiter geworden: der Gentleman im Anzug mit einer Plastiktüte überm Kopf.

„Wie lange es bis zum Einschlafen dauert, meinen Sie?"

„Hmm." Artikulieren konnte er jetzt nicht mehr.

„Zwischen zehn und dreißig Minuten."

„Hmm."

„Bei dieser sehr dicht schließenden Tüte eher kürzer. Ich kann bleiben und warten und dann erst gehen."

„Hmm, hmm!" Er schüttelte heftig den Kopf.

„Ich soll nicht bleiben?"

„Hmm, hmm!" Offenbar nicht. Noch besser. Ich steckte den Umschlag ein und fand es berechtigt, ein philosophisches Zitat anzubringen, das mich vor Jahren beeindruckt hatte. Wo, wenn nicht in diesem gelehrten Zimmer, hätte ich dafür Gehör gefunden! „Also, Schopenhauer hat ja gesagt: Das Sterben ist der Augenblick der Befreiung von der Einseitigkeit der Individualität, die nicht den innersten Kern unseres Wesens ausmacht. Vielmehr ist diese Individualität eine Art Verirrung gewesen. Nun endlich tritt die ursprüngliche Freiheit wieder ein."

Während ich die Zeilen hersagte, wurde ich unsicher, weil Gebildete ihre Individualität meist nicht gerade als Verirrung sehen. Doch er winkte nur ab, erschöpft, entweder weil der Sauerstoff unter der Tüte bereits rar geworden war, oder weil er mit dergleichen Zitaten zu oft traktiert worden war. Er wedelte mit der kraftlosen Hand. Ich verstand es, gehorchte und ging.

Es hat mich geschmerzt, dass in der *Neuen Westfälischen* und über die regionalen Medien hinaus die Entscheidung des Mannes als tragisch eingestuft wurde. Das ist eine beschränkte Sichtweise. Es geht um das selbstbestimmte Erlangen der Freiheit. Darin kann ich nichts Tragisches erkennen. Darin erkenne ich nur Frieden und Glück. Und es freut mich, dass immer mehr Menschen, zumal in Bielefeld, es genauso sehen.

Im letzten Winter, der sich deprimierend lang hindehnte, rutschte ich mit meinem sommerbereiften Wagen durch die stillen Viertel von Brackwede und kam vor einem bescheidenen Einfamilienhaus zum Stehen. Die Straße war dunkel und still. Weihnachten war längst vorüber, aber über einem Balkongitter blinkte noch eine durchhängende Lichterkette, und in einem Fenster flimmerte ein abgetakelter Stern. Keines dieser Häuser hätte den von der Zeitung ausgerufenen Wettbewerb gewonnen.

Das Haus, zu dem ich gebeten worden war, war vollkommen unbeleuchtet. Ohne dass ich klopfen musste, öffnete sich die Tür. Eine Frau, korpulent, Mitte fünfzig, mit wächsernem Teint, lächelte eher tapfer als freundlich und bat mich mit einer Handbewegung ins obere Geschoss und dann noch höher, eine aus Brettern gezimmerte Treppe hinauf ins Dachgeschoss. Wir hatten am Telefon alles besprochen.

Hinter einer angelehnten Sperrholztür lag der Dachboden. Er war leer, bis auf die Leiter des Schornsteinfegers. Und seitwärts unter der Schräge stand ein Stuhl. Darüber hatte sie eine Schlinge geknüpft, nicht gerade fachgerecht, sogar auffallend dilettantisch. Die Bodendielen waren staubbedeckt. Ich holte die Überschuhe aus meiner Tasche und streifte sie über die feuchten Winterstiefel.

„Andere hätten hier getäfelt", erklärte sie. „Er fands schöner so, mit unverkleideten Balken, und ich habe mich gefügt. Ich habe mich viel zu früh und viel zu häufig gefügt."

Es zog durch die unverkleideten Sparren. Die funzelige Beleuchtung ließ den Raum noch armseliger wirken. „Haben Sie den Platz hier nie genutzt?“, forschte ich.

„Ach, wir hatten jede Menge Zeug hier oben untergestellt. Und dann war der Idiot ja plötzlich weg, verschwunden. Ich habe gewartet auf ein Zeichen, eine Nachricht. Vielleicht ist er nach Kanada, habe ich gedacht, das war ja sein Traum, da konnte er leben, hatte er sich vorgestellt. Aber es kam nichts. Da habe ich schließlich alles abholen lassen. Alles weg. Alles raus. Wissen Sie, habe ich zu den Typen vom Sperrmüll gesagt, ich brauche nur noch einen Stuhl und ein Seil. Das fanden die lustig.“

„Die haben so getan, als fänden sie es lustig“, vermutete ich. „In Wirklichkeit haben sie sich wahrscheinlich gefürchtet. Übrigens, die Schlinge ist falsch. Mit den Wicklungen. So geht das nicht.“

„Gut, gut, deswegen sind Sie ja hier“, sagte sie matt. „Deswegen habe ich Sie geholt. Weil Sie sowas alles wissen.“

„Ich weiß, was weh tut und was nicht weh tut. Ich weiß, wie es schnell und schmerzlos geht. Mit dem Knoten, den Sie da geknüpft haben, hätten Sie sich gequält.“

„Ja, dann machen Sie bitte alles richtig!“

„Sie wissen, dass ich Ihnen nur zeigen darf, wie es geht; den letzten Schritt müssen Sie selber tun. Die Schlinge darf ich noch knüpfen. Ich darf die Länge des Seiles so einrichten, dass es exakt passt. Aber ich werde Ihnen nicht den Stuhl wegziehen. Und ich werde Ihnen keinen Schubs geben. Das ist in Deutschland nicht erlaubt. Sie entscheiden, ob und wann Sie gegen die Lehne treten, damit der Stuhl umfällt.“

„Das entscheide ich allein und niemand sonst.“

„Eben.“ Ich machte mich an die Korrekturen. Sie ließ sich auf den Stuhl nieder und sah argwöhnisch zu, wie man einem Handwerker zusieht, von dessen Geschick man nicht ganz überzeugt ist. „Sechs Wicklungen muss die Schlinge haben, wenn es nach den Amerikanern geht“, erläuterte ich. „Neun, wenn wir nach den Chinesen gehen; neun ist die Glückszahl in China.“

„Dann machen Sie neun.“

„Genau. Es ist der Weg ins Glück. Da bin ich sicher. Und jetzt sehen Sie mal: So wird korrekt gewickelt. Eigentlich ganz einfach. Das Ende wird dann durch die Schlaufe geführt."

„Die Handschuhe tragen Sie wohl wegen Fingerabdrücken oder was?", fragte sie misstrauisch. „Und diese Überschuhe?"

„Genau genommen müsste ich noch einen Overall tragen, auch einen Haarschutz, einen Mundschutz, eine Schutzbrille, um nur ja keine DNA zu hinterlassen. Aber wir machen hier ja nichts Kriminelles."

„Das meine ich. Wenn ich hier vom Balken baumele, wird ja wohl keiner nach einem Täter fahnden."

„Wenn fremde Fußabdrücke zu sehen sind, schon. Dann würde man auch nach fremden Fingerabdrücken suchen. Hier liegt viel Staub. Da würde schnell etwas auffallen." Ich war fertig mit dem Knüpfen. „So, das ist die Schlinge. Jetzt nur noch die richtige Fallhöhe."

Sie hatte sich eine absurd niedrige Stelle ausgesucht. „Wir müssen den Firstbalken nehmen", sagte ich nach einem Blick durch den Raum. „Was Sie hier vorgesehen haben, ist zu nah überm Boden."

„Machen Sie nur, machen Sie das alles, Hauptsache, der Balken trägt." Ein bisschen klang es so, als ginge sie das nichts an. Sie fühlte sich schon entfernt; das geht manchen so.

„Darf ich kurz Ihre Nackenmuskeln sehen?", bat ich. „Und, wenn ich fragen darf, wie viel wiegen Sie?"

„Zweiundachtzig. Da ist viel Frustfett drin, das können Sie mir glauben."

„Das ist nur wichtig für die Länge des Seils. Okay, die Nackenmuskulatur ist nicht zu stark. Sie sind keine Bodybuilderin. Kieser-Training haben Sie auch nicht gemacht."

Sie lachte abfällig.

„Ich muss Sie jetzt mal was fragen", sagte ich eindringlich. „So wie Sie hier das Seil geknüpft haben, und so wie Sie den Stuhl postiert haben, wäre nicht mal Ihre Kehle eingedrückt worden. Sie wären gleich auf dem Fußboden aufgekommen, hätten vielleicht geröchelt und gewürgt, und gekotzt, und hätten dann mit etwas Mühe die Schlinge aufknüpfen können."

„Ach so?" Ihre Überraschung wirkte nicht ganz echt.

„Sehen Sie das nicht selbst? Und daraus ergibt sich für mich eine Frage: Wollten Sie das? Dass es nicht klappt? Wollten Sie nur so eine Art Als-ob erleben? Und ist das immer noch so?"

„Nein, Quatsch. Unsinn." Sie klang wie ein ertapptes Kind, das einen offensichtlichen Streich abstreitet.

„Bitte", beruhigte ich. „Ich habe vollkommenes Verständnis dafür. Möchten Sie, dass andere – etwa Ihr Mann oder Ihre Eltern oder Ihre Kinder – erschrecken und sozusagen aufwachen, dass Sie selbst aber mit dem Leben davonkommen?"

„Nein." Sie machte eine Pause. „Nein. Ich bin kein Simulant. Bin ich nie gewesen." Das klang nun echt. „Ich bin keine, die rumrennt und um Hilfe schreit. Darum gehts nicht. Nein. Finito. Aus. Schluss."

„Niemand setzt Sie unter Druck", sagte ich. „Wir haben Zeit. Nichts hat Eile. Nichts muss sofort geschehen.

„Doch", sagte sie patzig. „Es muss sofort geschehen."

„Okay. Wenn ich jetzt das Seil am Firstbalken befestige, werden bei Ihnen die Gedanken hin- und herflitzen. Ein Gewitter von Gefühlen wird Sie schütteln. Ich bin dazu da, Ihnen beizustehen, und wenn ich ein Zögern bei Ihnen spüre, sage ich: Lassen wir es. Es muss nicht heute sein."

„Sie werden kein Zögern bei mir spüren."

„Gut, nun sehen Sie mal: So wird das Seil korrekt befestigt. Das ist der sogenannte Zimmermannsschlag. Und dann empfehle ich, Sie nehmen nicht den Stuhl, sondern steigen die Leiter hoch, und zwar bis –", ein Blick zu ihr, ein Blick zur Leiter des Schornsteinfegers, „bis zur fünften Sprosse. Das ist die perfekte Fallhöhe."

„Und das mache ich jetzt", sagte sie und erhob sich schwerfällig. Sie wirkte wieder wie ein trotziges Kind, das etwas ausprobiert, das es selbst nicht möchte; aber die Erwachsenen haben davon abgeraten, und deshalb muss es nun sein.

„Auf die fünfte Sprosse?“, fragte sie. „Und soll ich dann springen?“

„Sie können einen kleinen Sprung machen oder sich einfach wegdrehen von der Sprosse.“ Um ihrem Trotz die Macht zu nehmen, sagte ich: „Sie tun, was Ihr Herz Ihnen sagt.“

Sie schob sich die Sprossen hoch.

„Die fünfte“, sagte ich. „Das ist erst die vierte!“ Sie kroch höher. „Und jetzt nehmen Sie die Schlinge.“

„Gut, gut. Hmm. Im Augenblick ist mir etwas schwindelig. Aber dann, sagt man ja, kommt so eine Art Glücksgefühl?“

„Warten Sie gern“, sagte ich. „Hier gibt es keine Eile. Alles *darf* geschehen, nichts *muss* geschehen. Und ja, das stimmt mit dem Glücksgefühl. Ich habe Ihnen erzählt, ich bin seit vielen Jahren in der Hospizbetreuung tätig. Und ich kann Ihnen versichern: Es ist ausnahmslos eine Befreiung. Ausnahmslos. Immer. Der letzte Moment ist der Eintritt in die Seligkeit.“

Sie seufzte erleichtert.

„Es ist eine unvorstellbare glückliche Freiheit, eine Weite jenseits des Körpers“, versprach ich. Sie lächelte. „Okay“, sagte ich, „und jetzt legen Sie sich die Schlinge um den Hals.

„Mache ich. Mache ich. Auch wenn mir ein bisschen komisch zumute ist.“

„Das verstehe ich. Und wir haben alle Zeit der Welt. Und wissen Sie, in dem Augenblick, in dem Ihnen komisch zumute ist, in diesem Augenblick machen Sie bereits eine Grenzerfahrung. Bitte, spüren Sie hin, vielleicht genügt das ja! Ihre Bereitschaft, den letzten Schritt zu machen, ist schon eine Art Sterben. Das ist schon eine Befreiung. Fühlen Sie das?“

„Nein, ich glaub, ich hab einfach Schiss.“

„Okay, dann blasen wir es ab. Das ist dann besser. Dann bleiben Sie bitte jetzt so stehen oder gehen allenfalls einen Schritt höher, damit Sie die Schlinge abnehmen können. Und dabei helfe ich Ihnen. Moment! Sie rühren sich erstmal nicht von der Stelle. Sie haben jetzt eine Todeserfahrung zu Lebzeiten gemacht.“

„Ich hatte einfach zuviel Schiss."

„Ist doch in Ordnung! Bitte werten Sie das nicht ab! Sie sind an die Grenze gegangen. Das ist entscheidend. So, und jetzt bleiben Sie genauso, ich komme."

In diesem Augenblick, das war es eben, und es war nicht zu verhindern, in diesem Augenblick rutschte sie ab. Ich glaube, es ist einfach so, wenn die Spannung zu groß ist. Wem gesagt wird: Zittere nicht!, der zittert. Der junge Pianist, dem eingebimst wird: Du darfst dich nicht verspielen!, der verspielt sich. Dreh dich auf keinen Fall um!, ist Orpheus eingeschärft worden; genau deshalb hat er sich umgedreht. Das ist eine psychologische Erklärung. Doch im höheren Sinn war und ist alles richtig so. Für sie war es Zeit, in die Freiheit zu gehen. Das ist von der kosmischen Intelligenz entschieden worden. Ich habe mich gefreut für sie, mag sie am Ende auch nicht hundertprozentig einverstanden gewesen sein. Doch ich habe sofort die Leichtigkeit im Raum gespürt. Sie war frei.

Das funzelige Licht habe ich ausgeschaltet und das Haus behutsam verlassen. Die Straße draußen war noch mehr zur Ruhe gekommen. Es war leichter geworden zu atmen in dieser Vorstadt. Es war noch friedlicher geworden in Brackwede. Und ich bin auf meine bescheidene Weise stolz, dass ich helfen kann, den Frieden hier im Land zu vermehren. Dass ich ganz Ostwestfalen Erleichterung verschaffe.

Es ist jetzt erst drei Wochen her, dass ich zuletzt auf der Eisenbahnbrücke war. Wer die Gegend kennt, weiß, welche ich meine. Ich habe verschiedene Brücken genutzt; vielleicht bin ich sogar einer der besten Brückenkenner in Deutschland geworden. Diese jedenfalls mag ich besonders gern. Sie ist gesegnet.

Nie geboren worden zu sein, hat der Buddha gesagt, sei der größte Segen. Dieser Segen ist uns offenkundig nicht erteilt worden. Doch wir können wieder eintauchen in diesen Segen, jederzeit. Die Freiheit jenseits von Geburt und Tod leuchtet auf, überall. Und, für meinen Geschmack, besonders unter jener Eisenbahnbrücke. Sie liegt schon in jener kärglich besiedelten, ländlichen Gegend, deren Stille von den nächtlichen Güterzügen nur noch stärker betont wird.

Der Mann, von dem später die Zeitungen berichtet haben, hatte an diesem späten Abend, wie von mir vorgeschlagen, einen Sack Kohlköpfe mitgebracht und schleppte diesen Sack nun auf dem Rücken. Das mit den Kohlköpfen mache ich immer bei Bahnspringern, als Generalprobe und damit sie noch einmal nachdenken können. Weder mir noch den Befreiten habe ich es jemals allzu leicht gemacht.

„Setzen Sie den Sack hier drüben ab, wir brauchen das Nordgleis", sagte ich. „Und auf dem Handlauf bitte; ein bisschen festhalten oder stützen müssen Sie ihn natürlich noch." Der Mann ächzte. Dreizehn Kohlköpfe waren es, rund zwanzig Kilo, die er die vierzig Meter vom Parkplatz hier hinaufgeschleppt hatte.

„Auf dem Südgleis kommt doch auch einer, oder?", forschte er.

„Etwas später, ja, aber der kommt nicht zuverlässig. Wenn der exakt nach Plan fahren würde, dann käme er genau vier Minuten später. Also, da hätten wir nochmal eine Chance, wenns beim ersten Mal nicht klappt. Deswegen nehme ich am liebsten diese Brücke und diese Uhrzeit. Aber hundertprozentig zuverlässig ist das nicht. Bitte auf dem Handlauf halten!"

„Geht schon, geht schon."

„Sie sind viel stärker, als Sie sich selbst zutrauen."

„Ja, körperlich vielleicht", meinte er weinerlich.

„So, und jetzt ist es null Uhr elf", stellte ich fest. „Elf Minuten nach Mitternacht."

„Psychisch nicht", fuhr er fort. „Das haben Sie ja vielleicht schon gemerkt. Dass ich psychisch nicht der Stärkste bin."

„Sie sind auch psychisch stark, nach meinem Empfinden. Sie wählen die Freiheit. Etwas Stärkeres gibt es nicht. Sagt Ihre Uhr ebenfalls null Uhr elf?"

„Moment – null Uhr zehn. Na, ist ja kein Problem. Und

der null Uhr dreizehn ist es? Wissen Sie, mir kommt das jetzt total irreal vor. Mehr wie ein Film oder wie ein Traum."

„Das ist ein sehr gutes Zeichen! Sie erkennen die Traumbeschaffenheit des Lebens. Das Leben ist eine vereinzelte Luftblase, die auf einem Fluss treibt, sagt der Buddha. In unserer Tradition sagen wir: Es ist eine Art Traum. Viele sagen: ein Albtraum. Am Ende jedenfalls geschieht das Erwachen."

„Das weiß ich nicht."

„Die Luftblase platzt, es ist nur noch die Freiheit des Wassers da. Das ist die große Erleichterung. Ich habe mich lange genug damit beschäftigt. Sonst dürfte ich mich nicht Freiheitsberater nennen. Aber um das noch mal klarzustellen: Sie müssen jetzt nichts tun. Gar nichts. Sie stehen hier nicht unter Druck."

„Ich habe mich ja nicht gerade leichtfertig entschlossen."

„Sie hören jetzt einfach auf Ihre Intuition. Sie hören auf das, was Ihr Herz Ihnen sagt."

„Ich glaube, ich höre den Zug", sagte er.

Ich musste sehr genau lauschen. Aber es stimmte. Er hatte ein sehr feines Gehör.

„Und Scheiße, jetzt sehe ich ihn auch!", rief er. „Das sind doch die Lichter dahinten! Oder?"

Ohne Zweifel, das waren die Headlights, und sie wurden rasch größer.

„Und der fährt hier nur hundertzwanzig, sagen Sie? Mann, der kommt mir aber viel schneller vor!" Seine Stimme flatterte.

„Der darf hier nicht schneller", beruhigte ich. „Und das ist exakt das Tempo, das wir brauchen."

„Das hat aber was Bedrohliches! Oh je. Oh je, oh je!"

Den meisten ist es so gegangen, mit denen ich auf dieser oder auf einer der anderen Brücken war.

„Sagen Sie mir bitte, wann?", bat er.

„Ich kann Ihnen das gern sagen, aber Sie spüren es selbst. Horchen Sie mal in sich hinein."

„Ich glaube … wenn … also …" Er machte eine Bewegung.

„Noch nicht!", mahnte ich. Die meisten wollen die Last zu früh loswerden. Das Donnern des Zuges macht sie nervös.

„Aber … oder …"

„Noch nicht!"

„Jetzt!" Er gab dem Sack einen Stoß. Es war perfekt.

„Oh, Gott!" Er biss sich auf die Lippe. Unter uns donnerte der Zug hindurch, die Kohlköpfe waren vom ersten Wagen nach links und rechts zerfetzt und zerschmettert worden.

„Das war perfekt!", rief ich mit ehrlicher Begeisterung. „Das war genial! Ihre Intuition ist großartig!"

„Das ist irre", keuchte er. „Das ist ja total irre. Ah ja, und jetzt kommt die Lok. Genau wie Sie gesagt haben. Die Lok kommt am Ende. Der Zug wird geschoben."

„Das ist für mich als Freiheitsberater das Entscheidende", sagte ich ernst.

„Wer hier gesprungen wäre, der wäre tot", brachte er hervor. „Und der Lokführer hätte nichts gemerkt."

„Der Lokführer hätte absolut nichts bemerkt", bestätigte ich. „Und das ist uns ja wichtig, das haben wir besprochen."

„Aber ich bin geschafft", stöhnte er.

„Deswegen mache ich immer so einen Probegang. Und ich habe Ihnen ja gesagt: Manchem reicht das. Vielleicht auch Ihnen. Heute haben nur dreizehn Kohlköpfe dran glauben müssen."

„Die sind Matsch."

„Die sind zu Weißkohlsalat geworden. Und es gibt genug Hasen hier in den Wiesen, die damit eine Menge anfangen können." Ich verschwieg, dass meine Auftritte auf der Brücke mittlerweile zu einer beträchtlichen Vermehrung der Hasen beigetragen hatten.

Er lachte tapfer: „Sie sehen das locker. Aber mich hat es doch stärker beeindruckt, als ich geglaubt hatte. 'Tschuldigung."

„Deshalb ist es gut, dass wir das gemacht haben", bestätigte ich. „Jetzt können Sie sagen, nein, Herr Bittrich, sorry, ich habe mich anders entschieden. Genau dafür machen wir das!"

„Und jetzt hab ich auch zum ersten Mal an den Lokführer gedacht", gab er zu.

„Das meine ich! Das tun die meisten Egos nicht!"

„Es ist gut, dass Sie mich darauf hingewiesen haben. Da bin ich Ihnen wirklich dankbar."

„Bei mir wird kein Lokführer traumatisiert", betonte ich. „Dann wäre ich kein Freiheitsberater. Lokführer traumatisieren, da mache ich nicht mit."

„Das finde ich gut."

„Ich bin Buddhist", erklärte ich. „Mitgefühl ist mir ganz, ganz wichtig. Ohne Mitgefühl geht bei mir gar nichts. Ohne Herz geht überhaupt nichts. Ohne Liebe nicht."

„Ja, das ist toll", seufzte er. „Aber ich bin noch ... also ... "

„Okay, dann würde ich sagen, heute machen wir nicht weiter. Wir lassen das erst mal sacken. Ein paar Tage, und dann sprechen wir. Die Vorauszahlung kann ich Ihnen nicht zurückgeben. Die ist genau für solche Fälle da."

„Völlig klar."

„Wir könnten allenfalls", fiel mir ein, „noch den zweiten Sack holen, wo wir schon mal hier sind. Sie haben doch nochmal so ein Dutzend Kohlköpfe?"

„Stimmt. Zwölf in dem anderen Sack. Sie meinen für den Gegenzug?"

„Warum nicht? Für den Gegenzug auf dem Südgleis. Der wird ja auch geschoben."

„Also, ehrlich gesagt, das ist mir, glaube ich, zu heftig jetzt."

Ich verstand ihn. „Aber bedenken Sie – Sie können all den Kohl nicht ganz allein essen! Kleiner Scherz."

Er lachte. Wir verabredeten ein Treffen drei Tage später. „Dann würde", sagte ich „wegen des zweiten Ganges noch mal ein winziges Honorar anfallen."

Ich weiß nicht, ob diese Bemerkung den Ausschlag gab oder ob er von allein wieder ruhig geworden war. Jedenfalls hielt er inne und sagte: „Warten Sie, also, das mit den Kohlköpfen, das können wir eben noch machen."

„Doch? Ja? Gut! Sonst fängt nämlich Ihr Kofferraum bald an zu stinken", sagte ich.

„Sie sind witzig", meinte er kopfschüttelnd.

„Ist bei Ihnen alles okay?", hakte ich nach. „Sie wirken etwas zittrig!"

„Das stimmt. Vielleicht helfen Sie mir diesmal, den Sack herzuschleppen. Ich merke tatsächlich, ich bin ein bisschen weich in den Knien."

„Absolut kein Problem. Dann gehen wir langsam. Langsames Gehen ist gut. Das ist achtsames Gehen. Achtsamkeit ist gut. Dafür bin ich Buddhist geworden."

„Ich muss mich mal einen Moment hinsetzen", sagte er.

„Das ist auch okay."

„Entschuldigung. Ich muss einen Moment verschnaufen."

„Das ist völlig in Ordnung, nur wenn wir das mit den Kohlköpfen machen wollen – der auf dem Südgleis kann jeden Moment kommen. Soll ich inzwischen den Sack allein holen? Kann ich tun."

„Gern, ja", schnaufte er. „Ich will nur mal durchatmen."

„Atmen ist wichtig", sagte ich etwas lauter, weil ich schon auf dem Weg zum Wagen war. „Achtsames Atmen. Und dann können wir immer noch sehen."

„Das geht gleich wieder", versicherte er. „Ich lausche einfach mal."

„Ja, achtsames Hören! Sie haben ein sehr feines Gehör. Sitzen, atmen, lauschen. Das ist gut!" Ich beeilte mich, zum Auto zu kommen.

„Ich glaub, ich hör was!", rief er. „Ich glaub, der kommt schon!"

Kofferraum auf, der Sack war wirklich schwer, sehr schwer.

„Ich glaube, der Zug kommt!", rief er.

„Ja, ja, ich bemühe mich! Da haben Sie ja was getragen, Respekt!"

„Aber jetzt kommt er schon! Hören Sie?“ Er hörte sich geradezu panisch an.

„Ja, klar, höre ich!“, rief ich. „Ich bin sofort da!“ Obwohl ich mir da nicht ganz sicher war.

„Ich sehe die Lichter!“, schrie er.

„Okay, dann lassen wir ihn eben sausen!“, rief ich. „Ist kein Drama! Lassen Sie ihn sausen! Okay?“

Er antwortete nicht, oder ich hörte ihn nicht, weil das Getöse des Zuges zu laut war.

„Heh!“, rief ich. „Alles klar?“

Ich ließ den Sack voller Kohlköpfe liegen und rannte nach oben. Nun ja. Er hatte diesen Moment meiner Abwesenheit genutzt. Viele tun das, wie ich aus meiner Betreuungstätigkeit im Hospiz weiß. In dem Moment, in dem der Helfer oder der Angehörige gerade mal nicht im Raum ist, geht der Freiheitssuchende. Es ist dann leichter zu gehen. Er wird von niemandem festgehalten.

Nun, dieser Mann hatte abermals das perfekte Timing gewählt. Ich bewunderte ihn und bewundere ihn noch jetzt. Dass die Zeitungen ihn nicht angemessen geehrt haben, dass sie dergleichen überhaupt nicht gebührend würdigen, das ist schade. Es ist wohl der Furcht geschuldet, der Furcht vor dem Unbekannten, in das die Reise geht. Doch diese Furcht ist unbegründet. Denn die Reise geht in die Freiheit, in die grenzenlose Erleichterung, in die Glückseligkeit, den Frieden.

Ich freue mich, dass immer mehr Bielefelder das erkennen. Und ich sage hier noch einmal, dass ich meinem Verleger Günther Butkus dankbar bin. Er hat mir die Gelegenheit gegeben, mich und meine Berufung hier vorzustellen. Er ist diskret. Ich bin diskret. Und Sie, als Leserin und Leser, haben verstanden. Ich freue mich auf Ihre Nachricht.

Que Du Luu

Frau Wong geht einkaufen

„Du hast meinen Pullover an! Du hast meinen Pullover an!"

„Das ist nicht deiner!"

Ich hörte das Geschrei und zerbrechendes Geschirr. Hastig lief ich nach unten. Als ich in der Wohngruppe ankam, waren Frau Wong und Herr Bunte auf einmal stumm. Sie schauten mich an wie kleine Kinder, die sich ihrer Untaten bewusst waren. Weiße Scherben lagen verstreut auf dem Boden. Alles war in Ordnung, niemand blutete.

Herr Bunte trug einen Pullover, der etwas labberig an seinem Körper herunterhing. Es war eindeutig ein Männerpullover: dunkelgrün mit V-Ausschnitt. Wem er gehörte, wusste ich nicht. Jedenfalls nicht Frau Wong, die viel zu klein dafür war. Ich schickte beide auf die Zimmer und fegte. Ab und zu sah ich dezent über meine Schulter. Ich wollte keinen Patienten im Rücken haben.

Von mir aus hätten die Scherben da liegen bleiben können. Sie passten zu diesem Aufenthaltsraum. Das Sofa war eingerissen und voller Brandlöcher, Zigarettenkippen lagen verstreut auf dem Boden und halbvolle Joghurtbecher auf der schmantigen Küchentheke. Nervöse Fruchtfliegen schwirrten über ihnen.

Die restliche Nacht war es ungewöhnlich ruhig. Keine laute Musik, keine Streitereien mehr. Nur um vier kam Frau Wong noch zu mir hoch und redete bis fünf. Sie erzählte wirr wie immer, aber das war nicht schlimm. Man lernt mit der Zeit nicht mehr zuzuhören.

Die Sonne lugte von allen Seiten durch die Scheiben der Straßenbahn. Der Tag war noch frisch, und die Leute waren es auch. Frisch geduscht rochen sie nach Shampoo und Parfüm. Für mich ging der Tag zu Ende. Ich war in den typischen

Urin-Zigaretten-Geruch des Sonnenhofs getaucht und hoffte wie jeden Morgen, dass es niemand bemerkte.

Sonnenhof war ein alberner Name für die Betheler Anstalt. Das einzig Gelbe waren Urinpfützen in den Gängen, und die Sonne strahlte mir nur entgegen, wenn ich nach Hause fuhr.

Ich bemerkte jetzt, dass mich der Mann gegenüber missbilligend ansah, als würde ihm der Geruch in die Nase steigen. Ich trommelte noch schneller mit den Fingern auf meiner Tasche.

Der Mann schimpfte: „Lassen Sie das! Es ist Regenzeit! Wenn man jetzt trommelt, ahmt man das Klopfen der Regentropfen nach! Das beleidigt den Regengott, und die Sonne strahlt dann so lange herunter bis alles Getreide verdörrt ist ..."

„Teutoburger Straße", kündigte der Lautsprecher die nächste Station an. Ich lächelte den Mann an und stieg eine Haltestelle früher aus. Nach Feierabend wollte ich keine Verrückten mehr sehen.

Ich duschte, legte mich ins frisch bezogene Bett, stellte den Wecker auf drei und schlief ein.

„Dräng! Dräng!", hörte ich und träumte von einem Eierwagen, der durch die Straßen fuhr. „Dräng! Dräng!", aber niemand ging hin. Wieso fuhr der Eierwagen nicht weiter? Kein Mensch kam aus den Häusern. Alle hatten genug Eier.

„Drääääng!"

Ich drückte auf den Alarm-aus-Knopf, aber es machte weiter „Drääng! Drääng!".

Der Wecker zeigte erst zehn Uhr an. Fünf Stunden Schlaf standen mir noch zu, und ich schloss meine Augen wieder. In der nächsten Sekunde machte es wieder „Drääng! Dräääng!"

Ich ging an die Tür und wollte diesen Störenfried beschimpfen, sah aber den Ausweis: Kommissar Herbst. Der Sonnenhof-Gestank wehte mir entgegen.

In meiner Küche sagte er ohne Einleitung: „Frau Wong ist tot."

Er schaute mich konzentriert an. Eigentlich hätte ich bestürzt sein müssen, aber schlimme Nachrichten betäuben mich zunächst.

„Sie hat sich umgebracht?"

„Nein, sie wurde erwürgt."

„Erwürgt? Von wem?"

Wir setzten uns an den Tisch, und ich umklammerte eine leere Tasse, die dort stand. Ich fing an, mit den Fingern seitlich an ihren Wänden zu trommeln. Der Kommissar ließ seinen Blick von meinem Gesicht auf meine Hände wandern als fragte er sich, ob diese weder grazilen noch wurstigen Finger fest zudrücken konnten.

„Das werden wir herausfinden. Ist Ihnen etwas in der letzten Nacht aufgefallen?"

Ich erzählte ihm von dem Pullover-Streit mit Herrn Bunte.

„War Herr Bunte ihr Feind?"

„Nein und ja. Alle Patienten streiten miteinander und vertragen sich dann wieder. Ich würde nicht sagen, dass Herr Bunte ihr Erzfeind war."

Ich hörte meine Stimme, als würde ich einem Lautsprecher lauschen. Irgendetwas in mir wollte laut loslachen wie immer, wenn mir überhaupt nicht zum Lachen zumute war.

Dann fiel mir noch ein, dass Frau Wong um vier hoch kam und bis fünf redete. Leider konnte ich mich nicht mehr daran erinnern, was sie erzählt hatte. Zur Hälfte war es sowieso wieder auf Chinesisch gewesen.

„Versuchen Sie noch mal sich auf das Gespräch zu konzentrieren", beharrte er.

Ich dachte nach, aber es kam einfach nichts.

Der Herbst bombardierte mich schließlich mit anderen Fragen. Zum Schluss wusste er genauso viel über Frau Wong wie ich. Trotzdem wirkte er unbefriedigt. Seine wichtigste Frage blieb nach wie vor unbeantwortet.

„Sie werden sich schon noch an irgendwelche Gesprächsfetzen erinnern", sagte der Herbst schließlich. „Ich schicke Ihnen noch mal einen Kollegen vorbei."

Es war schon zwölf, als er ging.

Einen Schuldigen gab es schon: mich. Ich war nur verpflichtet, am Anfang meiner Schicht einen Rundgang zu machen und dabei in alle Zimmer zu schauen. Aber man würde mir trotzdem einen Strick daraus drehen. Mir vorwerfen, dass ich was hätte merken müssen.

Ich hatte Recht. Als ich abends zur Arbeit erschien, verhielten sich die Kollegen komisch. Zwar machten sie mir keinen direkten Vorwurf, sagten aber Dinge wie „Du musst doch was gehört haben!" oder „Wir hatten den ganzen Tag Stress!". Dann bedrängten sie mich mit Fragen, als seien sie ehrgeizige Ermittler.

Bernhard spöttelte, als er schon halb zur Tür hinaus war: „Und schlaf nicht in der Nacht ein!"

Ha, ha, ha.

Es gab viel zu tun. Die Patienten waren aufgewühlt und ängstigten sich. Manche schrien herum, andere holten sich Beruhigungstropfen. Jeder verdächtigte jeden. Nur eines war klar: Der Mörder war einer von ihnen.

Erst um Mitternacht wurde es ruhiger. Ich kochte mir einen Tee und dachte an Frau Wong.

Als ich vor zwei Jahren im Sonnenhof anfing, hatte sie mich ständig beschimpft. Sie war jemand, der sich nur schlecht auf Neues einstellen konnte. Mit der Zeit wurde ich jedoch zur Gewohnheit. Frau Wong war sogar zu mir ins Mitarbeiterzimmer gekommen, um stundenlang zu erzählen. Was hatte sie letzte Nacht bloß erzählt? Gestern war Dienstag. Der Tag, an dem immer das Taschengeld verteilt wurde. Ich hatte es! Frau Wong hatte natürlich vom Einkaufen gesprochen! Schon montags freute sie sich wie ein Kind, dass sie am nächsten Tag zur Kirmes durfte. Dienstags war sie immer mit dreißig Euro durch die Stadt gezogen und hatte nach irgendwelchen Schnäppchen gesucht. Sie liebte das Einkaufen.

In Hongkong hatte Frau Wong einen deutschen Mann kennen gelernt und war mit ihm vor acht Jahren nach Bielefeld gegangen. Hier wurde sie aber nicht glücklich. Ihr Mann hatte sie mit anderen Frauen betrogen, während sie allein zu Hause blieb und keinen Kontakt gefunden hatte. Langsam hatte sich die Geisteskrankheit eingeschlichen.

„Ding! Dang! Dong!"

Ich wurde aus der Vergangenheit gerissen und ging nach unten. Vor der Glastür stand ein Mann, Mitte vierzig und gutaussehend.

„Kommissar Herbst hat mich geschickt. Ich bin Kommissar Tiemann und will mit Ihnen das Gespräch mit Frau Wong durchgehen."

„Um diese Zeit?"

„Man kann sich besser erinnern, wenn man zur selben Tageszeit am selben Ort ist."

Im Mitarbeiterzimmer angekommen, setzte ich mich wieder so hin, dass ich die Tür im Auge hatte.

Kommissar Tiemann nahm auch Platz.

„Was hat Frau Wong als erstes gesagt?", fragte er. „Wieso ist sie zu Ihnen gekommen?"

„Sie ist ganz oft hochgekommen", antwortete ich.

„Und wieso?"

„Ich weiß nicht. Vielleicht weil sie aufgeregt war, vielleicht weil sie nur mal plappern wollte."

„Und was hat sie die letzte Nacht erzählt? Versuchen Sie sich die gestrige Situation genau vorzustellen."

Er ließ mir Zeit und fügte dann hinzu: „Stellen Sie sich einfach vor, ich sei Frau Wong."

Ich sah ihn an und brach in Gelächter aus.

Er schaute verständnislos. Erst nach einigen Minuten konnte ich mich wieder konzentrieren und erzählte, dass mir doch noch etwas eingefallen sei: Frau Wong hatte vom Einkaufen gesprochen.

Damit wollte sich der Tiemann nicht begnügen.

„Hatte sie nicht mal von irgendwelchen Männern gesprochen? Hatte sie keinen Liebhaber?"

„Das hat mich alles doch schon Ihr Kollege Herbst heute Nachmittag gefragt. Wieso ist er nicht einfach gekommen? Dann müsste ich nicht alles wiederholen."

„Viele Leute sprechen Geheimnisse in einer anderen Sprache aus. Sie gehen davon aus, dass es das Gegenüber sowieso nicht versteht. Frau Wong kam aus Hongkong. Sie sprach also Chinesisch mit kantonesischem Dialekt. Den beherrsche ich auch", sagte er nicht ohne Stolz und fügte dann hinzu: „Schließlich habe ich dort gelebt."

„Sie haben in Hongkong gelebt?"

„Ja, fünf Jahre lang."

„Und weshalb?"

„Das ist nicht wichtig", entschied Kommissar Tiemann. „Frau Wong war attraktiv. Sie hatte bestimmt einen Liebhaber."

Ich fragte mich albernerweise, ob er auch von mir dachte, dass ich einen Geliebten haben müsste.

„Das weiß ich nicht. Ich weiß nur, dass sie nach ihrer Scheidung immer auf der Suche nach dem Richtigen war."

„Wir gehen davon aus, dass ein Mann sie erwürgt hat. Von welchem Patienten können Sie sich vorstellen, dass er so eine Tat begeht?"

„Von jedem."

„Wieso?", fragte er überrascht.

„Hören Sie mal," sagte ich und versuchte sachlich zu klingen, „ich arbeite nur nachts hier. Abends mache ich eine Runde. Danach sehe ich die Patienten nicht mehr, außer sie schreien herum oder wollen Tropfen haben. Viele sitzen die ganze Nacht im Aufenthaltsraum und schauen Fernsehen. Meine Aufgabe ist es nur, für Ruhe zu sorgen und nicht die Leute zu unterhalten. Ich kenne die meisten nicht wirklich. Und wenn ich jemanden nicht gut kenne, dann traue ich ihm alles zu. Und besonders psychisch Kranke sind unberechenbar, weil ..."

„Nun gut," unterbrach er mich in einem Ton, als hätte mein Vortrag ihn gelangweilt. „Wie war Ihr Verhältnis zu Frau Wong?"

„Sie war meine Lieblingspatientin."

„Wieso?"

„Weil sie die einzige war, der ich unbesorgt den Rücken zudrehen konnte. Sie konnte zwar schimpfen und Geschirr auf den Boden werfen, aber im Grunde war sie harmlos."

„Und inwiefern war Frau Wong psychisch krank?"

„Sie schuf sich ihre eigene Welt", sagte ich. „Sie redete mit ihren toten Eltern und fühlte sich von Kevin Costner verfolgt. Hätte sie ihre Verwandten und Freunde hier gehabt, wäre die Krankheit vielleicht nicht bei ihr ausgebrochen."

„Gut. Können Sie sich denn an chinesische Wörter von gestern erinnern?"

Ich schaute Kommissar Tiemann verzweifelt an. Im gleichen Augenblick erinnerte ich mich doch an ein Wort.

„Mai!", rief ich aus, als würde mich das von allem Übel befreien. „Mai! Ich kann mich an dieses Wort erinnern, weil ich mich gefragt habe, ob das im Chinesischen auch ‚Mai' bedeutet."

„Mai?" Er schaute mich an. „Hörte es sich so an? ‚Mai'?"

„Ja, ja", stimmte ich zu.

„Fallen Ihnen noch weitere Wörter ein?"

„Hilft Ihnen das denn nicht weiter?", fragte ich enttäuscht. Ich trommelte wieder mit den Fingern auf den Tisch.

„Das ist nichts Besonderes. ‚Mai' heißt nur kaufen. Frau Wong erzählte Ihnen also auch auf Chinesisch nur von ihren Einkäufen."

An weitere Wörter erinnerte ich mich nicht. Ich überlegte noch eine Weile – ohne Erfolg. Kommissar Tiemann stand auf und sagte: „Denken Sie bitte heute Nacht noch mal an die chinesischen Wörter. Ich bin sicher, dass Ihnen noch was einfällt."

Ich war mir sicher, dass das nicht passieren würde. An der Tür verabschiedeten wir uns, und ich schloss ab. Wieder oben angelangt, dachte ich noch mal an die Worte des Kommissaren. Wenn Frau Wong wirklich einen Liebhaber gehabt hätte, wäre es für sie unmöglich gewesen, das nicht zu erzählen. Schließlich konnte sie nichts für sich behalten.

Es klopfte. Herr Bunte stand vor mir. Er trug immer noch den grünen Pullover.

„Ich bin so aufgeregt", stammelte er. „Ein Paar Tropfen!" Ich gab sie ihm. Er trat vom einen Bein aufs andere und kippte sie herunter wie ein Schnäpschen.

Ich bluffte: „Sie wissen selbst, dass das Frau Wongs Pullover ist."

Herr Bunte schaute ertappt. „Der ist ihr doch viel zu groß, das sehen Sie doch."

„Es ist aber auch nicht Ihrer. Geben Sie ihn her!"

Sein Blick wurde komisch. Er trat näher. Nun stand er höchstens zwanzig Zentimeter vor mir und drückte seine Hände in die Hüfte. Er war nicht viel größer als ich, dafür aber kräftig. Ich roch, dass er sein ganzes Taschengeld für Bier ausgegeben hatte und nichts mehr für Deo übrig geblieben war.

Er ist der Mörder, dachte ich. Mein Herz raste. Eigentlich war er gutmütig wie ein Lamm, aber das sind die Schlimmsten. Wenn sie durchdrehen, dann richtig.

Ich sagte ernst: „Sie ziehen jetzt den Pullover aus und gehen hier raus."

„Gehen Sie doch selber raus", sagte er feindselig.

Ich wiederholte: „Sie gehen jetzt!"

Er stand noch einige Sekunden vor mir, wendete sich dann ab und ging zur Tür. Zu meiner Überraschung zog er doch noch den Pulli über seinen Kopf, schmiss ihn auf den Boden und knallte die Tür zu. Ich hob ihn auf und schaute aufs Etikett. „Sechzig" stand drauf. Der Pullover war Herrn Bunte sechs und Frau Wong fast zwölf Nummern zu groß. Ich faltete ihn zusammen und legte ihn auf den Tisch.

Es klopfte heftig an der Tür. Schon wieder Herr Bunte. „Jemand hat mein Zimmer durchwühlt!"

Das war mir herzlich egal. In dieser Anstalt beklaute jeder jeden. Auch Herr Bunte hatte oft Ärger gehabt, weil er CDs, Tabak und Schokolade von anderen eingesteckt hatte.

„Sie müssen halt Ihr Zimmer abschließen, wenn Sie nicht da sind."

„Ich habs aber abgeschlossen! Kommen Sie!", drängte er. Herr Bunte war jetzt aufgekratzt, aber von Bedrohlichkeit war nichts mehr zu spüren.

Als wir ankamen, stand die Tür offen. Ich schaute ihn besserwisserisch an.

„Nein", sagte er", ich habs nur *jetzt* vergessen! Weil ich so aufgeregt war! Vorher hab ich die Tür bestimmt abgeschlossen!"

Und wie zum Beweis hielt er seinen Schlüssel hoch, der an einer Schnur baumelte.

„Da!" Er zeigte auf einen Berg Schmutzwäsche. „Meine Kleidung wurde durchwühlt. Vorher lagen zwei Hosen oben drauf! Und jetzt liegen sie an der Seite! Und außerdem war die Balkontür nicht richtig zu! Was sagen Sie dazu?"

Ich sah ihn genervt an. „Dann haben Sie halt auch vergessen, die Balkontür zuzumachen. So schlimm ist das alles gar nicht. Ich werde es in die Akte schreiben."

„Was?", brüllte er. „Das wars?"

„Ja", sagte ich und ging nach unten.

Auf dem Rückweg kam mir der Gedanke, noch einmal in Frau Wongs Zimmer reinzuschaun. Ich durchquerte den unteren Aufenthaltsraum, wo noch zwei Patienten saßen und einen Italo-Western schauten. In dem Flur angelangt, schloss ich Frau Wongs Tür auf. Auf dem Tisch war nur Krims Krams. Teepackungen und verschiedene Kerzenständer. Im Holzregal lagen Stofftiere, bunte Parfümflaschen und anderer Nippes. Ich gabs auf. Schließlich wusste ich noch nicht mal, wonach ich suchen sollte. Ich sah auf das Bett, aber natürlich lag Frau Wong nicht drin. Über dem Bett hing das riesige Hongkong-Poster. Eine Nachtaufnahme. Im Vordergrund sah man das Meer und eine Dschunke, dann beleuchtete Hochhäuser und dahinter zwei Berge. Ich hatte es immer kitschig gefunden, aber jetzt rührte mich das Abbild von Frau Wongs Heimat.

Ein leises Klappern ließ mich zusammenzucken. Es kam aus der Richtung der Terrassentür. Zögernd ging ich dort hin – und entspannte mich wieder. Die Tür war nur nicht richtig geschlossen. Sie stieß gegen den Türrahmen, wenn der Wind sie leicht anblies. Hatten die Polizisten die Tür aufgelassen? Ich schloss sie zu und schlich mich wieder raus.

Als ich ins Mitarbeiterzimmer kam, erschrak ich. Ein Riese stand mitten im Raum. Er drehte sich um und ich erkannte, dass es nur mein Kollege Bernhard war.

„Hallo, was machst du hier?“, rief ich erleichtert aus.

„Hallo Beate“, sagte er. „Wir waren heute alle garstig zu dir. Das tut mir leid. Ich war noch unterwegs, da wollte ich mal kurz nach dir sehen.“

Er schaute mich reumütig an. Jemand sorgte sich um mich! Ich hätte ihn umarmen können! Als wir uns an den Tisch setzten, fragte Bernhard: „Was ist das denn für ein Pullover?“

„Der gehört Frau Wong oder Herrn Bunte. Oder gar keinem von beiden. Ich weiß es nicht.“

Das Telefon klingelte. „Sonnenhof, Rolfes“, meldete ich mich.

„Hier ist Tiemann. Ich war vorhin so müde, da habe ich etwas gar nicht in Erwägung gezogen.“

„Und jetzt sind Sie nicht mehr müde?“, fragte ich und schaute auf die Uhr. Es war schon drei.

„Nein, ich kann nicht schlafen. Wissen Sie, was eine Tonsprache ist?“

„Nein, ich glaub nicht.“

„Jedenfalls ist Chinesisch eine Tonsprache. Es gibt Wörter, die identisch sind, aber je nachdem, wie man sie vom Tonfall ausspricht, haben sie eine andere Bedeutung. Könnte sich das Wort auch so angehört haben: ‚Mai‘?“

Es klang genauso. Wollte er mich verschaukeln?

„Mai", wiederholte er. „Ich habe es ein wenig kürzer ausgesprochen und bin zum Ende mit dem Ton runtergegangen. Einkaufen wird ‚Mai' ausgesprochen. Reis hingegen ‚Mai'."

„Noch mal", bat ich.

„Mai!"

„Ja, das kann auch so geklungen haben", sagte ich. Er hätte es mir hundert Mal vorsagen können. Ich hätte nie einen Unterschied bemerkt.

Er fuhr fort: „Jedenfalls, wenn es *dieses* Wort gewesen wäre, hätte Frau Wong nicht vom Einkaufen gesprochen. Es wäre auch nicht plausibel, wenn man im Chinesischen nur das wiederholt, was man vorher schon auf Deutsch gesagt hat."

„Sondern?"

„Sie hat wahrscheinlich von Reis gesprochen. Von ungekochtem Reis. Für gekochten gibts ein anderes Wort."

So ein Blödsinn. Was hatte sie mit Reis zu tun? Nur weil sie Chinesin war, sollte sie den ganzen Tag von Reis gesprochen haben? Mittags gabs Kartoffeln, Nudeln und manchmal auch Reis als Beilage. Na und?

„Überlegen Sie doch mal!", herrschte er mich durch den Hörer an.

Patzig sagte ich: „Reis, Reis, Reis! Mir fällt aber nichts dazu ein!" und ließ meinen Blick zu Bernhard wandern, um mir Zustimmung zu holen. Er schaute mich auch an, und im selben Augenblick verstand ich: Rais! Bernhard Rais! Für Patienten war er Herr Rais! Frau Wong hatte doch von ihrem Liebhaber gesprochen! Vielleicht hatte sie gedacht, dass Bernhard mit „ei" geschrieben wurde wie die Mittagsbeilage zum Hühnerfrikassee. Die Patienten wussten zwar wie die Mitarbeiter hießen, aber nicht wie ihre Namen geschrieben wurden. Schließlich hatten wir keine Namensschilder am T-Shirt wie die Verkäufer vom Media-Markt. Bernhard passte die Größe sechzig! Er musste tagsüber gesehen haben, dass Herr Bunte seinen Pullover trug. Er war in Frau Wongs und Herr Buntes

Zimmer gewesen und hatte sie durchwühlt. Bernhard sah mich an und las mir die Erkenntnis an dem Gesicht ab. Er langte mit seinen langen Armen über den Tisch und riss mir den Hörer aus der Hand.

„Du weißt es also," sagte er.

Ich trommelte mit den Fingern auf dem Tisch. Ich dachte an den Regengott, den ich nun wieder beleidigte. Bielefeld ist der Ort mit dem höchsten Niederschlag in Deutschland. Jeden zweiten Tag regnet es, weil der Teutoburger Wald die Wolken nicht passieren lässt. Sie sammeln sich hier und ergießen sich über die Stadt. Woanders bettelten die Menschen um Regen, ich aber verscheuchte ihn. Darüber musste ich lachen. Das irritierte Bernhard, er kniff die Augen zusammen.

„Ich weiß gar nichts", sagte ich dann. „Hattest du was mit ihr?"

Er strich sich mit den Händen durchs Haar, als seien sie Kämme.

„Wieso hast du das getan?", fragte ich weiter.

„Richtig, ich hatte nur etwas mit ihr. Nicht mehr. Aber sie wurde immer anhänglicher. Und wenn ich mal etwas bei ihr vergessen hatte, wollte sie es behalten und selber tragen. Sie wollte sogar, dass ich mich scheiden lasse!"

Ich dachte an Frau Wong und ihre Einsamkeit. Sie hatte sich immer einen Mann gewünscht, der nur für sie da war. Einen, der sich um sie sorgte und sie nicht allein ließ. Vielleicht hätte sie es dann schaffen können, ein normales Leben zu führen. Nun hatte sie scheinbar den richtigen Mann gefunden, und dieser Mann brachte ihr die größte Einsamkeit, die es gab: den Tod.

„Wenn sie gepetzt hätte", fuhr Bernhard fort, „wär ich ins Gefängnis gekommen. Wegen Verführung von Betreuten! Dabei hat sie mich verführt!"

Mit seinen aufgerissenen Augen sah er aus wie ein Verrückter. Er stand auf und ging um den Tisch herum.

Rühr dich, befahl ich mir, aber mein Körper reagierte nicht. Schrei laut um Hilfe, befahl ich mir weiter. Aber ich wusste, dass Schreie in dieser Anstalt so normal waren wie die Dunkelheit in der Nacht. Niemand wäre gekommen. Die Mitarbeiter mussten für Ruhe sorgen, und die einzigen Mitarbeiter im Haus waren Bernhard und ich.

Er trat hinter mich und legte seine Hände auf meine Schultern. Ich kam mir vor wie ein Fisch in den Fängen einer Krake.

„Bestimmt haben dich einige Patienten gesehen", brachte ich doch noch hervor und versuchte dabei ruhig zu klingen. Die Grundregel lautete: Immer schön ruhig bleiben und nie das Gespräch abbrechen lassen.

Bernhard wusste sofort, worauf ich anspielte. Man musste erst durch die Aufenthaltsräume gehen, um in die Flure der Patienten-Zimmer zu gelangen. Einige Patienten schauten immer fern. Es gab Zeugen.

Siegessicher deutete Bernhard an: „Alle Zimmer haben Balkontüren mit Feuertreppe."

Meine Gedanken purzelten durcheinander, als sich seine Hände fest um meinen Hals schlossen. Es fühlte sich so an, als hätte ich einen harten Kloß verschluckt, der in meiner Kehle stecken blieb.

Instinktiv versuchte ich, mein Kinn auf die Brust zu drücken, aber der Druck wurde nicht schwächer. Ich zog an seinen Händen, aber sie rührten sich keinen Millimeter.

Langsam wurde mir schwarz vor Augen, da hörte ich einen dumpfen Schlag, und der Druck löste sich. Eine warme Sommerbrise wehte mir in den Rücken. Der Blick über die Schulter zeigte mir verschwommen, dass Bernhard bewusstlos auf dem Boden lag. Dahinter stand Herr Bunte vor der offenen Balkontür. In der Hand hielt er eine Bierflasche. Er ging um Bernhard herum und stellte sich vor mich hin.

„Es war so bullig warm in meinem Zimmer, da war ich draußen noch spazieren", erklärte er mir. „Als ich wiederkam, hab ich gesehen, dass Ihre Balkontür auch offen stand, und bin die Treppe hochgestiegen."

Ich rieb meinen Hals.

Herr Bunte sah verwundert die Bierflasche an. „Komisch, im Fernsehen gehen die Flaschen immer kaputt."

Den Kopf leicht geneigt, schaute er nachdenklich zu Bernhard hinunter.

„Sehen Sie, Frau Rolfes", sagte er dann triumphierend und hob seine Bierflasche hoch wie einen Pokal, „ich war doch nicht derjenige, der alle Balkontüren offen gelassen hat."

Vorhin war es vor meinen Augen schwarz geworden, aber jetzt zuckten helle Blitze durch mein Sichtfeld. Ich dachte logisch und abergläubisch zugleich: Wenn es geregnet hätte, dann wäre Herr Buntes Zimmer nicht so stickig gewesen, und er wäre nicht spazieren gegangen. Dann hätte er nicht die offene Balkontür gesehen, wäre nicht hochgestiegen, und ich wäre tot. Das Fingertrommeln, das Ausbleiben von Regen, hat mein Leben gerettet.

„Sie sind der Sonnengott", sagte ich wirr.

Herr Bunte schaute mich genauso wirr an.

Die Sonne schien wieder. Ich war zu Hause, hatte geduscht und zog die dunklen Vorhänge zu. Den Wecker stellte ich auf vier und legte mich hin. Ich träumte. Vor mir hing dieses große Hongkong-Poster. Ich schaute auf die Hochhäuser und wusste: Lichter in der Nacht bedeuten, dass auch noch andere Menschen wach waren – so wie ich. Ich hörte eine leise Stimme, die etwas rief. Sie kam aus dem Poster. Mit einer großen Lupe suchte ich die Wolkenkratzer ab und fand … Frau Wong, die sich weit aus einem Fenster lehnte, mir freudig zuwinkte und rief: „Ich geh einkaufen! Ich geh einkaufen!"

Volker Backes

Diamantenfieber

Jensen brühte sich in seiner Zwei-Zimmer-Wohnung im Bielefelder Westen gerade einen Kaffee in einer French Press auf. Er liebte den sich in der Wohnung verbreitenden Duft und er mochte das Gefühl, wenn er den Filter in der Kanne herunterdrückte. „Siehst Du", hatte Jolanda bei ihrem Auszug gesagt, „dann kannst Du jetzt auch mal was unterdrücken." Jolanda hatte gefunden, dass er ein guter Mensch sei, ein zu guter Mensch, wie sie nicht müde wurde zu betonen. Nicht nein sagen könne er, warf sie ihm immer vor und dann irgendwann ging sie und kam nicht wieder. Jensen verstand nicht, was so schlecht daran sein sollte, ein guter Mensch zu sein. Ging das überhaupt? Ein zu guter Mensch zu sein?

Es klingelte an der Tür, und Jensen drückte etwas gedankenverloren den Türsummer. Erst als es nochmals klingelte, weitaus länger und energischer als vorher, bemerkte Jensen, dass schon jemand vor der Tür stand. Zwei Männer, um die 30, die er beide nicht kannte. Einer von den beiden war relativ modisch gekleidet: dunkle Jeans, helles Hemd, ordentliches Jackett, vermutlich Strellson oder Boss, schlank und gepflegt, während der andere eine billig wirkende Kunstlederjacke über einem Maschinenstrickpulli zu einer zeitlos unmodischen Hose trug. Jensen musste unvermittelt an Osteuropa denken.

„Lennart Jensen?", fragte der Modische. Jensen bejahte.

„Sören Konopka von der Kripo Bielefeld", stellte sich der Modische vor und zeigte auf seinen Begleiter. „Mein Kollege Andrzej Krawzcyk. Dürfen wir eintreten?"

Jensen bat die beiden in die Essecke, Konopka nahm mit Jensen am Esstisch Platz, während Krawzcyk zum Fenster ging und hinausblickte.

„Wie kann ich Ihnen helfen?", fragte Jensen in einer

Mischung aus Gespanntheit und Verwunderung. Mit der Polizei hatte er noch nie Kontakt gehabt.

„Was sagt Ihnen der Name Julian Richter?", fragte Konopka.

Jensen überlegte. „Nichts", antwortete er. „Den Namen habe ich noch nie gehört."

„Wirklich nicht?", Konopka zog eine Augenbraue hoch.

„Wirklich nicht", sagte Jensen.

„Wir sind uns aber sicher", fuhr Konopka weiter fort, „dass Sie ihn kennen, weil er heute eine Verabredung mit Ihnen hatte."

Jensen hatte allerdings keine Verabredung für heute. Weder mit Julian Richter noch mit sonst wem. Was hatte das alles zu bedeuten?

Konopka holte zwei Fotos aus seiner Tasche. Das erste zeigte einen Mann Ende 30, etwas untersetzt, mit traurigem Blick und schütterem Haar. Das zweite Foto zeigte einen am Boden liegenden Mann, blutüberströmt, offensichtlich brutal ermordet.

„Der Weinerliche", entfuhr es Jensen plötzlich.

„Der Weinerliche?", fragte Konopka. Krawzcyk sah vom Fenster aus zu den beiden hin.

„Ich habe mal mit ihm in einer Fabrik gearbeitet", sagte Jensen. „Klassischer Studentenjob. Druckereimaschinen mit Papier befüllen. Er war immer nur am Jammern über die Arbeitsbedingungen. Irgendwie eine tragische Gestalt, der Typ. Deswegen habe ich ihn für mich den Weinerlichen genannt. Ist das Julian Richter?"

Konopka nickte. „Sie kannten ihn also doch", sagte er.

„Nicht unter seinem Namen", führte Jensen aus, „wir trafen uns immer nur in der Pause. Und später noch eine Weile in der Uni-Mensa. Mit Namen haben wir uns komischerweise nie vorgestellt. Oder ich habe ihn vergessen. Was ist mit ihm passiert?"

„Tot", sagte Krawzcyk.

„Warum wollten Sie ihn heute treffen?", fragte Konopka.

„Ich wollte ihn gar nicht treffen", antwortete Jensen, „ich habe ihn seit bestimmt zwei Jahren nicht mehr gesehen." Jensen wurde etwas unbehaglich. Wie kamen diese Männer ausgerechnet auf ihn? Was hatte er mit alledem zu tun?

„Richter wurde tot an einem Autobahnparkplatz aufgefunden", erklärte Konopka, „er hatte einen Kalender bei sich, in dem für heute ein Treffen mit L.J. eingetragen war. Daneben stand eine Telefonnummer. Ist das nicht Ihre?"

Konopka zeigte Jensen einen Zettel mit einer Telefonnummer. Es war tatsächlich seine. Und L.J. konnten seine Initialien sein.

„Ich weiß nichts von einem Treffen", stammelte er konsterniert.

„Wenn Sie ihn nicht kannten, wie Sie sagen, woher hatte er dann Ihre Telefonnummer?", fragte Konopka. Sein Ton wurde nun etwas energischer.

Jensen überlegte angestrengt. Dann kamen ihm die Erinnerungen zurück. Der Studentenjob. Der Weinerliche. Die anschließenden, zufälligen Treffen in der Mensa, bei denen der Weinerliche zwar nie seinen Namen sagte, aber dennoch immer zutraulicher wurde und aus seinem Leben erzählte. Jensen hörte stets zu, mit einer Mischung aus Verwunderung, Neugier und Mitleid. Ja, er bemitleidete den Weinerlichen etwas. Denn alles, was der Weinerliche, oder Julian Richter, wie er ja wohl hieß, anfasste, schien sich zu einer Katastrophe zu entwickeln. Jensen hörte immer zu, vielleicht würde ja mal eine Geschichte davon abfallen, dachte er sich. Jensen erzählte den beiden Männern, was ihm allmählich wieder einfiel. Von der blonden polnischen Frau, die Richter kennen gelernt hatte und die nach seinen Schilderungen eine wahre Granate gewesen sein musste. Richter hatte blumig seine heiße Lovestory geschildert, was in Jensen die Frage reifen ließ, was sie, wenn sie denn wirklich eine solche Granate war, von einem weinerlichen, eher unattraktiven Mann hätte wollen können. Eines Tages stand die blonde polnische Granate vor Richters Wohnungstür in Dornberg mit zwei Koffern in der Hand und ihrer polnischen Familie im Schlepptau. „Wir heiraten", hatte sie gesagt.

Richter wurde da wohl schlagartig der Ernst der Lage bewusst, jedenfalls flüchtete er aus dem Haus und betrank sich in der Bielefelder Innenstadt fürchterlich. Als er abends weder gehen noch stehen konnte, setzte er sich in sein Auto und wollte zurück nach Dornberg fahren. Auf Höhe der Polizeiwache an der Stapenhorststraße fiel einer Streifenwagenbesatzung sein unsicherer Fahrstil auf. Man wollte ihn kontrollieren, aber Richter gab Gas, und es entwickelte sich eine wilde Verfolgungsjagd, die schließlich an einem Begrenzungspfahl auf dem Uni-Gelände endete.

„Die Geschichte ging seinerzeit durch die Presse", sagte Jensen.

Konopka nickte, Krawzcyk wirkte allmählich ungeduldig.

„Ich habe Richter daraufhin, als er mir das später in der Uni erzählte, wohl meine Telefonnummer gegeben", sagte Jensen. „Allerdings hatte ich das schon völlig vergessen. Er hat sich nie bei mir gemeldet. Ich habe ihn seitdem auch nicht mehr gesehen."

„Sie haben also keine Idee, was er heute von Ihnen wollte?", fragte Konopka.

„Nein", antworte Jensen, „wirklich nicht. Aber offensichtlich steckte er ja schon wieder in Schwierigkeiten."

„Das kann man wohl sagen", meinte Konopka.

„Vielleicht wollte er sich bei mir auskotzen", überlegte Jensen.

„Vielleicht", nickte Konopka.

Die beiden Männer verabschiedeten sich und hinterließen eine Mobilnummer, die Jensen wählen sollte, falls ihm noch etwas einfiele.

Am nächsten Tag wurde Jensen auf das Polizeipräsidium am Kesselbrink in der Bielefelder Innenstadt geladen. Ein Polizeibeamter bat ihn in ein Büro an einen Besprechungstisch.

„Was sagt Ihnen der Name Julian Richter?", fragte der Polizist.

Jensen wunderte sich.

„Das habe ich doch gestern schon Ihren Kollegen erzählt", entrüstete er sich.

Nun wunderte sich der Polizist.

„Welchen Kollegen?"

„Ich glaube, Sören Konopka und Andrzej Krawzcyk hießen die. Sie waren bei mir zu Hause. In der Wohnung."

„Konopka und Krawzcyk?", der Polizist runzelte die Stirn. Er griff zum Telefon und wählte eine kurze Nummer. „Sören soll mal hochkommen", ordnete er knapp an.

Kurze Zeit später erschien ein kleiner, untersetzter Mann Ende 50 im Büro. Er stellte sich als Sören Konopka vor. Jensen hatte den Mann noch nie gesehen.

„Warst Du mit Andrzej gestern bei Herrn Jensen?", fragte der Polizist. Konopka schüttelte den Kopf. Er mache keine Hausbesuche mehr, sagte er, die Zeit sei endgültig vorbei. Dann lachte er und ging.

Jensen wurde schwindelig. Wer hatte ihn gestern besucht? Was sollte das alles? Also erzählte er dem Polizisten, was er wusste. Über den weinerlichen Julian Richter. Der nun tot war. Erschossen, an einem Autobahnparkplatz. Und der offenbar den Plan gehabt hatte, Lennart Jensen, also ihn, aufzusuchen. Jensen wiederholte die ganze Geschichte, die er auch schon den augenscheinlich falschen Polizisten am Vorabend erzählt hatte. Ihm war jedoch noch etwas eingefallen. Nach der Verfolgungsjagd hatte sich Richter einen guten Anwalt gesucht. Den besten in Bielefeld, wie er meinte. Bei einem seiner Anwaltbesuche hatte Richter dann wohl jemanden kennen gelernt, der ihm einen Job angeboten hatte, um seine Schulden zu bezahlen. Ein Job, für den man einen sportlichen Fahrer brauchte.

„Richter war ein wahrlich sportlicher Fahrer", brummte der Polizist. „Was für ein Job sollte das sein?"

Jensen kramte weiter in seinen Erinnerungen.

„Richter sollte von Deutschland aus Sportwagen in den Irak überführen und auf dem Rückweg Diamanten mitbringen."

„Diamanten?“, der Polizist richtete sich in seinem Stuhl auf.

„Ja, ich glaube er hat von Diamanten geredet“, sagte Jensen. „Ich habe Richter nicht geglaubt, weil er auch davon erzählte, gegen türkische Verhörmethoden abgehärtet zu werden.“

„Türkische Verhörmethoden.“

„Ja“, sagte Jensen, „ich habe es für totalen Blödsinn gehalten, für pubertäre Kinofantasien. Der Weinerliche, also Richter, konnte es ja noch nicht einmal ertragen, wenn er angebrüllt wurde. Er hat auch immer von Persien gesprochen. Das gibt es doch gar nicht mehr. Persien.“

Es entstand eine Gesprächspause.

„Türkische Verhörmethoden“, murmelte der Polizist.

„Glauben Sie“, fragte Jensen ungläubig, „dass er wirklich Diamanten transportiert hat?“

„Das würde ich auch gern wissen“, sagte der Polizist.

Jensen ging zu Fuß nach Hause, quer über den Kesselbrink, durch die Fußgängerzone, unter dem Ostwestfalendamm her. Richter, Diamanten und die zwei Männer vom Vortag tobten Jensen durch den Kopf. Und was hatte das alles mit ihm zu tun? Was konnte Richter nur gewollt haben? Jensen war so sehr in seinen Gedanken versunken, dass ihn die Hand, die plötzlich seinen Mund zuhielt, völlig überraschte. Bevor er überhaupt reagieren konnte, drückten ihn vermutlich zwei Männer in das Gebüsch links hinter der Ostwestfalendammbrücke. Sie schleiften ihn hinter ein Haus, direkt neben den Damm. Ein Güterzug ratterte vorbei. Wegen der starken Geräuschkulisse hatte wahrscheinlich niemand drittes von dem Überfall Notiz genommen. Die Männer prügelten ohne Vorwarnung auf Jensen ein. Dann hielten sie kurz inne.

„Wo ist das Säckchen?“, fragte einer. Dann wieder Prügel. Jemand zog ihm die Jacke aus.

„Welches Säckchen?“, fragte Jensen.

Weitere Prügel. Die Jacke wurde durchsucht.

„Ich weiß nicht, was Sie von mir wollen“, sagte Jensen. In diesem Augenblick war er der einzige, der wusste, dass das stimmte. Er konnte sich das alles nicht erklären, wie und worein er geraten war. Der Mut drohte Jensen zu verlassen. Dann aber hörte der Überfall ebenso plötzlich, wie er begonnen hatte, wieder auf. Die Männer ließen von ihm ab und verschwanden Richtung Innenstadt.

Jensen richtete sich stöhnend auf und schleppte sich unter Schmerzen nach Hause. Die Haustür stand wie immer offen. Im zweiten Stock angekommen, entdeckte Jensen, dass jemand seine Wohnungstür aufgebrochen hatte. Vorsichtig schlich er in den Flur und horchte. Es war niemand mehr da, aber offenkundig war die Wohnung durchsucht worden. Bücher- und CD-Regale waren ausgeräumt, Schubladen waren ausgekippt worden, der Fußboden war übersät mit Gegenständen aus seiner Wohnung. Jensen stöhnte und ließ sich auf sein Sofa fallen.

Er wusste nicht, ob und wie lange er geschlafen hatte, als er durch das Türklingeln hochschreckte. Benommen schlurfte Jensen in den Flur und öffnete die Wohnungstür. Er erwartete keinen Besuch, er rechnete trotzdem mit allem. Vor ihm stand eine hübsche, blonde Frau, die er noch nie zuvor gesehen hatte. Eine Granate.

„Lennart Jensen?“, fragte sie.

Jensen nickte.

„Darf ich reinkommen?“, sagte sie, und Jensen bemerkte erst jetzt ihren starken polnischen Akzent. Es war mehr Aufforderung als Frage. Jensen bat sie herein. Sie setzten sich an den Tisch, an dem Jensen Tags zuvor mit den zwei falschen Polizisten gesessen hatte. Die Frau blickte Jensen in die Augen. Ihr Blick brannte. Anschließend beugte sie sich vor und sagte:

„Julian hat mir von Ihnen erzählt.“

Jensen blinzelte.

„Ich brauche Ihre Hilfe“, sagte die blonde Frau. Sie war wirklich eine Granate, fand Jensen. Dann kramte sie in ihrer Handtasche, holte etwas daraus hervor und warf es auf den Tisch, Jensen vor die Nase.

Es war ein kleines, graues Säckchen.

Thorsten Knape

Der Wunschzettel

Zu Weihnachten darf man sich etwas wünschen. Ich wünsche mir wie immer eine Kiste Rotwein. Nichts Besonderes, vielleicht einen *Chateau Margaux 1er Cru Classé.* Da gibt es die Flasche schon für unter 100 Euro.

Ich werde diesen herrlichen Bordeaux wie immer nicht bekommen. Und ehrlich gesagt nervt es mich zunehmend, dass ich zu Weihnachten nie bekomme, was ich mir wünsche. So wünsche ich mir ja auch schon lange, dass es einigen Leuten endlich an den Kragen geht.

Sie kennen das bestimmt. Dieses Gefühl, dass endlich mal einer was tun müsste, damit der angeblich so nette Nachbar zur Rechten oder der stadtbekannte Fiesling oben aus dem Dorf endlich mal das bekommen, was sie verdienen. Einen auf die Finger nämlich.

Mir reicht es jedenfalls. Ich werde nicht länger warten. Ich werde mir die Kiste *Chateau Margaux* bestellen. Gleich morgen. Und ich werde sie mir vorknöpfen. Diese Leute, die immer ungeschoren davonkommen.

Ich wohne in Brackwede. Hier werde ich anfangen. Hier gibt es genug zu tun. Zeit für die Bescherung.

Der Ort meiner ersten weihnachtlichen Wunscherfüllung wird direkt an der Hauptstraße liegen. Ein weißer Lieferwagen wird vorfahren. Der Fahrer wird sich nicht die Mühe machen, eine Parklücke zu finden. Das wäre ja sowieso ein aussichtsloses Unterfangen. Er wird in zweiter Reihe parken. So, dass er die nächste Straßenbahn der Linie 1 in Richtung Endstation Senne blockieren wird. Das alleine wäre ja schon ein mörderischer Spaß. Der Straßenbahnfahrer wird fluchen, das nutzlose Gebimmel aus seinem Führerhaus wird die Aufmerksamkeit der Passanten erregen. Die Fahrgäste in der Bahn werden laut aufstöhnen. Die Autofahrer, hoffnungslos eingekeilt und ihrer ach so geliebten Mobilität beraubt, werden fluchen. Perfekt. Alle Aufmerksamkeit auf den Fahrer. Möge die Show beginnen.

Und die Show geht so: Der Zusteller steigt aus: „Entschuldigen Sie, weiß irgendjemand, wo ich diesen Mann finde?“ Er hält ein Paket hoch, darauf ein Adressaufkleber. Die Passanten schauen genau hin.

„Ja, ja. Das ist hier. Hier, die Hausnummer. Der wohnt hier, im zweiten Stock, glaube ich.“ Der Zusteller stellt sich etwas begriffsstutzig an und wiederholt schön laut, damit es auch wirklich jeder mitbekommt:

„Also, dieser Herr hier, der dieses Paket bekommt, wohnt hier oben, zweiter Stock.“

„Ja, ja. So ist es“, mischt sich ein zweiter oder dritter Passant ein. Auch aus dem Haus sind mittlerweile Menschen herunter auf die Straße gekommen. Das schrille Klingeln der Straßenbahn und die hupenden Autofahrer zeigen Wirkung.

Einige der Passanten, sicher auch die Mieter, richten ihre Aufmerksamkeit schließlich auf den weißen Lieferwagen.

„Uranus – Erotikversand. Diskrete Lieferung garantiert“, steht drauf.

Der Zusteller hat es jetzt eilig und wirft das Paket einem der Mieter zu.

„Keine Angst, ist nicht schwer. Ist so ’ne aufblasbare Sexpuppe drin. Geben Sie ihm die und richten Sie Ihrem Nachbarn schöne Grüße vom Uranus-Erotikversand aus. Danke, dass er Kunde bei uns ist.“

Sprichts, springt in seinen Lieferwagen, hupt kurz und verschwindet.

Die Insassen der Straßenbahn, die kurz ausgestiegen sind, um alles besser mitzukriegen, beeilen sich, wieder in den Wagen zu kommen. Die Straßenbahn fährt weiter, gefolgt von den wütenden, kopfschüttelnden Autofahrern.

Einige Passanten, vor allem aber die Mieter aus dem Haus, bleiben noch länger stehen.

„Was war denn das?“, fragt ein älterer Herr mit Hut.

„Ist das wirklich für den Typ aus dem zweiten Stock?“ Die Mieterin aus dem Dritten hatte nur kurz eine dünne Strickjacke übergeworfen, bevor sie auf die Straße gelaufen war, um der Ursache des Trubels unten nachzugehen. Jetzt friert sie, kann sich aber nicht entscheiden, wieder ins Warme zu gehen.

„Sieh an, sieh an; 'ne Gummipuppe. Wer hätte das von ihm gedacht“, fasst der bärtige Student aus dem ersten Stock das Geschehen zusammen. Ihn hatte die laute Episode aus dem Schlaf gerissen. Es ist erst kurz nach elf Uhr.

„Ferkel!“ Das kommt von der Frau des Hausmeisters, die ihr Leben der Sauberkeit verschrieben hat und für die Ferkel deshalb ganz oben auf der Skala der schlimmen Schimpfwörter steht.

„Da steht noch was an der Seite geschrieben!“ Obwohl noch nicht ganz wach, ist dem Studenten die handgeschriebene Notiz am Paket nicht entgangen.

Der Mieter, immer noch verdutzt das Paket in der Hand haltend, dreht dieses nun vorsichtig und langsam um, als hätte er die Befürchtung, die Gummipuppe könnte bei einer unvorsichtigeren Bewegung explodieren oder – schlimmer noch – sich selbst aufblasen und in voller Schönheit dem Karton entsteigen. (Der Mieter hat eine ziemlich genaue Vorstellung davon, was in dem Karton ist, kann das aber aus verständlichem Grund hier jetzt nicht kundtun).

Mit einem leichten Timbre in der Stimme liest er seinen Mitmietern und der sonstigen interessierten Öffentlichkeit vor:

Liebe Hausbewohner, Ihr lieber Nachbar ist übrigens auch ein ganz unverschämter Spanner. Heben Sie Ihre Köpfe und beachten Sie die zwei Margeriten-Bäumchen vor seinem Küchenfenster.

Sie dienen ihm als hervorragendes Versteck für sein Tun. Mittels Fernrohr und Fernglas (letzteres sogar mit Restlichtverstärker) verschafft er sich tiefe Einblicke in nahezu sämtliche Fenster des Hauses gegenüber. Seien Sie doch bitte so freundlich und informieren Sie Ihre Mitbürger auf der anderen Straßenseite. Am besten sofort. Und sollten Sie nicht darüber nachdenken, ob Sie mit einem dermaßen verdorbenen Individuum weiter unter einem Dach leben wollen?

Liebe Grüße von Ihrem Uranus-Erotikversand.

Gute Show soweit. Guter Schlussgag. Wenn er wirkt, werden die Hausbewohner jetzt viel zu tun und zu besprechen haben. Ein Teil wird sofort eine Art Taskforce bilden, mit einer ordentlichen Portion Wut ausgestattet die gegenüberliegenden Wohnungen aufsuchen und in einer Art Erstschlagstrategie so viele Bewohner wie möglich sofort vor dem Unhold warnen. Die jetzt gar nicht mehr bibbernde, sondern vor Entrüstung erhitzte Frau mit der leichten Strickjacke wird ihre Wohnung für den Abend zur Verfügung stellen, damit die Einheit derer, deren Augen über den miesen Charakter ihres Mitmieters jetzt geöffnet sind, gezielte Maßnahmen gegen eben diesen zu planen beginnen kann.

Und oben am Küchenfenster im zweiten Stock wird ein Schatten unruhig hin und her wandern – unzureichend versteckt hinter zwei prachtvollen Margeriten-Bäumchen.

Viel Spaß bei dem, was jetzt über dich hereinbricht, Ferkel aus dem zweiten Stock. Du hast es dir verdient.

So oder so ähnlich wird es passieren. Sie nennen es vielleicht einen harmlosen, vielleicht einen geschmacklosen Streich. Nicht würdig, an dieser Stelle überhaupt Erwähnung zu finden. Nun gut. Vielleicht finden Sie es ja auch richtig, dass da mal jemand was auf die Finger bekommt. Der Kerl aus dem zweiten Stock jedenfalls ist schon länger fällig. Eine Freundin hat mir von ihm erzählt. Ich hab ihn mir schon mal vorgeknöpft, aber gut zureden hilft offenbar nicht. Deshalb also so. Das hilft bestimmt.

Das finden Sie gut? Das kann man ruhig mal machen, denken Sie? Okay, schauen wir mal, wie weit Sie mir folgen werden.

Denn für mich ist dieser Streich nur eine Fingerübung – zum Aufwärmen sozusagen. Und zum Lernen.

Wichtig ist die Wahl der Waffen und der richtige Ort, sie einzusetzen. Wo bekommt man mehr Öffentlichkeit als in dieser vermaledeiten Brackweder Hauptstraße. Halte den Verkehr auf und du bekommst alle Aufmerksamkeit, die du brauchst. Der Lieferwagen macht die Sache dann richtig rund. Buchstaben zum Aufkleben sind schnell gedruckt. Die Leute glauben, was sie sehen. Wenn man es ihnen denn unter die Nase hält. Darauf kann man bauen – und aufbauen.

Denn das nächste Opfer ist eine viel härtere Nuss.

Im Frühjahr kommenden Jahres, es wird eher April sein als März, wird das Telefon in der Polizeiwache Süd am Südring in Brackwede klingeln. Wenn alles so klappt, wie ich mir das vorstelle, wird der Anruf an einem Montag eingehen – so gegen 6:30 Uhr in der Früh.

Der diensthabende Wachführer wird den Anruf entgegennehmen und sicher lange nicht vergessen.

„Hier Mann!", die Stimme am anderen Ende der Leitung wird mit Sicherheit sehr erregt klingen.

„Hier Polizei!", wird der Wachführer in aller Ruhe entgegnen.

Gut so. Alle auf ihre Positionen! Denn es ist angerichtet. Vorhang auf, das Spiel beginnt.

„Hier Mann. Mit Hose ohne!" Die Stimme der Frau am Telefon klingt schrill.

Der Beamte richtet sich in seinem abgegriffenen Drehstuhl auf, justiert sein Headset und atmet tief durch.

„Was genau möchten Sie melden? Wer sind Sie und wo?"

„Ich Ioulia. Helfen machen sauber Schule. Und Halle für Turn. Auf Platte Ping-Pong sitzt alter Mann. Mit Hose ohne."

Der Wachhabende hält kurz das Mikrofon seines Headsets zu und winkt zwei Beamte, die sich auf ihre frühmorgendliche Streifenfahrt vorbereiten, zu sich.

„Fahrt mal bitte schnell zum Gymnasium runter. Da treibt sich offenbar 'nen Exhibitionist rum. Bei den Tischtennisplatten."

Dann wendet er sich wieder der aufgeregten Frau zu: „Wir schicken jemanden hin. Ist der Kerl noch da?"

„Kerl noch da. Kann auch nicht weg. Muss bleiben."

Der Beamte runzelt die Stirn: „Wieso? Was haben Sie mit ihm gemacht? Warum kann der nicht weg?"

„Ich nichts gemacht. Aber Mann ist fest mit Schnur. Und Kleber vor Mund. Und Arsch ganz nackt auf kalte Platte."

„Bleiben Sie, wo Sie sind.", raunt der Beamte. „Wir sind gleich bei Ihnen!"

Ioulia Papadopoulou tut, wie ihr geheißen. Die 46-jährige Griechin ist mit den Nerven am Ende. Wie jeden Morgen ist sie die erste gewesen auf dem Schulgelände.

Sie gehört zum Reinigungsteam vor allem für die Sporthalle des Gymnasiums. Sie wohnt nicht weit. Geht morgens von der Sauerlandstraße über den Sportplatz zur Turnhalle. Fast hätte sie sich gar nicht nach rechts zu den Tischtennisplatten umgedreht. Sie tut es aber doch. Und bereut es jetzt zutiefst.

Der Trubel, der um sie herum herrscht, überfordert sie. Die Auffindesituation des Opfers, wie das im Polizeijargon so unübertroffen heißt, hat unmittelbar zu einem beeindruckenden Aufmarsch der Staatsgewalt geführt. Mehrere Streifenwagen und ein Rettungswagen der Feuerwehr haben sich augenblicklich auf den Weg gemacht und füllen nun das Dreieck zwischen

Gymnasium, Sportplatz und Dreifach-Turnhalle. Das wiederum hat sämtliche Schülerinnen und Schüler nicht nur des Gymnasiums, sondern auch der benachbarten Realschule angelockt. Alle bemüht, einen guten Blick auf die Ereignisse rund um die Tischtennisplatten auf dem Schulhof zu bekommen. Wer das Glück hat, früh genug dagewesen zu sein, ist jetzt stolzer Besitzer einiger Handy-Videos, die den armen ältlichen Herren in seiner unfreiwillig komischen Pose zeigen. Die ersten haben schon ihren Weg ins weltweite Netz gefunden.

Was sie zeigen, hat schon einige „likes":

Schwenk runter vom Kopf des Unglückseligen. Graues Haar, wirr abstehend. Weit geöffnete Augen, sich rasch hin und her bewegend. Schwarzes, extra breites Gewebeband über dem Mund. Die schmalen Schultern deutlich nach hinten gebogen. Kamerabewegung um den Mann herum nach hinten und an den Armen nach unten, bis die Hände ins Bild kommen. Sie umfassen das niedrige Gitter aus Metall, dass der Beton-Tischtennisplatte als Netz dient. Langsamer Ranzoom auf die Handgelenke. Weiße Kabelbinder.

Kameragang zur Seite und (je nach Mut des Handybesitzers) nach unten: schneller, meist verwackelter Reißzoom auf den nackten Hintern.

Mittlerweile haben Rettungssanitäter den Mann aus seiner misslichen Lage befreit. Die Kabelbinder durchgeknipst und vorsichtig den derben Klebestreifen von seinem Mund entfernt. Ihm von der Tischtennisplatte heruntergeholfen. Ihm eine wärmende Goldfolie um die Schultern gelegt. Und seine Hose hochgezogen.

„Wie geht es Ihnen? Was ist passiert?"

Der ältere Mann grinst.

„Joghurt. Ich habe Appetit auf Joghurt."

Einer der Rettungssanitäter leuchtet dem Mann zunächst ins rechte, dann ins linke Auge.

„Wer sind Sie? Können Sie mich verstehen?"

„Erdbeer-Joghurt wäre nett.“

Ohne Rücksicht auf die vielen Fragen, die die zwei Kriminalbeamten, die vom Polizeipräsidium in der Kurt-Schumacher-Straße zum Ort des ominösen Geschehens geschickt worden sind, bestehen die Rettungssanitäter auf dem sofortigen Abtransport des offenbar verwirrten Mannes in die Notaufnahme des Klinikums Rosenhöhe.

„Ohne Wenn und Aber. Der Mann ist völlig durch den Wind. Ich glaube, der steckt bis obenhin voll mit irgendeinem heftigen Zeug. Der ist so high, der merkt gar nicht, wie fertig er ist. Na ja, sitzen Sie mal die halbe Nacht mit dem nackten Arsch auf einer Betonplatte.“

„Wieso die halbe Nacht?“, will der Kriminalbeamte wissen.

„Mindestens. Der arme Kerl hat Frostbeulen am Hintern.“

Zwei Tage vergehen, bis der ältere Herr wieder ansprechbar ist. Bis dahin sind auch die Frostbeulen verheilt, und die Polizei kann die Identität des Mannes klären.

Johann Balduin Schwelm, der Name ist an dieser Stelle aus verständlichen Gründen geändert, oder genauer gesagt, Doktor Johann B. Schwelm betreibt eine Praxis für Allgemeinmedizin nicht weit von der Brackweder Kirche entfernt. Ein netter, ältlicher Onkel Doktor ist er, beliebt und bekannt. Jetzt, als einer der berühmtesten Patienten des Krankenhauses, entwickelt er allerdings ein eher kratzbürstiges Verhalten. Er will raus hier, leidet unter seiner momentanen Bekanntheit als „der Mann von der kalten Platte“, denn natürlich ist seine rätselhafte Geschichte der talk of the town. Die sozialen Netzwerke funktionieren schnell und perfekt. Die modernen im World Wide Web und die nicht minder effizienten innerdörflichen, kurz Klatsch und Tratsch genannt.

Zudem sieht er sich den Fragen der beiden Herren vom Kriminalkommissariat 11 eher hilflos ausgeliefert. Er hat Schwierigkeiten mit erhellenden Antworten. Er weiß schlicht nicht, was passiert ist.

„Der Patient leidet an retrograder Amnesie", erklärt der behandelnde Arzt den unzufriedenen Ermittlern.

„Er hat einen Schock erlitten und zudem war er vollgestopft mit Drogen. So wie es aussieht, hat er sich die Drogen übrigens nicht selber verabreicht. Er hat leichte Hämatome am Kinn. Mit anderen Worten – jemand hat ihm offenbar den Mund aufgehalten und ihm den Cocktail eingeflößt. Und was für einen Cocktail."

Läuft doch ganz gut so weit. Ich habe es ja auch gut vorbereitet. Jetzt hängt vieles von der Reaktion der Polizei ab. Aber ich bin mir sicher, dass die Beamten das Geschehen als Freiheitsberaubung und Körperverletzung werten werden und entsprechend ernst nehmen.

Sie werden sicher ein paar Tage brauchen, um den Ablauf zu rekonstruieren. Dann aber werden sie davon ausgehen können, dass das Opfer beim Zusperren seiner Praxis überrascht wurde, dass man ihm offenbar eine Mütze über den Kopf gestülpt, die Drogen verabreicht und ihn in ein Auto verfrachtet hat. Und dann auf der Ping-Pong-Platte abgesetzt hat. Und die Hosen runtergezogen hat.

Ein Sexualdelikt werden die Ermittler zu diesem Zeitpunkt bestimmt schon ausschließen können, nachdem sich Herr Doktor, sicher unter schärfstem Protest, einer entsprechenden Untersuchung unterzogen hat.

Aber sie werden sich immer wieder die Frage stellen, wer dem netten Onkel Doktor das alles angetan hat. Und vor allem warum.

Nun, dann sollte ich die Beamten nicht allzu lange auf die Beantwortung dieser Frage warten lassen. Weiter geht's.

Einbruch fällt normalerweise nicht in den Zuständigkeitsbereich des Kriminalkommissariats 11. Wenn die Kollegen von der K-Wache, die einen wenig spektakulären Einbruch in einer Versicherungsagentur in der Brackweder Fußgängerzone aufnehmen, sich dazu entscheiden, den Ermittlern, die im Fall des „Mannes von der kalten Platte“ aktiv sind, eine Notiz zukommen zu lassen, muss das also einen guten Grund haben. Und der Grund ist die Beute:

Aktennotiz zum Einbruch Treppenstraße.

Geschädigter: Speitel und Partner, Versicherungsmakler.

In der Nacht zum Dienstag wurde die Kellertür zu oben bezeichnetem Gebäude aufgehebelt. Der oder die Täter drangen in die Geschäftsräume des Geschädigten im Erdgeschoss ein. Durchsucht wurden offenbar mehrere Aktenschränke und Regale mit Ordnern. Wertsachen wurden nicht entwendet. Nach Aussage des Geschäftsführers Herrn Detlev Speitel fehlt nur ein einziger Aktenordner. Dieser Ordner enthielt sämtliche Vertragsunterlagen den Kunden Dr. Johann B. Schwelm betreffend.

„Irgendwer hat es auf unseren Doktor abgesehen, das ist mal klar.“

Der die Ermittlung leitende Kriminalhauptkommissar vom KK11 hat eine kleine, aber illustre Runde zu der Dienstbesprechung zusammengerufen.

„Und ich bitte um die nötige Ernsthaftigkeit!“, ermahnt er seine Kollegen. Er spürt bei ihnen eine gewisse Grundheiterkeit wegen des obskuren Falls des „Mannes von der kalten Platte“.

„Erpressung. Das riecht nach Erpressung. Da setzt jemand unserem Doktor die Pistole auf die Brust. Schüchtert ihn erst ein. Besorgt sich dann Unterlagen, die den Arzt vielleicht irgendwie in Schwierigkeiten bringen können. Wahrscheinlich geht es um Geld. Wie immer.“

„Hat was für sich, die Theorie. Nur, warum macht er das dann so öffentlich?! Wenn ich jemanden erpressen will, dann tue ich das ja wohl eher im Verborgenen. Und präsentiere mein Opfer nicht mit nacktem Arsch auf ’ner Tischtennisplatte.“

„Also Rache. Ganz stinknormale Rache. Da will einer unseren Doc lächerlich machen. Und das ist ihm ja auch ganz gut gelungen."

„Dann versteh ich aber die Nummer mit dem Einbruch nicht." Allgemeines Schweigen.

Nun, den Ermittlern kann geholfen werden.

Schade nur, dass dies wahrscheinlich wieder auf Kosten des ohnehin schon angeschlagenen Nervenkostüms unserer unschuldigen Ioulia geht.

Frau Papadopoulou hat sich mittlerweile so gut es geht von ihrem Schock erholt. Sie geht wieder ihrer Arbeit nach. Nimmt wieder den gleichen Weg Richtung Turnhalle wie vor dem einschneidenden Erlebnis. Zwei Tage hat sie sich allerdings nicht getraut, den Blick an der entscheidenden Stelle nach rechts zu wenden. Stur geradeaus schauend hat sie die Tischtennisplatten ignoriert. Man weiß ja nie – und die Bilder vom Mann auf der kalten Platte kriegt sie eh nicht aus dem Kopf. Wie auch? Schließlich haben sie zahllose Journalisten in den vergangenen Tagen dazu gedrängt, sich genau diese Bilder immer wieder ins Gedächtnis zurückzurufen und sie möglichst anschaulich zu schildern. In Radio- und Fernsehmikrofone. RTL war da und die Öffentlich-Rechtlichen auch. „Nun schildern Sie schon, gute Frau. Und was war dann? Gehen Sie hier lang und schauen Sie nicht in die Kamera … Stopp. Nochmal."

Nochmal. Die Ärmste.

Es gibt aber auch niemanden, der sie warnen könnte. Na ja, fast niemanden natürlich.

Die Polizisten der K-Wache, die am Vorabend einen weiteren mehr als seltsamen Diebstahl aufzunehmen haben, jedenfalls nicht.

Dieser Diebstahl schlägt zwar den Einbruch in der Versicherungsagentur, mit dem sie wenige Tage zuvor zu tun hatten, um Längen. Rückschlüsse auf das, was damit verbunden sein könnte, lässt er aber nicht zu. Ort des dreisten Diebstahls: die Straße Am Windfang am Brackweder Berg. Den Eingangsbereich der Schießanlage der Brackweder Schützen dort ziert seit ewigen Zeiten eine Mini-Haubitze. Warum, weiß man nicht oder will es gar nicht wissen. Die Schützen jedenfalls finden das verrostete Eisending offenbar nett und dekorativ.

Und ebendieses Relikt aus einer längst vergangenen Zeit ist nun weg. Verschwunden. Gestohlen. Die Schützen trauern. Und toben. So etwas kommt für sie gleich nach Majestätsbeleidigung.

Die Beamten üben sich in Beschwichtigung und sprechen von einem Dummen-Jungen-Streich. (Einem längst überfälligen, wie der ortskundige Beamte seinem Kollegen später zuflüstert). Und sie sprechen davon, dass das Korpus Delikti bestimmt schnell wieder auftaucht.

Nun, in diesem Punkt sollen sie Recht behalten.

Und weil es gleich am nächsten Morgen wieder auftaucht, kann einem die unschuldige Ioulia Papadopoulou wirklich leidtun. Und das meine ich ganz ehrlich. Denn Ioulia sieht sich ein zweites Mal genötigt, bei der Polizei anzurufen:

„Hier Mann auf Rohr!"

„Hier Polizei – ganz Ohr!"

„Hier Ioulia Papadopoulou – ich angerufen schon mal – wegen Mann mit Hose ohne."

„Ja – ich erinnere mich, Frau Papadopoulou. Wer täte das nicht. Und, was haben Sie heute Schönes gefunden?"

Der Beamte kann einfach nicht glauben, dass wieder etwas Verrücktes passiert sein soll. Kann einfach nicht sein. Nicht in Brackwede.

Kann doch.

„Mann sitzt auf Rohr wie auf Pferd. Gleiche Stelle wie Mann mit Hose ohne. Ich gehe Hause."

„Nein, warten Sie. Bleiben Sie, wo Sie …"

Zu spät. Ioulia Papadopoulou will nicht mehr telefonieren. Den Tränen nahe, will sie nur noch nach Hause und sich in ihrem Wohnzimmer verschanzen.

Man wird sie sicher länger nicht mehr zu Gesicht (oder vor eine Fernsehkamera) bekommen.

Dieses Mal sind die Beamten schneller und cleverer. Mit Decken versuchen sie, die heranstürmenden Handyfilmer zu Schulbeginn an ihrem Treiben zu hindern. Natürlich funktioniert das nicht zu 100 Prozent. Deshalb tauchen vielleicht weniger Filmdokumente im Internet auf, diese dafür werden aber um so häufiger angeklickt.

Wackelige Totale von recht weit weg. Großer Mann sitzt auf kleiner Haubitze. Kamerafahrt von dem verrosteten Rohr hoch auf das dumm grinsende Gesicht. Ein Bein rechts, ein Bein links vom Rohr.

(Erinnert einige wenige Literaturkenner unter den Schülern an das Bild von Münchhausen auf der Kanonenkugel. Nur, dass es diesmal halt das Kanonenrohr ist).

Großaufnahme von den Händen. Mit Kabelbindern auf dem Rücken hinter dem Schutzschild fixiert. Direkt oberhalb der Räder.

„Wenigstens hat er seine Hose an. Sieht schon so unanständig genug aus“, sagt der Beamte des KK 11 beim Anblick des Unglücklichen, der – man ahnt es schon – überhaupt nicht unglücklich wirkt. Er grinst.

„Wahrscheinlich will er auch Erdbeer-Joghurt.“

Will er nicht. Er möchte einfach nur weiterfliegen.

Sagt er jedenfalls, als ihn die Rettungssanitäter in ihren Wagen packen.

Große Runde im Polizeipräsidium Bielefeld an der Kurt-Schumacher-Straße. Der stellvertretende Polizeipräsident hat geladen, der Leiter der Pressestelle ist auch anwesend. Die zwei Ermittler vom KK 11 sowie der Leiter des Kommissariats.

„Könnten mir die Herren bitte mal erklären, was hier vor sich geht?"

Der Stellvertretende ist noch nicht lange im Amt und hat ein ungutes Gefühl wegen der Vorgänge in Brackwede.

„Und es sollte eine Erklärung sein, die man gut der Presse verkaufen kann. Die rennen uns die Bude ein. Ich hab jetzt auch die Überregionalen am Hals. Brisant und Explosiv und so."

Der Pressesprecher würde viel lieber seiner bevorstehenden Pensionierung entgegensehen als den zahllosen Kameras, die mehr über den „Mann auf der kalten Platte" und den „Mann auf der Haubitze" erfahren wollen.

„Das zweite Opfer ist der Besitzer einer Apotheke im Ort. Ein ganz ehrenwerter Bürger der Stadt. Beliebt, schon ewig hier am Ort, hatte sogar mal einen Sitz in der Bezirksvertretung. Tja, und nun sitzt er da, auf dem Rohr. Vollgedröhnt bis oben hin. Abgefüllt wie unser Onkel Doktor. Kontakte zum ersten Opfer gibt es natürlich zuhauf. Alte Brackwede-Connection. Gleiche Schule und beide haben sich nach dem Studium hier niedergelassen. Alte Freunde. Aber das ist ja auch nicht verboten."

Der Ermittler vom KK 11 schildert das alles ganz sachlich. Der Spaß an dem Fall ist ihm mittlerweile sicher gänzlich abhanden gekommen. Sein Kollege ergänzt die Sachlage.

„Der Apotheker saß rittlings auf diesem lächerlichen Kanonenrohr. Im Rohr selber steckten rund fünfzig Seiten Papier. Es handelt sich offenbar um die Versicherungsunterlagen von seinem Kumpel, dem Doktor, die bei dem Einbruch in der Versicherungsagentur abhanden gekommen sind. Vor allem Abrechnungen über Kapitallebensversicherungen.

„Rohrpost sozusagen." Die Bemerkung des Pressesprechers erntet vielfache böse Blicke, aber auch mindestens ein verstecktes Grinsen.

„So wie es aussieht, ist unser Doktor ein schwerreicher Mann. Alles ganz legal soweit. Aber man kann sich schon fragen, wie ein einfacher Allgemeinmediziner soviel Geld in

Kapitalanlagen stecken kann. In eine der Versicherungen gehen monatlich mehr als tausend Euro."

Sein Kollege ergänzt: „Beide Opfer sind nahezu an derselben Stelle gefunden worden. Zwischen Realschule und Gymnasium. Beide sind dort geradezu präsentiert worden. Die Papiere des Doktors zwischen den Beinen des Apothekers. Irgendwer will uns irgendwas mitteilen."

„Und was bitte? Und vor allem: wer ist dieser Blödmann?"

Des stellvertretenden Polizeipräsidenten ungutes Gefühl hat durch den Verlauf der Dienstbesprechung nicht abgenommen. Im Gegenteil.

Der Pressesprecher mischt sich – sonst gar nicht seine Art – ein zweites Mal ein: „Ehrlich gesagt ist es mir ziemlich egal, wer der Typ ist. Ich will nur, dass er aufhört, Schlagzeilen zu produzieren. Finden wir heraus, was er will. Beenden wir das für ihn, und er wird hoffentlich Ruhe geben."

Dieser Vorschlag gefällt dem Kommissariatsleiter gar nicht. „Es kann doch nicht sein, dass wir uns von diesem Kasper vorschreiben lassen, was wir zu tun haben."

„Kann wohl sein. Denn dieser Kaspar hat soviel öffentlichen Druck aufgebaut, dass uns gar nichts anderes übrig bleibt ..."

„Also, was haben wir?", übernimmt der Stellvertretende wieder das Kommando. „Nehmen wir nur mal für kurze Zeit an, wir würden gegen den Doktor und den Apotheker ermitteln. Was sind die Fakten?"

Der aus Brackwede stammende Ermittler fasst zusammen: „Beide kennen sich gut. Beide arbeiten im Gesundheitswesen. Zumindest einer von ihnen verdient ungewöhnlich viel Geld. Beide werden uns an der gleichen Stelle präsentiert. Zwischen den Schulen, der Turnhalle und dem Sportplatz und beide stecken bis obenhin voll Drogen."

„Reicht das aus, um gegen die beiden zu ermitteln – Observierung, Hausdurchsuchung und das ganze Programm?", will der Stellvertretende wissen.

Allgemeines Kopfschütteln.

„Nun, dann werden wir wohl oder übel warten müssen, bis unser Freund sich ein nächstes Mal zu Wort meldet."

„Der ist nicht unser Freund", murrt der Kommissariatsleiter. „Das ist ein Spinner, der uns für seinen ganz persönlichen Rachefeldzug benutzt."

„Mag schon sein, aber irgendwas scheint mit unseren beiden Medizinern tatsächlich nicht ganz koscher zu sein. Bohren Sie mal nach, in aller Diskretion, versteht sich."

Spricht der Stellvertretende und entschwindet. Sein ungutes Gefühl hat sich nochmals verstärkt. Gegen Honoratioren der Stadt, noch dazu in Brackwede, zu ermitteln, ist eigentlich nie eine gute Idee.

Langsam wird es Zeit, dem Spuk ein Ende zu bereiten. Dazu scheint mir das OTS mehr als geeignet. Das OTS ist ein internes Nachrichtensystem der Polizei. Was immer sie der Presse mitzuteilen hat, erscheint im OTS. Polizeiberichte, Fahndungsphotos, Einladungen zu Pressekonferenzen. Die Presse liest es im OTS. Dabei ist das System eine Einbahnstraße. Die Polizei schreibt, und die Abonnenten lesen. Andersherum geht es nicht. Eigentlich.

Der Polizei-Pressesprecher überprüft allmorgendlich, was seine Kollegen und die Beamten der Leitstelle über den Tag ins System gestellt haben. Dabei soll er auf eine Meldung stoßen, die ihm den Tag gründlich vermiesen wird.

Bielefeld – Brackwede (OTS)

Beamte der Polizeiwache Süd werden sich auf Anweisung des KK 11 am kommenden Mittwoch gegen 23 Uhr vor der Praxis des Dr. Johann B. Schwelm einfinden. Zweck des Einsatzes: Observation des Gebäudes, Zugriff und Festnahme mehrerer verdächtiger Personen sowie Sicherstellung von Beweismaterial.

Zur anschließenden Pressekonferenz wird in den großen Sit-

zungssaal im Präsidium Kurt-Schumacher-Straße geladen. Bild- und Tonaufnahmen möglich.

„Nein, nein und nochmals nein. Das können wir nicht machen!“ Der Kommissariatsleiter ist außer sich.

„Ich werde keinen Einsatz gegen unbescholtene Bürger befehlen, nur weil es dieser selbst ernannte Robin Hood will. Und wie kommt der Kerl eigentlich in unser System?“

„Das ist jetzt zweitrangig. Glücklicherweise ist die Meldung ja nur an uns gegangen. Ich hatte erst Angst, der Typ hätte es offen ins OTS gestellt. Dann hätte ich RTL gleich wieder vor den Füßen gehabt.“

Der Pressesprecher hat für sich eine Entscheidung getroffen. Er will in der großen Runde, die sich sofort nach dem Eintreffen der OTS-Meldung zusammengesetzt hat, durchsetzen, dass man jetzt aktiv wird und die Sache beendet.

„Wir deklarieren es als erweiterte Schutzmaßnahme. Der Doktor wurde ja schon einmal Opfer eines Überfalls. Deshalb haben wir uns entschieden, ihn locker zu beobachten und gegebenenfalls zu schützen. *To serve and to protect.* Wie die Sache auch ausgeht, wir sind die guten Jungs.“

„Und Robin Hood freut sich ’nen Loch in den Bauch …“

„Und wennschon. Wenn was dran ist an seiner Geschichte, finden wir es am Mittwochabend raus.“

Das ungute Gefühl des Stellvertretenden hat die Dimension einer Kolik angenommen.

„Machen. Ganz dezent. Ganz vorsichtig. Aber machen.“

Sie observieren Gebäude und Grundstück in drei Zweierteams. Eines im Lieferwagen ein Stück die Straße herunter. Eines in der Garageneinfahrt schräg gegenüber. Ein Paar als Spaziergänger.

Die beiden im Lieferwagen sind die Ermittler vom KK 11. Ihr Chef, der Kommissariatsleiter, nimmt an dem Einsatz nicht teil, will aber informiert werden, falls sich etwas tut.

Um Punkt 23:00 Uhr nähert sich eine unbekannte Person dem Praxiseingang. Er klingelt nicht. Er klopft. Der Doktor öffnet sofort die Tür, lässt den Mann mit einem kurzen Kopfnicken hinein. Das alles lässt sich vom Lieferwagen aus gut sehen.

„Ruhig bleiben. Kein Zugriff. Team eins: Seht zu, dass ihr näher ans Haus kommt. Durchs Fenster an der rechten Seite kann man in die Praxis schauen. Team zwei: Bleibt bei der Garage." Der Ermittler aus Brackwede hat das Kommando bei dem Einsatz.

Der unbekannte Mann verlässt bereits nach wenigen Minuten wieder das Haus. Der Doktor schließt hinter ihm die Tür.

Jetzt muss ich mich auf die Neugier und den Instinkt der Polizisten verlassen, aber ich kann mir einfach nicht vorstellen, dass die Ermittler es zulassen werden, den unbekannten Mann einfach so gehen zu lassen.

Man wird ihn stellen. Man wird es zumindest versuchen. Denn der Unbekannte wird garantiert versuchen, abzuhauen. Es wird ihm hoffentlich nicht gelingen.

(Die Polizeiarbeit ist gemeinhin besser als ihr Ruf. Nur im Fernsehkrimi stellen sich Beamte beim Verhaften einer Person immer so selten dämlich an).

Sie werden ihn also packen, auch wenn er versucht wegzulaufen. Denn er wird allen Grund haben, nicht in die Hände der Polizei zu geraten. Ich habe ihn schließlich selber ausgesucht.

Simon Petri, genannt Sam, ist ein stadtbekannter Drogendealer. Einschlägig vorbestraft, weil er kleinere Mengen Kokain an Kids aus reichem Hause verdealt. Doch seit kurzer Zeit will Sam mehr. Er will im ganz großen Geschäft mitmischen. Es geht um Heroin. Er soll den Boden bereiten für eine Gruppe Albaner, die in Westfalen Fuß fassen will.

Bei der Leibesvisitation finden die Beamten aber weder Koks noch Heroin, dafür aber einen unglaublichen Mix an Pillen, Pulvern und Dragees. Alles verschreibungspflichtige Medikamente und zudem höchst problematisch. Antidepressiva, Methadon, Morphium, Amphetamine – alles, womit man Körper und Geist dopen kann. Oder gefährliche Rauschzustände provoziert.

Sams Erklärung, die er den Beamten noch in der Nacht gibt, ist hektisch, allumfassend und nachvollziehbar. Denn er weiß, was für ihn auf dem Spiel steht, wenn die Polizei von seinen neuen Plänen Wind bekommt. Er will so schnell wie möglich aus dieser Sache heraus und nicht für einen blöden Botengang, den er übernommen hat, in den Bau wandern.

„Der Typ sprach mich an der Tüte an, am Bahnhof vorne, Sie wissen schon. 200 Euro, wenn ich ein Päckchen für ihn abhole bei diesem Doc. Keine Namen, keine Fragen, Sie wissen schon. Der Doc wusste Bescheid, dass ich komme. Alles ganz easy, Sie wissen schon. Der gibt mir das Päckchen. Ich raus. Das wars. Ehrlich."

„Ja, ja, wir wissen schon. Nehmt ihn mit ins Präsidium. Er soll uns eine passable Beschreibung des Kerls liefern." Dem leitenden Ermittler ist jetzt klar, was als nächstes passieren muss.

Er greift zum Telefon. Der Kommissariatsleiter antwortet sofort.

„Wir knöpfen uns jetzt den Doktor vor. Wollen Sie dabei sein?"

„Was werfen Sie ihm vor?

„Illegalen Handel mit Medikamenten."

„Ich komme."

So oder so ähnlich wird es passieren. Sie werden den ehrenwerten Doktor in die Mangel nehmen. Sie werden einen prall gefüllten Giftschrank finden. Und sie werden Unterlagen finden. Eine Art geheime Buchhaltung. Aus der wird hervorgehen, dass der Doktor seit Jahren mit Medikamenten dealt.

Und zwar für einen kleinen, aber feinen Abnehmerkreis. Seine Kunden: Schülerinnen und Schüler des Gymnasiums und der Realschule, dazu einige Sportler aus dem Brackweder Sportverein SVB. Kinder und Jugendliche. Kaum einer älter als 20. Die jüngsten Kunden nicht einmal 14 Jahre alt. Dem Doktor ist das alles egal. Wer genug zahlt und die Klappe hält, bekommt von ihm, was die Kids wollen. Um besser zu sein, schneller oder stärker, oder um sich aus ihrer Realität für ein paar Stunden herauszuschießen. Wenn der Doktor etwas nicht besorgen kann, hilft sein alter Kumpel, der Apotheker aus.

Skrupel? Fehlanzeige!

Kurioserweise hat der schwungvolle Handel offenbar angefangen, als sich Mitte der 80er ein paar Eltern an den Doktor wandten, ob der nicht etwas Leistungssteigerndes hätte für ihre Kinder, die in der Schule nicht so recht mitkommen konnten. In Mathe oder Bio vielleicht oder beim Sport, wenn es darum ging, ob Sohnemann gut genug sein würde, um in die Tennis- oder Fußballmannschaft der großen SVB-Familie aufgenommen werden zu können. Der gute Doktor half. Und die Kids kamen in schöner Regelmäßigkeit wieder. Am Ende auch, ohne dass die Eltern etwas davon wussten. Eine Generation steckt es der nächsten. Und Onkel Doktor verdient längst mehr durch seinen Drogenhandel als durch seine ohnehin nicht überragenden Leistungen im allgemeinen Gesundheitswesen.

Das alles wird sich durch die Lektüre der akribisch geführten Akten des Herrn Doktor ergeben, mit der die ermittelnden Beamten vom KK 11 zwei kopfschüttelnde Tage verbringen. Was sie nicht verstehen, werden ihnen zwangsweise der Arzt und der Apotheker erläutern, die sicher längst beide wegen Verdunkelungsgefahr in Untersuchungshaft sitzen. Und beide werden nach entsprechend harten Vernehmungen Rede und Antwort stehen.

Doch eine Sache werden auch sie ihnen nicht erklären können. Sämtliche Akten aus den 80ern und 90ern bis hin zum

Jahr 2003 werden ihnen vollständig vorliegen. Namen, Empfänger, Mengen.

Die Unterlagen ab dann aber werden manipuliert sein. Mengen, Art der Medikamente und was gezahlt wurde, alles weiterhin gut lesbar. Die Namen der Empfänger aber herausgerissen oder unkenntlich gemacht.

„Robin Hood will offenbar nicht, dass wir gegen die Empfänger der Drogen vorgehen. Was für ein Sozialromantiker."

„Ja, mag sein. Aber doof ist er nicht. Die Fälle bis 2003 liegen zu weit zurück, als dass wir den Käufern einen Strick daraus drehen könnten. Und um den Doktor und seinen Kumpel dranzukriegen, reicht es ja trotzdem allemal."

„Ist dir aufgefallen, dass es bei den neueren Unterlagen einen Käufernamen gibt, den er nicht unkenntlich gemacht hat?"

„Tom Brecht. Ich hab ihn schon durch den Computer laufen lassen. Geboren 1997 in Brackwede. Schüler des Gymnasiums, Mitglied der SVB-Leichtathletik-Abteilung."

„Tom Brecht stirbt am 30.7.2013 im Alter von 16 Jahren an plötzlichem Herzversagen. Die Blutuntersuchung ergibt einen vielfach überhöhten gamma-Gt-Wert. Seine Leber gleicht der eines 60-jährigen Alkoholikers. Er ist zudem voll mit einer Ecstasy-ähnlichen Substanz. Der Gerichtsmediziner geht in seinem Bericht von monatelangem Medikamentenmissbrauch aus. Woher der Junge die Medikamente hatte, konnte nie geklärt werden."

„Nun, jetzt wissen wirs. Und damit wird es richtig teuer für den Onkel Doktor. Dafür wandert er ein."

„Ist es das, was unser Robin Hood wollte?"

„Ich denke schon."

„Und dafür der ganze Aufwand ?"

„Hätten wir ihn sonst jemals gepackt?"

Geschafft! Mein ganz persönlicher Rachefeldzug für die vielen, die dank dem Giftschrank des netten Doktors in eine elendige Drogenkarriere geraten sind.

Und für einen Freund, der seinen Sohn verloren hat.

Als mir Peter Brecht vom Tod seines Sohnes erzählte und von der Sache mit dem Medikamentenmissbrauch, den er sich beim besten Willen nicht erklären konnte, hatte ich sofort den Verdacht: Der Doktor ist weiterhin aktiv. Ich kenne ihn. Als ich jung war, habe ich mich selbst bei ihm bedient.

Ich ging zu ihm, er erkannte mich sofort wieder. Ich sprach ihn auf den Tod des 16-Jährigen an, er zuckte mit den Achseln. Da wusste ich es. Und ich wusste, dass ich etwas unternehmen muss.

Er fragte mich, ob ich etwas brauche. Und ich sagte ja. Und mir war klar: Dieses Mal bekommt er es selber zu schlucken. Und mehr.

Ihm spät abends vor seiner Tür aufzulauern, wird sicher der schwierigste Part des Plans. Ich muss ihn überwältigen und ihm die Drogen verabreichen, ohne dass er mich erkennt. Wer hat schon Übung in so etwas?

Ihn dann endgültig zur Strecke zu bringen, wird sicher einfacher. Ich bin ja jetzt wieder sein Kunde, werde mir bei ihm auch das Zeug holen, dass ich dann dem Apotheker verabreiche. Er wird keinen Verdacht schöpfen. Und dann werde ich ihm sagen, dass ich das nächste Mal nicht selber kommen kann, sondern einen Boten schicke. Dann die Einladung per OTS an die Polizei. Und dann hat es sich hoffentlich ausgedoktert.

Mit dem Vater von Tom werde ich über meinen Plan übrigens nie reden können. Er weiß, was richtig und was falsch ist. Und was ich machen werde, ist falsch. Schäbige Selbstjustiz ist das, würde er sagen. Wo kämen wir denn da hin, wenn das jeder macht?

Es macht aber nicht jeder. Gut so. Reicht ja auch, wenn ich es mache.

Denn eins ist sicher: Wenn dieser Plan klappt, ist das nicht das Ende. Es ist der Anfang. Ich kenne noch so viel mehr Leute, die Dreck am Stecken haben und trotzdem ungeschoren davonkommen. In Brackwede. Aber nicht nur da.

Mal sehen, wer nächstes Jahr zu Weihnachten auf meinem Wunschzettel steht.

Hans-Jörg Kühne

Club Candlelight

Hauptkommissar Thomas Kuss von der Bielefelder Kripo sitzt wieder einmal mutterseelenallein in seiner Küche, unter dem Neonring, und stiert wie immer vor sich hin. Er weiß mit seiner Zeit einfach nichts anzufangen. Ist mit dem Job verheiratet. Keine Freunde, keine Freundin. Gelegentlich Alkohol. Davon aber ordentlich.

Apropos: verheiratet. Heute Abend verspürt er ein Bedürfnis, das er, im Falle, er hätte Frau oder Freundin, möglicherweise ausleben könnte, insofern einmütige Willenserklärungen aller dafür notwendigen Beteiligten vorliegen würden. Nun sind seine Verhältnisse aber anders. Das verleitet Kuss zu einer von ihm selten unternommenen Handlung. Er konsultiert das Internet und stellt fest, dass es zwischen Bielefeld und Herford, an der Mindener Straße, offenbar einen Club gibt, in dem Triebabfuhr bei gepflegten jungen Damen, die anscheinend vorwiegend aus Osteuropa stammen, möglich sei. Die angekündigten Grundpreise für die Zimmernutzung sind gesalzen. Aber Thomas Kuss ist mit seinen 55 Jahren fast im Endbesoldungsbereich angekommen und kann sich das leisten. Er merkt sich auf der Heimseite des Etablissements die geeignete Dame für die Befriedigung seiner Gier nach Blümchensex vor und bestellt ein Taxi.

Der Taxifahrer kennt die Adresse.

„Ah, Sie wollen in den Club Candlelight?“, fragte er ohne Umschweife, „gute Entscheidung. Sauber, ordentlich, gepflegt. Schon etwas für den pralleren Geldbeutel, hehe, nicht?“

Eigentlich wollte Kuss sich nicht mit dem Fahrer über seine Absichten unterhalten. Aber der war offenbar, nach langen Berufsjahren, zu einem echten Menschenkenner geworden, dem man nichts mehr vormachen konnte.

„Wissen Sie“, sagte der Fahrer, „hier in Bielefeld kann ich

meinen Fahrgästen im Grunde nichts empfehlen, wenn sie mich nach den Möglichkeiten fragen, wo man denn noch was erleben könne. Klar, ich könnte sie ins Eros-Center an der Eckendorfer Straße fahren. Grausam! Scheußlich! Dieser Waschbeton-Bunker aus den 1970er Jahren! Fließbandabfertigung. War natürlich der Geist der Zeit. Bettenburgen, sozialer Wohnungsbau und sozialer Sex. Gewissermaßen Beischlaf im Einkaufszentrum. Na, da gehe ich aber lieber in 'nen Aldi. Seit 1969 ist die gesamte Bielefelder Innenstadt Sperrgebiet. Ist einer der Gründe dafür, dass in der Stadt nix los is. Tote Hose. Kein Kiez. Graue, öde Langeweile. Außer dem Strich der Drogenabhängigen an der Stadthalle und im Ravensberger Park. Aber das geht ja gar nicht. Wer will das denn schon? Schlimm! Da darf man sich nicht wundern, wenn es heißt, Bielefeld gibt es gar nicht. Bielefeld-Verschwörung und so. Sie wissen ja."

„He, Sie sind aber kommunalpolitisch und stadtgeschichtlich nicht ganz unbeschlagen", bekam Kuss endlich mit leiser Bewunderung heraus.

„Das will ich meinen", sagte der Fahrer, „bin Historiker. Nee, warten Sie: taxifahrender Historiker."

Nach 25 Minuten Fahrt hielten sie vor dem Club Candlelight an der Mindener Straße. Thomas Kuss zahlte und stieg aus.

„Na, denn viel Spaß, Meister!", musste er sich noch von dem taxifahrenden Historiker mit auf den Weg geben lassen.

Kaum hatte er die Bar des Clubs betreten, dort, wo die sogenannten Kontakte angebahnt wurden, sah er als erstes den Bielefelder Polizeipräsidenten Eduard Kolk. Und dann auch noch Kriminalrat Dr. Peter Ringler und dessen Assistenten Hans Koch.

Verflucht!, dachte Kuss, warum ist denn heute ausgerechnet das gesamte Polizeipräsidium im Puff?

Man nickte sich freundlich und verhalten zu und versuchte dann, sich zu ignorieren. Peinlich, peinlich. Kuss verfluchte sich innerlich. Da suchte er alle Jubeljahre mal ein Etablissement auf, ließ sich im Taxi bis fast nach Herford kutschieren, um nur ja niemanden zu treffen, den er kannte, und dann so was. Schöner Mist!

Er nahm an der Theke Platz. Auf einem riesigen Flachbildschirm, der an der gegenüberliegenden Wand hing, ging es gerade mächtig zur Sache. Zum Appetitanregen und zur Einstimmung der Gäste lief dort ein Film, der mit Sicherheit von der Freiwilligen Selbstkontrolle der deutschen und internationalen Filmwirtschaft und von allen Kirchen dieser Welt als Teufelswerk verboten worden wäre, um danach in die privaten Hände der Mitglieder dieser Kommissionen zu wandern und dort die Runde zu machen.

„Na, wer bist du denn?“, fragte ihn eine der weiblichen Angestellten, die durch ihre freizügige Kleidung eindeutig signalisierte, für welchen Aufgabenbereich sie zuständig war.

„Hä? … Äh, also: ich bin Thomas. Thomas Ku …“, sagte Kuss unkonzentriert, da er aus den Augenwinkeln seine Vorgesetzten und ihr Treiben verfolgte. Bevor er seinen Nachnamen aussprechen konnte, legte ihm die Frau den Finger auf den Mund: „Immer ruhig bleiben, Brauner. Der Vorname genügt hier. Ich bin übrigens Tanja!“

„Ah, ja, Tanja. Tanja aus Weißrussland!“, sagte Thomas Kuss.

„So ist es. Du hast dich offenbar auf unserer Homepage umgesehen. Du könntest mir erst einmal einen Drink spendieren. Und dann unterhalten wir uns über deine Wünsche. Einverstanden?“, sagte Tanja in einer hohen Tu-mir-nicht-weh-denn-ich-bin-ein-zartes-kleines-Rehlein-Stimme und legte dabei den Kopf zur Seite. Sie hatte schwarze, volle, lockige Haare, lang. Ganz und gar Kuss’ Typ.

Wie in der Branche so üblich, wurde es ein verdammt teurer Drink. Kuss hatte damit gerechnet und sich vorsorglich ordentlich Bares eingesteckt. Nach einiger Zeit war man sich handelseinig. Tanja merkte, dass sie hier einen unkomplizierten Kunden vor sich hatte, der ungeübt im Einfordern exotischer Leistungen war. Eine leichte Sache. Das lag nicht zuletzt daran, dass Thomas Kuss immer wieder zu Polizeipräsident Kolk, seinen Begleitern und dessen Gespielinnen hinüberschaute. Er konnte sich einfach keinen Reim auf diese Begegnung machen. Andererseits: Zufälle gibt es immer wieder.

Kuss und Tanja stiegen die Treppen zu den im ersten Stock liegenden Zimmern hoch.

Auf Bitten Tanjas bestellte Kuss noch eine Flasche Schampus der Hausmarke und drückte dafür noch einmal mächtig Kohle ab. Er kannte diese Sitten und wollte nicht kleinlich erscheinen.

Sie tranken. Und dann, ja dann … Kuss erinnerte sich nicht mehr, was dann passierte.

Jedenfalls wachte er irgendwann auf. Die Situation erinnerte ihn an jene nach der Schlafnarkose, die er jüngst bei seiner Darmspiegelung erhalten hatte. Er hoffte inständig, dass sich dieses Mal niemand in diesem Bereich seines Körpers vergnügt hatte. Immerhin war er ja in einem Freudenhaus. In seinem Mund fühlte es sich an, wie in einem Karton mit Holzwolle, in dem die Katze jungt.

Kuss sah sich um. Er befand sich gar nicht mehr in dem großen, roten, plüschigen Zimmer, zusammen mit Tanja und der Schampus-Hausmarke, von der er noch nie etwas gehört, die aber trotzdem 180 Euro gekostet hatte. Er lag auf einer Art Trage oder Bahre, an die er mit schweren Ledergurten gefesselt war. Sein Kopf war das Einzige, was er ein wenig hin und her bewegen konnte. Er befand sich offenbar in einem Keller. Die Wände waren gemauert, feucht, dunkel, schmutzig. Es roch faulig, nach schimmelnden Kartoffeln, toten Mäusen, klammen, altem Holz.

Unter der Decke, einem mächtigen Tonnengewölbe, hingen zwei Neonröhren, die ein krankes, fahles Licht verbreiteten.

Kuss erinnerte sich. Er hatte einen Schluck der Hausmarke getrunken, die billig, überzuckert und schaurig schmeckte. Er hatte sich noch gewundert, weshalb Tanja nur am Glas nippte. Klar, die konnte ja nicht mit jedem Gast mittrinken. Dann wäre sie nach kurzer Zeit stockbesoffen. Es geht schließlich nur darum, die Freier zum Bestellen teurer Getränke anzuregen. Darüber hatte er kurz nachgedacht, daran erinnerte er sich. Und dann der Filmriss. Nichts mehr. Bis zum Aufwachen in diesem Keller. Klar, es waren K.O.-Tropfen im Sekt gewesen. Oder irgendein Narkosemittel. Aber warum? Warum lag er jetzt hier unten? Wo befand er sich? War es der Keller des Clubs Candlelight? Was hatte man mit ihm vor? Wieso war er gefesselt? Ihm schwante nichts Gutes. Angst stieg in Thomas Kuss hoch und schnürte ihm die Kehle zu.

Er lag und lag. Nichts passierte. Nur ab und an flackerte die hintere Neonröhre, machte pling-pling und leuchtete dann wieder einige Zeit ohne Störung. Kuss bekam Durst. Und der wurde immer quälender.

Er wendete seinen Kopf, soweit es ohne große Schmerzen möglich war, nach links und rechts, um weitere Eindrücke zu gewinnen. Irgendetwas am Fußboden raschelte, trippelte, fiepte. Ratten! Ratten oder Mäuse. Oder beides.

Thomas Kuss überlegte, was er tun könnte. Sollte er rufen? Wer würde dann kommen? Doch bestimmt jemand, der ihm nicht wohlgesonnen war. Oder war es für ihn vorbestimmt, hier zu liegen, vergessen von Gott und der Welt? Wer waren seine Peiniger? Warum taten sie das?

Kuss begann zu frieren. Er merkte erst jetzt, dass man ihn bis auf die Unterhose ausgezogen hatte.

Plötzlich: ein Lärm hinter ihm, eine Tür wurde aufgestoßen, jemand betrat den Raum, trat an die Bahre oder den Tisch heran, auf dem er lag, beugte sich über ihn. Ein Gesicht, das er noch nie gesehen hatte. Es gehörte zu einem Mann in einem weißen Kittel. Um den Hals hing ein Stethoskop.

„Nun, aufgewacht?", fragte das Gesicht freundlich, „wie fühlen Sie sich?"

„Mir ist kalt, ich habe Durst", sagte Kuss, „was soll das

Ganze hier? Warum bin ich in diesem Keller gefangen und angeschnallt?“

„Es wird gleich wärmer. Und Sie bekommen auch etwas zum Trinken“, sagte das Gesicht.

Der Mann fühlte Kuss den Puls, betrachtete die Augen, indem er die Lider nach unten zog, hörte ihn mit dem Stethoskop ab, befühlte seinen Hals.

„Ist ja fast alles in Ordnung bei Ihnen“, sagte der Mann im weißen Kittel, „aber Sie sollten nicht so viel trinken. Und nicht so fetthaltig essen. Na, ist ja jetzt eh egal. So, dann kanns gleich losgehen.“

„Was kann losgehen? Wieso ist es egal? Was meinen Sie?“

Thomas Kuss bekam keine Antwort. Stattdessen legte der Mann seine Hand unter Kuss' Kopf, drückte ihn etwas hoch und stützte ihn dabei. Mit der anderen Hand führte er Kuss eine Wasserflasche an den Mund. Kuss trank gierig.

„Nicht so hastig, sonst bekommts Ihnen nicht“, sagte der Mann.

Danach verschwand der weiße Kittel wieder. War das ein Arzt gewesen? Was tat der hier? Was, um Himmels willen, hatte das alles zu bedeuten?

Wieder verstrich eine lange Zeit, in der nichts passierte.

Endlich, irgendwann, ging wieder die Tür. Jemand trat ein, zog irgendetwas geräuschvoll hinter sich her. Etwas Heißes. Es brannte. Es roch nach Holzkohlenfeuer. Kuss spürte die Wärme.

Dann wurde plötzlich etwas an der Bahre verstellt, ausgelöst, gekippt. Thomas Kuss stand nun aufrecht, immer noch gefesselt. In vielleicht drei Meter Entfernung, an der gegenüberliegenden Wand, befand sich eine große Werkbank. Darauf lagen allerlei Geräte: Bohrmaschinen, Sägen, ein Schweißgerät, Hammer. Dann, ganz rechts in einer Ecke, eine kleine Ansammlung von offenbar ärztlichen und zahnärztlichen Instrumenten.

In sein Blickfeld trat ein großer, schlanker Mann, der sich an einem kleinen, fahrbaren Grill zu schaffen machte. Dann drehte er sich um. Er trug eine lange Gummischürze und eine Maske über dem Gesicht. So eine aus schwarzem Gummi oder Leder. Sado-Maso-Zubehör mit einem Reißverschluss, dort, wo der Mund ist. Der Mann öffnete den Reißverschluss und fragte Kuss mit einer Stimme, die ihm irgendwie bekannt vorkam:

„Sind Sie außer Gefahr?“

Kuss machte: „Hä?“

„Sind Sie außer Gefahr?“, fragte der Mann erneut.

„Was soll der Quatsch? Außer Gefahr? Was soll das heißen?“

„Sind Sie außer Gefahr?“, fragte die Stimme ein drittes Mal.

„Also, das gibts doch wohl nicht!“, sagte Kuss, „spielen Sie hier die Szene aus dem Film *Marathon-Mann* nach? Wo der ehemalige SS-Arzt Dustin Hoffmann dasselbe fragt? Das ist doch wohl lächerlich!“

Der Mann drehte sich wieder zu seinem fahrbaren roten Grill aus dem Obi-Markt um, griff nach etwas und hatte plötzlich eine große, schwarze Zange in der Hand, deren Greifbacken rot glühten. Und er näherte sich damit Kuss.

„Was soll der Scheiß? Was haben Sie vor?“, rief Kuss.

„Wissen Sie, wie man den Wiedertäufer Jan van Leiden im Jahre 1536 auf dem Marktplatz in Münster zu Tode gebracht hat? Man hat ihn mit glühenden Zangen gezwickt und gerissen. Verursacht teuflische Schmerzen. Sie können mir ja gleich erzählen, wies gewesen ist“, sagte der Mann und wedelte mit der Zange vor Kuss' Nase herum. Kuss spürte die Hitze, die von dem glühenden Metall ausging.

„Na, wo soll ich anfangen, Herr Kuss? Vielleicht der Bauch? Eine Ihrer widerlichen Speckfalten bearbeiten? Oder soll ich bei den ganz besonders empfindlichen Brustwarzen starten? Ich könnte Ihnen auch zu Beginn ein Ohr abreißen. Ganz nach Belieben.“

„Du könntest Dir auch die Zange in den eigenen Arsch rammen“, hörte Kuss sich sagen und wunderte sich über seinen Mut im Angesicht mutmaßlich großer Schmerzen.

Blitzschnell hatte der Mann mit der Maske die Zange am rechten Oberschenkel von Thomas Kuss angesetzt und zugedrückt. Es zischte, qualmte, roch nach verbranntem Fleisch. Kuss brüllte vor Schmerzen.

„Verdammter Mist", brüllte er seinen Peiniger an, „wenn ich Dich in die Finger kriege, dann mache ich kurzen Prozess mit Dir. Ich reiß Dir die Gedärme aus dem Leib und trampel darauf herum …"

Es zischte noch einmal. Die Zange quetschte eine Bauchfalte. Das war zu viel. Kuss wurde ohnmächtig.

Als er wieder zu sich kam, war er allein. Die Wunden schmerzten bestialisch. Er drängte den Schmerz zur Seite, dachte nur noch daran, wie und auf welche Weise er aus diesem Keller entkommen könnte. Diese Typen wollten ihn umbringen, wollten ihn zu Tode foltern. Was für ein Wahnsinn.

Er rüttelte, ruckelte an seinen Fesseln. Wand sich, versuchte alles mit dem Mut und der Kraft der Verzweiflung. Unter wahnsinnigen Schmerzen konnte er seine linke Hand aus der sie fixierenden Ledermanschette befreien. Es knackte dabei in seinem Daumen. Er hatte ihn sich selbst gebrochen. Mit der freien Linken tastete er nun herum, suchte etwas. Mit größter Mühe erreichten seine Fingerspitzen einen kleinen Tisch auf Rollen, der links hinter ihm stand. Kuss griff sich das erstbeste Werkzeug, dessen er habhaft wurde und hielt es sich vor die Augen. Ein Skalpell. Klein, scharf, spitz. Gut, sehr gut. Er langte damit hinüber zu seiner rechten Hand und erfühlte die dortige Ledermanschette. Mit größter Vorsicht schnitt er mit dem Skalpell in das Leder. Es war alt und schadhaft und ließ sich leicht durchtrennen. Als er beide Hände frei hatte, hörte er sich nähernde Schritte. Schnell nahm Kuss wieder jene Position ein, in der er aufgewacht war.

Der Mann mit der Schürze betrat wortlos den Raum, trat vor Kuss, schaute ihm in die Augen. Sie waren grün.

„Nun, sind wir wieder aufgewacht? Wie gehts uns denn? Bereit für die zweite Runde?", fragte er.

Kuss fragte ganz leise: „Würden Sie mich losschnallen und gehen lassen?"

„Na, auf gar keinen Fall, mein Lieber! Sie werden diesen Raum irgendwann verlassen, allerdings nicht lebend. Bis dahin müssen Sie aber noch einiges erdulden. Tut mir leid! Ach, Unsinn, tut mir eigentlich nicht leid!"

„In Ordnung", sagte Kuss leise, riss seinen rechten Arm so schnell er konnte hoch und stach dem Mann das Skalpell in den Hals, dorthin, wo die Arterien verlaufen. Sofort schoss ein dicker Strahl dunkles Blut heraus, spritzte über Kuss' Gesicht, über seinen Körper, färbte den Kittel rot. Der Mann taumelte, hielt sich den Hals, versuchte das fontänenartig hervorschießende Blut zu stoppen, stolperte, riss die chirurgischen Instrumente auf dem Beistelltisch scheppernd zu Boden, fiel selbst hin und lag, sein eigenes Blut gurgelnd und röchelnd, zu Kuss' Füßen.

„Hiiiilfeee, Hillllfeee", hörte Kuss ihn leise, erstickt und gurgelnd rufen.

Kuss schnallte sich los, so schnell es ihm die Schmerzen und sein gebrochener Daumen gestatteten. An der Tür hingen an einem Nagel seine Kleider. Sogar das Holster mit der alten Walther PPK. Er zog sich, so schnell es eben ging, an. Dann lud er die PPK durch und entsicherte sie. Die Folterknechte hatten sich nicht einmal die Mühe gemacht, die Patronen zu entfernen. Er ging hinüber zu dem sterbenden Mann mit der Maske und riss sie ab. Und schrak zurück. Das war Kriminalrat Dr. Peter Ringler! Einer von denen, die er gestern Abend in der Bar des Bordells gesehen und gegrüßt hatte. Warum hatte ausgerechnet der es auf ihn abgesehen?

Ganz vorsichtig öffnete Kuss die Tür, schaute nach links und rechts. Der dunkle Gang war schwach erleuchtet. Wo ging es raus aus dem Folterkeller? Kuss wandte sich nach rechts. Er schlich vorsichtig an einigen Türen vorbei. Es war nichts zu hören, nichts zu sehen.

Schließlich vernahm er doch Stimmen. Männerstimmen.

Sie drangen durch eine der geschlossenen Türen auf der linken Seite. Kuss horchte. Er konnte drei Personen unterscheiden, die redeten. Was sollte er tun? Kuss war voller Hass. Sein Leib schmerzte brutal. Er entschied sich für den kurzen Prozess.

Kuss mobilisierte alle ihm noch zur Verfügung stehenden Kräfte, riss die Tür auf und gleichzeitig die Waffe hoch. Zur Sicherheit und aus rechtlichen Gründen rief er noch überaus laut und vernehmlich: „Hände hoch! Polizei!"

Er schaute in drei verdutzte Gesichter. In das des Mannes im weißen Kittel, in jenes von Polizeipräsident Eduard Kolk und in das des Assistenten Hans Koch.

„Ach, du Scheisse, das ist ja Kuss!", sagte Koch. „Wie hat der sich denn befreien können?"

„Verdammt, wo ist dann Peter?", fragte der Polizeipräsident.

„Der liegt da hinten im Folterkeller auf dem Fußboden und verblutet", sagte Kuss.

„Du verdammter Hund", schrie Koch, der ganz plötzlich eine Pistole in der Hand hielt. Weiß der Teufel, woher er sie so schnell gezaubert hatte. Er schoss. Das Projektil verfehlte Kuss. Es zischte an seinem linken Ohr vorbei und schlug hinter ihm in ein Holzregal ein. Kuss schoss im selben Moment. Er traf besser, in die rechte Schläfe von Hans Koch. Der wurde von der Wucht des Geschosses nach hinten gerissen und schlug mit dem Rücken gegen die Wand, an der er dann langsam herunterrutschte.

Eduard Kolk und der Mann im weißen Kittel wichen zurück, drückten sich an die Seitenwände des kleinen Raumes, um nicht in die Schusslinie zu geraten. Dann versuchte der Weißkittel, sich auf Thomas Kuss zu werfen und fing sich dabei den nächsten Schuss ein, den Kuss abfeuerte. Der Mann schlug zu Boden, wie ein nasser Sack.

Kuss richtete die Waffe jetzt auf Eduard Kolk.

„Okay, okay, ist gut, Herr Kuss! Keine weiteren Opfer mehr", sagte der Polizeipräsident. Er hatte die Hände erhoben, war über und über mit dem Blut seiner Kollegen bespritzt. Etwas graue Gehirnmasse seines Assistenten hatte sich auf seine Schulter verirrt.

„Also, was geht hier vor?", fragte Kuss, der sich elend und schwach fühlte und im Grunde an der Beantwortung dieser Frage überhaupt nicht mehr interessiert war. Am liebsten hätte er seinen Oberboss auch noch weggeputzt. Nicht zuletzt, weil dieser die bescheuerte und höchst umstrittene Überstundenregelung eingeführt hatte. Kuss hielt seine Waffe hoch, auf Kolk gerichtet.

„Diese Leute, die Sie hier, bis auf mich, jetzt alle ausgeknipst haben, gehörten zu einem kleinen Kreis von Gleichgesinnten", sagte Kolk, „wir hatten eine, ähem, etwas eigenwillige Form der Freizeitgestaltung entwickelt. Wir haben uns Gäste aus dem Bordell ausgewählt, sie betäubt und dann ... ja, dann ... dann haben wir sie hier zu Tode gefoltert, gequält. Oder quälen lassen. Es gab nämlich immer eine große Zahl von Interessenten, maßlos reiche Leute, die alles besaßen und alles hatten, was man sich nur vorstellen kann, und die mittlerweile von allem so gelangweilt waren, dass sie riesige Summen dafür boten, mit eigenen Händen einen Menschen langsam oder schnell, je nach Gusto, zu töten."

„Wie kommt man denn nur auf derart kranke Ideen?", fragte Kuss.

„Kennen Sie den Film *Hostel*?", fragte Eduard Kolk, „der spielt in Osteuropa. Da ködern junge Frauen Studenten aus dem Ausland, um sie dann, gegen viel Geld natürlich, Leuten zu übergeben, die sie dann aus Spaß, Überdruss und Langeweile zu Tode foltern."

Kuss kannte den Film nicht.

Was sollte er mit Kolk jetzt tun? Den Kolleginnen und Kollegen der Polizei übergeben? Würden die Kuss glauben? Oder würde das Wort des Polizeipräsidenten schwerer wiegen? Bestünde nicht die Gefahr, dass dieser sich mit Hilfe seiner Verbindungen zu Justiz und Wirtschaft freikaufen könnte?

Dann landete Kuss wegen dreifachen Mordes im Knast und wäre unter Leuten, die bekanntermaßen überhaupt keine Sympathien für Polizisten haben. Schwere Zeiten stünden bevor. Wegen guter Führung käme er dann nach vielen Jahren frei und wäre im Pensionsalter. Beschissene Aussichten.

Thomas Kuss kniff das linke Auge zusammen, zielte genau und nahm Druckpunkt.

„He, was tun Sie da?", fragte Kolk mit großem Entsetzen in der Stimme, „machen Sie sich nicht unglücklich, Herr Kuss ..."

Nachdem Thomas Kuss ausgeatmet hatte, zog er den Abzug. Das Projektil drang Kolk direkt über der Nasenwurzel in die Stirn. Sauberer Schuss. Kolk wurde herumgerissen und fiel dann auf seinen toten Assistenten Hans Koch.

„Wie niedlich – im Tode vereint", sagte Kuss und wunderte sich über sich selbst und seinen Zynismus. Er hatte wohl schon zu viele Krimis gelesen und gesehen. In denen sagt man ja auch in den entscheidenden Momenten irgendwas Cooles.

Thomas Kuss wischte zur Vorsicht alles ab, mit dem er in Berührung gekommen war. Auch den Griff des Skalpells, mit dem er Ringler getötet hatte. Anschließend suchte er nach dem Ausgang.

Er entdeckte eine kleine Wendeltreppe, die nach oben in die Räume des Bordells führte. Hier war nichts los, niemand war zu sehen, nichts zu hören. Er fand eine Tür, die in den Hof des Clubs Candlelight ging. Es war taghell draußen, vielleicht früher Nachmittag. Thomas Kuss griff zu seinem Smartphone und bestellte sich ein Herforder Taxi. Es dauerte lange, bis es eintraf. Kuss hatte sich, schwach wie er war, unter einem Baum niedergelassen und wartete.

Als der Wagen endlich da war, nannte er als Ziel das Klinikum Herford. Er ließ sich an der Notfall-Ambulanz absetzen und wurde sofort vorgelassen, als er signalisierte, dass er Beamter und also privat versichert sei. Zwei Punker mit blutenden Nasen, ein Obdachloser mit gebrochenem Arm und drei weitere Personen hatten das Nachsehen.

Von den Leichen im Club Candlelight an der Bünder Straße hörte man nichts. Niemand meldete, dass man vier Tote gefunden habe. Der Polizeipräsident und seine Assistenten blieben verschollen. Es wurde viel gemunkelt. Böse Zungen behaupteten gar, dass Kriminaloberrat Dr. Friedrich, der bald in die Fußstapfen seines Vorgängers trat, irgendetwas mit dem Verschwinden von Eduard Kolk zu tun habe. Immerhin habe er doch schon seit Jahren an Kolks Stuhl gesägt und mit allen Mitteln versucht, ihn und sein Amt zu beerben.

Kuss, der vorgab, sich beim Grillen verletzt zu haben, feierte einige Zeit krank und freute sich über die allgemeine Entwicklung. Niemand verdächtigte ihn. Voller Hochachtung dachte er häufig an die Betreiber des Clubs Candlelight und ihre Fähigkeit, Leichen so gekonnt und spurlos verschwinden zu lassen, dass wirklich niemand sie finden konnte. Es schienen echte Profis zu sein. Guter, professioneller Arbeit zollte Kuss immer gern Anerkennung.

Norbert Sahrhage

Hellbergs letzte Fahrt

Als Pellke am Unfallort eintraf, war die Straße noch immer gesperrt. Der Horch lag auf der Seite, das Vorderteil des Autos hatte sich in die Grabenböschung gebohrt, die Front- und eine Seitenfensterscheibe waren zu Bruch gegangen.

In unmittelbarer Nähe des Unfallwagens hatte die Verkehrspolizei ihr Fahrzeug abgestellt, dahinter stand der Rettungswagen.

Der Morgen graute. Über dem Unfallort lag eine lähmende Stille, die nur von dem langsam anwachsenden Vogelgezwitscher und dem gelegentlichen Krähen der Hähne, die sich von den umliegenden Bauernhöfen meldeten, durchbrochen wurde. Der Himmel war kaum bewölkt. Nach den anhaltenden Regengüssen des vergangenen Tages schien zum Wochenende eine Wetterbesserung in Sicht.

Pellke sah einige Arbeiter, die, aus den Gemeinden Brake oder Milse kommend, ihre Fahrräder vorsichtig über das an die Straße angrenzende Feld schoben und so die Unfallstelle umgingen, um rechtzeitig nach Bielefeld zu gelangen, wo sie am Samstagvormittag noch arbeiten mussten. Die Männer zeigten auf das umgekippte Fahrzeug und sprachen miteinander. Als sie den Unfallort passiert hatten, schwangen sie sich auf ihre Räder und fuhren weiter.

Dr. Schmidt, den Pellke von einem früheren Einsatz her kannte, kam ihm entgegen. Der Mediziner deutete auf die beiden Leichname, die einige Meter entfernt von dem Unfallwagen unter dunklen Laken am Straßenrand lagen. In geschäftsmäßigem Ton sagte er: „Der Standartenführer ist bei dem Unfall aus dem Wagen geschleudert worden und muss sofort tot gewesen sein. Genickbruch. Auch sein Adjutant hat den Unfall nicht überlebt."

Pellke nickte und zündete sich eine Overstolz an. Er inhalierte tief. Dann knüllte er die leere Packung zusammen, um sie in den Straßengraben zu werfen. Nach kurzem Zögern schob er sie aber in die Manteltasche.

„Herr Inspektor, wollen Sie mit dem Zeugen sprechen? Der Mann will nicht länger warten.“ Ein junger Polizeibeamter in hellgrüner Uniform und mit einem Tschako auf dem Kopf war an Pellke herangetreten und wies auf einen Kutscher, der in einer Entfernung von etwa dreißig Metern wartend neben seinem Fuhrwerk stand. Die beiden Kaltblüter grasten ruhig am Straßenrand.

„Gleich“, sagte Pellke und kniete neben einem der Leichname nieder. Er schlug das Laken zurück und blickte in das Gesicht des SA-Standartenführers Hermann Hellberg. Das wächserne Gesicht zierte die gleiche Barttracht, die den von Hellberg verehrten Führer und Reichskanzler unverwechselbar machte. Hellberg wirkte äußerlich unverletzt. Jemand hatte dem Standartenführer die Augen zugedrückt.

Pellke zog das Laken wieder über den Oberkörper des Leichnams und erhob sich. Der Kutscher, ein mittelgroßer, etwa 60-jähriger Mann mit Säbelbeinen und gerötetem Gesicht, blickte Pellke ungeduldig an, als der Inspektor auf ihn zukam.

„Bin ich endlich dran?“, fragte er. „Ich muss weiter, ich hätte um halb sechs am Bahnhof sein müssen. Das schaffe ich jetzt nicht mehr. Ich werde Ärger ...“

Pellke ging auf die Klagen nicht ein. Er fixierte den Mann mit einem kurzen Blick, sodass dieser den angefangenen Satz nicht mehr zu Ende führte. Dann zog Pellke sein Notizbuch aus der Tasche und fragte: „Wie heißen Sie?“

„Karl Stoppkotte ... Ich habe das Fuhrgeschäft in Laar.“

Pellke machte sich Notizen. „Sie waren Augenzeuge des Unfalls?“

Stoppkotte nickte.

„Wann hat der Unfall stattgefunden?“

Stoppkotte zog die Schultern hoch. „Das weiß ich nicht

genau. Ich habe keine Uhr dabei. Ich bin heute Morgen so gegen halb vier von zu Hause losgefahren. Der Unfall wird wohl gegen vier Uhr oder kurz nach vier passiert sein."

Pellke blickte dem Mann in das stoppelbärtige Gesicht. Der Kutscher wich seinem Blick aus. Seine Augen wanderten in Richtung Unfallwagen.

„Was genau haben Sie gesehen?"

„Na ja, ich war auf dem Weg nach Bielefeld, da sah ich in der Ferne, dass mir zwei Autos entgegenkamen. Am Scheinwerferlicht konnte ich sehen, dass das eine Auto von dem anderen Fahrzeug überholt wurde. Das überholte Auto kam dabei von der Straße ab und fuhr in den Graben ... Es war ja noch ziemlich dunkel. Mehr konnte ich nicht erkennen."

„Wie weit waren die beiden Autos von Ihnen entfernt, als der Unfall geschah?"

Stoppkotte überlegte kurz. „Vielleicht 800 Meter, vielleicht etwas mehr", sagte er zögernd.

„Und was geschah dann?"

„Der zweite Wagen hielt an. Jemand stieg aus. Etwas später wendete das Auto und fuhr zurück nach Bielefeld, um die Rettungssanitäter zu informieren."

Pellke runzelte die Stirn. „Woher wissen Sie das? Haben Sie mit den Insassen gesprochen?"

Stoppkotte schüttelte den Kopf. „Nein, dazu war das Auto zu weit entfernt. Aber weshalb sollte der Fahrer sonst zurückgefahren sein?"

Pellke überging die Frage. „Haben Sie den Fahrzeugtyp oder das Kennzeichen des Fahrzeugs erkannt?"

Stoppkotte schüttelte erneut den Kopf. „Nein, das Auto war ja bereits weggefahren, als ich zum Unfallort kam."

„Welche Farbe hatte das Fahrzeug?"

„Dunkel, vermutlich schwarz."

„Was haben Sie gemacht, als Sie den Unfallort erreichten?"

Stoppkotte zuckte mit den Schultern. „Nichts. Ich habe angehalten und geschaut, ob ich helfen konnte. Die beiden

Männer waren aber tot.“ Der Fuhrunternehmer zögerte kurz. „Dann kam noch ein Motorradfahrer aus Herford. Ich habe mich kurz mit ihm unterhalten. Als wir gesehen haben, um wen es sich bei dem Unfallopfer handelt, hat er gesagt, dass ich bei der Unfallstelle bleiben soll. Der wollte dann weiter nach Bielefeld fahren und die Polizei benachrichtigen.“

Pellke wusste, dass er das auch getan hatte. Daraufhin waren Polizei und Sanitäter ausgerückt. Von den Insassen des anderen Autos war aber keine Meldung erstattet worden. Pellkes Chef, Kriminalrat Altemeier, war auch informiert worden. Von ihm war Pellke, der Bereitschaftsdienst hatte, in Anbetracht der Prominenz des einen Opfers zur Unfallstelle geschickt worden. „Für den Fall, dass es kein Verkehrsunfall war“, hatte Altemeier gesagt.

Der Inspektor deutete auf die Pferde. „Können Ihre Pferde den Wagen aus dem Graben ziehen?“

Der Kutscher nickte und machte sich an die Arbeit. Kurze Zeit später gab Stoppkotte ein kurzes Kommando, die beiden Pferde zogen an, der Unfallwagen neigte sich zur Seite und stand wieder auf seinen vier Rädern. Dann zogen die beiden massigen Kaltblüter den Wagen aus dem Graben.

Als der Wagen am Straßenrand stand, nahm Pellke den Horch näher in Augenschein. Der Kühler war stark in Mitleidenschaft gezogen, auch der Kotflügel auf der Fahrerseite war zerbeult. Die Fahrertür ließ sich allerdings noch öffnen. Auf dem Boden des Beifahrersitzes lag eine braune Aktentasche. Als Pellke die Tasche aufhob, entdeckte er eine Packung Zigaretten der Marke Trommler und ein Streichholzbriefchen mit dem Aufdruck des berüchtigten Bielefelder Nachtlokals *Enzian.* Pellke steckte die Zigaretten und das Streichholzbriefchen in seinen Mantel und nahm die Aktentasche an sich. Dann winkte er den jungen Polizeibeamten zu sich. „Sorgen Sie dafür, dass das Fahrzeug abtransportiert und untersucht wird.“

Pellke hatte nach seiner Rückkehr in einem Café nahe dem in der Bielefelder Viktoriastraße gelegenen Polizeipräsidium gefrühstückt. Als er kurz nach 9:00 Uhr das Präsidium betrat, herrschte hier bereits reger Betrieb.

Auf dem Weg zu Altemeier, dem er sofort Bericht erstatten sollte, begegnete ihm Erwin Schiereck auf dem Flur. Schiereck, den Pellke aus Berlin kannte, hatte dort als Kriminalassistent bei der Sitte gearbeitet und war bald nach der Machtergreifung zur Berliner Gestapo gewechselt. Im Februar war er dann plötzlich in Bielefeld als Mitarbeiter der dortigen Staatspolizeistelle aufgetaucht, die ebenfalls im Polizeipräsidium in der Viktoriastraße untergebracht war. Seitdem hatten die beiden Ex-Berliner einige Abende im Theater oder in einer der Bielefelder Kneipen verbracht und ihre Erinnerungen an Berlin aufgefrischt. Pellke hatte das Gefühl, dass sich zwischen ihnen beiden langsam eine Freundschaft entwickelte.

Schiereck blieb stehen. „Na, haste heute Morgen deinen Wecker nich gehört?"

Pellke schüttelte den Kopf. „Nee, ich war heut Nacht im Einsatz."

„Wie heißt die Dame?"

Pellke grinste. „Keine Dame, leider."

„Na dann … Was hältst du davon, wenn wir heute Mittag gemeinsam essen?"

Pellke überlegte kurz und schätzte dabei den weiteren Verlauf des Vormittags ab. Dann nickte er. „Um 13:00 Uhr bei Westerheide?"

Schiereck hob seinen rechten Daumen als Zeichen der Zustimmung. „Ja, geht. Bis dann also."

Frau Hiller, die Sekretärin Altemeiers, nickte freundlich, als Pellke eintrat und fragte, ob sein Chef zu sprechen sei. Die Hiller war einige Jahre älter als Pellke, sah aber sehr apart aus und schien Pellke zu mögen, jedenfalls war sie ihm gegenüber immer ausgesprochen zuvorkommend.

Altemeier wies Pellke einen der beiden Sessel zu, die vor seinem Schreibtisch standen, und bot ihm eine Zigarette an. Pellke griff zu. Dann eröffnete Altemeier das Gespräch: „Hellberg war in der SA ein hohes Tier. Wir müssen darauf achten, dass es bei den Ermittlungen keine Pannen gibt.“ Er blickte Pellke aufmerksam an. „Spricht irgendetwas dafür, dass es kein normaler Unfall war?“

Pellke berichtete von dem anderen Fahrzeug, das nach dem Unfall zunächst angehalten, sich dann aber vom Unfallort entfernt hatte, ohne das Geschehen bei der Polizei zu melden.

Altemeier strich mit der rechten Hand über seinen Kinnbart. „Das muss noch nichts bedeuten. Gibt es noch weitere Hinweise, die gegen einen Unfall sprechen?“

Pellke nickte. „Hellbergs Wagen weist an der Fahrerseite Schäden auf, die vermutlich nicht durch den Aufprall im Graben entstanden sind. Es kann durchaus sein, dass das überholende Fahrzeug Hellbergs Wagen absichtlich abgedrängt und dadurch den Unfall herbeigeführt hat.“

Altemeier dachte einen Augenblick nach. Dann blickte er seinen Gesprächspartner an, er suchte Augenkontakt. Eindringlich sagte er: „Herr Pellke, Sie müssen bei Ihren weiteren Ermittlungen äußerst behutsam vorgehen. Wir gehen offiziell zunächst weiterhin von einem Unfall aus. Ich werde auch dementsprechend die Presse informieren. Wir können uns zurzeit absolut keine Konflikte mit der SA erlauben. Viele SA-Männer sind unzufrieden. Sie meinen, die Reichsregierung könnte mehr für sie tun.“ Er zögerte. Er schien zu überlegen, ob er Pellke seine weiteren Gedanken mitteilen sollte. Dann sagte er: „Mein Bruder ist bei der Reichswehr. Er hat mir gegenüber angedeutet, dass hinter den Kulissen zurzeit Machtkämpfe stattfinden. Die SA-Führung sei daran beteiligt.“

Pellke nickte. Als er das Büro verlassen wollte und bereits die Türklinke in der Hand hatte, sprach ihn Altemeier noch einmal an. „Herr Pellke, ich habe mich über Sie in Berlin erkundigt. Ich glaube, Sie sind der richtige Mann für diesen

Fall. Seien Sie vorsichtig, auch im eigenen Interesse, und zerschlagen Sie nicht unnötig Porzellan."

In seinem Dienstzimmer besprach Pellke den Unfall mit seinem Kollegen Erhard Boggisch, einem bereits in die Jahre gekommenen und auf seine Pensionierung wartenden Rheinländer, den es in der Zeit des Ruhrkampfes nach Bielefeld verschlagen hatte.

Pellke legte die Aktentasche, die Zigaretten und die Zündhölzer aus dem Horch auf seinen Schreibtisch. Nachdem er das Streichholzbriefchen ausgiebig betrachtet hatte, warf er es Boggisch zu. „Kennst du das *Enzian*?"

Erhard Boggisch nickte bedächtig. „Ja natürlich. Das ist ein Nachtlokal, unweit der Neustädter Kirche. Im *Enzian* verkehrt die Bielefelder SA." Boggisch lachte meckernd. „Das kannst du ruhig wörtlich nehmen. Man sagt, dass die SA-Führung ihre Hand schützend über das Lokal halte. Inhaberin ist Doro Wolters, eine Augenweide. Sie soll ein besonders enges Verhältnis zu Hellberg haben."

Pellke öffnete die Aktentasche und sah die Schriftstücke durch, die sich in der Tasche befanden. Es handelte sich um ein halbes Dutzend Gutachten, in denen sich Hellberg zur Befähigung verschiedener SA-Männer geäußert hatte, die offenbar im Polizeidienst untergebracht werden sollten. Die SA-Männer waren allesamt arbeitslos; Hellberg beschrieb sie als politisch zuverlässig, ehrlich und in guter körperlicher Verfassung. Die Mehrzahl von ihnen war – so Hellberg in seinen Gutachten – von ihren früheren Arbeitgebern entlassen worden, weil sie sich für den Nationalsozialismus eingesetzt hatten.

Pellke, der erst vor einem dreiviertel Jahr nach Bielefeld versetzt worden war, weil man ihn in Berlin für politisch unzuverlässig gehalten hatte, spürte plötzlich, dass dieser Fall brisant werden könnte.

Das von Heinrich Westerheide geführte Restaurant *Stadt Bielefeld* lag in der Viktoriastraße 15 und war bei den Mitarbeitern im Präsidium für seinen guten und preiswerten Mittagstisch bekannt.

Erwin Schiereck saß bereits an einem der Fenstertische und winkte Pellke zu, als dieser das Lokal betrat.

Pellke setzte sich. Schiereck deutete auf die Speisekarte. „Auch Rindsroulade und Bier?"

Pellke nickte. Er fingerte eine Overstolz aus der Packung und schob die Zigaretten dann Schiereck hin.

Schiereck zog ebenfalls eine Zigarette aus der Packung. Während er die Zigarette glattstrich, fragte er: „Hast du schon gehört, dass der König von Siam nach Berlin kommt und den Führer treffen wird?"

Pellke schüttelte den Kopf. Die hohe Politik interessierte ihn nur wenig. „Ich weiß nicht einmal, wo Siam überhaupt liegt."

Der Ober brachte die Getränke. Die beiden Männer prosteten sich zu.

„Wie läufts mit Irene?"

Schiereck machte ein unzufriedenes Gesicht. „Sie lässt mich immer noch zappeln. Ich weiß nicht, woran ich mit ihr bin. Sie ist in dieser Beziehung, du weißt schon, sehr altmodisch."

Pellke zündete sich seine Zigarette an und grinste verstehend. „Die Frauen hier sind schon etwas anders als in Berlin, sehr auf ihren guten Ruf bedacht. Die reden sofort von Heirat ..."

Schiereck strich die Asche von seiner Zigarette. „Ich bin doch kein Pennäler mehr. Lange gucke ich mir das mit Irene nicht mehr an, langsam bricht bei mir der sexuelle Notstand aus. Gibt ja noch andere Frauen in Bielefeld." Er grinste. Dann wechselte er das Thema: „Ich hab davon gehört, dass Standartenführer Hellberg tot ist."

„Ja, ich war heute Nacht beim Unfallort."

„Und? Besoffen gefahren? Wäre der SA ja zuzutrauen. Saufen und prügeln, viel mehr können die ja nicht."

Pellke nahm einen tiefen Zug und blies den Rauch nach

oben. „Möglicherweise“, sagte er dann. „Das erfahre ich noch. Dennoch, die Sache ist schon ein wenig seltsam.“

„Was meinst du damit?“

„Na ja, ein Zeuge hat gesehen, dass Hellbergs Fahrzeug kurz vor dem Unfall von einem anderen Wagen überholt worden ist. Dieses Auto hat nach dem Unfall kurz angehalten und ist dann verschwunden.“

„Und?“

„Nichts ‚und‘! Mehr wissen wir nicht. Die Insassen des zweiten Fahrzeugs haben nicht die Polizei verständigt, was man ja eigentlich erwarten sollte.“

Schiereck zuckte mit den Schultern. „Vielleicht hatten die etwas zu verbergen, so spät in der Nacht. Eine Diebesbande vielleicht. Oder sie mochten die SA nicht – was ich durchaus verstehen kann …“

Die SA-Standarte 174 hatte ihren Sitz unweit der Herforder Münsterkirche und des Rathauses. Als Pellke sich der Dienststelle näherte, sah er, dass das Gebäude von mehr als einem Dutzend SA-Männern umlagert war. Der Tod Hellbergs sorgte offenbar für große Aufregung, da Hellberg bei seinen Leuten sehr beliebt gewesen war.

Pellke stellte den Wagen ab und ging, von misstrauischen Blicken begleitet, auf das zweigeschossige Gebäude zu. Drei SA-Männer in braunen Uniformen kamen auf Pellke zu, als er die Dienststelle betreten wollte. Sie hatten die Sturmriemen ihrer Mützen über das Kinn gezogen und bemühten sich in keinster Weise um einen freundlichen Gesichtsausdruck. Pellke zog seinen Ausweis hervor, zeigte ihn den Männern und sagte in verbindlichem Ton: „Ich möchte den Stellvertreter von Standartenführer Hellberg sprechen.“

„Das ist Sturmbannführer Sanftleben.“ Der Wortführer, ein SA-Truppführer, setzte sich in Bewegung, nachdem er Pellke kurz taxiert hatte. Pellke, von den beiden anderen SA-Männern eskortiert, folgte.

Auch im Flur des Hauses hielten sich mehrere SA-Männer auf. Der Truppführer klopfte an einer zweiflügeligen Tür. Als von innen eine Antwort erfolgte, betrat er den Raum. Nach wenigen Sekunden kam er wieder heraus und schob Pellke in das Zimmer.

Ein großgewachsener Mann in SA-Uniform, die ihn als Sturmbannführer auswies, stand neben seinem Schreibtisch am Fenster und beobachtete das Treiben vor der Dienststelle. Er musterte Pellke mit ausdruckslosen Augen und fragte dann wie beiläufig: „Sie sind von der Polizei?" Ohne die Antwort abzuwarten, fuhr er fort: „Was möchten Sie? Sie werden verstehen, dass ich heute nicht viel Zeit für Sie erübrigen kann."

Pellke bemühte sich um einen freundlichen Gesichtsausdruck. „Ich möchte mich mit Ihnen über den gestrigen Unfall Ihres Standartenführers unterhalten."

Sanftleben zögerte kurz, dann nickte er und deutete auf die kleine Sitzecke, die sich im hinteren Teil des Raumes, unter einem Führerbild, befand. Die beiden Männer setzten sich. Neben dem Führerbild hingen weitere großformatige Fotos. Eines zeigte Hitler und Röhm bei der gemeinsamen Abnahme eines SA-Aufmarsches, ein anderes Hellberg und Röhm bei der gemeinsamen Verleihung von Ehrenabzeichen an SA-Männer.

Sanftleben beugte sich vor. Als er sprach, nahm Pellke seinen von vielen Zigaretten und wohl auch Alkohol geschwängerten unangenehmen Atem wahr. „War das kein Verkehrsunfall? Ermitteln Sie deshalb?"

Pellke schüttelte den Kopf. „Es gibt keinerlei Hinweise dafür, dass es sich um etwas anderes als um einen Verkehrsunfall gehandelt hat. Dennoch haben sich einige Fragen ergeben, die wir noch klären müssen, bevor wir die Akte schließen können."

„Machen Sies kurz. Was möchten Sie wissen?"

„Was war der Zweck der gestrigen Fahrt Ihres Standartenführers nach Bielefeld?"

Sanftleben antwortete knapp: „Standartenführer Hellberg hatte eine dienstliche Besprechung mit dem Bielefelder Polizeipräsidenten."

„Was war der Inhalt dieser Besprechung?"

Der Sturmbannführer zögerte kurz, dann sagte er: „Ich weiß nicht, ob ich befugt bin, über die Inhalte des Gespräches zu reden. Sie werden diese Information sicherlich in Ihrem Präsidium bekommen können."

Pellke nickte. „Der Unfall hat sich heute in den frühen Morgenstunden ereignet. Für wann war denn diese Besprechung mit dem Polizeipräsidenten angesetzt worden?"

„Soweit ich weiß, sollte sie gestern Abend um 19:00 Uhr im Präsidium stattfinden."

„Hatte Standartenführer Hellberg danach noch weitere Termine in Bielefeld?"

Sanftleben zuckte mit den Schultern. „Das entzieht sich meiner Kenntnis. Möglich, dass der Standartenführer noch einen privaten Termin hatte."

„Wie erklären Sie sich, dass Standartenführer Hellberg sich erst um 4:00 Uhr morgens auf der Rückfahrt nach Herford befand?"

Sanftleben zuckte erneut mit den Schultern.

Seine nächste Frage formulierte Pellke sehr sorgfältig: „Gibt es aus Ihrer Sicht irgendwelche Anhaltspunkte dafür, dass es sich heute Nacht nicht um einen Unfall gehandelt hat?"

Sanftleben blickte erstaunt auf. „Es gibt also doch Hinweise darauf, dass es kein Unglücksfall war – oder?"

Pellke schüttelte den Kopf. „Nein, es gibt weder Indizien noch Fakten", behauptete er wider besseres Wissen. Er hoffte dabei, dass er einen überzeugenden Eindruck machte. „Eine reine Routinefrage. Gab es in der letzten Zeit zum Beispiel Auseinandersetzungen mit den Roten?"

Sanftleben schien von Pellkes Antwort nicht wirklich überzeugt. Er überlegte kurz und sagte dann: „Nein, Anhaltspunkte, die auf ein Attentat oder Ähnliches deuten, gibt es nicht. Kommunistische Übergriffe können wir ausschließen. Die Sozen und die Bolschewisten haben wir ein für alle Mal ausgeschaltet, die trauen sich nicht mehr auf die Straße."

„Gut." Pellke erhob sich. Er nickte Sanftleben kurz zu, dann verließ er das Zimmer.

Pellke war erst wenige Minuten wieder in seinem Büro, als Dr. Schmidt anrief und ihm die ersten Ergebnisse der gerichtsmedizinischen Untersuchung mitteilte: „Standartenführer Hellberg hat infolge des Unfalls eine Fraktur des dritten Halswirbels erlitten und ist unmittelbar danach gestorben. Bei seinem Adjutanten Bösebeck sieht die Sache aber anders aus." Schmidt machte eine Pause, um Pellkes ungeteilte Aufmerksamkeit für den nächsten Satz zu erhalten. „Bösebeck scheint den Unfall zunächst überlebt zu haben. Dann hat ihm aber jemand mit einem harten Gegenstand, vermutlich einer kurzen Eisenstange, den Schädel eingeschlagen."

Pellke zog mit spitzen Fingern seiner linken Hand eine Overstolz aus der vor ihm auf dem Schreibtisch liegenden Packung. „Sind Sie sich sicher?"

„Ganz sicher."

Pellke zündete die Zigarette an und inhalierte. „Das wäre der endgültige Beweis dafür, dass der Unfall gar kein Unfall war, sondern ein Mordanschlag."

„So sieht es aus."

„Hatten die beiden Toten Alkohol getrunken?"

„Reichlich. Bösebeck scheint den Wagen gefahren zu haben. Er hatte deutlich mehr als zwei Promille intus."

Pellke bedankte sich und legte auf.

Boggisch, der Teile des Gesprächs mitbekommen hatte, blickte seinen Kollegen fragend an. Pellke informierte ihn mit knappen Worten.

„Geschieht dem Hellberg ganz recht, seine SA-Leute haben sich im letzten Jahr aufgespielt, als ob sie kleine Herrgötter wären."

Pellke nickte zustimmend. „Ich bin auch kein Freund dieser braunen Knalltüten, aber wenn es sich tatsächlich um Mord handelt, müssen wir die Täter auch ermitteln – ohne Ansehen der Person."

Die Blondine hinter der Theke wirkte gelangweilt. Sie stellte das Bierglas mit einem professionellen Lächeln vor Pellke ab.

„Wenig los heute?", fragte Pellke. Außer ihm saßen – in einiger Entfernung – noch vier andere Männer an der Theke und unterhielten sich mit mehr oder weniger aufreizend angezogenen Frauen. Ein Tisch am Eingang war mit sechs oder sieben SA-Männern besetzt, die in regelmäßigen Abständen neues Bier orderten.

„Is ja noch früh."

Pellke sah auf seine Armbanduhr. Es war kurz vor 22:00 Uhr. Er zog die Packung Overstolz aus seinem Tweed-Jackett, zündete sich eine Zigarette an und hielt der Blonden die Packung hin. Sie lehnte dankend ab.

„Schlimmer Unfall gestern Nacht."

Die Blonde nickte. Der Unfall des Standartenführers hatte sich während des Tages wie ein Lauffeuer in Bielefeld verbreitet, obwohl darüber noch nichts in den Zeitungen gestanden hatte.

„Ist Hellberg gestern Abend hier im *Enzian* gewesen?"

Die Blonde sah ihn misstrauisch an. „Warum wolln Se das wissen?"

„Deshalb." Pellke legte seinen Dienstausweis auf die Theke. „War Hellberg gestern hier?", wiederholte er seine Frage.

Die Blonde nickte.

„Kam er öfters her?"

„Ja, immer freitags."

„Weshalb immer freitags?"

„Er traf sich freitags immer mit Doro."

„Wo finde ich Doro?"

Die Blonde drehte ihren Kopf nach links. Pellke folgte

ihrem Blick und sah eine äußerst attraktive Rothaarige, die sich mit einem der Männer an der Theke unterhielt. Sie trug ein schulterfreies grünes Kleid, durch das ihr rotes Haar zur Geltung kam, und lachte gerade über eine Bemerkung, die der Mann gemacht hatte.

Pellke wandte sich wieder der Blonden zu: „Ist gestern Abend etwas Besonderes passiert?“

Die Blonde zuckte mit den Schultern. „Nein, gestern nicht. Aber vor zwei Tagen waren zwei Kollegen von Ihnen hier, die haben sich nach Hellberg erkundigt. Dabei gab es Ärger mit unseren SA-Männern. Es fehlte nicht viel und es hätte ne Prügelei gegeben.“

„Was wollten meine Kollegen von Ihnen wissen?“

„Na ja, sie haben nach Hellbergs Gewohnheiten gefragt, wann er herkommt und so.“

„Wann hat Hellberg gestern Nacht das *Enzian* verlassen?“

„Das müssen Se Doro fragen.“

Pellke nickte, nahm einen großen Schluck aus dem Bierglas und sog noch einmal an seiner Zigarette, bevor er sie ausdrückte. Dann löste er sich von der Theke und ging auf die rothaarige Doro zu, die sich gerade von ihrem Gesprächspartner verabschiedet hatte und jetzt vor einer Tür stand, die mit dem Schild „Privat“ gekennzeichnet war.

Mit drei raschen Schritten war Pellke neben der Frau und sagte, freundlich lächelnd, mit halblauter Stimme: „Kriminalpolizei. Ich habe einige Fragen an Sie.“

Die Rothaarige, die von Nahem gesehen einiges von ihrer Attraktivität eingebüßt hatte, musterte Pellke kurz, nickte dann und deutete auf die Tür.: „Kommen Sie mit.“

Das Bürozimmer war nur karg möbliert. Ein Schreibtisch mit Bürostuhl und Lampe, ein Aktenschrank und ein Ledersessel bildeten das ganze Interieur. Auf dem Schreibtisch hatte jemand einen Stapel Schellackplatten abgelegt.

Doro Wolters lehnte sich an den Schreibtisch und wies Pellke den Ledersessel zu.

„Sie kannten Hermann Hellberg ..." – Pellke zögerte kurz, bevor er weitersprach – „gut?"

„Das kann man wohl so sagen. Ja, wir kannten uns ..." – auch sie zögerte kurz und lächelte dabei – „gut. Aber um das zu erfahren, sind Sie doch sicherlich nicht hergekommen."

„Nein. Ich untersuche den gestrigen Verkehrsunfall, bei dem Hellberg und sein Adjutant Bösebeck ums Leben gekommen sind."

„Dann war es kein normaler Verkehrsunfall?" Doro Wolters' Gesicht spiegelte ihre Überraschung.

„Möglicherweise nicht." Pellke wollte nicht zu viel von seinen bisherigen Erkenntnissen preisgeben. „Wie standen Sie zu Hellberg?"

„Wir hatten sowohl geschäftliche als auch private Beziehungen. Hermann gehörte das *Enzian.* Ich war seine Geschäftsführerin."

„Und seine Geliebte?"

Doro Wolters lächelte spöttisch. „Auch das, vorzugsweise freitags."

Pellke spürte, dass Doro Wolters ihm durchaus sympathisch war. Sie schien Hellberg gemocht, in die Beziehung aber keine wirkliche Leidenschaft investiert zu haben.

„Wann hat Hermann Hellberg gestern das *Enzian* verlassen?"

„Das muss so um kurz vor vier Uhr gewesen sein. Ich schließe das *Enzian* normalerweise um drei. Hermann hat dann immer noch das Bedürfnis nach etwas Zärtlichkeit."

„Wann ist er gekommen?"

„Wie meinen Sie das? ... Ich weiß sicher, dass er um etwa halb vier gekommen ist."

Pellke verstand sie nicht sofort. Dann wurde ihm klar, was sie gemeint hatte, und er wurde rot wie ein Schuljunge. Er ärgerte sich deshalb. Doro Wolters lachte schallend.

Um von sich abzulenken, warf Pellke einen Blick auf die Schellackplatten. Es handelte sich mehrheitlich um Swing-

Platten. „Ich dachte, die SA mag nur deutsche Musik und deutschen Tanz?"

„Wenn Sie wüssten, was einige SA-Männer mögen." Die Rothaarige lachte erneut.

„Und Standartenführer Hellberg?"

„Der war relativ normal. Der konnte sogar manchmal richtig lieb sein."

„Ihre Angestellte an der Theke deutete an, dass es vorgestern Streit zwischen Polizeibeamten und SA-Männern gegeben hat. Waren das Beamte von der Sitte?"

Doro Wolters schüttelte den Kopf. „Das waren keine Polizeibeamten, die gehörten zur Gestapo."

Pellke war überrascht. „Was wollte die Gestapo hier?"

„Sie haben sich nach Hermann erkundigt und dabei abfällige Bemerkungen über die SA gemacht. Das hat Hermanns Leute in Rage gebracht."

Pellke hatte sich eine Zigarette angezündet. „War Hellberg auch anwesend?"

„Nein, Hermann hätte die schon in ihre Schranken gewiesen."

„Welche Probleme hatte die SA mit der Gestapo?"

„Hermann hat die Gestapo-Leute immer als Karrieristen bezeichnet. Er hat gesagt, das seien Leute, die der Bewegung ohne Herzblut dienten. Und er meinte, die Gestapo habe Angst vor der SA."

„Hatte Hellberg sonstige Feinde? Hat er Ihnen gegenüber mal etwas erwähnt?"

Doro Wolters machte eine vage Handbewegung. „Eigentlich nicht. Er hätte gerne mit einigen ehemaligen DNVP-lern abgerechnet, die der Partei erst nach der Machtergreifung beigetreten sind und nun das große Wort führen, aber die hat er für sich nicht als wirklich gefährlich eingestuft."

„Was hat ihn daran gehindert, gegen diese Leute vorzugehen?"

„Die Partei, die Gauleitung. Die haben Hermann gesagt,

man brauche diese Leute für den wirtschaftlichen und militärischen Aufbau Deutschlands."

Doro Wolters ging um den Schreibtisch herum, holte eine halbvolle Flasche mit grünem Inhalt und zwei Gläser aus dem Aktenschrank und stellte sie auf den Schreibtisch.

„Ich weiß gar nicht, warum ich Ihnen das alles erzähle ... Ich glaube, dass nach Hermanns Tod die Zeiten härter werden. Ich weiß nicht, wer neuer Standartenführer wird und was Hermanns Frau mit dem *Enzian* vorhat." Sie deutete auf die Flasche. „Auch einen?"

„Was ist das?"

„Na, was wohl? Die Grüne Fee."

Pellke nickte. Er hatte das Zeug mehrfach in Berlin getrunken, sich aber nicht besonders viel daraus gemacht. Doro Wolters dagegen schien regelmäßig Absinth zu konsumieren.

Die Rothaarige schenkte ein und schob Pellke eines der Gläser hin. Sie hob ihr Glas und prostete Pellke zu.

Nachdem sie getrunken hatten, sagte sie, etwas in sich gekehrt: „Zu Hermanns Beerdigung wird sicherlich auch Ernst Röhm erscheinen, die beiden waren miteinander befreundet."

Pellke stellte das Glas wieder auf den Schreibtisch. „In Berlin munkelt man, Röhm sei schwul."

„Ist er auch, hat Hermann jedenfalls gesagt. Röhm sei aber ein guter Kamerad, auf den man sich verlassen könne." Sie deutete auf die Absinth-Flasche. „Noch einen?"

Pellke winkte ab und wandte sich zum Gehen. An der Tür blieb er stehen und fragte: „Wissen Sie, was Hellberg gemacht hat, bevor er ins *Enzian* kam?"

„Er hatte ein Treffen mit dem Polizeipräsidenten. Hermann wollte noch einige arbeitslose SA-Männer im Polizeidienst unterbringen. Das scheint aber nicht geklappt zu haben. Jedenfalls war Hermann gestern Abend ziemlich angefressen." Sie zögerte und blickte Pellke noch einmal spöttisch an: „Übrigens, Hermann und Bösebeck trafen gestern Abend so gegen 23:00 Uhr hier ein, das wollten Sie doch noch wissen – oder?"

Am Sonntagmorgen schlief Pellke, der in einem möblierten Zimmer in der Turnerstraße wohnte, lange. Infolge des Bereitschaftsdienstes hatte er in den letzten 48 Stunden nur wenig Schlaf gehabt. Er wurde wach, als die Glocke der Altstädter Nikolaikirche zehnmal schlug.

Pellke wusch sich, zog sich an und verzehrte in aller Ruhe das Frühstück, das ihm seine Zimmerwirtin im Salon in der unteren Etage hingestellt hatte.

Außer Pellke wohnten noch zwei weitere Gäste in der Pension: ein Ingenieur, der bei den Dürkoppwerken beschäftigt war, und eine junge Sängerin, die zurzeit ein Engagement am Bielefelder Theater hatte. Der Ingenieur, mit dem sich Pellke gelegentlich unterhielt, schien schon gefrühstückt zu haben, die Sängerin schlief vermutlich noch.

Nach dem Frühstück zündete sich Pellke eine Zigarette an und verließ das Haus. Er schlenderte zur Viktoriastraße hinüber. Im Präsidium war alles ruhig. Neue Informationen zu dem von ihm bearbeiteten Fall gab es nicht.

Pellke machte deshalb einen längeren Spaziergang durch die Innenstadt, der ihn schließlich zum Johannisberg führte, wo er sich auf die Terrasse des Restaurants setzte und einen Kaffee bestellte. Er sah mehr als eine Stunde lang dem geschäftigen Treiben des Personals zu, das die letzten Vorbereitungen für das am Nachmittag hier stattfindende Militärkonzert traf. Die Sonne schien warm und machte ihn schläfrig.

Am Nachmittag besuchte Pellke das in der Lokalpresse groß angekündigte Fußballspiel zwischen Arminia Bielefeld und Saar 05 Saarbrücken, das die in gelber Kleidung spielenden Arminen ohne große Mühe mit 2:0 für sich entscheiden konnten, da die Saarbrücker Mannschaft über eine nur schwache Angriffsreihe verfügte.

Die Saarländer waren zu Beginn des Spieles von Bürgermeister Budde freundlich als „Brüder von der Saar“ begrüßt worden, wobei Budde – unter dem Beifall von mehr als 2500 Zuschauern – in seiner Rede den Wunsch aussprach, dass das durch den Versailler Vertrag abgetrennte Saargebiet so rasch wie möglich zum Deutschen Reich zurückkehren möge.

Am frühen Abend machte Pellke noch einen kurzen Abstecher in den Ratskeller-Garten, wo er den Tanzenden zuschaute, einige Biere trank und etwas aß. Als er die nötige Bettschwere spürte, entschloss er sich dazu in sein ungemütliches Zimmer zurückzukehren, wo er bald einschlief.

Als Pellke am Montagmorgen einen Blick auf das Titelblatt der *Westfälischen Zeitung* warf, die ihm seine Zimmerwirtin wie üblich auf den Frühstückstisch gelegt hatte, setzte er die Kaffeetasse wieder ab, die er gerade zum Mund führen wollte.

Auf der Titelseite der Zeitung prangte die Schlagzeile „Entschlossene Säuberungsaktion Hitlers“. In dem zugehörigen Artikel wurde berichtet, dass Ernst Röhm und sieben SA-Führer erschossen worden seien. Röhm und der engeren SA-Führung wurden neben „sittlichen Verfehlungen“ vor allem „politische Verrätereien“ und geheime Kontakte zum Ausland vorgeworfen. Dem ehemaligen Stabschef Röhm sei Gelegenheit gegeben worden, die Konsequenzen aus seinem verräterischen Handeln zu ziehen. Da er dies nicht getan habe, sei er erschossen worden. Die Reichswehr und das Volk stehe in „unerschütterlicher Treue“ zu Hitler, der nach der „befreienden Tat“ begeistert gefeiert worden sei. Als neuer SA-Stabschef und Nachfolger Röhms sei Viktor Lutze ernannt worden.

Im Lokalteil fand Pellke dann einen längeren Bericht über den Unfall Hellbergs und seines Adjutanten. „Standartenführer Hellberg tödlich verunglückt“ lautete die Schlagzeile. Weiter hieß es, die Bewegung habe einen überaus verdienten Vorkämpfer für das Dritte Reich verloren. Sein Verlust sei nur schwer zu verkraften.

Der Redakteur schrieb, die Polizei gehe von einem tragischen Unfall aus. Hellberg und sein Adjutant hätten sich – nach einer längeren dienstlichen Besprechung mit dem Bielefelder Polizeipräsidenten – auf der Heimfahrt nach Herford, dem Sitz der SA-Standarte 174, befunden, und der Adjutant habe offenbar wegen Übermüdung die Kontrolle über das Fahrzeug verloren.

Weiter wurde an die Verdienste Hellbergs beim Aufbau der SA-Standarte seit Anfang der 1930er Jahre erinnert, als der Partei in Ostwestfalen von den Roten noch viel Widerstand entgegengesetzt worden sei und die SA die Veranstaltungen der NSDAP geschützt und damit einen wichtigen Beitrag zur Machtergreifung geleistet habe. Standartenführer Hermann Hellberg sei nun in die SA-Standarte „Horst Wessel" abberufen worden. Im letzten Absatz des Artikels wurde Adjutant Bösebeck als treuer Gefolgsmann Hellbergs gewürdigt.

Pellke legte die Zeitung beiseite. Die Röhm-Affäre machte Hellbergs Unfall noch mysteriöser. Mehrere Gedanken schossen ihm nahezu gleichzeitig durch den Kopf. Was war, wenn zwischen der Entmachtung Röhms und dem Unfall Hellbergs eine Verbindung bestand? Mittlerweile war klar, dass Hellbergs Fahrzeug von dem anderen Wagen in den Graben gedrängt worden war und dass ein Insasse aus diesem Wagen den überlebenden Bösebeck getötet hatte. Die Mörder hatten einen Unfall vortäuschen wollen, sich dabei aber etwas dilettantisch angestellt. Wer aber steckte hinter dieser Aktion? Die Roten? Pellke wusste, dass es noch versprengte Reste kommunistischen Widerstandes in Bielefeld gab. Hatten die Kommunisten ein Zeichen setzen wollen? Pellke fiel der Besuch der Gestapo im *Enzian* ein. Weshalb interessierte sich die Gestapo für Hellberg? Gab es tatsächlich eine SA-Verschwörung, so wie es der Zeitungsartikel suggerierte?

Pellke verschlang hastig sein Frühstück, stand auf, zündete sich die erste Zigarette des Tages an und verließ das Haus. Die wenigen Meter zum Polizeipräsidium ging er zu Fuß.

Boggisch begrüßte Pellke mit den Worten: „Du sollst sofort zu Altemeier kommen. Die Hiller hat schon zweimal nach dir gefragt."

Pellke nickte und machte auf dem Absatz kehrt. Er ging den Flur hinunter und betrat das Vorzimmer des Kriminalrats. Grete Hiller lächelte, als sie Pellke sah.

„Der Kriminalrat erwartet Sie."

Sie erhob sich und öffnete die Verbindungstür zu Altemeiers Büro. Pellke trat ein.

„Setzen wir uns." Altemeier wies auf einen der beiden Sessel vor seinem Schreibtisch. Nachdem Pellke Platz genommen hatte, kam der Kriminalrat sofort zur Sache. „Sie haben heute schon die Zeitungen gelesen?"

Pellke nickte.

„Durch die Vorfälle in München hat der Unfall Hellbergs eine ganz neue Wendung bekommen. Wenn wir jetzt weiter ermitteln, kann die Sache für uns sehr heikel werden."

„Was wollen Sie damit sagen?"

Altemeier sprach jetzt leise und konzentriert. „Der Sachverhalt ist doch wohl klar. Hellberg hat aus seiner Freundschaft mit Röhm nie ein Geheimnis gemacht. Wenn man Röhm entmachten will, liegt es doch nahe, auch diejenigen, die ihn vielleicht noch unterstützen könnten, auszuschalten – oder?"

„Aber warum die ganze Aktion? Die SA hat doch Hitler immer treue Dienste geleistet. Oder ist das Ganze auch eine Aktion gegen die Regierung?"

Altemeier schüttelte den Kopf. „Das glaube ich nicht." Er machte eine kurze Pause. „Was ich Ihnen jetzt sage, ist absolut vertraulich ... Die SA hat sich im letzten Jahr im gesamten Reich unmöglich benommen, hat sich aufgespielt und die Bevölkerung drangsaliert, dabei sind das doch zum größten Teil nur ganz primitive Kerle." Altemeier zögerte kurz. „Wie ich Ihnen gegenüber bereits erwähnte, ist mein Bruder Reichswehroffizier. Röhm hat zuletzt die Forderung gestellt, die Reichswehr solle mit der SA unter seiner Führung verschmolzen werden. Sie können sich vorstellen, dass die Forderung einen heftigen Protest der Reichswehrführung zur Folge hatte?"

Pellke nickte. Dann fragte er: „Warum vertrauen Sie mir diese Informationen an? Was soll ich tun?“

„Nichts, Sie sollen zunächst einmal nichts tun. Die nächsten Tage werden für Klärung der Geschehnisse in München sorgen. So lange sollten wir hier in Bielefeld die Ermittlungen nicht gerade forcieren. Dieser Meinung ist übrigens auch der Polizeipräsident.“ Altemeier machte eine kurze Pause, seine Stimme wurde jetzt noch etwas leiser: „Und was Ihre andere Frage betrifft: Sie erinnern mich ein wenig an meinen Sohn Eberhard. Ich möchte nicht, dass Sie sich bei Ihren Ermittlungen in die Nesseln setzen.“

Pellke hatte davon gehört, dass der älteste Sohn Altemeiers im Ersten Weltkrieg gefallen war. Er schüttelte energisch den Kopf. „Wir können doch nicht brutale Mörder gewähren lassen, auch wenn sie die Gesellschaft von zwei unangenehmen Individuen befreit haben.“

Altemeier sah Pellke eindringlich an. „Es könnte sein, dass der Fall für Sie jetzt eine Nummer zu groß wird. Noch einmal: Halten Sie sich die nächsten Tage bei Ihren Ermittlungen zurück. Ich sage damit nicht, dass wir die Mörder laufen lassen wollen. Ich bin die nächsten beiden Tage nicht vor Ort. Unternehmen Sie nichts, ohne es mit mir abzusprechen.“

Altemeiers Bemerkung, dass der Fall Pellke über den Kopf wachsen könnte, gefiel Pellke nicht. Im Präsidium war bekannt, dass Altemeier kein Nazi war. Altemeier musste doch deshalb versuchen, die noch vorhandenen Reste des Rechtsstaats zu verteidigen. Man musste jeder Art von Selbstjustiz entgegentreten, sonst konnte man den Polizeidienst sofort quittieren.

Pellke war noch nicht lange zurück in seinem Büro, als das Telefon klingelte. Er hob den Hörer ab. SA-Sturmbannführer Sanftlebens Stimme dröhnte aus dem anderen Ende der Leitung.

„Sanftleben hier. Spreche ich mit Inspektor Pellke?“

„Ja.“

Sanftleben kam sofort zur Sache. „Nach den Meldungen aus München kann man jetzt ja wohl von einem gezielten Anschlag gegen Standartenführer Hellberg sprechen – oder?“

Pellke zögerte kurz, hielt sich dann aber an die von Altemeier vorgegebene Sprachregelung: „Dafür gibt es immer noch keinerlei Beweise“, antwortete er knapp.

„Dann haben wir es also mit einem richtigen Zufall zu tun?“ Sanftlebens Stimme klang spöttisch. „Sie sollten einmal die hiesige SS unter die Lupe nehmen.“

„Weshalb sollte ich das tun?“

„Weil diese Kerle auch an den Maßnahmen gegen Stabschef Röhm in München beteiligt waren.“

Pellke hütete sich, diesen Vorwurf zu kommentieren. „Sie können beruhigt sein … Falls sich wirklich herausstellen sollte, dass es kein Verkehrsunfall war, werden wir die Sache verfolgen. Sie können der preußischen Polizei vertrauen.“

Sanftleben lachte bitter. „Ich habe schon anderen Leuten vertraut und bin enttäuscht worden. Weshalb sollte ich Ihnen vertrauen?“ Er zögerte kurz, dann schob er nach: „Ich warte nicht mehr allzu lange, dann wird die SA selber aktiv.“

Pellke sagte mit ruhiger Stimme: „Das sollten Sie nicht tun, das würde Sie in ernste Schwierigkeiten bringen.“

„Sie hören von mir.“

Am anderen Ende der Leitung wurde aufgelegt. Sanftleben schien eher verzweifelt als entschlossen zu sein. Vermutlich wusste er die Situation noch nicht richtig einzuschätzen und fürchtete darum, seine Handlungsfähigkeit zu verlieren.

Während Pellke noch über Sanftlebens Drohung nachdachte, klingelte das Telefon erneut.

Schiereck hielt sich nicht mit langen Vorreden auf. „Manfred, hast du Lust, heute Abend mit ins Café Europa zu kommen? Die Geigerin Anny Tomaschek spielt mit ihren Solisten. Eine phänomenale Frau. Einige meiner Kollegen waren gestern Abend da und sind total begeistert.“

Pellke überlegte kurz und sagte dann: „Ich weiß noch nicht.

Ich bin immer noch mit dem Fall Hellberg beschäftigt. Vor dem Hintergrund der Röhm-Affäre könnte der Fall eine völlig neue Richtung bekommen. Vielleicht melde ich mich später noch einmal bei dir."

„Hast du etwas Neues herausgefunden?"

Pellke zuckte mit den Schultern. „Vielleicht. Ist aber noch zu früh, um darüber zu sprechen. Vielleicht bis später."

Als Pellke am späten Nachmittag das Präsidium verließ, fuhr gerade ein schwarzer BMW 303 auf den Teil des Parkplatzes, der der Gestapo vorbehalten war. Zwei Mitarbeiter der Gestapo stiegen aus, würdigten Pellke keines Blickes und steuerten die Tür ihrer Dienststelle an. Pellke blieb stehen und sah den beiden Männern hinterher, bis sie in der Eingangstür verschwunden waren. Ihm war gerade ein Gedanke gekommen. Er zündete sich eine Overstolz an und umrundete das Fahrzeug, wobei seine Aufmerksamkeit der Beifahrerseite galt. Pellke wurde rasch fündig. Der geschwungene Kotflügel über dem Vorderreifen wies eine deutliche Unebenheit auf. Es sah so aus, als ob der Kotflügel bereits provisorisch ausgebeult worden war, dennoch konnte ein geübtes Auge erkennen, dass der schwarze Lack an mehreren Stellen Risse aufwies. Auch die Außenseite des Reifens war an einer Stelle leicht aufgeraut.

Pellke ging zurück zum Präsidium und steuerte ebenfalls die Eingangstür der Gestapo-Dienststelle an. Eine Minute später klopfte er an Schierecks Zimmertür.

Schiereck saß an seinem Schreibtisch und las in einer Akte. Er lächelte, als er Pellke erblickte. „Hallo Manfred, kommst du doch mit ins Café Europa?"

Pellke schüttelte den Kopf. „Wahrscheinlich nicht. Erwin, könntest du für mich herausfinden, ob jemand von deinen Kollegen in der Nacht von Freitag auf Samstag den schwarzen BMW benutzt hat?"

Schiereck sah Pellke erstaunt an. „Weshalb willst du das wissen?"

„Der BMW weist eine Beschädigung an der Beifahrerseite auf." „Ja – und?" Schiereck blickte ihn fragend an.

„Es ist möglich, dass es sich um das Fahrzeug handelt, das bei dem Unfall Hellbergs zugegen war und sich dann aus dem Staub gemacht hat."

„Was hat das mit der Beschädigung am BMW zu tun?"

„Ich habe inzwischen herausgefunden, dass Hellbergs Wagen von dem zweiten Fahrzeug in den Graben gedrängt worden ist. Bösebeck ist dann von einem der Insassen des zweiten Fahrzeugs erschlagen worden."

„Was hast du jetzt vor?"

„Ich muss herausfinden, wer den Wagen gefahren hat und dann werde ich deine Kollegen zu einem Gespräch vorladen. Es spricht ja wohl einiges dafür, dass sie an dem Mord an Hellberg und Bösebeck beteiligt waren."

Schiereck blickte Pellke mit besorgten Augen an. „Manfred, halt dich da heraus. Glaub mir, es ist besser für dich."

Pellke machte mit seinem rechten Arm eine unbestimmbare Geste. „Mord bleibt Mord. Ich muss die Sache weiterverfolgen. Hilfst du mir?"

Schiereck schüttelte den Kopf. „Das kann ich nicht."

Als Pellke das Präsidium erneut verlies und noch einmal an dem BMW vorbeikam und in das Wageninnere blickte, bemerkte er, dass auf dem Rücksitz eine Ausgabe des *Berliner Tageblatts* vom 29. Juni lag. Einer der Artikel auf der Titelseite war mit „Der König von Siam besucht den Führer" überschrieben.

Das war ohne Zweifel Schierecks Zeitung. Wer sonst aus der Dienststelle las eine Berliner Tageszeitung? Pellke erinnerte sich an das Gespräch mit Schiereck in der *Stadt Bielefeld* am 30. Juni, als Schiereck ihn auf den Staatsbesuch angesprochen hatte. Also war Schiereck in der Nacht von Freitag auf Samstag einer der Insassen des Fahrzeugs und damit auch an der Mordaktion beteiligt gewesen.

Pellke blickte sich vorsichtig um und ließ seine Augen über die Fensterseite der Gestaporäume wandern. Dort bewegte sich nichts. Pellke bemerkte nicht, dass Schiereck ihn die ganze Zeit beobachtet hatte.

Die Einäscherung Hellbergs fand am 3. Juli 1934 vormittags um 11:00 Uhr statt. Auf dem Sennefriedhof wimmelte es von Menschen in SA- und Parteiuniformen. Es war warm, aber es nieselte leicht.

„Passendes Beerdigungswetter", dachte Pellke, der etwa 100 Schritte vor dem Krematorium stand, etwas abseits vom Hauptweg. Er sah, wie sich der Sarg Hellbergs, getragen von sechs SA-Männern in Uniform, langsam dem Eingang zum Krematorium näherte. Partei und SA hatten den Heimgang Hellbergs perfekt inszeniert.

Erwin Schiereck hatte ihn am Morgen angerufen und ihn gebeten zur Einäscherung Hellbergs auf den Sennefriedhof zu kommen. Er habe ihm etwas Wichtiges mitzuteilen.

Direkt hinter dem Sarg ging eine in Schwarz gekleidete Frau, gestützt von ihren beiden Söhnen, die in HJ-Uniformen gekleidet waren. Direkt hinter der trauernden Witwe marschierte eine Abordnung der SA, angeführt von Sturmbannführer Sanftleben. Dann folgten weitere Trauergäste, u.a. Bürgermeister Budde, Kreisleiter Heidemann, der in Bielefeld auch als Polizeidezernent fungierte, sowie – an ihren Uniformen erkennbar – mehrere Ortsgruppenleiter. Pellke reckte den Kopf. Doro Wolters war nicht zu sehen.

Plötzlich war Schiereck da. Er kam auf Pellke zu und begrüßte ihn herzlich. Pellke erwiderte die Begrüßung nicht. Stattdessen fragte er ruhig: „Warum hast du das getan?"

Schiereck spielte den Ahnungslosen. „Was meinst du damit?"

„Du weißt genau, was ich meine. Du hast mit in dem Wagen gesessen, als ihr Hellberg und Bösebeck ermordet habt."

Schiereck schüttelte den Kopf. Er sah verzweifelt aus. „Das verstehst du nicht. Die Ausschaltung Hellbergs war zur Niederschlagung eines hochverräterischen Angriffs notwendig. Hellberg war ein enger Vertrauter Röhms." Er zögerte und blickte sich um. Dann sagte er: „Ich wollte dir helfen. Jetzt ist es zu spät."

Dabei legte ihm Schiereck freundschaftlich eine Hand auf die Schulter. Pellke war etwas irritiert, er nahm aus den Augenwinkeln wahr, dass sich ihm in diesem Augenblick zwei weitere Männer näherten. Gleichzeitig trat Schiereck einige Schritte zurück.

„Inspektor Pellke?"

„Ja?" Pellke sah die beiden Männer fragend an.

Einer der beiden zeigte Pellke seinen Ausweis. „Gestapo. Inspektor Pellke, wir möchten uns mit Ihnen unterhalten."

„Worum geht es?" Pellke blickte sich um. Schiereck war plötzlich verschwunden. Dann entdeckte er ihn in einiger Entfernung neben einer Blutbuche, die den Weg zum Krematorium säumte. Schiereck schien die Szene zu beobachten. Er erwiderte Pellkes Blick nicht und schaute zur Seite.

„Das werden wir Ihnen in unserer Dienststelle sagen. Kommen Sie bitte mit."

Pellke blickte erneut zu Schiereck hinüber, der erwiderte seinen Blick immer noch nicht. Judas, dachte Pellke. Blitzartig hatte er die Situation erfasst. Die Gestapo hatte den Auftrag erhalten Hellberg zu liquidieren. Schiereck war in den letzten Tagen auf ihn, Pellke, angesetzt worden, um herauszufinden, wie weit er in seinen Ermittlungen gekommen war. Er, Pellke, hatte offenbar zu viel herausgefunden, so dass er für Schiereck und seine Hintermänner gefährlich wurde.

„Kommen Sie bitte." Der Gestapobeamte hatte seine Aufforderung wiederholt.

Pellke nickte. Er gab sich keinen Illusionen hin.

Auszüge aus der Wiedergutmachungsakte Pellke (Stadtarchiv Bielefeld):

Bielefeld, den 12. Juni 1946

An den Sonderhilfsausschuß für Konzentrationshäftlinge und Wiedergutmachung

Am 3. Juli 1934 wurde ich von der Bielefelder Gestapo verhaftet und nach mehreren Verhören und mehrwöchiger Haft im Bielefelder Polizeigefängnis ohne weitere Gerichtsverhandlung in die Konzentrationslager Lichtenburg (ab Aug. 1934) und Sachsenhausen (ab Nov. 1936) gebracht. Mir wurde vorgeworfen, die Gestapo verleumdet zu haben und mit abtrünnigen SA-Leuten in Verbindung zu stehen. Diese Vorwürfe entbehrten jeglicher Realität. Ich habe als preußischer Beamter lediglich meine Pflicht erfüllt und im Rahmen eines Mordfalles auf Weisung meiner Vorgesetzten ermittelt.

Durch meine Verhaftung sollten die Morde an zwei SA-Führern vertuscht werden, die von Mitgliedern der Gestapo begangen worden sind.

(...)

In den Lagern habe ich eine menschenunwürdige Behandlung erfahren, ich bin mehrfach (auch auf den Kopf) geschlagen worden und musste schwerste körperliche Arbeiten verrichten.

Nach meiner Entlassung aus dem KZ Sachsenhausen, die erfolgte, weil sich mein früherer Chef, Kriminalrat Altemeier, über seinen Bruder, der Reichswehr- bzw. Wehrmachtsoffizier war, für mich verwendet hatte, übte ich zwischen August 1937 und März 1941 (Einziehung zur Wehrmacht) verschiedene Berufe aus (Tätigkeit in einer Bäckerei, Kellner, Reisender) und hatte ein deutlich geringeres Einkommen als im Polizeidienst.

Erst im Februar 1946 bin ich wieder in den Polizeidienst eingestellt worden.

(...)

Ich beantrage für die Dauer vom 3. Juli 1934 bis 16. Juli 1937 (= 36 ½ Monate) Haftentschädigung. Zudem beantrage ich Entschädigung für den durch die Entlassung aus dem Polizeidienst entstandenen Schaden im beruflichen und wirtschaftlichen Fortkommen.

Ich versichere, dass ich weder vor meiner Verhaftung noch später Mitglied der NSDAP gewesen bin.

gez. Manfred Pellke

Lena Klassen

Das Wesentliche

Wer an diesem Morgen auf einer der Bänke vor der Universität Bielefeld Platz genommen hatte, konnte in der Masse derer, die unter dem gläsernen Dach ihren vielfältigen Aufgaben entgegenstrebten, die eine oder andere skurrile Gestalt entdecken. Da war wieder die geheimnisvolle Dame in Pink. Es gab einen neuen Nackten namens Edward, der sich in der großen Halle herumtreiben würde, bis ihn auch wirklich jeder gesehen hatte. Der Mann mit dem Koffer schlurfte wie jeden Dienstag vorüber – niemand wusste, ob er ein Professor oder ein Obdachloser war. Der verwirrt wirkende Alte mit den Plastiktüten gehörte vermutlich zu den Studierenden ab 50.

Unser Beobachter hätte nicht geahnt, dass die ungewöhnlichste, nein, die außergewöhnlichste Persönlichkeit von ganz Bielefeld an ihm vorbeigegangen war, ohne dass er sie bemerkt hätte.

Professor Winterruh war alles andere als auffällig. Er war weder mit einer Mähne à la Einstein gesegnet noch ähnelte er einem wildgewordenen Konzertmeister. Prof. Dr. Alfred Winterruh war mittelgroß und mittelschwer. Sein schütteres graues Haar klebte ihm verschwitzt am Kopf, und er keuchte vor Anstrengung, selbst wenn er nur seine Aktentasche trug. Er war nicht attraktiv, aber auch nicht so hässlich, dass sich jemand nach ihm umgedreht hätte, um ihn für Youtube aufzunehmen. Am ehesten ähnelte er noch einem Hausmeister, und für einen solchen hielten ihn viele, die noch nie eine seiner genialen Vorlesungen besucht hatten.

Hauptkommissar Petzöld, der sich nun von seiner Bank erhob und winkte, hatte das am Vortag getan und seinen Eindruck von dem farblosen, ältlichen Mann umgehend revidiert.

„Herr Professor? Professor Winterruh?"

Winterruh machte einen zerstreuten, leicht abwesenden

Eindruck. „Meine Sprechstunde ist am Mittwoch um vierzehn Uhr."

„Ich bin Hauptkommissar Petzöld. Kriminalpolizei. Ich möchte mit Ihnen über einen Selbstmord sprechen."

„Oh", sagte der Professor. „Dann sollten Sie vielleicht mein Ethikseminar besuchen, über die Geschichte des Selbstmords."

„Das habe ich gestern bereits getan."

„Hat es Ihnen gefallen?"

„Das hat es. Es war sehr interessant, obwohl ich mir nicht sicher bin, ob ich alles verstanden habe."

„Das macht nichts", sagte Professor Winterruh gnädig. „Den meisten Menschen ist die Beschäftigung mit diesem Thema zunächst unangenehm."

Petzöld ging neben Winterruh her, der sofort wieder in Gedanken versunken schien. „Es geht um den Vorfall am Jahnplatz."

Endlich blieb der Professor stehen. „Das habe ich in der Zeitung gelesen. Jemand hat sich in der U-Bahn-Station vor die einfahrende Bahn geworfen?"

„Martin Becher. Einer Ihrer Studenten. Er war dabei, eine Semesterarbeit zum Thema Selbstmord zu schreiben."

„Oh", sagte der Professor wieder.

„Herr Becher hat einen Brief hinterlassen, in dem er seine Familie um Verzeihung bittet. Er legt ausführlich dar, warum er den Entschluss gefasst hat, den Freitod zu wählen. Könnte es einen Zusammenhang mit Ihrem Seminar geben?"

„Die Philosophie, insbesondere die Ethik, bietet Richtlinien für unser Handeln", sagte Winterruh gelassen.

„Können Sie mir mehr über Martin Becher erzählen? Hat er sich vielleicht zu intensiv damit befasst? Hat er Andeutungen gemacht, wirkte er depressiv?"

„Tut mir leid, aber dazu kann ich Ihnen nichts sagen. Ich habe so viele Studenten …"

„Aber Sie laden nicht jeden Ihrer Studenten zu sich nach

Dornberg ein, richtig?" Der Kommissar zückte eine Liste. „Martin Becher, Lars Köhler, Alexander Hageborn und Stefan Messerschmitt. Diese vier Studenten aus Ihrem Kolloquium für besonders Interessierte treffen sich regelmäßig in Ihrer Villa, um weiter zu diskutieren. Daher denke ich schon, dass Sie mehr über ihn wissen, als über einen x-beliebigen Studierenden, der irgendwo im großen Hörsaal sitzt."

Winterruh legte die Stirn in Falten und dachte nach. „Ja, er war einmal dabei, an dem Abend, als meine Frau Lasagne gemacht hat. Ein attraktiver junger Mann, der sich eifrig am Gespräch beteiligt hat. Er war auf eine Stelle als studentische Hilfskraft aus. Mehr kann ich Ihnen nicht sagen. Besonders schwermütig schien er mir nicht. Aber wer kann schon hinter die Fassade blicken?"

Ein wahres Wort, dachte Petzöld und blickte dem Professor nach, der durch die großen Glastüren im Inneren des Universitätsgebäudes verschwand.

In seinem Zimmerchen oben in der achten Etage öffnete Alfred Winterruh seine Schreibtischschublade und holte den Umschlag mit den Fotos heraus. Ungefähr fünf Minuten betrachtete er die Bilder und seufzte leise. Dann schob er den Packen unter die übrigen Papiere und schloss die Schublade.

Zeit, mit der Arbeit zu beginnen. Als Erstes legte er die Semesterarbeit von Martin Becher zur Seite und zupfte die Arbeit von Lars Köhler aus dem Stapel. Sich in die Ausdrucksweise des jungen Mannes einzulesen und die Eigenheiten seiner Schrift aufzunehmen, war ein Kinderspiel für einen Gelehrten mit seinen Fähigkeiten. Wieder einmal beglückwünschte Alfred sich zu der Entscheidung, immer auch ein paar handgeschriebene Seiten zu verlangen. Die letzte Seite, auf der der Student mit Namen und Datum unterschrieben hatte, war natürlich voller Fingerabdrücke. Der Professor streifte Handschuhe über, als er die unbeschriebene Hälfte des Blattes abtrennte und einen neuen Text verfasste. Lars Köhler wäre erbleicht, wenn er gewusst hätte, was in seiner Handschrift auf seinem Papier stand. Natürlich hatte er nicht vor, Selbstmord zu begehen. Und natürlich würde es trotzdem genau danach aussehen.

Nicht umsonst war Alfred Winterruh ein gottverdammtes Genie.

„Sind Sie das, Professor? Beinahe hätte ich Sie nicht erkannt."

Lars trat auf die dunkle Gestalt zu, die ein wenig aussah wie ein Detektiv aus einem schlechten Film – den Mantelkragen hochgezogen, den Hut dagegen tief in die Stirn geschoben.

Ein bisschen mulmig war ihm schon zumute. Ein nächtliches Treffen im Tierpark Olderdissen, wer kam denn auf so etwas! Aber wenn es seine missratene Abhandlung ausgleichen konnte, warum nicht? Manchmal, so hatte der Professor schon öfter doziert, muss man aus dem Raum des Gewöhnlichen heraustreten und sich dem Besonderen stellen. Nur das Besondere kann unsere Aufmerksamkeit wecken und unsere Sinne für das Wesentliche schärfen.

„Also, was wollen Sie mir denn zeigen?"

„Ihr Handy ist aus?", fragte Winterruh. „Sie haben mit niemandem über dieses Treffen gesprochen?"

„Machen Sie es nicht so spannend." Lars lachte nervös.

„Man muss die Dunkelheit fühlen, um über sie schreiben zu können. Man muss die Einsamkeit kennen, um zu erahnen, welche Worte der Tod einem zuflüstert. Man muss die Gefahr spüren, wenigstens einmal im Leben, um über Bedeutung und Sinn diskutieren zu können."

„Das ist ein sehr ungewöhnlicher Ansatz."

„Kommen Sie", befahl der Professor und ließ eine Taschenlampe aufblitzen.

„Können wir hier einfach so rein? Ist der Tierpark nicht geschlossen?"

Winterruh verneinte lächelnd. „Dieser Park ist einmalig. Er hat rund um die Uhr geöffnet. Ich wundere mich, dass Sie noch nie hier waren."

Obwohl um diese Uhrzeit keine anderen Besucher mehr unterwegs waren, war es nicht völlig still. Überall raschelte es, in den Ställen scharrten die Tiere mit den Hufen und rempelten einander an. Ein schläfriger Esel starrte die beiden nächtlichen Gäste ungläubig an. Glühwürmchen tanzten über das Kopfsteinpflaster, hinter dem Brückengeländer spiegelte sich der Lampenschein im Wasser eines stillen Teichs.

In den Zweigen über ihnen raschelte der Wind, und unter den Bäumen, die in die Nacht hineinragten, war es so dunkel, dass Lars nicht erkennen konnte, welche Tiere ganz in ihrer Nähe und doch unsichtbar am Zaun entlangstrichen.

„Ich glaube, ich spüre es bereits", sagte Lars. „Die Einsamkeit und die Dunkelheit. Tun Sie das, damit ich nicht so ende wie der arme Martin? Um mir zu zeigen, wie viel das Leben wert ist?"

Winterruh antwortete nicht. Irgendwo knisterte es. Etwas heulte – ein Wolf? Eine Eule? Lars hatte nicht ausgerechnet Philosophie gewählt, weil er sich in der Wirklichkeit gut auskannte. Auch empirische Überprüfungen waren nicht wirklich sein Ding. Gemütlich in einem Wohnzimmer sitzen und diskutieren, dazu ein schönes Glas Rotwein, kredenzt von der hübschen jungen Professorengattin ... was wollte man mehr?

„Wenn man nur in einer Fantasiewelt lebt, kann man sich allzu leicht von absurden Theorien täuschen lassen", sagte Alfred Winterruh, während er den Studenten über eine stabile Holzbrücke führte. „Deshalb ist ein Ausflug wie dieser so wichtig. Die Konfrontation mit der Realität."

„Was, ähm, ist da unten?"

„Wölfe", antwortete der Professor. „Wenn Sie genau lauschen, können Sie hören, wie sie über den weichen Waldboden tappen. Stellen Sie sich vor, dass Sie ihnen gegenüberstehen, Auge in Auge."

Das stellte Lars Köhler sich lieber nicht vor.

Eine Eule rief. Ein kleines Tier huschte über den Weg.

Wasser gluckste leise, während geschmeidige Wesen hindurchglitten.

„Nirgends spürt man die Wirklichkeit so sehr wie in der Berührung mit der Natur."

Schon verriet ein dumpfes Grau den neuen Morgen. Winterruhs Taschenlampe wurde zu einem Fremdkörper, während über ihnen die Sterne verblassten. Die warme Juninacht verlor sich am westlichen Horizont, während im Osten der Morgen nahte.

Winterruh war vor einem Gehege stehengeblieben, dessen Bewohner in der Dämmerung nicht erkennbar waren; Lars erahnte nur dunkle Umrisse irgendwo vor ihnen auf der Wiese.

„Und da sind …?"

„Strauße", sagte der Professor. „Bringen Sie mir eine Feder von einem Strauß. Eine Trophäe, die den Einsatz lohnt. Die Biester können gehörig zuschnappen, aber wenn Sie schnell und geschickt sind, sollten Sie das hinkriegen. Eine Feder, die Ihnen das Leben retten wird, wenn der Ekel vor dem Dasein Sie überkommen sollte. In solchen trüben Momenten werden Sie sich daran erinnern, wie Sie über den Zaun geklettert sind. Wie Sie es gewagt haben. Daran, wie Ihnen das Adrenalin durch die Adern geschossen ist …"

„Ja", flüsterte Lars enthusiastisch. Heute Nacht war er bereit, es mit der Realität aufzunehmen. In dieser Nacht, die so herrlich und warm und geheimnisvoll war.

Das Gehege war nur umständlich zu erreichen, was ihn jedoch nicht abschreckte. Eine breite Hecke lag vor ihm, dahinter ein Zaun, über den er vorsichtig hinwegsteigen musste.

„Die Vögel halten sich dort drüben auf", rief der Professor gedämpft. „Bei den Felsen."

Die Einzelheiten der afrikanischen Landschaft waren in dem diffusen Licht kaum zu erkennen. Besorgt dachte Lars an Löwen, aber nein, dann wäre der Zaun höher gewesen. Löwen wären längst hier rausgeklettert. Der Geruch, der in der Luft lag, war scharf und intensiv.

Wie Winterruh versprochen hatte, fühlte Lars es in seinen Adern brausen und prickeln. Sein Herz schlug schneller als je zuvor, seine eigene Lebendigkeit berauschte ihn.

Beherzt näherte er sich der Stelle, an der die Strauße schlafen sollten, und ließ die Taschenlampe wandern, wobei er allerdings feststellte, dass nirgends Strauße zu sehen waren, weder schlafende noch angriffslustige. Die dunkle Masse hingegen bestand, wie er jetzt aus der Nähe erkannte, keineswegs aus Felsen. Es waren dunkle, zottige Fleischberge, die er nach genauerer Betrachtung als Büffel identifizierte.

Lars irrte sich. Im Heimat-Tierpark Olderdissen gab es keine exotischen Tiere, nur heimische europäische Arten, wie Wildpferde, Waschbären, Eulen. Wölfe hatten hier ein Zuhause gefunden und Luchse. Und Bären. Doch bei keinem dieser Raubtiere war er gelandet. Die massigen Tiere, die sich an diesem frühen Morgen so unverhofft einem Eindringling gegenübersahen, waren Wisente. Lars hatte keine Ahnung, dass es sich dabei um die gefährlichsten Tiere im Park handelte.

So wie er von vielen Dingen keine Ahnung hatte. Als ihm endlich aufging, dass er besser die Flucht ergreifen sollte, wünschte er sich, er hätte sich ein wenig besser mit diversen Bielefelder Ausflugszielen ausgekannt.

Aber da war es schon zu spät.

„Wie schon Saint-Exupéry gesagt hat, ist das Wesentliche für die Augen unsichtbar", sinnierte der Professor, der von seinem sicheren Standort aus zusah, wie der junge Mann unter den Hufen der aufgebrachten Tiere zu Boden ging und zermalmt wurde. „Und manchmal", er stieß ein meckerndes Lachen aus, „manchmal auch das Wisentliche."

„Natürlich habe ich nichts dagegen, wenn Sie unserer leider so extrem geschrumpften Runde beiwohnen möchten, Herr Hauptkommissar", sagte Professor Winterruh höflich. „Auch wenn ich den Sinn darin nicht ganz verstehe."

„Über Ihrem kleinen Kreis scheint ein Fluch zu liegen",

sagte Petzöld, nicht weniger freundlich. „Erst Martin Becher, nun Lars Köhler. Bei allem Respekt, Ihre Diskussionsrunde scheint den jungen Leuten nicht gutzutun. Außerdem glaube ich nicht an Flüche."

„Wir sprechen hier über Selbstmord", sagte Winterruh. „Haben Sie schon mal darüber nachgedacht, dass dieses Thema Leute anziehen könnte, die sich aus persönlichem Interesse damit beschäftigen?"

„Ich bin kein Psychologe, aber Ihre gemütlichen, privaten Abende scheinen den Studenten nicht gut zu bekommen. Ich darf Ihnen nichts Näheres über den Inhalt des Abschiedsbriefes verraten, aber Lars Köhler hat in bewegenden Worten die Absicht zum Ausdruck gebracht, dass er des Theoretisierens müde sei und nun empirische Untersuchungen angebracht seien."

„Wollen Sie damit andeuten, mein Mann hätte ihn dazu gebracht, den Freitod zu wählen?" Kirsten Winterruh blickte ihn strafend an, und Petzöld ertappte sich bei dem Wunsch, sie möge ihn anlächeln.

„Nein, natürlich nicht", sagte er rasch. „Ich wollte nur den verbliebenen Studenten raten, lieber nach Hause zu gehen, bevor sie ebenfalls von einem ähnlichen Entdeckerdrang erfasst werden."

„Ich jedenfalls habe keine Angst", sagte Alexander Hageborn. „Und ich habe auch nicht die Absicht, Selbstmord zu begehen, da können Sie ganz beruhigt sein."

Stefan Messerschmidt nickte bekräftigend.

Petzöld warf der hübschen jungen Frau des Professors einen vorsichtigen Blick zu. Es war nicht schwer zu erraten, warum sich die jungen Männer von heute so überaus gern mit einem so abseitigen Thema beschäftigten.

„Also", sagte Winterruh, „dann lassen Sie uns beginnen. Heute befassen wir uns mit dem Schierlingsbecher, dem politisch verordneten Selbstmord. Diese Praxis war im alten Griechenland gang und gäbe. Diese Art der Hinrichtung zwingt den Verurteilten, sich selbst seiner eigenen Beseitigung zu widmen. Nun die Frage – hat ein Straftäter nicht sogar die Pflicht dazu, die Gesellschaft von seiner Existenz zu befreien? Müsste nicht echte Reue, verbunden mit der Erkenntnis, sich nicht ändern zu können, genau dazu führen? Ich bin gespannt auf Ihre Meinung dazu."

In der Mensa herrschte wie immer großes Gedränge. Alexander Hagestolz saß stets weit hinten in der Ecke hinter den Grünpflanzen. Darauf war Verlass.

„Hier ist ja sogar noch etwas frei. Darf ich?"

„Oh, bitte, bitte, Herr Professor", sagte Alexander eifrig. „Diesen Gemüseauflauf kann man nur in Gesellschaft ertragen."

„Ich tue immer Tabasco drauf, damit es besser schmeckt", erklärte Winterruh und stellte ein kleines Fläschchen zwischen die Tabletts. Eine hellrote Flüssigkeit schimmerte darin. „Bedienen Sie sich ruhig."

„Danke, gleich." Alexander blätterte sich durch ein paar Fotos, die neben ihm auf dem Tisch lagen. „Schauen Sie, ist das nicht erstaunlich? Was man mit einem guten Foto-Programm alles anstellen kann. Die hier hat mir ein guter Freund geschickt. Urlaub am Strand, wollen Sie mal sehen?"

Der Professor betrachtete die langweilige Urlaubsszenerie. Sonne, Palmen, ein Schnorchler, der gerade dem türkisblauen Wasser entstieg, eine braunhäutige Schönheit auf einer Liege, die zwei junge Männer beim Beachvolleyball beobachtete.

„Sie und Ihr Freund?"

„Eben nicht. Er war auf den Malediven, während ich hier zu Hause einen Ferienjob hatte. Um mich zu ärgern, hat er meinen Kopf auf den anderen Typen hier gesetzt."

„Es ist eine Montage?" Winterruh fingerte nach seiner Lesebrille und musterte das Foto eingehend. „Unglaublich. Keine falsche Linie, kein falscher Schatten, nichts. Es ist perfekt."

„Tja", sagte Alexander, „ich mache das Beste draus und werde es ein paar Leuten zeigen, um anzugeben."

Er bückte sich über seine Tasche und packte die Fotos wieder ein. Das unbeobachtete Tablett mit der Mittagsmahlzeit des Studenten lachte Winterruh an. Schon krampfte er die Finger um das Fläschchen – und ließ die Hand wieder sinken.

Eine Montage.

Konnte das sein? Er hatte die Fotos, die oben in seinem Schreibtisch lagen, genau untersucht, jedes Detail hatte er sich eingeprägt, und ganz sicher wäre ihm jede Unstimmigkeit aufgefallen. Doch gerade eben hatte er den Beweis dafür gesehen, dass eine perfekte Fälschung sogar einen brillanten Kopf wie ihn täuschen konnte.

War Kirsten unschuldig?

Waren Martin Becher und Lars Köhler umsonst gestorben?

War er im Begriff, einen weiteren Unschuldigen zu töten?

Alexander tauchte wieder auf und griff nach der Gabel. Der günstige Zeitpunkt war vorüber.

„Darf ich?" Der junge Mann streckte die Hand nach dem Tabasco aus.

Winterruhs Finger krallten sich um die vermeintliche Würzsoße.

„Ich … ich muss gehen."

Er ließ das Tablett einfach stehen, stolperte fort, aus der Mensa hinaus, in die große Halle, wo ihn das Gesumm der Menge wie ein Bienenschwarm einhüllte. Rasch zum Fahrstuhl, hoch zu T8.

Er vergaß seine Würde und rannte den Gang entlang zu seinem Zimmer.

Schloss auf, holte die Fotos heraus.

„Kirsten", flüsterte er.

Unschuldig. Sie war unschuldig!

Das Feuerzeug klackte leise. Hungrig fraßen die Flammen die Gesichter, die Küsse und Umarmungen. Löschten sie aus, als hätte es sie nie gegeben.

Siedend heiß fiel ihm ein, dass er selbst es nicht mehr war – unschuldig. Mit zitternden Fingern holte er den Brief aus der

Tasche, den er für Alexander Hagestolz geschrieben hatte, und las ihn noch einmal durch.

Ich kann der Welt nicht zumuten, dass es jemanden wie mich gibt. Noch bin ich nicht schuldig geworden, aber meine Tötungsfantasien nehmen mehr und mehr überhand. Irgendwann werde ich ihnen nachgeben. Ich bin eine Gefahr für die Menschen in meinem Umfeld. Nach unserem Donnerstagskreis ist mir klar geworden, dass es meine Pflicht ist, meine Existenz zu beenden.

Bielefeld hat über 326 000 Einwohner. Auf einen mehr oder weniger kommt es nicht an.

Das Tabasco-Fläschchen leuchtete grell. Natürlich enthielt es etwas ganz anderes. Für ein Genie wie ihn war es kein Problem gewesen, an Gift zu kommen.

Ha, ein Genie! Das war er. Das machte ihn so gefährlich. Er hatte alle getäuscht – und nicht gemerkt, dass er selbst getäuscht worden war.

Tränen traten ihm in die Augen, als er den Verschluss abdrehte und sich den Inhalt in den Mund träufelte.

Es war seine Pflicht, es zu beenden.

„Sie haben die Studenten gewarnt, Herr Hauptkommissar", sagte Kirsten Winterruh, „aber nicht meinen Mann. Warum haben Sie nie daran gedacht, dass auch ihn dieser Fluch treffen könnte? Warum haben Sie ihn nicht dazu gezwungen, die Seminarreihe zu beenden? Waren zwei Selbstmorde so kurz hintereinander nicht genug?"

Sie war bleich und gefasst, von Kopf bis Fuß eine Dame. Petzöld wünschte sich wieder, sie wäre nicht auf ihn wütend, und er könnte sie zum Lächeln bringen. Dummerweise wusste er nur, wie er sie hätte zornig machen können. Wie er ihren Glauben an ihren Ehemann ein für alle Mal zerstören konnte. Dass alle drei Abschiedsbriefe mit demselben Stift geschrieben worden waren, hätte ihm schon früher auffallen müssen. Und dass auf der Überwachungskamera am Jahnplatz ein mittelgroßer, unauffällig gekleideter Mann ganz in der Nähe des Geschehens aufgenommen worden war, auch. Hätte mehr Zeit zwischen den Vorfällen gelegen, sie wären dem Professor auf die Schliche gekommen. Aber wenn alles so schnell ging, Schlag auf Schlag, wie um alles in der Welt hätte Petzöld den grausamen Tod von Lars Köhler verhindern sollen?

Er hatte den letzten Brief gesehen, den Abschiedsbrief in Alexanders Schrift auf Alexanders Papier.

Herrgott, hatte der Junge ein Glück gehabt!

Petzöld verstand Winterruhs Beweggründe besser, als dieser jemals geahnt hätte. Er hatte die Blicke der Studenten an dem Abend in Dornberg durchaus bemerkt. Zweifellos waren sie dem Hausherrn, der so ein geniales Gespür für Logik und Zusammenhänge hatte, ebenfalls nicht entgangen. Kirsten war nicht einfach attraktiv. Sie war unvergleichlich schön.

Er würde sie nicht mit dem Wissen belasten, was ihre Schönheit angerichtet hatte.

Ein letzter Blick galt dem Sarg, der in der sandigen Erde des Teutoburger Waldes verschwand.

Mit einem Seufzen wandte Petzöld sich um und ging. Wenigstens würde es nun keine rätselhaften Selbstmorde mehr geben. Dennoch hatte er das Gefühl, dass die Welt ein kleines bisschen ärmer geworden war.

Einsam stand Kirsten am Grab, eine schmale Gestalt in Schwarz. Es stand ihr hervorragend.

Alexander Hagestolz trat neben sie und blickte in die Tiefe. Erdkrümel und Rosen lagen auf dem hölzernen Sargdeckel. Irgendein Witzbold hatte ein Fläschchen Tabasco-Soße darauf zerschellen lassen.

„Das hätte ihm gefallen", sagte Kirsten. „Er liebte das Besondere. Diese Stadt. Die Universität. Die Sehenswürdigkeiten. Die Menschen hier."

„Und dich."

„Ich bin aber keine Sehenswürdigkeit. Ich bin viel mehr als das. Warum konnte er mich nicht sehen, wie ich bin? Warum hat er sich immer nur für mein Äußeres interessiert und nie für mein Wesen?“

„Er hat das Wesentliche eben nicht begriffen, obwohl er so ein Genie war“, meinte Alexander. „Das ist tragisch, wenn man es genau nimmt.“

Kirsten warf den Kopf zurück und lachte. „Tragisch? Dass ich jetzt frei bin und reich dazu?“ Sie strahlte ihn an, ihr Lächeln war herrlich und frei wie der Beginn eines neuen Zeitalters. „Besser hätte es nicht klappen können.“

Das Universum hielt den Atem an. Einen Moment stockte alles, als hätte sich im komplizierten Räderwerk der Existenz etwas verhakt.

Dann liefen die Lebensuhren weiter und das Leben nahm wie gewohnt seinen Gang.

Wie jeden Morgen strömten die Menschen, von Bussen, Autos und Straßenbahn ausgespuckt, in das gigantische Fabrikgebäude namens Universität. Die Massen der Unauffälligen. Und dazwischen ein paar bunte Vögel. Die geheimnisvolle Frau in Pink. Der Mann mit dem Koffer. Der Alte mit den Plastiktüten. Der Nackte, der sich Edward nannte.

Professor Dr. Alfred Winterruh, das mörderische Genie mit dem unauffälligen Aussehen eines Hausmeisters, war nicht dabei.

Michael Helm

Der Verfolger

Ich verfolge den Mann, seit er das Aussichtslokal verlassen hat. Beobachtet hatte ich ihn schon vorher. Mein Observationsobjekt war mir oben im Restaurant nicht etwa aufgefallen, weil der Mann interessant ausgesehen oder sich außergewöhnlich gegeben hätte. Nur ein durchschnittlicher Typ; jemand, der als Puzzleteil sicher in meine Erzählung passen würde. Ich benötige manchmal eher schwache Nebenfiguren, des Kontrasts wegen, und eine Observation würde in der Geschichte durchaus eine Rolle spielen. Da ich auch bei banalen Nebenfiguren zur Präzision neige, hatte ich kurz notiert, wie er aussieht, dass er exakt drei Tische weiter gesessen, einen Kaffee getrunken, aber nichts gegessen und immer Richtung Fenster geblickt hatte, als starre er dort Löcher in die Luft. Das hatte er mit einer solchen Ausdauer erledigt, dass ich ausgiebig Zeit gehabt hatte, den Ausblick über die Stadt zu skizzieren: Dächer und Kirchtürme vor der Kulisse des Teutoburger Waldes. Man ist dem Himmel dort oben ein Fitzelchen näher, könnte man meinen. Genauer kenne ich die Stadt nicht und so sind hier noch einige Details für mich zu recherchieren. Da bin ich akribisch. Einen Cityplan vor mir auf dem Tisch, einen Netzplan der Bielefelder Linien, einen Fahrschein für den ganzen, vermutlich langatmigen Tag und reichlich viel Zeit zur Recherche hatte ich also mitgebracht. In der loungeartigen Atmosphäre des Restaurants hatte ich einige Seiten einer historischen Stadtbetrachtung durchgeblättert, ohne dass ich mein Objekt aus den Augen hätte lassen müssen. Der Typ scheint eher langweilig. Menschen beobachten ist mir eine Profession; zugegeben, nicht immer eine erfüllende.

Dann jedoch Hektik: alles zusammengepackt, die Kamera geschnappt, als der Mann bezahlt und zielstrebig den Weg durch das Restaurant genommen hatte. Verwundert, weil ich ihm nicht zugetraut hatte, sich so zügig die vielen Stufen hinunter zu bewegen. Andere Gäste hatten ruhig vor dem Fahrstuhl gestanden und auf die Abfahrt über die etlichen Stockwerke gewartet. Meinem Mann immer einen halben Treppenumlauf Vorsprung gewährend, war ich hinter ihm her gewesen. Und die Leute traten just aus dem Fahrstuhl, als auch wir unten angekommen waren.

Die Leute verschwinden auf der Straße, nur meine Zielperson behalte ich im Auge; observiere präzise. Er verlangsamt den Schritt, überquert den Zebrastreifen, passiert das Fußgängerzonenschild. Bleibe in gemessenem Abstand dahinter. Mache ein paar schnelle Fotos, um mich exakt zu erinnern. Versuche mir das Bewegungsmuster einzuprägen und gerade das ist etwas seltsam. Mir fehlt die Zeit, das zu konkretisieren. Er schaut die Auslagen an. Ein Schuhgeschäft. Ein Handyladen. Eine Apotheke? Er tritt nirgends ein. Eine Bäckerei. Linksbiegung. Ein riesiger Kirchturm, den ich gerade noch von oben ..., ziemlich viele Menschen hier. „Oh, entschuldigen Sie bitte!" Eine junge Frau hatte mich angerempelt. Ich schweige, bin ganz konzentriert. Zielobjekt dreht sich nicht um. Nicht besonders groß, über sechzig, leicht gebeugte Haltung, dennoch ein ziemlich ausgreifender Schritt. (Notizen ergänzen!) Wieder ein Fußgängerüberweg, Autos kreuzen von links, links auch die Kirche. ‚Zwölf Minuten mit Gott', steht auf einem Plakatreiter. Ein paar Minuten vor Postkartenständern und Reiseführern eines Buchladens. Er schaut gar nicht hin, ist abgelenkt. Aber von wem oder was? Ein Blumenverkäufer – „Rosen im Angebot, frische Rosen ...!" – dann der Marktplatz. Eine Weinstube. Tische, Stühle, bunte Kissen. Brunnen zwischen historischen Fassaden. Zielperson bewegt sich irgendwie unrhythmisch. Theater am Alten Markt, lese ich und suche wieder nach meinem Mann in der Menge. Der sitzt jetzt reglos am Brunnen. Wieder starrt er. Er starrt etwas an, das Richtung ... ich schaue schnell auf den Plan ... Rathausstraße liegt. Ein schlaksiger Kerl verlässt gerade den Eissalon und schlendert mit seinem Riesenhörnchen in Richtung … in Richtung … Altstädter Kirchplatz, richtig. Mein Mann erhebt sich. Ich folge. Die Straße ist jetzt unbelebter. Geht er dem Anderen etwa nach? Das wäre jetzt doch merkwürdig! Wir schlendern beide weiter, hinter dem Anderen her. Seltsam dann auch die folgende Konstellation: der Typ mit dem Eis auf einer Bank – daneben eine Frau mit Kinderwagen und zwei Mädchen, die herumtollen (Füllpersonal!) – mein Beobachtungsobjekt auf der Mauer eines Brunnens – und ich einige Meter neben dem Brunnen, auf einer Parkbank! Pause und Zeit für Notizen.

Was soll das alles? Schaut Auslagen an, aber kauft nichts! Wartet am Brunnen, aber auf wen? Geht dann hinter einem Mann her zum Kirchplatz. (Zufall?) Kennt er ihn? Geht weder hin, noch grüßt er ihn flüchtig. Wendet den Blick sogar ab, wenn der herschaut. Sieht nicht aus, als ob er die Pause genösse. Ist eher nervös. Und der Andere: Schwer zu beschreiben! Bin mir nicht sicher. Saß er im Restaurant nicht am Fenster? Stand er gar am Aufzug, als wir die Treppe hinunter …? Noch ein paar solcher Gedanken und Stichpunkte. Welcher genaue Betrachter witterte hier kein Geheimnis? Anschließend gebe ich vor meine Kamera einzustellen und zeichne Video-Takes auf. Vielleicht lohnt es sich noch. Es ist durchaus nett hier, denke ich, gerade bei der Hitze. Die Leute sitzen im Schatten der Bäume oder schlendern um die bunten Rabatten. Sie gehen gemächlicher hier als in der Fußgängerzone. Der stolze, bronzene Herr mit Stock und Pfeife über dem Brunnen heißt Leineweber, sagt mir der Plan und dass er seit 1909 hier stünde. (Lokalkolorit, nebensächlich.) Das plätschernde Wasser beruhigt mich ein wenig. Warum bin ich verwirrt? Irgendetwas ist anders als sonst.

Mir bleibt keine Zeit drüber zu grübeln, weil dieser sein Eis gegessen hat, und jener aufsteht, ihm nachgeht und ich, einem Reflex folgend, sitzen bleibe; dann jedoch aufspringe und glaube, beiden auf den Fersen bleiben zu müssen. Das Ganze geht jetzt zielstrebig in Richtung Fußgängerzone zurück. Die Kirche haben wir nun umkreist. Der Schritt des Alten wird schneller, seine Bewegungen werden straffer, die Haltung gespannter. Er schaut nicht mehr rechts oder links. Er folgt seinem Opfer wie auf einer unsichtbaren Karte. Den Blick auf dem Cityplan versuche ich, aus der Straßenabfolge irgendein Ziel herauszulesen. (Was haben die bloß vor?) Hagenbruchstraße, Mirabellenplatz, Klosterplatz, Ritterstraße. Wir huschen zwischen den Häuserfassaden und parkenden Fahrzeugen hindurch, werden schneller, Geschäfte für Bücher, für Feinkost, ein grün gekacheltes Haus, alles aber nur im Vorbeigehen, Kneipen. Dieser schlägt einen Bogen, jener auch. Dann stelle ich fest, dass wir im Kreis ..., die Ecke erkenne ich, das Fußgängerschild, der Restaurantausgang ..., dort oben waren wir doch ..., sie biegen schon ab, die Karte bezeichnet den Jahnplatz, okay, ich folge; etliche PKW, Busse, mittig eine kunstvolle Uhr, Passanten in Massen, Fahrräder im Ausweichmodus, Hunde an der Leine. Ich muss aufschließen! Dann verschwinden sie unter der Erde.

Also unter die Erde ...

Graf-von-Stauffenberg-Straße. Wir tauchen wieder auf. Vorher jedoch, in der Linie 2, hatte ich lange das unangenehme Gefühl abzuschütteln, ich würde beobachtet werden. Der Mann, den ich verfolge, hatte in der Mitte des Zuges gekauert, hatte nichts von mir bemerkt, ganz bestimmt nicht! War ausschließlich fixiert auf den Anderen gewesen. (Interessantes Verhaltensmuster!) Der Andere war mir groß, dürr, mitunter knochig erschienen. Er hatte irgendetwas, vielleicht Gefälliges, verloren, das ihm oben auf der Parkbank noch zu eigen gewesen war. (Verifizieren!) Vielleicht nur eine Einbildung, aber ich sehe seither diesen markanten Schädel auf seinem sehnig-steifen Nacken vor mir, wie er unbeweglich in der spärlich beleuchteten Bahn nach vorn gestiert hatte. Der Alte hatte ihn so unverhohlen gemustert, mit einem Ausdruck, als fänden all seine Fragen in dieser Person ein Ausrufezeichen. Kurze Notizen gemacht.

UNIVERSITÄT. Wir sind wieder oben, vorerst. Aber jetzt folge ich beiden in einer Beklommenheit, die mich nicht loslässt. Die Angelegenheit beginnt, mich auf unangenehme Art zu faszinieren. Ich folge dem Alten in dem verschwitzten Blouson, der grauen fleckigen Hose und dem grau gewordenen, angespannten Gesicht und merke, er hat Probleme das Tempo zu halten. Er stutzt, schaut nach oben. Auch mir fallen zwei Schwenkkameras an der Haltestelle auf. Der Alte scheint völlig verunsichert deswegen und hält hektisch nach weiteren Ausschau. (Motiv?) Der Andere ist nun ebenfalls langsamer geworden, benutzt die Rolltreppe anstatt der Stufen zur Uni hinauf und hält immer einen gleich großen Abstand. Er hält ihn, nicht der Alte, das wird mir erschreckend bewusst. Mechanisch mache ich Fotos; bloß nichts verlieren! (Analyse! Bewertung!) Ich öffne die schweren Glastüren, steige die breite Treppe hinauf, doch plötzlich scheint der Andere in der Menschenmenge der zentralen Universitätshalle verschwunden. Der alte Mann wendet sich ratlos um. Ich muss vorsichtig sein. V U M – M C D, wegweisende Zeichen, mir Hieroglyphen. Kennt man den Code nicht, ist man nicht in der Lage, einen Sinn herauszulesen. Wo ist er? Der Alte sucht und als ahne er die Spur, geht er langsam voraus. Aufmerksam schaut er sich um und sieht plötzlich den Anderen auf einer Treppe verschwinden. Wir eilen hinauf, rote Geländer, vergittert, überqueren die große belebte Zentralhalle und gelangen in den Fahrstuhlbereich. Doch dann plötzlich: Stille.

Sehen kann ich die beiden nun nicht mehr. Ich steige in ein karges Treppenhaus. Ich höre die hallenden Schritte, die Echos unter mir. Ich versuche leise zu gehen, hier und da innezuhalten, zu lauschen. Verlasse mich ganz auf mein Gehör. Die Schritte verstummen. Bloß noch Intuition. Völlig verlassen liegen die langen Kellergänge vor mir, die man in dunklen Träumen durchläuft, ohne Ende. Ich lausche. Gehe leise vorwärts, tiefer und tiefer in todstille Katakomben. *Hochspannung! Lebensgefahr!* Ein gelbes Warnschild, eine schwere

Stahltür. Versuch scheitert: verschlossen. Verdammt! Hier sind sie nicht durch. Einige Leuchtstoffröhren flackern. Ich schwitze. Dann sehe ich den Alten am Ende des Ganges um eine Ecke spähen. Okay, ich schließe vorsichtig auf, notfalls die Pfeiler als Deckung erwägend. Ein Notausgangsschild. Der alte Mann lauert gebeugt wie ein Tier auf dem Sprung. Sonderbar, wo ist der Andere? Hundeartig bewegt sich der Alte nun weiter, gedrückt an die Betonwand, als wittere er den Verfolgten. Noch eine Ecke und wir gelangen auf eine unterirdische Fahrstraße, die vermutlich die große Halle unterkellert. Warnung: *Motoren abstellen! Vergiftungsgefahr!* Bis auf das entfernte Summen einer Maschine ist es zu still. Nur ein Gefühl und ich zucke in eine Nische zurück. Da steht er, der Andere. Kehrt uns den Rücken. Der Alte nimmt Deckung. Verborgen hinter einem Pfeiler zoome ich mit dem Objektiv langsam heran. Das geht sehr leise, aber er dreht den Kopf, und ich erfasse auf einmal ein Grinsen. Und bevor ich scharfstellen kann, drücke ich ab. Ein Reflex, bevor er verschwindet. Eine Metalltür schlägt zu. Das Bild zeigt nur ein unscharfes Etwas. Der Alte kommt schnell aus der Deckung, und durch einen Notausgang schlüpfen wir endlich nach oben in die zentrale Halle. Das Atmen fällt mir noch schwer hier, ich bin erschöpft. Die warme Luft steht zwischen den Wänden.

Ich versuche meine Gedanken zu ordnen, während die Ortsnamen nur so an mir vorbeiziehen: Universitätsstraße, Kurt-Schumacher-Straße – wir gehen, sitzen in Bussen und Bahnen – Polizeipräsidium, Stapenhorststraße – steigen ein, aus und um – Herforder-, August-Bebel-, Feilenstraße – die Namen lese ich verwirrt auf dem sich langsam auflösenden Plan – Jöllenbecker-, West- und Wie-auch-immer-Straße – während wir kreuz und quer durch die Stadt irren. Der alte Mann beweist eine unmögliche Zähigkeit, und der Andere hält eine stete Distanz. Der Alte ist bemüht, sie zu verringern, und ich frage mich, warum ihm das nicht gelingt. Warum scheint das unmöglich? Fehlt ihm die letzte Kraft? Schreckt er zurück? Aber wovor? Wie ein böser Geist hält der Verfolgte den Verfolger auf Trab. Jetzt wirkt der Andere nur noch gewöhnlich, doch war mir dieser Mensch in den Katakomben nicht blasser, dürrer, ausgezehrter erschienen? Jetzt wiederum zeigt er sich kleiner, flinker, ist er nahezu geisterhaft um eine Ecke verschwunden, und ich kann am Schritt meines Alten erkennen, wie die Furcht vor dessen Entschwinden ihn anstachelt. Ich beobachte den alten Mann; versuche die Angst zu verstehen, die ihn so unweigerlich, so irrational zu dieser Verfolgung veranlasst. Beginne die Demütigung zu empfinden, die er erdulden muss, und eine Verachtung für diesen Anderen. Längst ist der Alte mehr als eine belanglose Nebenfigur. Ich selbst bin völlig erschöpft. Die Hitze des Tages fordert Tribut, aber mein Hirn steht unter Strom, lässt keine Hypothese unbedacht, ist fixiert auf die Synthese eines sinnvollen Ganzen: erfolglos! Immer ein Puzzleteil, das partout nicht passen will! In dieser zermürbenden Tätigkeit eines Sisyphos liegt auch der manische Funke, weiter zu sezieren, die Observation voranzutreiben. Welches Geheimnis verbindet die beiden? So setze ich die Verfolgung fort, weiter und weiter.

Ein anderer Platz. Vor einer ausrangierten Straßenbahn sitzen die Leute an Biertischen. Ein Bürgerhaus, ein Spielplatz mit tobenden Kindern und überall ausgebreitet Decken und heitere Menschen. Das ist mehr als ein Nebenschauplatz. Das ist Lebendigkeit! Der Alte beugt sich jedoch über die Lehne einer Parkbank, er keucht und hustet. Provokant bleibt der Andere stehen, keine fünf Meter entfernt, als schaue er bloß das lebhafte Treiben der Menschen an. Ich beschleunige den Schritt, um den Alten zu erreichen – das alles muss aufhören, denke ich – da setzt sich dieser Mensch, dieses Etwas wieder in Bewegung. Hat er mich etwa gesehen? Der Alte folgt prompt. Sie verschwinden in einem modernen Glas-Metall-Pavillon. Ich stutze. Vor mir führt der Schacht in die kühle Tiefe der Untergrundbahn. Ich trete durch das Tor mit der Aufschrift U SIEGFRIEDPLATZ. Das Schild über der Rolltreppe warnt mich: *Kein Zugang!* Signalrot mit weißem Balken. *Fahrkartenpflichtiger Bereich* steht an der Treppe. Die schlichte Aufforderung den Obolus, die beiden Taler für den Fährmann, zu entrichten. Die Treppe verschwindet nach unten. Mein Blick fällt hinab auf den Bahnsteig. Ich sehe die Säulenhalle. Sie liegt eingezwängt zwischen den Gleissträngen, die in der Finsternis verschwinden. Überwachungskameras an der Decke, mindestens zwei, denke ich und habe das unangenehme Gefühl, jemand starre mich an. Steht der Alte deshalb im toten Kamerawinkel der Säulen? Glaubt er sich dort etwa sicher? Ich stelle mir das grauweiße Bild auf den Monitoren vor. Ob dort ein vertrauenswürdiger Mensch sitzt, den ich auf uns aufmerksam machen könnte? Denn sonst ist hier niemand. Das Quietschen der Bremsen wird lauter. Ich renne die Stufen hinab. Die Türen gleiten hinweg. Wir halten wieder den Abstand, der uns geboten erscheint. Absurd! Wir wissen doch längst voneinander, beäugen uns misstrauisch. Das Scheppern, das Quietschen, das Schleifen des Zuges, als wir mit hoher Geschwindigkeit in den Tunnel gezogen werden. Ein bisschen Hoffnung keimt, als uns der Zug unter dem Jahnplatz wieder ausspuckt, hier, wo vor Stunden alles begonnen hatte, wo wir dem Teutoburger Wald, dem Himmel über der Stadt, noch näher gewesen waren. Hier unten bewegen wir uns begrenzt, wie auf Schienen. Der alte Mann schaut scheu nach den Überwachungskameras, als hätte er Angst davor. Ich mache nur Schnappschüsse mit dem Handy, das scheint mir unauffälliger. Dann vernehme ich am Gleis gegenüber das Quietschen der Bahn. Wir verschwinden im Zug. Schleifen, Scheppern, der Gestank der Untergrundhalle. HAUPTBAHNHOF. Eine Treppe hinauf, eine andere wieder hinunter. Wie der Alte, spähe ich gleich nach den Kameras, als wäre mir das zur Manie geworden, als wäre nicht ich es, der das eigene Verhalten steuert. Es gibt irgendwo Augen, die uns anstarren. Das Quietschen, das Kreischen, in die nächste Bahn, bevor die Türen sich schließen. Scheppern, ein fieses Schleifen. JAHN-

PLATZ. Hinaus. Und gleich wieder ein Zug aus dem Tunnel. Türen, aufgerissen wie Mäuler. Rein da! Der will uns nur abhängen! Glaubt, wir verlören den Mut, verlören den Anschluss! Warte nur! Wieder HAUPTBAHNHOF. Raus, Treppe rauf, Treppe runter, den Bahnsteig entlang, Türen auf, wieder zu. Scheppern, Quietschen, Schleifen! Türen auf! Raus. JAHNPLATZ. Rüber und rein! Türen zu! Und dann! Der Alte keucht; ich merke, er kann einfach nicht mehr, zu lange schon dauert die Jagd. Wieder das Gefühl beobachtet zu werden. Als der Alte den Zug verlässt, sehe ich auf dem Sitz etwas liegen und grapsche danach im Vorbeigehen – ein aufgerissener Umschlag, eine Karte; die muss er verloren haben. Ich gehe die Treppe hinauf, sie laufen. – Eine bemalte Karte – *Für Opa* – von Kinderhand geschrieben und eingelegt das Foto eines Mädchens, ein Lachen – ich stutze – die Assoziationen, die das hervorruft, verwirren. Wer ist dieser Mann, dem ich seit Stunden nachlaufe? Eine Gestalt, ein Gesicht, ein unbekanntes Leben. Ich weiß nichts. Ich weiß gar nichts! „Warten Sie!" Ich renne ihm nach, das Laufband nach oben, nach oben – Gott sei Dank! – nach oben. Das lange Glasdach des Ausgangs, rechts über den Zebrastreifen, sie halten nicht an, nicht auf dem Laufband, nicht vor dem Bahnhof – überholen die Massen – nicht vor den Anzeigetafeln, nicht auf der Treppe hinunter, auch nicht in der Unterführung zu den Gleisen. Der will uns noch abhängen!, denke ich. Da steht er. Da prallen beide frontal aufeinander, da versucht der Alte den Anderen am Kragen zu fassen, Wortfetzen fliegen, ich höre nur ein Gekläffe und die Schreie des Alten, als der Andere sich umdreht und wieder rennt. Endlich schließe ich auf, rufe: „Warten Sie, warten Sie doch!" Will ihn ergreifen, doch er entwischt meinen Fingern. Ich stolpere, fange mich, haste die Treppe hinauf, draußen ist es schon dunkel. Und dieser Unmensch dreht sich tatsächlich um. Die Lichter, die bunte Beleuchtung des Kinos, der Kneipen, die laute Musik, buntes Scheinwerferlicht, das Quasseln der Leute, Gelächter, fast höhnisch; er dreht sich um zu dem Alten und steht auf den Stufen ganz oben. Der Alte hetzt noch hinauf, strauchelt, er fällt. Ich erreiche ihn im rechten Moment. „Was ist … Was ist denn mit Ihnen? Kommen Sie doch.“ Ich fange ihn auf, er liegt auf den Stufen, vor mir, keucht, schnauft, röchelt wie ein sterbendes Tier. „Hören Sie mich, ich …“, sage ich leise, doch er sieht mich kaum an. „Er“, presst er hervor, „sehen Sie doch! Er …“ (immer nur dieses Er!) „… aber er ist es doch!“, ruft er verzweifelt. „Hört das denn nie auf? Sehen Sie ihn denn nicht?“ Er hustet, starrt hinauf zu den Stufen. „Er ist es doch! Da steht er doch, dieser Teufel!“ Ganz ohne Zweifel. Zwei Augen, die mich anschauen, als bestellten sie mich zum Verhör. „Er …!“, ruft der alte Mann noch einmal und versucht mich zu fixieren. Er sieht das lächelnde Mädchen – *Für Opa* – die Karte, die ich noch immer in der Hand halte. Sein Blick ist verschwommen und was er mir dann mit letzter Kraft zuhaucht, trifft mich ins Mark. „Oder … oder gehören Sie etwa auch zu diesen … zu diesen Verbrechern!“ Dann zerbricht sein Blick endgültig. Menschen sammeln sich um uns. „Rufen Sie doch einen Arzt!“, schreie ich einem Bengel in sein Jünglingsgesicht. Ich weiß, das ist nicht mehr nötig, aber ich schreie meine ganze Wut in sein Gesicht, lasse den reglosen Kopf des Alten auf die Steinstufen sinken, rappel mich hoch und starre nach oben. „Verdammt noch mal! Rufen sie endlich den Arzt!“, schreie ich wieder und dränge mich durch die Menge der Gaffer. Ich sehe, wie er dort steht, mich anstiert, sich umdreht. Ich springe die Stufen hinauf. „Halt! Stehen bleiben!“, brülle ich. Und in diesem Moment stockt er. Sehen Sie, wie er stockt? Als dächte er nur einen Bruchteil lang nach? Wie er hineingreift in seine Tasche und etwas hervorzieht? Sehen Sie, gleich habe ich ihn, noch wenige Meter! Jetzt dreht er sich um. Er steht! Es blitzt. Ein Foto – er macht sich ein Foto. Von mir! Sie müssen das verstehen! Ein Foto. Von mir! Und dann dieses Grinsen, das ganze Gesicht dieses Etwas’ erfüllt sich mit Grinsen, ergeht sich in dieser selbstgefälligen Häme. Sie müssen das verstehen! Jetzt dreht er sich um und geht einfach davon, ganz ruhig, sich meiner Verfolgung ganz sicher im Rücken! Verstehen Sie, dass ich keinen Augenblick zögere? Ich werde ihn doch nicht entkommen lassen! – Werde diesem Unmenschen nachstellen, ihn festsetzen! – Nein! Dich werde ich nicht entkommen lassen! Sehen Sie, wie er sich abmüht, wie er in der Nacht, in dieser Masse vergnügungssüchtiger Menschen versucht zu verschwinden? Aber du wirst uns nicht entkommen! Ich mache schnell ein paar Fotos. Unscharf, sehe ich gleich, und stürze hinter ihm her …

Wolfram Tewes

Das Wiedersehen

„… und danke Ihnen für die Aufmerksamkeit!"

Erleichtert klappte der Vortragende das Buch zu, aus dem er soeben eine Stunde lang mit monotoner Stimme und wenig Begeisterung vorgelesen hatte. Auch die wenigen Besucher, es hatten sich gerade mal elf Zuhörer der Autoren-Lesung eingefunden, atmeten, wie von einem Knebel befreit, tief durch.

Hartmut Köhler kannte diese Reaktion seines Publikums. Seine Literatur war schwere, gehaltvolle Kost, die erst einmal verdaut sein wollte. Sie war keine Kunst to-go, kein literarisches Fastfood, nichts, was schnell und mühelos konsumiert und ebenso beschwerdefrei wieder ausgeschieden werden konnte. Seine Worte bewirkten Schluckbeschwerden, seine Sätze lagen, wie hartgekochte Eier, noch tagelang im Magen.

Als der magere Applaus abgestorben war, erhoben sich die Besucher von ihren Stühlen. Einige gingen direkt hinaus, ohne ihn weiter zu beachten. Andere murmelten beim Hinausgehen leise und irgendwie verlegen einen Abschiedsgruß. Nur vier Hörer versammelten sich vor dem Büchertisch, auf dem der schlechtgelaunte Veranstalter, ein Buchhändler, der mit deutlich höheren Besucherzahlen kalkuliert hatte, Köhlers neuestes Werk, zusammen mit seinen beiden bereits erschienenen Büchern, in viel zu großer Stückzahl zum Verkauf bereit hielt.

Drei von ihnen kauften zügig eines der Bücher, während sich eine ältere Frau offenbar nicht entscheiden konnte. Sie nahm immer wieder ein Buch in die Hand, als müsste sie es abwiegen, legte es zurück auf den Tisch und hob ein anderes auf. Während der Buchhändler ungeduldig wartete, ließen die Käufer sich ihr Exemplar von Köhler signieren. Ein Ritual, dem er stets mit einer schwer zu fassenden Mischung aus Stolz und Widerstand begegnete. Stolz, weil es die Wertschätzung ausdrückte, die ihm und seinem Werk berechtigterweise entgegengebracht wurde. Widerstand, wenn einer der Käufer versuchte, ihn in ein Gespräch über das Buch, über seine Motivation zu schreiben oder sogar über sein Privatleben hineinzuziehen. Er mochte das nicht und fand, dass zu viel Nähe zu den Lesern einen Autor von der Wolke holt, die ihn hoch über allen anderen schwebend zu etwas Geheimnisvollem und Unerreichbarem macht. Nähe lässt einen Autor alltäglich werden, hatte er einmal einem Journalisten auf dessen diesbezügliche Fragen geantwortet. Darauf hatte dieser ihn in seinem Artikel einen arroganten Schwafler genannt.

An diesem Abend blieben ihm anzügliche Fragen erspart, denn die drei Käufer begnügten sich mit einer simplen Unterschrift und verließen den überheizten Raum. Als Köhler eben seinen edlen Füllfederhalter einstecken wollte, kam die ältere Frau mit seinem aktuellen Buch in der Hand auf ihn zu. Lustlos warf er nur einen kurzen Blick auf die Frau und zog die Kappe wieder von seinem Füller, um die Unterschrift leisten zu können. Während die Frau ihm das Buch auf den Tisch legte, schaute er sie nicht an. Wozu auch, dachte er frustriert. Wieder so eine alte Schachtel, die nachts nicht einschlafen kann und ein Buch nach dem anderen verschlingt. Warum kamen zu seinen Lesungen eigentlich so selten einmal junge, attraktive Frauen? Er selbst war erst Ende Fünfzig, für einen Mann das beste Alter, hatte sich recht gut erhalten und würde nichts anbrennen lassen, wenn sich nach einer Lesung eine interessante Möglichkeit ergäbe. Aber die ergab sich einfach nicht. Nie. Köhler schlug die richtige Seite auf und wollte eben zu einer dieser lieblos hingetuschten Unterschriften ansetzen, als die Frau ihn ansprach: „Würden Sie bitte eine Widmung hineinschreiben?“ Die Stimme der Frau klang viel jünger, als sie aussah. Genervt nickte er und wartete, ohne sie anzuschauen, auf ihre Anweisungen.

„Für Rossi, in Erinnerung an alte Zeiten. Rossi bitte mit Doppel-S!“

Köhler zögerte mit der Widmung. Beim Klang dieses Namens hatte ihn etwas angeflogen, so wie ein lästiges Insekt einen anfliegt. Plötzlich, ohne Vorwarnung, störend, irritierend. Eine Erinnerung? Als ob er das imaginäre Insekt mit einer schnellen Handbewegung verscheuchen wollte, griff er rasch nach seinem Füller und schrieb die gewünschten Worte auf.

„Ist es so richtig?", fragte er und schaute ihr zum ersten Mal ins Gesicht. Mit leichtem Widerwillen, denn er verspürte nicht die geringste Lust, sich mit den Schrullen dieser Frau zu beschäftigen. Er wollte zusammenpacken, sein Honorar einkassieren, gehen und in der nächsten Bar die lähmende Trostlosigkeit dieses Abends ertränken. Doch nun zwang der kleine, noch verbliebene Rest an Höflichkeit ihn, sitzen zu bleiben und artig auf den Unfug einzugehen, der vermutlich noch kommen würde. Schließlich war er Profi, da musste er durch. Seufzend wartete er auf ihren Kommentar, während er sie anschaute. Nichts in ihrem Gesicht kam ihm bekannt vor. Diese Erkenntnis erleichterte ihn und so hielt er die Frage, die eigentlich erforderlich gewesen wäre, zurück. Was meinte die Frau nur mit Erinnerung an alte Zeiten? War das auf ihn bezogen? Aber da eine Frage nur ein langes und lästiges Gespräch provoziert hätte, schwieg er. Was ging ihn das alles an? Die Frau kam jedoch seiner unausgesprochenen Frage entgegen und sagte, mit einem leichten Lachen in der Stimme: „Wie ich sehe, erinnern Sie sich nicht mehr an diese Zeiten, Herr Köhler. Auch nicht an Roswitha, die damals alle nur Rossi nannten? Roswitha Hirsch?"

Köhler starrte sie mit offenem Mund an. Unmöglich, dachte er. Sicher sagte ihm dieser Name etwas, eine ganze Menge sogar. Aber die strahlend schöne, vor jugendlicher Lebenslust berstende Roswitha, die jetzt wie ein Flaschengeist aus seiner Erinnerung auftauchte, war zwei Jahre jünger gewesen als er. Auf gar keinen Fall konnten sie und dieses alte, freudlose, zerfallene, graue Geschöpf, das nun mit einfältigem Lächeln vor ihm stand, identisch sein. Völlig ausgeschlossen.

„Wer sind Sie?“, fragte er vorsichtig. „Kennen wir uns?“

Für kurze Zeit schien das Lächeln der Frau einzufrieren, aber sofort hatte sie sich wieder im Griff und zog die Mundwinkel nach oben. Den Buchhändler, der hinter ihrem Rücken lautstark deutlich machte, dass er diese wenig erfolgreiche Veranstaltung gern beendet wissen wollte, beachtete sie nicht. Sie hatte nur Augen für Köhler, als wolle sie den Blickkontakt, einmal herstellt, nie wieder abreißen lassen.

„Und ob wir uns kennen!“, sprach sie leise. „Ich bin Roswitha Hirsch, die du früher immer Rossi genannt hast. Schau genau hin, erkennst du mich nicht mehr?“

Gegen seinen Willen schaute er tatsächlich genauer hin. Er hätte gar nicht anders gekonnt, denn selbst nach vierzig Jahren elektrisierte ihn dieser Name noch. Roswitha Hirsch war die erste und intensivste Liebe seines Lebens gewesen. Ein Meilenstein. Sie hatte ihn aus der Finsternis der Pubertät ans Licht gezerrt, einen Mann aus ihm gemacht. Wie ein Turbo hatte sie seine weitere Entwicklung beschleunigt. Der Hartmut Köhler von heute, in all seinem Glanz und Elend, wäre ohne diese Erfahrung nicht möglich gewesen.

Mit jeder Sekunde, mit jedem neuen Blick, vermischte sich in seiner Wahrnehmung das Gesicht dieser Frau, die weiterhin lächelnd vor ihm stand, mit dem immer klarer werdenden Bild aus seiner Erinnerung. Wie bei einem Vexierbild veränderte sich schon bei der kleinsten Abweichung des Blickwinkels das Motiv, wechselte sprunghaft hin und her zwischen dem schon vor langer Zeit verwelkten Mauerblümchen und dem Traum seiner Jugend. Ihm wurde schwindelig. Er schloss die Augen. Als er sie wieder öffnete, schien es nicht mehr die gleiche Person zu sein, die vor ihm stand. Als wären, wie in einem Animationsfilm, die Falten, die trüben Augen, die schlechte Körperhaltung, einfach durch ein Computerprogramm retuschiert worden. Diese Frau war seine Rossi, daran hatte er nun keinen Zweifel mehr.

Mit einer plötzlichen Bewegung stand er auf, dachte kurz

daran, die Frau mit einer Umarmung zu begrüßen, hielt sich aber zurück. Zu fremd waren sie sich geworden. Es war einfach zu lange her. Etwas linkisch reichte er ihr die Hand und war leicht angeekelt, als sich ihre schmale, weiche Hand wie ein nasses Tuch anfühlte. Nein, es war interessant, sie mal wiedergesehen zu haben, aber diese Frau weckte nichts mehr in ihm, was längst abgestorben war.

Wieder drängelte der Buchhändler. Köhler wollte die Begegnung einigermaßen stilvoll beenden und sagte: „Schön, dass wir uns mal wieder getroffen haben. Du lebst also nach wie vor in Bielefeld? Ich hoffe, es geht dir gut."

Roswitha Hirsch hätte nun, wie es üblich ist, mit einer ebenso eleganten und unverbindlichen Floskel sich und ihn aus dieser etwas beklemmenden Situation befreien können. Aber zu Köhlers Überraschung erwiderte sie: „Was hältst du davon, wenn wir das alles bei einem netten Getränk besprechen? Es wäre doch schade, diese Gelegenheit nicht zu nutzen. Ich würde mich riesig freuen, von dir zu hören, wie es dir so ergangen ist. Du bist ja schließlich ein erfolgreicher Mann geworden, wie man sieht!"

Hartmut Köhler hätte allem widerstehen können, aber nicht der Versuchung, ausgerechnet dieser Frau zu zeigen, dass er es auch ohne sie geschafft hatte. Und obwohl er den Gedanken daran, ausgerechnet mit dieser fleischgewordenen Langeweile mehr Zeit als unbedingt notwendig zu verbringen, noch vor einer Minute als abwegig betrachtet hätte, stimmte er ihrem Vorschlag zu. Sie verließen den Veranstaltungsraum, traten hinaus in die spätherbstlich kühle Bielefelder Altstadt.

„Wohin gehen wir?", fragte Köhler seine Begleiterin. Die aber zeigte sich irritiert und antwortete unsicher:

„Oh, ich dachte, du könntest mir das sagen. Weißt du, ich wohne zwar noch immer in Bielefeld, aber ich gehe nur ganz selten mal raus. Eigentlich so gut wie nie."

Das kann ja was geben, dachte Köhler und ärgerte sich

bereits jetzt, sich auf diesen unsinnigen und reizlosen Vorschlag eingelassen zu haben. Aber nun blieb ihm nichts anderes übrig, als, wie in ihrer Jugend, die Führung zu übernehmen und ein geeignetes Lokal zu suchen. Am Alten Markt fanden sie einen freien Tisch in einer Mischung aus Bistro, Café und Bar. Köhler bestellte für sich eine Kleinigkeit zu essen und einen Wein. Seine Begleiterin hingegen begnügte sich, er hätte es voraussagen können, mit einem Glas Kräutertee. Welch ein trostloses Geschöpf, dachte Köhler und beschloss, dieses Treffen so schnell wie möglich hinter sich zu bringen. Die Unterhaltung blieb holprig, inhaltslos und mühselig. Als Köhler sein Steak bekam, verebbte sie ganz. Während er aß, lehnte sie sich behaglich in ihrem Stuhl zurück und schlug locker die Beine übereinander. Zwischen zwei Bissen bemerkte Köhler überrascht, dass die Frau allein durch die nachlassende Körperspannung um viele Jahre jünger wirkte. Nun lächelte sie auch nicht mehr einfältig, sondern schaute ihn interessiert und erwartungsvoll an. Köhler wurde sich seiner eigenen Wahrnehmung unsicher, sah in der einen Sekunde das welke, blasse Muttchen und in der anderen eine zwar grauhaarige, aber sonst gut konservierte Frau im mittleren Alter vor sich. Erst als seine Mahlzeit beendet war, lehnte auch er sich zurück und betrachtete seine Jugendliebe ausgiebig. Wahrhaftig, dachte er, sie ist es. Das Gesicht, die Körpersprache, die kleinen, ihr eigenen Gesten, all dies war unverkennbar seine Rossi von damals, wenn auch auf allem eine mächtige Schicht Patina lag. In seiner Erinnerung perlten plötzlich, ein wenig gegen seinen Willen, Bilder und Empfindungen aus ihrer gemeinsamen Zeit hoch. Er sah sich selbst als pickeligen, pubertierenden Einzelgänger, der in der Hierarchie seiner Klasse ganz unten gestanden hatte. Köhler galt als blasser Verlierertyp, als einer, auf dem man schon mal gern herumhackte, dem man sich überlegen fühlen konnte. Roswitha hingegen, zwei Jahre jünger als er, war seinerzeit die alles überstrahlende Lichtgestalt der Schule gewesen, das unerreichbare Objekt der Begierde für sämtliche

Jungen seiner Klasse. Es galt als ausgemacht, dass keiner von ihnen jemals von ihr mehr zu erwarten hatte, als einen kühlen, abschätzigen Blick. Köhler erst recht nicht. Er am allerwenigsten. Als jedoch eines Tages dieses überirdische Wesen begann, sich ausgerechnet für ihn zu interessieren, hatte ihn dies beinahe zu Stein erstarren lassen. Es war nicht nur die Überraschung gewesen, die ihn so blockierte, es war schlichtweg das Gefühl, dass ihm diese Rolle nicht zustand. Nicht ihm, nicht dem armseligen Prügelknaben der ganzen Klasse. Aber Roswitha hatte sich nicht beirren lassen, war ihm immer näher gekommen. Zum maßlosen Erstaunen der ganzen Schule waren sie eines Tages ein Paar.

Köhler, dessen Sinne nun geweckt waren, bestellte ein weiteres Glas Wein.

Durch diese Liaison hatte er einen steilen sozialen Aufstieg erlebt. Waren seine Klassenkameraden anfangs entsetzt gewesen, sahen sie ihn danach mit anderen Augen. Plötzlich war er jemand. Ihm war gelungen, was sich alle anderen nur erträumt hatten. Er, der bis dahin immer nur am Rand gestanden hatte, war nun der beneidete und bewunderte Mittelpunkt der Klassengemeinschaft.

Von diesen Erinnerungen angenehm berührt, sah er die Frau, die ihm entspannt gegenüber saß, nun in einem ganz anderen, helleren Licht. Und es machte ihn stolz, dass sie nach all den Jahren noch immer an ihn gedacht hatte und zu seiner Lesung gekommen war.

„Es war übrigens reiner Zufall, dass ich zu deiner Lesung gekommen bin“, zerstörte sie, als habe sie seine Gedanken lesen können, alle Illusionen. „Ich habe deinen Namen gar nicht mit dir in Verbindung gebracht. Aber ich gehe oft zu Lesungen. Vorher mache ich mich immer schlau über die Autoren und schaue im Internet nach. Dabei ist mir erst klar geworden, dass du es bist. Erst wollte ich dann nicht mehr gehen, dann habe ich mir gedacht, ist doch egal. Schaust du dir eben mal an, was aus diesem Kerl geworden ist. Vorher habe ich bestimmt dreißig Jahre nicht mehr an dich gedacht."

Das war nun nicht das, was er zu hören gehofft hatte. Er beeilte sich, ihr ebenfalls mitzuteilen, dass sie bis zum heutigen Abend völlig seinem Gedächtnis entfallen war. Da er nun der Ansicht war, ihr die Kränkung ausreichend zurückgegeben zu haben, wurde er wieder freundlicher.

„Es war schon eine sehr schöne Zeit damals", schwadronierte er. „Nur schade, dass es mit uns schon nach einem Jahr vorbei war. Weißt du eigentlich noch, warum wir damals auseinander gegangen sind?"

Ihre Augen wurden für einen ganz kurzen Moment hart und prüfend, aber das bemerkte er nicht. Dann lächelte sie plötzlich wieder, entspannt und herausfordernd zugleich. Köhler stellte überrascht fest, dass er sie attraktiv fand. Zum ersten Mal an diesem Abend dachte er nicht mehr daran, wie er sie wieder loswerden konnte, sondern war bemüht, dieses Gespräch in Schwung zu halten. Da sie auf seine Frage offenbar nicht eingehen wollte, wechselte er schnell das Thema.

Sie kamen auf den einen oder anderen gemeinsamen Bekannten von damals zu sprechen. Einer seiner besten Freunde, jedenfalls nach seinem Aufstieg, war Udo gewesen. Von Udo hatte Köhler seit der Schulzeit nichts mehr gehört, aber Roswitha konnte sein Wissen auffrischen.

„Udo lebt leider nicht mehr", berichtete sie. „Er ist nicht mal Dreißig geworden. Ich habe ihn mal, nach vielen Jahren, getroffen und wir haben nett geplaudert. Er hat viel erzählt, von dir, aber auch von unseren gemeinsamen Unternehmungen. Für ihn warst du immer noch ein Held."

„Woran ist er denn gestorben?"

„Er hatte einen Autounfall", fuhr sie, nachdenklich geworden, fort. „Udo war ja schon immer einer von denen, die gern zu viel getrunken haben. Zum Schluss war er wohl zum Alkoholiker geworden. Eines Abends ist er sternhagelvoll mit dem Auto gefahren. Eine kurvenreiche Strecke in der Nähe von Oerlinghausen. Und da ist es passiert. Er war wohl sofort tot. Ich war sogar auf seiner Beerdigung. Ja, so schnell kann es gehen."

Köhler leerte hektisch sein Weinglas und orderte ein neues. Er hatte seinen Schulfreund längst vergessen gehabt, aber nun so plötzlich von dessen frühem Tod zu erfahren, ließ ihn eine Zeit lang betroffen schweigen.

Als ihm ein neues Glas gebracht wurde, nahm er einen großen Schluck und fragte: „Und wie ist es dir ergangen, in all den Jahren?"

Sie wurde plötzlich sehr ernst. Als sie sprach, geschah dies so leise, dass er sich zu ihr vorbeugen musste, um sie zu verstehen.

„Ja, weißt du", begann sie zögernd, „nachdem mit uns beiden Schluss war, bin ich in ein tiefes Loch gefallen. Ich fühlte mich schuldig, ich fühlte mich mies, du weißt warum. Mit Mühe und Not habe ich das Abi geschafft. Mit Männern wollte ich erst einmal nichts mehr zu tun haben. Ich hatte das Gefühl, dafür charakterlich nicht geeignet zu sein. Zu oberflächlich, zu egoistisch, zu wenig treu. Ich fühlte mich wie ein Flittchen, auch wenn man das Wort heute nicht mehr verwendet."

Als der Kellner an ihren Tisch kam, um erneut Köhlers Bestellung aufzunehmen, gab sie, wie geistesabwesend, ein Gläschen Prosecco in Auftrag.

„Ich habe dann eine Ausbildung im Finanzamt gemacht und da bin ich bis heute auch geblieben. Kein sehr aufregendes Leben, wie du feststellen kannst. Ich bin nicht verheiratet, habe keine Kinder, lebe allein und gehe davon aus, dass dies auch für den Rest meines Lebens so bleibt. Und bei dir?"

Als hätte Roswitha einen Deich durchstoßen, ergoss sich nun sein Leben wie eine Sturmflut über sie. Köhlers Leben war, in seiner Darstellung, schwierig, aber aufregend gewesen. Voller Herausforderungen, die er aber am Ende immer gemeistert hatte. Kleinere Krisen deutete er zwar an, stellte aber seine Leistungen deutlich in den Vordergrund. Frauen für sich zu gewinnen, war ihm offenbar stets leicht gefallen, aber er hatte, nach kurzen und heftigen erotischen Attacken, immer wieder das freie Leben des einsamen Wolfes den Zwängen eines Familienlebens vorgezogen. Den Höhepunkt seines Lebens und seine wahre Bestimmung aber habe er gefunden, als er damit begann, Bücher zu schreiben.

Noch ganz berauscht von seiner eigenen Lebensleistung trank er sein Glas leer und schaute ihr tief in die Augen.

„Aber du hast doch sicherlich den einen oder anderen Mann gehabt, so wie du damals ausgesehen hast. Die Kerle müssen sich doch um dich gerissen haben."

Sie seufzte, nippte an ihrem Prosecco und antwortete mit tonloser Stimme: „Sicher, es haben sich schon einige Männer um mich bemüht. Aber ich bin allen aus dem Weg gegangen. Fast allen jedenfalls. Allen außer Karsten. Ach ja, den kennst du ja auch gut. Erinnerst du dich noch an Karsten?"

Sicher erinnerte Köhler sich. Karsten war, zusammen mit Udo und ihm selbst, der Dritte in dem Trio von Freunden gewesen, die ständig zusammen hockten, die alles gemeinsam machten, die alles teilten. Er nickte zustimmend, und sie fuhr fort: „Mit Karsten war ich kurze Zeit zusammen. Bis dann diese tragische Sache passiert ist, von der du vermutlich gehört hast."

Köhler fühlte, wie ihm ein kalter Schauer den Rücken herunterlief.

„Nein", rief er aufgeregt, „ich habe von Karsten ebenfalls seit damals nichts mehr gehört. Was ist mit ihm?"

Sie zögerte kurz, bevor sie weitersprach.

„Als Karsten von der Bundeswehr wiederkam, war er fasziniert von Waffen aller Art. Und deshalb hat er dann den Jagdschein gemacht. Eine eigene Jagd konnte er sich nicht leisten, er durfte aber, weil er bereit war, auch die Drecksarbeiten zu machen, häufig bei anderen Jägern mitgehen. Bei einer dieser gemeinsamen Jagden gab es dann einen schrecklichen Unfall. Wie immer bei solchen Sachen war Alkohol im Spiel, viel zu viel Alkohol. Auf jeden Fall wurde Karsten von einem Querschläger getroffen und starb kurz darauf im Krankenhaus. Es hat natürlich einen Prozess gegeben, aber es konnte kein Schuldiger festgestellt werden. Offenbar ist er von seinem eigenen Gewehr getroffen worden, wie immer das auch möglich gewesen sein mag. Na ja, da ich damals noch mit ihm zusammen war, kann ich mich wohl“, hier lächelte sie gequält, „als eine Art Witwe bezeichnen. Was meinst du?“

Hartmut Köhler stand unter Schock. Nicht, dass Karsten in seinem Leben noch eine Rolle gespielt hätte, aber von ihr nun innerhalb kürzester Zeit zwei derart tragische Nachrichten von seinen ehemals besten Freunden zu hören, verstörte ihn zutiefst. Mit diesen beiden Menschen war ein großes Stück seiner Jugend beerdigt worden.

Um seiner Gefühle wieder Herr zu werden, würde Wein nicht mehr ausreichen. Roswitha bestellte ihm einen doppelten Grappa. Sie selbst spielte noch immer mit ihrem Proseccoglas, trank aber kaum etwas. Köhler schaute ihr dabei zu, wie sie grazil das schlanke Glas durch ihre Finger gleiten ließ und registrierte verwundert erste Anzeichen von Verlangen. Nichts war geblieben von der alten Frau, die wundersame Verwandlung war nun komplett vollzogen. Bei dieser Erkenntnis war augenblicklich alle Trauer um die verstorbenen Freunde vergessen, was blieb, war pures Begehren. Diese Frau würde er noch heute in sein Bett bekommen, schwor er sich. An ihrer Beziehung war etwas Unvollendetes, das zu einem guten Ende gebracht werden musste, redete er sich ein. Aber während seine Fantasie, durch den ansteigenden Alkoholpegel beflügelt, immer kühnere Kreise zog, blieb Roswitha ernst und konzentriert. Wieder einmal strich sie mit dem Zeigefinger über den Rand des Glases, lauschte versonnen dem sirrenden Geräusch und sprach, wieder sehr leise: „Weißt du noch, was unserer Trennung vorausgegangen war? Was sie letztlich ausgelöst hat?“

Köhler versuchte, sich auf seine Erinnerung zu konzentrieren, was ihm schwer fiel.

„Irgendwas war passiert“, brummte er, den Blick nach innen gerichtet. „Aber was das war, weiß ich nicht mehr.“

„Aber ich weiß es noch“, warf sie ein. „Ich hatte dich betrogen. Mit deinen besten Freunden. Mit Udo und mit Karsten. Ich habe mich so geschämt, dass ich dir nicht mehr in die Augen schauen konnte. Deshalb habe ich damals Schluss gemacht und danach mein ganzes Leben auf den Kopf gestellt.“

Oh ja, plötzlich war seine Erinnerung wieder vollständig. Sicher, sie hatte Schluss gemacht. Sie trug die Schuld an der Trennung. Was sie nicht wusste, und auch niemals erfahren durfte, war sein Anteil an der Affäre. Er war ihrer damals bereits ein bisschen überdrüssig geworden und er brauchte Geld um sein Moped reparieren zu lassen. Da er wusste, dass seine Freunde nichts auf der Welt so sehr begehrten wie seine schöne Roswitha, hatte er ihnen ein Angebot gemacht, das sie nicht ablehnen konnten. Nach einer ausgiebigen Kneipentour hatte er die fast bis zur Besinnungslosigkeit betrunkene Roswitha bei seinen Freunden abgeliefert. Die beiden waren in dieser Nacht mehrfach über sie hergefallen, während er dafür einen ordentlichen Batzen Geld eingesackt hatte. Am nächsten Tag war Roswitha nicht mehr sie selbst gewesen. In ihrer rudimentären Wahrnehmung dieser Nacht hatte sie ihren Freund betrogen. Der Alkohol war für sie nicht zur Entschuldigung geworden, im Gegenteil. Sie hätte niemals so viel trinken dürfen, hatte sie sich vorgeworfen. Danach war sie nicht mehr die, die sie vorher gewesen war. Aber offenbar hatte sie nie davon erfahren, dass er sie verkauft hatte, denn dann säße sie jetzt nicht so nett mit ihm zusammen.

Köhler fand es klug, an dieser Stelle einfach zu schweigen. Er sah in ihrer Selbstbeschuldigung eine große Chance.

„Stimmt!“, bluffte er, „ich erinnere mich. War hart für mich damals. Aber was solls? Schwamm drüber! Heute Abend feiern wir unser Wiedersehen und lassen die alten Geschichten in der Mottenkiste. Einverstanden?"

Er fand sich großartig und war sicher, bei ihr mächtig Eindruck gemacht zu haben. Denn nun glaubte er, ihr die Erleichterung anzusehen, ja, ganz offenbar schaute sie ihn geradezu verliebt an. Das machte ihm Mut für eine weiterführende Attacke. Schließlich war sie ihm eine Wiedergutmachung schuldig.

„Was hältst du davon, wenn wir eine Hausnummer weitergehen? Mein Hotel ist gleich um die Ecke. Ein hervorragendes Haus. Sehr anständig. Mit einer prall gefüllten Mini-Bar. Keine Sorge, ich überfalle dich nicht. Nur noch einen kleinen Abschiedsschluck, in allen Ehren. Das sind wir uns und unserer Vergangenheit schuldig, findest du nicht auch?"

Er hatte sich bereits innerlich auf eine langwierige Argumentation eingestellt und war perplex, als sie sofort zusagte. Offenbar wirkte ihr schlechtes Gewissen nach, oder seine Anziehungskraft war nach wie vor ungebrochen.

Nachdem er mit einer großspurigen Geste die Getränke bezahlt hatte, verließen sie die Bar und traten auf die feuchtkalte Straße. Er übernahm sofort die Führung, legte probehalber sogar kurz den Arm um die immer noch schmale Taille der Frau. Sie schüttelte ihn lässig ab, lächelte dabei aber so kokett, dass diese Abfuhr ihm wie das Versprechen auf einen künftigen Sieg erschien. Gut gelaunt überquerten sie den Niedernwall und betraten ein mehrgeschossiges Hotel auf der gegenüberliegenden Straßenseite. Die Rezeption war wegen der späten Stunde schon nicht mehr besetzt.

Im Lift versuchte er, sich dicht an sie zu pressen, doch sie wich mit einem schnellen Schritt zur Seite aus. Dabei lächelte sie verlegen und entschuldigend. Ihre Körperhaltung verlor die Lockerheit, sie war wieder fast so angespannt, wie er sie nach der Lesung erlebt hatte. Wollte sie einen Rückzieher machen? Köhlers Sorge nahm zu, als sie, in der obersten Etage angekommen, einen kleinen Moment zögerte, den Lift zu verlassen, ganz so, als wolle sie umgehend wieder abwärts fahren. Schnell reichte er ihr die Hand, zog sie fast aus der Kabine und führte sie bis zu seiner Zimmertür. Er traute sich kaum, ihre Hand loszulassen, als er den Schlüssel einsteckte. Nur ganz langsam, als läge ein Minenfeld vor ihr, trat sie in das nicht sehr geräumige Hotelzimmer. Sofort schloss er hinter ihr die Tür, nahm ihr die trübsinnig machende hellblaue Windjacke ab und hängte sie an die Garderobe. Dann führte er sie, ganz Kavalier, zu dem einzigen Sessel des Zimmers und drückte sie sanft in das Polster. Wieder machte sie eine schnelle Bewegung, als wolle sie sofort wieder aufspringen, besann sich aber und blieb sitzen. Angespannt und schweigend. Je stiller sie wurde, desto aufgedrehter verhielt sich Köhler. Er öffnete die Minibar, entnahm ihr eine kleine Flasche Sekt und goss sie in zwei auf einer Anrichte stehende Weingläser.

„Nicht ganz stilecht“, kommentierte er lachend, während er sich auf der Kante des Bettes niederließ, „aber bürgerliche Normen haben doch bei uns beiden noch nie eine Rolle gespielt, oder? Da stehen wir doch drüber.“

Sie nickte schweigend, versuchte ein Lächeln und nippte an ihrem Glas. Sofort schenkte Köhler nach. Wie bei einer Fieberattacke durchzogen ihn nun heftige Hitzewellen. Er kannte sich und wusste aus Erfahrung, dass er in wenigen Minuten nicht mehr Herr seines Verstandes sein würde, sondern nur noch eine instinktgeleitete, gierige Masse fleischgewordener Männlichkeit. Wenn er diese kleine Affäre einigermaßen anständig über die Bühne bringen wollte, musste er handeln. Jetzt, wo er einen Rest an Kontrolle über sich hatte.

Dem Objekt seiner Begierde schien es warm geworden zu sein.

„Kannst du bitte ein Fenster öffnen, es ist heiß hier“, bat sie schüchtern. Köhler stand auf und öffnete eines der bis zum Fußboden reichenden Fenster. Er zog auch die dünne Gardine zur Seite und schaute hinaus.

„Ganz schön tief“, lachte er, als er nun aus der dritten Etage auf die stille nächtliche Seitenstraße schaute. „Betrunken möchte ich hier nicht runterschauen. Hier ist zwar eine Brüstung, aber ob die einen wirklich hält, wenn man das Gleichgewicht verliert? Ich weiß nicht recht.“

Er drehte sich wieder zu ihr um und starrte sie mit einer Mischung aus Gier und Verwirrung an. In der Tat war er verblüfft, als er sie jetzt ansah. Hatte er eben noch ernste Befürchtungen gehegt, dass sie sich ihm noch vor der Zeit entziehen würde, sah er ihr nun mit offenem Mund zu, wie sie mit einem leisen Lächeln auf den Lippen die Knöpfe ihrer beigefarbenen altmodischen Bluse öffnete. Langsam, einen Knopf nach dem anderen. Er machte einen schnellen Schritt auf sie zu, wollte nach ihr greifen. Doch sie hielt ihn mit einer Handbewegung auf Distanz und zog sich ruhig, fast genussvoll, die Bluse komplett aus und warf sie lässig auf das Bett. Köhler stockte der Atem, während sein Puls einem Trommelwirbel glich, als sie sich den BH hinten aufhakte und ihn langsam, ganz langsam heruntergleiten ließ. Es war für ihn fast schmerzhaft zu sehen, wie schön diese Frau nach all den Jahren immer noch war. Als hätte sich eine raue, unscheinbare Muschelschale geöffnet und eine herrlich glänzende Perle freigegeben. Wie in Trance ging er auf sie zu.

Am frühen Morgen, es war noch dunkel, schlurfte ein Mann über den Bürgersteig einer Seitenstraße. Den Kopf hatte er zwischen die Schultern gezogen, den Kragen seines Mantels hochgeschlagen, um sich gegen den feinen, allgegenwärtigen Nieselregen zu schützen. Er war Bäcker, war auf dem Weg zur Arbeit, fühlte sich unausgeschlafen und gereizt. Jeden Morgen kam er an diesem Hotel vorbei. Jeden Morgen schaute er mürrisch an der Fassade hoch und dachte neidisch an die Müßiggänger, die zu dieser Stunde in einem bequemen Hotelbett schliefen.

An diesem Morgen kam ihm hier eine ältere Frau entgegen, die ebenfalls den Kopf gesenkt hielt wegen des Regens. Er beachtete sie nicht weiter. Mit älteren Damen hatte er nichts im Sinn. Die nahm er praktisch gar nicht zur Kenntnis. Aus Gewohnheit schaute er auch heute wieder an der mächtigen, glatten Fassade empor.

Sein Blick war noch immer nach oben gerichtet, als er plötzlich über etwas Großes stolperte und lang hinschlug. Fluchend raffte er sich wieder auf und schaute nach, was ihm im Weg gelegen hatte. In diesem Augenblick setzte sein Herz vor Entsetzen kurz aus. Vor ihm lag – in einer bereits geronnenen, vom Regen verwischten Blutlache – ein menschlicher Körper. Vollkommen nackt.

Da die Hoteltür zu dieser Uhrzeit verschlossen war, rannte der Mann einige Meter weiter zum Niedernwall und hielt dort ein vorbeifahrendes Taxi an, indem er direkt vor das Fahrzeug sprang, das mit kreischenden Bremsen stoppte. Nachdem er dem wütenden Taxifahrer den Grund seiner Panik erklärt hatte, rief dieser Polizei und Notarzt an. Eine halbe Stunde später hatte der Bäcker, der an diesem Tag sicher keine Brötchen mehr backen würde, sich etwas von seinem Schreck erholt und er konnte dem Polizisten einigermaßen konzentriert zuhören, als der einem Kollegen in groben Zügen erklärte, dass der Tote aus einem Fenster der obersten Etage des Hotels in die Tiefe gestürzt war. Das Fenster hätte noch offen gestanden, als die Polizei in das Zimmer gekommen war.

„Ein Mann, so Ende Fünfzig. Wahrscheinlich betrunken. Wir haben keinen Anhaltspunkt für ein Fremdverschulden. Er scheint allein getrunken zu haben, es ist nur ein Glas benutzt worden. Das andere stand sauber auf einer Anrichte. Nur seine Klamotten lagen wild verstreut im Zimmer herum. Das spricht dafür, dass er ziemlich berauscht war."

Der Beamte wandte sich nun brummend dem bedauernswerten Bäcker zu und fragte, ob ihm irgendetwas aufgefallen sei. Der noch immer nicht ganz regenerierte Mann kratzte sich am Kopf und dachte nach.

„Na ja“, murmelte er unschlüssig, „aber nichts Besonderes. Wirklich nicht. Nur bin ich normalerweise zu dieser Uhrzeit weit und breit der einzige auf der Straße. Heute kam mir jemand entgegen. So eine ältere Frau. Keine Ahnung wie alt genau. So eine richtige Omi eben. Ich habe sie mir nicht näher angeschaut. Auf diese Altersgruppe stehe ich nicht so.“

Jürgen Reitemeier

Josef und Maria

Unsere Oma heißt Hannelore, Hannelore Rabenteich. Aber alle sagen Inge zu ihr. Jedenfalls dann, wenn sie es nicht hört.

Der Grund dafür ist der, dass Oma Hannelore aussieht wie die berühmte Schauspielerin Inge Meysel. Und nicht nur das, Oma ist auch in ihrem Verhalten wie Inge Meysel: Wenn es ihr gerade mal gefällt, hat sie ein so großes Herz wie sonst niemand auf der Welt. Und wenn ihr was gegen den Strich geht, dann ist sie auch genau so biestig wie die berühmte Schauspielerin es sein konnte. Auch Oma kann eine reizende Frau sein, wenn ihr danach ist. Aber wenn nicht, dann …

Oma Inge war die Besitzerin des Rabenteich-Imperiums und die Chefin. Ihre Enkel waren die Erben und machten die Arbeit. Nach Omas Gusto.

Im Sommer lebte Oma Inge in ihrem Haus auf Sylt. Den Winter verbrachte sie immer auf Gran Canaria. So aus der Ferne betrachtet, kam die Familie über das Jahr gesehen bestens mit ihr aus. Niemand aus der Familie Rabenteich aber käme jemals auf die Idee, den Urlaub bei, geschweige denn mit Oma zu verbringen.

Nur in der Weihnachtszeit musste die wohltuende Distanz der Familienmitglieder zu Oma Inge aufgegeben werden. Weihnachten bestand Oma Inge darauf, die Feiertage in ihrer Heimatstadt Bielefeld zu verbringen. Und zwar im Schoße der Familie.

Heute war der vierte Advent. Der Tag, an dem Oma anreist, und es eigentlich bereits klar sein sollte, bei welchem Familienmitglied Oma wohnen würde. Doch die Krisensitzung war noch nicht beendet.

„Gerd, du solltest Oma Inge aufnehmen. Du bist an der Reihe!“, sagte Ruth gerade zu ihrem Bruder.

„An der Reihe! Wie sich das anhört!“, empörte der sich.

„Oma Inge ist unsere Mutter, da geht es nicht darum, wer an der Reihe ist. Da geht es darum, wo sie am komfortabelsten untergebracht werden kann! Wo sie sich am wohlsten fühlt. Und das ist ja wohl in ihrem eigenen Haus der Fall, in dem du ja jetzt nun mal wohnst, meine liebe Ruth. Du wolltest es, jetzt hast du es. Und mit dem Einzug in das Haus von Oma hast du die Pflicht übernommen, sie aufzunehmen, wenn sie in Bielefeld ist. So haben wir es abgesprochen."

Ruth war verzweifelt.

„Gerd, wenn ich wieder mehrere Tage mit Oma Inge unter einem Dach zusammenleben muss, besteht entweder die Gefahr, dass ich sie umbringe, oder sie mich enterbt. Du musst mir helfen, ich brauche Entlastung."

„Das mit dem Enterben finde ich gar nicht schlecht", grinste Gerd boshaft. „Dann bin ich es diesmal wenigstens nicht. Dir Entlastung verschaffen, meine Liebe, ist allerdings ein Problem. Meine Wohnung ist für Besuch äußerst ungeeignet."

Ruth war empört.

„Nun hör aber mal auf! Ich weiß nicht, wie viele Damen bei dir immer wieder einen Unterschlupf finden. Da wird für Oma wohl auch ein Platz zu finden sein."

Gerd grinste.

„Nun ja, für diese Art Besuch habe ich ja auch Platz! Zwei Meter mal zwei Meter vierzig! Mein Bett! Diesen Schlafplatz kann ich Oma Inge ja wohl schwerlich anbieten. Und im Übrigen, kannst du dir vorstellen, was passieren würde, wenn mein Damenbesuch auf Oma trifft? Und kannst du dir darüber hinaus vorstellen, was passiert, wenn Oma feststellt, dass meine Bekannten, die zu Besuch kommen, noch dazu wechseln? Oh nein, meine Liebe, besser du wirst enterbt!"

Ruth zog ihre Stirn in Falten und sah betrübt in die Welt.

„Ich hasse Weihnachten!"

„Was ist nun?", fragte Frieda, die Dritte in der Runde der Geschwister und selbst auf Weihnachtsbesuch in Bielefeld. „Wer nimmt Oma?"

„Vielleicht kann sie zu dir ins Hotel ziehen?", bemühte sich Ruth einen neuen Gedanken ins Spiel zu bringen. Allein für den Versuch bekam sie von ihren Geschwistern synchron einen Vogel gezeigt.

Der Weihnachtsmann fror wie ein Schneider. Schöner Vergleich, dachte die alte Dame, die den verkleideten Mann dabei beobachtete, wie er von einem Bein auf das andere trat.

Zwei Männer drückten sich hinter einen Betonpfeiler. Bemüht darum, von der Frau, die sich gerade so ihre Gedanken über den frierenden Mann im roten Mantel machte, nicht gesehen zu werden.

„Bist du sicher, dass es die Richtige ist? Ich meine mal gelesen zu haben, die Alte sei tot", presste der eine, ein kleiner Untersetzter, durch die zusammengebissenen Zähne heraus.

„Na klar bin ich mir sicher!", entgegnete der größere der beiden, ein trotz der winterlichen Kälte braun gebrannter Mann. „Die sieht nur aus wie tot, ist aber quicklebendig. Schließlich habe ich sie seit Tagen beobachtet."

„Na gut, dann hole ich mal mein Auto."

Kurz danach fuhr ein etwas heruntergekommenes Taxi auf dem Bahnhofsvorplatz an der Schlange vorbei und hielt direkt vor Oma Inge. Noch bevor die empörten Fahrer der anderen Droschken ihren Unmut äußern konnten, hatte der Fahrer das Gepäck in den Kofferraum bugsiert und Oma Inge auf den Rücksitz.

„Zur Rabenteichvilla!", befahl die alte Dame knapp. In Bielefeld hatte man zu wissen, wo dieses Haus stand! Dieser Meinung war jedenfalls Hannelore Rabenteich. Doch in diesem Fall hatte sie sich wohl geirrt. Schon am Willy-Brand-Platz fuhr das Fahrzeug in die falsche Richtung. Als Hannelore den Taxifahrer auf den Fehler aufmerksam machte, sagte dieser lakonisch: „Bielefeld ist eben immer noch die ewige Baustelle am Teutoburger Wald."

„Junger Mann, wir sind gleich in Brackwede!", wetterte

Frau Rabenteich. „So unverfroren wie Sie hat noch kein Taxifahrer versucht die Rechnung zu frisieren. Sie fahren jetzt auf dem kürzesten Weg zu unserer Villa!“

In dem Moment hielt das Taxi. Die Tür wurde auf der Beifahrerseite aufgerissen und ein langer sonnengebräunter Mann drängte sich neben Oma Inge auf die Rückbank. Als er ihr dann auch noch zu nahe kam, griff die alte Dame behände nach ihrem kleinen Regenschirm und begann, auf den ungebetenen Gast einzudreschen.

Gerd Rabenteich sah auf die Uhr. Wo blieb Oma nur? Er runzelte die Stirn. Sie war mehr als eine Stunde überfällig. Oma hatte ihnen strengstens verboten, sie vom Bahnhof abzuholen. Sie sei doch keine alte Frau, hatte sie trotz ihrer 87 Jahre behauptet. Und die Reise von Haustür zu Haustür, das würde sie ja wohl noch schaffen. Hatte sie sich diesmal doch überfordert?

Immer wieder sah einer der Geschwister Rabenteich auf die Uhr.

„Jetzt hat sich Oma Inge doch zu viel zugemutet“, sorgte sich Ruth. „Wer weiß, was da passiert ist. Wir müssen bei der Polizei anrufen und sie als vermisst melden.“

„Pah, vermisst! Die Gute ist anderthalb Stunden überfällig. Da rührt doch noch keiner einen Finger!“, schwadronierte Gerd. „Das sind schließlich Beamte. Die haben ihre Vorschriften.“

„Oma ist die Chefin des Rabenteich-Konzerns, da wollen wir doch mal sehen, ob alter Bielefelder Geldadel noch etwas bedeutet oder nicht!“ Frieda griff entschlossen zum Telefon. Doch Gerd nahm es ihr aus der Hand, bevor sie die erste Zahl eintippen konnte.

Der lange braungebrannte Mann ließ sich von den Attacken mit dem Schirm nicht beeindrucken. Ehe sich die alte Frau versah, wurde ihr die harmlose Waffe aus der Hand gerissen.

Ihre Hände wurden mit Kabelbindern gefesselt. Als sie wütend protestieren wollte, schob der Kerl ihr einen schmutzigen Lappen in den Mund. Zuletzt wurden ihr die Augen verbunden. Kurze Zeit später hörte sie eine Tür knarren. Der feuchtmuffige Geruch ihres Gefängnisses kroch ihr in die Nase.

Der Lange schloss die Tür hinter Oma Inge. Es war sein Part, die Übergabemodalitäten des Kidnappings zu regeln. Beharrlich stierte er auf den kleinen Bildschirm seines Handys. Er raufte sich die Haare. „Das gibt es doch nicht! Diese Ähnlichkeit!"

Hastig tippte er den Namen Inge Meysel in das Suchfeld. „Verdammt, gestorben im Juli 2004", das war ihm durchgegangen. Verzweifelt rieb er sich das Gesicht.

Der falsche Taxifahrer tobte: „Ich wusste schon immer, dass du ein Stümper bist. Ich habe mir schon vor zehn Jahren geschworen: Keine Geschäfte mehr mit so einer Nullnummer wie dir. Ich muss vom wilden Affen geritten worden sein. Wie konnte ich mich nur auf so einen Idioten wie dich einlassen?"

„Wieso?" Die Verzweiflung war aus dem Gesicht des Langen gewichen. Er grinste jetzt diabolisch. „Ob nun Inge Meysel oder Hannelore Rabenteich. Geld gibt es für beide. Holen wir uns das Geld einfach von ihrer Familie. Da haben wir kompetente Ansprechpartner hier am Ort und müssen nicht lange nach Verantwortlichen suchen."

„Jetzt pass mal auf, Frieda. Oma Inge hat noch nie gefragt, wie es uns geht oder was wir möchten. Sie befiehlt und wir spuren, andernfalls werden wir enterbt. Ich kann die Leier nicht mehr hören!"

Frieda starrte ihren Bruder an. Der redete verärgert weiter. „Holt mich nicht vom Bahnhof ab, hat sie gesagt und genau an diese Anweisung halten wir uns! Wenn die gnädige Frau der Meinung ist, sie kommt ohne uns zurecht, bitteschön, dann ist das eben so."

„Und wenn ihr was passiert ist?“, konterte Frieda.

„Dann werden wir es erfahren“, entgegnete ihr Bruder. „Ich jedenfalls halte mich an Oma Inges Anweisung. Ich bin oft genug von ihr gedemütigt worden. Vielleicht hat das dann ja ein Ende.“

Frieda starrte ihren Bruder fassungslos an. Doch bevor sie etwas entgegnen konnte, kam eine leichenblasse Ruth ins Zimmer gestürmt.

„Oma Inge ist entführt worden“, sagte sie leise. „Die Entführer verlangen ein Lösegeld in Höhe von zwei Millionen Euro! Geldübergabe morgen Mittag auf dem Jahnplatz an einen Weihnachtsmann mit einem blinkenden roten Stern an der Mütze. Keine Polizei.“

„Na, dann wissen wir ja jetzt, wer Oma zu Weihnachten nimmt!“, kam es lapidar über Gerds Lippen, der versuchte einen lässigen Eindruck zu vermitteln. „Die Entführer werden schon sehen, was sie davon haben, ausgerechnet diese alte Dame zu kidnappen.“

„Das kann doch nicht dein Ernst sein“, bemerkte Ruth empört. „Du bist ja kalt wie eine Hundeschnauze. Stell dir vor, die Verbrecher tun Oma Inge etwas an!“

„Dann werden wir nie mehr den letzten Adventssonntag damit verbringen müssen, zu überlegen, wer Oma über Weihnachten bei sich aufnimmt. Und im Übrigen kann ich mir nicht vorstellen, wo wir bis morgen Mittag zwei Millionen herbekommen“, versuchte Gerd die Schwestern für seinen Plan zu gewinnen.

Ruth griff zum Telefon. „Gerd, dein Plan ist eine Schnapsidee. Wenn er schiefgeht, und die Entführer Oma Inge laufen lassen, weil sie es nicht mehr mit ihr aushalten und sie dann erfährt, dass wir sie nicht aus den Fängen der Kidnapper befreien wollten, dann werden wir alle komplett enterbt.“

„Und wenn wir sie freikaufen, und das Vermögen von Oma danach um zwei Millionen geringer geworden ist“, blaffte Gerd zurück, „dann blüht uns das Gleiche. Ich habe es satt, immer von dieser Enterbungsdrohung eingeschüchtert zu werden."

Da hatte er nun auch wieder Recht, das mussten die Schwestern zugeben. Es war eine verzwickte Situation. Frieda meinte jedoch: „ Wenn wir aber die Polizei einschalten, dann können wir, egal wie die Sache ausgeht, der die Schuld in die Schuhe schieben." Das Argument wurde von allen Geschwistern für gut befunden. Und Gerd übernahm es schweren Herzens, den Kontakt mit der Polizei herzustellen.

Die rechte Wange wies tiefe blutige Kratzer auf. Fluchtartig verließ der kleine untersetzte Mann den Raum.

„Keinen Pfennig wird meine Familie zahlen", schimpfte Hannelore Rabenteich hinter ihm her. „Verbrechertum wird von unserer Familie nicht unterstützt! Lieber sterbe ich!" Der Kidnapper fluchte. „Diese alte Ziege, das war das letzte Mal, dass ich der die Fesseln abgenommen habe. Soll sie doch sehen, wie sie zu ihrem Essen kommt. Gegen diese Frau war Inge Meysel die Höflichkeit in Person."

„Und was ist, wenn die Familie wirklich nicht bezahlt?", überlegte der Sonnengebräunte.

Die SoKo „Oma" arbeitete auf Hochtouren. Ein dynamischer knapp 50-Jähriger wertete gerade Computerbögen aus und raufte sich dabei seine langen grau melierten Haare.

„Wir haben diesen Fall mit allen Entführungen der letzten zehn Jahre abgeglichen. Es gibt keine Gemeinsamkeiten. Die Täter sind entweder die absoluten Dilettanten oder abgewixte Profis. Kein normaler Mensch kann innerhalb von fünfzehn Stunden zwei Millionen besorgen. Und dann die Geldübergabe, mittags auf dem Jahnplatz an einen Weihnachtsmann. Auf die Idee kann nur ein Verrückter kommen. Den Typen haben wir doch schon an der nächsten Ecke. Einzig die Forderung, dass das Geld in einem sauberen Kartoffelsack übergeben werden soll, ist nicht dumm. Einen normalen

Koffer könnten wir mit einer Farbbombe ausrüsten, das ist bei so einem Sack nicht möglich."

„Hoffen wir es", äußerte sich Gerd Rabenteich zweifelnd. Das in Erwägung gezogene Oma-Opfer schien er vergessen zu haben.

„Na, und dann haben wir ja auch noch Josef und Maria. Wenn alle Stricke reißen, werden die beiden in Aktion treten", entgegnete der Polizist sibyllinisch.

„Josef und Maria?" Gerd konnte es nicht fassen. „Kommen Sie mir jetzt bloß nicht mit der Weihnachtsgeschichte oder ähnlichem Kram!"

Schon als Gerd mit dem Geldsack auf der Schulter den Niederwall überquerte, sah er es. Auf dem Jahnplatz wimmelte es von Weihnachtsmännern. Ähnlich fassungslos war der Sonnengebräunte mit dem blinkenden roten Stern an der Mütze, der an dem runden Pavillon stand, in dem die Currywurstbude Road Sixty Six untergebracht war. Von hier aus checkte er jeden einzelnen der Rotröcke. Dann stellte sich Erleichterung bei ihm ein. Keiner trug eine Mütze mit einem roten Stern. Eine Verwechselung war also nicht möglich.

Bemüht, einen völlig gelassenen Eindruck zu vermitteln, wie es eben nur himmlische Geschöpfe fertig bringen, schlenderte er nun über den Zebrastreifen. Er flanierte durch die Weihnachtsmarktstände, die nicht nur in der Altstadt, sondern auch hier auf dem Platz aufgebaut waren, und wartete ab. Plötzlich stand, wie aus dem Boden gewachsen, ein grimmig dreinblickender Mann mit einem Kartoffelsack über der Schulter vor ihm. Der Sonnengebräunte und der Kartoffelsackbesitzer standen sich sprachlos gegenüber. Gerade wollte der Weihnachtsmann den Sack an sich zerren, da zupfte ihn jemand am Ärmel.

„Hallo, Onkel Weihnachtsmann! Sind in dem Sack schon die Geschenke?" „Ist nix mit Geschenken, Kleine", blaffte der sichtlich durch die Situation genervte Weihnachtsmann das

Mädchen derart laut an, dass dieses herzzerreißend zu weinen begann.

Der Weihnachtsmann machte eine ausladende Handbewegung, die dem kleinen Mädchen zu verstehen geben sollte, zu verschwinden. Dabei riss er sich die Mütze von seinem Kopf. Sie aufzuheben blieb jedoch keine Zeit, denn mittlerweile hatten gaffende Passanten einen Kreis um den Weihnachtsmann und das Mädchen gebildet.

Unmut wurde laut über die Weihnachtsmänner.

„Heute darf auch jeder Hans und Franz den Nikolaus spielen“, schimpfte ein alter Mann und drohte mit seinem Gehstock. „Zu meiner Zeit gab es noch gut ausgebildete Nikoläuse. Die hatten noch Benehmen und konnten mit Kindern umgehen. Aber diese Weihnachtsmänner von heute können gar nichts mehr. Vielleicht noch ab und zu ‚Ho Ho Ho‘ sagen und Kinder erschrecken. Weihnachtsmänner, das ist doch Ami-Scheiße. Es geht doch nichts über einen ordentlich ausgebildeten Nikolaus. Der kommt am 6. Dezember und Weihnachten kommt das Christkind.“

Das Kind weinte immer herzzerreißender. Dem Alten wurde beigepflichtet und von hinten versuchte sich eine verzweifelte Mutter zu ihrem weinenden Sprössling durch eine zähe Masse von neugierigen Menschen zu drängen. Diesen ganzen Tumult nutzte der Weihnachtsmann und war samt Kartoffelsack verschwunden.

Der langhaarige Polizist fluchte: „Verdammt, der Kerl ist weg. Warum konnte uns dieses Kind nur so in die Parade fahren. So was Dilettantisches habe ich nie erlebt.“

„Macht nichts, wir haben den Sack mit einem Sender ausgerüstet. Damit kriegen wir den Kerl“, triumphierte der Polizeitechniker. Doch das überzeugte: „wir kriegen ihn“ wurde von einem enttäuschten „Oh“, abgelöst. Es folgte die Feststellung: „Der Kartoffelsack liegt in einem Papierkorb am Bahnhof.“

Der langhaarige Polizist fluchte wieder: „Scheiß Technik! Aber einen Fehler hat der Entführer gemacht! Er hat seine Weihnachtsmannmütze verloren. Wer nicht auf seine Klamotten aufpasst, muss sich nachher nicht wundern, wenn er Probleme bekommt", sinnierte der Polizist. Aufmunternd schlug er sich auf die Oberschenkel. „Na gut, dann müssen jetzt eben Maria und Josef ran! Die Witterung von dem roten Fetzen wird schon reichen."

Der Sonnengebräunte konnte sein Glück nicht fassen. Zwei Millionen. Die hatte er mittlerweile in eine Einkaufstüte umgepackt. Und auch der kleine Untersetzte klatschte begeistert in die Hände.

„Gut, dass wir die alte Rabenteich erwischt haben und nicht diese Inge Meysel. Man sollte seine Verbrechen dort begehen, wo man sich auskennt, in der Region. Und die internationalen Straftaten sollte man denen überlassen, die sich damit auskennen, den Banken. Wir sind Bielefelder Ganoven! Und das ist auch gut so!", brachte er im Brustton der Überzeugung hervor. „Und jetzt nichts wie weg. Erst mal ins Ausland und dann sehen wir weiter!"

Hastig packten die beiden Männer ihre Sachen zusammen und stellten alles bereit, um die Utensilien im Auto zu verstauen.

„Bevor wir losfahren, müssen wir noch diesen Brief zur Post bringen. Damit die alte Rabenteich, diese Giftnudel, Weihnachten auch im Schoße ihrer Familie feiern kann", bemerkte der kleine Untersetzte, dessen linke Wange mittlerweile auch von Oma Inge zerkratzt war. Nachdenklich sah er aus dem Fenster.

„Sieh mal, da liegt ein Hund neben unserem Auto."

„Ach der Köter, der liegt da schon seit über einer Stunde rum. Der gehört bestimmt irgendeinem Penner aus der Gegend, so runtergekommen, wie die Töle aussieht."

„Egal, jag den Hund weg, wir müssen los." Die beiden Männer schnappten sich ihr Gepäck und die Einkaufstüte mit dem Geld und machten sich auf den Weg zum Auto. Doch sie hatten den Wagen noch nicht erreicht, da wurde aus dem heruntergekommenen Hund eine Bestie. Im Bruchteil einer Sekunde hatte er dem kleinen untersetzten Mann ins Bein gebissen. Seine Hose war im nächsten Augenblick von Blut getränkt. Hässliche rote Flecken breiteten sich auf dem Stoff aus. Der Mann schrie, stürzte zu Boden und wand sich vor Schmerzen. Der Sonnengebräunte war vor Schreck leichenblass geworden. Er wollte zurück ins Haus flüchten. Doch kaum hatte er sich umgedreht, da fühlte er den heißen Atem des Hundes in seinem Nacken. Der Mann fiel auf den Asphalt und versuchte verzweifelt, seinen Kopf gegen Hundebisse zu schützen. Doch er hörte nur ein schauerliches Knurren. Dann das Rufen einer Frau: „Aus Josef und Platz!". Der Hund gehorchte. Im nächsten Moment ließ eine junge Polizistin ihre Handschellen an den Gelenken des Sonnengebräunten einrasten.

Der blonden Frau stand die Uniform gut. Sie lächelte zufrieden, wies auf den Hund und sagte: „Darf ich mich vorstellen: Kommissarin Maria! Und das ist Josef! Mantrailer! Und wenn es sein muss, auch Killer. Doch vor allem hasst der Hund Männer, die überall rote Weihnachtsmannmützen herumliegen lassen."

Mechtild Borrmann

Seltene Seerosen

22. Juni 2008, Bielefeld

Der Lautsprecher knisterte. „Meine Damen und Herren, in wenigen Minuten erreichen wir Bielefeld Hauptbahnhof. Sie haben Anschluss …". Andrej wischte sich die Müdigkeit aus den Augen, gähnte und sah sich suchend um. Ein Industriegebiet zog am Fenster vorbei, auf den Dächern das gelbe Rund der Morgensonne. Er hob den braunen Kunstlederkoffer, den er mit einem Gürtel zusammengebunden hatte, aus dem Gepäcknetz und zog die graue Popelinjacke über. Vor 35 Stunden war er in Kiew in den Zug gestiegen. Sein Rücken schmerzte vom ausdauernden Sitzen und Schlafen in unbequemer Haltung.

Prüfend griff er in die Brusttasche seiner Jacke, fühlte nach seinem Ausweis und dem Brief der Staatsanwaltschaft Bielefeld. Vor einer Woche hatte seine Mutter ihn erhalten. Sie war zum Dorfplatz gelaufen und hatte ihn aus der Telefonzelle angerufen. „Andrej", hatte sie in den Hörer gerufen, „Andrej, ein Brief aus Deutschland. Er ist nicht von Larissa. Andrej, du musst sofort kommen und ihn mir übersetzen."

Er arbeitete als Speditionskaufmann im Hafen von Kiew und hatte erst am späten Abend die vierstündige Fahrt in sein Heimatdorf machen können. Die Mutter war ihm, mit dem Brief in der Hand, auf der Straße entgegengekommen. In ihren Augen lag Angst, als sie ihm das Schreiben entgegenhielt. Sie weinte, als könne sie mit diesen noch grundlosen Tränen einem wirklichen Anlass zur Trauer zuvorkommen, ihn fortspülen. In der kleinen Küche las er die wenigen Zeilen, nahm ihre Hand und nickte ihre Befürchtungen wahr. Ihr Kummer war so groß, so schwer, dass sie vor seinen Augen zu schrumpfen schien. Bis zum Mittag des nächsten Tages sprach sie kein Wort. Dann erst fragte sie.

„Ertrunken“, sagte er. „Tod durch Ertrinken.“ Dass in dem Brief auch stand, dass die deutsche Polizei von einem Gewaltverbrechen ausging, verschwieg er.

Seine Mutter hatte ihn angefleht nach Deutschland zu fahren. „Sie ist doch deine Schwester. Du kannst doch Deutsch.“ Mit beiden Händen hatte sie nach seinem Arm gegriffen und geflüstert: „Du musst nachsehen, ob sie ihr ein Grab geben, Andrej. Die Alten sagen, als die Deutschen hier waren, haben sie die Toten einfach in den Wald geworfen!“

Er hatte mit dem Staatsanwalt in Deutschland telefoniert. Nein, die Tote sei noch nicht beerdigt. Ob er kommen könne, um sie zu identifizieren. Die Tote habe sich illegal in Deutschland aufgehalten und sei eine Prostituierte gewesen. „Ein Irrtum“, hatte er erleichtert ausgerufen. „Das kann nicht meine Schwester sein.“ Larissa war vor sechs Wochen als Au-Pair nach Deutschland gegangen. Sie hatte eine Aufenthaltsgenehmigung, ein Flugticket über Warschau nach München und die Einladung einer deutschen Gastfamilie gehabt. Er hatte diese Unterlagen mit eigenen Augen gesehen. Sie war auf keinen Fall illegal in Deutschland.

Noch am gleichen Tag versuchte er, Kontakt mit der Au-Pair-Agentur in Kiew aufzunehmen, über die Larissa vermittelt worden war, und erlebte die erste böse Überraschung. Die Agentur gab es nicht und auch Pjotr Ludenko, Larissas Kommilitone, der ihr den Kontakt vermittelt hatte, war verschwunden und nie eingeschriebener Student an der Universität Kiew gewesen. Pjotr, der am Tisch seiner Mutter gesessen und mit ihnen zusammen gegessen und getrunken hatte. Pjotr, mit dem sie in der Gartenlaube der Mutter Larissas zwanzigsten Geburtstag gefeiert hatten. Pjotr, der Larissa zum Flughafen gefahren hatte.

Andrej hatte seinen Freund Igor bei der Kiewer Polizei angerufen und ihn gebeten, den Flug zu überprüfen. Larissa war nach Warschau geflogen, aber dort verlor sich ihre Spur.

Eines der Messingschlösser an seinem Koffer ließ sich nicht

mehr schließen und begleitete seine Schritte mit einem feinen metallischen Takt, während er den Bahnsteig in Richtung Ausgang verließ.

Er betrat einen Tunnel, von dem die Aufgänge zu den Bahnsteigen abgingen. Die Schritte der Reisenden dröhnten von den kahlen Wänden wider. Einige Werbeträger warfen ein wenig Farbe in die Kargheit. Grelles Neonlicht nahm alle Schatten, vereinzelte die Ankommenden, lieferte sie aus. Erst oben, in einer Art Halle, gab es kleine Geschäfte und die Hoffnung, doch nicht am Ende der Welt ausgespuckt worden zu sein.

Im Bahnhof kaufte er einen Stadtplan und trat auf den Vorplatz. Es war kurz nach acht Uhr. Vor einem wässrig blauen Himmel zeichneten sich die Dachkonturen des Hotels Mövenpick ab. Dahinter lag, wie er seinem Stadtplan entnahm, die moderne, geschwungene Fassade der Stadthalle. Trotz der frühen Stunde war es angenehm warm.

Staatsanwalt Sattler hatte ihn an Hauptkommissar Thilo Remmers verwiesen. Andrej hatte von Kiew aus mit ihm telefoniert.

Er fand auf dem Stadtplan die Kurt-Schumacher-Straße, errechnete den Maßstab und machte sich zu Fuß auf den Weg.

Remmers war Anfang dreißig, trug Haare und Vollbart millimeterkurz und war eine bullige Erscheinung. Er hielt Andrej eine tellergroße Hand entgegen, sah ihn misstrauisch an und bat um den Ausweis und das Anschreiben der Staatsanwaltschaft. Beides studierte er eingehend. Dann gab er die Daten in seinen PC ein, nickte zufrieden und sagte freundlich: „Entschuldigen Sie, aber wir müssen schon sicher sein, mit wem wir es zu tun haben." Er reichte Andrej die Papiere.

Im Auto, auf dem Weg ins Städtische Krankenhaus, sprachen sie wenig. Remmers sagte: „Wir gehen im Fall Ihrer Schwester davon aus, dass es sich um eine osteuropäische Schlepperbande handelt", und Andrej zuckte zusammen. Sie fuhren in eine Tiefgarage und benutzten einen Aufzug. Andrej spürte, dass er immer noch hoffte, gleich in ein fremdes Gesicht zu schauen.

Aber dann war nur die Blässe fremd. Wie aus grauem Marmor gemeißelt lag sie da. Das grüne Tuch war unter ihrem Körper festgesteckt, legte sich wie ein perfekt geschnittenes Kleid um ihre zarte Gestalt. Ganz sacht strich er über die kalte Haut ihrer Wangen, ihres Mundes. Für einen Augenblick glaubte er, die Berührung müsse das Rot ihrer Lippen zurückbringen.

Noch einmal sah er sie am Tag ihrer Abreise. Das bunte Tuch um den Hals geschwungen. Der beige, kurze Mantel, die ausgewaschene Jeans. Mit freudiger Erwartung im Gesicht wickelte sie ihr langes braunes Haar im Nacken um die Hand und band es mit einem Gummi zusammen. Noch einmal sah er, wie er sie vor dem Haus in die Arme nahm und hörte sie dicht an seinem Ohr flüstern: „Nicht traurig sein, Großer, ich komme doch wieder."

Er legte seine Wange auf ihre Stirn, und die Totenkälte fiel ihn an, machte ihn unbeweglich und taub. Wie lange er so gestanden hatte, wusste er nicht. Aus weiter Ferne hörte er Remmers. Was er sagte, rauschte an ihm vorbei, aber die ruhige Stimme zog ihn zurück in diese karge Nacktheit aus Kacheln, Edelstahl und grünen Tüchern.

Sie fuhren zurück ins Präsidium. Remmers machte Kaffee und organisierte belegte Brötchen. „Sie müssen was essen", sagte er.

Sie redeten zwei Stunden. Andrej erzählte, was er in Kiew herausgefunden hatte. Er schweifte ab und verlor sich in Erinnerungen an eine lebende Larissa. Dass sie Sprachen studierte und in ihrer Freizeit Vorlesungen über russische Literatur besucht hatte. Von ihren unerschütterlichen Plänen, ihr Glück in Europa zu machen.

Immer wieder sah er den Pathologen das unnatürlich grüne Laken über ihr Gesicht ziehen und tat es ihm gleich. Legte seinerseits Tücher über die alten Bilder.

Er erfuhr, dass der Brief der Gasteltern an Larissa in einem abgelegenen Haus in Schildesche gefunden worden war.

„Das BKA hat ein Immobilienbüro mit Sitz in der Schweiz im Visier", sagte Remmers. „Eine Aktiengesellschaft mit Namen SwissImmo. Sie kaufen in ganz Deutschland Häuser. Nach wenigen Monaten wird wieder verkauft. Ein unentwegtes Karussell, das kaum zu verfolgen ist. Dort werden die Mädchen untergebracht und von Stadt zu Stadt weiterverschoben."

Remmers ging zur Übersichtskarte. „Hier haben wir Ihre Schwester gefunden. Er zeigte auf eine blaue Fläche, auf der das Wort „Obersee" stand. „Und hier", er wies auf einen breiten Weg unweit des Sees, „liegt das Haus. Der Hinweis kam von einem Spaziergänger, nachdem der Mord an Ihrer Schwester in den Zeitungen stand. Er hat mehrere Male einen Geländewagen beobachtet, mit dem Frauen abgeholt oder ausgeladen wurden. Als wir ankamen, war niemand mehr da und alles penibel gereinigt. Nur den Brief haben sie übersehen. Er klemmte zwischen den Lamellen eines Heizkörpers. Es war die Einladung der Gastfamilie an Ihre Schwester. Diese Familie Lembert gibt es nicht, die Adresse ist ein Briefkasten. Aber wir hatten einen Namen und eine Anschrift in der Ukraine und nahmen Kontakt mit den dortigen Behörden auf." Remmers räusperte sich und sah zu Boden. „Dann konnten wir den Namen der Toten zuordnen."

Andrej dachte über seine Briefe an die Schwester nach. Zweimal hatte er an die Adresse der Gastfamilie geschrieben, hatte Larissa inständig gebeten, sich doch zu melden. Im zweiten Brief hatte er ihr Vorwürfe gemacht, weil sie die Mutter in Sorge ließ.

Ein neuer Schmerz fiel ihn an wie eine räudige Hündin und biss sich in seiner Brust fest. Wie hatte er annehmen können, sie habe die Briefe erhalten und sich trotzdem nicht gemeldet? Das hätte sie nie getan. Warum wusste er das jetzt in aller Deutlichkeit? Warum hatte er vor Wochen nicht so denken können?

Er hörte sie noch einmal sagen: „Ich melde mich, sobald ich kann."

Er stöhnte auf, ließ sich auf einen Stuhl fallen und schlug die Hände vors Gesicht. Remmers ging zum Fenster und schwieg.

Dann fasste Andrej sich. „Sie sagten, es gäbe vielleicht einen Zusammenhang mit einem anderen Fall."

Gemeinsam verließen sie das Büro und gingen über einen Flur in eine Art Konferenzraum. An der Stirnseite gab es eine Magnetwand mit Fotos und Dokumenten. Darüber stand: Leichensache Obersee.

Andrej fiel sofort auf, dass es zwischen den Tatortfotos mehrere Lücken gab und kein Bild von seiner Schwester dabei war. Er sah zu Remmers hinüber. Der nickte ihm zu.

„Ich dachte ... Wenn Sie die Bilder sehen möchten, können Sie das natürlich, aber ich wollte sie nicht einfach so ..."

Andrej ging auf die Fotowand zu. Remmers wies auf eine Bildreihe am äußeren linken Rand. „Wir observieren seit längerer Zeit eine Gruppe polnischer und russischer Geschäftsleute. Einige von ihnen reisen regelmäßig in die Ukraine."

Es waren mehrere Fotos, die insgesamt acht verschiedene Männer zeigten. „Erkennen Sie einen davon?" Andrej betrachtete sie genau, schüttelte den Kopf und spürte Enttäuschung. Hatte er wirklich gehofft, Pjotr auf den Bildern zu entdecken?

Dann fiel sein Blick auf ein Foto, das offensichtlich in einem Straßencafé in einer belebten Fußgängerzone aufgenommen war. Café Knigge stand in roten, geschwungenen Lettern an der Fassade. Die Aufmerksamkeit des Fotografen hatte zwei männlichen Gästen gegolten. Andrej nahm das Bild von der Wand. Im Hintergrund, unter einer Markise, saß eine Frau. Sie trug ein dunkles Kostüm und das blonde Haar kinnlang. Er schätzte sie auf Ende dreißig und ... er hatte das Gesicht schon mal gesehen. Aber wo?

„Was wissen Sie über diese Frau?", fragte er und tippte auf den Bildhintergrund.

Remmers sah ihn verblüfft an. „Nichts." Er nahm Andrej das Bild aus der Hand. „Wir haben nichts über sie. Eine Frau, die einen Kaffee trinkt."

„Ich habe sie schon mal gesehen." Andrej zuckte hilflos mit den Schultern. „Es kann nur in Kiew gewesen sein, aber ich weiß nicht mehr wo?" Remmers pfiff durch die Zähne und griff zum Telefon auf dem Konferenztisch. Er hielt sich nicht lange mit Vorreden auf. „Ich brauche noch einmal alle Fotos aus dem Café." Er drehte das Bild um. „Das ist die Serie 28-506."

Über eine Stunde brachten sie damit zu, alle Bilder zu sichten. Sechs sortierten sie aus und legten sie, der zeitlichen Abfolge entsprechend, nebeneinander. Die Frau tauchte zum ersten Mal auf dem Bild mit der Zeitangabe 12:33 Uhr hinter den Männern auf. 12:46 Uhr: Sie ging in das Café. 12:51 Uhr: Es saß nur noch einer der Männer am Tisch. 12:58 Uhr: Der zweite Mann trat aus dem Café. 13:04 Uhr: Die Frau saß wieder an ihrem Platz. 13:06 Uhr: Sie zahlte und ging. Remmers fluchte: „Scheiße! Sie waren mindestens sieben Minuten zusammen im Café."

Gegen Mittag saßen acht Beamte am Konferenztisch. Remmers informierte die Kollegen und verteilte Aufgaben. Eine Stunde später waren sie wieder allein. Andrej holte seinen Stadtplan hervor und bat Remmers, ihm zu zeigen, wo Larissa ertrunken war. „Ich fahre Sie hin", sagte er, „ich muss hier auch mal raus."

Sie fuhren zum Obersee. Andrej, der bei dem Wort Stausee das Kiewer Meer vor Augen hatte, war irritiert. Der Obersee war ein Teich, nicht breiter als der Dnepr an seiner schmalsten Stelle. Die Sonne stand jetzt hoch, und sie ließen ihre Jacken im Auto. Die Wege rund um den See waren belebt. Spaziergänger mit Hunden, Jogger und Radfahrer. Auf den Bänken saßen Alte und Mütter, die dem Spiel ihrer Kinder zusahen. Höckerschwäne zogen mit ihren Küken über das Wasser, Blässhühner hockten wie schwarze Tupfer im Gras, und am

Ufer schillerten die grünen Köpfe der Stockentenmännchen in der Sonne. Auf dem Viadukt malte ein Schnellzug eilig eine rote Linie.

Remmers führte ihn vom See weg, an eine seichte Stelle der Jölle, kurz bevor sie in den See floss. „Hier", sagte er. „Sie war bewusstlos, als sie ins Wasser gelegt wurde. Wir haben eine hohe Dosis Barbiturat nachgewiesen."

Der schmale Wasserlauf war zu beiden Seiten dicht bewachsen, Gräser wiegten sich in einer kaum wahrnehmbaren Strömung. Ein Buchfink tschilpte übermütig in die Stille. Andrej war blind und taub. „Ich melde mich, sobald ich kann", hörte er Larissa sagen. Immer und immer wieder.

Die Mutter mit ihren Sorgen hatte er beruhigt. „Deutschland ist aufregend", hatte er Larissas Schweigen erklärt. Aber hatte er das auch gedacht? Hatte er das wirklich geglaubt? Mehrmals war ihm der Gedanke, sich an die Au-Pair-Agentur zu wenden, durch den Kopf gegangen. Er hatte es nicht getan. Warum hatte es ihn nicht gewundert, dass Pjotr sich nicht mehr gemeldet hatte? Einmal hatte er, einer inneren Unruhe folgend, zum Telefon gegriffen, um bei der Auskunft die Nummer der Lemberts zu erfragen. Dann hatte er wieder aufgelegt und sich hysterisch geschimpft.

Er spürte noch einmal die feinen Stiche der Sorge. Er hatte sie erstickt. Er sah sich mit dem Telefonhörer in der Hand und wusste hier, an diesem schmalen Bach, dass er ihn aus Furcht zurücklegte. Aus Furcht, eine freundlich monotone Stimme könne seine Vorstellungen von Larissas Glück im fernen Deutschland zerstören.

Ein Kormoran landete lautlos in einer Weidenkrone und faltete die breiten Schwingen an den Körper. Das nasse Gefieder glänzte wie Onyx.

Auf der Rückfahrt waren sie schweigsam. „Ich hätte es wissen müssen", sagte Andrej in die Stille. „Wenn ich nicht so feige gewesen wäre, könnte sie noch leben." Remmers schüttelte energisch den Kopf. „Nein!", sagte er mit aller Entschiedenheit. „Machen Sie sich nichts vor. Wir hätten sie nicht gefunden." Leise fügte er hinzu: „Wir finden sie immer erst, wenn sie tot sind."

„Was glauben Sie, warum sie sie getötet haben?", fragte Andrej.

„Wir gehen davon aus, dass sie sich gewehrt hat. Vielleicht hat sie versucht zu fliehen." Remmers räusperte sich. „Sie hatte am ganzen Körper massive Verletzungen."

Andrej schnappte nach Luft. Darum also war ihr Körper so fest in das grüne Tuch eingewickelt gewesen. Darum also hatte Remmers alle Bilder von ihr von der Fotowand entfernt.

Tränen traten ihm in die Augen. Zurück im Präsidium setzte Andrej sich in den Konferenzraum. Remmers brachte ihm einen Kaffee und fragte: „Haben Sie schon ein Hotel?" Andrej schüttelte den Kopf. Er verdiente 3 000 Griwna im Monat. Das waren nicht mal 300 Euro. Seine Ersparnisse waren zur Hälfte für die Fahrkarte draufgegangen und die andere Hälfte würde er für die Rückfahrt brauchen. Er würde schon ein Plätzchen finden, wo er die Nacht verbringen konnte. Aber das sagte er nicht. Stattdessen lächelte er Remmers an. „Darum kümmere ich mich später."

Vielleicht war die Frage nach dem Hotel die versteckte Aufforderung, jetzt zu gehen. Aber wo sollte er hin? Was sollte er tun?

Seine Augen wanderten durch den Raum. Auf einem Sideboard lagen Plastiktüten mit Asservaten. Er ging hinüber. Ein verdrecktes blaues Herrenhemd und ein Slip. Die Sachen, die Larissa getragen hatte, als man sie fand. Der Gipsabdruck einer Reifenspur. „Ein Geländewagen", hatte Remmers gesagt. Zwei Klarsichthüllen. In der einen der Brief, den sie zwischen den Heizkörperlamellen gefunden hatten. In der anderen der dazugehörige Umschlag.

Er nahm den Brief, den er vor wenigen Wochen schon einmal in den Händen gehalten hatte. Er war mit Computer geschrieben.

Er erinnerte sich an den warmen Frühlingstag, als er angekommen war. Larissa, in einem kurzen schwarzen Rock und ärmelloser gelber Bluse. Sie hatte an der Küchenzeile in seinem kleinen Apartment gestanden, die Wangen gerötet vor Aufregung. „Die Einladung, Andrej. Ich habe die Einladung", hatte sie gerufen und den Brief aus der Handtasche gezogen.

Unter „Bis bald. Ihre Familie Lembert", stand jetzt handschriftlich eine Telefonnummer. 0038044-165168-4.

Er ging mit dem Brief zum Tisch und zeigte darauf. „Das hat Larissa geschrieben." Remmers nickte. „Die Nummer haben wir überprüft. Sie gehört zur Kiewer Universität." Er nahm einen Ordner zur Hand und blätterte. „Moment ... Ja, hier. Das Sekretariat für Literaturwissenschaften. Wir haben die Auskunft bekommen, dass Ihre Schwester dort im letzten Wintersemester ein Seminar über russische Dichter im 19. Jahrhundert belegt hatte."

Und dann sah Andrej es noch einmal vor sich. Ein kalter Winterabend. Er hatte zwei Tage frei, und sie wollten zusammen die Mutter besuchen. „Ich habe noch eine Vorlesung über Lermontow. Kannst du mich anschließend abholen?", hörte er Larissa sagen. Er hatte in der Eingangshalle der Uni gewartet. Ein ganzer Pulk von Menschen war aus einem Hörsaal gekommen. Larissa hatte noch kurz mit einer Frau gesprochen, hatte ihr die Hand gegeben und war dann auf ihn zugekommen.

Andrej brach der Schweiß aus.

Die Frau hatte eine Mütze getragen, aber er war sich sicher. Es war das Gesicht auf den Observationsfotos.

„Irina weiß einfach alles über unsere großen Dichter", hatte Larissa im Auto geschwärmt.

Er warf die Klarsichthülle mit dem Brief vor Remmers auf den Tisch. „Sie ist Dozentin." Er schrie es fast. „Die Frau aus dem Café ist Dozentin an der Kiewer Universität. Ihr Vorname ist Irina."

Remmers sah ihn skeptisch an. „Aber wie ...?" Andrej zeigte auf die Telefonnummer. „Sie unterrichtet Literaturwissenschaften. Ich habe sie zusammen mit Larissa in der Uni gesehen."

Remmers schüttelte ungläubig den Kopf. Andrej sah auf seine Uhr. Halb fünf. Zu Hause war es dann halb sechs.

„Könnte ich mit einem Freund bei der Kiewer Polizei telefonieren? Er kann sicher den Nachnamen in Erfahrung bringen."

Es war 19:00 Uhr, als Igor zurückrief. Die Frau, die das Seminar gegeben hatte, hieß Dr. Irina Sidorova und war jetzt, wie auch schon in den letzten beiden Jahren, für drei Monate als Gastdozentin an der Universität Bielefeld tätig.

Kurz nach acht saßen noch einmal mehrere Beamte um den Konferenztisch und trugen zusammen, was sie über Irina Sidorova in der letzten Stunde herausgefunden hatten. Die Stimmung war geradezu euphorisch. „Endlich ein Durchbruch", und „jetzt kommen wir weiter", hörte Andrej sie sagen, während der eine oder andere ihm auf die Schulter klopfte.

Irina Sidorova wohnte unterhalb der Sparrenburg in der Furtwänglerstraße. Das Haus im sogenannten Musikerviertel wurde bereits observiert. Ein Staatsanwalt hatte das Abhören ihres Telefons vorläufig genehmigt.

Andrej hörte seinen Magen knurren. Er hatte Hunger, war erschöpft, und seine Gedanken waren ein wirres Knäuel aus losen Enden. Er fürchtete, dass man ihn bald fortschicken würde.

Ein junger Beamter kam herein und legte einen Computerausdruck vor Remmers auf den Tisch. Der nickte zufrieden und las vor. „Eigentümerin der Wohnung ist eine Schweizerin. Sie heißt Marina Köpfel und …", er sah triumphierend in die Runde, „sie ist Mitarbeiterin der SwissImmo." Er stand auf. „Das wird reichen. Ich besorge einen Durchsuchungsbeschluss."

Remmers' Handy lag noch auf dem Tisch und krabbelte jetzt brummend auf eine Kaffeetasse zu. Joberg, ein noch recht junger Polizist, griff danach, sah auf das Display und ging ran.

„Wir brauchen keinen Dolmetscher", hörte Andrej ihn sagen. „Wir haben den Bruder aus Kiew hier." Andrejs Magen entspannte sich trotz des Hungers. Sie würden ihn fürs Erste nicht fortschicken. Zusammen mit Joberg ging er eine Etage tiefer in einen kleinen Raum voller Technik. Eine junge Frau saß an einem Computer. „Geortet habe ich ein Handy in Kiew-Mitte", sagte sie leise. Dann drückte sie eine Taste und spielte das soeben abgehörte Telefongespräch ab.

Irina Sidorov sprach mit einem Mann.

„Meine Terminplanung hat sich geändert. Ich habe Vorlesungstermine für Budapest. Ingesamt zwölf. In Warschau finden im kommenden Semester keine Vorlesungen statt."

Eine Männerstimme antwortete: „Wir haben ein Problem."

Irina bellte ins Telefon: „Was soll das heißen?"

Kurzes Schweigen. Dann sprach er weiter.

„Es gibt eine Anfrage an die Fakultät. In Deutschland konnte man die Herkunft einer seltenen Seerose bestimmen."

Irina sog hörbar die Luft ein.

„Wann war das?"

„Vor wenigen Stunden."

Dann war die Leitung tot.

Über die Bedeutung des Gespräches waren sie sich schnell einig. Die Mädchen waren bisher über Polen gekommen, und Irina wollte, dass sie jetzt über Ungarn einreisten. Und der Mann hatte Irina mitgeteilt, dass Larissa identifiziert worden war.

Remmers kam mit dem Durchsuchungsbeschluss und bellte Anweisungen: „… und informiert den Kollegen vor dem Haus der Sidorova, dass sie gewarnt ist."

Eine Stunde später arbeiteten sich in der Furtwänglerstraße vier Beamte Stück für Stück durch die gewaltsam geöffnete Wohnung. Irina Sidorova war fort. Auf dem großen Polsterbett lagen eilig hingeworfene Kleidungstücke. Die breiten, verspiegelten Schiebetüren der Schrankwand standen auf. Sie musste unmittelbar nach dem Telefongespräch durch den

Keller und dann über ein Nachbargrundstück entkommen sein.

Die Polizei stellte zweiundzwanzig Ausweise von jungen Frauen sicher. Die Überprüfungen dauerten noch an, aber man wusste bereits von sieben, dass sie in der Ukraine und Weißrussland als vermisst galten.

Die neue Energie, die die Ermittler durch die konkrete Spur angetrieben hatte, war zusammen mit der Sidorova verschwunden. Im Konferenzraum vermischten sich Müdigkeit, Zorn und Enttäuschung, sammelten sich wie ein feuchtschwerer Nebel im Zimmer und verlangsamten die Bewegungen der Beamten. Bei Andrej zeigte die Nachricht von Irinas gelungener Flucht eine andere Wirkung. Wut zog seinen Rücken hinauf, versteifte den Nacken und legte sich über die Trauer.

Remmers bat ihn, sich die Wohnung anzusehen. „Vielleicht entdecken Sie irgendetwas, wofür uns der Blick fehlt“, sagte er fast flüsternd, so als dürfe er diese Hoffnung nicht laut aussprechen, als würde sie sich auflösen, wenn sie einem Dritten zu Ohren käme. Immer noch gedämpft, aber jetzt dringlich, so als wolle er Andrej anspornen, fügte er hinzu: „Wenn sie es zurück in die Ukraine schafft, sind unsere Aussichten, selbst wenn wir Interpol einschalten, gleich Null.“

Die Wohnung war mit wenigen, aber teuren Einzelstücken möbliert. Geschmackvoll waren moderne, eher robuste Möbel mit Antiquitäten kombiniert. Im gut fünfzig Quadratmeter großen Wohnzimmer hingen an den Wänden großformatige Ölbilder. Verwischte Stadtszenen, auf denen Menschen, mit feinen Strichen angedeutet, Eile und Vergänglichkeit signalisierten. Andrej stutzte und trat näher heran. Er wusste etwas über diese Bilder. Aber was? Er hatte sie noch nie gesehen, da war er sicher. Er suchte nach der Signatur. In der unteren, linken Ecke fand er ein W. und ein T. Er trat zurück und entdeckte im Hintergrund der eigentlichen Szene, stark stilisiert, das Mutter-Heimat-Monument in Kiew.

Und dann sah er sich hinter dem Lenkrad.

An jenem Winterabend, als er Larissa an der Universität abgeholt hatte, waren sie über die Rejtarskaya stadtauswärts gefahren. Neben dem Eingang der Galerie Arteast hatte ein überdimensionales Plakat mit einem solchen Bild für eine Ausstellung geworben. Larissa hatte darauf gezeigt, den Namen des Malers genannt und gesagt: „Irina sagt, er ist einer der großen Künstler Kiews. Sie ist mit ihm befreundet."

Remmers trat auf ihn zu. „Haben Sie was entdeckt?" Andrej zögerte, starrte geistesabwesend auf das Bild. Sein Nein kam ohne Entscheidung, ohne sein Zutun. Remmers' Satz: „Wenn sie es in die Ukraine schafft, sind unsere Chancen gleich Null", fügte sich in seinem Kopf nahtlos, wie ein Widerhall, an sein Nein. Er wollte nach Hause.

Zwei Tage später flog Andrej zurück nach Kiew. Er hatte Remmers seine finanzielle Situation erklärt und gefragt, ob es nicht irgendeine Möglichkeit gäbe, dass er Larissa mit in sein Heimatdorf nehmen könne. Er war beschämt, als der Polizist ihm am nächsten Tag ein Flugticket und die Überführungspapiere in die Hand drückte.

Andrej fuhr direkt vom Flughafen aus zur Galerie Arteast. Die Ausstellung war seit zwei Monaten beendet, aber im Foyer fand er den Katalog mit der Aufschrift: „Kiew im Wandel. Stadtansichten von Wassily Tirmenko", und kaufte ihn. Noch am Nachmittag machte er die Adresse des Künstlers ausfindig und war erstaunt. Termenkos Atelier lag im Hafenviertel in einer Seitenstraße, unweit der Spedition, in der Andrej arbeitete. Auf der anderen Straßenseite gab es eine kleine schäbige Bar. Hier verbrachten Hafenarbeiter ihre Abende und von diesem Tag an wurde sie auch für Andrej zum Stammlokal. Manchmal kam Tirmenko hinüber, trank Tee oder Wodka und unterhielt sich mit anderen Gästen. Er war gut siebzig Jahre alt, das dürftige Haar weiß, Kinn und Wangen unrasiert. Seine kleinen, braunen Knopfaugen blickten aufmerksam.

Irina Sidorova wurde inzwischen mit internationalem Haftbefehl gesucht, und ab und an rief er Igor im Polizeipräsidium an und fragte nach, ob es eine Spur von ihr gebe.

Nach fast vier Wochen, Andrej hatte jeden Abend vor der Bar an einem der vier kleinen, blauen Plastiktische auf dem Bürgersteig gesessen und den Eingang des Ateliers beobachtet, kam Wassily Tirmenko auf ihn zu, setzte sich an den Tisch und fragte freundlich: „Was macht ein junger Mann wie Sie jeden Abend in einem solchen Lokal?“ Andrej hatte viel getrunken, um die bleischwere Hoffnungslosigkeit fortzuspülen, die ihn seit Tagen niederdrückte, und erfand halbherzig Gründe. Aber das Bedürfnis zu reden war übermächtig, und obwohl die Sorge, einen großen Fehler zu begehen, seinen Magen schmerzhaft zusammenzog, reihten sich die Worte fast gedankenlos aneinander.

Der Alte hörte zu, während er von Larissa erzählte, von seinen Tagen in Bielefeld und von Irina Sidorova. „Sie sind doch befreundet“, warf er dem Alten hin. Der schwieg. Die Minuten füllten sich mit unausgesprochenem Kummer. Aus der Bar sickerten Gesprächsfetzen zusammen mit einem schwachen Lichtschein auf den Bürgersteig. Als Andrej den Kopf hob, sah er in Tirmenkos Knopfaugen Tränen schimmern. Er wandte den Kopf ab, sah hinüber zu seinem Atelier und sagte nachdenklich: „Ich habe lange nichts mehr von ihr gehört.“ Er stand entschlossen auf. „Ich hole uns noch was zu trinken. Lassen Sie uns in Ruhe überlegen, was zu tun ist.“

Zwei Monate später fand in einer privaten Galerie in der Altstadt eine Vernissage mit den neuesten Werken von Wassily Tirmenko statt. Die Bilder standen nur am Tag der Ausstellungseröffnung zum Verkauf. In den Medien wurde sie als die letzte Ausstellung des Künstlers angekündigt, und alle kamen. Irina Sidorova war in Begleitung und Andrej, der mit einem Glas Sekt unruhig auf und ab ging, verschwand augenblicklich, als er Pjor an ihrer Seite erkannte. Tirmenko begrüßte sie freudig und sie erstand ein Bild für 120 000 Griwna, bezahlte bar und gab als Lieferadresse die Wohnung ihres

Begleiters an. Sie sei viel unterwegs, lächelte sie dem Künstler entgegen.

16. November 2008, Kiew
Andrej saß nach einem zehntägigen Urlaub an seinem Schreibtisch und füllte Papiere für einen Container aus. Die Verladekräne ragten futuristisch vor einem Abendhimmel auf, an dem sich Indigo und Eisengrau vermischten.

Er drückte den Datumsstempel auf das Formular, als das Telefon klingelte. Igor war am Apparat. „Im Kiewer Wohngebiet Osokorky hatten wir einen Einbruch. Die Wohnung war verlassen, aber anhand der Papiere, die wir dort gefunden haben, gehen wir davon aus, dass sich Irina Sidorova und Pjotr Lubenko dort unter falschen Namen aufgehalten haben. Ich dachte, das interessiert dich." Andrej schluckte. Sein Herz schlug ihm bis zum Hals. „Ja, danke. Was werdet ihr jetzt tun? Gibt es einen Hinweis, wo sie hin sind?" Igor schnaubte: „Nein, die sind weg. Die Wohnung war ein einziges Chaos, alles von unten nach oben gekehrt. Da hat jemand was Bestimmtes gesucht." Andrej bedankte sich und legte auf.

Er schob die Unterlagen für den Schiffscontainer beiseite und schrieb seine Nachricht an Remmers zu Ende: ‚… Sie finden eine Liste aller Immobilien, die aktuell im Besitz der SwissImmo sind und außerdem eine Namensliste. Die Männer, die sich in Deutschland aufhalten, sind angekreuzt'.

Er entnahm der Schreibtischschublade einen dünnen Hefter, schob ihn zusammen mit dem Brief in einen Luftpostumschlag.

Dann zog er seinen Mantel an und ging auf seinem Weg zu der kleinen Bar an einem Postamt vorbei.

In den nächsten Tagen würde man am Dnjepr die Herkunft zweier seltener Seerosen bestimmen. „Tod durch Ertrinken" würde auf dem Totenschein stehen. Aber das hatte er Remmers nicht geschrieben.

Frank Göhre

Tod im Park

Sie schlängelte sich weiter nach vorn durch. Das kannte er. So war es immer gewesen, schon beim allerersten Mal. Sie wollte immer ganz dicht ran. Sie wollte ihm nah sein, so nah wie eben möglich.

Er behielt sie im Blick. Für einen Moment sah er sie in voller Größe. Er sah sie in ihren knapp sitzenden, ausgefransten Shorts, sah ihre nackten Beine und die halbhohen Wildlederstiefel. Die hatte er ihr gekauft, in einem dieser sauteuren Läden am Alten Markt. Ihm war, als sei es erst gestern gewesen. Sie war ihm vor Freude um den Hals gefallen, hatte sich an ihn geschmiegt, ihn geküsst. Und dann, und dann ... Er schluckte, wischte sich über die feucht gewordenen Augen.

Sie war schon weiter, und er folgte ihr, drängte sich ebenfalls zur Freiluftbühne vor, auf der dieser selbsternannte Discoking gleich seine Show abziehen würde. Ein albernes Schauspiel. Viel Getöse um nichts! Aber für sie war es mehr als megageil. Sie musste sein Gejaule immer und immer wieder hören. Mein Gott, warum nur, warum? Warum musste sie das haben? Warum tat sie *ihm* das an? Es wurde eng um ihn. Er musste sich beeilen. Die Menge tobte bereits. Unzählige Stimmen riefen nach dem Star, nach ihrem Idol: „Jetzt gehts los! – Jetzt gehts los!“

Er hasste ihn. Er hasste ihn, weil sie ihm dermaßen hörig war. Ja, sie war ihm hörig! Ihm verfallen! Völlig hirnentleert! Sie reiste zu jedem seiner Konzerte, konnte jeden Song mitsingen. Aber was hieß schon „singen“? Es war ein Gestammel. Es war verrückt! Es war Wahnsinn! Und er wusste, dass es nicht dabei bleiben würde. Er wusste, dass es ihr über kurz oder lang gelingen würde, in seinen Armen zu liegen! Dass sie sich ihm hingeben würde – ja! Ja, das würde sie. Er ballte die Hände zu Fäusten. Die Knöchel traten weiß hervor. Er blieb ihr dicht auf den Fersen. Sie durfte ihm nicht entkommen. Es reichte. Es war längst schon genug. Aber heute, heute würde er Schluss mit ihr machen. Heute würde sie sterben. Das hatte er sich geschworen. Es gab keine andere Lösung. Es war der einzige Weg, um wenigstens noch einen winzigen Rest seiner Liebe zu ihr zu bewahren. Doch er hatte nicht mehr viel Zeit.

„Ey, Alter, sieh dir das geile Teil an", sagte Heinzi zu Stefan, und der nickte zustimmend.

„Nicht mehr ganz frisch, aber brauchbar."

Heinzi spuckte in seine Rechte und strich damit über sein weißblond gefärbtes Stoppelhaar. Er zog seine auf die Hüften gerutschte Cargohose hoch. Er trug dazu ein schwarzes Netzhemd, seine nackten Arme waren mit Schlangen, Kreuzen und Stacheldrahtmustern tätowiert. Heinzi war erst vor wenigen Wochen aus dem Brackweder Knast entlassen worden.

„Denn ma in die Hufe", meinte er. Er verschaffte sich und seinem Kumpel mit ein paar heimtückischen Tritten an Knöchel und Waden der Umstehenden Platz, rempelte diesen und jenen übel an und ließ sich durch kein Gejaule und Gezeter davon abhalten, der Lady in dem terrorgeilen, pinkfarbenen Top nachzusteigen. In Gedanken stand er schon hinter ihr und ließ sie spüren, dass er ein echt harter Knochen war.

Uwe hatte sie schon vor Stunden auf dem Schirm gehabt. Sie war an ihm vorbei zu dem Toilettenwagen und als sie zurück gekommen war, hatte sie ihm zugelächelt. Ein verheißungsvolles Lächeln. So jedenfalls hatte er es empfunden. Und jetzt sah er sie wieder.

Er trug seinen Arbeitsoverall, den Werkzeuggürtel mit den Schraubenziehern und Flachzangen und hatte den Backstage-Ausweis umhängen. Routinemäßig überprüfte er gerade noch einmal die Kabel.

Die Frau mühte sich, bis zu den Sperren vor der Bühne zu kommen.

Uwe hob den Arm und winkte ihr zu. Sie reagierte nicht. Natürlich nicht, bei der Entfernung. Keine Chance. Also gab er dem Obermacker ein Zeichen, dass alles exakt angeschlossen war und verdrückte sich. Er stieg hinter den riesigen Boxen von der Bühne und machte sich auf den Weg, sie abzufangen. Als Mitglied der Crew würde er bestimmt einen Stich bei ihr machen können, keine Frage.

„Ist das korrekt?", sagte der Wasserstoffblonde. „Ich frag dich, ist das korrekt?" Er fragte den stark übergewichtigen Typ neben sich. Es war offenbar sein Kumpel. Sein Gesicht war von Pickeln übersät.

Michael entschuldigte sich, wollte weiter. Von Inga war nur noch der dunkle Haarschopf zu sehen. Doch der Blonde hielt ihn am Arm fest.

„Vordrängeln is hier nich", sagte er. „Nich bei mir. Was sagst du, Stefan?"

Der Dicke grunzte irgendwas. Ehe Michael sich versah, hatten ihn die beiden in die Mitte genommen, hielten ihn an den Armen fest. Dieser Stefan stank entsetzlich nach Fritteusenfett. Nach Fett und nach Schweiß und nach noch irgendwas.

„Is vielleicht schwul."

Der Blonde griff Michael kurz in den Schritt.

„Nee, scheint nur spitz zu sein. – Biste auf die Alte in Pink heiß? Das vergiss ma. Die is mir."

Michael blickte sich hilfesuchend um. Er schwitzte. Der Schweiß rann ihm über den Rücken. Er biss die Zähne zusammen und sammelte all seine Kraft. Mit einem heftigen Ruck gelang es ihm, sich aus dem Griff des Dicken zu befreien. Er rammte dem Blonden seine Rechte in die Rippen. Auch der ließ ihn los, japste. Michael verpasste ihm noch eine. Er tauchte ab. Tauchte unter in der Menge.

Er wusste später nicht mehr, wie er es geschafft hatte. Er spürte jeden einzelnen Knochen. Und eine Wut, eine unsägliche Wut stieg in ihm auf. Wut auf diese beiden Idioten. Er fluchte! Vor allem aber fluchte er, weil er Inga aus den Augen verloren hatte.

„Er gibt keine Ruhe“, sagte Inga. „Er ist ständig hinter mir her. Wie ein Stalker. Ich halte das nicht mehr aus.“ Sie sagte es mit flacher Stimme. Sie lag lang ausgestreckt auf dem Rasen, schien total erschöpft zu sein. Uwe hockte neben ihr. Die Ordner hatten abgenickt, als er ihr geholfen hatte, über die Sperre zu steigen.

„Wer denn?“, fragte er. Sie schüttelte nur den Kopf.

Uwe ließ seinen Blick über ihren Körper gleiten. Sie hatte einen perfekten Body. Er registrierte, dass ihre Beine leicht zitterten.

„Sag schon“, versuchte er es erneut.

Inga ließ sich noch einen Moment Zeit, bevor sie sich aufsetzte, ihr Haar aus der Stirn strich und ihn ansah.

„Ich hatte mal was mit ihm“, sagte sie. „Aber nur … nur kurz. Wir … wir haben uns im *Akropolis* kennen gelernt, so'n griechisches Lokal in der City. Ich wohn da in der Nähe. Ich bin Single. Also ich … ich war ein bisschen betrunken, vielleicht auch … ach, ich weiß nicht. Ich hab ihn mit zu mir genommen, und wir sind ins Bett. Das war ganz okay. Er … er hat später gesagt, ich, ich hätte ihn angemacht. Ist aber auch egal. Jedenfalls das mit uns, das … das ging nur ein paar Wochen, ehrlich. Ich hab dann Schluss gemacht. Er … er war krankhaft eifersüchtig, auf alles. Eifersüchtig und misstrauisch. Wenn ich mal länger gearbeitet habe oder auch mit 'ner Freundin aus war, zum Tanzen, da hat er sich tierisch aufgeregt, das war irre. Selbst auf … ich hab so einen kleinen Hund, einen Spitz, meine Nachbarn nehmen den, wenn ich mal weg bin. Selbst auf den war er … nein, ehrlich, das glaubst du alles nicht. Hast du mal 'ne Zigarette?“

Uwe zog eine etwas zerknitterte Packung aus der Brusttasche. Inga bediente sich, und Uwe nahm sich auch eine. Sie rauchten.

„Tja“, sagte Uwe dann. „So welche gibts.“

„Du bist aber nicht so, oder? Bist du in ’ner festen Beziehung?“

Uwe hob überrascht die Augenbrauen.

„Ich denk, es geht um dein Problem. Du wolltest doch vor … vor diesem Typ in Sicherheit sein.“

„Vor Michael – klar. Er … er macht mir schon Angst. Aber du … ich bin echt froh, dich getroffen zu haben, ehrlich.“

Heinzi und Stefan waren nach dem heimtückischen Dreckskerl ausgeschwärmt, der eine nach links, der andere nach rechts. Es hatte nichts gebracht. Jetzt standen sie vor dem Toilettenwagen und kratzten sich im Nacken und am Hintern.

Der Discosound lag wie ein dicker Teppich über dem Grün des Ravensberger Parks – *Sound im Park.*

„Schnarchsack“, zischte Heinzi seinen Kumpel an. „Nix mehr an Power inne Griffel?“

Stefan erwiderte nichts. Er schob lediglich die Unterlippe vor und bemühte sich um einen schuldbewussten Eindruck.

„Ey, und die Sülze da geht mir auch voll auf’n Sack!“ Heinzi spuckte zur Bühne hin aus. Ein Typ in kurzen, karierten Hosen sprang beiseite, wollte aufmucken, unterließ es dann aber doch. Heinzi war deutlich sichtbar nicht allzu gut drauf.

„Irgendwann wird er ma pinkeln müssen“, meinte Stefan nach einer Weile.

„Klar, und irgendwann auch mal verduften“, konterte Heinzi. „Is ’ne super Idee! Stark, echt saustark! Wie kommste nur immer auf so was?“

Stefan blickte beschämt zu Boden.

„Besorg ma was zu trinken“, ordnete Heinzi an, in der Hoffnung, den Totalversager für einige Zeit los zu sein. Er musste nachdenken. Er musste darüber nachdenken, wie und bei wem er seinen Frust loswerden konnte.

Plötzlich schlang sie ihre Arme um ihn und küsste ihn dermaßen leidenschaftlich, dass ihm die Luft wegblieb.

„Oh, Mann“, brachte Uwe hervor, als sie sich von ihm löste. Er wollte sie halten, aber sie sprang schon auf.

„Bis später – wir sehen uns. Ich park drüben am Bad.“ Und damit eilte sie davon. Uwe sah ihr nach. Ein paar von der Crew lachten und rissen Witze. Das rauschte an ihm vorbei. Er schmeckte noch ihre Lippen, spürte noch ihren schlanken Körper. War das wirklich wahr? Oder träumte er das nur?

Michael schlich sich am Rand der auf und nieder hüpfenden Menge vorbei. Immer wieder hielt er inne, vergewisserte sich, dass keiner der beiden abartigen Typen hinter ihm her war. Er hielt Ausschau. Er hielt Ausschau nach ihr. Nach Inga.

Er entdeckte sie nirgends und entschloss sich schließlich, ihr auf dem Parkplatz aufzulauern. Irgendwann musste diese unsägliche Show ja ein Ende haben. Und dann würde sie zum Wagen gehen. Zu dem Cabrio, das auf *seinen* Namen zugelassen war. Michael nickte grimmig. Und dann sah er ihn: Diesen aufgeschwemmten Typ, diesen Stinker. Er stand bei einem der Getränkeverkäufer. Impulsiv wollte Michael in Deckung gehen, aber dann kam es ihm falsch vor. Falsch und feige. Also ging er zu ihm und flüsterte ihm von hinten ins Ohr: „Nimm dich in Acht, Fettsack, sonst schlitz ich dich auf!“

Entsetzt fuhr der Dicke herum. Michael lachte höhnisch. Er lachte ihn aus. Nein – er musste keine Angst mehr haben, vor nichts und niemandem. Darüber war er weg. Und so lachte er, hüpfte lachend davon und mischte sich wieder unter die Leute.

Die beiden Zivilen der Kripo Bielefeld standen im Rotkreuz-Zelt neben der Klappliege. Der eine nahm sich die Brieftasche des toten Mannes vor.

„Michael Thiele“, verkündete er. „Achtunddreißig Jahre alt, Falkstraße – gar nicht so weit weg. Fünfzig … siebzig … fünfundsiebzig Euro, diverse Karten, Fahrzeugpapiere und ... schau mal." Er reichte seinem Kollegen ein Foto. Es zeigte eine modisch und vermutlich auch teuer gekleidete dunkelhaarige Frau vor dem Merkurbrunnen.

„Er ist durch eine Stichverletzung ums Leben gekommen", meldete sich der Notarzt zu Wort. „Ausgeführt mit einem spitzen Gegenstand. Mehr kann ich im Moment nicht sagen."

„Gibt es Zeugen?"

„Mehrere", sagte der Notarzt.

Es waren drei sehr junge Mädchen in schrillen Klamotten, eine offensichtlich gut durchtrainierte Frau Mitte-Ende Zwanzig und zwei Burschen, von denen einer die beiden Beamten aus glasigen Augen anstarrte. Die Beamten begannen mit der solide wirkenden Frau.

„Kathi Behrens", gab sie zu Protokoll und fügte Alter und Anschrift hinzu. „Ich hab den Mann gesehen, bevor das ... das passiert ist. Er fiel mir auf, weil er irgendwie gehetzt wirkte. Als ob jemand hinter ihm her sei. Da war aber niemand. Er hat sich dann auch beruhigt und ist zurück gegangen."

„Zurück wohin?"

„Zum Wiesenbad. In die Richtung jedenfalls."

„Das war um welche Zeit?"

„Also das Konzert hatte gerade erst angefangen."

Der ältere Beamte nickte. Der jüngere hielt der Zeugin das Foto hin.

„Haben Sie vielleicht auch diese Person gesehen?"

Die Frau betrachtete es ausgiebig.

„Leider nicht", sagte sie dann. „Schade, sie ist genau mein Typ."

Die beiden Beamten wechselten einen Blick. Sie machten mit einem der jungen Mädchen weiter. Die 17-Jährige trug eine weite hellgraue Hose mit US-Flagge-Trägern und eine knallrote Perücke. Sie wollte in Michael Thieles unmittelbarer Nähe gestanden haben.

„Der hing voll dazwischen, der war echt eingeklemmt. Bis

er so den Mund aufriss, das sah voll eklig aus. Ich sag mal, da hats ihn erwischt."

„Haben Sie was Genaueres gesehen?"

„Also ich würd auf den Punk tippen."

„Auf wen?"

„Da war so'n Gruftie in dem Pulk. Mit so 'ner Neonfrisur."

„Bitte?"

„Na, so super, super blond. Hat man eigentlich nicht mehr. Wie gesagt, 'n Gruftie-Punk."

„Ist Ihnen sonst noch was an ihm aufgefallen?"

„Er hat sich an mir ... also er hat sich zu dem Mann da durchgewühlt. Voll mit so Horror-Tattoos."

„Mit bitte was ...?"

„So Kreuze und diesem Scheiß, mit Schlangen und Strichen drum. Die ganzen Arme voll."

Der jüngere Beamte notierte alles. Der ältere hatte noch weitere Fragen. Abschließend wurde ihr das Foto aus Thieles Brieftasche gezeigt.

„Könnte sein", sagte sie. „Ich mein, dass die auch in dem Gewühl da war. Kommt mir jedenfalls echt bekannt vor."

Der nächste Zeuge wusste mehr.

„Logo", sagte er. „Das ist 'ne ganz Abgedrehte. Die ist auf fast jedem Konzert, egal von wem. Die treff ich immer wieder. Sie schmuggelt sich meist nach Backstage. Zum ... na ja, ist klar. Sex and Drugs, logo. Aber bei ihr ist es mehr der Sex. Das braucht sie wohl. Obwohl, ich hab mal gehört, dass sie eigentlich verheiratet ist."

Stefan saß der Schreck noch in den Gliedern. Er keuchte. Er war es nicht gewohnt, schnell zu laufen. Auf dem Platz herrschte schon Aufbruchstimmung. Heinzi war nirgends zu sehen. Nicht da, wo er von ihm weggeschickt worden war. Panik überkam ihn. Stefan rannte weiter. Er rempelte einige Leute an. Sie riefen ihm was nach. Er verstand nicht alles. Es war ihm auch egal. Heinzi! Wo steckte Heinzi? Wohin hatte er sich verzogen? Stefan konnte nicht mehr. Schwer atmend blieb er stehen. Dabei bemerkte er, dass nur wenige Meter von ihm entfernt zwei Tussis zu ihm hinschauten und miteinander tuschelten. „Hä?!“, machte Stefan. Er war nicht sicher, ob sie es gehört hatten. Aber die eine nahm die Hand der anderen und zog sie mit sich.

Uwe hörte es von einem der Crew-Fahrer.

„Es gibt 'n Toten. Die Bullen sind schon im Einsatz. Soll inmitten der Leute passiert sein, 'ne Messerattacke.“

„An 'ner Frau?“, fragte Uwe. Er fragte es mit bebender Stimme. Der Fahrer kniff die Augen zusammen.

„Weißt du etwa was?“

„Ich? Wieso?“

„Nur so. Sie wollen die gesamte Crew befragen.“

Uwe schluckte.

„Zu der ... der Toten?“

„Is'n Mann“, sagte der Fahrer.

Heinzi verstaute das Teil in der Außentasche seiner Hose und überlegte, mit welchem Text er die Plauderei beginnen sollte. Er ließ es schnell wieder. Auf jeden Fall würde es zu einem befriedigenden Ergebnis führen. Zu einem ihn befriedigenden. Seine Karre war dazu bestens geeignet. Wo Stefan sich breit machen konnte, war auch für ein bisschen Gymnastik Platz genug. Dabei fiel ihm ein, dass sein Kumpel möglicherweise auftauchen könnte – wenn er gerade voll dabei war. Und der Schnarchsack war alles andere als fix im Kopf. Das konnte ein Problem werden.

Die beiden Frauen eilten auf die Beamten zu. Die Sportliche hatte den Rotschopf an der Hand.

„Sie hat mir von dem Blonden erzählt“, sagte sie aufgeregt. „Der ist mir heut Morgen in die Quere gekommen. Ich hab gerade eben seinen Kumpel gesehen.“

„Wen …?“

„Den Fetten! Die haben auch drüben beim Bad geparkt. Da gabs ja den Ärger. Die haben mich total übel angemacht.“

„Sie müssen sich den Punk greifen“, sagte der Rotschopf. „Das ist der Killer. Hundertpro.“

Die Beamten sahen sich an. Und dann nickten sie sich zu.

Heinzi hatte die Lady in Pink ausgespäht. Sie hockte am Steuer eines Cabrios und sprach in ihr Handy. Er schnappte auf, dass sie ankündigte, schon bald in München zu sein. Er griente. Das war echt eine Alternative. Warum sollte er sich nicht zu ihr in den Flitzer schwingen und mit ihr gen Süden düsen? Stefan ade.

Heinzi räusperte sich. Die Lady schreckte zusammen.

„Ich hör da München“, sagte Heinzi. „Is ganz meine Richtung.“

Die Lady erwiderte nichts. Sie legte ihr Handy beiseite und startete den Wagen. Heinzi griff nach dem Schlüssel. Er schaltete den Motor wieder aus. Dabei berührte er ihre Brüste. Sie schlug nach ihm.

Heinzi wich geschmeidig aus.

„Aber, aber“, sagte er und ließ den herausgezogenen Schlüssel vor ihren Augen baumeln. „Es geht doch nur um ein bisschen Gesellschaft, um etwas Spaß.“

„Verschwinden Sie! Ich rufe um Hilfe! Ich ruf nach der Polizei.“

Heinzi zog den Schraubenzieher aus der Tasche und präsentierte ihn ihr. Der Stahl war noch blutbeschmiert.

Sie sahen, wie der Wasserstoffblonde mit einem spitzen Gegenstand herumfuchtelte. Die Sportliche und der Rotschopf schrien irgendwas. Der Blonde schnellte herum. Die beiden Beamten griffen nach ihrer Waffe.

„Das Messer fallen lassen!“, rief der Ältere. Der Blonde lachte nur.

Hinter ihm sprang die dunkelhaarige Frau aus dem Wagen. Der Blonde reagierte zu spät. Sie lief auf die Beamten zu.

„Er will mich erstechen! Er hat auch meinen Mann erstochen!"

Der Blonde bog sich vor Lachen. Den blutbeschmierten Schraubenzieher hielt er nach wie vor in der Hand. Der jüngere Beamte zielte und schoss ihm ins Knie. Fatalerweise schoss auch der ältere Beamte. Sein Schuss traf den Zusammenbrechenden mitten in die Stirn. Die Beamten sahen sich entsetzt an. Die dunkelhaarige Frau aber atmete erleichtert auf.

Inga identifizierte ihren Ehemann. Sie gab sich schmerzerfüllt.

Die Aussage zur Tötung ihres Mannes brachte sie stockend vor. Irgendwann im Verlauf des Konzerts wollte sie ihn aus den Augen verloren haben. Als sie ihn dann später wieder entdeckt habe, sei er gerade mit dem Blonden aneinander geraten. Der habe mit dem Schraubenzieher zugestochen und gesehen, dass sie Zeugin seiner Tat war, offenbar die einzige. Denn ihr sei er nach und ... und, und, und ... Als Inga entlassen wurde und aus dem Rotkreuz-Zelt kam, wartete Uwe auf sie. Er sagte nichts. Er nickte nur und klopfte leicht auf seinen Werkzeuggürtel. Eine Schlaufe war leer. Ein Schraubenzieher fehlte.

Inga warf den Kopf in den Nacken und stolzierte an ihm vorbei. Uwe sah ihr nach. Er grübelte nicht lange. Ihm war relativ schnell klar, dass sie jetzt nicht mehr auf ihn warten würde.

Anne Kuhlmeyer

Schwarzweiß

Ich bin da.

Niemand weiß es, nur ich. Sie reden mit mir, wenn sie mir die Windeln wechseln oder mein Bett machen. Sie reden mit mir, wie man mit seinem Haustier spricht oder mit seinem Auto.

Die Zeit vergeht weiß in diesem Zimmer, in das ich geraten bin. Es ist nicht sehr groß und ich bin allein darin. Ich sehe die weiße Decke, weiße Wände, weiße Laken, weiße Kittel, vor dem Fenster weißes Licht. Ich beobachte, wie es Tag wird.

Ich bin da.

Allmählich und in ganz kleinen Stückchen kehrt die Erinnerung zurück. Vielleicht ist es auch nur das Abbild des Erinnerns. Vielleicht ist es Noras Erinnerung, die sich als meine eigene ausgibt.

Nein. Manchmal, in kurzen Momenten, ahne ich, wer ich war, ahne, dass ich heute ein anderer bin.

Schwester Hannelore hantiert mit der Spritze, in der meine Nahrung ist.

„Frühstück", sagt sie und lacht. Sie beugt sich über mich, wirft einen mächtigen Schatten, und setzt die dicke Spritze an den Schlauch, der in meinen Magen führt. Was sie tut, hat sie mir erklärt, wie man jemandem eine Bedienungsanleitung vorliest. Schwester Hannelore hat mir auch verraten, wo ich bin.

Bethel.

Da sind die, die sonst keinen Platz haben, nirgendwo.

„Menschen, die niemand haben will. Trunkenbolde, Landstreicher, Taugenichtse", hat sie mir die Worte Friedrich von Bodelschwinghs aus einer Broschüre vorgelesen. Dass er der Begründer dieser Einrichtung gewesen sei und ein guter Mensch, bla, bla …

„Taugenichtse" finde ich schön. Schwester Hannelore ist

nicht die Hellste, aber sie tut, was sie kann. Womöglich hat man ihr gesagt, dass man mit solchen wie mir reden muss, deshalb tut sie es. Vielleicht sogar in dem Glauben, dass ich verstehe. Sie glaubt ja auch an den lieben Gott, hat sogar ein bisschen gebetet mit mir. Dabei kann Gott mich am Arsch lecken. Schade, dass ich ihm das nicht sagen kann. Ich kann gar nichts sagen. Ich kann nur denken. Und jenseits des schwarzen Grabens, der meine Zeit in ein Davor und ein Danach teilt, konnte ich auch das nicht. Sie haben mich an einem Ort, der Elim-Haus heißt, untergebracht. Ein Haus voller Sprachloser.

„Nun machen wir noch ein Schläfchen." Schwester Hannelore zieht meinen Körper herum, stopft ein Kissen in meinen Rücken und ist weg.

Ich starre auf das Schränkchen neben dem Bett. Schwester Hannelore geht noch. Sie riecht nicht gut, aber sie ist nett. Die Physiotherapeutin ranzt mich immer an, zerrt an meinen Armen und verbiegt mir die Füße. Sie schnauzt auch Hannelore und die anderen Schwestern an, sodass ich es nicht persönlich nehme. Außerdem weiß sie ja nicht, dass ich da bin. Niemand weiß es. Fast niemand.

Nora. Plötzlich neben mir. Schwarz im Weiß, in einem bunten Sommerkleid. Sie sitzt an meinem Bett, ihr nackter Arm schimmert wie Mahagoni, ihre Brüste, von roten Rosen auf weißem Grund verhüllt, heben und senken sich im Rhythmus ihrer Atmung.

„Bist du wach?"

Sie erwartet keine Antwort. Sie ist die Einzige, die weiß, dass ich da bin.

„Ich war heute auf dem Friedhof", sagt sie. „Habe die Margeriten gegossen. David hat Margeriten geliebt."

Das hat sie sich ausgedacht, damit sie einen Grund hat, sein Grab zu bepflanzen, zu pflegen, zu harken, zu gießen. David wusste nicht einmal, dass es Margeriten gibt, dass überhaupt Blumen existieren. David war eine Straßenkatze, schwarz wie die Nacht, dunkler als Nora, stoned oder high, und er hat nichts, gar nichts geliebt.

Nora nimmt meine Hand, bewegt zart jeden meiner kalten weißen Finger mit ihren warmen schwarzen. Nora duftet nach Blüten und Dunkelheit. Ihre rosa Zunge leckt über meine Fingerspitzen. Dann verschwinden sie in ihrem Mund, sie saugt daran, und ich spüre ihre Zähne.

Ich höre Schritte draußen.

Jemand schreit.

Stille. Endlose weiße Stille in weißem Licht.

Nora legt meine Hand ab, trocknet meine Finger mit einem Papiertaschentuch.

„David wäre heute 22 geworden, weißt du?“

22 schon. Wie die Zeit vergeht! Ich erinnere mich an seinen 20-sten. Wir wollten richtig einen draufmachen. Das haben wir dann auch. Mit Nora und ein paar anderen. David hatte Nora immer im Schlepptau. Meistens ging sie ihm ziemlich auf die Nüsse, die kleine Schwester. Sonst hatten sie niemanden. Nur sich selbst. Und mich.

Nora besucht mich jeden Tag. Vielleicht fehlen mir auch ein paar Tage zwischendrin. In diesem Weiß verläuft die Zeit nicht kontinuierlich. Manchmal rast sie, in Schüben, oder zerbricht in winzige Partikelchen, die ich mühsam wieder zusammenklauben muss, dazwischen bleiben Lücken.

Nora sitzt an meinem Bett und erinnert mich. Ich würde sie gern fragen, wie es ihr geht. Ob sie eine Wohnung hat oder wenigstens einen Ort, an dem sie bleiben kann. Behutsam streicht sie mir das Haar aus der Stirn.

Jahrelang waren sie nur geduldet, obwohl sie hier geboren sind. Keine Ausbildung, keine Arbeitserlaubnis, kein Reiserecht, dafür eine Sozialwohnung mit einem Fernseher und endlosen Tagen, satt zu essen. Wirtschaftsflüchtlinge. Bielefelder. Die Eltern wurden abgeschoben. David und Nora sind abgehauen. Auf die Straße. Es gab kein Zurück für sie. Äthiopien hatten sie nie gesehen. Was sollten sie da?

„Guten Morgen. Frühstück." Schwester Hannelore mit der Nahrungsspritze und einem neuen Tag. Der alte ist weg. Ich habe ihn nicht gehen sehen.

Es muss später sein, als ich Noras Lippen an meinen Fingerspitzen fühle. Sie macht immer das mit meinen Fingern. Es ist schön, irgendwie. Wenn sie mir doch nur gehorchen würden.

„Weißt du", sagt sie. „Ich habe jetzt eine Wohnung in Baumheide. Und eine Katze. Wenn du wieder gesund bist, kannst du zu mir kommen."

Baumheide ist besser als die Straße, nicht viel.

Aber Nora glaubt auch an den lieben Gott. In diesem Moment beneide ich sie darum. David hätte sie ausgelacht.

„David hätte sich gefreut für uns." Sie lächelt und ihre weißen Zähne blitzen.

Ich hätte Nora heiraten können. Dann hätte sie ein vernünftiges Bleiberecht bekommen, wäre vielleicht deutsche Staatsbürgerin geworden. Drei Jahre Ehe und sie wäre frei gewesen. Oder wir wären zusammengeblieben, wenn alles gut gelaufen wäre. Aber ich habe nicht. David starb.

„Ich habe ihn gefunden", sagt sie. Ihr Lächeln verlischt.

Nein, ich. Ich war vor dir da. Manchmal ist es gut, wenn man nichts sagen kann. Er lag in seiner Pisse hinter einem Container voller Müll. Ich hab ihn in die Karre von meinem Alten gepackt und zum Johannisberg gefahren, dahin, wo wir uns immer getroffen haben, zu der Bank abseits der Wege. Wo keiner hinkam, keiner von den anderen Junkies.

Heute hat Schwester Hannelore wieder eine Broschüre dabei. Sie hat einmal gesagt, sie würde mir gerne eine Geschichte erzählen, aber sie kenne keine, und für die Märchenbücher ihrer Enkel sei ich schließlich zu alt. Sie seufzt und widmet sich der Sisyphosaufgabe, meine Sinne anzuregen. Ehrlich gesagt, wären mir die Märchenbücher lieber gewesen. Sie liest wieder was von dem Bodelschwingh vor. Pfarrer ist der gewesen und schon eine Weile tot. Der hat jedenfalls einen Bauernhof gekauft für die Taugenichtse. Ich denke an Hühner und Ziegen und dämmere ein bisschen weg, bis Nora kommt.

Nora trägt ein ärmelloses kurzes Kleid mit orangen Chrysanthemen. Während ihre Zunge meine Finger umspielt, spüre ich, wie sie sich bewegen. Hey! Ich habe meine Finger bewegt. Den Zeigefinger und den Mittelfinger. Ich probiere es gleich noch einmal. Mein Herz schlägt heftig. Sie legt meine Hand auf das Laken und wir beobachten, wie ich die Finger bewege. Ich würde schreien vor Glück. Wenn ich könnte.

„Ich habe nicht gewusst, dass David dieses Zeug genommen hat. Ich hätte es ihm verboten", sagt sie, nachdem wir uns ausgiebig gefreut haben.

Ach, Nora, als ob David sich irgendetwas hätte verbieten lassen. Außerdem: Was hätte er denn sonst tun sollen? Anfangs haben wir wirklich viel Spaß gehabt damit. Das Grau verschwand, und die Zukunft lag im Jetzt. Anfangs hatten wir guten Stoff, und ich habe es nie übertrieben. Nur für David war das Grau grauer als für mich. Er hat sich so oft abgeschossen, dass er dem Stoff jeden Tag nachjagen musste. Das wurde seine Aufgabe. Das wurde sein Leben. Er hat sich mit miesen Leuten eingelassen. Und dann war sein Auge hin. Irgendwelches Dreckszeug – Waschpulver, Beton, Strychnin, was weiß ich – im Shore. Das hat ihn blind gemacht. Ich habe ihm gesagt, er soll aufhören mit dem Mist. Ich hatte Besseres, kannte da jemanden …

Die Physiotherapeutin hat mich gequält. Jetzt steht sie mit Schwester Hannelore am Fußende meines Bettes. Sie haben mich aufgesetzt und einen Fernseher eingeschaltet.

„Das ist doch Unsinn“, sagt die Physiotherapeutin. „Ich kriege ihn zwar soweit hin. Er hat fast keine Kontrakturen, aber spontan rührt er keinen Finger.“

Ich habe sie nicht informiert, dass es anders ist.

„Der braucht kein Fernsehen.“ Sie starrt mich eine Weile an. „Hat er eigentlich Verwandte?“

Hannelore zuckt die Schultern und senkt den Mundwinkel. „Nur die schwarze Nutte kommt jeden Tag.“

„Der ist Gemüse und bleibt es.“

„Gottvertrauen“, sagt Hannelore und schüttelt mein Kissen auf.

Nora.

Ihr Kleid ist so blau wie die Südsee mit roten Mohnblüten drauf. Sie hebt den Saum und schiebt meine Finger zwischen ihre Schenkel.

Ach, Nora, als ich dich noch lieben konnte …

Der Fernseher läuft. Die Bilder in schnellen Folgen, zu schnell für mein Gemüt, fräsen sich durch das Weiß. Schwester Hannelore kommt jetzt seltener. Dafür bleibt Nora länger.

Wir haben es wieder getan. Jeden Tag.

Heute muss es kühl draußen sein. Sie trägt ein Kleid aus einem flauschigen Gewebe in dunkelrot mit Vergissmeinnicht.

Vergessen.

Manchmal wäre ich froh, wenn es dabei geblieben wäre.

Nora sitzt auf dem Bettrand.

„Ich war bei deinen Eltern.“

Wie hat sie rausgefunden, wo die wohnen? Hoberge-Uerentrup ist nicht gerade ihre Gegend. Zu groß die Häuser, zu sauber. Argwohn hinter den Gardinen, wenn sie die Straße entlanggeht.

Ihre dunklen Augen verraten nichts. Man kann nicht lesen in ihnen wie in den blauen meiner Mutter, in denen jetzt auch keiner mehr lesen kann außer der liebe Gott. Sie hat sich ihm anvertraut, als ich neun war. Mit einem Strick. Die Neue vom Alten ist hübsch und gemein. Ich will gar nicht wissen, was sie gesagt haben.

Nora sagt es mir trotzdem. Leise. Mit gesenktem Kopf. „Ich habe keinen Sohn. Der, den ich hatte, war kein Dealer." Sie blickt auf. „Dein Vater hat mir die Tür vor der Nase zugeschlagen."

Der *rosarote Panther* läuft. Ich kann meine ganze Hand bewegen. Ich weiß nicht, ob ich lachen oder heulen soll. Lange werde ich es nicht geheim halten können.

Es ist die Hand, mit der ich David den Stoff gab. Feinen, reinen, süßen Stoff. Zwei Päckchen. Ich hatte eine großartige Quelle aufgetan, die sprudelte wie Silber.

Schwester Hannelore ist einsilbig. Sie wäscht mich, streift mir das Hemd über, zieht die Laken glatt und geht. Keine Broschüren über den menschenfreundlichen Bodelschwingh mehr. Vielleicht hat sie Zahnweh.

Nora trägt Schwarz. Mit weißen Lilien.

„Du hast es ihm verkauft, nicht wahr? Das Zeug, woran er gestorben ist."

Wenn ich reden könnte, würde ich lügen. Aber so mache ich eine Geste, die ein Ja sein soll.

„Du hast ihn umgebracht."

Darauf kann ich nichts sagen. Nicht einmal etwas zeigen. Ich habe ihn gefunden und habe es gewusst. Schuld. Meine Schuld. Nachdem ich ihn in den Park, einen würdigeren Ort, gebracht hatte, bin ich los. In der Karre vom Alten. Ich war schnell. Ich war selbst high bis unters Dach. Ich kam nicht weit.

Mein Mund macht ein Geräusch. Es ist ein Wort. Meine Ohren hören: „Ja."

Ich sitze. Ich rolle. Ich sehe einen Gang in Grün. Bilder an der Wand. Bunt. Menschen. Schwester Hannelore. Sie lächelt. Redet mit jemandem hinter mir. Noras Stimme.

„Wollen Sie das wirklich? Schaffen Sie das?" Schwester Hannelore blickt besorgt erleichtert.

„Aber ja. Jetzt geht es aufwärts. Wenn ich ihn erst zu Hause habe." Ich höre Nora lächeln.

Sie fährt mich in den Aufzug, durch die Halle, nach draußen. Die Sonne scheint weiß.

Es tut mir alles so leid. Was willst du, Nora?

„Wir heiraten, weißt du?"

„Ja."

Sie redet mit mir, wenn sie mir die Windel wechselt, wie man mit seinem Haustier spricht oder mit seinem Auto.

Das Zimmer, in dem ich lebe, ist weiß. Ein heller Ort für einen Taugenichts.

Es wird schwarz, wenn sie eintritt.

Ich bin da.

Noch.

Drei Jahre Ehe und sie wird frei sein.

Que Du Luu

Das Unglück des Junggesellen

Sie schauten wie Kinder kurz vor der Bescherung. Die Torte blinkte in allen Farben passend zur Musik. Aber sie waren keine Kinder, und es war kein Kinderkram. Endlich klappte die Torte auf, und die bestellte Frau stieg aus.

You don't have to be beautiful to turn me on …

Sie war beautiful. Den Hut hatte sie tief ins Gesicht gezogen, und ein kurzer Trenchcoat verdeckte ihren Körper. Weiter unten präsentierte sie sich freizügiger. Die Netzstrumpfhose spannte sich über ihre langen Beine und machte sie zu einem eleganten Luder.

I just need your body baby from dusk till dawn …

Ich hatte eine gute Wahl getroffen.

Andrés Lippen zitterten. Er stierte sie an, er wollte sie – klar wollte er sie.

André sollte am letzten Abend seinen Spaß haben. Morgen würde er „Ja" sagen, Sophia würde „Ja" sagen. Dann würde sie seine Unterhosen waschen, seine Kinder gebären, sein Schnarchen ertragen (und ich wusste, dass er schnarcht). Aber er hatte das nicht verdient. Ein Mensch kann sich nicht ändern, nur weil er einmal „Ja" sagt.

You don't have to be rich to be my girl – you don't have to be cool to rule my word …

Sie war cool. Nicht so wie Sophia, die ständig Angst hatte, etwas falsch zu machen.

Sie lüftete den Hut, ein Schwall goldener Haare ergoss sich auf ihre Schultern. Sie warf ihren Kopf zurück und dann sah man endlich ihr Gesicht. Ihre Lippen waren knallrot, ihre Augen stahlblau. Und sie blickte jeden einzelnen von uns an. Sie wusste, dass Männer nur Männer sind und sie eine blonde Cleopatra.

Leo, Sascha, Gerd und Benno bekamen ihren Mund nicht

zu. Andrés Lippen zitterten nicht mehr. Er presste sie krampfhaft zusammen.

I know how to undress me …

Sie warf ihren Hut weg. Dann schwang sie sich auf einen Stuhl. Ihr Körper schien weich, ohne Knochen unter dem geschmeidigen Fleisch. Sie bewegte sich schlängelnd wie eine Schlange, die zu einer Flöte tanzt.

Sophia konnte nicht tanzen, und ich war mir sicher, dass sie auch nicht strippen konnte. Sie konnte wunderbar Lasagne machen. Ihre braun gelockten Haare dufteten nach Pflaumenkuchen, ihr Gesicht hatte die Reinheit eines venezianischen Engels und so war sie auch – ein unschuldiger Engel. Ich hatte sie noch nie wütend oder selbstgefällig erlebt. Sie war nicht so eine eiskalte Zicke wie diese tanzende Cleopatra und zugegeben – sie war auch nicht so sexy. Aber wenn man eine Frau vergöttert, dann sehnt man sich nicht nach anderen Frauen, auch wenn die schöner sind.

I just want your extra time – and your kiss!

Sie löste den Gurt ihres Trenchcoats und nahm ihn sehnsüchtig in ihren roten Mund. Um ihn dann fallen zu lassen. Dann stand sie auf und knöpfte langsam den Trenchcoat auf. Dabei bewegte sie kreisend ihre Hüfte. Sie drehte sich hin und her, und alle wollten natürlich sehen, was unter dem Mantel war, aber sobald man glaubte, etwas zu sehen, hatte sie ihn schon wieder kokett zugezogen. Es machte alle kirre. Andrés Lippen zitterten wieder, obwohl sie immer noch zusammen gepresst waren. Am liebsten hätte er dem Hin- und Herwinden ein Ende gemacht, sie festgehalten und den Mantel herunter gerissen.

Plötzlich glitt das Teil an ihr runter, und sie stand einfach so vor uns. Den andren fielen die Augen raus. Sie blieb eine zeitlang stehen, um dieses Bild noch länger auf uns einwirken zu lassen. Sie wusste, wer sie war und was sie war: perfekt.

Mir blieb die Luft weg.

Die anderen hatten sich rücksichtsvoll verzogen. Nur ich, André und Cleopatra waren noch in dieser gemieteten Schmuddelkneipe. Das Mobiliar war heruntergekommen, die Wände grau und der Billardtisch abgenutzt. Aber man war hier ungestört. Milchglasfenster schützten vor Blicken. Genau das richtige für einen Junggesellenabschied.

Cleopatra hatte wieder ihren Trenchcoat an und saß auf Andrés Schoss. Sie wirkte immer noch unterkühlt. Darauf stand André. Er wollte keine Frauen, die sich ihm an den Hals warfen. Er wollte erobern.

Ich spielte ein Spiel. Und André war der Würfel. Er bestimmte selbst sein Schicksal. Wenn es regnet, wird die Erde nass. Wenn nicht, dann nicht. Wenn André mit Cleopatra fremdging, sollte er büßen. Wenn nicht, dann nicht.

Er schob Cleopatra von sich weg und kam auf mich zu.

Morgen sollte ich zusehen, wie sie Mann und Frau wurden, und meine Unterschrift darunter setzen, als wäre ich damit einverstanden. Ich wusste nicht, wieso er gerade mich als Trauzeugen gewählt hatte. Vielleicht, weil er durch mich Sophia kennen gelernt hatte …

Vor einem Jahr war ich mit ihr im *Café Wunderbar* gewesen. André kam zufällig rein und er hatte sich ungefragt zu uns an den Tisch gesetzt.

Sophia und ich waren damals schon zwei Jahre zusammen gewesen. Es lag an meiner Behutsamkeit, dass niemand das bemerkt hatte. Für wichtige Sachen nimmt man sich Zeit. Wir gingen oft aus, ohne Händchenhalten und so ein Zeug – das traute ich mich dann doch noch nicht. Aber wir liebten uns, da war ich mir sicher.

„Kannste nicht mal spazieren gehen?“, fragte mich André mit gesenkter Stimme. Er wusste, dass ich hier noch aufräumen und abschließen musste.

„Gib mir 20 Minuten“, sagte er grinsend. „Mann, Tomchen (ich hasste es, wenn er mich Tomchen nannte), ihre Titten sehen nicht nur geil aus, Mann, die fühlen sich auch geil an.“

Das interessierte mich nicht. Es machte nur „klack“ in meinem Kopf. Der Würfel war gefallen.

Ich ging die Straße entlang und fand eine Tankstelle, die meine Marke hatte: Lucky Strike. Aber ich *war* nicht lucky. Schon seit einem Jahr war ich das nicht mehr gewesen. Seit André mir Sophia weggeschnappt hatte. Er hatte immer gesagt: „Ihr seid doch nie ein Paar gewesen“, aber wir waren ein Paar. Wir hatten uns oft getroffen, viel öfter als es normale Bekannte tun, und manchmal hatte ich ihr tief in die Augen geschaut, und sie hatte ihren Blick nicht abgewandt. Ist man etwa nur ein Paar, wenn man miteinander schläft?

André hielt sich für unwiderstehlich. Dabei hatte ich die Cleopatra auch *dafür* bezahlt. Nicht jede Frau will gleich mit ihm ins Bett.

Ich ging langsam zurück, aber ich wusste nicht, ob die 20 Minuten schon um waren. Bevor ich die Türklinke runter drücken konnte, bekam ich die Antwort. Für eine eiskalte Cleopatra stöhnte sie ziemlich laut, und er grunzte wie ein aufgeregtes Trüffelschwein.

Ich ging die Straße weiter.

André hatte im *Café Wunderbar* den Romantiker gespielt, um Sophia zu bezirzen. Er hatte Liebesgedichte von Rimbaud vorgetragen. Dabei hatte er noch nie ein Buch in die Hand genommen. Am liebsten hätte ich ihm gesagt, dass Sophia und ich jetzt gehen müssten, aber die beiden waren gerade ins Gespräch vertieft. Ich hatte geschwiegen und mich gefühlt wie eine Auster, der man die Perle geklaut hatte.

Ich musste weiterhin Andrés Freund bleiben, sonst hätte ich Sophia auch nicht mehr wiedergesehen. Sie wollte nicht mehr mit mir allein ausgehen, aus Rücksicht auf André. Ich sah sie nur noch mit ihrer schlechteren Hälfte.

Dabei hatte ich mir schon überlegt, wie unsere Kinder heißen sollten. Sie bestand vielleicht auf italienische Namen wie Francesco oder Eros. Und ich hätte natürlich nachgegeben. Wir wären in den Sommerferien nach Bologna gefahren, dort wo ihre Eltern leben. Wir hätten Oliven auf Ciabatta gegessen und Valpolicella getrunken.

Zombies sollen das schlimmste Schicksal haben, weil sie zum ewigen Leben verdammt sind und nie friedlich einschlafen. Es gibt aber etwas Schlimmeres: Zum ewigen Junggesellenleben verdammt zu sein. Immer allein aufzuwachen und sich das Essen von fremden Pizzaboten in die Hand drücken zu lassen. Andere Frauen wollte ich nicht. Ich wollte Sophia. Aber ich musste allein alt werden.

Als ich wieder bei der Kneipe ankam, war es still. André saß allein am Tisch und rauchte. Sein Hemd war offen und Cleopatra weg. Ich hatte sie im Voraus bezahlt.

„Mann, Tomchen, bin ich fertig, Mann." André nahm einen langen Zug und blies den Rauch wieder aus. „Die ging ab wie ne Eins, Mann. Der hab ichs auf dem Billardtisch so richtig besorgt. Hast doch ihre Nummer, oder?"

„Wieso?"

„Typisch Tomchen. Wieso wohl? Die war so geil, diese Titten, diese Schenkel. Mann, die muss ich weiter poppen."

„Du heiratest morgen Sophia", sagte ich.

„Mann! Ich kann poppen wen ich will und jetzt halt die Schnauze!"

Ich schloss die Tür und drehte den Schlüssel um. Dann ging ich an ihm vorbei, hinter die Theke. Ich nahm Prince aus der Anlage, schob Robbie Williams rein und drehte bis zum Anschlag auf.

André ließ fast die Zigarette fallen. Mein Herz wummerte so laut wie der Bass. Er schrie mich an und ich sah an seiner

Mundbewegung, dass er wieder „Tomchen" schrie anstatt „Tom".

„Nenn mich doch bitte Tom und nicht Tomchen", hatte ich ihn schon in der Schulzeit gebeten, aber er hatte nur darüber gelacht und mich erst recht Tomchen genannt.

Jeder hat wohl einen Song, bei dem er an seine Angebetete denkt. Ich dachte bei *Supreme* immer an Sophia. Das machte es mir leichter. *I'm living for a love supreme.*

Ich holte das Fleischermesser raus, das ich extra im Fachgeschäft gekauft hatte. Als Junggeselle besitzt man nur stumpfe Obstmesser.

Ich hielt es in der rechten Hand mit der Klinge nach oben und wartete auf ihn. André konnte nicht in die Theke einsehen. Wenn er kam, musste ich das Messer nur noch weiter hoch schieben. Aufbrausend wie er war, kam er natürlich mit einem Schwung um die Ecke. Ich stach zu.

Wenn man direkt ins Herz sticht, fließt wenig Blut, weil alles sofort stillsteht.

André hatte vor einem Jahr in mein Herz gestochen, aber das hatte ihm nicht gereicht. Er musste wieder und wieder darin herumpulen. Sein Arm landete immer demonstrativ um Sophias Taille, wenn ich zu Besuch kam. Und einmal hatte er sich sogar hinter sie gestellt und sie an den Busen gefasst, während ich mit ihr gesprochen hatte. Er hatte mich spöttisch angegrinst und ihre Brüste geknetet, als seien sie Brotteig. Sophia war rot angelaufen, und ich hätte ihn am liebsten angebrüllt.

Jetzt lag er mit starren Augen auf dem Boden und hatte aufgehört ein Arschloch zu sein.

When there's no love in town
This new century keeps bringing you down

All the places you have been
Trying to find a love supreme – a love supreme …

Ich saß frühmorgens auf der Dachterrasse und schaute über die Bielefelder Altstadt. Alles schlief noch, obwohl es langsam hell wurde. Keine Geräusche, nur das Lied lief leise im Hintergrund. Ich hatte auf repeat gestellt.

Ich wusste nicht, ob André noch auf der Straße lag. Vielleicht kamen sie nicht auf mich. Die Cleopatra konnte bezeugen, dass ich weggegangen war. André hatte bestimmt nicht erzählt, dass er mich nur spazieren geschickt hatte. Das hätte nicht zu seiner falschen Galanterie gepasst. Die wenigen Bluttropfen waren sorgfältig abgewischt. Dann hatte ich ihn eine Straße weiter gezogen und sein Portemonnaie und seine Uhr durch den Gullideckel gedrückt.

Der arme Junggeselle wurde Opfer eines Raubmordes, bevor er sich zum glücklichen Bräutigam wandeln konnte.

Ding! Dang Dong!

Mein Herz raste. War es die Polizei? Ich ging zur Tür und drückte auf Öffnen. Das hatte mich schon immer geärgert: Im Dachgeschoss zu wohnen und keine Gegensprechanlage zu haben.

Ich setzte mich auf die Couch und wartete auf die Handschellen. Aber es war Sophia mit einer Flasche Valpolicella. Ihr Gesicht war aufgedunsen und ihre Augen rot.

„André ist tot“, sagte sie heiser.

Ich setzte eine betroffene Miene auf: „Nimm erst mal Platz.“

Sie ließ sich neben mir nieder und schluckte zweimal. Ihre Haare dufteten wie immer nach Pflaumenkuchen.

„Hol mir bitte ein Glas“, sagte sie, und ihre Alkoholfahne wehte mir entgegen.

„Wozu?“

„Ich muss mich betäuben.“

Ich holte zwei Weingläser und einen Korkenzieher. Dann öffnete ich die Flasche und goss uns beiden ein.

Du liebst mich, du liebst mich, dachte ich, sonst wärst du nicht als Erstes zu mir gekommen. Ich nahm mein Glas und schaute sie an, aber sie wirkte geistesabwesend. Es wäre auch makaber gewesen, jetzt mit ihr anzustoßen. In Gedanken jedoch stieß ich mit ihr an und trank auf das Ende meines elenden Junggesellendaseins.

Wir würden wieder zusammen sein – diesmal aber mit allem Drum und Dran. André hatte es bestimmt immer auf die harte Tour gemacht, ich würde rücksichtsvoll sein.

„Du hast schon so eine Fahne", sagte ich behutsam zu ihr. „Es hilft doch nichts, wenn du dich noch weiter betrinkst." Weine dich lieber bei mir aus; lass dich in meine Arme fallen, dachte ich. Darauf hatte ich gewartet, seit wir uns kannten: dass sie einmal in meinen Armen liegt. Ich stellte mir vor, gleich ihre kleinen, weichen Brüste an meiner Brust zu spüren. Ihren ganzen Körper an meinem zu fühlen. Aber ich würde ihr Zeit lassen und sie nicht belästigen. Ich brauchte Mut, um sie endlich an mich zu ziehen. Also kippte ich noch ein Glas runter. Vor Glückstaumel wurde mir ganz schwindelig.

Ich legte meinen Arm um ihre Schulter und zog sie an mich, aber sie schob mich mit ihren kleinen Händen weg, stand auf und ging ins Badezimmer. Ich wartete und dachte sie müsste sich übergeben, aber als sie dann immer noch nicht kam, klopfte ich an die Tür. Mir wurde langsam auch schlecht.

„Sophia, mach auf!"

„Du hast André gehasst", kam es durch die Tür.

„Was?", fragte ich ungläubig.

„Weißt du, die Nettesten sind immer die Schlimmsten. Sie tun nur nett. Sie schlucken immer ihren ganzen Hass herunter und irgendwann platzen sie."

Ich setzte mich auf den Boden, kalter Schweiß klebte an meinem ganzen Körper. Ich wurde immer benommener. Langsam ging mir ein Licht auf. Sophia war Krankenschwester, was hatte sie in den Wein gespritzt? Aber sie war ein Engel und Engel tun so etwas nicht.

„Bald besuchst du André im Himmel, meinen lieben André." Sie lachte. So komisch hatte sie noch nie gelacht.

Ich lehnte mich gegen die Tür und sah von hier aus ins Wohnzimmer. Die Terrassentür stand auf. Die Sonne schien; zwei Vögel hatten sich auf die Brüstung gesetzt. Dann wurde alles unscharf wie bei einem verwackelten Bild. Schwarze Punkte wanderten von oben nach unten und sie wurden immer mehr bis es ganz schwarz wurde. Ich schloss die Augen. Meine Liebeshymne lief immer noch und ich dachte wieder an Sophia.

Yeah turn down the love songs that you hear
Cause you can't avoid the sentiment
That echoes in your ear
Saying love will stop the pain
Saying love will kill the fear
Do you believe?
You must believe ...

Gerald Hagemann

Racheengel

Werfen Sie mal einen Blick raus auf die Straße. Wenn Sie sich ein wenig anstrengen, dann können Sie sie dort drüben in den Schatten bei der Laterne sehen; an der alten Bruchsteinmauer bei der Sparren-Tankstelle steht sie im Regen. Verdammt hartnäckiges kleines Ding. Sie ist mir den ganzen Weg von Lage über Münster nach Bielefeld hierher in den *Lord Nelson* gefolgt, und sie trägt ein Messer unter ihrem Regenmantel verborgen. Ich weiß es, denn ich sah die Klinge einmal hervorblitzen, als sie sich heute Nachmittag einen Moment lang unbeobachtet glaubte. Sie ist die Schwester eines alten Kumpels, wissen Sie? Und ich würde ja mit ihr reden, wenn ich könnte – ganz vernünftig. In aller Ruhe. Es ihr erklären …

Denn ich bitte Sie: Sehe ich vielleicht wie ein Mörder aus? Zum Totlachen, was? Immerhin habe ich in Münster und Paderborn studiert. Okay, ich absolvierte meinen Wehrdienst, doch behagt hat mir das nicht. Lauter verabscheuungswürdige Schreihälse ohne Gewissen. Ich habe das hinter mich gebracht, weil es eben dazugehört. Nicht wegen der Ballerei oder so was. Blutvergießen ist nicht meine Sache. Ich mag das eigentlich nicht.

Was meine heutige Situation betrifft, muss ich wohl oder übel zugeben, dass ich mir den ganzen Schlamassel selbst eingebrockt habe, und dass alles (auch wenn es am Ende auf diese eine Sache in Lage hinausläuft) vermutlich schon vor Jahren mit Iris Berger begann. Eine hübsche dunkelhaarige Frau war das. Schlank, beinahe dürr, mit schmalen Lippen und gezupften Augenbrauen. Sie sah sehr streng aus, ehrgeizig, war aber auf ihre kühle Art ein heißes Ding.

Ich hatte eine Stelle als Lektor in einem kleinen Bielefelder Verlag angenommen, wo wir Bildbände über die Geschichte der Indianer herausbrachten, geschrieben von Autoren, die für

Hungerlöhne arbeiteten und keinerlei Vorschuss für ihre Arbeiten erhielten. Iris schrieb diese Sachen und machte, was außergewöhnlich war, auch die Fotos dazu. Ich lernte sie an einem Montag kennen – laut meiner Großmutter, kein besonders gutes Omen. „Jobs und Affären fang nie montags an", pflegte sie zu sagen. Und ich glaube, es ist ein Stückchen Wahrheit in diesem Spruch. Denn aus Iris und mir wurde nichts. Nichts Tiefergehendes jedenfalls. Als ich sie zum ersten Mal sah, war ich ganz fasziniert von der unglaublichen Zahl ihrer Sommersprossen; ihr Gesicht war übersät damit. Aber ich hätte nie gedacht, dass es tatsächlich Frauen gibt, die sie in den kleinen Grübchen über dem Po haben. Wie dem auch sei, wir kamen uns näher. Ich schaffte es, meinen Chef davon zu überzeugen, dass es das Beste für den Erfolg des Buches sei, wenn ich als Lektor die Autorin in die USA begleiten und ihre Arbeiten vor Ort betreuen würde.

Wir kamen mit dem Flugzeug an und fuhren in dieses Reservat hinaus, das sie sich ausgesucht hatte. Ein freundlicher Mann mit rostbrauner Hautfarbe wies uns eine Lehmhütte zu. Und während der ersten Tage betreuten wir uns gegenseitig. Iris war ganz wild auf „erdverbundenen Sex", wie sie es nannte. Eine verdammte Hitze und roter Staub zwischen den verschwitzten Schenkeln – Sie wissen schon.

Die Indianer waren sehr hilfsbereit. Sie blickten leidend in die Linse, wenn es von ihnen verlangt wurde, ließen sich von einem amerikanischen Nazi in Polizeiuniform herumschubsen und bespucken, den eine Casting-Agentur extra aus Boston geschickt hatte, und gaben ein wunderbares Bild ab. Iris war mit alledem sehr zufrieden. Nach einer Woche jedoch ging den Indianern – und das kann ich gut nachfühlen – irgendwie die Lust an der ganzen Sache verloren. Immerhin bekamen sie kaum Geld für die Schauspielerei. Iris begann, ihnen das Wasser zu rationieren, schlug hysterisch mit den Fäusten auf einen alten Mann in Federschmuck ein, weil der sich weigerte, einen vergammelten Hühnerschlegel aus dem Staub zu essen, und allmählich bekam ich den Eindruck, sie verfehle ihr ursprüngliches Ziel ein wenig. Sicher, wir hatten tolle Fotos einer unterdrückten Minderheit – aber um welchen Preis? Anstatt den Leuten eine Lobby zu verschaffen, was Sinn des Bildbandes gewesen wäre, nutzte Iris deren Schwächen aus. Ich erkannte, dass auch sie nichts weiter war, als einer jener Schreihälse, die ich damals in der Bundeswehr zu verabscheuen gelernt hatte. Wir standen am Rande eines Canyons, als sie mir von ihren hochtrabenden Plänen erzählte.

„Der Pulitzer-Preis wäre nicht schlecht", sagte sie mit einem kleinen Lachen, ihre Augen mit der linken Hand gegen die Sonne beschirmend. „Du wirst sehen: Eines Tages schnapp ich ihn mir." Sie sah besonders entschlossen aus mit ihren schmalen Lippen und der hohen gerunzelten Stirn.

„Jedenfalls nicht für das, was du hier abgezogen hast", sagte ich. Ich hatte roten Staub in der Kehle. „Nicht, wenn es nach mir geht."

Sie blickte mich an, als hätte ich etwas völlig Absurdes gesagt. Etwa, ich würde zur Abwechslung auch gern mal mit ihrer Mutter und ihrer Großmutter schlafen. Schließlich sagte sie: „Du hast sie ja nicht alle. Ich habe diesen Leuten ein Forum gegeben."

„Erniedrigt hast du sie, nichts weiter."

Sie stieß ein meckerndes Lachen aus. „Ich habe – was?"

„Du hast sie erniedrigt", wiederholte ich. Ich hoffte auf Einsicht.

Sie wandte sich abrupt zu mir um, drehte dem Canyon den Rücken zu. „Willst du mich auf den Arm nehmen, oder was? Ich habe ihre Unterdrückung *gezeigt.*"

Ich sagte nichts dazu. Ich dachte an die lustigen Sommersprossen in den Grübchen über ihrem Po, aber auch an ihren Ehrgeiz und daran, dass sie jeden Morgen ihre Augenbrauen zupfte. Es war nur ein leichter Stoß gegen die Brust, ein Stoß, der wohl im letzten Augenblick Erkenntnis brachte. Sie blickte mich mit einer Mischung aus Staunen und Unglauben an, ehe sie über die sandige Felskante kippte und stumm dahinter verschwand; viel zu verblüfft um zu schreien.

Ich flog allein nach Deutschland zurück. Mit einer Menge ausgezeichneter Fotos im Gepäck. Das Buch wurde ein Riesenerfolg. Bislang sechs Auflagen und kein Ende in Sicht. In einem Punkt habe ich mich geirrt: Das Buch bekam tatsächlich einen Preis. Nicht den Pulitzer, aber immerhin einen dafür, dass sämtliche Tantiemen den Indianern des Reservats zugutekamen … Einen Monat später kündigte ich.

Danach wusste ich eine Weile überhaupt nichts mit mir anzufangen. Das änderte sich erst, als ich Barbara kennenlernte. Das war in der Bahnhofstraße. Im *Café Knigge.* Meine Güte, was für eine Frau! Sie war wie ein großes kleines Kind, goss mir ihren Tee in den Kragen, als ich sie nach der Uhrzeit fragte. Ich fand sie irgendwie niedlich, daher blieb ich auch bis zu ihrem Tod mit ihr zusammen. Was mir als erstes an ihr auffiel, waren ihre klaren blauen Augen – die ehrlichsten, die ich jemals gesehen habe. Und dann das ansteckende Lachen, das auf ihr verlegenes Lächeln folgte, als ich ihr versicherte, sie habe mir im Grunde sogar einen Gefallen getan; ich sei ohnehin eben im Begriff gewesen, mir meinen Tee selbst in den Kragen zu gießen. Ich glaube, ich war schon in sie verliebt, noch ehe der heiße Tee die Haut meines Halses verbrühte. Barbara war einfach göttlich, und ganz nebenbei äußerst vermögend, hatte all ihr Geld von den Eltern geerbt. Doch ihr Reichtum interessierte mich wenig. Wenn ich am Morgen neben ihr erwachte, war es, als sei ich aus einem besonders anrührenden Traum erwacht, nur um ihn fortzusetzen. Ich möchte wirklich nicht kitschig klingen, aber so war sie nun mal. Sie besaß die einzigartige Gabe, Menschen glücklich zu machen – und nicht nur mich. Ich erinnere mich an einen Sonntag im Frühling, als sie nach dem Gottesdienst einen Stadtstreicher ansprach und zu uns nach Hause einlud. Ich bin kein Freund von Stadtstreichern, da ich fest daran glaube, dass jeder für sein Schicksal selbst verantwortlich ist, und etwas aus seinem Leben machen kann, wenn er nur will. Barbara dagegen sah die Dinge anders – einfacher. Dieser Mann, dessen Namen ich nie erfuhr, verbrachte ganze drei Tage in Barbaras Haus. Sie mobilisierte das gesamte Personal, als sei wie zufällig ein Staatsoberhaupt eingetroffen, ließ ihm die besten Gerichte servieren und richtete das Gästehaus für ihn her. Ich zog mich mit Migräne in unser Schlafzimmer zurück. Als er wieder fort war, fand ich zufällig ihre Kontoauszüge auf dem Tisch in ihrem Arbeitszimmer. Sie hatte diesem Mann tatsächlich 5000 Euro geschenkt! Und dafür liebte ich sie. Niemals wäre es *mir* in den Sinn gekommen, etwas derartig Verrücktes zu tun. Aber sie war nun mal so. Den Herrn sahen wir nie wieder. Ich hoffe, er hatte Glück mit der Kohle.

Als Barbara und ich uns zwei Jahre kannten, verlobten wir uns auf der Sparrenburg. Sie hatte eine Menge Gäste zu der Feier geladen. Sehr seltsame Gäste, wie ich zugeben muss.

Da war eine Frau in einem merkwürdigen Kleid, das an ein Fischernetz erinnerte. Ihrem Mund hätte ein ordentlich gearbeitetes Gebiss sicher gut zu Gesicht gestanden. Dann ein älterer Herr in linkisch geflickter Abendgarderobe. Stücke seiner Ärmel passten farblich nicht zum Stoff seines Jacketts, und die Länge seiner Hosenbeine wurde von rostigen Sicherheitsnadeln bestimmt. Ein anderer Mann trug außer einem verbeulten Sonnenhut kaum etwas am Leib. Sein gelbliches Unterhemd wies Risse auf, und die Hosenträger hatten Laufmaschen, wenn man bei Hosenträgern überhaupt von Laufmaschen reden kann. Die Frau, die die Verlobungsansprache hielt, konnte kaum sprechen. Sie kiekste ständig und zuckte, während sie redete, litt vermutlich an einer Erkrankung des zentralen Nervensystems. Aber Barbara wollte es so. Ich tanzte sowohl mit der Rednerin (zweimal schlug sie mir unabsichtlich ins Gesicht), als auch mit der Frau im Fischernetz. Letztlich tanzte ich wohl mit allen, außer mit einem stoppelbärtigen Mann mit Holzbein, der gegen 22:00 Uhr besinnungslos unter den Tisch in der Saalecke gesackt war. Eine unglaubliche Verlobungsfeier! Wir heirateten elf Monate später.

Barbara starb ein knappes Jahr darauf bei einem Verkehrsunfall. Der Fahrer des Lieferwagens war betrunken gewesen. Ein unglücklicher Umstand, hätte Barbara vermutlich gesagt. Er kann doch nichts dafür, dass er Alkoholiker ist.

Ich begrub sie nur widerwillig – sie war eben ein Engel, nicht aus meinem Leben wegzudenken – am liebsten hätte ich sie ausstopfen lassen.

Den Lieferwagenfahrer tötete ich, als er aus dem Gefängnis kam. Man hatte ihm gerade seine wenigen Habseligkeiten ausgehändigt. Er trat um 13:07 Uhr aus dem Haupttor der Justizvollzugsanstalt Bielefeld auf die Senner Straße hinaus, ein kleines verbeultes Köfferchen in der Hand. Unsere Blicke trafen sich, und ich sah den entsetzten, letzten Ausdruck in seinen Augen, Bruchteile von Sekunden bevor er über den Kühler flog und der rechte Seitenholm seinen Schädel eindrückte.

Barbara hatte keinerlei Testament hinterlassen, also tat ich das, was ihrem Naturell am nächsten gelegen hätte: ich vermachte all ihr Vermögen der Heilsarmee und ging fort.

Ich weiß nicht genau, wer das Gerücht eigentlich in die Welt setzte; vermutlich jedoch der Bursche, von dem ich den Revolver gekauft hatte, mit dem ich Paulas perversen Nachhilfelehrer erschoss. Von Paula habe ich Ihnen ja noch gar nichts erzählt, nicht wahr? Das war in Heepen. Aber es ist eine sehr lange und sehr schmutzige Geschichte, die ich Ihnen wirklich ersparen möchte. Jedenfalls kursierte da in gewissen Kreisen dieses Gerücht, ich sei genau der Richtige, wenn es darum ginge, schwierige Probleme aus der Welt zu schaffen, was mir, ehrlich gesagt, nicht sonderlich behagte.

Der erste Mann war klein und dick, um die 50, nehme ich an, mit einem sehr teuren Anzug. Er sprach mich im Lord Nelson, meiner Stammkneipe, an, als mein Freund Don Rice, der Wirt, mir gerade ein frisches Pint in die Hand gedrückt hatte, und kam ziemlich rasch auf den Punkt. Es ginge da um seine Frau, und er habe meinen Namen von einem gemeinsamen Bekannten.

„Hören Sie", sagte ich. „Das ist nicht gut, was Sie mir da vorschlagen. Mit solchen Dingen habe ich nichts zu schaffen."

„Na, na", meinte er grinsend. Er könne sich das gar nicht vorstellen, wo doch alle Welt wüsste, dass ich so ein tougher Typ sei.

„Tough", sagte ich und ging mit ihm nach draußen zu seinem teuren Wagen. „Tough, das ist wohl kaum das richtige Wort."

Aber er redete weiter, ganz leise – von den Kosten, die eine Scheidung mit sich brächte – und blickte mich dabei verstohlen von der Seite her an: 50 000 und wir beide verstünden uns wohl. Ich fragte ihn, weshalb er denn überhaupt geheiratet hätte, und er meinte, na ja, das Haus und die Firma und so weiter, ich wüsste schon. Allerdings, wenn ich es nicht täte, würde er es eben selbst machen müssen.

50 000 sind eine Menge Scheine für jemanden wie mich. Nur, wenn ich eines auf den Tod nicht ausstehen kann, dann ist es Hinterhältigkeit. Auf der Fahrt hinaus aus der Stadt bat ich ihn, mir ein Foto seiner Frau zu zeigen: blondiertes Haar, pummelig, wie er, aber ein freundliches, rundes Gesicht. Dann ließ ich ihn in dem kleinen Wäldchen bei den Heeper Fichten nahe der Radrennbahn halten. Wir waren ein gutes Stück zusammen gegangen, als ich an einem Tümpel stehen blieb und ihm frei heraus sagte, dass ich ihn jetzt erschießen würde. Da fing er an „Nein, nein …" und „O Gott … O Gott" zu stammeln, und das alles sei doch bloß ein dummer Scherz gewesen … Äh! Lügen sind beinahe genauso schlimm wie Hinterhältigkeit.

Danach geriet ich noch drei, viermal in solche Situationen und war es schließlich dermaßen leid, dass ich Don sagte, ich würde für eine Weile verschwinden und Bielefeld über Nacht verließ.

Und dann kam der Tag, an dem ich zufällig in einer schäbigen Kneipe in Lage einen alten Bekannten wieder traf und einen schlimmen Fehler beging. Zu diesem Zeitpunkt war ich fast vollkommen abgebrannt, leicht depressiv, wie ich heute vermute, und wahrscheinlich einfach froh, ein bekanntes Gesicht in dieser hässlichen alten Stadt zu sehen. Vor Ewigkeiten waren wir recht eng befreundet gewesen, hatten uns nach dem Studium jedoch aus den Augen verloren. Er saß allein an einem Dreiertisch in der finstersten Ecke des ganzen Ladens. Er sah schlimmer aus als ich; als habe er jede Menge Sorgen.

„Christian?“, sagte ich. „Christian Winter?“

Müde sah er aus, blickte aus trübe verhangenen Augen zu mir hoch. „Martin?“ Er lallte, lächelte, wobei sich die tiefen Furchen in seinem Gesicht strafften.

Ich nickte.

„Hi, Mann. Was tust du hier?“ Seine Frage klang leblos, nicht wirklich interessiert. Er senkte den Blick wieder und schien sein zur Hälfte gefülltes Glas zu betrachten. Was sich darin befand sah nicht besonders gesund aus.

„Was trinkst du da?“

„Hm?“

„Apfelkorn?“

„Weiß nich.“

Ich winkte der Bedienung und verlangte dasselbe. Es kam drei Minuten später und schmeckte fürchterlich; das reinste Gift.

Damals auf der Uni war Christian der unbestrittene Captain der Basketball-Mannschaft gewesen; ein riesiger muskulöser junger Kerl mit blendendem Aussehen. Wir Jungs nannten ihn den Champ und alle Mädels himmelten ihn an. Besonders Kerstin, die Tochter unseres Pfarrers. Soweit ich weiß, ließ sie sogar ihr Medizinstudium in Münster sausen, um mit dem Champ nach Paderborn zu gehen. Damals – das war keine 15 Jahre her. Was zum Teufel war seither mit ihm geschehen?

Voller Wehmut dachte ich an meine verstorbene Barbara und fragte: „Willst du mir davon erzählen?“

Seine Lippen zuckten, als wollten sie sprechen; sein ausgeprägter Adamsapfel bewegte sich wie ein kleiner Fahrstuhl auf und ab, doch es kam nichts.

Ich fragte ihn, ob er öfter herkäme, doch er wackelte mit dem Kopf. „Aber du wohnst hier in der Nähe?“ Erneutes Kopfgewackel. Dann hob er wie beiläufig den Arm; eine Geste, die aussah, als handle dieser Teil seines Körpers völlig autonom.

Ich sah auf die Uhr. Es war halb zwei. Im selben Augenblick trabte die Bedienung an – ein vielleicht 19-jähriges Mädel mit rotgefärbten Haaren, das ein zu enges und zu kurzes Oberteil trug, und deren silbernes Bauchnabelpiercing im schwachen Licht der Deckenbeleuchtung schimmerte – und nahm gelangweilt seine Bestellung entgegen: ein weiteres Glas von dem Giftzeug.

Ich schloss meine Finger um ihr Handgelenk und hielt sie zurück. Sie zuckte und zischte wie eine Schlange.

„Wieviel hat er schon davon?“

„Hör'n Sie, ich mach hier nur meinen Job.“

„Schon gut, okay.“ Ich ließ sie los. Fast tat sie mir leid. „Wieviel?“

„Acht oder neun.“ Ihre Augenlider flatterten. Sie schien hellwach. „Was weiß ich?“

Christians Kopf war unterdessen auf die Tischplatte gesunken.

„Genug für heute“, meinte ich.

„Dann bekomme ich 4,50 Euro von Ihnen und ...“ Sie stellte ihr Tablett hin, verdrehte die Augen zur Decke und begann, angestrengt ihre Finger abzuzählen. „Und 45,- von Ihrem Kumpel.“

„Acht oder neun, haben Sie gesagt!“ Ich suchte nach meiner Brieftasche.

„*Zehn.*“ Sie warf affektiert das Haar in den Nacken. „Er hatte genau *zehn.*“

Christian war ziemlich hin, als wir schließlich bei ihm in der Wohnung anlangten. Er faselte etwas von einem Unfall und von Blut und was er alles so nicht gewollt habe, während ich ihn auf einem schmuddeligen durchgesessenen Sofa ablud, das gleich neben der Zimmertür stand, und ins Bad ging, um ihm einen feuchten Lappen für die Stirn zu besorgen.

Also, Kerstin hätte ich beinahe nicht wieder erkannt, wie sie da ausgestreckt vor mir in der Wanne lag, in all dem Blut. Sie war schrecklich dick geworden und trug eines dieser geblümten Hauskleider ohne Ärmel, so dass ich sehr deutlich die vielen verheilten Schnitte an ihren Armen und Beinen erkennen konnte. Ihre Augen waren halb geöffnet, ihre Kehle von einem Ohr zum anderen durchgeschnitten. Meiner Erfahrung nach war sie seit mindestens zwölf Stunden tot.

Alte Freundschaft hin oder her; jetzt hatte Christian ein echtes Problem. Da er halbwegs besinnungslos war, trug ich ihn ins Bad, hob ihn in die Wanne, und schnitt ihm mit einem Brotmesser aus der Küche die Kehle durch. Er strampelte noch eine ganze Weile und versuchte, meine Arme zu greifen, aber ich hatte jetzt keinerlei Mitleid mehr mit ihm. Denn wer seine Frau tötete, warum auch immer, hatte zu sterben verdient.

Das dachte ich zumindest. Bis ich den Bericht über den vermeintlichen Doppelselbstmord in der Landeszeitung las. Dort stand, Kerstin habe sich zweifellos selbst die Kehle durchgeschnitten. Ihrem Vater zufolge, war sie seit Jahren alkoholabhängig gewesen, da sie es nicht verkraftet hatte, dass Christian wegen einer schweren Sportverletzung den Sprung in die Profi-Liga nicht geschafft hatte. Das also hatte er mit dem Unfall gemeint. Kerstin hatte bereits mehrere Selbstmordversuche hinter sich. Sogar einen Abschiedsbrief gab es von ihr.

Das ist nun eine gute Woche her.

O Mann, sehen Sie nur – sie steht noch immer da draußen.

Anfangs hatte ich keine Ahnung, wer sie war – bis ich zufällig ihr Foto in der Zeitung entdeckte. Und nun ist mir klar, dass sie mich schon seit einiger Zeit beobachtet. Zum ersten Mal bemerkte ich ihre Anwesenheit vor drei Tagen, in diesem kleinen Hotel in Detmold. Als ich dann den Zug nach Bielefeld nahm, saß sie im Nachbarabteil, und nun steht sie schon seit anderthalb Stunden dort draußen vor dem *Lord Nelson* im Nieselregen bei der Straßenlaterne und starrt zu mir herein. Mein Revolver ist entsichert. Wie schon gesagt, ich mag dieses Blutvergießen nicht. Das mit Christian war ein böser Fehler, das gebe ich zu. Aber letztlich ist doch jeder nun mal sich selbst der nächste.

Ich denke, ich werde mich jetzt von Don verabschieden und zu Christians Schwester hinübergehen und versuchen, es ihr zu erklären. Tja, und wenn sie dann immer noch meint, hier den Racheengel spielen zu müssen, dann komme ich möglicherweise nicht umhin, auch ihr eine Kugel zwischen die Augen zu schießen.

René Paul Niemann

Die Wächterin

Manchmal sah man in der Dämmerung einen Schatten wandern, ruhelos, wie getrieben, wachsam und flüchtig zugleich, ein scheues Wesen, das durch die Art, wie es sich bewegte, einen Eindruck von Unwirklichkeit hinterließ. Das war so ein Huschen, so ein Schleichen mit hochgezogenen Schultern, als versuche es, unsichtbar zu sein. Dazu kam die Tatsache, dass das Wesen nicht auf den Wegen lief, sondern zwischen den Gräbern, und wenn ihm jemand zu nahe kam, sei es mit Absicht oder aus purem Zufall, dann duckte es sich rasch, um zwischen den Kreuzen und Steinen zu verschwinden.

Natürlich war das Wesen bei näherem Hinsehen ein Mensch, ein junges Mädchen, um genau zu sein. Aber die Leute, die sie sahen, wandten unwillkürlich den Blick von ihr ab, so wie man sich von etwas Unheimlichem abwendet. Und wenn sie verstohlen noch einmal schauten, war der Schatten verschwunden, und sie glaubten, Opfer einer Täuschung geworden zu sein oder eine Situation falsch interpretiert zu haben.

So kam es, dass der Schatten viele Monate zwischen den Gräbern wandern konnte, bis weit in den Herbst hinein. Gerüchte gab es allerdings schon länger, sogar länger, als irgendjemand sich tatsächlich erinnern konnte. Ganze Generationen von Schatten mochten bereits abseits der Wege gewandelt sein, und niemand hatte eine Ahnung, was sie dort taten und welchem Bestreben sie folgten.

Es wurde früh dunkel, und es war ihr erster Herbst. Die Kälte steckte ihr schon in den Knochen, obwohl sie noch jung war, aber der ganze Sommer war feucht gewesen, und manchmal waren ihre Kleider kaum getrocknet. Doch das gehörte dazu, ebenso wie die Klaglosigkeit und der unbequeme Schlaf. An einem regnerischen Apriltag war sie gekommen, mit gesenktem Kopf und einem Bündel im Arm. Nachts saß sie auf einem Grabstein und heulte wie ein Tier, wobei sie den Kopf in den Nacken legte und zum Himmel aufblickte. Der Himmel aber schwieg, nur der Wind raschelte leise in den herbstlichen Blättern. Auch sie selbst schwieg meistens, wenn sie nicht gerade heulte. Manchmal murmelte sie leise vor sich hin, flüsterte mit den Gräsern. Aber mit keinem Menschen konnte sie reden. Das war ein Teil des Gelübdes. Alle wussten es und hielten sich daran.

Ihre Kleider waren fleckig und hatten Risse. Hundertmal war sie an den Dornen und den spitzen Ästen hängengeblieben, die ihr Genist umgaben. Im Sommer hatte sie den Pullover noch ein paar Mal gewaschen, am Wasserbecken vor der alten Kapelle, wenn niemand sie sah. Doch nun wurde es zu kalt. Vor zwei Tagen hatte Reif an den Bäumen geglitzert. Das Wasser machte ihre Hände blau und schmerzhaft. Morgens glättete sie sich das Haar ein paarmal mit den Fingern. Es war lang geworden und umstand ihr Gesicht wie eine Mähne, in der sich Partikel brauner Blätter und welker Blüten und durchsichtiger Spinnweben fingen. Überall flogen die dünnen Fäden durch die Luft, wenn die Sonne herauskam. Aber das würde vorbeigehen, sehr bald schon. Der Altweibersommer lag in den letzten Zügen, Allerseelen stand vor der Tür.

Im letzten Rest Tageslicht huschte sie umher und hielt zwischen den Gräbern Ausschau, suchte nach Duft und Leben, nach frischen Blumen und leuchtenden Farben. Sie welkten so schnell. In der Dämmerung wurden sie alle grau. Sie nahm ein paar Rosen und Nelken, Astern und Chrysanthemen. Und immer Vergissmeinnicht, Vergissmeinnicht.

„Ich vergesse dich nicht, ich vergesse dich nicht", wisperte sie dabei.

Dann hockte sie sich auf eine Bank unter einer der Laternen, die inzwischen angegangen waren, und begann die Blumen zu flechten. Sie war schon eine Meisterin geworden, die mit ausgesuchter Fingerfertigkeit die schönsten Gebinde herstellte. Die Rosen stachen, aber so ein paar Tropfen Blut ließen ihre Kelche noch mehr leuchten. Selbst im fahlen Licht des Mondes wirkten sie dann ganz lebendig.

Wenn es regnete, hockte sie sich unter einen dichten Busch. Nur selten, wenn sie völlig durchnässt war, und ihre Zähne nicht zu klappern aufhörten, verließ sie für eine Weile ihren Wachplatz und zwängte sich dicht an die Mauer der alten Gruft, die in der Nähe stand und deren überspringendes Dach ein wenig Schutz bot. Sobald der Regen nachließ, ging sie gleich wieder zurück, duckte sich unter ein paar Büschen durch, blieb wieder an den Dornen hängen, und setzte sich auf den großen Stein, der ihr Zuhause geworden war.

„Still, still, weckt sie nicht auf", flüsterte sie, wenn der Wind zu stark heulte oder die schwarzen Krähen krächzten.

„Still, still", flüsterte sie auch, wenn ihr eigenes Herz heftig schlug oder ein Schluchzen ihr in der Kehle drückte, sodass sie daran zu ersticken glaubte.

Sie hatte sich schon fast daran gewöhnt. Und irgendwann würde sie wieder ins Warme gehen dürfen, und vielleicht auch lächeln und sich neue Kleider anziehen. Irgendwann würde die Ablösung kommen, und das Leid in der Welt würde sich um ein weiteres Stück vergrößert haben.

Der Sennefriedhof war einer der größten Friedhöfe Deutschlands und glich eher einem weitläufigen Park als einem Totenacker. Es gab Alleen und Wege, und zwischen den Gräberfeldern viel Grün. Den ganzen Sommer sangen die Vögel. Die Friedhofsverwaltung hatte Dutzende Angestellter, dazu Landschaftspfleger, Gärtner und Hilfsgärtner. Alles war gut organisiert. Die Beete wurden gepflegt, die Wege geharkt, Bäume und Büsche bei Bedarf beschnitten. Efeu und Gestrüpp wurden im Zaum gehalten, sodass sie nicht nach den Wegen griffen und die Denkmale umschlangen. Und nie hatte man etwas Ungewöhnliches oder Verdächtiges gefunden.

Doch auf einem so großen Areal gab es natürlich das eine oder andere Fleckchen, das der Sorgfalt entschlüpfte, entweder weil es sich abseits befand, oder einfach, weil es noch nicht benötigt wurde und als Brache dalag, so wie es auch in einem großen Haus immer einen Winkel gibt, der der Reinigung notorisch entgeht, weil die Hausfrau längst vergessen hat, dass er existiert, oder weil er hinter einer Tür verborgen liegt, durch die keine Gäste treten. Dachböden pflegen solche Winkel zu sein, oder Kellerräume, in denen das Gerümpel vieler Jahrzehnte schlummert.

Rund um das Wasserbecken bei der alten Kapelle, zwischen den bejahrten Bäumen, die man wachsen ließ, wie sie wollten, hatte sich dichtes Unterholz gebildet, kleine ökologische Nischen inmitten der Welt der Rasenflächen und marmorumgrenzten Beete. Im neueren Teil des Friedhofs befanden sich mehrere Hektar noch fast im Naturzustand. Hier wuchsen seltene Pflanzen und Moose, die als gefährdet galten. Kleine Wildtiere fanden hier Zuflucht vor der Stadt. An so einer Stelle, inmitten eines fast undurchdringlichen Dickichts, befand sich der verborgene Garten, den sie bewachte, und hier lag auch der große Stein, auf dem sie immer saß. Es mochte sich um den Rest eines verwitterten Grabsteins handeln, bei genauem Hinsehen konnte man Spuren von Schnitzereien und Schriftzeichen entdecken, die ganz rundgeschliffen waren, als hätten unermüdliche Hände sie viele Jahre ohne Unterlass gestreichelt.

Früher hatte sie ihr Herz in der Hand getragen, hatte es jedem angeboten, der ein wenig nett zu ihr war.

„Die Nutte", hatte ihr großer Bruder gesagt. „Die würde sich doch für ein Butterbrot weggeben."

So etwas sollten große Brüder nicht sagen. So etwas sollte niemand von einem 14-jährigen Mädchen sagen. Aber als es einmal ausgesprochen war, hatte sie nichts erwidert. Sie wehrte sich ja eigentlich nie. Es führte ja doch zu nichts. Und vielleicht hatte ihr Bruder sogar Recht. Als er es zum vierten oder fünften Mal gesagt hatte, begann sie es fast selbst zu glauben. Denn es stimmte im Grunde. Sie hätte alles getan. Zwar nicht für ein Butterbrot, aber doch für ein bisschen Freundlichkeit.

„Die ist doch blöd", hatten die Mädchen in der Schule gesagt.

Und auch sie hatten Recht. Natürlich war sie blöd. Sonst hätte sie doch manchmal den Mund aufgemacht, statt immer nur alles zu schlucken. Aber irgendwie fehlte da der Funke. Ein ganz dickes Fell hatte sie sich zugelegt. Sie reagierte einfach nicht. Stundenlang zupfte sie an ihren Haarsträhnen, riss sich manchmal welche aus und kaute darauf herum. Schaute an die Wand oder drehte sich einfach um, als existiere die Welt nicht für sie.

Die Nachbarn redeten etwas besser von ihr, sofern sie sich an sie erinnern konnten. Still sei sie gewesen, aber nie unhöflich. Mit gesenktem Kopf sei sie meist gelaufen, so dass die Stirnfransen ihr in die Augen fielen. Aber wenn man zufällig mal ein paar Worte mit ihr gewechselt habe, sei sie immer nett gewesen, hilfsbereit sogar, wenn man sie um eine Kleinigkeit bat, etwa darum, die Tür aufzuhalten oder die Einkaufstasche ein Stück die Treppe raufzutragen. Da habe sie sich nie geweigert. Manchmal habe es sogar so ausgesehen, als versuche sie zu lächeln. Dann habe sie wieder die Haare vors Gesicht gezogen und sei mit gesenktem Blick zur Straßenecke gegangen, wo sie einfach nur dastand, als warte sie auf jemanden oder auf etwas, das nicht geschah. Manchmal hatte man sie auf dem Kinderspielplatz gesehen, wo sie stundenlang auf einer Schaukel saß und leise vor sich hinschaukelte und dabei Löcher in die Luft starrte.

Es war eigentlich nicht wichtig, dass ihr Vater bei Dr. Oetker arbeitete, und dass ihre Mutter dreimal wöchentlich putzen ging und an den anderen Tagen für eine Änderungsschneiderei nähte. Es war nur insofern von Bedeutung, als es zeigte, dass sie aus keiner ganz verkommenen Familie kam. Sie waren keine Asozialen, und eigentlich ging alles seinen geregelten Gang. Sie wohnten in einer Anlage der Gemeinnützigen Baugenossenschaft Brackwede im Süden Bielefelds. Die Wohnung war ausreichend groß. Das Treppenhaus war sauber und ordentlich. Es roch nicht nach Pisse, und die Fahrstühle funktionierten meistens. Sie besuchte sogar die Realschule und schlug sich irgendwo im Mittelfeld der Klasse. Lieblingsfächer hatte sie nicht, sie gab sich überall ein bisschen Mühe, nicht allzu viel, aber auch nicht so wenig, dass es aufgefallen wäre. Ein ganz unauffälliges Mädchen, mittelhübsch, mittelklug und mit mittellangen Haaren.

Als sie 15 war, hatte sie diesen Jungen kennen gelernt, der sich von nun an als ihr Freund ausgab. Wäre er es nicht gewesen, dann ein anderer. Die Mutter fragte nicht, wer er war, und der Vater bekam kaum mit, dass es ihn gab. Sie hingen meistens am Einkaufszentrum rum, da konnten sie sich bei schlechtem Wetter in die gläserne Passage verziehen. Sie ging mit diesem Jungen, der ein oder zwei Jahre älter war als sie, auch ins Bett. Das heißt, nicht wirklich ins Bett, denn bei ihr zu Hause war ihre Mutter, und er teilte sein Zimmer mit seinem kleinen Bruder. Also taten sie es eines Abends in der Nähe des Einkaufszentrums hinter einem Gebüsch, als es nieselte und niemand zuschaute. Danach noch ein paar Mal auf dem Sofa in der Wohnung eines seiner Kumpel, der gerade nicht zu Hause war. Weil es eben dazugehörte. Und weil alle es taten. Und was sollte man sonst auch tun in Bielefeld, wenn man Langeweile hatte, nur mittelhübsch war und auch sonst nicht viel vom Leben erwartete.

Ein Jahr später hatte sie sich verlobt. Nicht mit diesem Jungen, sondern mit dem Übernächsten, den sie zwei Monate zuvor kennen gelernt hatte. Er war schon fertig mit der Lehre und arbeitete in einem Malerbetrieb. An den Wochenenden ging er zu Arminia. Sie ging ein paarmal mit, obwohl Fußball sie nicht interessierte. Aber sie hatte nichts Besseres vor, und er und seine Kumpel gingen hin, und ein paar von deren Freundinnen auch, und hinterher setzten sie sich auf die

Blumenkübel in der Fußgängerzone oder auf die Bänke beim Einkaufszentrum und tranken Bier und Cola.

Viel später, nachdem man sie völlig zerlumpt und verwirrt auf einem Spielplatz aufgegriffen hatte und feststellte, dass sie vor geraumer Zeit ein Kind entbunden haben musste, behauptete der Junge, gar nicht mit ihr verlobt gewesen zu sein. Er habe auch nie die Absicht gehabt, sich so einen Klotz ans Bein zu binden, und schon gar kein Kind, dazu sei er schließlich viel zu jung, er wolle erst noch was vom Leben haben. Außerdem habe er von einem Kind auch gar nichts gewusst. Sie habe es ihm nicht gesagt. Sie habe ja auch genau gewusst, dass er keines wollte. Und überhaupt könne auch jemand anders der Vater gewesen sein. Solange man das Kind nicht finde, könne man auch nichts beweisen. Er wisse schließlich, wie das funktioniere mit den DNA-Tests. Er sei ganz bestimmt nicht der Vater. Ihr eigener Bruder hatte sie immerhin eine Nutte genannt. Und das mit der Verlobung habe sie sich ausgedacht, um vor ihren Freundinnen anzugeben, und den angeblichen Verlobungsring, der aussah wie so ein Ding aus einem Kaugummiautomaten, hatte sie ihrer Mutter weggenommen und sich an den Finger gesteckt.

Ein paar der Freundinnen seiner Kumpel bestätigten diese Version und sagten, sie wäre eigentlich auch gar nicht wirklich in ihn verliebt gewesen, sie würde sich auch an jeden anderen gehängt haben, der ihr ein paarmal über den Kopf gestreichelt hätte. Und die Sache mit der Verlobung habe sie in die Welt gesetzt, weil sie Angst hatte, sonst keinen mehr abzubekommen. Schließlich war sie nicht besonders klug und nicht besonders hübsch, und ihr eigener Bruder hatte schlecht über sie geredet, dann musste es ja stimmen. Und eine Idee, was sie nach der Schule machen wollte, habe sie auch nicht gehabt, als wäre ihr Kopf vollkommen leer gewesen.

Irgendwann im Herbst hatte sie gemerkt, dass etwas mit ihr nicht stimmte. Magen verdorben, dachte sie, als es im Unterleib zog und zwickte. Zuviel gegessen, die Gummibärchen, redete sie sich ein, als sie im Winter ein paar Kilo zunahm. Viel zu viel von dem süßen Zeug verschlang sie, und immer mit Heißhunger, besonders wenn ihr Verlobter keine Zeit für sie hatte. Und die Scheiß-Pommes und die Fettburger, die sie sich reinstopfte. Wenn das Frühjahr kam, würde das schon wieder verschwinden.

Sie schminkte sich ein bisschen mehr als sonst, damit nicht auffiel, wie blass sie war, und kaufte sich weite Blusen mit Stickerei, wie sie gerade modern waren, die gab es im Discount schon ganz preiswert. Ihre Mutter sagte nichts, und ihren Vater kriegte sie ohnehin fast nie zu Gesicht.

Als sie dann noch fetter geworden war, hatte ihr Verlobter mit ihr Schluss gemacht. Nicht, dass er es ausgesprochen hätte. Er hatte einfach immer öfter keine Zeit, und dann erfuhr sie, dass er seit einigen Wochen ein anderes Mädchen zu Arminia mitnahm. Einmal sah sie ihn sogar mit ihr. Sie saßen an einer Bushaltestelle und knutschten herum, bis der Bus kam. Sie ging einfach weiter und schloss sich mehrere Tage in ihr Zimmer ein und behauptete, zu krank zu sein, um zur Schule zu gehen. Dann mach wenigstens den Abwasch und sauge mal Staub, sagte ihre Mutter und ging zum Friseur. Ihr Bruder kam, rülpste sie an und nannte sie eine fette Sau. Dann verschwand er mit einer Dose Bier aus dem Kühlschrank, um irgendwo draußen abzuhängen.

Nach Ostern war sie so dick gewesen, dass sie sich nicht mehr in die Schule traute. Den anderen Mädchen erzählte sie, dass es Zysten im Bauch wären. Irgendwann würden die von selbst wieder verschwinden, habe der Arzt gesagt. Darum dürfe sie auch keinen Sport mehr machen, weil die Zysten dann platzen könnten. Niemand glaubte ihr, aber es fragte auch niemand nach. War ja schließlich ihre Sache, was sie mit ihrem Leben machte, und wenn sie sagte, es wären Zysten, ging das niemanden etwas an. Sie war ja sowieso irgendwie blöd, und es interessierte auch niemanden wirklich.

Dann war dieser Mittwoch gekommen, gegen Abend. Sie saß in der Einkaufspassage unter dem gläsernen Dach. Wie immer regnete es. Sie war alleine, denn Freunde hatte sie nicht mehr so viele. Sie hatte sich eine Cola und eine Tüte Chips geholt, die sie in sich reinstopfte, und starrte einfach nur den Eingang von Aldi an, der direkt vor ihrer Nase lag. Durch das Glasdach sah sie den Himmel langsam dunkler werden, als sie plötzlich schlimme Krämpfe bekam, so als würde ihr jemand mit einem Messer im Bauch herumwühlen. Als die Schmerzen einen Moment aufhörten, warf sie die restlichen Chips in den Papierkorb. Die halbleere Cola drückte sie zwischen die Wurzeln der künstlichen Palme auf der anderen Seite der Bank, denn vielleicht könnte sie später noch weitertrinken, wenn es ihr wieder besser ging, und außerdem war Pfand auf der Flasche.

Als gerade keine Leute vorbeigingen, stand sie auf. Zwischen ihren Beinen lief es warm herab, und zuerst glaubte sie, sich versehentlich in die Hose gemacht zu haben. Sie ging in Richtung der öffentlichen Toiletten und schloss sich in eine der Kabinen ein. Dort hockte sie über eine Stunde und glaubte, zu sterben. Sie presste sich Tempotaschentücher in den Mund, um nicht zu schreien, denn die anderen Kabinen waren immer wieder besetzt. Dann fiel etwas aus ihr heraus, der schlimmste Schmerz war plötzlich vorbei, und nach einer Weile hörte auch das Flimmern vor ihren Augen auf. In den Nachbarkabinen war jetzt niemand mehr, die Hausfrauen hatten ihre Einkäufe erledigt und waren heimgegangen, um das Abendessen vorzubereiten.

Sie hätte nun gerne einen Schluck Cola getrunken, ihr Hals war wie verdorrt. Nach einer Weile versuchte sie, aufzustehen, und warf dabei einen Blick in die Kloschüssel auf das, was sie produziert hatte. Es war ganz blutig. Und es gab keinen Laut von sich. Es lag mit dem Gesicht nach unten in der rötlichen Wasserpfütze. Sie glaubte zu sehen, dass ein Zittern durch den kleinen Körper lief. Aber als sie noch einmal schaute, war es wieder reglos. Und eigentlich mochte sie auch gar nicht hinsehen, denn was war das für ein fremdes Ding, das da aus ihr herausgekommen war? Am liebsten hätte sie die Spülung gezogen und es einfach verschwinden lassen. Aber das ging nicht. Es war viel zu groß. Wenn sie gekonnt hätte, wäre sie weggelaufen. Aber das ging auch nicht, denn ihre Knie waren weich, und sie konnte sich kaum aufrecht halten. An ihren Beinen lief immer noch Blut. Auf den angeschmutzten Bodenfliesen hatte sich schon eine Lache gebildet.

Dann klapperte draußen wieder eine Tür, vielleicht war es eine der Putzfrauen, die am Abend in den Läden saubermachten, oder ein Junkie, der sich einen Schuss setzen wollte. Sie lauschte, und als alles still blieb, öffnete sie leise die Kabinentür. Einer der Wasserhähne tropfte. Auf dem Boden lagen zerknüllte Papiertücher, die neben den Mülleimer gefallen waren. Jemand hatte geraucht und in eines der Waschbecken geascht. Die Kippe klebte zertreten auf den Fliesen. Sie wusch sich die Hände und rieb sich mit ein paar grünen Tüchern das Blut von den Beinen. In einer Ecke lag eine leere Alditüte. Mit zwei Fingern hob sie sie auf und stopfte den blutigen Abfall hinein. Dann zog sie eine Handvoll Tücher aus dem Spender und legte sie in ihre Unterhose, damit es zu tropfen aufhörte. Sie zog sich den Rock zurecht, trank einen Schluck Wasser aus der hohlen Hand und schaute in den Spiegel. Sie strich sich die Haare glatt und ließ sie vor die Augen fallen. Sie musste es mitnehmen. Sie konnte es hier nicht liegen lassen. Vielleicht hatte jemand sie auf die Toilette gehen sehen. Vielleicht erinnerte sich jemand, sie mit der Colaflasche und den Chips in der Passage gesehen zu haben.

Sie nahm die Plastiktüte und ging wieder in die Kabine. Vorsichtig hob sie das Ding aus der Schüssel und ließ es in die Tüte sinken. Sie stellte die Tüte auf den Boden zwischen ihre Füße, damit sie nicht umkippte, wickelte den Rest Klopapier von der Rolle und legte es oben drauf. Dann spülte sie zweimal hintereinander, dann noch einmal, bis die letzten rötlichen Klumpen im Abfluss verschwunden waren. Sie dachte daran, die Lache auf dem Boden wegzuwischen. Aber wenn sie sich bückte, würde sie sich übergeben müssen, darum ließ sie es bleiben.

Sie spähte durch die Tür und schlüpfte hinaus. Die Tüte in ihrer Hand war schwer. In der Passage klopfte gleichmäßiger Regen aufs Glasdach. Draußen war es nun ganz dunkel. Normalerweise wäre sie die drei Stationen nach Hause mit dem Bus gefahren. Aber die Haltestelle war erleuchtet, und im Bus würde man sie anstarren, ihren befleckten Rock, ihre Beine, an denen jetzt wieder ein warmes Rinnsal nach unten lief. Also ging sie zu Fuß, ganz langsam, Schritt für Schritt.

Als sie ihren Block erreichte, war sie völlig durchnässt. Trotzdem stand sie noch fast eine Stunde an der Ecke beim Kinderspielplatz und hielt den Eingang im Auge. Um halb zehn würde ihre Mutter zum Putzen gehen. Ihr Vater hatte Spätschicht, und ihr Bruder war abends sowieso immer unterwegs. Hätte ihr Bauch nicht so wehgetan, hätte sie sich vielleicht eine Weile auf die Schaukel gesetzt. Sie dachte daran, die Plastiktüte auf dem Spielplatz zu vergraben, in der Sandkiste vielleicht, oder zwischen den Sträuchern. Aber in der Sandkiste würden Kinder die Tüte ausgraben. Und zwischen den Sträuchern kackten die Hunde hin, da sollte es nicht liegen. Außerdem war der Spielplatz viel zu nahe, man konnte ihn von der Wohnung aus sehen. Nie wieder würde sie am Küchenfenster stehen können, ohne an die Plastiktüte zu denken.

Im Hausflur ging das Licht an. Eine Minute später sah sie ihre Mutter herauskommen und hinter der Straßenecke verschwinden. Sie fuhr sich durch die nassen Haare. Dann ging sie ganz normal auf den Eingang zu, so als käme sie vom Einkaufen, mit der Tüte in der Hand, deren Henkel sich immer weiter dehnten. Das Licht im Hausflur war wieder erloschen. Sie drückte den Schalter nicht. Sie ging auch nicht zum Fahrstuhl. Im Dunkeln schleppte sie sich durchs Treppenhaus in den vierten Stock, öffnete mit zitternden Fingern die Wohnungstür. In ihrem Zimmer schob sie zuerst die Plastiktüte ganz nach hinten unters Bett. Ohne in den Spiegel zu sehen, zog sie sich aus und legte alle Sachen auf einen ordentlichen Haufen, ehe sie sie in der Küche in die Waschmaschine stopfte. Als die Waschmaschine lief, duschte sie. Dann schloss sie sich in ihrem Zimmer ein und legte sich ins Bett, ein Handtuch zwischen den Beinen, damit sie das Laken nicht schmutzig machte.

Am nächsten Tag sagte sie, dass sie wieder Bauchschmerzen habe und deswegen nicht zur Schule könne. Die Mutter sagte nichts. Ihr Bruder nannte sie eine faule Schlampe. Er saß mit einer Cola im Wohnzimmer und spielte irgendein Ballerspiel. Den ganzen Tag blieb sie im Bett liegen und versuchte, nicht an die Plastiktüte zu denken. Am Abend, als ihre Mutter wieder putzen war, ihr Bruder mit seinen Kumpels verschwand, und ihr Vater zur Spätschicht ging, stand sie auf, machte sich eine Pizza in der Mikrowelle warm und trank ein Glas Milch mit Kakaopulver.

Am folgenden Morgen stopfte sie die Plastiktüte in die große Umhängetasche, die sie für ihre Schulsachen benutzte. Sie aß ein Brötchen, wobei sie sich nicht hinsetzte, denn das Sitzen tat noch weh. Dann zog sie ihre Jacke an, schob sich die Kapuze über den Kopf, draußen regnete es wieder, und verließ das Haus. Sie lief eine Weile durch die Straßen, obwohl sie doch genau wusste, wohin sie wollte. Zufällig hatte sie im Internet mal diesen Blog entdeckt. Da wurden Plätze genannt. Orte, zu denen ein Mädchen gehen könnte, mit einer Umhängetasche auf der Schulter, mit einer Plastiktüte in der Hand.

Sie kaufte sich eine Fahrkarte und fuhr zum Sennefriedhof. Als sie ankam, nieselte es noch immer. Ihr Haar hing in nassen Strähnen unter der Kapuze hervor. Die alte Kapelle spiegelte sich in dem stillen Wasserbecken wie ein graues Taj Mahal. Das Taj Mahal kannte sie von einem Kalender, der die berühmtesten Bauwerke der Welt zeigte. Sie nahm die Tüte aus der Tasche, rollte sie zusammen wie ein Bündel, das sie sich in die Arme legte. Dann schritt sie langsam die Wege ab, einen nach dem anderen. Dann verließ sie die Wege und ging durchs nasse Gras zwischen den Gräbern, denn so musste man es machen. Unter einer großen Weide stand plötzlich eine Gestalt, eine Frau in einem dunklen Mantel und mit langen Haaren. Sie hob langsam die Hand und winkte.

„Ich habe schon auf dich gewartet", sagte sie.

„Auf mich?", fragte das Mädchen verwundert.

„Auf die Ablösung. Ich bin schon fast zwei Jahre hier."

Das Mädchen musste schlucken, denn zwei Jahre waren eine lange Zeit. Die Frau war mager und hatte eingefallene Wangen. Sie mochte Mitte 20 sein, sah aber älter aus mit ihrer bleichen Haut und dem zerschlissenen Mantel, an dem kein trockener Faden war.

Das Mädchen zitterte.

„Irgendwann hört das auf", sagte die Frau. „Dann fühlt man die Kälte nicht mehr."

Sie drehte sich um und ging auf eine Stelle zu, an der das Buschwerk besonders dicht war. Das Mädchen folgte ihr.

„In Wirklichkeit habe ich das gar nicht gewollt", sagte sie schüchtern.

„Wer will das schon", sagte die Frau mit tonloser Stimme.

„Da war dieser Junge, wir waren verlobt. Ich konnte mit niemandem reden, und als ich merkte, dass …"

„Erzähle es mir nicht", sagte die Frau. „Ich kann dir nicht helfen."

Sie durchquerten widerhakiges Gestrüpp.

„Hier ist es", sagte die Frau.

Umgeben von immergrünen Hecken, gerahmt von hohen Bäumen, betraten sie einen freien Platz, eine schmale, gut gepflegte Lichtung, die sich wie eine Schlange durchs Unterholz zog. Die Frau zeigte auf eine Stelle unter einem kleinen Haselstrauch.

„Hier ist ein Platz frei."

Dann reichte sie ihr eine Schaufel, eine winzige Kinderschaufel, die irgendwann mal gelb und blau gewesen war. Nun war die Farbe ganz abgesplittert.

„Damit?“, fragte das Mädchen.

„Ja. Damit es viel Arbeit macht und weh tut. Damit man nachdenken kann. Wenn es zu einfach wäre, hätte es keinen Wert.“

Das Mädchen nickte und stellte die Plastiktüte neben sich auf den Boden. Dann begann sie mit der kleinen Schaufel zu graben.

„Ich gehe jetzt“, sagte die Frau.

„Und ich?“

„Du pflanzt das, was du kannst. Du wirst hier wachen. Pass gut auf sie auf, damit niemand ihre Ruhe stört. Sprich mit niemandem, und lass dich nicht sehen. Schaue niemanden an, damit niemand in deinen Augen liest. Halte diesen Platz sauber und pflege ihn gut, so wie einen Garten. Dann fällt es irgendwann von dir ab.“

Sie drehte sich um und ging.

„Still, still“, raunte der Wind.

„Still, still“, säuselte es in den Blättern.

Das Mädchen schlug die kleine Schaufel in die nasse Erde, durch das Wurzelwerk des Haselstrauchs, bis am Ende des Tages das Loch in dem schweren Boden tief genug war.

Man hatte einige Wochen nach ihr gesucht. Als sie den fünften Tag nicht zu Hause schlief, gaben die Eltern eine Vermisstenanzeige auf. Und ihr Bruder tönte beim regionalen Fernsehsender herum, der einen Kurzclip über das Verschwinden eines mittelhübschen Mädchens drehte, dass er das Schwein umbringen werde, das seiner Schwester etwas angetan habe.

Es wird langsam Winter. Unzählige Seelen sind dem Fegefeuer entronnen. Aller Heiligen wurde gedacht, auch jener, um deren Heiligkeit niemand weiß als Gott. Hinter vorgehaltenen Händen wird schon lange geflüstert. Und wer es wissen will, der weiß es. Ein stiller Winkel auf einem stillen Acker. In der Dämmerung nähert sich eine Gestalt, mit gesenktem Kopf und flüchtigen Schritten, unsichtbar wie eine Feldmaus, und das Bündel in ihren Armen regt sich nicht.

„Ich habe schon auf dich gewartet", sagt das Mädchen.

„Auf mich?", fragt die Gestalt mit dem Bündel verwundert.

„Auf die Ablösung."

Die Gestalt mit dem Bündel mag ein wenig älter sein als sie, gut gekleidet und mit einem schönen Gesicht.

„Eigentlich habe ich das gar nicht gewollt", fängt sie an. „Aber meine Eltern hatten so viele Pläne für mich, und da konnte ich ihnen doch nicht sagen ..."

„Erzähle es mir nicht", sagt das Mädchen. „Das ist dein Problem."

Dann gibt sie der anderen die kleine Schaufel und geht.

Als sie am Wasserbecken vorbeikommt, wäscht sie sich die Hände und das Gesicht, trocknet sich am Ärmel ihres dreckigen Pullovers ab, streicht sich noch einmal die Haare glatt. Mit gesenktem Kopf verschwindet sie in Richtung Ausgang. Niemand sieht sie, niemand hält sie auf. Vielleicht wird sie zum Einkaufszentrum gehen und noch ein Weilchen in der Passage unterm Glasdach sitzen. Da ist es jetzt warm. Oder sie wird sich einen Kinderspielplatz suchen, die sind um diese Zeit schon alle leer, und sich auf eine Schaukel setzen und leise vor sich hinschaukeln, und dabei Löcher in die Luft starren.

Marlene Koch

Das Versteck

„Das Wetter ist herrlich! Ich habe schon alle Sachen gepackt. Heute machen wir einen Familienausflug." Jonas sah mich mit leuchtenden Augen an. Er hatte die Hände in die Hüften gestemmt, und ich wusste, es gab keine Widerrede.

Ich freute mich wirklich auf den Ausflug. Seit ich den Kontakt zu meiner Familie abgebrochen hatte und zu Jonas und seiner Mutter nach Hamm gezogen war, liebte ich es, die Sonntage mit ihnen und unseren beiden Kindern zu verbringen.

„Wo solls denn hingehen?", fragte ich noch etwas schlaftrunken und musste im selben Augenblick anfangen zu lachen, als ich sah, wie mich Pia und Sophie mit ihren Nutella verschmierten Gesichtern anstrahlten. „Das wird nicht verraten, Mama!", riefen sie wie aus einem Munde.

„Nun iss erst mal was, damit wir schnell loskönnen", sagte Jonas, drückte mich sanft auf einen Stuhl und war stattdessen im Flur verschwunden.

Während ich gemütlich mein Brötchen aß, meinen Kaffee trank und einen Blick in die Zeitung warf, waren Pia und Sophie vom Tisch aufgesprungen. Ich hörte sie in ihrem Zimmer lachen und schreien und freute mich über den Trubel um mich herum. Jonas war in die Küche gekommen, um die restlichen Sachen ins Auto zu laden, und drückte mir im Vorbeigehen einen Kuss auf die Stirn.

„Wir haben echt zwei aufgeweckte Mädels", seufzte er nicht ohne Stolz in der Stimme, als in einem der oberen Zimmer etwas mit lautem Rums zu Boden fiel.

Bei dem Geräusch zuckte ich erschreckt zusammen. Ganz die überbesorgte Mutter. Beruhige dich, nichts passiert, dachte ich mir. „Wir sind ja gut versichert", erwiderte ich lächelnd.

Als ich aus dem Haus trat, stand unser Minivan, den wir uns extra für solche Anlässe zugelegt hatten, bereits voll bepackt und abfahrbereit auf dem Hof. Oma Ilse versuchte im hinteren Teil des Wagens gerade, die Mädchen davon zu überzeugen, ihre klingelnden und klappernden Spielzeuge gegen weniger geräuschvolle einzutauschen. Jonas hatte das Fenster auf der Fahrerseite heruntergekurbelt und machte eine einladende Handbewegung.

Erst als wir auf die A2 Richtung Hannover fuhren, fiel mir ein, dass ich immer noch keine Ahnung hatte, wohin wir fahren würden. Mich überkam ein ungutes Gefühl, und ich drehte mich unvermittelt nach hinten. Es zeigte sich mir ein Bild, dass ich am liebsten für das Familienalbum festgehalten hätte: Pia und Sophie starrten gebannt auf das Buch in Oma Ilses Händen, aus dem diese nun zu lesen begann. Sie waren völlig in die Geschichte vertieft und schienen meine Nervosität nicht zu bemerken. Das beruhigte mich etwas. Ich richtete meinen Blick wieder auf die Straße.

Nach einigen Kilometern sah mich Jonas unschlüssig von der Seite an. Ich spürte, wie sich meine Muskeln anspannten. Jonas holte tief Luft.

„Wir fahren nach Jöllenbeck."

Die gute Stimmung war verflogen. Ich saß wie versteinert in meinem Sitz, nicht in der Lage auch nur eine Hand zu heben. Ich hatte gewusst, dass dieser Moment eines Tages kommen würde. Jonas und ich waren nun bereits sieben Jahre verheiratet, und ich hatte ihm so gut wie nichts aus meiner Vergangenheit erzählt. Er wusste, dass ich in einem Stadtteil von Bielefeld aufgewachsen war, aber er kannte weder meine Freunde von damals, noch erzählte ich gerne etwas über sie.

Schreckliche Bilder stiegen in mir hoch, die ich aus meinen Träumen kannte. Dunkelheit. Kalte Erde. Ein lauter Knall. Kindergeschrei. Ich schüttelte mich.

Jonas musste meinen Schock bemerkt haben, aber er fuhr nun voller Vorfreude fort: „Pia und Sophie wollen mal sehen, wo die Mama aufgewachsen ist."

Das war das Stichwort, und nun begann der hintere Teil des Wagens wieder aufzuleben. „Ja, Mama, wir wollen deine Schule sehen!“ „… und deinen Spielplatz!“ „… und ein Eis!“, riefen die Mädchen durcheinander.

Ich verdrängte mein mulmiges Gefühl, indem ich ein paar Mal kräftig ein- und ausatmete: „Okay, warum eigentlich nicht. Fahren wir nach Jöllenbeck.“

Den Rest der Fahrt blieb ich still, während die anderen sich ausgelassen und lautstark über irgendetwas unterhielten. Ich hörte ihnen nicht zu. Ich musste mich erst an den Gedanken gewöhnen, nach über 20 Jahren in mein Heimatdorf zurückzukehren.

Als wir am Jöllenbecker Marktplatz ankamen, nahm ich zum ersten Mal wieder meine Umgebung wahr. Wir kamen an einer Buchhandlung vorbei und warfen einen Blick ins Schaufenster. Wie sich alles verändert hatte. Und wie doch alles gleich geblieben war. Ich sah sie noch genau vor mir, die Verkaufswagen, die zum Markttag immer auf diesem Platz standen. Wie die Menschen geschäftig herumliefen, um Brot, Obst und Gemüse zu kaufen. Ob die Bäckersfrau zu Weihnachten noch Plätzchen an die Kinder verteilte? Heute war der Marktplatz leer. Markt war immer freitags, erinnerte ich mich.

Wir kauften den Kindern ein Eis und setzten unseren Rundgang fort. Nach einer Weile stieg sogar eine gewisse Freude in mir auf, die kleinen Details zu entdecken, die schon seit 20 Jahren unverändert waren. Und die Unterschiede zu bemerken, die dieses kleine Dorf lebendig machten. Obwohl mir im Vergleich zu früher alles winzig klein vorkam, war auch dieses Dorf mit den Jahren beträchtlich gewachsen.

Mir fiel auf, wie wenig Erinnerung ich eigentlich an diese Zeit hatte. Langsam kehrten einige Bilder zurück: Kinder, die Fangen spielen. Im Wald Hütten bauen. Drachen steigen lassen. Geburtstagspartys. Kinderlachen.

Alle hörten mir gespannt zu, als ich ihnen die Geschichten

erzählte. Ein Gefühl von Geborgenheit breitete sich in mir aus. Ich fragte mich, warum ich nicht schon viel früher an diesen Ort zurückgekehrt war.

Wir fuhren weiter zu meiner ehemaligen Grundschule. Je näher wir dem Gebäude kamen, desto unruhiger wurde ich. Die Vorfreude auf ein weiteres Stück Erinnerung einer längst vergangenen Zeit paarte sich mit einer unbestimmten Anspannung. Dieses flaue Gefühl im Magen kannte ich nur zu gut. Ich hatte es schon als Kind häufig erlebt. Hatte dieses Gefühl auch heute noch manchmal. Ich verabscheute es.

Auf dem Schulgelände angekommen, liefen Pia und Sophie aufgeregt umher. Sie probierten die Hüpfspiele aus, die mit bunter Farbe auf den Boden gemalt waren. Jemand musste sie im Laufe der Jahre nachgezeichnet haben. Ich hatte große Lust, auch noch einmal den Zahlen zu folgen. Erst auf dem rechten Bein. Dann auf dem linken. Dann mit beiden gleichzeitig. Ich beherrschte mich.

Oma Ilse war nicht mehr so gut zu Fuß und setzte sich auf eine nahegelegene Bank. Von dort aus wollte sie einen Blick auf die Mädchen haben. Aber was sollte ihnen auch passieren an einem Ort, wo täglich hunderte Kinder spielten.

Pia und Sophie waren bereits weiter gelaufen und klammerten sich nun an die Turnstangen. „Schau mal, Mama, ich kann schon einen Purzelbaum!“, rief Pia und rollte sich ein wenig ungeschickt um die Stange. Sophie rutschte bei dem Versuch, es ihrer Schwester gleichzutun, ab, und schlug etwas unsanft mit den Füßen auf den Boden. Aber die Stangen waren nicht sehr hoch und der Boden darunter mit Gummiplatten weich gepolstert.

„Passt bloß auf, dass ihr euch nicht wehtut!“, rief ich zu ihnen hinüber, während ich mich mit Jonas zu einem kleinen Rundgang aufmachte.

Ich zeigte ihm die Schulgebäude. „Dort oben war mein Klassenzimmer“, ich deutete auf ein Fenster, in dem selbstgebastelte Frösche hingen.

„So viele Quarktaschen. Die arme Lehrerin!“, frotzelte Jonas.

Ich liebte seinen trockenen Humor. Er konnte mich auch in der düstersten Stunde noch zum Lachen bringen. Nie konnte ich ihm lange böse sein. Wenn er einen seiner Sprüche rausholte, die mich auch nach all den Jahren noch völlig unvorbereitet trafen, liebte ich ihn immer noch ein bisschen mehr.

Ich zeigte ihm das Fußballfeld und den Spielplatz, der völlig neu gestaltet war. Vor der Turnhalle blieb ich wie angewurzelt stehen. Ich starrte auf ein Gebüsch, das sich wie eine große grüne Blätterwand erstreckte. Hier irgendwo musste er gewesen sein, der Weg zu unserem geheimen Ort. Er war schon damals gut versteckt, so dass die anderen Kinder ihn nicht finden konnten. Jetzt musste er völlig mit Blättern und Zweigen bedeckt sein. Gott sei Dank, schoss es mir durch den Kopf.

Plötzlich war die Erinnerung wieder da, an den Tag, den ich bis dahin verdrängen, aber nie vergessen konnte. Wir waren gerade in die vierte Klasse gekommen und die Kings des Schulhofs. Unser Revier machte uns keiner streitig. Wir waren mächtig stolz. An den Vormittagen besetzten wir die besten Spielgeräte oder spielten Fußball auf dem großen Platz. An den Nachmittagen aber trafen wir uns in unserem Geheimversteck. Hinter den dichten Büschen hatten wir einen großen Erdhügel entdeckt, in dem wir uns eine Höhle bauen wollten. Wir arbeiteten fleißig mit Händen und kleinen Schaufeln, doch wollten wir nicht recht vorankommen. Die Erde war steinhart. Trotzdem hatten wir nach einigen Wochen ein Loch gegraben, in dem einer von uns bereits verschwinden konnte.

An diesem Tag brachte mein Freund Arne einen Nachbarsjungen mit. Ich war stinksauer, dass er ihm unser Versteck verraten hatte, aber Arne zog mich beiseite und zeigte mir, was er außerdem bei sich trug: eine große, graue Papprolle, an der eine Schnur befestigt war. Sie erinnerte mich an die Böller, die mein Vater gerne zu Silvester verschoss. Arne erzählte mir, dass die im Fernsehen es auch so machten und dass dies viel schneller gehe. Kinderlogik. Ich war nicht wirklich überzeugt. Trotzdem zündeten wir die Rolle an, warfen sie in das dunkle Loch. Wir versteckten uns, warteten, was passieren würde. Eine kleine Ewigkeit. Es passierte nichts. Stöckchenziehen. Wer verliert, muss nachsehen. Arne und mir war klar, wer gehen würde. Eine todsichere Methode. Der Nachbarsjunge zog das kürzeste.

Ich spürte die gleiche Angst wie damals. Sie kroch langsam den Rücken hoch und krabbelte die Arme hinunter, so dass sich mir die Härchen aufstellten.

„Du bist ja kreideweiß!“ Jonas sah mich erschrocken an, „Was ist denn los?“

Sollte ich ihm alles erzählen? Wie Arne und ich weggelaufen waren, als der Junge in der Höhle verschwand. Dass wir ihn nie wiedersahen. Dass ich nie zu diesem Ort zurückgekommen bin. Dass ich kurz darauf wegzog. Sollte ich ihm sagen, dass ich vielleicht den Tod eines Jungen verschuldet hatte? Ein Unfall? Die Polizei rufen? Aber was sollte ich sagen?

„Nichts“, sagte ich abwesend. „Lass uns umkehren.“

Als wir zu der Bank zurückkamen, saß Oma Ilse in der Sonne. Von den Mädchen war weit und breit nichts zu sehen.

Dieter Fleiter

Verkorkst

Samstag, 30. März 2013

Der schummerig beleuchtete Hinterhof einer Kneipe. Zwischen einem abschließbaren Leergut-Käfig und einer Batterie Abfalltonnen wird eine Tür aufgerissen. Ein knapp 50-jähriger, ziemlich übergewichtiger Mann schleppt sich schwerverletzt hindurch und schlägt sie hinter sich zu. Mit den Füßen in einer großen Pfütze von Erbrochenem stehend, lehnt er sich mit seinem vollen Gewicht gegen die Metalltür und atmet ein paar Mal durch. Das mit der Kotze ist ihm scheißegal, er will nur nicht sterben.

Der Mann ist 1,80 m groß und hat eine Breitling Windrider mit römisch blauem Zifferblatt am Handgelenk. Die Brust seines rosafarbenen Camp David-Polos ziert ein großer Schriftzug, irgendwas mit Denim Legend 1968. Er blickt auf seine Hand, die er auf die linke Seite oberhalb des Beckens drückt. Zwischen den Fingern quillt Blut aus einer Stichwunde. Panik. Sein Blick geht zu seinem BMW X5, der knapp zehn Meter entfernt auf dem einzigen Parkplatz des Hofes steht. Zweifel in seinem Blick. Aber was ist die Alternative? Hier krepieren? Drauf warten, dass die Tür in seinem Rücken aufgedrückt wird …?

Jetzt nicht die Nerven verlieren. Zusammenreißen!

Er mobilisiert seine letzten Kräfte und wankt Richtung Auto, die Hand fest auf die Wunde gepresst, in der Hoffnung, innerhalb der nächsten Minuten nicht komplett auszubluten.

Ein paar Schritte vor dem Wagen verlassen ihn seine Kräfte. Er geht auf die Knie, ganz langsam, stützt sich mit der rechten Hand ab und sinkt auf den Asphalt.

Nach ein paar Sekunden, fast regungslos auf dem Rücken liegend, beginnt er, mühsam in seiner Hosentasche zu kramen und zieht den Autoschlüssel hervor. Hoffnung flackert auf. Die zwei Meter noch, rein, Knöpfe runter, kurz durchatmen und dann weg hier. Einfach nur die Straße runter, in die Notaufnahme des Städtischen Krankenhauses, da haben sie schon ganz andere wieder zusammengeflickt.

In dem Moment rutscht ihm der Schlüssel aus der Hand, gleitet seinen Bauch herab und fällt auf den Boden. Er tastet mit der rechten Hand nach ihm. Ohne Erfolg. Sich nach dem Schlüssel umzudrehen, dafür fehlt ihm mittlerweile die Kraft.

Wie er so daliegt und in den Bielefelder Nachthimmel starrt, rast ihm durch den Kopf, dass er sein mattschwarzes Schätzchen erst vorgestern aus der Werkstatt abgeholt hat. Progressive Fahrwerksfedern, Carbon-Motorhaube, Tachoerweiterung bis 300 km/h. Irgendwie ganz schön lächerlich. Nicht das Tuning. Dass er ausgerechnet jetzt daran denken muss.

Zwei Monate vorher
Wie lange war sie jetzt zurück aus Berlin? Zehn Tage? Zwanzig? Einen Monat? Sie hatte komplett ihr Zeitgefühl verloren. Julia Karlinsky, Mitte 30, lag auf dem Bett eines 80-er Jahre Jugendzimmers und starrte an die Wand gegenüber, auf einen imaginären Punkt irgendwo zwischen der Bundesliga-Stecktabelle von 1996 und einem Poster von Matthias Sammer. Was ist brutaler, als gescheitert wieder im ehemaligen Kinderzimmer zu landen? Im Kinderzimmer des Bruders zu landen, weil die Mutter sich in deinem Zimmer eine Näh-Ecke eingerichtet hat.

Schritte auf der Treppe. Sie zog sich die Decke über den Kopf, kurz danach kam ihr Vater rein. Ein Mann, dem nach 35 Jahren im Bielefelder Ordnungsamt jedes Verständnis dafür fehlte, wie man sein Leben mit selbstmitleidiger Rumheulerei verplempern konnte. Er zog sich den kleinen Drehstuhl mit dem weinroten Kunstlederbezug vom Schreibtisch heran, setzte sich und wartete ein paar Minuten auf irgendeine Reaktion seiner Tochter. Vergeblich.

„Du musst was essen."

„Warum?"

Rainer Karlinsky schüttelte den Kopf und seufzte.

„Julia, so kann es nicht weitergehen. So heftig die Sache mit Onkel Rolf auch war ..."

Julia zuckte bei der Erwähnung ihres Onkels kurz zusammen. Es gab immer noch keine Spur von ihm. Zum Glück ...

„Ein Kollege aus der Tiefbauabteilung kennt jemanden, der eine zuverlässige Tresenkraft sucht. Eine Sportkneipe. Gastronomie, in die Richtung wolltest du doch was machen mit diesem Freund in Berlin."

Noch ein Stich, mitten ins Herz.

„Außerdem sollen die ganz vernünftig zahlen. – Es ist ja nur übergangsweise. Hauptsache, du kommst erst mal wieder unter Leute."

„Holst du mir ein Glas Wasser?"

„Wenn du mir versprichst, dich da vorzustellen."

„Lass mich einfach in Ruhe."

„Ganz bestimmt nicht. Im Gegenteil."

Julia verstand erst nicht, was ihr Vater mit dem letzten Satz meinte. Der ruckelte sich auf dem Kinderbürostuhl seines Sohnes zurecht, verschränkte die Hände hinter dem Kopf und blickte entschlossen auf seine Tochter herab.

„Und wenn mein ganzer Jahresurlaub dafür draufgeht."

Das *Sports Paradise* war mal eine gänzlich unspektakuläre Kneipe. In ihrem verwinkelten Ambiente aus dunklem Holz hinter blickdichten Rauchglasscheiben hatte sich über die Jahrzehnte eine fast durchweg männliche Klientel aus dem Bielefelder Osten bei dem ein oder anderen frisch gezapften Herforder Pils von der Fron eines harten Arbeitstages beziehungsweise der Tristesse eines Tages ohne Arbeit erholt. Irgendwelche Attraktionen: Fehlanzeige, wenn man mal von dem defekten Spielautomaten vor dem Gang zu den Toiletten absah. Wie bei so vielen klassischen Gaststätten ging der Umsatz auch hier mit den Jahren immer mehr zurück. Was den ehemaligen *Sieker Krug* anging, hatte diese Abwärtsspirale sicher auch mit der immer schlimmer werdenden Affektstörung des Wirtes zu tun. Eben noch seine Gäste liebevoll umsorgend, bekam er im nächsten Moment wegen der kleinsten Kleinigkeit einen Tobsuchtsanfall und faltete seine Kundschaft zusammen. Selbst der genügsamste Ostwestfale lässt sich so etwas auf Dauer nicht bieten.

Als der Laden pleitegebrüllt war, stand er ein paar Monate leer, bis ihn ein gewisser Jörg Wittenbrock übernahm. Der umtriebige Geschäftsmann überzog das Lokal mit Flachbildschirmen, bestückte die übriggebliebenen Freiflächen an den Wänden mit sportlichen Erinnerungsstücken (unter anderem einer Arminia-Ehrengalerie mit den Trikots von Ronald Borchers, Ansgar Brinkmann und Johnny Hey) und peppte die Karte mit angesagten Mischgetränken auf. Den hinteren Raum (ehemals für Festlichkeiten mit bis zu 50 Personen gedacht) stellte er mit Kicker- und Billardtischen voll und führte eine Reihe von regelmäßigen Attraktionen ein, die sich fast durch die Bank um den Verzehr von harten Alkoholika drehten.

Und was soll man sagen? Nach ein paar Wochen brummte der Laden. Aus der ganzen Stadt strömte das vorwiegend junge Volk heran und fand es cool, bei Kartoffelsalat mit Hausmacher-Frikadelle (die anderen beiden Retro-Gerichte: Nackensteak mit Pommes und die vegetarischen Schlemmer-Spiegeleier mit Bratkartoffeln) Sport zu schauen, beziehungsweise im hinteren Raum selbst aktiv zu werden.

Julia warf einen ersten Blick auf den Laden, während sie das Hollandrad ihrer Mutter an einen Laternenpfahl schloss. Sky Schild und große Leuchtreklame mit dem Namen über der dunklen Holztür, an der eine kleine Tafel mit den Öffnungszeiten geschraubt war.

Das *Sports Paradise* lag an der Oldentruper Straße, gegenüber einer Tankstelle. Für jemanden wie sie, die weder auf ranzige Kneipen noch auf Fußball stand, war es ein einziger Alptraum. Aber egal, es würde ihr erster und letzter Besuch werden. Extra zehn Minuten zu spät rein, beim Gespräch noch mehr schlechten Eindruck machen, Absage kassieren und wieder nach Hause, ins Bett. Was danach kam, war ihr im Moment egal. Fast beschwingt ging sie auf das *Paradise* zu.

Zwischen der rustikalen Eichenholztheke, die fast die gesamte linke Stirnseite einnahm, und der Tür zur Küche war Platz für einen kleinen Tisch und zwei Stühle. Mit dem Rücken zur Wand, in einer Autozeitschrift blätternd, saß ein Mann um die 50 und hob den Kopf, als sie hereinkam. Der Schock, als sie ihn erkannte, traf Julia mit der Wucht eines Dampfhammers. Dasselbe schmierige Grinsen, es war sofort wieder alles da. Der Mann, der für ihr verkorkstes Leben verantwortlich war, stand auf und drückte seine Marlboro im Aschenbecher aus.

„Das mit der Pünktlichkeit muss aber besser werden. Sonst vergessen wir das am besten gleich wieder." Jörg Wittenbrock sagte das nicht böse, eher als Feststellung.

Rausrennen? Einen Aschenbecher greifen und ihm über den Schädel ziehen?

Julia realisierte, dass er sie nicht erkannt hatte. Die Gedanken in ihrem Kopf überschlugen sich.

„Auch noch stumm, oder was? Was stellen Sie sich bei Ihren Qualitäten denn gehaltsmäßig so vor, 20 Euro die Stunde?", spöttelte ihr Gegenüber.

Sie beschloss, diese unerwartete Fügung des Schicksals zu nutzen und knipste ihr strahlendstes Lächeln an.

„Entschuldigung. Das kommt garantiert nie wieder vor, versprochen."

Damit ging sie auf ihn zu und streckte ihm ihre Hand entgegen.

Mehr als 20 Jahre zuvor, Frühling 1992
‚Du bist zwischen 16 und 25 Jahren alt, attraktiv und wohnst im Großraum Bielefeld? Dann bewirb dich jetzt und mit ein bisschen Glück bist du bald schon die Miss Brackwede 1992. Anmelde-Unterlagen hier im Laden.'

Das Werbeplakat am Eingang hatte Julia elektrisiert. Sie war mit einer Freundin zum Tanzen ins *Chic* gefahren. Eigentlich war dieser Loser-Stadtteil nicht unbedingt ihre Ecke zum Ausgehen, aber ihre Freundin Katja war in einen Typ verknallt, der in dem Laden an der Tür arbeitete. Und außerdem war sie eine Woche vorher sechzehn geworden. Das Schicksal winkte also mit beiden Armen. Und Julia steckte die Anmeldung gleich am nächsten Tag in den Briefkasten.

Sie fand, dass ihre Chancen nicht schlecht standen. Nicht schlecht? Warum immer auf bescheiden machen und so vielleicht die entscheidenden Möglichkeiten im Leben verstreichen lassen? Dann würde sie in 20 Jahren an der Kochinsel einer Einfamilienhaus-Küche in Schildesche oder Jöllenbeck stehen und irgendwas für ihren Mann und die zwei Kinder zusammenrühren. Im besten Fall.

Aber das war nicht ihre Welt. Dafür war sie zu clever und sah vor allem einfach zu gut aus.

Zumindest, wenn man die gierigen Blicke der Jungs aus der Oberstufe als Maßstab nahm, wenn sie über den Schulhof ging.

Aber davon konnte man sich nichts kaufen. Von einer Karriere im Modebusiness schon. Sich erst ein paar Jahre vor exotischer Kulisse für richtig Kohle abfotografieren lassen, später dann hinter die Kamera wechseln. Agenturchefin, Chefredakteurin, so was in der Art.

Auf jeden Fall nicht den Rest des Lebens auf Pellworm Urlaub machen. Seit sie denken konnte, fuhr sie mit ihren Eltern da im Sommer hin. Immer für zwei Wochen und immer in die gleiche Zwei-Zimmer-Ferienwohnung mit Blick auf den Parkplatz. Während andere in der Klasse die Welt sahen, Mallorca, Kroatien, Österreich, hockte sie jeden Sommer mit ihrem Blödmann-Bruder auf der Rückbank von Papas weißem VW Jetta. Wenn es wenigstens Sylt wäre. Die paar Kilometer weiter.

Knapp vier Wochen waren es bis zur Wahl. Julia legte eine eisenharte Vorbereitung hin. Drei, vier Kilo mussten runter. Buttermilch-Gemüse-Diät, jeden Tag zur Sparrenburg hochjoggen, kein einziges Gummibärchen mehr beim Baywatch-Gucken abends.

Die letzten zwei Tage vorher konnte sie vor Nervosität weder schlafen noch essen. Wobei das Letztere nicht das schlimmste war. Aber als es dann losging, war Julia voll da.

So ganz hatte es nicht geklappt mit dem Abnehmen. Aber die anderen Mädels waren schlechter als befürchtet. Es gab nur eine halbwegs ernsthafte Konkurrentin. Antje Brechmann: Klar, da war deren leicht unreine Gesichtshaut, in der sich der Talg verschanzte und offensichtlich mit keiner noch so intensiven Clerasil-Kur aus der Reserve zu locken war. Außerdem war sie mit geschätzten 1,65 m nicht gerade eine Laufsteg-Größe.

Aber diese Figur – das musste Julia nicht ganz neidlos anerkennen – war der Hammer. Ein aus keinem Gramm zu viel bestehender Traum aus flachem Bauch, knackigen Sportmöpsen und einem Gespann aus Hintern und Beinen, das jeder durchschnittlich gebauten Frau die Tränen in die Augen trieb.

Gute Gene, gepaart mit einer Süßigkeiten-Allergie? Egal, Julia nahm die Herausforderung an. Von dieser kleinen Göre würde sie sich ganz bestimmt nicht aufhalten lassen.

Den Laufsteg hatten sie auf der Tanzfläche aufgebaut. Er war auf beiden Seiten von mehreren Sitzreihen gesäumt, auf denen unter anderem Stammgäste des *Chic*, Geschäftsführerinnen örtlicher Modeboutiquen sowie Angehörige und Freunde der Teilnehmerinnen Platz genommen hatten. Julias Fanclub bestand aus ihrer Mutter, einigen Mädchen und sogar zwei Jungs aus ihrem Jahrgang. Ihrem Bruder war die Sache ‚zu affig' gewesen, ihr Vater hatte seine Chorprobe vorgeschoben.

Alles wirkte ziemlich professionell. Nur dieser schmierige Heini von Moderator ging Julia von Anfang an auf den Geist. Im cremefarbenen Anzug und weinrotem Lederbinder röhrte er immer ein wenig zu krawallig in sein Mikro. Das Event, die Mädchen, das Engagement der Sponsoren, alles war ‚einmalig, hammermäßig, absolutes High End-Niveau'. Hallo? Sie waren hier in Brackwede, nicht in Paris oder Mailand.

Andererseits, vielleicht musste man so drauf sein, wenn man es zu was bringen wollte. Dieser Jörg Wittenbrock war jedenfalls ziemlich erfolgreich, wenn man sich so seine Kurz-Bio im Programmheft durchlas: Eigentümer von einem Dutzend über die ganze Stadt verteilter Solarien, Beteiligungen am *Chic* sowie einer Bowlingbahn und alleiniger Geschäftsführer der *Jörg Wittenbrock Topevent Marketing Agentur GmbH.*

Der Ablauf war ein bisschen anders als bei den Miss-Wahlen, von denen Julia gelesen und gehört hatte. Hier ging es in der ersten Runde im Abendkleid über den Laufsteg. Anschließend ein kurzer Plausch mit dem Moderator, damit das Publikum sich vom Charme der jeweiligen Kandidatin bezaubern lassen oder über deren Einfältigkeit amüsieren konnte, je nach Lust und Laune. Der Abschluss (‚Top-Highlight und Augenschmaus', wie Wittenbrock es formulierte), war der Auftritt im Bikini.

Und dann ging es los:

Die Abendkleid-Runde: Keine besonderen Vorkommnisse, abgesehen von einem angesoffenen Krakeeler, der während

Julias Auftritt nach kurzem ‚ausziehen' und ‚runter mit dem Fummel'-Gegröle von der Security nach draußen geleitet wurde.

Die Interviews: Seichtes Geplapper von vorhersehbaren Antworten (Musik, Shoppen, Tanzen gehen. – Mann, eigenes Häuschen, Kinder. – Madonna, meine Mama, meine Oma) auf vorhersehbare Fragen (Was sind deine Hobbys? – Was sind deine Träume? – Wer sind deine Vorbilder?).

Mit ihrem eigenen kurzen Auftritt an der Seite von Wittenbrock war Julia mehr als zufrieden. Nicht zu frech, aber auch nicht zu langweilig. Als ihre Vorbilder hatte sie ‚alle Menschen, die unsere Welt ein kleines bisschen besser machen' genannt. Na und, ein bisschen Rumgeschleime gehörte nun mal dazu.

Und dann kam Kandidatin Nummer 12.

Schon, wie charmant-schmierig Wittenbrock die extrem nervöse Brechmann beruhigte, sich extra ein Glas Sekt reichen ließ und es ihr als ‚kleine Nervenstärkung' in die Hand drückte. Das Publikum fand es offensichtlich toll.

Aber es wurde noch schlimmer. „Meine Hobbys? Äh, ja, also, jetzt gerade habe ich eigentlich nichts anderes im Kopf als unseren kleinen Jack Russel. Er ist ganz schlimm krank, wahrscheinlich braucht er eine neue Hüfte. Unser alter Tierarzt hat uns zum Einschläfern geraten, weil das so teuer ist. Bei seinen elf Jahren lohne sich das nicht."

Empörte Unmutsäußerungen aus dem Publikum. In Julias Magen machte sich ein schmerzendes Unwohlsein breit. Aber nicht aus Mitgefühl für den armen Vierbeiner.

„Das ist ja unglaublich", echauffierte sich Wittenbrock.

„Das haben wir auch gedacht." Sekt und der Zuspruch von Publikum und Moderator taten ihre Wirkung, Brechmann wurde immer entspannter.

„Wir haben natürlich sofort die Praxis gewechselt. Na ja, jedenfalls möchte ich, wenn ich hier tatsächlich gewinnen sollte …"

Aufmunterndes Gemurmel aus dem Publikum.

„... also, meine Eltern mit dem 300 Mark-Siegerscheck unterstützen. Ich wünsch mir so, dass unser kleiner Fritzi wieder gesund wird."

Wittenbrock nickte gerührt.

„Das wünschen wir uns auch. Von ganzem Herzen." Er wandte sich ans Publikum. „Oder?"

Donnernder Applaus von den Rängen. Antje Brechmann lächelte dankbar und ging von der Bühne ab.

Während Wittenbrock den ersten Musik-Act ankündigte (ein Cindy Lauper-Verschnitt), trat Julia hinter der Bühne zu ihrer Konkurrentin.

„Was war das denn gerade?", zischte sie ihr erbost zu.

„Wie ... was denn?" Antje Brechmann blickte sie irritiert an.

„Tu nicht so. Der Schwachsinn, den du da gerade abgelassen hast. Du glaubst doch nicht, dass ich dir diesen zusammengelogenen Mist abkaufe."

Verstörte Blicke von Brechmann.

„Du hast dir das ausgedacht, um bei den Leuten auf die Tränendrüse zu drücken. Mieser geht es ja wohl nicht!"

„Das ist nicht wahr!"

„Hör doch auf. Diese Misttöle gibt es doch gar nicht. Und wenn, ist sie putzmunter und kackt gerade fröhlich irgendeinem Nachbarn von euch den Rasen voll."

Antje Brechmann begann zu zittern. „Geh weg. Du ... bist ein ... böser Mensch."

„Und du ein hinterhältiges kleines Luder. Aber wenn du meinst, dass du damit ..."

Wie aus dem Nichts stand Wittenbrock plötzlich vor den beiden.

„Was ist hier los? Ab in die Bikinis, aber dalli!"

Fünf Minuten später kündigte er die entscheidende Runde an.

Antje Brechmann stakste dermaßen fahrig über den Laufsteg, als habe man ihr gerade gesteckt, dass ihr geliebter Fritzi in einen Gartenhäcksler geraten ist. Den Tränen nah und den Blick starr auf den Boden gerichtet, bot sie ein Bild des Jammers. Eine Fraktion des Publikums schien Verständnis zu haben, die andere fand es, bei allem Mitgefühl, einfach nur unprofessionell.

Und da es eine Publikumswahl war, schlug das Pendel wieder zugunsten von Julia aus. Die lugte 20 Minuten später rüber zu Krone und Schärpe, als alle Kandidatinnen sich vor der entscheidenden Abstimmung noch einmal gemeinsam auf der Bühne präsentierten. Wittenbrock kündigte gerade einen weiteren Musik-Act an (ein Pop-Duo aus Detmold, das auf Roxette machte), währenddessen die Zuschauer ihre Wahlzettel ausfüllen sollten.

Als das Spotlight aufflackerte und das Gesangsgespann am Ende des Laufstegs loslegte, gingen die zwölf Teilnehmerinnen Richtung Backstagebereich ab. Gerade, als Julia an Wittenbrock vorbeiging, spürte sie einen harten Schlag gegen ihren rechten Knöchel. Sie geriet ins Straucheln, stolperte ein paar Schritte und stürzte schließlich von der Bühne. Dabei knickte sie mit dem linken Knöchel um und schlug mit der oberen Zahnreihe auf die Kante des Catering-Tisches, auf dem der benachbarte *Dalmatia-Grill* einen Haufen Leckereien für die Aftershow-Party angerichtet hatte. Völlig unter Schock, versuchte Julia sich an der Tischdecke hochzuziehen, worauf diese nachgab und sie unter einer wagenradgroßen Balkanplatte begraben wurde.

Dem Gesangsduo verschlug es die Stimme, worauf der Lichtmann die Regler für das gesamte Bühnenlicht hochschob. Es folgte ein in gleißendes Licht gehüllter Moment völliger Schockstarre. Die Zuschauer starrten sprachlos auf das bemitleidenswerte, aus dem Mund blutende Geschöpf, das vergeblich versuchte, sich aufzurappeln.

Wittenbrock war mit einem Satz von der Bühne gesprungen und als erster bei Julia.

„Ach du Scheiße", entfuhr es ihm, bevor er sich ans Publikum wandte.

„Gibts hier zufällig einen Zahnarzt?"

Er half Julia hoch. Über und über beschmiert mit den Saucen diverser kroatischer Fleischspezialitäten, spuckte sie einen Schwall roter Flüssigkeit aus, bevor sie sich losriss und so schnell sie konnte Richtung Ausgang humpelte. Vorbei am Publikum, den Leuten aus ihrer Schule und ihrer Mutter. Die war da schon aufgesprungen und durchwühlte geistesgegenwärtig den Boden vor dem Buffettisch. Sie klaubte einen Eckzahn aus einem Haufen Djuvecreis und rannte ihrer Tochter hinterher.

Zurück blieb ein geschocktes Publikum und ein Mann am Mikro, dem es tatsächlich gelang, die Veranstaltung nach einer kurzen Unterbrechung über die Bühne zu bringen. „The show must go on. Die Kleine kommt schon wieder auf die Beine."

Da saß Julia schon in der Notaufnahme der Rosenhöhe. Die nüchterne medizinische Bilanz: Ein ausgeschlagener Eckzahn (der Einsatz ihrer Mutter war vergeblich, er konnte leider nicht reimplantiert werden), zwei abgebrochene Schneidezähne, eine mit vier Stichen genähte Zunge (was ein lebenslanges, auch mit noch so viel Logopädie nicht zu korrigierendes leichtes Lispeln zur Folge hatte), ein verstauchtes Handgelenk sowie ein Bänderanriss im linken Knöchel.

Aber nichts davon kam auch nur im Entferntesten an die seelischen Schmerzen heran.

So viele aus ihrer Schule waren dagewesen. Und für die, die nicht da waren, stand es einen Tag später in den Lokalteilen von *Westfalen-Blatt* (Schönheitskonkurrenz von tragischem Zwischenfall überschattet.) und *Neuer Westfälischer* (Drama bei Miss-Wahl: Teilnehmerin fällt von der Bühne und schlägt sich mehrere Zähne aus.).

Eben noch eine glänzende Zukunft vor sich, war sie jetzt das Gespött von ganz Bielefeld. Ein bemitleidenswertes Trampel, das offensichtlich zu blöd war, unfallfrei die paar Schritte hinter die Bühne zu bewältigen.

Die nächsten Tage konnte sie kaum einen klaren Gedanken fassen. Zwischen Heulkrämpfen und Arztterminen flackerte immer wieder der Moment auf, der sie aus dem Tritt gebracht hatte. Dieser heftige Schlag, genau in dem Moment, als sie an Moderator Wittenbrock vorbeiging. Aber wieso sollte der ...?

Die Antwort auf diese Frage bekam sie eine knappe Woche später. Auf dem Weg zur OP-Nachsorge kam sie bei *Di Alfredo* vorbei, einer der besseren Pizzerien in der Gegend. Und wer hielt da Antje Brechmann, der frischgebackenen Miss Brackwede, galant die Tür seines knallroten Dreier Cabrios auf? Gastronom und Veranstaltungs-Zampano Jörg Wittenbrock.

Den unter starken Schmerzmitteln stehenden Jack Russel Terrier auf der Rückbank des Wagens nahm sie vor lauter Wut, Hass und Verbitterung gar nicht wahr. Julia überkam ein heftiger Schwindel, sie musste sich an einer Straßenlaterne abstützen, während sich der rote BMW in den Feierabendverkehr einfädelte.

Obwohl ihre Eltern sie inständig beknieten, setzte Julia nie wieder einen Fuß in ihre Schule. Sie meldete sich ab und begann zwei Wochen nach dem Vorfall eine Ausbildung als Bürokauffrau bei ihrem Onkel Rolf. Der betrieb eine Gefahrgut- und Sondermüll-Spedition an der Herforder Straße.

Der Bruder ihrer Mutter war ein ebenso rastloser Unternehmer wie schräger Typ. Er hatte sechs Spezialtransporter auf der Straße, die Firma war sein Ein und Alles. Der notorische Geizkragen und Geheimniskrämer gönnte sich so gut wie nichts, bis auf zwei mehrwöchige Reisen pro Jahr. Zu Weihnachten nach Thailand, im Sommer nach Miami. Keiner wusste, was der eingefleischte Junggeselle da trieb. In einem gammeligen Zimmerchen an einer lärmigen Hauptverkehrsstraße hocken und sich freuen, wie günstig ihn der Trip kam?

Oder mit einer gecharterten 20-Meter-Jacht und einem Haufen scharfer Bräute bei Koks und Champagner die Küste rauf und runter brettern? Julias Familie bekam jedes Mal eine knapp formulierte Ansichtskarte (Wetter und Essen wie immer ein Traum. Grüße, Euer Rolf). Darüberhinaus ließ er sich nicht den kleinsten Mucks entlocken, nicht mal auf feuchtfröhlichen Familienfeiern.

Lohnbuchhaltung, Auftrags-Dispo, Büromaterial ordern, die ihr mehr oder weniger verstohlen in den Ausschnitt glotzenden Fahrer, wenn sie die Touren-Pläne bei ihr abholten: Julia fügte sich in ihr Schicksal. Sie absolvierte ihre Ausbildung und wurde übernommen. Und einen Wimpernschlag später bekam sie von Onkel Rolf einen Blumenstrauß vom Discounter in die Hand gedrückt, für 20 Jahre Betriebszugehörigkeit.

Obwohl, eine Perspektive gab es. Onkel Rolfs Vater und Opa waren beide mit Ende 40 umgekippt, Herzinfarkt. Onkel Rolf war Mitte 50, also eigentlich schon überfällig.

Julias vage Aussicht auf ein stattliches Erbe zerschlug sich, als eines Morgens eine Horde Kripobeamter das Büro stürmte und ihr die Computertastatur unter den Fingern weggezogen wurde.

Wie sich rausstellte, hatte ihr Onkel den Hals nicht voll gekriegt und einen Teil der Giftmüll-Fuhren lieber in irgendwelchen weißrussischen Sandgruben verklappt statt für den üblichen Preis legal zu entsorgen. Jetzt wurde ihr auch klar, was es mit diesen komischen Typen auf sich hatte, die alle zwei, drei Monate in der Firma aufkreuzten. Einen Tag vorher schickte Onkel Rolf sie immer los, Grasovka kaufen. Obwohl die Herren Russisch (und gebrochen Englisch) sprachen, und Grasovka doch aus Polen kommt.

Egal, es scheint sie nicht gestört zu haben. Es lief immer gleich ab: Rollo an Onkel Rolfs Bürotür runter, dann war zehn Minuten Ruhe, anschließend wurde ausgiebig gelacht und mit den Gläsern geklimpert.

Onkel Rolf kam sofort in U-Haft, Flucht- und Verdunklungsgefahr. Julia wurde natürlich auch verhört. Aber sie konnte die Ermittler relativ schnell davon überzeugen, von all dem nichts gewusst zu haben. Sie wusste ja auch von nichts. Na ja, fast nichts. Kurz bevor die Weißrussen kamen, ist Onkel Rolf immer rüber ins Lager. Und kam mit einem kleinen, eng verschnürten Päckchen zurück in sein Büro.

Gleich am nächsten Abend fuhr Julia zur Firma. Die Büroräume waren amtlich versiegelt. Im Gegensatz zum Lager. Zwei Stunden lang versaute sie sich zwischen den verstaubten Regalen die Klamotten, dann wurde sie fündig. 90 000 Euro, verpackt in eine mit Tesafilm verklebte Realmarkt-Plastiktüte, ganz unten in einem Karton mit alten Bedienungsanleitungen.

Zuhause in ihrer Zweizimmerwohnung an der Stapenhorststraße begannen die Gedanken zu rotieren. Arbeitslos, die bisherige Firma dichtgemacht, aber 90 Riesen unter dem Bett. Und wenn sein Anwalt ihn rauspaukt, und er sein Geld sucht? Und ihr auf den Zahn fühlt? Schließlich hatte sie ihn jedes Mal gesehen, wenn er mit seinen Päckchen aus dem Lager marschiert kam.

Also das Geld zurückbringen? Auf keinen Fall. Ob die alte Halle dann überhaupt noch steht, wenn er irgendwann in ein paar Jahren entlassen wird? Wer hat etwas davon, wenn 90 000 Euro in einer Schuttmulde landen? Oder irgendein rumänischer Abriss-Malocher sie sich unter den Nagel reißt?

Vielleicht hatte das Schicksal ja ein schlechtes Gewissen wegen der Sache im *Chic* damals. Oder einfach nur Mitleid, weil es so traurig ist, wenn die einzige Lebensperspektive darin besteht, auf den Herztod des eigenen Onkels zu warten.

Und dann fiel ihr Nico ein, ihr alter Freund aus der Berufsschule, der seit Jahren in Berlin wohnte und sie schon mehrfach eingeladen hatte. Zwei Tage später war sie auf der Autobahn Richtung Hauptstadt unterwegs, um für ein paar Tage auf andere Gedanken zu kommen.

Nico hatte sich nach einer langjährigen Festanstellung in einem Bürobedarfsgroßhandel neu orientiert, war nach Berlin gezogen und arbeitete mittlerweile in einem Reinickendorfer Coffeeshop, gleich am Haupteingang eines Einkaufszentrums. Mit Bewunderung und auch ein wenig Neid registrierte sie, mit welcher Hingabe ihr ebenso perfektionistischer wie schüchterner Freund in seinem Job aufging. In seiner Freizeit besuchte er Barrista-Kurse, schlürfte sich durch die Koffein-Konkurrenz in Mitte und Prenzlauer Berg oder zerlegte in seiner Wohnung eine seiner drei Siebträgermaschinen.

Ausschlafen, die Stadt angucken, irgendwann zu Nico in den Laden, bei ein, zwei Latte die ausliegenden Zeitschriften durchblättern, das war Julias Programm. Abends ging es dann noch auf den einen oder anderen Hugo oder Wodka-Lemon durch die Bars der Hauptstadt. Es wurden die entspanntesten Tage, an die sie sich erinnern konnte. Ihre so lange verschüttete Lebensfreude kehrte zurück und nach einer Woche begann sie sich zu fragen, wie sie nur so viele Jahre ihres Lebens in einem überheizten Speditionsbüro hatte vergeuden können.

Eines Abends erzählte Nico ihr von seinem großen Traum, einem eigenen Coffeeshop. Als Herzstück eine Gaggia Deco D, auf den Punkt geröstete Bohnen, der perfekte Härtegrad des Wassers, es sprudelte nur so aus ihm heraus. Irgendwann unterbrach Julia Nicos detailgenaue Schwärmereien mit der Frage, was so was denn ungefähr kosten würde. Sie habe eine größere Summe gespart, ob er sie sich als Geschäftspartnerin vorstellen könne. Einen Moment später fiel ihr Nico sprachlos vor Glück in die Arme.

Am nächsten Tag fuhr Julia für zwei Tage nach Bielefeld, das dort versteckte Geld holen, ihre Wohnung auflösen und ihre Eltern informieren.

Wieder in Berlin, fingen sie an, die Stadt nach einem geeigneten Standort abzusuchen.

Ein paar Tage später klingelte es bei Nico an der Tür. Julia suchte gerade im Netz nach einer eigenen Wohnung, als Nico mit einem Gast zurück in die Küche kam. Onkel Rolf. Während Julia vor Schock das Herz stehenblieb, bat der die beiden, ihre Handys gut sichtbar auf den Küchentisch zu legen. Anschließend erläuterte er den Grund seines Besuchs. Er plane in Kürze seine Weiterreise Richtung Borissow und benötige dafür noch etwas Reisegeld. Ob Julia ihm mit, sagen wir, 100 000 Euro aushelfen könne?

„Aber, wie …?", stammelte Julia.

„Sich die Summe zusammensetzt? Aus den 90 000, die du mir geklaut hast plus 10 000 für den Stress, den dein Diebstahl mir macht. Ich könnte schon längst über die polnische Grenze sein."

Nico verstand gar nichts, seinem Blick wich Julia aus. Onkel Rolf deutete auf die Weinflasche auf dem Tisch. „Darf ich?"

Ohne eine Antwort abzuwarten, nahm er einen großen Schluck aus der Pulle. Anschließend verzog er Richtung Spüle blickend die Nase. „Die stinkende Pfanne da muss weg. Nach drei Stunden in einem Container mit Küchenabfällen, da ist man ein klein wenig empfindlich."

Während der völlig verstörte Nico die Pfanne in die kleine Speisekammer neben der Spüle brachte, nahm Onkel Rolf den nächsten großen Schluck.

„Ah, herrlich. Da, wo ich herkomme, hatten sie so was leider nicht auf der Karte."

Julia stand kurz vor einer Herzattacke. Und wenn er nur bluffte? Hoffte, dass sie einknickte und alles zugab?

„Aber … welche 90 000?"

Nico setzte sich wieder und starrte von Onkel Rolf zu Julia.

„Bitte, Onkel Rolf. Ich habe dir kein Geld geklaut. Ich schwöre es!"

Onkel Rolf gab sich unbeeindruckt, zog ein kleines Messer aus dem Block auf der Küchenzeile und stellte sich hinter Nico, der gegenüber von Julia am Küchentisch saß.

„Tja, da will ich auch mal was schwören", und strich dabei mit der Messerspitze hinter Nicos rechtem Ohr auf und ab. „Ich geb dir zwei Minuten. Ansonsten hat dein kleiner Freund hier ein Loch im Hals."

Julia sah zu Nico und dem plötzlich auftauchenden und immer größer werdenden dunklen Fleck in dessen Schritt. Sie ging ohne ein weiteres Wort ins Wohnzimmer, wo ihre Klamotten standen, und kam mit einem kleinen Päckchen zurück.

„Etwas über 85 000. Es … tut mir …"

„Da fehlen 15", unterbrach Onkel Rolf sie ungerührt.

„Dann machen wir jetzt eine kleine Spazierfahrt. Vergesst eure Portemonnaies nicht."

Die nächsten anderthalb Stunden klapperten sie mit Julias A-Klasse Bankautomaten ab, bis ihre und Nicos EC- und Kreditkarten nichts mehr hergaben. Anschließend ging es mit der untergehenden Sonne im Rücken auf der Autobahn Richtung Frankfurt/Oder. Niemand sagte auch nur ein Wort. Ein gutes Stück hinter Bad Saarow deutete Onkel Rolf seiner Nichte, abzufahren. Ein paar Kilometer ging es eine Landstraße entlang, bis er sie in einen Waldweg einbiegen ließ. Nach weiteren fünf Minuten warf er die beiden aus dem Wagen, setzte sich ans Steuer und fuhr weiter.

Für ein paar Augenblicke schauten die beiden wortlos den immer kleiner werdenden Rücklichtern nach. Julia musste fast kotzen vor schlechtem Gewissen. Als Nicos Blick zu ihr wanderte, starrte sie auf den Boden. Seine Stimme klang in ihren Ohren grauenhaft geschäftsmäßig.

„Das mit den 85 000 ist euer Ding, von mir erfährt davon keiner was. Zwei Sachen: Ich will mein Geld wieder." Und etwas leiser, aber umso entschlossener: „Und dich nie wiedersehen."

Damit ließ er Julia stehen und ging den Waldweg Richtung Landstraße zurück.

Wittenbrock ließ sich von Julia überzeugen, sie zur Probe arbeiten zu lassen. Sie bekam den Job. Hinter dem Zapfhahn des *Sports Paradise* stand Hundert-Kilo-Mann Sascha Kihr, den alle nur Kirre riefen. Er versorgte die zwei bis sechs Kellnerinnen – je nach Wochentag und Hochkarätigkeit des Sportprogramms – mit Getränken. Er war ein lässiger Typ mit Tribal-Tatoos am Oberkörper und Hals, den so gut wie nichts aus der Ruhe brachte.

Im Gegensatz zum Mann in der Küche. Klaus Schlicke, ein dürres, blondes Männchen mit eng zusammenstehenden Augen und einer riesigen Nase, war ebenso fahrig wie wortkarg. Die Zähne kriegte er nur auseinander, um sich eine Kippe in den Mund zu schieben. Das aber gefühlte 80 Mal pro Schicht.

Julia war es völlig schleierhaft, wie er das schaffte, aber er kriegte seinen Job trotzdem hin, selbst wenn Champions-League lief, und die Hütte brannte. Ständig stand er an der Tür zum Hof und qualmte. Bevor er die Kippe wegschnippte, haute er sich jedes Mal noch mal richtig die Lungen voll und ließ die gigantische Rauchwolke erst wieder ab, wenn er schon wieder damit beschäftigt war, Hack zu würzen oder Eier in die Pfanne zu hauen.

Ein Gespräch mit dem Mann war unmöglich. Begrüßungen und private Kontaktaufnahmen wurden von ihm mit einem unverständlichen Gegrummel ohne jeden Blickkontakt quittiert. Julia fragte sich, was im Kopf von so einem Typ wohl abgeht. Aber wenn sie es sich so recht überlegte, wollte sie es eigentlich gar nicht so genau wissen. Sie war jedes Mal froh, wenn sie wieder aus der Küche raus war.

Julias Plan: Wittenbrock bluten und büßen lassen. Zunächst mal regelmäßig in ihr Kellner-Portemonnaie greifen. Aber es bloß nicht übertreiben, das große Finale durfte auf keinen Fall gefährdet werden. Mit dem Geld wollte sie ihre Schulden bei Nico zurückzahlen, das war ihr extrem wichtig. Nico. Jedes mal, wenn sie an ihn dachte, wurde ihr ganz anders. Die Zeit in Berlin, ihre Freundschaft, das gemeinsame Projekt, ihr neues Leben. Egal, aus und vorbei. Jetzt hieß es, nach vorne zu schauen, Geld beiseite zu schaffen und dann auf den passenden Moment zu warten. Unter einem Vorwand dableiben, bis alle außer Wittenbrock raus sind. Kirre hatte einen Baseballschläger unter der Theke liegen, für alle Fälle. Damit würde sie Wittenbrock von hinten die Beine weghauen, dann mit einem gezielten Schlag für etwas Platz im Vorderkiefer sorgen. Zum Schluss eine Ladung Kartoffelsalat drüber und fertig. Schade, dass das *Sports Paradise* keine kroatischen Spezialitäten im Angebot hatte.

Und dann kam der 30. März 2013. Schon um kurz vor sechs war die Bude rappelvoll. Das lag zum einen am attraktiven Samstagabendspiel, zum anderen an der ‚Pro Bude ein Kurzer aufs Haus'-Aktion, die Wittenbrock an jedem Monatsende veranstaltete. Wer nach einem Tor ein Getränk orderte, bekam kostenlos einen Jägermeister oder Apfelkorn dazu.

Für Wittenbrock lohnte sich das, der Umsatz an solchen Abenden spielte die Kosten für den Schnaps locker wieder rein. Außerdem war es Werbung für das *Paradise.* Die Leute sollten sehen, dass hier was geboten wurde. An diesem Abend wurde etwas geboten.

Thekenmann Kirre machte Julia kurz vor Anpfiff mit der Einstands-Tradition im Haus vertraut. Heute hieß es auch für sie ein Tor einen Kurzen, gemeinsam mit Kirre und den anderen Kellnerinnen (Schlicke aus der Küche hatte noch nie jemand einen Tropfen trinken sehen, nie). Sie sollte sich aber nicht zu früh freuen, beim letzten Einstand vor zwei Monaten hatten Freiburg und Leverkusen eine Nullnummer abgeliefert.

In dem Moment pfiff der Schiri die Partie Bayern gegen den HSV an. Und 45 Minuten später hatte Julia dank Shaquiri, Schweinsteiger, Pizarro und Robben fünf Jägermeister intus und fühlte sich großartig (die anderen Kellnerinnen waren nach dem 2:0 ausgestiegen). Die pro Schicht üblichen 50 bis 60 Euro ‚Extrakohle' hatte sie da schon in der Tasche. Aber der Alkohol im Blut ließ sie unvorsichtig werden. Munter wanderten weitere (bevorzugt Fünfer und Zehner) Scheine aus ihrem Kellner-Portemonnaie in die Taschen ihrer Jeans. Aber sie machte sich keine Sorgen, bei dem Bombenumsatz würde das niemals auffallen.

Bei Abpfiff hatten Julia und Kirre sowie der härtere Teil der Gäste sage und schreibe elf Schnäpse intus. Neun zu zwei hatten die Bayern die Hamburger aus der Allianz-Arena gefegt.

Thekenmann Kirre stand völlig unbeeindruckt am Zapfhahn. Im Gegensatz zu den meisten Gästen. Die Toiletten sahen aus, als sei ein randvoller Dixiklo-Tankwagen darin hochgegangen. So etwas hatte das *Sports Paradise* in seiner jungen Geschichte noch nicht erlebt.

Während auf den Bildschirmen HSV-Coach Fink das Debakel zu erklären versuchte, stieß ihr Magen plötzlich einen gellenden Hilfeschrei aus. Sie stürmte in die Küche und riss die Tür zum Hof auf, im selben Augenblick brach es aus ihr heraus. Während Kollege Schlicke ungerührt ein Dutzend Spiegeleier auf vier Teller verteilte, kotzte sich Julia die Seele aus dem Leib. Nachdem der letzte Tropfen Magensäure auf dem Asphalt des Hinterhofs gelandet war, sprang sie über ihr Erbrochenes, spazierte über den Hof und sog für ein paar Minuten die frische Märzluft ein. Danach ging es ihr wieder ein klein wenig besser. Klar, sie war immer noch schwer angeschlagen, ein Großteil des Alkohols hatte es schon in die Blutbahn geschafft, wo er aufs Heftigste herumrandalierte. Aber sie war wieder soweit fit, um sich bei Kirre abzumelden und sich in ein Taxi nach Hause zu setzen.

Als sie wieder reinging und die Tür hinter sich zuzog, waren Schlicke und die Spiegelei-Bratkartoffel-Teller weg. Dafür lehnte Wittenbrock an der Arbeitsfläche neben dem Herd und nippte an einer Cola Zero.

„Na, alles klar?“

„Geht so.“ Sie deutete in Richtung Hof. „Ich würde da erstmal nicht rausgehen.“

Wittenbrock winkte großzügig ab.

„Großkampftag heute. Aber es lohnt sich wenigstens, oder?“

Julia nickte, immer noch völlig arglos. „Umsatz, Trinkgeld. Alles super.“

„Schön.“ Wittenbrock nahm ein Stück Baguette und tunkte es in eine Pfanne mit Frikadellenfett. „Und der Rest?“

Julia verstand immer noch nicht. „Welcher Rest?“

„Das, was du nebenbei so eingesteckt hast.“

Endlich fiel der Groschen bei ihr. Diese verfluchten Schnäpse. Die Bayern waren schuld. Schwachsinn, es war allein ihre Blödheit. Sie war zu unvorsichtig, zu gierig gewesen. Und jetzt? Ihm reumütig die Scheine hinblättern und es als einmalige Dummheit hinstellen? Sie entschied sich fürs Leugnen und hoffte, dass es diesmal besser ausging als beim letzten Mal. Der Sache mit Onkel Rolf. Sie wechselte in den Empörungs-Modus.

„Keine Ahnung, wie Sie auf so was kommen. So einen Schwachsinn muss ich mir nicht anhören.“ Damit ging sie Richtung Gastraum.

„Wir sind hier noch nicht fertig!“

„Du mich auch.“ Julia war fast an der Tür.

Wittenbrock erwischte sie im letzten Moment am Nacken und zog sie von der Tür weg. „Taschenkontrolle.“

„Was soll das? Loslassen!“

Sie versuchte sich zu befreien, worauf Wittenbrock ihr einen Arm um den Hals legte und zudrückte. „Ganz ruhig.“

Daraufhin holte sie aus und schlug ihm mit voller Wucht mit der Faust in die Eier. Sie traf nur eins und ein Stück Oberschenkel. Wittenbrock jaulte kurz auf, ließ aber nicht los. Im Gegenteil. „Meinst du, ich lasse mich von einer kleinen

Schlampe wie dir verarschen? Hast du das wirklich gedacht?" Das Geld schien ihm mittlerweile egal zu sein. Ihm ging es ums Prinzip. Einen Jörg Wittenbrock bescheißt man nicht. Julia japste, rang verzweifelt nach Luft.

„Loslassen! So geht man nicht mit einer Frau um."

Schlicke stand mit einer Kiste Lebensmittel aus dem Lager vor den beiden. Die Art, wie er Wittenbrock in die Augen schaute, vollkommen ruhig und keinen Widerspruch duldend, irritierte seinen Chef für einen Moment. Aber nur für einen kurzen.

„Wer hat dich gestörten Penner um deine Meinung gefragt? Abmarsch, aber ganz flott!'

Dann ging alles sehr schnell. Schlicke stellte die Kiste ab, schnappte sich ein Gemüsemesser von der Ablage und drückte es dem körperlich überlegenen Wittenbrock gegen den Bauch.

„Loslassen."

Der starrte ihn nur ungläubig an. „Pack deinen Kram zusammen. Du bist gefeuert." Eine Millisekunde später rammte ihm Schlicke das Messer bis zum Griff in die Seite und zog es wieder raus. Wittenbrock ließ Julia augenblicklich los, die röchelnd auf den Küchenboden sackte.

Wittenbrock starrte auf die Wunde, dann zu Schlicke, der seinem ungläubigen Blick standhielt. „So geht man nicht mit einer Frau um."

Wittenbrock torkelte Richtung Hoftür und war ein paar Augenblicke später raus.

Schlicke reichte Julia eine Hand, um ihr hochzuhelfen. Die starrte auf das Messer in seiner anderen Hand und wich instinktiv etwas zurück. Schlicke, den Julias Blick mehr zu erschrecken schien als alles, was vorher passiert war, legte das Messer zurück auf die Ablage. Er starrte kurz vor sich hin, dann griff er in seine Hosentasche, holte seine Zigaretten raus und steckte sich eine an. Er setzte sich ebenfalls auf den Boden und nahm zwei tiefe Züge.

„Mit Frauen ging bei mir ziemlich lange gar nichts. Schüchtern, nicht der tollste Typ, alles auf einmal. Nach der Schule die Kochlehre, dann ziemlich viel rumgekommen. Dortmund, Kiel, Bonn, Stuttgart, Kassel. Immer nur voll reingehauen, gar nicht gemerkt, dass da, na ja, was fehlt. Bis sie in dem angeschlossenen Hotel an der Rezeption angefangen hat. Sandra. Es hat sofort geknallt zwischen uns. Eine Woche später ist sie bei mir eingezogen. Nach ein paar Monaten haben wir uns was Größeres gesucht, ein kleines Häuschen außerhalb. Wiesen, Wälder, sie hat das geliebt. Irgendwann kommt sie morgens mit so einer Art Stift aus dem Bad. Total glücklich. Schwanger. Ich habe geheult. Zwei Monate später habe ich es bei der Arbeit gesagt. Für die Kollegen war klar, das muss begossen werden. Ich habe Sandra angerufen, ob es okay sei. Sie meinte, klar, viel Spaß, ich geh früh schlafen. Wir haben richtig Gas gegeben. Ich bin dann irgendwann nach Hause. Mit dem Wagen, Sandra hatte am nächsten Morgen einen Termin beim Arzt."

Schlicke hielt inne und starrte einen langen Moment vor sich hin.

Aus irgendeinem Grund griff Julia nach seiner Zigarette. Eine Geste der Verbundenheit? Angst vor dem, was da kommt? Sie wusste es selbst nicht. Sie nahm einen tiefen Zug, obwohl sie vor zehn Jahren aufgehört hatte, und gab sie Schlicke zurück.

„Zwischen Straße und Haus war so ein langer kurviger Weg mit Büschen und kleinen Bäumen am Rand. In einer scharfen Linkskurve hat es auf einmal gerumst. Gesehen hatte ich nichts. Ein Reh, oder ein dicker Ast, dachte ich, weil ich die Kurve etwas geschnitten hatte. Zuhause habe ich noch kurz den Fernseher angemacht und bin dann auf dem Sofa eingepennt. Am nächsten Tag hatte ich frei, bin irgendwann aufgewacht. Sandra war schon lange weg. Dachte ich. Aber der Wagen stand draußen. Ich bin durchs ganze Haus. Nichts. Ihr Handy, Handtasche, alles da, nur ihre Schlüssel fehlten. Ich bin mit einem ganz komischen Gefühl ins Auto, Richtung Straße. Auf halber Strecke lag sie da, halb unter einem Busch."

Julias Herz krampfte sich zusammen wie noch niemals in ihrem Leben.

„Sie hat das Kind verloren. Und einen komplizierten Beinbruch. Bei der OP gab es Probleme, seitdem ist sie auf Hilfe angewiesen, humpelt stark, hat ständig Schmerzen."

Schlicke zog an seiner schon bis auf den Filter runtergerauchten Zigarette.

„Sie ist irgendwann in der Nacht aufgewacht, konnte nicht wieder einschlafen. Ist dann raus, eine Runde spazieren gehen. – Das habe ich alles nicht von ihr. Als sie in den OP geschoben wurde, seitdem habe ich sie nie wieder gesehen. – Ich überweise jeden Monat Geld auf ein Konto, jeden Cent, den ich übrig habe. Aber sie rührt es nicht an."

Ein langer Moment Stille, nur vom Gastraum dringen Geräusche herüber. Schlicke steht auf, nimmt das schnurlose Telefon vom Regal neben der Tür und wählt eine Nummer. Er legt es vor der völlig sprachlosen Julia auf den Boden und geht in den Gastraum.

„Rettungsstelle Bielefeld-Mitte. – Wer spricht da? Hallo?"

Sandra Niermeyer

Heimatgefühle

„Den Campingplatz solltest du sehen! Viel schöner als unserer!" Mein Mann stellt schnaufend sein Fahrrad an einer Stange des Vorzelts ab. Ich schiebe meinen Kopf durch die Wohnwagentür und knalle sofort mit der Stirn gegen den Rahmen. An diese niedrigen Türmaße werde ich mich nie gewöhnen. „Wieso", frage ich, „in unserem Reiseführer stand doch nur dieser eine in Yport."

Mein Mann zuckt die Schultern, hebt sein Fahrrad wieder vom Ständer und schiebt es ins Vorzelt. Es hat angefangen zu nieseln. Ein Wetter, das man der Normandie nachsehen sollte. Oder, wie ich in einem Reiseführer gelesen habe: Das gelegentliche Aushalten eines Regentages gehört zum Reifungsprozess eines Urlaubers. Hier haben wir reichlich Gelegenheit zum Reifen.

„Oben auf den Klippen ist der. Wunderschön. Grandioser Ausblick. Nur dreihundert Meter von hier. Zieh deine Regenjacke an, dann zeige ich ihn dir. Ein bisschen Bewegung kann dir nicht schaden."

Ich ziehe meinen Kopf zurück in den Wohnwagen, stoße ihn gleich wieder, dann gehe ich mit Jacke nach draußen.

Unser Campingplatz liegt im Tal von Yport. Hier ist es dauerhaft schattig.

Wir stapfen durch das nasse Gras an den anderen Wohnwagen vorbei. Knaus, Bürstner, Fendt, Dethleffs, Tabbert, alles dabei. Viele Holländer sind auf dem Platz. Wir geben das typische Camperehepaar ab und fügen uns nahtlos in das Bild der anderen ein: Rentner, keine individuelle Haarfarbe mehr. Hier sieht man nur graue und weiße Köpfe. Manchmal eine Glatze.

Den steinigen Weg zur Steilküste gehen wir schweigend. Mein Mann ist der Sportler von uns beiden. Während er morgens Kilometer mit seinem Mountainbike abreißt, kümmere ich mich um die Dinge, die in einem Wohnwagen anfallen: neues Wasser herantragen und in den Tank einfüllen, den Abwasserkanister wegbringen, Klokassette ausleeren, Wasser für die Spülung auffüllen. Alles Dinge, die zu Hause selbstverständlich und auf Knopfdruck funktionieren. Hier erfordern sie Muskelkraft und lange Wege. Unsere Arbeitsteilung hat sich im Laufe der Jahre so eingespielt. Ich bin die Wasserschlepperin, er hängt den Wohnwagen an und ab, und lenkt ihn auch, weil ich es mir nicht zutraue, mit so einem Geschoss durch die Gegend zu fahren. Ich würde wahrscheinlich sämtliche Gartenzäune mitnehmen, mal ganz abgesehen davon, dass ich auf der Autobahn schier paralysiert vor Angst wäre. Wenn uns ein LKW überholt, wird das Wohnwagengespann wie mit einem Staubsauger angezogen.

Als wir oben sind, verschlägt es mir nicht nur von der Anstrengung den Atem. Der Ausblick ist traumhaft. Man hat Sicht über die ganze Küste von Yport, und das von jedem Stellplatz aus. Der Campingpark ist terrassenförmig angelegt, so dass sich alle Fahrzeuge auf verschiedenen Ebenen zum Meer ausrichten können.

„Was habe ich gesagt?", mein Mann stemmt die Arme in die Hüften. „Und wir hocken da unten im Tal und haben für eine Woche im Voraus bezahlt."

Tja, stimme ich ihm in Gedanken zu. Wir haben ein einmaliges Angebot genutzt, sieben Nächte bleiben, nur sechs werden berechnet, mit der Auflage, sich für eine Woche festzulegen und im Voraus zu bezahlen. Wenn wir vorzeitig fahren würden, würden wir uns 120 Euro ans Bein binden, und so dicke haben wir es auch nicht.

„Dort drüben steht einer aus Stuttgart, den fragen wir mal, in welchem Reiseführer er diesen grandiosen Campingplatz gefunden hat." Wir gehen an ein paar Wagen vorbei auf den Stuttgarter zu.

„Schau", ich zupfe meinem Mann am Ärmel. „Bielefelder

Kennzeichen!" Hinter dem Stuttgarter versteckt steht ein kleineres Reisemobil mit BI.

Wir lassen den Baden-Württemberger links liegen und steuern auf das ostwestfälische Reisemobil zu. Wenn man fern des Wohnortes einen Urlauber aus der Heimat findet, fühlt man sich gleich zusammengehörig. Man redet mit Leuten, die man zu Hause nicht mal gegrüßt hätte, und hält die Gemeinsamkeit der Heimatstadt für so einmalig und verbindend, dass man sich gleich über dieses außergewöhnliche Zusammentreffen austauschen muss. Wir gehen um das Reisemobil herum zur offenen Tür. Innen sitzt eine Frau, vielleicht ein paar Jährchen jünger als wir, mit schwarz gefärbten Haaren. Die Mühe habe ich mir nie gemacht, als ich grau wurde, habe ich mir genau drei Haare ausgerissen, dann habe ich aufgegeben und der Zeit ihren Lauf gelassen.

„Wo haben Sie denn diesen traumhaften Platz gefunden", beginnt mein Mann gleich, „wir stehen unten neben der Hauptstraße im Tal."

„Na, der Campingplatz unten ist nicht schön", bestätigt sie, „den habe ich auch gesehen. Aber hier oben: unbezahlbarer Blick. Wo hat man das schon." Sie sieht aus dem Seitenfenster, von dem aus sie Blick über die ganze Bucht hat.

Wir schauen von unserem Seitenfenster aus in eine Hecke.

„Hier steht er drin", sie hält einen Reiseführer hoch. „Von einer Frau geschrieben. Ich will ja nicht sexistisch sein, aber das sind die besten Reiseführer. Frauen recherchieren 150-prozentig, Männer sind da nachlässig."

„Wir sind auch aus Bielefeld", kann ich jetzt nicht mehr an mich halten. Diesen Zufall, dass zwei Bielefelder in der Normandie zusammentreffen, muss sie erfahren.

„Ach, wirklich", sagt sie milde interessiert. „Wo denn da? Ich wohne im Westen, Friedrichstraße."

Im Westen. Besser gehts natürlich nicht. Der Bielefelder Westen ist so begehrt, dass die Leute dort aus einer einmal ergatterten Wohnung nie mehr ausziehen. Wir haben es, vielleicht aus diesem Grund, nur in den Bielefelder Osten geschafft. Ravensberger Straße, aber nicht der Anfang, der ja noch als angesehen gilt, sondern ganz weit draußen.

„Ravensberger Straße", sage ich kleinlaut, „zweihunderter Hausnummer."

„Ach", sagt sie, „Ravensberger, noch hinter dem Finanzamt, das ist ja nicht so schön. Ich habe meine Eigentumswohnung schon ewig."

Eigentum auch noch. Wir wohnen zur Miete. Und ihr Reisemobil sieht auch viel neuer und wendiger aus als unser altersschwacher Wohnwagen. Wahrscheinlich ist sie so eine Karrierefrau.

„Ich war heute Morgen schon dort oben", sie zeigt auf die höchste Klippe, auf der keine Campingautos mehr stehen. „Einmaliges Licht früh am Morgen."

Auf einem kleinen Tisch neben der Tür liegt eine riesige Kamera, die bestimmt so viel wiegt wie acht Digitalkameras zusammen.

„Gestern Abend war das Licht auch außergewöhnlich. Hier wird es ja so spät dunkel."

„Wie sind hier eigentlich die Sanitäranlagen?", unterbreche ich sie. Mit den Sanitäranlagen steht und fällt ein Campingplatz, finde ich. Auf unserem sind sie gut.

„Na ja, die sind hier schon ein ziemlicher Graus", sagt sie. „Alles eng, muffig, schmutzig. Ich versuche soviel wie möglich hier im Reisemobil zu erledigen." Sie deutet auf die Wasserkanister vor der Tür.

„Da hat Ihr Mann ja einiges zu schleppen", sagt mein Mann lächelnd, als wäre er bei uns auch derjenige, der das Wasser schleppt.

„Ich reise allein", sagt sie, „es ist niemandem zumutbar, wenn ich zu jeder Zeit und Unzeit aufstehe und losgehe, um das beste Licht einzufangen."

Allein. Das habe ich mir nie zugetraut. Ich war immer Teil eines Paares. Habe mich den Reisevorstellungen meines

Mannes angepasst. Auf eigene Faust zu reisen, dazu fehlte mir einfach der Mumm.

„Oh“, sagt mein Mann auch bewundernd und sieht sie interessiert an. „Haben Sie als Alleinreisende denn noch ein paar Tipps für ein Paar?“ Er zieht den Bauch ein, registriere ich aus den Augenwinkeln.

„Bei Ebbe ist es wunderschön, unten um die Steilküste herum zu gehen. Allerdings führt der Weg über große Steine und Geröll, das ist für die offenen Beine Ihrer Frau vielleicht ein wenig zu anstrengend.“ Sie guckt auf meine Beine, die aus der dreiviertellangen Hose herausragen.

Ich sehe ebenfalls nach unten, als hätte ich meine Beine noch nie gesehen. Ich habe geplatzte blaue Äderchen an den Fußknöcheln, Besenreiser, das ist doch normal mit zunehmendem Alter, oder nicht? Offene Beine. Ich bin so geschockt, dass ich gar nichts darauf erwidere.

Mein Mann lacht. „Ja, sie ist nicht die Sportlichste, bleibt morgens lieber im Wohnwagen, während ich schon die Gegend erkunde.“

Dass ich dabei die Drecksarbeit erledige, erwähnt er natürlich nicht.

„Nicht wahr, das ist die schönste Zeit“, strahlt sie meinen Mann an. „Wenn alle noch schlafen, das Licht des neuen Tages begrüßen.“

Er nickt eifrig.

„Wir müssen noch in die Apotheke“, zupfe ich meinen Mann am Ärmel, „dein Abführmittel ist aufgebraucht.“

Auf dem Rückweg zu unserem Campingplatz sehe ich bei jedem Schritt auf meine Fußknöchel, mein Mann schweigt verstockt.

„Um die Mittagszeit haben die Apotheken hier geschlossen“, sagt er schließlich, als wir unten sind.

„Macht nichts“, sage ich, „mir ist eben eingefallen, dass wohl noch eine Packung in meinem Kulturbeutel liegt.“

Während mein Mann sich auf sein Fahrrad schwingt, ziehe ich mir einen Badeanzug an und gehe ins Schwimmbad. Dieser Campingplatz hat eins. Den hat der Platz dort oben nicht. Dort weht einem nur der Wind beständig um die Nase, und die Sanitäranlagen stinken zum Himmel. Wir sind auf dem Weg von der Bielefelderin zurück daran vorbeigekommen.

Nicht die Sportlichste, denke ich, während ich Bahn um Bahn schwimme. Meine Kopfhaut fängt an zu kribbeln. Ich bin so eine Anstrengung nicht gewöhnt, die erhöhte Sauerstoffzufuhr lässt mich jede Muskelfaser spüren. Es ist gleichzeitig beängstigend und wohltuend.

Nach 20 Bahnen gehe ich unter die heiße Dusche. Die Wassertemperatur ist hier einmalig. Nicht wie auf anderen Campingplätzen, wo man nach dem Haare einschäumen schon beten muss, dass noch genug warmes Wasser zum Schaum ausspülen übrig ist. Hier kann man zehn Minuten lang duschen und sich dabei, wenn man will, fast verbrühen. Als ich wieder nach draußen komme, hat es erneut zu nieseln angefangen. Mein Mann ist immer noch nicht zurück.

Ich gehe in den Wohnwagen und föne meine Haare. Ich werde nicht, wie ich es sonst tue, die zweite Runde des Wasserschleppens starten. Klokassette ausleeren, Abwaschwasser, das sogenannte Grauwasser, wegschütten, Frischwasser nachfüllen, Gießkanne um Gießkanne tragen. Ich werde der Bielefelderin noch einen Besuch abstatten. Im Kulturbeutel finde ich sogar unter anderem einen Abdeckstift. Irgendwie ist mir wohler, wenn ich mit überschminkten Besenreisern zur Steilküste gehe.

Oben regnet es noch stärker. Im Tal sind wir durch die Bäume geschützt. Vor dem Wagen der Bielefelderin steht ein abgedecktes Fahrrad, das mir am Morgen nicht aufgefallen ist. Es sieht riesig aus. Diese Frau fährt sicherlich ein Herrenrad. Das passt zu ihr. Alleine reisen, fotografieren, Reiseführer von Frauen lesen, sich sportlich über die Stange eines Herrenrads schwingen.

Im leisen Öffnen der Frischwassertankklappe bin ich Profi. Wenn man solche stupiden Arbeiten zwei bis dreimal täglich erledigt, dann will man es darin wenigstens zur Meisterschaft bringen. Wahrscheinlich ist sie eh nicht zu Hause, beziehungsweise in ihrem Reisemobil, sondern wieder irgendwo unterwegs auf der Suche nach gutem Licht, aber ich will es nicht drauf ankommen lassen, und so schütte ich die 60 Tütchen mit Abführmittel nur sehr vorsichtig und geräuschlos in den Tank.

Sie wird den nächsten Tag auf dem Chemieklo verbringen müssen und leider keine Spaziergänge über Geröll um die Steilküste mit ihren wahrscheinlich glatten Beinen machen können.

Auf dem Rückweg sehe ich voller Genugtuung auf meine Knöchel. Sie sind makellos. Nicht nur wegen des Abdeckstifts, bin ich mir sicher, auch wegen der kleinen Racheaktion. So etwas tut geplagten Beinen gut.

Mein Mann kommt erst zurück, als es schon dunkel ist, das heißt, um elf Uhr. Hier geht die Sonne so spät unter, dass man ihr Verschwinden schon fast ersehnt.

„Wo warst du denn so lange", fahre ich ihn an, als hätte ich ihn vermisst, „ich habe mir Sorgen gemacht."

„Ach", sagt er, „ich habe mein Fahrrad unten am Strand stehen gelassen und bin um die Felsen spaziert." Er geht seltsam gekrümmt.

„Hast du dich verletzt?", frage ich teilnahmsvoll.

„Nein, nein", winkt er ab. „Der Weg war kein Problem für mich, ich bin ja trainiert, aber ich habe anscheinend etwas Falsches gegessen."

Er verschwindet in dem winzigen Badezimmer und lässt sich auf das Chemieklo plumpsen, dessen Kassette ich dann wieder ausleeren darf.

Lautes Getöse dringt durch die geschlossene Tür. Normalerweise hört man erst mal eine Weile gar nichts, wenn mein Mann hinter der Tür verschwindet, bis er dann nach zehn Minuten wieder erscheint und fragt: „Habe ich heute eigentlich schon das Mittelchen genommen?"

Das Grollen hinter der Tür ist unbeschreiblich. Ich trete ein paar Schritte zurück, soweit es die Enge im Wohnwagen zulässt.

Als mein Mann aus dem Raum herauskommt, ist er sehr blass um die Nase. „Es muss an der Anstrengung liegen", sagt er.

„Welcher Anstrengung", sage ich, „ich dachte, es sei kein Problem gewesen, um die Felsen herum zu laufen."

„Ach ja, ach nein, es war auch kein Problem, es war wohl nur die ungewohnte Stellung, ich meine, die ungewohnte Belastung für die Beine, immerzu von den großen Steinen herab zu steigen."

Er lässt sich auf die Sitzbank fallen, nur um ein paar Minuten später wieder aufzuspringen und erneut im Bad zu verschwinden.

„Ich mache noch einen Nachtspaziergang", rufe ich ihm durch die geschlossene Tür zu. „Es könnte sein, dass die Kassette gleich voll ist und überschwappt. Leer sie dann einfach aus. Die Entsorgungsstation wirst du sicherlich finden, auch wenn du noch nie da warst."

Ich trete in den leichten Nieselregen hinaus, der schon wieder oder immer noch fällt. Normalerweise hätte ich Angst, um diese Zeit noch allein vor die Tür zu gehen. Ich habe in meinem Leben weniges allein gemacht, aber heute Abend bin ich seltsam beflügelt.

Ich steige den Weg zum traumhaften Campingplatz *Le Rivage* hinauf. Oben umfängt mich böiger Wind. Der Ausblick ist selbst um diese Zeit noch einmalig. Man sieht die schwach beleuchtete Küste und das Dorf Yport, die Straßenlaternen und die vielen kleinen Lichter hinter den

Fensterscheiben. Die Wellen treiben Geröll an die Küste. Man hört das Klacken der Steine gegen die Steilküste bis hier oben.

Die Bielefelderin verlässt gerade ihr Wohnmobil, ich kann mich schnell hinter dem Vorzelt eines Niederländers verstecken. Sie geht rasch und sehr gekrümmt in Richtung Waschhaus. Das wollte sie doch so selten wie möglich benutzen, hat sie gesagt, aber offenbar hat auch ihr Fäkalientank seine Belastungsgrenze erreicht. Ich warte nicht einmal, bis sie die Sanitäranlagen erreicht hat, sie wird sich schon nicht umschauen. Noch bevor sie den kleinen Terrassenabhang hinab ist, ziehe ich die Toilettenklappe ihres Reisemobils auf und reiße den Tank hinaus. Mit Schwung werfe ich ihn auf den Rasen. Er wird ihr als nette Erinnerung an diesen Tag bleiben, als sie die Frau mit den offenen Beinen traf.

Dann gehe ich um das Wohnmobil herum und schiebe die Tür auf, die sie in ihrer Eile nicht richtig verschlossen hat. Ich rolle das Stromkabel auf und werfe es in den Innenraum. Neben der Beifahrertür sieht man die Reifenabdrücke eines Fahrrades, die tief in den nassen Boden gedrückt sind.

Der Fahrersitz ist fest und bequem, offenbar mit Lendenwirbelsäulenverstärkung. Ich drehe den Zündschlüssel, den sie sicher, locker wie sie ist, immer stecken lässt.

Der Motor schnurrt. Vorsichtig fahre ich von den Unterlegkeilen herunter. So ein Wohnmobil lenkt sich viel leichter als ein Wohnwagen. Mit einem gewissen Stolz kurve ich über den feuchten Rasen auf den Schotterweg. Die Scheinwerfer malen gelbe Kreise auf den Kies. Im Rückspiegel sehe ich die Klokassette und die zwei grauen Unterlegkeile. Hätte ich sie mitnehmen sollen auf meiner Reise in ein neues Leben als unabhängige, selbstständige und mutige Alleinreisende? Nein, entscheide ich, die Blockaden anderer lässt man besser zurück. Ich werde mir neue kaufen an meinem ersten Zielort. In rot.

Die Schranke des Campingplatzes ist zum Glück noch offen, als ich um kurz nach zwölf auf die Hauptstraße biege. Auf dem Beifahrersitz liegt die riesige Kamera. Sie schaukelt träge vor und zurück, als ich in einen höheren Gang schalte. Wunderbar, denke ich, dieses Fahrgefühl, diese Aussicht über das Meer, diese Freiheit. Und fotografieren werde ich auch noch lernen.

Dietmar Bittrich

Westfälische Sturheit

Am nordöstlichen Rand von Bielefeld, in der Nachbarschaft eines Baustoffzentrums und eines galvanischen Betriebes, gibt es einen traditionsreichen Schrottplatz. Dort duftet es nach Rost, nach Reifen und Öl und nach den Abgasen der Gabelstapler, die unermüdlich verbeulte Autos auf Stahlträger heben oder wieder herunterholen, wenn ein Liebhaber sie ausweiden möchte.

Vor zehn Jahren, als mein Freund Roland hier gelegentlich Einzelteile für seine Oldtimer holte, war von Rohstoffwiedergewinnung und Nachhaltigkeit noch nicht so häufig die Rede. Der Schrotthändler stand auch nicht als Disponent im fleckenlosen Grünkittel hinter dem Tresen und tippte die Anfragen ins System, um dem Kunden dann mitzuteilen: „Wir haben Ihr Lenkrad.“ Sondern hungrige Bastler durften sich selbst mit Werkzeug und Overall auf Wanderschaft durch die Halden begeben.

Zweimal im Jahr schritt Roland damals die Hochregale der Motorenlager ab und genoss den Anblick konservierter Maschinen. Wie ein verwöhnter Gourmet schlenderte er durch die Halle der Querlenker und Federbeine, die wie frisches Schlachtfleisch an Haken hingen, und studierte mit Kennermiene die Schildchen für Type und Teilenummer. Er kannte die angemessenen Preise für Anlasser, Lichtmaschinen und Zündspulen und konnte Freunden Rat geben, die stets in den ersten Glatteistagen des Jahres nach Stoßstangen und Kotflügeln suchten. Den gänzlich Unbegabten half er sogar bei der Montage.

„Ach, all die verbastelten Stunden!“, seufzte er, als ich im vergangenen Herbst mit ihm an der Dönerbude an der Herforder Straße stand. Er hatte gerade meinen betagten Variant gekauft. „Alles vorbei und vergessen. Die Schrottplätze sind längst nicht mehr das, was sie waren.“

In jenem Frühjahr vor zehn Jahren waren sie noch ziemlich so, wie Roland sie brauchte; und damals hat er sein Ziel erreicht.

Die unentgeltliche Errungenschaft einer geräumigen Villa im Musikerviertel, in der Roland seither mit seiner hübschen Frau und seinen artigen beiden Kindern lebt, ist unlösbar verknüpft mit dem Namen des Kranführers Marvin Oettinger.

Oettingers Aufgabe war es, auf jenem Schrottplatz ausgeschlachtete Autos, an denen Verwertbares nicht mehr zu finden war, auf die Halde für den Schredder zu heben.

„Dieser fette Marvin war von einer sturen westfälischen Pünktlichkeit", erzählte Roland kopfschüttelnd. „Er ging jeden Tag Punkt halb zwölf zum Mittagessen, und Punkt halb eins kletterte er wieder schwitzend in seinen Gitterkorb. Er verspätete sich nie, er kam nie zu früh. Manche nennen das zuverlässig. Ich nenne es unflexibel. Solche Sturheit musste sich eines Tages zwangsläufig rächen."

Doch diese Erklärung reicht nicht aus für jenen außerordentlichen Dienstag nach Ostern. Denn an jenem Tag umging mein Freund Roland absichtsvoll ein paar selbstverständliche Regeln. Heute wäre das kaum mehr möglich; die Autoverwerter haben aus dem Drama gelernt.

„Dieser neue Reglementierungswahn macht den Charme der alten Schrottplätze völlig zunichte", schimpfte Roland. „Heute kommst du mit dem Wagen gerade mal bis zwanzig Meter hinters Tor. Da wird er schon trockengelegt. Kühlwasser raus, Altöl raus, Tank geleert, Bremsflüssigkeit abgezapft, alles in Spezialbehälter und weg. Mit so einem Auto kannst du schon keinen halben Meter mehr fahren. Dann werden noch die Scheiben rausgebrochen, die Sitze abmontiert, Gummimatten rausgerissen, Plastikkonsolen geknackt. Übrig bleibt nur die Karosserie. Und die geht in den Schredder und durch die Separierungsanlage und ab in den Hochofen. Das macht keinen Spaß mehr. Also, für mich ist das seelenlos."

Im seelenvollen Frühjahr 2004, am Dienstag nach Ostern,

saß Roland 12:20 Uhr auf dem Rücksitz eines viertürigen, 16 Jahre alten Ford Mondeo und dirigierte seinen steuernden Vater vorbei an allen Schildern, denen er hätte folgen müssen. Auf einem matschigen Platz zwischen hohen Halden von Wracks ließ er ihn anhalten und stieg aus.

„Ihr beiden wartet hier", befahl er. „Ich hole mal den Meister, damit der den Wert abschätzen kann. Mutter, du leerst noch das Handschuhfach. Ach, und ich habe noch eine Überraschung: Weil ich Ostern nicht bei euch sein konnte, habe ich besonders feine Schokoladeneier für euch versteckt. Ja, hier im Auto. Genau! Seht mal in die Seitentaschen! Guckt mal unter den Sitzen nach! Und unter den Fußmatten! Vierundzwanzig Stück sind es. Mal sehen, ob ihr die findet!"

Er stieg aus und begab sich zur Eingangsbaracke, um ein Wort mit den Mechanikern zu reden. Sein Vater, behauptete er dort, sei gerade dabei, den Wagen in die Garage zum Abmontieren zu steuern, „falls der gute Alte sich nicht wieder verfährt".

Der Werkstattmeister erlaubte sich ein paar mitfühlende Worte über die Verfallserscheinungen des Alters, die Roland mit traurigem Kopfnicken bestätigte.

„Und ich muss heute noch sagen", erklärte mir Roland, „meine Eltern waren wirklich völlig verkalkt. Meine Güte, warum wollten sie unbedingt allein in dieser viel zu großen Villa leben? Also, wirklich. Wenn ich etwas nicht leiden kann, dann ist es diese westfälische Sturheit."

Zur selben Zeit, als Roland mit dem Werkstattmeister plauderte, kletterte der sture fette Kranführer Marvin Oettinger in windiger Höhe hinter die Gitterfenster seiner Kanzel. Er ließ die Maschine an und sah, dass bereits ein weiteres Auto bereitstand.

Rolands Eltern hatten gerade erst drei Ostereier gefunden, als von vorn, von hinten und von beiden Seiten die unbegreiflichen Stahlzähne eines vierflügeligen Greifers mit hungrigem Biss über sie hereinbrachen.

Erst auf halber Höhe stutzte Oettinger, weil der Wagen, den er da anhob, noch Räder und Reifen hatte. Dann erlitt er einen Schock, von dem er sich, wie Roland mir versicherte, aus reiner Sturheit bis heute nicht erholt hat.

Hans-Jörg Kühne

Der wahre Sachverhalt im Falle Walter Nomad

„Lieber Herr Kuss“, sagte Robert Lindlau, nachdem er Platz genommen hatte, „Sie haben sich bereit erklärt, mir den genauen Ablauf der Ereignisse zu schildern. Zunächst noch die Formalia: Sie sind Thomas Kuss, Hauptkommissar der Kriminalpolizei Bielefeld, 55 Jahre, ledig. Dienstnummer 163478. Wohnhaft in Bielefeld. Das stimmt doch, oder?“

„Wie alt sind Sie denn?“, fragte Thomas Kuss schlecht gelaunt zurück. Die Situation kam ihm unwirklich vor. Er saß im Verhörraum 3 des Polizeipräsidiums an der Lerchenstraße. Bis auf das Licht der Schreibtischlampe, die auf dem Tisch zwischen den beiden Männern stand, war der Raum fast vollkommen dunkel. Kuss sah die große Spiegelfront an der gegenüberliegenden Wand, hinter der er oft gestanden hatte, im Nachbarzimmer, um Verhöre in diesem Raum zu verfolgen. Manchmal hatte er auch selbst welche geführt. Aber nicht hier drin, in der Nummer 3.

Jetzt wurde er zum ersten Mal in seinem Leben selbst vernommen. Robert Lindlau war Kriminalrat und vom Landesamt für Zentrale Polizeiliche Dienste aus Duisburg angereist. Er gehörte zur kleinen Gruppe der internen Ermittler, die immer dann in Aktion traten, wenn es Beschwerden über die Polizei gab, und diese sich angeblich Übergriffe oder irgendwelche Unregelmäßigkeiten hatte zuschulden kommen lassen. Beliebt waren Lindlau und seine Kollegen nicht. Kuss fragte sich, wieso es Leute gab, die solche Jobs übernahmen. War gerade nichts anderes frei gewesen, um rasch Karriere zu machen? Kuss betrachtete Lindlau, wie dieser irgendetwas in Kuss' Personalakte eintrug. Wie alt war der Bursche? Höchstens 35. Hatte es ja schon ziemlich weit gebracht.

„Ich sehe hier gerade in Ihrer Akte, dass man Ihnen vor drei Jahren den Führerschein wegen Trunkenheit am Steuer abgenommen hat. Für einen Polizisten ist so etwas aber nicht gerade ein Ruhmesblatt", sagte Lindlau erstaunt.

„Sind Sie noch nie in Ihrem Leben besoffen gefahren?"

„Nein, niemals."

„Sie lügen."

Spätestens jetzt musste Robert Lindlau bemerkt haben, dass er einem Profi gegenübersaß, der mit deutlich mehr und schmutzigeren Wassern gewaschen war, als er selbst es je sein würde.

„Na gut, prima, in Ordnung", sagte Lindlau, legte seinen Schreiber wieder hin und schaute hoch, Kuss direkt in die Augen. Wie dramatisch, dachte Kuss. Er musste grinsen.

„Herr Kuss, was amüsiert Sie eigentlich? Sind Sie sich über den Ernst Ihrer Lage vielleicht nicht so ganz im Klaren? Es geht um Ihren Job, Ihre Arbeit, nichts weniger."

„Gott, ja, ich weiß das doch. Ich musste über etwas lächeln, was mit unserem Fall nichts zu tun hat."

„Kanns losgehen?" Lindlau beugte sich nach vorn und richtete das Mikrofon des Aufnahmegerätes noch einmal aus, in Richtung von Thomas Kuss.

„Was wollen Sie wissen? Wo soll ich anfangen?"

„Na, ganz am Anfang natürlich. Wann erlangten Sie Kenntnis von der Angelegenheit?"

„Das ist mittlerweile vier Wochen her. Damals sprach mich Dr. Heinrich Skrzybinski an. Das ist unser Gerichtsmediziner. Ist ein guter Freund von mir."

„Und was wollte er von Ihnen?"

„Er druckste herum, wollte nicht so recht mit der Sprache heraus. Dann faselte er etwas von einem Experiment, das er beginnen wollte oder schon begonnen hatte. Ich weiß noch, dass ich etwas genervt war und ihn abwimmelte. Am nächsten Morgen hatte er mich aber schon wieder am Wickel."

„Hat er Ihnen dann erzählt, um was für ein Experiment es sich handelte?"

„Nicht sofort. Er bat mich nachdrücklich, am Nachmittag in

der Pathologie vorbeizuschauen, um mir etwas Ungewöhnliches anzusehen. Die Zeit dränge, ich solle den Besuch keinesfalls aufschieben. Gegen 16:00 Uhr bin ich dann dort erschienen. Es herrschte eine seltsame, geheimnistuerische Atmosphäre. Spejbl und Hurvinek, die beiden Sektionsgehilfen, waren fort. Dafür standen Dr. Skrzybinski und drei weitere Herren auf dem Flur, in dem dieser seltsame Geruch hing, den man tagelang nicht aus der Nase bekommt. Skrzybinski kam aufgeregt auf mich zu, begrüßte mich freundlich und bat mich hinüber. Die Männer wurden mir vorgestellt. Es handelte sich um zwei Ärzte aus dem Klinikum Mitte und einen Medizinstudenten."

„Wie hießen diese Herren? Sagen Sie mir bitte deren Namen."

„Das waren Dr. Dietmar Delling, Dr. Heiner Frankenhain und Lutz Obermeister. Die Anwesenden beschrieben mir das Experiment. Man wolle einen schwer kranken Patienten, der sich freiwillig dafür zur Verfügung gestellt habe, kurz vor Eintritt des Todes per Hypnose in eine tiefe Trance versetzen. Es gehe darum, festzustellen, ob der Todeszeitpunkt sich auf diese Weise hinausschieben lasse. Dieses Verfahren sei eine bewusste Abkehr von der Gerätemedizin, die ja ein künstliches Koma ermögliche. Auch wolle man neue Wege in der Palliativmedizin mit den Mitteln der Hypnose beschreiten. Dr. Heiner Frankenhain wurde mir als ausgewiesener Fachmann auf dem Gebiet der Hypnose vorgestellt. Dann sagte man mir noch, dass der todkranke Patient sich hier, in den Räumen der Pathologie befinde, da man sonst keine Möglichkeit sehe, so ein Experiment durchzuführen."

„So, so. Und was sollten Sie dort?"

„Dr. Skrzybinski war sich nicht sicher, ob er das Ganze in seinen Räumen zulassen sollte, auch wenn ihn das Ergebnis eines derartigen Versuchs brennend interessierte. Und deshalb zog er mich hinzu. Zum Einen, weil ich – gewissermaßen – vom Fach bin, und er hoffte, ich könne der Aktion meinen

Segen erteilen. Zum Anderen wusste er, dass auch ich immer großes Interesse an seiner Arbeit hatte und habe. Na, und was sich nun in seinen Räumen anbahnte, das war ja wirklich etwas ganz Besonderes."

„Kannten Sie denn die Rechtslage? Machten sich die dort Anwesenden, und damit letztendlich auch Sie selbst, schuldig? War das, was dort stattfinden sollte, nicht gesetzeswidrig?"

„Tja, es handelte sich wirklich um eine Grauzone. Ich war mir unsicher. Nun bin ich kein Rechtsanwalt. Und wir haben auch niemanden zusätzlich gefragt. An die allzu große Glocke gehörte die Unternehmung wahrhaftig nicht, das ahnten alle. Aber es lag die schriftliche Einverständniserklärung des Patienten vor, der den Versuch sogar ausdrücklich wünschte."

„Und was passierte dann?"

„Der andere Arzt, Dr. Delling, erläuterte mir den Zustand des Patienten. Wie Sie aus den Unterlagen ersehen können, handelte es sich um einen gewissen Herrn Walter Nomad. Der war 48 Jahre alt und an AIDS erkrankt, definitives Endstadium. Nix mehr zu machen. Dr. Delling zählte mir einige der zahlreichen und schweren Krankheiten auf, an denen Walter Nomad litt – ich erinnere mich nicht mehr an alle. Es muss ja irgendwo noch die Krankenakte von dem Patienten existieren. Daraus dürfte man Näheres erfahren."

„Wir suchen noch danach", sagte Robert Lindlau, „in den Unterlagen des Klinikums Mitte befand sie sich jedenfalls nicht mehr."

„Ach, tatsächlich? Das ist ja seltsam. Na, jedenfalls hatte Nomad zahllose Infektionen, das gesamte Immunsystem war vollkommen zusammengebrochen. Karzinome, Sarkome, und, ich konnte es kaum glauben, eine Lungentuberkulose. Die beiden Ärzte sagten mir übereinstimmend, dass Walter Nomads Lunge rechtsseitig völlig verkäst, verknorpelt, verkalkt sei und so gut wie tot. Die linke Lunge dagegen war nur in ihrem oberen Teil nicht zur Gänze, aber doch teilweise verknöchert. Der untere Teil bildete dagegen angeblich nur noch eine Masse eiternder Tuberkeln. Es gebe Verwachsungen und ausgedehnte Perforationen. Es war den Ärzten und insbesondere meinem Freund Dr. Skrzybinski vollkommen unerklärlich, wie sich dieses finale Stadium so schnell hatte entwickeln können. Alle stimmten darin überein, dass der Patient in der nächsten Nacht sterben würde. Wahrscheinlich gegen Mitternacht. Walter Nomad wisse darüber Bescheid und sei ungeheuer gefasst, ja, fast aggressiv in seinem Vorantreiben des Experiments, hieß es. Anschließend bat man mich in ein Zimmer am Ende des zentralen Flures, von dessen Existenz ich bis dahin noch gar nichts wusste, obwohl ich schon so häufig Gast in der Pathologie war."

„Und was war in dem Zimmer?"

„Es handelte sich um einen Raum, der genauso wie ein typisches Krankenhauszimmer eingerichtet war. Allerdings fensterlos, da die Pathologie in den Kellerräumen untergebracht ist. An der linken Wand stand eines dieser typischen Krankenbetten. Groß, mit Verstellmöglichkeiten und einem dieser dreieckigen Plastikgriffe zum Festhalten. Nun, in diesem Bett lag Walter Nomad. Die Ärzte hatten mir gesagt, ich solle wegen vielerlei Ansteckungsmöglichkeiten nicht zu nah herangehen. Dieses Bedürfnis hätte ich sowieso nicht gehabt, nachdem ich den Kranken zu Gesicht bekam."

„Ich verstehe nicht ganz ..."

„Also, auch wenn es herzlos klingen mag: Der Todgeweihte machte auf mich alles andere als einen sympathischen Eindruck. Ich möchte sagen, dass er sogar etwas Widerwärtiges, Abstoßendes an sich hatte. Sein Äußeres war definitiv vom Tod gezeichnet. Als wenn er schon gestorben wäre. Er war unglaublich hager, das Gesicht irgendwie spitz, die Haut blass und durchscheinend. Ich hab während meiner Einsätze schon viele Tote und Schwerverwundete gesehen. Und eines erkenne ich mittlerweile mit Bestimmtheit: wenn die Zeichen des Todes anwesend sind. Ich hätte darauf wetten können, dass dieser Mensch bereits verstorben war. Ja, wenn er nicht gesprochen hätte, wenn er nicht geatmet und der Puls fühlbar gewesen wäre. Walter Nomad warf mir einen Blick zu, den ich nie vergessen werde, weil er so ablehnend, so widerwärtig, so gemein, durchtrieben, gnadenlos, geradezu hasserfüllt war. Ich schrak zusammen, wich beinahe zurück. Und dann erlebte ich den krassesten Gegensatz. Die Ärzte stellten mich ihm vor und erklärten den Grund meiner Anwesenheit. Die sanfteste und leiseste Stimme des Kranken begrüßte mich herzlich, währenddessen sein Gesichtsausdruck sich nicht veränderte. So etwas hatte ich noch nie erlebt, und es versetzte mich in größte Unruhe."

Thomas Kuss machte eine Pause, um zu sehen, wie sein Bericht auf Robert Lindlau wirkte.

„Okay, wie gings weiter?" Lindlau war neugierig geworden, rutschte mit leichter Unruhe auf seinem Stuhl hin und her.

„Dann machte sich der ältere der beiden Ärzte an die Arbeit. Wir nahmen alle Platz. Ich wählte dafür einen Stuhl aus, der möglichst weit vom Bett entfernt stand, und den ich so hinrückte, dass mich die bösen Blicke des Todgeweihten möglichst nicht trafen. Ich fröstelte, obwohl es sehr warm im Zimmer war. Der Hypnotiseur, Dr. Frankenhain, setzte einen Mundschutz auf, zog Einweghandschuhe an und näherte sich dem Bett. Aus einer Tasche holte er ein kleines Pendel, eine kleine Kette mit einem silbernen Gewicht daran, ein Medaillon oder so etwas Ähnliches. Er beugte sich zu dem Kranken und ließ das Medaillon vor dessen Augen hin und her schwingen. Dabei flüsterte er leise irgendetwas, das ich nicht verstand. Aber ich hörte den Kranken etwas sagen, ziemlich laut sogar. Er fragte, ob das Ganze jetzt noch Sinn mache. Er glaubte, man habe zu lang mit der Hypnose gewartet."

„Das hört sich ja alles verdammt gruselig an, was Sie mir hier schildern", sagte Robert Lindlau.

Kuss schaute hoch. Zur Uhr über der Tür. Es war 21:45 Uhr, Freitagabend. Der Verhörraum 3 war schallisoliert. Wenn man redete, glaubte man, man flüstere sich selbst ins Ohr. Lindlau stellte das Aufnahmegerät aus.

„Ich hol uns mal was zum Trinken. Was darf ich Ihnen mitbringen?“

„Ein Bier. Schön kühl“, sagte Kuss.

„Sehr witzig, Herr Kuss. Sie wissen, dass die Kantine nicht mehr geöffnet hat. Ich kann Ihnen nur etwas vom Getränkeautomaten mitbringen.“

Kurze Zeit später saßen sich die beiden Männer wieder gegenüber und schlürften die grausam schmeckenden Instant-Getränke aus dem Automaten.

„Pfui, Teufel“, sagte Lindlau.

„Zum Kotzen“, sagte Kuss.

„Gut, machen wir weiter“, sagte Robert Lindlau und schaltete das Aufnahmegerät wieder ein. „Konnte Herr Nomad in Trance versetzt werden?“

„Er konnte. Aber es dauerte lange. Zumindest kam es mir in diesem schrecklichen Zimmer sehr lange vor. Letztendlich waren es wohl an die zehn Minuten. Für Dr. Frankenhain, den Trancespezialisten, muss es eine große Anstrengung gewesen sein. Als der Patient endlich schlief oder sich in Hypnose befand, reckte sich Dr. Frankenhain und schaute zu uns hinüber. Er schwitzte, sein Gesicht war nass, Schweiß tröpfelte ihm von der Nasenspitze auf den Linoleumfußboden. Er zitterte am ganzen Leib. Skrzybinski reichte ihm ein Glas Wasser, das er gierig austrank. Dann ließ er sich erschöpft auf einen Stuhl fallen. Der andere Arzt untersuchte währenddessen Walter Nomad. Dann erstattete er uns Bericht. Er meinte, dass sich der Todkranke nunmehr in einer überaus tiefen Trance befinde. Der Atem sei ganz flach und ruhig, wohl nur zwei Atemzüge pro Minute. Ganz seltsam verhalte es sich mit dem Puls. Er liege bei etwa 25 Schlägen pro Minute. Skrzybinski nahm dem Patienten daraufhin Blut ab. Man sagte mir, dass man nun neugierig darauf sei, wie lange der Patient den vorausberechneten Todeszeitpunkt überlebe. Der anwesende Medizinstudent würde den ersten Nachtdienst übernehmen und bei Herrn Nomad bleiben und diesen versorgen. Also waschen, Nahrung per Tropf über einen Zugang zuführen, achtgeben, dass Walter Nomad sich nicht zu sehr wundliege, und so fort. Am nächsten Morgen würden dann die beiden Ärzte vorbeikommen und nach dem Rechten sehen."

„War Ihnen denn nicht unwohl bei der Sache?", fragte Lindlau.

„Na ja, sicher. Es war irgendwie absurd. Aber auch, in seinem Schrecken, auf gewisse Weise faszinierend. Ich bin an diesem Tag nur noch etwa eine Stunde geblieben, um dann nach Hause zu fahren. Glauben Sie mir, ich habe verdammt schlechte Träume gehabt. Unruhig, seltsam. Am nächsten Tag schob ich dann den ganz normalen Dienst im Büro. Es war zu der Zeit nicht viel los. Am Nachmittag bin ich wieder in der Pathologie vorbei. Die beiden Ärzte waren anwesend, dazu ein anderer Medizinstudent, der die Nachtschicht übernehmen wollte. Alle waren aufgeregt. Der Patient befand sich nach wie vor in tiefer Trance, er lebte. Und es waren bereits 18 Stunden nach dem berechneten Todeszeitpunkt verstrichen. Alle werteten das als Erfolg der angewandten Therapie. Man führte mich in das Krankenzimmer ans Bett von Walter Nomad. Mir lief es bei seinem Anblick kalt über den Rücken. Sogar mit geschlossenen Augen, in diesem tiefen Schlaf, hatte sein Gesichtsausdruck nichts von der – wie soll ich sagen – überaus fiesen und hinterhältigen Anmutung verloren. Ich war angewidert. Und dann erinnerte ich mich erneut an die sanfte Stimme des Probanden vom Vortag. Ich brachte diese beiden Dinge einfach nicht zusammen."

„Warum haben Sie sich das angetan? Sie hätten doch einfach gehen können."

„Ich hab doch schon von der Faszination erzählt. Die Ärzte gaben ihr neues Futter. Heute wollten sie Walter Nomad ansprechen. Ihn aber nicht aus der Trance wecken. Sie wollten mit ihm reden, vielleicht etwas aus dem Grenzbereich zwischen Tod und Leben erfahren. Als sich alle im Krankenzimmer eingefunden hatten, setzte sich Dr. Frankenhain, nachdem er sich wieder mit Mundschutz und Handschuhen ausgestattet hatte, an das Bett des Patienten. ‚Herr Nomad, hören Sie mich?', fragte er leise. Von meinem Platz im hinteren Bereich des Zimmers, den ich wieder gewählt hatte, um das Antlitz des im Bett Liegenden nicht ertragen zu müssen, konnte ich keinerlei Reaktion wahrnehmen. Dr. Frankenhain wiederholte die Frage immer wieder, ruhig und gesammelt. Plötzlich kam eine Antwort. Die Lippen von Walter Nomad zitterten. Der Brustkorb hob und senkte sich ein wenig. Unter offenbar größter Anstrengung brachte er nun die Worte hervor: ‚Ja, ich höre Sie. Wecken Sie mich nicht. Lassen Sie mich so sterben …'. Dann fragte Dr. Frankenhain, ob der Patient noch Schmerzen verspüre, wie er sich fühle. Wieder kam die Antwort unter offenbar größten Anstrengungen: ‚Keine Schmerzen – ich sterbe'."

„Das ist ja wirklich seltsam, was Sie da in der Pathologie getrieben haben. Da kriegt man ja eine Gänsehaut vom bloßen Zuhören."

„Wenn Sie das erlebt hätten, was dann später noch passierte, wären Sie wahrscheinlich verrückt geworden."

„Sie schätzen mich falsch ein, Herr Kuss. Ich bin kein Weichei. Ich finde nur das, was Sie dort unternahmen, äußerst bedenkenswert. Wie aus einem schlechten Horrorfilm."

„Na, dann passen Sie mal auf, was jetzt kommt", sagte Kuss, „Skrzybinski und die beiden anderen Ärzte besprachen sich nach der letzten Antwort von Nomad. Sie wogen das Für und Wider des weiteren Vorgehens ab. Im Grunde waren sie der Meinung, den Probanden nicht zu wecken, ihn in dem Zustand zu belassen und Nomad so einen beschwerdefreien Tod zu ermöglichen. Dieser stand unmittelbar bevor, darüber gab es für die drei Fachleute keinen Zweifel. Trotzdem wollte Dr. Frankenhain den Sterbenden noch einmal ansprechen. Zu interessant war für die drei der Schwebezustand zwischen Leben und Tod. Ich selbst war in dieser Phase des Experiments aufs Äußerste erregt, aufgewühlt. Voller Neugier verfolgte ich das Handeln der drei. Der anwesende Medizinstudent hielt sich aus der Diskussion heraus. Aber ich konnte in seinem Gesicht erkennen, dass auch er vor Neugierde geradezu platzte. Schließlich nahm Dr. Frankenhain noch einmal die gleiche Position wie bei seiner ersten Ansprache ein und fragte Walter Nomad ein weiteres Mal: ‚Herr Nomad, schlafen Sie noch?'"

„Und? Was passierte?"

„Zunächst gar nichts", sagte Kuss, „Dr. Frankenhain musste dreimal fragen, bevor sich etwas tat. Noch während er sprach, veränderte sich Nomad. Die Augenlider öffneten sich, die Augäpfel verdrehten sich dabei nach oben, sodass die Pupillen verschwanden und nur noch das Weiße zu sehen war. Die Haut nahm diese typische Leichenfarbe an, sah aus wie Pergament. Die roten, hektischen Flecken auf seinen Wangen verschwanden urplötzlich. Es erinnerte mich an das Erlöschen einer Kerze, wenn man sie ausbläst. Es ging alles sehr schnell. Der Kiefer fiel herab, hörbar, mit einem Ruck. Der Mund stand nun weit offen, eine geschwollene Zunge hing heraus, war zur Gänze zu sehen. Um das Maß dieses entsetzlichen Anblicks vollzumachen, zog sich jetzt auch noch die Oberlippe von der oberen Zahnreihe zurück. Wenn bisher alles gespenstisch anmutete, dann war dieser Anblick der reinste Horror. Alle Anwesenden, einschließlich ich selbst, hatten schon zahlreiche Tote gesehen. Insofern hätte uns dieser Anblick nicht erschüttern sollen. Aber dieser hier, der war so entsetzlich, gespenstisch, abstoßend, dass alle, sogar der hartgesottene Pathologe Dr. Skrzybinski, mit leisem Aufschrei vom Totenbett zurückwichen. Jetzt war allen klar: Walter Nomad war tot. Die Ärzte fühlten noch einmal den Puls, hielten einen Spiegel vor seinen Mund, um festzustellen, ob dieser durch etwa doch noch stattfindende Atmung beschlug. Nichts, kein Leben mehr. Man kam überein, den Leichnam in eine der Kühlkammern der Pathologie zu legen. In den kommenden Tagen wollte Skrzybinski dann die Sektion vornehmen. Walter Nomad hatte nämlich ausdrücklich darum gebeten."

„Und?", fragte Robert Lindlau.

„Der tote Herr Nomad hat doch noch einmal zu uns gesprochen."

„Bitte, was? Sie sagten doch, dass er tot war."

„Richtig. Eigentlich war er verstorben. Wir wollten bereits das Zimmer verlassen und waren froh, dass wir den schrecklichen Anblick jetzt mit einigen Bierchen oder beim Wein würden verdrängen können, da rief der Medizinstudent, der noch einmal nach der Leiche geschaut hatte, uns etwas zu. Wir drehten uns um und sahen, dass die grässliche, geschwollene Zunge von Nomad sich bewegte, zitterte. Wir gingen zurück zum Bett und starrten auf das Unfassbare: Wie eine schwarze, fette Schlange fuhr die Zunge dort kreuz und quer herum, vibrierte, zuckte. Der Medizinstudent musste sich bei diesem Anblick übergeben. Ich selbst holte mein Smartphone hervor, suchte die Videofunktion und hielt mit zitternden Fingern drauf auf die Szenerie. Seltsamerweise hat es nur den Ton aufgenommen. Aber das genügt."

Kuss griff in die Innentasche seines Jacketts, zog das Smartphone hervor, suchte irgendetwas im Verzeichnis und legte es vor Lindlau auf den Tisch.

„Sie müssen nur auf Start drücken, dann hören Sie, was Sie nicht hören wollen."

„Woher wollen Sie wissen, dass ich das nicht hören will?"

„Niemand will das hören."

„Ich schon", sagte Lindlau und startete.

Eine junge Männerstimme war zu hören. Sie sagte irgendetwas, laut, aufgeregt, schwer zu verstehen.

„Das ist der Medizinstudent", sagte Kuss, „und jetzt, diese leisen Stimmen, die durcheinanderreden, das waren die Ärzte und ich. Wir warteten. Die Zunge bewegte sich in ihrer widerlichen Art fast eine Minute lang hin und her. Warten Sie, jetzt kommt es, jetzt kommt die Stimme von Herrn Nomad."

Plötzlich war etwas Seltsames zu hören, eher zu verspüren. Etwas, das entfernt an eine menschliche Stimme erinnerte. Sie schien aber nicht aus dem kleinen Lautsprecher des Smartphones zu kommen, sondern erfüllte den ganzen Verhörraum. Gleichzeitig hatten Lindlau und Kuss das Gefühl, als spreche die Stimme ganz dicht neben ihren Ohren.

Lindlau schaute sich beunruhigt um. Die Stimme war das Gegenteil einer angenehmen, ruhigen, männlichen Stimme im mittleren Tonspektrum: sie kreischte fast, war hoch, laut, hektisch, im höchsten Maße unangenehm. Und sie schien etwas zu transportieren, das Worte nicht ausdrücken konnten: Angst, Wahnsinn, Schmerzen, Hass, Gewalt und Unnachgiebigkeit. Kuss und Lindlau hatten das Gefühl, von etwas Dreckigem besudelt zu werden. Und jetzt war in dieser Orgie auch so etwas wie Sinn auszumachen, gesprochene Worte schienen aufzutauchen: „Ja, ich habe geschlafen. Aber jetzt, jetzt bin ich tot!"

„Um Gottes willen, stellen Sie das aus!" Robert Lindlau schrie beinahe, griff nach Kuss' Smartphone, um das Martyrium zu beenden.

„Ist ja schon gut", sagte Kuss und beendete die Wiedergabe.

Lindlau stand Schweiß auf der Stirn.

„Tja, mein Lieber, ich habs Ihnen ja gesagt: Sie wollen das nicht hören. Niemand will so etwas hören. Das war also die Stimme eines Toten. Immerhin haben Sie so etwas jetzt einmal erlebt."

„Das war nicht die Stimme eines Menschen", sagte Lindlau, „das war etwas anderes. Das hatte nichts Menschliches an sich."

„Wie Sie meinen. Jedenfalls ist unser Medizinstudent, als er das hörte, in Ohnmacht gefallen. Und wir anderen standen da und glotzten. Wir wussten, dass unser Leben jetzt nicht mehr so sein würde, wie es bisher gewesen war."

„Sagen Sie, Herr Kuss, Sie nehmen mich doch wohl nicht auf den Arm, oder? Haben Sie vielleicht das Ganze erfunden und Ihre eigene Stimme verstellt oder elektronisch verfremdet, um mir das eben Gehörte präsentieren zu können?"

„Wie gern hätte ich das erfunden", sagte Kuss, „es ist jedoch schreckliche Realität. Sie können sich überzeugen. Der Tote liegt noch immer dort, im Keller der Pathologie. Wir können ja noch einmal versuchen, mit ihm zu sprechen."

„Sehr witzig. Erklären Sie mir aber jetzt erst einmal die Umstände des Todes von Dr. Delling. Wieso stirbt der am selben Tag in der Pathologie?"

„Sie wissen doch, die Diagnose lautete auf Herzinfarkt. Da liegen ja oft gewisse Vorerkrankungen vor, von denen man oft nichts weiß. Wir hatten uns nach den letzten Worten des Toten noch einmal beraten, um festzulegen, was jetzt zu tun sei. Dietmar Delling wollte, anders als wir anderen, Walter Nomad noch einmal ganz genau untersuchen und ging wieder zurück ins Krankenzimmer. Wir anderen verspürten dagegen keinerlei Bedarf, Nomad nochmals zu sehen oder gar zu hören und setzten uns in den Pausenraum der Pathologie, tranken Kaffee und tauschten uns weiter aus. Schließlich beschlossen wir, den Toten noch einige Tage in seinem Zustand zu belassen, um ihn dann aus der Hypnose zu wecken.

Nach längerer Zeit, wir wollten aufbrechen, wunderten wir uns, wo Dr. Delling verblieben war. Ob wir wollten oder nicht, wir mussten noch einmal ins Krankenzimmer schauen. Und da entdeckten wir ihn, leblos. Er lag vor Nomads Bett, auf dem Fußboden. Jede Hilfe kam zu spät. Dr. Skrzybinski und Dr. Frankenhain versuchten ihr Möglichstes, aber es war nichts mehr zu machen. Herzinfarkt, Herzstillstand."

„Dieser Dietmar Delling stirbt also einfach so, bei einem Krankenbesuch. Und es gab keine Warnzeichen? Keinerlei Hinweise?"

„Was wollen Sie hören? Wenn ich Ihnen erzähle, dass wir, nachdem der Tod von Delling zweifelsfrei diagnostiziert war, bei einem Blick auf Walter Nomads Bett gewisse Veränderungen feststellten, dann glauben Sie mir womöglich nicht. So war die Bettdecke teilweise zurückgeschlagen, während die abgezehrte Leiche in einer seltsamen Position im Bett lag. Auf jeden Fall nicht in der, in der wir sie verlassen hatten. Sie war bewegt worden. Oder: Hatte sich bewegt."

„Was soll denn dieser Unsinn jetzt? Was wollen Sie mir hier weismachen?"

„Ich will Ihnen gar nichts weismachen. Ich stelle nur Überlegungen an, die mir nicht vollkommen abwegig erscheinen. Ich vermute, dass Dr. Dietmar Delling starb, weil sich der vermeintlich Tote offenbar bewegt hatte. Vielleicht hatte er auch noch einmal gesprochen. Und dieser Schreck war zu viel für Delling und sein offenbar schwaches Herz gewesen."

„Was für eine absurde Gruselgeschichte, Herr Kuss! Und so etwas aus Ihrem Munde, einem langgedienten und angesehenen Hauptkommissar, der zahllose Mordkommissionen geleitet hat."

„Was hat das Eine mit dem Anderen zu tun? Die ganze Angelegenheit muss doch gar nichts Übersinnliches an sich haben. Oder Gespenstisches. Vielleicht ist Walter Nomad schlichtweg noch nicht tot. Lebt oder vegetiert in irgendeinem Zwischenzustand. Ich glaube jedenfalls daran."

„Wissen Sie was, Herr Kuss? Ich will mir noch heute Nacht diesen lebenden Toten, diesen Zombie Walter Nomad ansehen. Wir fahren gleich und auf der Stelle in die Pathologie, und Sie zeigen mir das Zimmer Nomads. Und wir ziehen Dr. Frankenhain hinzu. Der muss dabei sein."

„Von mir aus. Wie stehts denn um Ihre Herzkranzgefäße? Alles in Ordnung? Oder wollen Sie sich lieber etwas Nitroglyzerin mitnehmen? Und Tranquilizer?"

Lindlau stellte das Aufnahmegerät ab und steckte es ein.

„Los gehts", sagte er und stand auf.

Kurze Zeit später saßen sie in Robert Lindlaus Dienst-Mercedes und fuhren durch die nächtliche Stadt.

„Einen wirklich schicken Dienstwagen haben Sie da", sagte

Kuss. „Wir armen Kripo-Heinis dürfen nur in VWs herumgurken."

Lindlau antwortete nicht darauf, sondern fragte nach dem Weg. Nach 15 Minuten Fahrt hielten sie vor der dunklen Fassade der Pathologie. Das einstöckige Gebäude stammte aus den Jahren vor dem Ersten Weltkrieg. Obwohl man es vor Kurzem neu gestrichen hatte, machte es dennoch einen dunklen, abweisenden Eindruck. Die doppelflügige Eingangstür wurde von einem gewaltigen Bogen überwölbt, auf dem, in erhabenen Lettern gesetzt, die goldenen Worte der Pathologen zu lesen waren: ‚Mortui vivus docent' – Die Toten lehren die Lebenden.

Robert Lindlau schaute hoch und las den Leitspruch.

„Die Toten töten die Lebenden würde hier wohl besser passen", sagte er.

Ein weiterer Mercedes traf ein, parkte. Dr. Frankenhain stieg aus.

„Sie stören mich bei einem überaus gemütlichen Fernsehabend", beschwerte er sich.

„Hier geht es um wichtige polizeiliche Ermittlungen", stänkerte Lindlau, „da dürfen wir jeden Bundesbürger aus seiner Wohnstube zerren, sogar, wenn es sich um Ärzte handelt."

Thomas Kuss hatte unterdes an der Eingangstür geklingelt. Über die Wechselsprechanlage meldete sich Josef Hurvinek, einer der beiden Sektionsgehilfen, der heute Nachtdienst hatte.

„Wooaas güüübts?", fragte der in breitem Wiener Schmäh.

Thomas Kuss meldete sich, Robert Lindlau und Dr. Frankenhain an. Der Summer ertönte, Kuss drückte die Tür auf, man trat ein.

Sofort umfing alle drei der seltsame, süßliche und mit einer Ahnung von Sagrotan versetzte Geruch der Pathologie. Hurvinek, der immer einen grauen Kittel trug, kam auf sie zu und starrte sie durch seine gewaltige Hornbrille mit den Mehrstärkengläsern an.

„Döan Nomaaad wuins noch oahnmal sehen? Miiiitten in

döa Noacht? Na, hooooffentlich ist öar auf soiner Stubn und goistert ned heeruum."

„Das Witzemachen überlassen Sie am besten mir", sagte Robert Lindlau, „führen Sie uns bitte sofort zum Zimmer von Walter Nomad."

„Schoan guaat, dör Hörr Kriminaloberrat, weeennns mir bittschön folgen wollen."

Thomas Kuss, Robert Lindlau und Dr. Frankenhain folgten und atmeten dabei ein weiteres Odeur ein, ebenso unangenehm und gewöhnungsbedürftig wie das in den Räumlichkeiten des Pathologischen Institutes, dessen Quelle aber einzig und allein Hurvinek war. Kuss wusste, dass es dieser mit der Körperhygiene nicht besonders genau nahm. Diese Haltung manifestierte sich heute, in dieser Nacht, besonders stark. Der Sektionsgehilfe zog eine Wolke hinter sich her, deren Geruch als eine Mischung aus kräftiger Gemüsesuppe, feuchtem Keller und den festen Hervorbringungen der menschlichen Verdauung charakterisiert werden konnte. Es war in jeder Hinsicht mörderisch. Nichts konnte schlimmer auf dieser Welt sein.

„Na, nun kommeeens schoan", sagte Josef Hurvinek, als er merkte, dass die drei hinter ihm Gehenden auf einen allzu großen Abstand achteten, dessen Ursache er sich nicht erklären konnte. Er ging weiter voran, eine kleine Wendeltreppe hinunter. Darüber gelangte man auf den breiten Gang im Keller, von dem zur Linken und Rechten die Sektions- und anderen Räume abgingen. Am Ende des Ganges zückte Hurvinek einen Schlüssel und schloss die Tür zu Nomads Zimmer auf.

„So, doa sann mir ja", sagte er und öffnete die Tür.

„Sie schließen den Toten ein? Haben Sie Angst, dass er damit beginnt, herumzulaufen?", fragte Lindlau.

„Noa, noachdem, wos bassiert is, da woiß man je ned", sagte Hurvinek.

Sie traten ein. Der weiße Raum war von zwei Neonröhren

grell erleuchtet. Ein Schrank, ein Tisch, ein Stuhl und das große Krankenbett. Darin Walter Nomad mit spitzem, wächsernem Gesicht und eingefallenen Wangen, die Augen geschlossen, die Zähne gebleckt, die Zunge nach wie vor geschwollen, schwarz. Lindlau erschrak, zuckte etwas zurück. Kuss ging es ebenso. Dr. Frankenhain überspielte seinen Abscheu.

Lindlau trat näher ans Krankenbett.

„So, das ist also Walter Nomad", sagte er, „der sieht mir, mit Verlaub, verdammt tot aus."

Er fasste Nomad am Handgelenk, fühlte den Puls.

„Kein Puls, vollkommen kalte Haut. Meine Herren, soviel verstehe ich auch von der Materie, um sagen zu können, dass es sich hier um einen Toten handelt. Mausetot."

„Nicht so ganz tot, mein lieber Herr", sagte Dr. Frankenhain, „Sie sehen, dass keinerlei Verwesungserscheinungen beobachtbar sind. Sogar ein Stoffwechsel findet noch statt. Auf allergeringstem Niveau zwar, aber immerhin. Über den Tropf lassen wir jeden Tag etwas Nahrung in den Körper fließen. Und die wird auch verdaut."

„Tatsächlich?" Lindlau beugte sich noch einmal über Walter Nomad.

Es passierte so schnell, dass alle Anwesenden, einschließlich Robert Lindlau, zunächst nicht wussten, wie sie reagieren sollten. Walter Nomad, die vermeintliche Leiche, hatte sich plötzlich bewegt. Sein Oberkörper war, mit dem Kopf voran, nach vorn, nach oben geschossen und seine Zähne hatten sich in Lindlaus Gesicht verbissen. Der schrie auf und versuchte, Nomad wieder in das Bett zurückzudrücken. Das gelang nicht.

Kuss, Dr. Frankenhain und Hurvinek sprangen hinzu und boten all ihre Kräfte auf, um die beiden voneinander zu trennen. Blut floss aus Lindlaus Gesicht. Kuss, der die Schultern von Nomad gegriffen hatte, um ihn von Lindlau zurückzuziehen, spürte unter seinen Händen, wie mager Nomad war. Wie konnte etwas, das nur aus Haut und Knochen bestand, solche Kräfte entwickeln?

Lindlau schrie weiter, rief, wehrte sich mit dem Mut der Verzweiflung. Es half nichts. Nomad hatte sich regelrecht verbissen. Lindlau griff zu seinem Schulterholster, zog seine Walther hervor und hieb mit dem Pistolengriff weit ausholend auf den Schädel von Nomad ein. Es krachte und knackte, graue Gehirnmasse spritzte, während Lindlau immer wieder und wieder zuschlug.

Irgendwann, nach einer quälend langen Zeit, lockerte sich Nomads Biss. Er ließ ab, sank nun, definitiv tot, ins Bett zurück und – zerfiel. Seine Augenlider öffneten sich. Es kamen aber keine Augäpfel zum Vorschein, sondern nur eine gelbe, dickliche Flüssigkeit, die beim Austreten einen brutalen, dicken, eitrigen Geruch verbreitete. Vor den Augen der Anwesenden wechselte die Konsistenz des Körpers von Walter Nomad innerhalb von nicht mehr als 20 Sekunden in eine fast flüssige, gelbliche, wächsern anmutende Masse fortgeschrittener Verwesung.

Josef Hurvinek, Thomas Kuss, Dr. Frankenhain und Robert Lindlau, der sich das blutende Gesicht hielt, starrten fassungslos auf das Schauspiel.

Als Erster fing sich Dr. Frankenhain. Er wandte sich an Lindlau mit dem Hinweis, nun schnellstens dessen Wunde versorgen zu wollen, bevor mögliches Leichengift in dessen Körper vordringe und seine schlimme Wirkung entfalte.

Robert Lindlau ließ sich in den Pausenraum der Pathologie führen. Dr. Frankenhain fand in der Ausrüstung des Institutes schnell das passende Mittel, um einer Sepsis bei dem internen Ermittler vorzubeugen. Anschließend bot er sich an, Lindlau in das Klinikum Mitte zu fahren, um dort in der Ambulanz die Wunde zu nähen. Lindlau sagte nichts, ließ alles mit sich geschehen, starrte nur ins Leere.

Thomas Kuss hörte nach diesem Ereignis nie wieder etwas von Robert Lindlau. Nach zwei Wochen erhielt er aus Duisburg ein offizielles Schreiben, in dem stand, dass das interne Ermittlungsverfahren gegen ihn eingestellt worden sei. Gründe für diese Entscheidung wurden in dem Brief nicht genannt.

Andrea Gehlen

Jan Thorben möchte ein Iglu bauen

Dr. Kleinekiefer beugte sich über Frau Hases wachsweißes Gesicht. Wie Schraubzwingen umklammerten ihre Hände die Armlehnen des Behandlungsstuhls. Er bemerkte, dass ihre Halsschlagader sichtbar pulsierte. Der Zustand dieser Patientin gab Anlass zur Sorge. Unglücklicherweise hatte der Klopftest den Verdacht auf eine Zahnwurzelentzündung bestärkt. Der Siebener links oben. Vor kurzem erst hatte er die Praxis seines Vaters übernommen und konnte sich auf keinen Fall eine kollabierende Patientin leisten. Aber wie sollte er sie nur beruhigen?

Er blickte aus dem Fenster seiner Praxis auf den Siegfriedplatz hinunter und dachte nach. Der Weihnachtsbaum, den der Bielefelder Verein Rund um den Siggi dort aufgestellt hatte, war in diesem Jahr ein wenig windschief geraten. Es wirkte, als beuge sich der Baum nachdenklich zur Seite. Vielleicht fragte sich die riesige Fichte, warum man sie aus dem beschaulichen Teutoburger Wald hier in den Bielefelder Westen verschleppt hatte – einzig, weil an Weihnachten der gemeine Nadelbaum zum Weihnachtsbaum gerät. Dr. Kleinekiefer kam der Gedanke, dass ab Mitte November allem Guten und Schönen der Zusatz Weihnachts- angehängt wurde. Weihnachtlich überkront sozusagen. Weihnachtskrimi, Weihnachtsgeschenk, Weihnachtsmarkt, Weihnachtsedition, Weihnachtsdeko, Weihnachtsessen, Weihnachtsbier …

Niemand sprach von der Weihnachtszahnwurzelentzündung. Wo doch das eitrige Pochen im Zahn oft zu den Feiertagen einsetzte. (Wie man ja bei Frau Hase sehen konnte).

Vielleicht lösten in Wirklichkeit Weihnachtsbakterien das Weihnachtsfieber aus. Warum sprach eigentlich niemand von einem Weihnachtsstrafzettel oder einem gepflegten Weihnachtsmord? Oder dem Weihnachtsmilzbrand, der zumindest auf verbaler Ebene bei so manchem Weihnachtsbrief mitschwang. Und war es nicht ein schmaler Grad vom Weihnachtskeks zur Weihnachtslebensmittelvergiftung?

Ein leises Wimmern riss Dr. Kleinekiefer aus seinen Gedankenspielen. Er warf einen letzten Blick aus dem Fenster hinaus. Eine Frau eilte in Richtung Rolandstraße und zerrte ein Kind hinter sich her. Da kam ihm eine Idee. Er würde aus dem Nähkästchen plaudern, obwohl er im Normalfall sein Privatleben sorgsam hütete. Aber besondere Zustände erforderten besondere Maßnahmen.

„Wissen Sie, Frau Hase, das seltsamste Weihnachtsfest erlebte ich im Alter von sieben Jahren."

Frau Hases Hände entkrampften sich. Sie reckte den Kopf ein wenig empor und nuschelte an den Watteröllchen vorbei: „Ja?"

Während Dr. Kleinekiefer die Betäubung spritze, erzählte er: „Meine Mutter heißt mit Vornamen Viola. Es kommt Ihnen vielleicht komisch vor, aber ich musste sie beim Vornamen nennen. Sie wäre sich sonst so alt vorgekommen. Meine Mutter ging jeden Freitag so gegen neun Uhr morgens auf den Wochenmarkt auf dem Siegfriedplatz. Damals wie heute gab es Neuigkeiten und erntefrischen Klatsch als kostenlose Beigabe zum Gemüse. Während Viola über den Markt tingelte, erzählte sie bei jeder Gelegenheit, dass mein Vater als Kind die Kellertreppe hinuntergestürzt war. Dabei hatte er sich beide Hände gebrochen. Diesem Unglück sei es geschuldet, dass er bisweilen nicht so geschickt war, wie man es gemeinhin von einem Zahnarzt erwartete. Das war ihre kleine Rache für …"

„Wofür wollte sie sich denn rächen?", fragte Frau Hase.

„Dazu komme ich noch. Also, trotzdem er durch meine Mutter einige Patienten verlor, war er keinen Tag vor zehn Uhr abends zu Hause. Seine treue Assistentin Edelgard unterstützte ihn nach Leibeskräften. Denn Viola hatte keine Lust „auf Kitteltrulla" zu machen, wie sie es nannte. Sie saß lieber vormittags mit ihrem Opernglas am Fenster und spähte auf den Platz hinunter. Jede Frisur, jede Laufmasche, Länge und Intensität der Gespräche sowie zufällige oder absichtliche Berührungen wurden sorgfältig registriert. Nachmittags traf sie sich dann mit ihren zwei Freundinnen im *Café Kraume*. Die beiden waren ebenso begeisterte Klatschsammlerinnen wie meine Mutter. Bei diesen sogenannten Arbeitstreffen sezierten die Drei die zusammengetragenen Beobachtungen mit Genuss. Ließen sich alles und jeden zusammen mit feinem Kuchen und Kaffee auf der Zunge zergehen. Ich durfte zum Glück fast immer bei Anna, unserer Haushälterin bleiben. An Feiertagen trafen sie sich nicht. So auch an diesem Heiligabend, von dem ich Ihnen erzählen möchte."

Frau Hase nickte halb zustimmend, halb auffordernd.

„Anna hatte frei, und meine Mutter litt bereits am Vormittag unter einer Art Schnappatmung. Es brachte sie an die Grenzen der Belastbarkeit, sich den ganzen Tag um mich kümmern zu müssen. Dieses Jahr hatte sie überdies alte Freunde der Familie, den Baulöwen Erwin Fump nebst Gattin, zum Weihnachtsessen eingeladen. Erwin war früh mit seinen protzigen Bauwerken reich geworden. Da er ein ausgesprochenes Faible für das französische Kaiserreich pflegte, errichtete er gerne klassizistische Bauten im Stil des Empire. Deshalb werden Säulen dieser Art in Bielefelder Insiderkreisen spaßeshalber Fump-Säulen genannt. Seine Zwillingssöhne aus erster Ehe trugen passenderweise die Vornamen Napoleon und Jérôme. Aber ich schweife ab.

Also, Mutter hatte die Wohnung weihnachtlich geschmückt. Die Silbertanne war mit antiken Christbaumkugeln verziert. Die aufgesetzte Spitze schimmerte in mattem Echtgold. Darunter standen Krippenfiguren aus Holz, diese wirkten im Vergleich mit der Tanne kleiner, als sie in Wirklichkeit waren. Das alles verlieh unserer Wohnung etwas sehr Feierliches. Aus der Küche drangen eher unchristliche Flüche. Warum sie die Fumps mit ihren kümmerlichen Kochkünsten zu beeindrucken suchte? Ich weiß es nicht!"

Dr. Kleinekiefer steckte einen neuen Aufsatz mit einem Klicken auf den Bohrer.

„Was gab es denn zu essen?", fragte Frau Hase und ignorierte den Wurzelbohrer mit erstaunlicher Lässigkeit.

„Na ja, Sie sollten lieber fragen, was es hätte zu essen geben sollen. Denn normalerweise kochte Anna für uns. Ich erinnere mich, als wäre es gestern gewesen. Eine Kürbissuppe mit Gewürzsahne sollte das Menü einläuten. Gefolgt von gebratener Gans mit Maronen-Füllung im Dialog mit Apfelrotkohl und Gewürznelken. Zum Nachtisch sollte es Schokotarte und Pflaumenparfait geben."

Waltraud Hase seufzte genießerisch, obwohl er gerade den Wurzelkanal öffnete.

„Der diesjährige Kirchenbesuch in der Johanniskirche fiel wegen Erschöpfung mütterlicherseits aus. Mein Vater wollte nur ein Handbuch für polare Luftströmungen aus seinem Club, also dem Verein der Motorsegler, holen. Aber er kam und kam nicht nach Hause. Wahrscheinlich hatte er sich festgequatscht – dachten wir. So feierten wir in jenem Jahr die Bescherung ohne ihn.

Während ich vor der Wohnzimmertür stand und vor Aufregung von einem Bein auf das andere trat, raschelte es hinter der Tür und es roch bis in den Flur herein nach Zündholzdampf und Bienenwachs. Nach gefühlter Ewigkeit läutete Viola, alias Christkind, mit der antiken Tischglocke aus der Gründerzeit. In jenem Jahr bekam ich eine große Maglite-Taschenlampe geschenkt. Dazu einen neon-orangefarbenen Schneeanzug, Socken, Unterhosen und zwanzig Mark in einem Briefumschlag."

„Und was haben Sie ihr überreicht?", fragte Frau Hase.

„Nun ja, Sie müssen bedenken, ich war erst sieben Jahre alt und sowohl meine Finanzen, als auch meine Fingerfertigkeiten waren beschränkt. Also gab ich ihr ein selbst gebasteltes Bild aus Salzteig, das meine Eltern darstellte. Wobei die Figur meines Vaters nach dem Anmalen abfiel und einen weißen Fleck auf dem Holzbrett hinterließ. Trotzdem stellte sie es auf die Anrichte, wo es komischerweise bis heute noch steht. Das letzte Lied der Weihnachtsschallplatte *Leise rieselt der Schnee*, vorgetragen von Ivan Rebroff, war zugleich der Abschlussakkord der Bescherung.

Meine Mutter ging in die Küche, und ich folgte ihr auf Zehenspitzen. Ich setzte mich mucksmäuschenstill an den Küchentisch. Die Suppe köchelte auf kleiner Flamme, als sie nach einem kurzen Seitenblick auf das Rezept feststellte, dass man Hokkaidokürbisse vor dem Kochen entkernte. Nun versuchte sie, die schlüpfrigen Kerne aus der heißen Suppe zu fischen. Dabei verbrannte sie sich die Finger. Ich rannte ins Wohnzimmer und barg eilig den Mini-Kescher vom Grund des Aquariums und lief zurück in die Küche. Mit dem Netz versuchte ich die Kerne herauszufischen. Leider schwammen anschließend Algenrestchen in der Suppe. Obendrein war mir wohl ein kleiner Goldfisch ins Garn geraten. Dieser dümpelte nun bäuchlings zwischen dem Gemüse. Sie schrie mich ein bisschen an, und ich kassierte eine Ohrfeige. Das Nächste, woran ich mich erinnere, ist, dass der Gänsebräter im Ofen qualmte. Später stellte sich heraus, dass sie vergessen hatte, das Plastiktütchen mit den Eingeweiden zu entfernen. Und die Fumps sollten doch jeden Augenblick eintreffen! Viola trank ein paar kräftige Schlucke Champagner zur Beruhigung und Schmerzbetäubung. Dann schob sie mich in meinem neuen Ganzkörperschneeanzug vor die Haustür. Sie deutete auf den reichlich gefallenen Neuschnee und befahl mir, auf dem gegenüberliegenden Siegfriedplatz ein Iglu zu bauen.

Da stand ich nun, fast ganz allein. Nur ein paar als Weihnachtsmänner verkleidete Studenten waren auf dem Nachhauseweg. Und ich hatte wirklich keine Ahnung, wie man ein Iglu baut. Überhaupt wollte ich kein Iglu bauen! Einmal mehr dachte ich darüber nach, ob ich nicht in Wirklichkeit eine Waise war, die meine sogenannten Eltern irgendwo adoptiert oder gekauft hatten. Lange stand ich einfach nur da. Doch allmählich wurde mir kalt und ich trug einen kläglichen Haufen Schnee zusammen. Irgendwann kam Trevor, der asthmatische Wolfshund von Frau Kleinebrummel, angetrottet. Seine Besitzerin lief hinterher. Frau Kleinebrummel war die von Viola am leidenschaftlichsten gehasste Nachbarin. Sie hatte nicht nur vier Kinder, sondern auch noch zwei Katzen und vor allem diesen Hund.

Trevor schleckte mir übers Gesicht. Er hatte sich wieder einmal losgerissen und pinkelte nun gelbe Hieroglyphen in den Schneehaufen, der vielleicht einmal mein Iglu hätte werden sollen. Ausgerechnet in diesem Augenblick wurde ein Fenster aufgerissen, und ich musste nicht einmal hinsehen, um zu wissen, wer das war.

„Ihre Mutter, Herr Kleinekiefer?"

„Exakt! Natürlich hatte sie genau in dem Augenblick aus dem Fenster geschaut, als Trevor sein Bein gehoben hatte. Sie brüllte: ‚Lassen sie ihren räudigen Köter gefälligst woanders pinkeln! Jan-Thorben möchte ein Iglu bauen!', und knallte die Fensterläden zu. Es war ein wahres Weihnachtswunder, dass die Scheiben heil geblieben sind. Wenn sie auch nicht auf den Punkt garen konnte, so hatte sie doch ein gewisses Talent für dramatische Auftritte. Sie glauben gar nicht, wie glücklich ich war, als die vier Kleinebrummel-Kinder wenig später auftauchten. Sie waren, im Gegensatz zu mir, freiwillig draußen. Nachdem die Geschwister sich ein bisschen über meinen Müllmann-Schneeanzug lustig gemacht hatten, halfen sie mir. Wir fanden neben dem Kiosk eine Obstkiste. Der Älteste, Tom, schaufelte den Schnee in die Kiste, wir anderen traten den Firn abwechselnd fest. So konnten wir ihn zu Blöcken pressen. (Bestimmt war ein bisschen von Trevors Pinkelschnee dabei). Tom holte eine Säge aus der Werkstatt seines Vaters und schnitt die Blöcke zu. Ich schichtete sie aufeinander, und die Kleinen haben die Lücken dann mit Schnee ausgestopft. Wissen Sie Frau Hase, so ein Iglu baut man ungefähr so wie ein Schneckenhaus. Am Ende wird eine Art Schlussstein gesetzt. Bis heute habe ich keine Ahnung, wieso die Kleinebrummels so gut im Iglu-bauen waren.

Gerade als wir fertig waren, hörten wir ein sonores Brummen vom Himmel her. Ich bildete mir ein, dass ein riesiger, weißer Gänsebauch über den Platz segelte. Doch dieser entpuppte sich als ein Flugzeug, das den Siegfriedplatz umkreiste. Die kalte Luft um uns herum schien zu vibrieren. Beim näheren Hinsehen erkannte ich den Motorsegler meines Vaters. Er flog sehr selten im Winter und noch nie war er in der Innenstadt geflogen. Vor allem nicht so tief! Das Flugzeug berührte die Tannenspitze auf dem Siegfriedplatz. Dann zog die Maschine steil nach oben, aber sie hatte schon zu viel an Höhe verloren. Es kam, wie es kommen musste. Nach einer wackeligen Schleife legte der Flieger eine Bruchlandung hin. Die Nase des Seglers tauchte unter lautem Knirschen in die Bürgerwache ein.

Aus dem Flugzeug stiegen mein Vater und Edelgard, seine Assistentin. Von überall her kamen plötzlich Leute gelaufen. Auch meine Mutter und die Fumps. Mein Vater und Edelgard waren von Menschen umringt. Sie standen wie arme Sünder vor dem Motorsegler und waren an diesem Abend wahrscheinlich die meist fotografierten Menschen Bielefelds. Da wusste meine Mutter, dass sie die Liaison zwischen den beiden nicht länger verheimlichen konnte. Die Zwei waren mit leichten Schrammen davongekommen und auch sonst war niemandem etwas passiert. Außer Viola vielleicht."

„Was war denn mit Ihrer armen Mutter?"

„Nun ja, körperlichen Schaden hat auch sie nicht davongetragen. Ich glaube es war alles zu viel für sie. Vor allem, dass die Fumps ihr vor laufender Kamera eines herbeigeeilten Fernsehteams die Freundschaft kündigten – das hat ihr wahrscheinlich den Rest gegeben."

Frau Hase schnalzte mit der Zunge. „Dann hat Ihre Mutter sich also vorher fürs Fremdgehen gerächt, indem sie jeden Freitag diese Sache mit den Händen auf dem Markt herumerzählte?"

„Ganz recht Frau Hase. So, nur noch Spülung und Desinfektion des Wurzelkanals mit Wasserstoffperoxid und ein kleines Medikament in den Zahn …“

„Jetzt will ich aber auch die ganze Geschichte hören. Nicht dass Sie mir vorher mit der Behandlung fertig sind!“

Herr Dr. Kleinekiefer seufzte und fuhr fort: „Meine Mutter redete wirres Zeug. Sie ließ sich nicht beruhigen und schlug wild um sich, sodass wir einen Krankenwagen rufen mussten. Sie wurde zur Beobachtung mitgenommen und kam erst weit nach Sylvester zurück, um meinem Vater die Scheidungspapiere um die Ohren zu hauen. Kurz vorher hatte er übrigens seinen Flugschein abgeben müssen. Na ja und die Reparatur der Bürgerwachentür war auch nicht gerade billig gewesen.

Im Nachhinein sagte Viola, schon ewig nicht mehr habe sie die Heilige Nacht so genossen wie in der Psychiatrie-Ambulanz in Gilead 4. Sie habe am Fenster gesessen, dem Treiben der Schneeflocken zugesehen und die kühle Transparenz dieser Winternacht hätte auch Klarheit in ihre Gedanken gebracht.

Für uns war es dann auch trotz allem noch eine schöne Weihnachtsnacht. Mein Vater und Edelgard mussten zwar wegen des Protokolls mit auf die Polizeiwache, aber ich durfte bei den Kleinebrummels bleiben. Es gab Würstchen mit Kartoffelsalat. Ich fand es schön, das Gleiche zu essen, wie Millionen anderer Leute in unserem Land auch. Anschließend gingen wir zum Iglu. Die Menschenmenge hatte sich inzwischen aufgelöst. Ich knipste meine neue Taschenlampe an und stellte sie in unsere Schneehütte. Sogar von außen leuchtete sie in einem so arktischen Blau, dass sie genauso gut in Grönland hätte stehen können. “

Frau Hase warf einen Blick auf die rechte Zimmerwand. Sie sah viele Fotos von Motorsegelflugzeugen und Luftaufnahmen. Doch eines davon zeigte einen Jungen, mit feuerroten Wangen und einem breiten Lächeln. Er trug einen Schneeanzug und stand vor einem geheimnisvoll lumineszierenden Iglu.

Frau Hase erhob sich gerade, als die Tür zum Behandlungszimmer aufging, und die Assistentin den Kopf zur Tür hereinsteckte. „Wie sieht es aus, Jan-Thorben? Soll ich schon mal auf dem Flugplatz anrufen?“

Lisa Glauche und Matthias Löwe

Familienbande

Ich bin Otter. Also eigentlich heiße ich natürlich nicht Otter, sondern Jan. Jan Ziegler. Aber alle rufen mich Otter. Und das schon so lang ich mich erinnern kann. Meine Erzieher nennen mich so und die Jungs aus meiner Gruppe auch. Und wenn man fragt, warum eigentlich, dann zucken sie nur mit den Schultern oder sagen dir bloß, so sei es eben, so hätte ich doch schon immer geheißen. Und gut! Dabei sehe ich nicht mal aus wie ein Otter. Nicht, dass ihr euch da was Falsches vorstellt. Also ich hab keine Knopfaugen oder so. Und auch keinen Schnäuzer. Ich schwimme noch nicht mal besonders gern. Und trotzdem: Den Spitznamen werde ich wohl nicht mehr los.

Ich sehe jetzt schon die ersten von euch, wie sie ihre Lauscher spitzen: Hat er nicht eben was von Erziehern gesagt. Und von Jungs aus seiner Gruppe? Stimmt, habe ich. Ich kann es jedem, den es von euch interessiert, auch gleich sagen: Ja, ich bin in einem Heim. Und zwar schon genauso lange, wie ich Otter heiße. Also bestimmt 15 von den 16 Jahren, die ich bis jetzt gelebt habe. Aber wer jetzt so 'ne rührselige Geschichte erwartet oder glaubt, ich will was von Missbrauch erzählen, dass ich geschlagen wurde oder nachts bei unseren Erziehern ins Bett kriechen musste, der kann sich das von der Backe putzen. Natürlich weiß ich, dass es sowas gibt. Aber vielleicht bin ich mit meinen tausend Pickeln einfach zu hässlich, vielleicht sind unsere Erzieher auch anständiger als anderswo, jedenfalls ist mir sowas hier, am Rand des guten alten Teutoburger Waldes, noch nie passiert. Wer auf *die* Sorte Storys steht, der muss jemand anderem zuhören. Damit kann ich nicht dienen. Wer aber weiter die Ohren aufsperrt, dem kann ich eine wirklich spannende Geschichte versprechen, meine Geschichte nämlich.

Alles begann an einem Donnerstag, oder nein: Es war ein Freitag. Was ja auch passt. Denn Freitag ist der beste Tag der Woche. Zum Beispiel sind an Freitagen die meisten Pauker gnädiger als sonst und geben weniger Hausaufgaben auf. Aber das, was den Freitag wirklich ausmacht, ist noch was anderes: Freitag ist nämlich noch nicht ganz Wochenende. Samstag, Sonntag, das alles liegt noch vor einem und man kann sich ausmalen, was an diesem Wochenende alles passieren kann. Dass du die Braut deines Lebens triffst zum Beispiel oder wenigstens für den nächsten Monat oder dass Dr. Oetker in seinem Luxusschlitten vorfährt, dich in seine Arme schließt und sagt: „Mein Sohn, endlich habe ich dich gefunden! Lass mich dich zu meinem Alleinerben machen – du sollst der König über Pizzen und Torten sein!"

Alles ist noch möglich an so einem Freitag, wenn ihr versteht, was ich meine. Man bekommt so eine Art Glücksvorschuss auf das ganze Wochenende. Und so viel Glück auf einmal ist echt schwer zu ertragen! Viele von uns geben sich darum freitags erst mal richtig die Kante und dröhnen sich den Schädel so zu, dass sie erst Sonntag wieder aufwachen. Und dann hat sich das mit dem Glück auch irgendwie erledigt.

Das will ich nicht. Darum fahre ich freitags nach der Schule so oft auf Friedhöfe. Jawohl Leute, ihr habt richtig gehört: auf Friedhöfe! Ich meine, ich bin nicht einer von diesen Psychos, die auf Tote stehen. Aber ich mag die Atmosphäre da. Total gechillt. Auch an Freitagen. Vermutlich weil es den ganzen Toten völlig schnuppe ist, ob nun gerade Freitag ist oder ein anderer Tag. Also Friedhöfe sind jedenfalls für mich der ideale Ort, um mit meinem Glücksvorschuss klarzukommen.

Der alte Friedhof in der Stadtmitte ist zum Beispiel großes Kino. Dort gibt es Gräber, die sind so alt wie Hitler. 100 oder 200 Jahre. Voll die Gruften!

An dem Freitag aber, von dem ich erzählen will, zog es mich nun mal zum Sennefriedhof. Schon die Fahrt dahin ist

Kino. Ich laufe ein Stück, steige irgendwo in Sieker in die Stadtbahn, lasse mich bis zum Landgericht schaukeln, steige um und fahre dann mit der Linie 1 weiter bis zum Sennefriedhof. Auf der Strecke sieht man erst mal, was Bielefeld für ein Kaff ist. Da können sie noch zwanzig neue Linien der Stadtbahn bauen: Brackwede bleibt einfach ein Dorf!

Na ja, jedenfalls bin ich so irgendwann am Sennefriedhof angekommen. Es war vielleicht vier Uhr nachmittags. Weiß ich aber nicht mehr genau. In jedem Fall aber war es Mai. Die Luft roch krass nach Frühling, selbst als ich an dem großen Kompost vorbeikam, wo es manchmal so heftig stinkt, als würden die Toten genau dort vor sich hin verwesen. Und ich habe noch gedacht, dass das der totale Widerspruch ist: dieser Frühlingsduft und all die Toten, die da rumliegen. Und gerade in dem Moment, in dem ich das denke, fällt mir ein etwas versteckter Grabstein ins Auge. Das passiert öfter mal. Ich meine, ich bemerke fast nie die fetten Gräber, wo irgendein Großmogul sich hat verscharren lassen. Aber bei den kleinen gibt es manchmal welche, bei denen mir fast die Tränen kommen. Ich habe mal das Grab eines alten Mannes gesehen, bei dem jemand „Das Leben wird schwer sein ohne dich" auf den Grabstein hat schreiben lassen. Ich habe mir vorgestellt, dass das seine Frau war, und musste echt schlucken. Na ja, jedenfalls ist mir da an dem Freitag ein Grab aufgefallen, auf dem ein ganz schlichter Stein stand. Und auf dem Stein nur ein Name und zwei Daten: „Nurhan Otterpohl, 2. April 1964 – 18. März 1998". Sonst nichts. Mir ist zuerst diese seltsame Kombination aufgefallen. Nurhan – und dann Otterpohl. Ich habe gelacht und mich gefragt, ob da ein westfälisches Elternpaar eine besonders abgedrehte Vornamensidee durchgesetzt hat. Aber vermutlich waren die 1964 noch nicht so weit und Nurhan war ein braves türkisches Mädchen, das sich in der ostwestfälischen Fremde in einen jungen Germanen namens Otterpohl verliebt hat.

War bestimmt nicht einfach für die beiden, habe ich gedacht, als mich auf einmal von hinten jemand ansprach. Ich bin total zusammengefahren. Nicht, dass ihr glaubt, ich hätte Angst auf Friedhöfen oder sowas. Das ist Affenschrott. Aber es ist eben total selten, dass man auf Friedhöfen angelabert wird. Noch dazu, wenn man ein 16-jähriger Junge ist, der vor dem Grab von einer Nurhan Otterpohl steht. Und noch dazu, wenn diejenige, die einen anquatscht, eine Frau ist, die locker meine Mutter oder Oma hätte sein können. Ich meine, die Alte war locker 50. Ansonsten schien sie aber noch ganz in Ordnung.

„Interessiert Sie dieses Grab?", hat sie gefragt.

Wie gesagt, ich bin total zusammengeschreckt und konnte erst mal gar nichts sagen. Dann fiel mir auf, dass sie zumindest nicht „junger Mann" zu mir gesagt hat. Ich hasse es, wenn Menschen „junger Mann" zu mir sagen. Vor allem, weil einen ja sowieso nur solche Leute mit „junger Mann" anquatschen, bei denen man nie auf die Idee käme, sie „junger Mann" oder „junge Frau" zu nennen. Wenn ihr versteht, was ich meine. Jedenfalls hat sie nicht „junger Mann" gesagt, das war schon mal positiv. Darum habe ich auch genickt.

„Ja, irgendwie schon", habe ich schließlich auch noch rausgekriegt. „Ist doch schon ein seltsamer Name, oder?"

Darauf hat die Frau dann zurückgenickt. Ganz stumm. Viel war eigentlich nicht zu erkennen, weil sie so eine riesige, dunkle Brille trug. Fast wie'n Filmstar oder so. Trotzdem sah sie traurig aus, wie sie so vor mir stand. Sie war ein bisschen kleiner als ich, so dass ich sehen konnte, wie ihr dunkles Haar von grauen Fäden durchzogen war. Vielleicht hat das den traurigen Eindruck auch noch verstärkt.

„Die Frau, die hier begraben liegt, hat auch eine seltsame Geschichte", hat sie dann ganz leise gesagt.

„Haben Sie sie gekannt?", habe ich gefragt. Lag ja nahe.

Die Frau hat wieder genickt. „Möchtest du ihre Geschichte hören?"

„Klar!", habe ich sofort gerufen und gedacht, sonst hätte ich ja wohl nicht gefragt, aber gesagt habe ich das nicht.

„Gut. Dann zeige ich dir was." Mit einem Mal wurde ihre Stimme fester, irgendwie härter, ohne dass sie lauter geworden wäre. Auf einem Friedhof schreit ja sowieso keiner. „Komm mit!", hat sie mich aufgefordert und schon ist sie losmarschiert. Mitten durch die Reihen von Gräbern. Anscheinend wusste sie genau, wo sie hinwollte.

Ich habe kurz gezögert, bin ihr dann aber nach. Also, nicht dass ihr denkt, ich liefe jeder ollen Mutti hinterher, die mich anquatscht, aber die hatte so eine Art, die mich echt neugierig gemacht hat. Und was Besseres hatte ich ja sowieso nicht zu tun.

Die ist dann vielleicht losgestiefelt. Ich meine, ich weiß ja nicht, ob einer von euch den Sennefriedhof kennt. Da kann man kilometerweit laufen. Da liegen bestimmt eine Million Menschen begraben. Und die Frau schien mit mir echt den halben Friedhof ablaufen zu wollen. Erst als mir dieser Gräbermarathon doch zu viel wurde, und ich anfing zu überlegen, wie ich mich möglichst unauffällig abseilen könnte, ist sie ganz plötzlich stehengeblieben. Und zwar vor noch so einem unscheinbaren Grab. Na ja, wenn man ehrlich ist, sah es ein bisschen weniger unscheinbar aus als das andere. Der Stein war ein bisschen größer und auch irgendwie poliert. Jedenfalls hat er ganz schwarz geglänzt. Und das Grab war immerhin mit so gelben Blumen bepflanzt.

„Das wollten Sie mir zeigen?", habe ich die Frau gefragt, und sie hat genickt. Dann hat sie auf die Inschrift gezeigt. Da ist es mir auch aufgefallen: Noch ein Otterpohl. „Jens Otterpohl" war in den Stein gemeißelt und „17. September 1960 – 18. März 1998".

„Derselbe Name", habe ich gesagt und kam mir ein bisschen dämlich dabei vor. „War das ihr Bruder?"

Die Frau hat den Kopf geschüttelt und wieder ein bisschen traurig ausgesehen. „Nein, das war ihr Mann", hat sie dann gesagt.

„Und wieso liegt sie dann da drüben und er hier? Werden

Ehepaare nicht meist im selben Grab beerdigt?“ Ich meine, ich bin ja kein Experte, was Friedhöfe angeht, auch wenn ich da öfter hingehe. Aber soviel weiß ich dann schon, dass es total ungewöhnlich ist, wenn man eine Frau in einem einzelnen Grab beerdigt und ihren Mann auf demselben Friedhof, aber am anderen Ende. Und dann fiel mir noch etwas auf. „Moment mal! Sind die beiden nicht sogar am gleichen Tag gestorben?“ Ich bin jetzt nicht das Gedächtnisgenie, aber man musste schließlich auch nicht Einstein sein, um sich daran zu erinnern, dass diese Nurhan Otterpohl auch am 18. März 1998 gestorben war. Wieder hat die Frau genickt.

„Ja“, hat sie gesagt. „Stimmt. Beides. Normalerweise begräbt man Frau und Mann im selben Grab, besonders wenn sie am selben Tag gestorben sind, so wie diese beiden hier.“

„War es ein Unfall?“

„Nicht so, wie du es dir vermutlich denkst. Komm, ich erzähle dir, was passiert ist.“ Die Frau zeigte mir eine kleine Bank unter einem Baum nicht weit von dem Grab von diesem Jens Otterpohl entfernt. Dort setzten wir uns.

„Ich sollte eins vorwegschicken“, begann die Frau und setzte ihre Brille ab. Ihre grünen Augen schauten noch einmal zum Grab hinüber und sahen echt fertig aus. „Wenn ich dir sage: Ich erzähle dir, was passiert ist, dann heißt das: Ich erzähle dir meine Version. Die ist aber nur eine von vielen.“

Irgendwie kam es mir vor, als würde die Frau ganz genau wissen, was sie sagen muss, um es spannend zu machen. Eine Geschichte, von der es mehrere Versionen gab, das klang ja fast so mysteriös wie bei Stephen King.

„Na los, weiter!“, wäre mir beinahe rausgerutscht, aber zum Glück musste ich die Frau gar nicht drängen, sie fuhr von ganz allein fort.

„Dass das Ganze schon einige Zeit zurückliegt, hast du ja an den Todesdaten auf den Grabsteinen gesehen. Vermutlich hat es sich sogar schon vor deiner Geburt abgespielt“, fing sie an.

„Hey, ich bin sechzehn!“, habe ich sie unterbrochen. Denn ich wollte zwei Dinge klarstellen: Dass sie sich mit meinem Geburtsdatum geirrt hatte und dass ich kein kleines Kind mehr war. Aber die Frau hörte das gar nicht. Die sprach einfach weiter.

„Eine Version der Geschichte findest du in den Zeitungen von damals“, fuhr sie fort. „Dort wirst du lesen, dass es ein Ehedrama war, das sich zwischen Nurhan und ihrem Mann abspielte. Du musst wissen, Jens und Nurhan waren etwa zwei Jahre miteinander verheiratet. Die beiden liebten sich und hatten geheiratet, obwohl ihre beiden Familien nichts von der Beziehung hielten. Nurhans Familie kam ursprünglich aus der Türkei. Sie lebte zwar inzwischen größtenteils in Berlin, war jedoch streng religiös. Von einer Verbindung mit einem Nicht-Moslem hielt sie entsprechend wenig. Und die Familie von Jens kam aus einem kleinen Dorf hier aus der Gegend. Sie kannten so gut wie keine Ausländer und hatten nicht gerade viel für sie übrig.“

Ich nickte. Ich kenne solche Einstellungen. Bei uns im Heim haben wir viele Ausländer und andere, die sie nicht abkönnen.

„Wenn du nun den offiziellen Berichten Glauben schenkst, hat sich alles ungefähr folgendermaßen abgespielt: Im Frühjahr 1997 bekamen Jens und Nurhan einen Sohn, ein absolutes Wunschkind. Nur hatte sich, so die offizielle Version, seitdem einiges zwischen ihnen verändert. Nurhan hatte sich ganz ihrem Baby gewidmet, während Jens mehr und mehr in seinem Beruf aufging. Er war Goldschmied, musst du wissen, und verbrachte zu der Zeit tatsächlich manchmal auch die Abende noch in der Werkstatt. Nach dem Tod der beiden konnte man in den Zeitungen lesen, dass Nurhan in den Monaten nach der Geburt eifersüchtig geworden sei. Dass sie vermutete, Jens habe eine Geliebte und schließlich an einem Abend alles eskalierte: Jens sei wieder spät aus seiner Werkstatt heimgekehrt, und Nurhan habe ihm vorgehalten, er habe ein

Verhältnis. Jens, so die Zeitungen, habe die Anschuldigungen nicht überzeugend von sich weisen können. Nurhan sei schließlich zu Jens' Nachttisch gegangen und habe seine Pistole aus der Schublade genommen. Als Goldschmied hatte Jens eine Waffe, um sich gegen Überfälle schützen zu können, aber er war ein bisschen nachlässig damit und hatte sie meist zu Hause liegen. Nurhan habe ihn aus Eifersucht erschossen und danach sich selbst. Das, wie gesagt, ist die offizielle Version der Polizei wie sie in den Zeitungen zu lesen war", sagte die Frau und war dann mit einem Mal still.

„Aha", habe ich nach einer Pause gesagt, um überhaupt was zu sagen. „Ich denke mal, wenn Sie mir das alles erzählen, gibt es auch eine inoffizielle Version?"

„Ja, die gibt es", hat sie geantwortet und dabei geseufzt.

„Und woher kennen Sie die?"

„Nurhan war meine Freundin und ich ihre. Vielleicht die einzige, die sie in Bielefeld hatte." Wieder machte die Frau eine Pause, bevor sie fortfuhr. „Ich habe die Katastrophe kommen sehen", hat sie dann hinzugefügt. So leise, dass ich näher zu ihr rücken musste, um sie verstehen zu können. Es klang fast, als würde sie sich Vorwürfe machen oder so. Ich wollte schon sowas sagen wie, dass es ja nicht ihre Schuld sei, obwohl ich das ja gar nicht wissen konnte, da hat sie aber schon weitergeredet: „Ja, man konnte ahnen, dass es nicht gut gehen würde. Aber aus anderen Gründen, als die Zeitungen es nachher berichteten."

„Und aus welchen?", habe ich gefragt, nicht nur um die Unterhaltung am Leben zu halten. Ich war echt gespannt.

„Das erste Mal hatte ich bei der Hochzeit ein ungutes Gefühl. Ich war Nurhans Trauzeugin. Es war eine kleine Hochzeit. Jens' Eltern waren gekommen, obwohl sie die Verbindung nicht guthießen, sein Bruder und zwei Freunde. Aber von Nurhans Seite war außer mir niemand da. Nicht die Eltern, keiner ihrer beiden Brüder und auch keine Freunde. Vielleicht konnte man deshalb auf Nurhans Gesicht an ihrem Hochzeitstag beides sehen, Freude und Traurigkeit. Nachdem die beiden von ihrer Hochzeitsreise zurückgekehrt waren, habe ich Nurhan angesprochen. Zunächst hat sie nur gesagt, dass ihre Eltern keine Zeit gehabt hätten, ebenso wie der Rest ihrer Familie. Und Freunde habe sie nun mal nicht in Bielefeld. Aber geglaubt habe ich ihr das nicht so richtig. Und ein paar Tage später kam sie dann selbst zu mir. Es war ein Tag im Mai, fast genau so einer wie heute. Es klingelte an meiner Tür, und als ich öffnete, stand dort Nurhan. Sie hatte offensichtlich geweint. Wortlos ging sie an mir vorbei ins Wohnzimmer. Sie schaute mich aus ihren großen dunklen Augen an. Ich konnte sehen, dass sie abermals den Tränen nahe war, und reichte ihr ein Taschentuch. Da brach es aus ihr heraus: ‚Meine Eltern wissen gar nichts, niemand aus meiner Familie', schluchzte sie. ‚Sie wissen weder, wo ich bin, noch, dass ich Jens geheiratet habe. Ich habe ihnen vor Monaten gesagt, wir hätten uns getrennt, damit sie mich in Ruhe lassen. Danach habe ich mich nicht mehr bei ihnen gemeldet. Du weißt ja, wie sehr sie gegen die Verbindung mit einem Deutschen sind. Aber ich liebe Jens doch!'. Danach war sie nicht mehr in der Lage, ein verständliches Wort zu sagen. Ich habe sie in meinen Armen gewiegt wie ein Kind. Erst nachdem sie sich wieder beruhigt hatte, habe ich versucht, ihr zu erklären, dass sie es ihren Eltern mitteilen muss, dass sie sich ja auch nicht ewig vor ihnen verstecken könne und sich nur so alles zum Guten wenden könnte."

„Und was hat das nun mit ihrem Tod zu tun?" Meine Stimme hat irgendwie ganz heiser geklungen, als ich das fragte.

„Nurhan versprach mir an jenem Nachmittag schließlich, mit ihren Eltern zu reden. Sie schien selbst einzusehen, dass sie ihren Ehemann nicht für den Rest ihres Lebens verheimlichen konnte. Als ich sie ein paar Wochen später darauf ansprach, erklärte sie, dass sie ihren Eltern alles gebeichtet habe. Diese seien zwar nicht begeistert, hätten sich aber mehr oder weniger nun damit abgefunden, dass ihre Tochter mit einem Ungläubigen verheiratet sei. Bei dem Wort ‚Ungläubigen' hat

Nurhan sogar gezwinkert. Dass ich erleichtert war, kannst du dir vermutlich vorstellen.“ Die Frau zog ein Taschentuch aus ihrer Tasche und schnäuzte sich. Keine Ahnung, ob sie so gerührt war von ihrer Geschichte oder ob sie Heuschnupfen hatte. Ich wollte auch nicht fragen.

„Umso erschrockener war ich, als Nurhan ein gutes halbes Jahr später wieder tränenüberströmt vor meiner Tür stand. Im Unterschied zum vorigen Mal war es inzwischen Winter und sie war in einen dicken Mantel gehüllt. Doch wieder hatte sie etwas zu beichten: Sie hatte ihren Eltern noch immer nichts von ihrer Ehe gesagt. Diese aber hatten Nurhans neue Adresse samt Telefonnummer ausfindig gemacht und sie angerufen. ‚Zum Glück war Jens nicht zu Hause, sodass ich an den Apparat gegangen bin‘, sagte sie. ‚So konnte ich sie zumindest fürs Erste davon überzeugen, dass ich nicht mit einem Mann zusammenlebe. Aber natürlich wollen sie mich nun besuchen!‘. Wieder begann Nurhan zu schluchzen. ‚Aber das geht doch nicht! Selbst wenn Jens nicht dabei ist. Wie sollte ich ihnen erklären, dass ich schwanger bin?‘. Es stimmte: Nurhans Leib wölbte sich damals schon beträchtlich. Als ich sie so mit verheultem Gesicht und schwangerem Bauch auf meinem Sofa sitzen sah, konnte ich mir vorstellen, dass es für ihre Eltern zu viel sein würde, auf einen Schlag zu erfahren, dass ihre Tochter nicht nur mit einem deutschen Mann zusammenlebte, sondern sogar mit ihm verheiratet war und obendrein ein Kind von ihm erwartete. Also half ich Nurhan, ihren Eltern aus dem Weg zu gehen. Sie gab ihnen meine Telefonnummer, rief sie von meinem Anschluss an und gab vor, sie sei dabei mit mir zusammenzuziehen. Außerdem erfanden wir Dutzende von Terminen und Verpflichtungen für Nurhan, die ein Treffen mit ihren Eltern unmöglich machten.“

Wieder nickte ich. Ich weiß nicht, ob ihr euch das vorstellen könnt, aber wenn man in einem Heim aufwächst, dann ist man daran gewöhnt, sich solche Ausreden auszudenken. Schon allein, weil man manchmal nur so ein bisschen Zeit für sich gewinnen kann, in der einen keiner sucht und keiner wissen will, was man gerade macht.

„Und wieder sah es eine Zeit lang so aus, als seien Nurhans Eltern überzeugt“, hat die Frau dann weiter erzählt. „Sie rief sie zwei oder dreimal pro Woche an, und das schien ihnen auch zu reichen. Ein Besuch in Bielefeld war auf unbestimmte Zeit verschoben. Und Jens hatte sie sowieso nicht ins Vertrauen gezogen. Gerade weil sie ihn liebte, schämte sie sich, ihrem Mann zu gestehen, dass ihre Eltern nichts von ihm wissen durften. Im nächsten Frühjahr bekam Nurhan dann ihr Kind. Einen kleinen Sohn, Yannik. Ein niedliches Kind, das die braunen Augen seiner Mutter und das blonde Haar seines Vaters geerbt hatte. Über ihn schienen alle Sorgen für eine Weile vergessen: Yannik wurde drei Monate, wurde ein halbes Jahr. Er lernte zu krabbeln und zu sitzen, und Nurhan war richtig glücklich. Ich weiß noch, wie sie mir mit leuchtenden Augen vom ersten gemeinsamen Urlaub ihrer kleinen Familie erzählte. Ich habe sie nie wieder so erlebt.“

Die Frau machte eine kurze Pause, wie um sich zu erinnern.

„Dann eines Nachts, ich bin ziemlich sicher, es war Februar, weckte mich um kurz nach zwei das Telefon. Als ich den Hörer abnahm, strömte mir ein Redeschwall entgegen, den ich zunächst kaum verstand. Dann erkannte ich, dass es Nurhans Vater war, der anrief und aufgebracht und mit starkem Akzent nach seiner Tochter fragte. Was genau geschehen war, war unmöglich aus seinen Worten herauszuhören, aber mit Sicherheit waren die Eltern auf irgendeine Art und Weise hinter die ganzen Lügen ihrer Tochter gekommen. Und natürlich war ich für sie in die Sache verwickelt, denn wir hatten ja meine Adresse angegeben und meine Telefonnummer verwendet. So sehr ich auch versuchte, auf Nurhans Vater einzureden: Er ließ sich nicht beruhigen. Schließlich blieb mir nichts anderes übrig als aufzulegen. Kurze Zeit später aber klingelte das Telefon erneut. Ich wollte erst gar nicht abnehmen. Als ich es dann aber doch tat, war Nurhan am anderen Ende der

Leitung. Sie versuchte gefasst zu wirken, aber ich hörte, wie ihre Stimme vor Erregung bebte, als sie schilderte, was geschehen war: Auch wenn sich ihre Eltern durch die Anrufe alle zwei bis drei Tage beruhigt gezeigt hatten, so war doch ein Restzweifel darüber geblieben, ob ihre Tochter in der Fremde die Art Leben führte, die ihnen vorschwebte. Und dieser Zweifel wuchs mit jedem Tag, an dem sie Nurhan nicht sahen. Irgendwann waren ihren beiden Brüdern die Sorgen der Eltern so drängend erschienen, dass sie sich auf den Weg gemacht hatten, um Nurhan zu finden. Sie hatten ihr vor meinem Haus aufgelauert und waren ihr bis zu ihrer Wohnung gefolgt. Als sie diese gefunden hatten, war es bis zu der Entdeckung, dass ihre Schwester verheiratet war und ein Kind hatte, nicht mehr weit. Noch am gleichen Abend waren sie nach Berlin zurückgekehrt, um ihren Eltern alles zu erzählen. Das war der Abend vor dem nächtlichen Anruf gewesen."

Die Frau seufzte. „Im Nachhinein hätte man natürlich wissen müssen, dass unser Versteckspiel nicht lange gut gehen konnte. Und doch war es ein Schock für uns, als alles aufflog." Dann wurde sie noch leiser: „Aber das Schlimmste sollte ja erst noch kommen."

„Und was?", habe ich ebenso leise gefragt, ohne darüber nachzudenken.

„Drei Tage später waren ihre Brüder wieder zurück in Bielefeld. Als Nurhan morgens aus dem Haus ging, um Besorgungen zu machen, lauerten sie ihr auf. Ich kenne die Szene ja auch nur aus Nurhans späteren Schilderungen, aber es muss hoch hergegangen sein. Zunächst haben die beiden sie nur gedrängt, mit ihnen nach Berlin zu kommen, doch als Nurhan sich weigerte, kam es zum Streit. Die drei Geschwister müssen sich auf offener Straße angeschrien haben, dazwischen war der kleine Yannik, der schließlich auch zu schreien begann. Bevor die beiden Brüder handgreiflich werden konnten, ist ein Passant eingeschritten und hat Nurhan aus der Situation befreit. Sie war vollkommen zerstört, als sie bei mir eintraf."

Die Frau sah zu Boden.

„Von da an hatte Nurhan keine ruhige Minute mehr. Immer und überall musste sie mit den beiden rechnen, egal ob im Supermarkt, auf Spaziergängen mit Yannik oder in der Innenstadt. Mehrfach klingelten sie an Nurhans Tür und nur ihr Blick durch den Spion rettete sie davor, ihnen die Tür zu öffnen. Dazu kamen ständige Telefonanrufe, vor allem nachts. Natürlich konnte sie das alles nun auch nicht länger vor Jens geheim halten, auch er wurde ja von den Anrufen geweckt. Außerdem merkte er natürlich, dass es Nurhan immer schlechter ging, dass sie scheinbar grundlos zusammenschrak, sich auf der Straße ängstlich umsah. Schließlich tauchten die beiden Brüder sogar in Jens' Goldschmiede auf. Jens nahm die beiden nicht sonderlich ernst, selbst als sie ihm Schläge androhten, wenn er ihre Schwester nicht verließe."

Leute, ich weiß nicht, wie es euch in meiner Situation gegangen wäre, aber ich fand das ganz schön gruselig. Ich meine, ich wusste ja, dass dieser Jens und diese Nurhan tot waren, und gerade deshalb war es irgendwie real. Und obwohl ich mir vorstellen konnte, dass die Geschichte nicht gut ausgehen würde, war ich gespannt zu erfahren, wie sie weiterging.

„Ich dagegen war sehr beunruhigt", fuhr die Frau fort. „Mehr als einmal habe ich Nurhan geraten, zur Polizei zu gehen und ihre Brüder anzuzeigen. ‚Das kann ich nicht', hat sie immer nur geantwortet. ‚Auch wenn sie gerade schrecklich sind, so kann ich doch nicht bei der Polizei Anzeige gegen sie erstatten. Sie sind doch meine Familie! Und aus dem gleichen Grund werden sie mir auch nicht wirklich etwas tun – auch ich bin ihre Familie!' Soviel ich auf Nurhan einredete, es war sinnlos. Lieber ließ sie sich wochenlang terrorisieren, als rechtliche Schritte einzuleiten. Vielleicht hat sie auch gehofft, dass ihre Brüder den Terror nicht lange durchhalten und sich wieder nach Berlin zurückziehen würden. Aber da hatte sie sich getäuscht. Selbst Wochen später waren sie noch immer in Bielefeld, bereit ihrer Schwester tagtäglich das Leben zur Hölle zu machen. Ja, sie intensivierten ihre Drohungen sogar noch, jedoch stets ohne wirklichen Schaden anzurichten, sodass es für die Polizei selbst dann schwierig gewesen wäre, konkrete Ermittlungen einzuleiten, wenn sich Nurhan doch dazu entschlossen hätte, sie zu rufen."

„Aber sie hat sie nicht gerufen?"

„Nein hat sie nicht. Und darum ist es an diesem 18. März dann zur Katastrophe gekommen", hat die Frau geantwortet.

„Was ist denn da genau passiert?"

„Nun, ich war ja nicht dabei und offiziell gibt es ja nur die Version, die in der Presse zu lesen war. Aber ich habe eine Vermutung. Ich denke, dass Nurhans Brüder sie auch an diesem Tag verfolgt haben wie praktisch jeden Tag in den vier Wochen davor. Ich vermute, sie haben mal wieder bei ihr geklingelt und Nurhan war einen Moment lang unaufmerksam und hat sie in die Wohnung gelassen. Das muss am Abend gewesen sein, denn am Vormittag habe ich noch einen Kaffee mit ihr getrunken. Vielleicht haben sie ihr auch bei ihrer Heimkehr aufgelauert und sich dann in die Wohnung gedrängt. Das weiß ich nicht. Jedenfalls stelle ich mir vor, dass die Brüder Nurhan dort dann massiv bedrängt haben, endlich zu ihren Eltern zurückzukehren. Vielleicht wollten sie sie auch einfach mitnehmen. Bestimmt ist es dabei laut geworden, so laut, dass keiner der Beteiligten bemerkt hat, wie Jens nach Hause gekommen ist. Und vielleicht hat der zum ersten Mal begriffen, dass die ganze Situation doch nicht so harmlos war, dass es mehr als die gemeinsame Liebe von ihm und Nurhan brauchte, um sie durchzustehen. Ich denke mir, dass er in die Wohnung kam und den Streit der Geschwister mitbekommen hat. Vielleicht haben die Brüder Nurhan wehgetan, vielleicht hat sie vergeblich versucht, die beiden wieder aus ihrer Wohnung zu bekommen. Jedenfalls denke ich, dass es Jens war, der zu der Pistole in seiner Nachttischschublade gegriffen hat. Als er dann in den Streit eingriff, ist es zu einem Handgemenge gekommen, bei der er die Waffe an einen der Brüder verlor.

Ein Schuss fiel, ob gezielt oder ob er sich löste, wer weiß, aber er traf Jens, der zusammenbrach. Ich vermute, dass die Brüder dann von Panik ergriffen wurden. Sie hatten einen Menschen getötet. Und es gab eine Zeugin, ihre eigene Schwester, die aber auch die Ehefrau des Opfers war. Und sie spürten: Diesmal würde Nurhan gegen sie aussagen. Sie mussten sich schnell entscheiden und sie überlegten nicht lange und erschossen auch sie. Dann drückten sie ihr die Pistole in die Hand, lösten vielleicht noch einen Schuss aus wegen der Schmauchspuren – jedenfalls fand die Polizei tatsächlich später drei Kugeln. Dann verließen sie die Wohnung. Den kleinen Yannik ließen sie einfach zurück."

Die Frau schwieg. Tränen standen ihr in den Augen. Auch ich war still. Ich weiß nicht, wer von euch gewusst hätte, was man in so einem Moment sagt.

„Können Sie das beweisen?", habe ich schließlich gefragt. Und ich habe versucht, das nicht nach einem Vorwurf oder so klingen zu lassen. Ich wollte es eben nur wissen.

„Nichts davon kann ich beweisen", hat die Frau geantwortet. „Du kannst es also bloß für eine Version dessen nehmen, was mit Nurhan und Jens geschehen ist, als meine Version. Aber du musst zugeben, dass sie nicht schlechter klingt als das, was in den Zeitungen stand. Hätte ich etwas davon beweisen können, hätte ich Anzeige erstattet, das kannst du dir vorstellen. Ich habe sogar begonnen, selbst nachzuforschen. Habe mich erkundigt, wo Nurhans Eltern wohnten, habe Nurhans Nachbarn gefragt, ob sie die Brüder am fraglichen Tag gesehen haben. Die meisten von ihnen hatten zwar die Brüder irgendwann einmal gesehen, aber an dem Tag, an dem Jens und Nurhan getötet wurden, waren sie niemandem aufgefallen. Trotzdem muss ich mit meinen Nachforschungen jemandem Angst gemacht haben. Eines Tages fand ich einen anonymen Brief in meinem Briefkasten. Er war in Berlin abgestempelt und enthielt nur zwei kurze Sätze: Finden Sie nicht, dass zwei Tote genug sind. Hören Sie auf herumzuschnüffeln!"

„Und Sie haben aufgehört?“

Die Frau nickte. „Ich bin kein mutiger Mensch, musst du wissen. Ich habe Angst bekommen. Außerdem habe ich mir gesagt, dass Jens und Nurhan davon auch nicht mehr lebendig werden.“

Wieder schluchzte die Frau. Ich wusste echt nicht, was ich machen sollte, und ihr schien es auch irgendwie peinlich zu sein, denn sie ist dann ganz plötzlich aufgestanden und hat gesagt: „Ich muss gehen. Danke, dass du mir zugehört hast!“

Dann war sie auch schon weg.

Ich bin noch sitzen geblieben. Das war echt eine heftige Geschichte. Ein paar Minuten später bin ich dann auch los, zur Stadtbahn. Die ganze Fahrt über habe ich an die Frau gedacht, an Nurhan und an Jens Otterpohl. Und als wir gerade auf der Brackweder Hauptstraße entlanggeschaukelt sind, kam mir dann dieser Gedanke.

Otterpohl hießen die beiden, habe ich gedacht. Komisch, dass mich auch alle ‚Otter‘ nennen. Vielleicht hieß ich ja auch ursprünglich Otterpohl. Ich weiß, dass das total unwahrscheinlich klingt, aber irgendwoher muss mein Spitzname ja kommen. Warum nicht daher? Vielleicht bin ich ja dieser Yannik, das Kind von Nurhan und Jens Otterpohl. Schließlich ist der bestimmt auch ins Heim gekommen, nachdem seine Eltern beide tot waren. Wie gesagt, das habe ich mir gedacht, als wir durch Brackwede gefahren sind. Und ich habe es noch immer gedacht, als wir an der Kunsthalle vorbeigefahren sind, als ich am Landgericht umgestiegen bin – und zu Hause im Heim dachte ich es auch. Als der Gedanke am nächsten Tag noch immer nicht verschwunden war, bin ich zu Uwe gegangen. Uwe ist einer unserer Erzieher und echt in Ordnung.

„Ich habe da mal ’ne komische Frage“, habe ich zu ihm gesagt.

Und er: „Immer mal raus damit!“

Und ich: „Kann es sein, dass ich früher, also als kleines Kind, Yannik Otterpohl hieß?“

Und er: „Das ist echt eine seltsame Frage. Wie kommst du darauf?"

Und ich: „Ich meine ja nur so."

Mehr war da nicht. Aber drei Tage später kam Uwe zu mir.

„Komm mal mit ins Leiterzimmer", hat er zu mir gesagt. „Ich zeig dir was."

Im Leiterzimmer hat er mir dann meine Akte in die Hand gedrückt. So ein oranges Ding. „Jan Ziegler" stand in schwarzem Filzstift drauf. Sie war auf einer Seite aufgeschlagen und Uwe hat auf eine Stelle gezeigt.

„Lies!", hat er mich aufgefordert. Leute, ich weiß nicht, ob ihr mich verstehen könnt oder ihr mich jetzt für völlig übergeschnappt haltet, aber in dem Moment wollte ich es nicht mehr wissen. Oder: Wissen wollte ich es natürlich immer noch, aber vielleicht stand da ja auch, dass ich schon immer Jan Ziegler war und meine Vorstellung, ich wäre Yannik Otterpohl, nur ein Hirngespinst. Vielleicht war das ja sogar wahrscheinlicher als der umgekehrte Fall. Was weiß ich denn.

Jedenfalls habe ich nur den Kopf geschüttelt.

„Ne, lass mal gut sein", habe ich gesagt und Uwe die Akte zurückgegeben. Der hat mich angeguckt, als wäre ich total vernagelt, dann aber genickt.

„Okay Junge", hat er gesagt.

Seitdem steht es für mich fest. Ich bin Jan Ziegler, genannt Otter. Aber vielleicht bin ich auch ein bisschen Yannik Otterpohl. Ich habe Eltern. Irgendwo. Vielleicht ist meine Mutter Türkin. Und vielleicht ist sie schon lange tot.

Hellmuth Opitz

Am Ende der Nahrungskette

Etwas ist anders heute Morgen. Rischka merkt es sofort. Er packt noch drei kleinere Heuballen auf die Ladefläche des Kubota Minitrucks, schneidet schon mal die Plastikbänder durch und merkt schon jetzt, wie der Rücken seines dunkelgrünen T-Shirts feucht wird. Die Luft moussiert auf der Zunge. Wie Kartoffelsalat, wenn er anfängt zu gären. Jede Bewegung erfordert etwas mehr Anstrengung als normal, als müsse man schwere Stoffvorhänge beiseite schieben. Klar, es ist Anfang August und auch dieser Tag wird wieder so drückend sein wie die Tage zuvor. Aber dennoch ist etwas anders, denkt Rischka. Die Tiere sind unruhig. Unruhiger als sonst, wenn sie auf die morgendliche Fütterung warten. Er schaut hoch in die Kronen der Eichen am Teich, wo die Graureiher aufgeregt hin und her flattern. Hektik in der Kolonie. Von weiter oben das Jaulen der Pfauen. Wissen Sie eigentlich, warum die Pfauen so markerschütternd schreien? Dr. Weikusat, Leiter des Tierparks Olderdissen, hatte diese Frage mal bei einer Weihnachtsfeier launig in die Runde geworfen. Sie erschrecken immer wieder vor ihren eigenen hässlichen Füßen. Rischka hatte den Witz nur mäßig gefunden, dennoch muss er immer wieder an diese Erklärung denken, wenn die Pfauen in ihrem Gehege loslegen. Er greift sich die Eimer mit den Kaninchen und den Küken. Ach Gott, die Kaninchen, er muss bei dem Gedanken an heute Morgen unwillkürlich den Kopf schütteln. Lara, die neue Jahrespraktikantin. Was machen Sie denn da, hatte sie gefragt, als sie sah, wie er die Kaninchen aus den Ställen nahm. Sie wollen doch wohl nicht ... Die Wölfe leben nicht von Luft und Liebe, hatte er gesagt. Sie war rausgegangen, als er eines der Kaninchen an den Hinterläufen packte. Ein kurzer Handkantenschlag und das Genick brach mit einem leisen Knacken. Ein kleiner Tropfen Blut stand vor dem weichen Mäulchen.

Auch Nummer zwei und drei mussten nicht lange leiden. Rischka mag Lara eigentlich ganz gern. Sie kann gut zupacken, das hat sie in den paar Tagen, seit sie angefangen hat, schon unter Beweis gestellt. Ihre beiden Arme sind vom Handgelenk bis zum Oberarm vollständig tätowiert. Es sieht immer aus, als trage sie ein gemustertes, langarmiges Shirt, selbst wenn sie nur ein Top anhat. Was stellen sich diese jungen Praktikantinnen eigentlich vor, denkt er. Sie fangen aus Tierliebe in Zoos und Tierparks an und glauben anscheinend, sie kommen über die Runden, ohne jemals ein Tier töten zu müssen. Zugegeben, die meisten Ratten, Mäuse und Küken bekommen sie tiefgekühlt geliefert. Aber manche Raubtiere wollen frisches, noch warmes Fleisch. Und dann sind die Tierpfleger gefragt.

Er stellt den Truck beim Rotwildgehege ab. Auch hier Unruhe. Die Ricken geben ab und zu ein sonores Knurren von sich, sieben Kitze haben sie insgesamt in diesem Jahr geworfen. Ihre Nervosität kann auch damit zusammenhängen, dass der Platzhirsch den Bast vom Geweih fegt, der in blutigen Faserstreifen von den Enden herabhängt. In gut einem Monat fängt die Brunftzeit an. Dann wird man hier andere Laute hören – und das von einem kapitalen Sechzehnender, der mächtig Eindruck macht, findet Rischka. Er pfercht das Heu zwischen die Rippen der Krippe, die Hirsche schauen aufmerksam herüber. Danach geht er zu seinen Sorgenkindern, zu den Wölfen. Drei sind jetzt noch übrig. Dabei bestand das Rudel mal aus sieben Tieren. Dem alten Pärchen Ringo und Meike hatten sie fünf Wurfgeschwister zugesellt, allesamt Fähen: Laika, Smilla, Ronja, Kira und Luna. Ein Fehler, wie Rischka schon damals gedacht hatte. Er sollte Recht behalten. Die Probleme tauchten auf, als die Altwölfe verstorben waren. Es brachen Rangkämpfe von einer Heftigkeit aus, wie sie bei einem Rudel mit verschiedenen Generationen und Geschlechtern sowie entsprechenden Hierarchien nicht vorgekommen wären. Zunächst setzte sich Laika als Leitwölfin durch, Luna war in der Rangordnung ganz unten. In einer Nacht Mitte September des letzten Jahres hatte Laika bei anstehenden Rangordnungskämpfen wohl die Koalition der Verbündeten falsch eingeschätzt. Am nächsten Morgen hatte sie tot im Gehege gelegen. Im Januar darauf musste Luna eingeschläfert werden. Die permanenten Bisswunden hatten sich übel entzündet. Blieb also nur die Mittelschicht, wie Rischka sie nannte, Smilla, Ronja und Kira. Doch Ruhe kehrte nicht ein. Momentan hat Smilla die Rolle der Leitwölfin übernommen, Ronja ist als Mitläuferin mit ihr eng verbunden und Kira steht unten. Doch die findet sich keineswegs damit ab. Immer wieder liefert sie sich verbissene Kämpfe mit den beiden, besonders mit Ronja. Es ist geplant, Kira an einen anderen Tierpark zu vermitteln, aber die haben zurzeit alle selbst genug Wölfe. Rischka liebt seine Wölfinnen, er könnte ihnen stundenlang zusehen. Ein Kollege hatte mal gescherzt, er würde selbst gut ins Rudel passen: Smilla, Ronja, Rischka. Er greift sich den Kaninchen-Eimer und geht zum alten Teil des Geheges, der mit dem großen neuen Teil durch einen Tunnel verbunden ist. Ronja hält sich am liebsten hier auf. Schon hat sie ihn erspäht und blickt ihn erwartungsvoll durch den Maschendrahtzaun an. Rischka schnappt sich ein Kaninchen an den Hinterläufen und wirft es in hohem Bogen über den Zaun. Doch der Wurf missglückt beinahe, das Kaninchen touchiert kurz die aufragenden Zaunpfeiler, rutscht dann aber rüber ins Gehege. Ronja schnappt sich das Kaninchen, dessen Kopf hin und her schlackert, als sie es in eine Ecke trägt. Einen Augenblick später ist Smilla da, immer gut erkennbar an der M-förmigen Strichzeichnung über den Augen. Dieses Mal klappt der Kaninchenwurf besser. Kira ist nicht zu sehen, obwohl sie sonst bei der Fütterung immer vorn mit dabei ist. Rischka geht rüber zum neuen Gehegeteil. Schließlich erblickt er sie. Sie hat eine ordentliche Bisswunde an der Kruppe oberhalb der Schwanzwurzel, die sie aber nicht zu beeinträchtigen scheint. Sie läuft parallel zum Zaun und trägt etwas im Maul. Ein Stück Knochen von den gestrigen

Rippchen? Nein. Das Ganze sieht aus wie … Rischka schaut noch einmal genau hin … wie der Teil eines Fußes. Eines menschlichen Fußes. Jetzt bleibt Kira stehen und blickt ihn lauernd von unten an. Kein Zweifel: Es ist ein menschlicher Fuß.

Kriminalkommissarin Jana Davinek nimmt einen guten Schluck Kaffee, bevor sie den Ordner mit den Fotos zur Hand nimmt. Unbekannter Toter, Mittellandkanal steht auf dem Deckel. Vorgestern haben sie ihn bei Minden aus dem Kanal gezogen, der Schiffer eines Lastkahns hatte ihn dort treiben sehen. Nackter Oberkörper, Jeans, barfuß. Keine äußeren Verletzungen. Das macht das Ganze aufwendig: Der Obduktionsbericht ist vor morgen nicht fertig, die Untersuchungen auf Drogen oder Gifte sind zeitraubend. Sie schaut sich die präzise abfotografierten Tätowierungen des Oberkörpers genau an. Wenn sie nicht alles täuscht, gehörte dieser Mann der russischen Mafia oder irgendeiner anderen Gangsterorganisation an. Ein kunstvolles Madonnenbild ist auf den rechten Oberarm tätowiert, auf der rechten Brustseite die Zwiebeltürme der Basilius-Kathedrale auf dem Roten Platz. Das Werk eines wirklich guten Tattoo-Künstlers. Auf der linken Brustseite über dem Herzen eine Anordnung von Sternen, die wohl eine Rangbezeichnung der Organisation darstellt, in der dieser Tote zu Lebzeiten tätig war. Jana Davinek hält eines der Fotos auf Armlänge von sich weg. Der Körper mit seinen Tätowierungen wirkt jetzt wie ein Reisekoffer voller Aufkleber, der zeigen soll, wie weit man schon herumgekommen ist. Oder in diesem Fall heruntergekommen, denkt Jana Davinek. Sie nimmt noch einen Schluck Kaffee. Keinerlei äußere Verletzungen, kein Zeichen von Gewalteinwirkung, das ist seltsam. Seltsam, das war auch das Wort, das der Erste Kriminalhauptkommissar Jurgeleit gebraucht hatte, als er bei der Einsatzbesprechung heute Morgen die Aufgaben verteilte. Er hatte gesagt, dies sei „ein Sommer der seltsamen Fälle“ und das ist nicht einmal übertrieben. Besonders nervt der Fall des Blitzer-Schützen, der das Polizeipräsidium Bielefeld seit zwei Wochen auf Trab hält. Irgendein Unbekannter legt mit einem Präzisionsgewehr nachts auf Radaranlagen an und knipst sie aus. Er hat es vor allem auf die teuren Mehrphasen-Blitzer abgesehen, alle drei Anlagen auf dem Ostwestfalendamm sind mittlerweile außer Gefecht. Der Schaden beläuft sich bereits auf fast 50 000 Euro. Die Stadt, die auf die Einnahmen angewiesen ist, macht Druck auf die Polizei. Die Polizeipräsidentin ist aber vor allem sauer wegen der Häme von Boulevard- und Lokalpresse. Der Fall beginnt, auch überregional Aufmerksamkeit zu erregen. „Blitzer-Knipser hat wieder zugeschlagen!" titelte die Lokalausgabe der *BILD* vorgestern, nachdem der Schütze das dritte Mal auf dem Ostwestfalendamm seine Treffer gesetzt hatte. Der Artikel erging sich in süffisanten Spekulationen, ob man es bei dem Täter womöglich mit einem verhinderten Biathlon-Sportler zu tun habe. Schließlich müssten die ja auch immer Scheiben am Stück treffen. Ebenso hämisch die Kommentare im Netz. Auf Facebook hatte ein Spaßvogel einen Account unter dem Namen Vogelschützer eingestellt. Sein vor Ironie triefender Aufruf gipfelte darin, dass ein Allerweltsvogel wie der Star auf die Rote Liste der bedrohten Arten gehöre, da ja zurzeit seine Nistplätze, die Starenkästen, reihenweise hochgejagt würden. Gott sei Dank muss sich ihr Kollege, Kriminaloberkommissar Harald Vornholt, mit diesem Fall befassen. Wenn die Polizei in der öffentlichen Meinung am Nasenring durch die Arena geführt wird, dann steht man als Ermittler von verschiedenen Seiten unter Druck. Auch der dritte Fall ist seltsam, aber es ist immerhin ihr Fall und er bietet realistische Ermittlungsansätze. Militante Tierschützer sind Sonntagnacht in der Nähe von Werther in die Geflügelfarm eines Bauern eingedrungen, haben die Tore geöffnet und gut 2 000 halbwüchsige Puten befreit. An den Stallwänden haben sie ein paar Sprühparolen hinterlassen: „Tier-KZs jetzt auflösen!" und „Hier mästet ein Tierquäler!" Darunter ein leicht verwischtes Buchstabenkürzel, das man mit viel Fantasie als PETA entziffern könnte. Pech für die selbsternannten Befreier, dass nicht allzu weit von der Geflügelfarm eine viel befahrene Landstraße vorbeiführt. Morgens um 7:00 Uhr war die Polizei von Autofahrern alarmiert worden, dass sich Horden von Puten auf der Fahrbahn befinden würden, viele seien schon überfahren worden. Als sie mit zwei Streifenwagen eintrafen, herrschte völliges Chaos, die Straße war mit Federn und Blut bedeckt. Ein Viertel der Puten war tot, mit vereinten Kräften von Feuerwehr und Helfern des Bauern gelang es ihnen, einige hundert Puten wieder einzufangen. Der Rest trieb sich noch in den umliegenden Feldern herum. Wenn das der Zweck der Aktion war, hatten die Tierschützer ganze Arbeit geleistet. Jana Davinek muss die Fäuste ballen, wenn sie an die Selbstgerechtigkeit dieser Moralapostel denkt. Sie ist für morgen mit der PETA Lokalgruppe Bielefeld verabredet und wird ihnen ordentlich auf den Zahn fühlen. Sie schlürft den Rest aus dem Becher, erhebt und reckt sich, dehnt Rücken und Arme. Sie ist müde, aber wie ihre Mutter immer sagt: „Einmal gereckt ist zwei Stunden geschlafen."

In Olderdissen herrscht Ausnahmezustand. Sämtliche Zugänge und der Parkplatz sind weiträumig abgesperrt. Die leuchtenden Absperrbänder hängen schlapp zwischen Pfosten und Büschen. Verkehrspolizisten weisen alle Tierparkbesucher ab. Das Chaos ist vollständig, der Aufwand riesig. Wie große Stelzvögel durchschreiten die Beamten der Spurensicherung in ihren weißen Plastik-Overalls die Gehege. Die Polizei musste alle verfügbaren Leute herholen, auch aus umliegenden Kreisen wie Herford und Gütersloh. Im Wolfsgehege haben sie vorhin Teile eines zweiten Fußes sowie eines Beines gefunden, bei den Mardern Hände und Armteile. Auch bei Luchsen und Braunbären sind sie fündig geworden, die Spurensicherung vermutet Teile des Oberschenkels und des Torsos. Zusammen mit den Tierpflegern gehen einige Beamte die Gehege von anderen Fleischfressern ab, auch Greifvögel und Eulen werden nicht ausgespart, bei den Wildschweinen, Füchsen und Vielfraßen stoßen sie auf einige noch nicht identifizierbare Stücke Fleisch. Rischka schwitzt erbärmlich. Wie muss es erst den Leuten in den Overalls gehen, die sogar noch den Kopf in eine Plastikbedeckung zwängen müssen, denkt er. Das Ganze artet in eine ungeheure Fusselarbeit und Organisation aus. Luchse und Wölfe haben jeweils zweiteilige Gehege, da kann sich die Spurensicherung immer einen Teil vornehmen und jedes Blatt umdrehen. Bei den meisten anderen Tieren ist es ungleich schwieriger. Die Bären müssen bei der Hitze heute im Haus bleiben. Max, das Männchen, das von der Größe her eher einem Grizzly als einem Braunbären ähnelt, kann das nicht verstehen und stößt wütend gegen die Gitter. Andere Tiere, in deren Gehege sich die Leute von der Spurensicherung vortasten, flüchten panisch in eine Ecke. Es wird Tage brauchen, bis sie wieder beruhigt sind und ihren normalen Rhythmus aufnehmen, denkt Rischka. Er sieht den Overall-Stelzvögeln mit ihren Spurentütchen und Kühltaschen zu, in die sie jedes einzelne ihrer grausigen Fundstücke verstauen. Bewundernswert, diese Sorgfalt und Genauigkeit, aber danke nein, ich möchte das nicht machen. Dann lieber ab und zu eine Maus oder ein Kaninchen töten.

Für den Abend Punkt 18:00 Uhr hat der Erste Kriminalhauptkommissar Ulrich Jurgeleit erneut zu einer Einsatzbesprechung geladen, Anwesenheitspflicht für alle Kommissare sowie den Leiter der Spurensicherung. „Wir bilden eine Sonderkommission", beginnt er. Die Luft ist stickig in dem überfüllten Vortragsraum. „Sie bekommt die gesamte zweite Etage im Präsidium zur Verfügung gestellt. Die SoKo besteht aus unserer kompletten Mordkommission, außerdem haben mir die Kollegen aus Herford und Gütersloh dankenswerterweise jeweils zwei erfahrene Ermittler überlassen. Sie stoßen morgen dazu. Insgesamt sind wir damit 28 Leute, das dürfte vorerst genügen. Ach ja, Harald", er schaut Kriminaloberkommissar

Harald Vornholt an, „dich hätte ich auch gern dabei. Deine Fälle werden solange unsere Damen und Herren Jungkommissare übernehmen." Sein Blick streift Jana Davinek und den ebenfalls noch jungen Kollegen David Stranzl. „Da könnt ihr euch mal beweisen und in aller Ruhe und Sorgfalt ermitteln. Wir haben alle Hände voll zu tun, und das ist euer Vorteil. Es quatscht euch keiner rein." Jurgeleit lockert den Hemdkragen und nimmt einen Schluck Mineralwasser. Er schaut hinüber zum Leiter der Spurensicherung. „Eckart, was haben wir?" Eckart Peltzer steht auf und kommt nach vorn zu Jurgeleit. Er fährt sich mit einem Taschentuch über die Stirnglatze, rückt seine Lesebrille auf der Nase zurecht und schaut auf sein Klemmbrett mit den Notizen. „Viel haben wir nicht. Aber das, was wir haben, ist nicht uninteressant. Zur Identität können wir natürlich noch nichts sagen. Wenn wir von den gefundenen Beinteilen ausgehen, könnte es sich vermutlich um einen Mann handeln. Das schließen wir aus der feststellbaren Beinbehaarung. Zu Todes- und Ablagezeitpunkt etwas zu sagen, wäre reine Spekulation. Was aber wirklich auffällt, ist die Zerteilung der Leiche. Da hat einer nicht nur Extremitäten und den Kopf abgetrennt und verstreut, das Opfer wurde vielmehr regelrecht in kleinere Streifen geschnitten. Geschnetzeltes sozusagen. Wobei wir weder Teile des Kopfes noch des Unterleibs gefunden haben. So etwas kann man weder mit Äxten oder Messern noch mit einer Kettensäge erreichen. Das muss jemand mit einer Art Maschine gemacht haben." Harald Vornholt richtet sich kurz auf. „Was für eine Maschine?" Peltzer zuckt mit den Schultern: „Vielleicht eine landwirtschaftliche Maschine, ein Pflug, eine Egge oder so was. Aber wie gesagt, alles nur Vermutungen. Morgen kann ich vielleicht mehr sagen." „Eine Frage noch", sagt Vornholt, „kann man von den restlichen Fingern noch Abdrücke nehmen?" „Wir müssen sehen", Peltzer seufzt, „es sieht nicht so gut aus." Der Kriminalhauptkommissar möchte zu einem Abschluss kommen. „Leute, ich habe um halb acht eine Pressekonferenz zu geben. Hat jemand noch eine Frage?" Die Pressesprecherin Sabrina Lange meldet sich zu Wort: „Ich brauche eine offizielle Sprachregelung, wie wir mit diesem Fall gleich in der Konferenz an die Öffentlichkeit gehen. Wir werden ja wohl kaum Details nennen können." Jurgeleit schüttelt den Kopf: „Natürlich nicht. Es wird auf etwas wie ‚Zerstückelte Leiche auf dem Gelände des Tierparks Olderdissen gefunden' hinauslaufen. Das ist leider schon Sensation genug für die Meute. Viel mehr werden wir nicht sagen. Alles Weitere besprechen wir beide gleich." „Wie soll denn die SoKo überhaupt heißen?", ruft jemand in den allgemeinen Aufbruch hinein, „Tierfutter?" Unterschwelliges Gelächter. „Kommt Leute, jetzt nicht so'n Quatsch hier, dazu bin ich zu schlecht aufgelegt," Jurgeleit wirkt unwirsch, „die SoKo heißt Olderdissen und damit ist gut."

Jana Davinek mag Akten. Akten lesen, das ist wie im Café sitzen und die vorbeigehenden Leute beobachten. Im Vorbeiblättern erfährt man viel, wenn man die richtigen Schlüsse zieht. Sie hat sich gestern von den Kollegen der Schutzpolizei die Akte der PETA Gruppe Bielefeld geben lassen. Sie liest sich recht aufschlussreich. Die Anfänge sind geradezu rührend. „Kein Urlaubsort, wo Vogelmord." Mehr als 25 Jahre ist das her. Es begann mit Aktionen vor Reisebüros, wo verlangt wurde, keine Reisen mehr nach Italien oder Malta zu verkaufen, denn in diesen Ländern würden jedes Jahr Tausende von Singvögeln auf Leimruten gefangen und getötet, weil sie als Delikatesse gälten. Weil PETA die Kunden, die ins Reisebüro wollten, offensiv angegangen war, hatte ein Reisebüro Anzeige wegen Nötigung erstattet. Später ging es dann mit Blockadeaktionen vor Modegeschäften mit Pelzangebot weiter. In diesem Falle hatte es erstmals massivere Anzeigen wegen Sachbeschädigung und Körperverletzung gegeben. Bei einer dieser Aktionen war ein Aktivist in das Pelzgeschäft gelaufen und hatte mit einer Spraydose zwei Pelze besprüht. Im Anschluss war es zu einem Handgemenge mit einem Ladendetektiv gekommen. Danach war über Jahre hinweg Ruhe gewesen. Erst in jüngster Zeit trat die PETA Gruppe Bielefeld wieder verstärkt in Erscheinung – das aber mit ungleich größerer Vehemenz. Der Kollege der Schutzpolizei hatte Jana Davinek bei Aushändigung des Ordners noch ein paar wertvolle Hinweise gegeben. Die Gruppe schien seit Anfang des Jahres einen neuen Vorsitzenden zu haben. „Ein echter Troubleshooter", hatte der Kollege gesagt, „ein Hardcore-Aktivist vom Feinsten. Der Mann heißt Alain Weißenberg, ist Halbfranzose und radikaler Veganer. Mit ihm ging die Scheiße richtig los." Die Scheiße, das merkt Jana Davinek beim Aktenstudium rasch, besteht aus einer drastisch erhöhten Ansammlung von Ordnungswidrigkeiten und Straftaten. Im Anschluss an eine Demo in der Bielefelder Fußgängerzone im April dieses Jahres, wo sie ein Transparent mit der Aufschrift Trinkt keine Milch! entrollt hatten, zogen die PETA-Aktivisten unter der Führung von Weißenberg hinüber zur Lebensmittelabteilung von Karstadt und stellten sich vor den Kühlregalen und der Frischfleischtheke auf, um Kunden daran zu hindern, Milch- und Fleischprodukte zu kaufen. Der Karstadt-Hausdetektiv hatte die Polizei rufen müssen. Die Gruppe bekam Hausverbot und einen Platzverweis der Polizei. Eine halbe Stunde später hatte schon wieder ein Streifenwagen ausrücken müssen. Weißenberg und die PETA Gruppe waren einfach weiter gezogen zur Stapenhorststraße und hatten vor einem Fleischerfachgeschäft Stellung bezogen. Auch dort versperrten sie den Eingang und bepöbelten Kunden, die hinaus- oder hineinwollten. Schließlich war der Inhaber herausgekommen und hatte sie zur Rede gestellt. Minuten später war er mit Weißenberg aneinander geraten. Als die Streifenpolizisten eintrafen, bluteten beide Kontrahenten aus der Nase. Ein Polizist hatte sie trennen müssen. Als er Weißenberg zurückdrängte, hatte der ihn in die Hand gebissen. Weißenberg bekam eine Anzeige wegen Widerstands gegen die Staatsgewalt und Körperverletzung. Das Verfahren war jetzt im August noch anhängig. Wird vermutlich auf eine kleinere Geldstrafe hinauslaufen, denkt Jana Davinek und schaut sich das Foto an. Es zeigt einen jungen Mann mit einer dunklen, lockigen Haarmähne, der störrisch und selbstbewusst in die Kamera schaut. Er sieht nicht schlecht aus, findet sie, wahrscheinlich einer mit eingebauten Führungsqualitäten. Nach dem Biss hatten die Polizisten Weißenberg auf die Wache gebracht und seine DNA genommen. Gut so, auf so ein renitentes Früchtchen wie dieses muss man aufpassen.

„Moin Jana!" Vornholt betritt den Raum, wirft die aktuellen Ausgaben der *Neuen Westfälischen* und der *BILD* auf den Tisch, dann stellt er einen kleinen Teller mit einem Schinkenbrötchen vor sie hin. „Hoppla, womit hab ich das denn verdient?" Jana Davinek ist ehrlich verblüfft. „Zwei Gründe: Erstens sind wir heute auf allen lokal relevanten Titelseiten und zweitens ist heute vorerst mein letzter Tag bei dir, ich packe gleich einen Teil meines Krempels und ziehe hoch in den 2. Stock zu den Jungs und Mädels der SoKo." „Ach ja, hatte ich ganz vergessen." Vornholt schnappt sich seinen Becher und geht zur Kaffeeküche: „Soll ich dir einen mitbringen?" „Ja, mit Milch und einem Stück Zucker", ruft ihm Jana Davinek hinterher, dabei kennt er ihre Mischung genau. „Ich muss auch gleich los, die PETA-Leute vernehmen." Vornholt kommt zurück, die beiden Kaffeebecher balancierend. „Bist du eigentlich sauer, dass du nicht bei der SoKo dabei bist? Ich hätte es ja gut gefunden, aber Jurgeleit meinte, dass die anderen Fälle nicht vernachlässigt werden dürften." „Nee, gar nicht schlimm," sagt sie und meint es auch so, „ich bin in meinem Fall gerade gut drin, das will ich nicht abbrechen müssen." „Den Fall mit dem unbekannten Mafioso aus dem Mittellandkanal haben wir erst mal von der Backe", Vornholt nimmt vorsichtig den ersten Schluck. „Wir haben die Fotos an einige osteuropäische Dienststellen geschickt. Sollen die doch recherchieren, wem die Tattoos zuzuordnen sind und was sie zu bedeuten haben.

Den Radar-Knipser kannst du ruhig David überlassen, als Autofreak kniet er sich bestimmt richtig rein. Kümmer du dich mal um das Puten-Drama. Ich glaube, da bist du genau die Richtige." Vornholt lauscht seinen Worten nach und verfolgt ihre Gesichtsmimik und ihm dämmert langsam, dass sein Satz stark ins Missverständliche lappt. „Ach Jana, du weißt genau, was ich meine", er unterbricht sich grinsend, „obwohl ... ich wollte dir zuerst ein Brötchen mit Putenbrust holen!" Jana wirft ein Papierknäuel in seine Richtung. Kurze Zeit später bricht sie auf, Vornholt packt gerade seine Siebensachen in einen Karton. „So, ich fahre jetzt los. Wenn ich bei den PETA-Leuten war, fahre ich anschließend noch weiter zum Hofbesitzer Meyer zu Dreesgen." „Zu wem?" Vornholt ist mit seinem Kram beschäftigt und abgelenkt. „Na zu dem Geflügelzüchter Meyer zu Dreesgen, dem geschädigten Landwirt mit den Puten." „Ach so, ja klar", er winkt ihr nach. „Viel Glück."

Es geht schon auf zwei Uhr zu, als Jana Davinek mit ihrem Renault Mégane Richtung Werther fährt. Sie hat die Seitenfenster heruntergelassen, im Autoradio, das sie laut aufgedreht hat, läuft ein älterer Song von Coldplay. Die Befragung der PETA-Leute war insgesamt ein Flop gewesen. Alain Weißenberg hatte sie nicht angetroffen, dafür zwei jüngere Frauen, die sie misstrauisch musterten. Er sei seit Sonntag unterwegs, sagte eine von ihnen. Sie trug ein Piercing an der Oberlippe und im rechten Ohr mindestens fünf Ringe. „Aha unterwegs", Jana Davinek hatte sich ihren ironischen Unterton nicht verkneifen können, „womöglich zu weiteren ‚Befreiungsaktionen'?" Mit den Fingern hatte sie die Anführungsstriche um dieses Wort gestisch illustriert. Die andere hatte sich eingemischt, eine kleine Person, gerade mal ein Meter sechzig, schätzte Davinek. Sie hatte ihre rotblonden Haare straff zu einem Pferdeschwanz zurückgebürstet. „Er ist uns keine Rechenschaft schuldig und Ihren Sarkasmus können Sie sich schenken. Ihnen scheint es ja egal zu sein, wie Tiere in der

Massenhaltung leiden müssen, damit Sie sich billiges Putenfleisch aufs Brötchen klatschen können." Jana Davinek hatte kurz an das Brötchen-Intermezzo mit Harald Vornholt denken müssen. „Nein, das ist mir nicht egal. Genauso wenig übrigens, wenn aufgrund solcher Aktionen anschließend über 500 Tiere auf der Straße platt gewalzt werden." Noch während sie diesen Satz sprach, hatte sie sich schon geärgert. Über sich selbst. Nein, Vertrauen baut man so nicht auf. Sie hatte dann die Fotos von dem Stall herausgeholt, an dessen Wände die Parolen und das verwischte PETA-Signet gesprüht worden waren. „Das kann sonst was heißen", hatte die Kleine gesagt, „Peter zum Beispiel oder was weiß ich. Wir lassen uns hier nichts anhängen. Abgesehen davon, dass die Aussagen absolut richtig sind, beweist das gar nichts. Schauen Sie sich mal lieber den Stall an. Auf so einer Fläche halten diese landwirtschaftlichen KZ-Wächter Tausende von Tieren. Das ist das wahre Verbrechen!" Jana Davinek hatte beschlossen, sich nicht wieder zu provokanten Äußerungen hinreißen zu lassen. „Haben Sie wirklich nichts von Herrn Weißenberg gehört? Sie stehen doch bestimmt per Handy in Verbindung." „Nein, haben wir nicht." Die Kleine war jetzt wieder kurz angebunden gewesen, aber Jana war nicht ihr rascher Blick entgangen, den sie dem gepiercten Mädchen zuwarf. Die hatte auf den Boden geschaut und tief durchgeatmet. Da scheint sich jemand doch Sorgen um Monsieur Montblanc zu machen, hatte Jana Davinek gedacht und ihr Sarkasmus war wieder hochgekegelt wie ein Stehaufmännchen.

Die Einfahrt zum Hof von Meyer zu Dreesgen wird von ein paar mächtigen Rotbuchen gesäumt. Sie parkt ihren Renault neben einem staubigen Jeep. Auf dem Hof herrscht reger Betrieb. Ein blauer Traktor mit zwei leeren Hängern tuckert im Leerlauf vor sich hin. Weiter hinten lädt ein schlaksiger, dunkelblonder Junge mit einem Teleskoplader große Heuballen in die Scheune. Knapp 18 Jahre alt, schätzt Jana. In diesem Moment kommt ein Mann aus dem Haus, er schiebt sich gerade noch den letzten Rest eines Butterbrotes in den Mund, während er auf den Trecker zugeht. Olivfarbenes Polohemd, braune Cargohose und Gummistiefel, die Haare sind dunkel und sehr kurz geschnitten, an den Schläfen werden sie bereits grau. „Herr Meyer zu Dreesgen? Friedrich Meyer zu Dreesgen?“ Er schaut aufmerksam hoch. „Ja. Und Sie?“ „Kriminalpolizei, Davinek mein Name. Ich habe noch einige Fragen zum Einbruch vom Sonntag.“ „Aber höchstens fünf Minuten“, Meyer zu Dreesgen schaut auf die Uhr. „Zurzeit ist Ernte-Hochsaison, ich muss wieder rauf aufs Feld, der Korntank eines Mähdreschers reicht nicht ewig.“ Jana nickt. „Können Sie schon ungefähr sagen, wie hoch der Schaden ist?“ „Na ja, knapp 1300 Tiere haben wir wieder beisammen. In den letzten Tagen haben wir im Umfeld der Stallungen noch etwa 40 Jungputen einfangen können. Aber über 500 sind tot und über 150 streunen noch durch die Felder. Von denen dürften sich Füchse, Marder und Bussarde auch schon einige geholt haben. Dazu kommt die aufgebrochene Stalltür. Die Versicherung wird nicht zahlen, weil ich für das Gebäude noch keine Alarmanlage habe. Ich habe kürzlich erst in eine modernere Lüftung investiert. Aber warum fragen Sie, sind Sie im Auftrag der Versicherung hier?“ Er schaut sie prüfend an. „Nein, nein“, versichert Jana Davinek rasch. Der Junge steigt aus dem Teleskoplader und geht langsam zum Haus. „Marco,“ ruft der Bauer, „jetzt iss erst mal in Ruhe und dann kommst du mit dem kleinen Schlepper und einem Hänger aufs Feld.“ Der Junge hebt die Hand zum Zeichen, dass er verstanden hat und verschwindet im Haus. Die Kommissarin hakt nach: „Und Sie haben in der Nacht von Sonntag auf Montag nichts bemerkt? Ist Ihnen vielleicht in der Zeit vorher jemand aufgefallen, der sich sehr für Ihren Hof interessiert hat?“ Meyer zu Dreesgen winkt ab: „Die Puten-Stallungen sind 400 Meter weit weg, dort hinter der Kuppe. Nein, da haben wir nichts gehört. Wir haben geschlafen, schließlich waren wir Sonntag noch bis halb elf Abends auf den Feldern. Ich hab 90 Hektar Weizen und Roggen, die reif sind. Das muss innerhalb weniger Tage geerntet werden. Spätestens morgen Abend schlägt auch das Wetter um." Jana will gerade etwas fragen, da fällt dem Mann noch etwas ein:. „Vor drei Monaten hatten wir ein Flugblatt im Briefkasten. Irgendwelche Spinner haben da geschrieben, dass sie die Tier-KZs im Visier hätten, und wir uns vorsehen sollten." „Und da waren Sie nicht alarmiert?" „Nein, wir haben diesen Mist nicht weiter ernst genommen. Ich habe das Blatt gleich zerrissen und weg damit. Ich weiß auch nicht, was diese PETA-Idioten wollen. Die Besatzdichte in meinen Putenställen ist weitaus geringer, als es nach EU-Norm sein könnte. Wenn ich so einen Knaben auf frischer Tat ertappt hätte …" Jana Davinek unterbricht ihn: „Wieso Knabe?" Meyer zu Dreesgen lässt sich nicht irritieren. „Ich nehme doch mal an, dass es männliche Täter waren. Eine solche Stalltür lässt sich nicht mit einer Nagelfeile aufbrechen. Aber hören Sie, ich muss jetzt …" „Schon gut, wenn ich noch mal Fragen habe, komme ich auf Sie zu. Ebenso Sie auf mich, wenn Ihnen noch was einfällt." Sie verabschieden sich förmlich. Der Landwirt geht auf seinen Traktor zu, als er sich vor die Stirn schlägt und umkehrt. „Noch was vergessen", ruft er zu Jana Davinek hinüber und verschwindet ebenfalls im Haus. Sie geht langsam zu ihrem Renault und schaut sich noch ein wenig um. Solider Hof, maschinell gut ausgestattet, obwohl die Druscharbeiten auf den Feldern vermutlich von einem Lohnunternehmer übernommen werden. Links neben der Scheune, von ihrem Standpunkt eben aus gar nicht zu sehen, steht ein großer Feldhäcksler von Claas. Eine riesige Maschine, die Kommissarin ist beeindruckt. Saatengrün leuchtet sie im Sonnenlicht, der Schriftzug Claas setzt sich rot ab. Am Heck steht die Maschinenbezeichnung Jaguar 850. Der Name passt. Die Maschine sieht mit ihrem Maisgebiss wirklich wie eine Raubkatze aus. Sie sieht genauer hin. Das da vorn am Maisgebiss, sind das Rost-Sprenkel? Jana Davinek geht näher ran. Sie fährt mit dem Finger über einen der Flecken. Der ist plötzlich weg. Sie schaut ihren Finger an. Das ist doch Blut. Instinktiv greift sie in die Innentasche ihrer Jacke, holt Wattestäbchen und ein Plastiktütchen heraus. Sie schaut sich kurz um. Niemand zu sehen. Sie nimmt zwei Proben, versiegelt die Tütchen und steckt sie in die Jacke. An der zweiten Reihe des Maisgebisses befindet sich ein kleines Büschel dunkler Haare. Sie pflückt es ab und steckt es in ein anderes Tütchen. Ihr kleines Spurensicherungs-Set für die Jackentasche leistet gute Dienste. Sie funktioniert nur noch, arbeitet wie im Fieber. Hinter ihr ein Scharren. Sie dreht sich um, blickt in die Sonne. Direkt aus der Blendung saust etwas herab. Etwas aus Holz, sie meint fast, die Maserung zu erkennen. Dann ein fürchterlicher Schlag. Und dann nichts mehr.

Wie ein Lauffeuer ist die Nachricht in der SoKo herumgegangen. Die Leichenteile konnten zugeordnet werden, der Tote ist identifiziert. Jurgeleit hat gleich das ganze Team zusammengetrommelt. „Wir haben den Toten als einen gewissen Alain Weißenberg identifizieren können. Halbfranzose, ist seit Anfang des Jahres in Bielefeld gemeldet. Dass wir ihn überhaupt identifizieren konnten, liegt daran, dass wir seine DNA gespeichert hatten. Der Mann ist nämlich kein unbeschriebenes Blatt. Gegen ihn liegen Anzeigen wegen Beleidigung, Körperverletzung und Widerstands gegen die Staatsgewalt vor. Er ist vor allem als PETA-Aktivist in Erscheinung getreten." Harald Vornholt wird hellhörig. „Da klingelt was bei mir. Jana sitzt doch an diesem Fall mit den militanten Tierschützern, die da ein paar tausend Puten von einem Geflügelzüchter befreit haben. Sie ist gerade bei denen." Jurgeleit nickt. „Dann ruf sie mal an und teil ihr den neuesten Stand mit. Daraus ergeben sich vielleicht neue Ermittlungsansätze." Wieder zurück im Büro, ruft Vornholt sofort Jana auf dem Handy an. Nach dem zweiten Klingeln springt die Mailbox an, Vornholt bittet um sofortigen Rückruf bei Abhören dieser Nachricht. Gerade als er auflegt, klopft es an der Bürotür. Auf sein knappes Ja öffnet sich die Tür. Ein junger Mann schiebt sich schüchtern herein. Auf ihn trifft die typische Fahndungsformulierung „südländisch aussehender Typ“ voll zu. Er stellt sich in akzentfreiem Deutsch vor. „Mein Name ist Ferat Cengüz. Ich möchte eine Aussage zu dem Fall der Leiche in Olderdissen machen.“ Vornholt bietet ihm einen Stuhl an: „Bitte.“ Cengüz zieht den Reißverschluss seiner weißen Hood-Jacke auf und setzt sich. „Also, ich … das heißt, wir waren in der Nacht von Montag auf Dienstag auf dem Olderdissen Parkplatz.“ „Wer ist wir?“, unterbricht Vornholt und bereut es gleich. Lass ihn doch erst mal erzählen, ruft er sich innerlich zu. „Meine Freundin und ich“, Cengüz ist es sichtlich peinlich, „sie ist Deutsche, und meine Familie darf von unserer Beziehung nichts wissen.“ „Schon gut, erzählen Sie einfach weiter.“ Cengüz räuspert sich kurz. „Wir hatten unser Auto in einer Ecke des Platzes ziemlich versteckt geparkt. Es war so gegen viertel nach eins, da fuhr ein Jeep auf den Parkplatz. Ich glaube, es war ein Jeep, kein Range Rover oder so was. Dann stieg ein Mann aus und holte aus dem Kofferraum zwei Tragetaschen. Die müssen schwer gewesen sein, er musste alle 20 Meter absetzen. Dann ging er Richtung Tierpark. Wir haben uns nicht weiter darum gekümmert. Nach einer Viertelstunde kam er wieder und holte noch zwei Taschen. Das fanden wir schon ziemlich komisch. Aber wir hatten Wichtigeres zu tun, verstehen Sie?“ Er grinst schief. Vornholt versteht, sitzt aber ganz vorn auf der Stuhlkante. „Ihre Aussage könnte für uns sehr wichtig sein: Können Sie den Mann näher beschreiben? Oder sein Auto?“ Der junge Türke zuckt mit den Achseln. „Den Mann haben wir immer nur von hinten gesehen. Dem Gang nach war er nicht mehr ganz jung, aber das kann täuschen. Aber sonst … dunkle Kleidung, ein Basecap mit einem Schriftzug, den konnte ich aber aus der Entfernung nicht lesen.“ „Und dann?“ Mit Mühe kann Vornholt seine Ungeduld zügeln. „Als der dann mit seinem Jeep wegfuhr, konnten wir einen Teil des Kennzeichens sehen. Es war ein Gütersloher

Kennzeichen. Die Zahl am Ende war 2904. Ich weiß das noch genau, weil wir darüber sprachen, dass Lisa ... ähm, meine Freundin am gleichen Tag Geburtstag hat. Bei den Buchstaben dazwischen bin ich mir unsicher. Entweder MD oder MP, also eine dieser beiden Kombinationen." Vornholt greift zum Hörer: „Hallo Horst, Harald hier. Kannst du mir mal gerade eine Halterfeststellung machen? Das Kennzeichen ist Gütersloh – Martha Dora oder Martha Paula – 2904." Er schüttelt Ferat Cengüz die Hand. „Vielen Dank, dass Sie die Aussage gemacht haben. Sie kann uns unter Umständen ein großes Stück weiterbringen." Kaum ist Cengüz aus dem Büro, klingelt Vornholts Telefon. Horst ist dran.

„Also, eines der Kennzeichen lässt sich zuordnen. Martha Paula zwoneunnullvier ist aus dem Rennen. Der Toyota mit diesem Kennzeichen ist vor zwei Monaten abgemeldet worden. Aber Martha Dora zwoneunnullvier gehört zu einem Jeep und der wiederum gehört einem Landwirt aus Werther namens Meyer zu Dreesgen. Hilft Dir das weiter?" Vornholt sagt mechanisch „Danke" und legt auf. Er spürt, dass die Angst ihm wie eine schlaffe Hand den Nacken rauf und runter fährt. MD – Martha Dora. Oder Meyer zu Dreesgen. Jana wollte doch nach dem Besuch bei der PETA ... Instinktiv wählt er Janas Handynummer, wieder springt die Mailbox an. Vornholt löst Alarm aus.

Sie kann sich nur langsam durch den Dschungel bewegen. Die Beine sind schwer, als habe sie Klebstoff unter den Schuhen. Mit jedem Schritt bleibt immer mehr Material darunter hängen. Sie ist schon die letzte in der Expeditionsgruppe und fällt immer weiter zurück. Wartet doch mal, will sie rufen, doch auch die Zunge will ihr nicht gehorchen. Nur ein unartikulierter Laut kommt über ihre Lippen. Die Vorderleute hören es nicht. Hinter dem letzten schlagen die Zweige zusammen. Einer trifft sie mitten ins Gesicht. Vor Schmerz reißt Jana Davinek die Augen auf, dicht über ihr ein dunkelrotes

Schlackern. Sie kneift die Augen wieder zusammen, stellt die Blicke scharf. Das Dunkelrote ist der Kropf einer Pute, die gerade nach ihr gepickt hat, knapp neben ihre Augenpartie. Sie stöhnt, aber ihr Mund ist mit Klebeband verschlossen, Arme und Beine ebenfalls damit umwickelt. Sie bewegt ihren Kopf nur ganz leicht, aber schon flutet ein kaum auszuhaltender Schmerz ihre Stirnhöhle. Sie liegt mitten in einem Putenstall. Um sie dicht gedrängt die großen weißen Vögel mit ihren hässlichen Kröpfen. Es sind dieses Mal keine halbwüchsigen Jungputen, sondern fast ausgewachsene, gemästete Tiere. Sie liegt im Sägemehl und nimmt ihnen noch etwas von dem spärlichen Platz weg. Die Luft ist zum Schneiden, voller Sägemehlstaub. Jana Davinek läuft der Schweiß über die Stirn. Sie reibt die Stirn über das Sägemehl und sieht, dass es Blut ist. Die Puten kennen keine Scheu, neugierig picken sie an ihr herum. Ihr kommt der Verdacht, dass diese Puten womöglich ausgehungert sind. Statt Kraftfutter und Maiskörnern liege ich jetzt hier, denkt sie und muss die aufwallende Panik unterdrücken. Mit aller Kraftanstrengung hebt sie die gefesselten Beine und schwenkt sie hin und her. Die Puten weichen in einer wellenförmigen Bewegung aus. Jana Davinek versucht, sich aufzurichten, aber der Schmerz überschwemmt sofort wieder ihren Kopf. Für einen Moment glaubt sie, zwischen den permanenten Gackergeräuschen etwas zu hören. Es könnte ein Martinshorn sein. Aber das Geräusch wird wieder schwächer, erlischt. Sie lauscht angestrengt. Da ist es wieder. Nur ganz schwach und von ferne zu hören. Oder ist es eine Sinnestäuschung? Erschöpft legt Jana den Kopf ab. Die Puten rücken näher …

Eike Birck

Ein Mittwoch im April

26. April 1933
Der Spuk hatte nur knappe zwei Minuten gedauert. Taubeneigroße Hagelkörner hatten Dachziegel und Pflanzen zerschlagen. Und am Ende lag Hesselbrink tot am Boden. Rings um seinen Kopf hatte sich eine kleine Blutlache gebildet, die sich langsam hellrosa färbte und zäh in Richtung Rinnstein floss.

Edda Krämer bog gerade eilig um die Ecke. Der Hagel war in einen typisch ostwestfälischen Landregen übergegangen. Schützend hatte die 60-jährige Frau ihren Einkaufskorb über den Kopf gehoben. Als sie ihren Untermieter vor ihrer Haustür am Boden liegen sah, stieß sie einen spitzen Schrei aus. Der Korb fiel ihr aus der Hand, die Äpfel rollten in den Rinnstein und stauten das Wasser zu einer kleinen hellrosafarbenen Pfütze, die rasch größer wurde.

Für Ende April war es ungewöhnlich warm. Den ganzen Tag schon hatte die Hitze wie eine hermetisch abgeschlossene Glocke über der Stadt gelegen. Jetzt kam ein kräftiger Wind auf, einzelne Böen fegten durch die Straßen der Bielefelder Altstadt. Paul blickte zum Himmel. Binnen Sekunden hatten sich die einzelnen Wolken zu einer geschlossenen, tiefschwarzen Decke verdichtet. Die Luft war zum Schneiden. Paul hatte gerade ein Interview mit dem Ersten Vorsitzenden des Geflügelzüchterverbandes geführt, der ihm in epischer Breite die Vorzüge seiner neuesten Zuchthähne erörtert hatte. Innerlich hatte der junge Journalist geseufzt, denn für den Artikel hatte sein Chefredakteur ihm eine halbe Seite im Lokalteil zugesprochen. Seit Paul vor noch nicht einmal einer Woche bei Jürgen Fleischer in Ungnade gefallen war, bekam er nur noch die langweiligen Geschichten. Mit Grausen dachte Paul daran zurück, wie er über die Umbenennung des Bürgerparks in „Adolf-

Hitler-Park“ berichten sollte. Sein Chef hatte eine Jubelreportage anlässlich des Geburtstages des selbsternannten Führers erwartet und genau das hatte er nicht geliefert. Viel schlimmer noch war, dass während der Feierlichkeiten im Schutze der Nacht im Park ein Mensch ermordet worden war. Er und sein alter Schulfreund Andreas, der als Fotograf bei der *Westfälischen* arbeitete, waren am Tatort gewesen, hatten das Gesicht des Opfers aber nicht erkennen können. Tragischerweise hatte sich später herausgestellt, dass es sich bei dem Toten um einen sehr engen Freund von Andreas gehandelt hatte.

Paul schüttelte sich, als könne er damit die düsteren Gedanken vertreiben. Die ersten Regentropfen prallten hart auf das Pflaster. Nach einem Blick nach oben nahm Paul die Beine in die Hand und erreichte gerade noch rechtzeitig vor dem Hagelschauer das Portal der Altstädter Nicolaikirche, wo schon viele andere Bielefelder Schutz vor dem Unwetter gesucht hatten. Pfarrer Brinkötter lief umher, verteilte Handtücher und sprach den verängstigten Kindern Trost zu. Paul blickte sich um. Auf der hölzernen Kirchenbank saßen zwei leichtbekleidete junge Frauen und hielten sich an den Händen. Beide waren für die Tageszeit deutlich zu stark geschminkt. Offenbar Damen vom ältesten Gewerbe der Welt, überlegte der junge Journalist.

„Paul Heldt! Wir haben uns schon lange nicht mehr gesehen!“, rief der Pfarrer aus und reichte dem überraschten Paul ein Tuch.

Dankbar nahm er es entgegen. Der helle Anzug klebte an seinem Körper und ließ ihn noch schmächtiger erscheinen. Schuldbewusst mied er den Blick des Geistlichen. Das letzte Mal hatte er Brinkötter bei der Beerdigung seiner Eltern vor knapp einem Jahr gesehen.

„Geht es Ihnen gut?“ Der Pfarrer lächelte ihn aufmunternd an. „Sie sind so blass.“

Bevor Paul eine Erwiderung murmeln konnte, wurde die schwere Kirchentür aufgestoßen. Ein Trupp SA-Männer trampelte mit schweren Stiefeln in das Gotteshaus. Kurz entstand eine betretene Stille. Nur der Hagel prasselte weiter auf das Dach und sogar gegen die kleinen bunten Scheiben. Die Uniformierten standen tropfend im Eingangsportal. Brinkötter trat entschlossen auf die Gruppe zu. „Dieses Haus steht allen offen. Wir geben keine Seele verloren. Leider kann ich Ihnen keine Handtücher anbieten“, sagte er mit fester Stimme, in der jedoch kein Hauch von Bedauern mitschwang.

Einer der Männer, offenbar der Anführer trat drohend auf Brinkötter zu. Der wich keinen Schritt zurück. Der Mann in der schwarzen Uniform musterte ihn abschätzig von oben bis unten.

„Ihre Erlaubnis können Sie sich sonst wo hinstecken. Von einem Pfaffen lassen wir uns gar nichts sagen!“

Die Männer nickten zustimmend, und Brinkötter drehte sich wortlos um. Keiner der Anwesenden sagte ein Wort.

So schnell das Unwetter gekommen war, so unvermittelt stoppte der Hagel. Aufatmend strömten die Menschen in Richtung Ausgang. Vor der Kirche blickten sie fassungslos und stumm auf das Ausmaß der Verwüstung. Große Eisklumpen hatten sich zu ansehnlichen weißen Flächen zusammengeschlossen. Eine alte Eiche war umgestürzt, die einzelne Äste unter sich begrub. Die komplette Niedernstraße war mit zerbrochenen roten Ziegeln gepflastert. In der Ferne schrillte durchdringend eine Sirene. Feuerwehr oder Krankenwagen, überlegte Paul. Sanfter Regen setzte ein, der das Eis rasch schmelzen ließ.

Paul schüttelte die letzten Tropfen von seinem leichten Mantel, als er die Redaktion der *Westfälischen* betrat. Fast zeitgleich mit Andreas, der Paul beinahe umgerannt hätte.

„Sind sie hinter dir her?“, fragte Paul seinen alten Schulfreund amüsiert.

„Sehr witzig“, erwiderte Andreas. „Hilf mir lieber. Meine Kamera ist pitschnass geworden, aber ich habe sensationelle Aufnahmen von dem Unwetter gemacht. Wenn die es nicht auf die Titelseite schaffen, dann weiß ich es auch nicht. Gesetzt den Fall, der Regen hat sie nicht ruiniert."

Die beiden jungen Männer eilten in Richtung Herrentoilette, um zu retten, was zu retten war. Es stellte sich heraus, dass der Fotograf maßlos übertrieben hatte. Die lederne Schutzhülle hatte das Schlimmste verhindert. Während Andreas energisch mit allen verfügbaren Handtüchern seine Kamera trocknete, musterte Paul ihn verstohlen im Spiegel. Blonde Haare, tiefblaue Augen, ein athletischer Körper – das perfekte Bild von einem Arier, wie die neuen Machthaber es nannten. Und er hatte Schlag bei den Frauen. Eigentlich. Es kam ihm vor, als würde er Andreas schon sein ganzes Leben lang kennen. Aber was heißt kennen? Vor wenigen Tagen hatte Paul erfahren, dass sein Schulfreund eher eine Vorliebe für das männliche Geschlecht hatte. Paul weigerte sich, das Wort homosexuell oder schwul zu denken. Er brauchte dafür noch etwas Zeit. Tief in seinem Inneren schämte er sich dafür, dass er damit nicht unbefangen umgehen konnte.

Jetzt betrachtete er sich selbst im Spiegel. Der Pfarrer hatte Recht. Sein Gesicht wirkte im Kontrast zu den schwarzen Haaren sehr blass. Jody, das war Andreas' Freund, der ermordet worden war, hatte auf einer Feier offen mit ihm geflirtet und ihm Komplimente über seinen sensiblen Mund gemacht. Hätte er noch braune Augen – hatte Jody gesagt – dann sähe er aus wie Schneewittchens Bruder. Aber Pauls Augen waren blau.

„Paul! Ich rede mit dir." Andreas riss ihn aus seinen Überlegungen. „Spielst du ‚Wer ist die Schönste im ganzen Land?' Ich wusste gar nicht, dass du so eitel bist. Aber dann könntest du dir wirklich häufiger mal die Haare kämmen." Andreas deutete auf die Strähnen, die durch Wind und Regen nun hoffnungslos verstruppelt von seinem Kopf abstanden. Paul versuchte vergeblich sie glatt zu streichen. Er fühlte sich ertappt. Hatte Andreas seine Gedanken erraten?

„Ist deine Kamera wieder in Ordnung?", beeilte er sich zu sagen.

Andreas betrachtete sein Arbeitsgerät und strich beinahe zärtlich darüber. „Wird schon gehen. Komm, ich will gleich in die Dunkelkammer und den Film entwickeln."

Die beiden Journalisten verließen die Herrentoilette. Auf dem Gang zu den Redaktionsräumen begegneten sie ihrem Chefredakteur. Jürgen Fleischer nahm mit seiner massigen Statur beinahe die gesamte Breite des Flures ein. Eilig kam er auf sie zu.

„Ah, der Herr Fotograf. Sie habe ich gesucht", wandte er sich an Andreas. „Ich will, dass Sie sofort nach Sieker fahren. Hesselbrink ist tot. Was für eine Tragödie! Was für eine Verschwendung von Leben! Und das ausgerechnet heute, wo der Führer in München die Ehrenbürgerwürde verliehen bekommt. Nichtsdestotrotz brauchen wir Fotos für die morgige Titelseite."

„Aber ich wollte gerade in die Dunkelkammer. Ich habe großartige Aufnahmen von dem Unwetter gemacht und ich dachte ..."

„Das Denken überlassen Sie besser mir", schnitt der Chefredakteur ihm unwirsch das Wort ab. „Er starb direkt vor seiner Wohnung. Meine Sekretärin wird Ihnen die Adresse geben. Und Heldt, gehen Sie mir aus den Augen!"

Fleischer drehte sich auf dem Absatz um und eilte mit raumgreifenden Schritten davon.

Andreas und Paul sahen sich an. „Es sieht nicht so aus, als hätte er dir deinen Besinnungsaufsatz über die Umbenennung des Bürgerparks verziehen", sagte Andreas. „Und Heldt, Herrgott, es war der Geburtstag des Führers, und Sie kommen mir hier mit so einem Mist", imitierte der Fotograf ihren Chef.

„Erschreckend, wie gut du seinen Tonfall hinbekommst", kommentierte Paul Andreas' Parodie. „Und die Wortwahl", fügte er hinzu.

„Verdammt, ich wollt doch erst die Fotos entwickeln und nun muss ich raus bis nach Sieker. Hast du was zu tun oder willst du vielleicht mitkommen?"

Paul dachte kurz an den Stapel von Meldungen, den er nach Verwertbarkeit für die Zeitung sortieren sollte. Und an die fensterlose Kammer, in die Fleischer ihn verbannt hatte. Er nickte. „Warum nicht?! Dann lerne ich auch mal den Osten der Stadt etwas besser kennen."

Nachdem Fräulein Rehbein ihnen die Anschrift des Verstorbenen rausgesucht hatte, machten sich die beiden jungen Männer auf den Weg zur Straßenbahn. Die Linie 2 fuhr nach Sieker. Unterwegs fragte Paul: „Hesselbrink? Der Name kommt mir bekannt vor ..."

„Paul, man merkt, dass du zu lange in Berlin warst. Hesselbrink gehörte zur Führungsriege der NSDAP in Bielefeld. Ich kann nicht sagen, dass sein Tod mich besonders anrührt. Er war ganz vorne mit dabei, als die braune Fraktion nach den Kommunalwahlen im März ins Rathaus einzog. Die haben sich tatsächlich von der SA eskortieren lassen. Dass im Sitzungssaal eine große Hakenkreuzflagge aufgehängt wurde, soll übrigens auf Hesselbrinks Mist gewachsen sein."

„War das die Sitzung, auf der Bunte zum Vorsteher der Stadtverordnetenversammlung gewählt wurde?"

„Ganz genau. Woher weißt du das?"

„Das hat sogar in Berlin in der Zeitung gestanden. In dem Artikel stand auch, dass Bielefeld als erste deutsche Großstadt einen nationalsozialistischen Stadtverordnetenvorsteher hatte. Und schon 1930. Das hatte ich ganz vergessen."

„Nichts, worauf man stolz sein kann", warf Andreas ein.

„Du sagst es, kaum Großstadt und dann so was. Dann fiel mir auch wieder ein, wie sehr Vater sich darüber aufgeregt hat. Er konnte sich gar nicht mehr beruhigen."

„Und was hat deine Mutter dazu gesagt?"

„Du kanntest sie ja. Um Politik hat sie sich nicht geschert. Ihr Leben war die Musik. Sie hat nur gesagt, dass dieses braune Gebaren sich wohl kaum durchsetzen würde."

„Da hat sie sich offenbar getäuscht."

„Ganz offenbar", bestätigte Paul.

Die beiden Freunde schwiegen einen Moment. Ein jäher Schmerz überfiel Paul. Seit einem Jahr waren seine Eltern tot und immer wieder überrollte ihn unerwartet eine Welle der Trauer, wenn er an sie dachte. Andreas betrachtete ihn aufmerksam, war aber sensibel genug, seinen alten Schulfreund nicht darauf anzusprechen.

„Da kommt die Bahn." Er legte Paul freundschaftlich eine Hand auf die Schulter und drückte kurz zu. Die Bremsen knirschten auf den Schienen, als die Linie 2 zum Stillstand kam. Die beiden stiegen ein.

„Du warst noch nicht oft in Sieker?", fragte Andreas.

Paul schüttelte den Kopf. Zwar hatte er zu Schulzeiten Andreas ein paar Mal zu Hause in dem Viertel Königsbrügge besucht, aber weiter Richtung Osten war er nicht gekommen. Meist hatten sie sich bei Paul zu Hause getroffen, der mitten in der Stadt und ganz in der Nähe des Ratsgymnasiums wohnte. Andreas hatte sich im Gegensatz zu Paul ein Zimmer mit seinem Bruder teilen müssen. Die Wohnung war klein und recht dunkel gewesen. Außerdem mussten sie dort immer leise sein, wenn Andreas' Vater schlief, bevor er zur Spätschicht musste. Pauls Eltern waren oft gemeinsam auf Konzertreisen gewesen, und während dieser Zeit hatte sich die treue Haushälterin um Paul und seinen älteren Bruder Max gekümmert. Fräulein Lamm hatte schon immer eine Schwäche für Paul gehabt und ihn und Andreas nach Strich und Faden verwöhnt.

„Na, dann will ich dich mal ein wenig in Bielefelds Arbeiterhochburg herumführen", unterbrach Andreas Pauls gedanklichen Ausflug in die Vergangenheit.

„Warum hat Hesselbrink eigentlich in Sieker gewohnt?", fragte Paul.

„Das ist mir auch nicht so ganz klar. Als bekennender Nazi hat er zwischen all den Sozialdemokraten und Kommunisten oft Ärger gehabt. Ich hab mal gehört, dass er dort aufgewachsen ist und nicht eher ruhen wolle, bis das ganze rote Pack, wie er sich ausdrückte, aus Sieker verschwunden sei."

„Diesen glorreichen Kampf hat er wohl verloren", sagte Paul bissig.

„Nicht zu meinem Bedauern, wenn ich mich noch mal wiederholen darf. Hier müssen wir aussteigen."

Einige Querstraßen von der Straßenbahnhaltestelle entfernt sahen sie schon von Weitem eine Menschentraube. Die Polizei hatte den Eingang zu einem mehrstöckigen Mietshaus abgeriegelt. Der Asphalt war noch feucht von dem starken Regenguss, aber hinter den hellgrauen Wolken ließen sich schon wieder die ersten Sonnenstrahlen erahnen. Andreas und Paul blieben stehen und zündeten sich eine Zigarette an. In diesem Moment bog der schwarze Wagen eines Bestatters um die Ecke.

„Verdammt!", fluchte Andreas, warf die gerade erst angerauchte Zigarette in den Rinnstein und lief los, ohne auf Paul zu achten.

Paul schlenderte weiter und beobachtete, wie sich sein sonst so höflicher Freund mit den Ellenbogen einen Weg durch die Schaulustigen bahnte, um noch schnell eine Aufnahme von dem Toten zu machen. In diesem Moment beneidete Paul Andreas nicht um seinen Beruf. Genüsslich rauchte er zu Ende und betrachtete die versammelten Menschen. Einige sahen verstört aus, aber es überwog eine Stimmung der Schadenfreude. Unter einem Baum saß zusammengekauert eine ältere Dame, die sich mit der rechten Hand Luft zufächelte. Sie war kreidebleich und Paul fürchtete, dass sie jeden Moment in Ohnmacht fallen könnte. Nach kurzem Zögern ging er auf sie zu.

„Kann ich Ihnen helfen?", fragte er und kniete sich zu der Frau nieder, um in ihr Gesicht blicken zu können.

Sie hob kaum merklich den Kopf. „Wer sind Sie?"

„Mein Name ist Paul Heldt."

„Ach so", sagte sie, als wäre sein Name Erklärung genug.

„Brauchen Sie etwas? Vielleicht ein Glas Wasser? Ich könnte die Nachbarn fragen."

„Der arme Herr Hesselbrink", sagte sie schluchzend. „Das hat er nicht verdient."

„Kannten Sie ihn gut?"

Die Frau, Paul schätzte sie auf etwa 60, weinte weiter. „Er hat bei mir zur Untermiete gewohnt. Ich habe ihn gefunden. Und dann das ganze Blut. Das hat er nicht verdient." Sie vergrub ihr Gesicht in beiden Händen.

Weil Paul nicht wusste, was er sagen sollte, zog er ein sauberes Leinentaschentuch aus seiner Jacketttasche und gab es ihr. Sie zögerte kurz.

„Ihr gutes Taschentuch …"

Paul winkte ab. „Wie heißen Sie?"

„Edda Krämer", antwortete die ältere Frau und schnaubte geräuschvoll in Pauls Taschentuch.

„Sehr angenehm", entgegnete Paul höflich. „Frau Krämer …"

„Fräulein Krämer", verbesserte sie ihn rasch.

„Gut, Fräulein Krämer", sagte Paul geduldig, „meinen Sie, Sie können aufstehen, wenn ich Ihnen helfe? Es wird sicherlich am besten sein, wenn Sie sich in Ihrer Wohnung ein bisschen ausruhen."

Sie nickte schwach. Paul half ihr auf die Füße. Fräulein Krämer bedankte sich und ging mit wackeligen Schritten Richtung Haustür. Die Menge der Schaulustigen zerstreute sich allmählich. Andreas kam mit ernster Miene zurück.

„Es war Mord. Die Vermieterin hat ihn gefunden. Zuerst dachte sie, dass Hesselbrink vom Hagel oder einem herunterfallenden Dachziegel erschlagen worden ist. Aber der Gute hatte eine klaffende Schusswunde an der Schläfe."

„Das hast du fotografiert?", fragte Paul entsetzt.

„Wo denkst du hin? Die Leiche war natürlich abgedeckt. Ich habe mit der Polizei gesprochen, sie denken, dass untergetauchte Kommunisten dahinterstecken."

„Das ist ja auch schön einfach", ereiferte sich Paul. „Den Kommunisten kann man auch alles in die Schuhe schieben!"

„Ich denke an die Konsequenzen."

„Da hast du Recht", stimmte Paul ihm zu. „Wie nach dem Reichstagsbrand. Da war in Berlin die Hölle los. Hitler hat angedroht, dass jeder, der sich ihm in den Weg stellt, niedergemacht wird. Und alle kommunistischen Funktionäre wollte er erschießen lassen."

„Und bei der Drohung ist es vielfach nicht geblieben", sagte Andreas nachdenklich.

„‚Das Ende der Demokratie' wurde das hinter vorgehaltener Hand genannt."

„Ist schon ein verdammt schlechtes Zeichen, wenn man so etwas nicht mehr laut sagen darf. Es würde mich nicht wundern, wenn die Braunen Hesselbrink jetzt zu einem Märtyrer hochjubeln würden. Vielleicht schreibt Fleischer schon morgen in seinem Nachruf, er sei der beste Sohn der Stadt gewesen. Ein Blutzeuge der nationalsozialistischen Bewegung, oder so'n Schwachsinn. – Komm jetzt, Fleischer wartet auf die Fotos. Ich muss zurück in die Redaktion."

Dort angekommen machte sich Andreas sofort auf den Weg in die Dunkelkammer. Paul ging zu seinem düsteren Kämmerchen. Er schrieb einige uninspirierte Kurzmeldungen und einen Artikel über den neuen prächtigen Zuchthahn. Kurz vor fünf war er fertig damit, lieferte seine Berichte bei Fleischers Sekretärin ab und ging nach Hause in die Goldstraße.

Als er die Tür aufschloss, umfing ihn ein verführerischer Duft nach frischen Bratkartoffeln. Fräulein Lamm steckte kurz den Kopf aus der Küchentür.

„Ach, Sie sind schon da. Ich hatte noch nicht mit Ihnen gerechnet. Ihr Bruder kommt in etwa einer Stunde. Dann ist auch das Essen fertig. Mögen Sie noch etwas Kaffee? Ich habe gerade frischen aufgebrüht."

„Sehr gerne." Paul ging in die geräumige Küche und setzte

sich an den massiven Holztisch. In Windeseile hatte Lämmchen, wie die Brüder ihre Haushälterin liebevoll nannten, Paul den Kaffee serviert und hantierte wieder mit der gusseisernen Pfanne herum.

„Sie trinken ja gar nicht. Wo sind Sie wieder mit Ihren Gedanken?", fragte sie ihn nach einer Weile.

„Ach, ich muss an das arme Fräulein Krämer denken, die heute ihren Untermieter tot vor ihrer Haustür gefunden hat."

„Was?", rief Lämmchen entsetzt auf. „Edda Krämer? Die Vermieterin von Hesselbrink?"

„Ganz genau. Sind Sie befreundet?"

„Nein, befreundet sind wir nicht. Aber im Viertel kennt jeder jeden. Aber jetzt erzählen Sie mir bitte die ganze Geschichte."

Paul schämte sich kurz, weil er sich nie überlegt hatte, wo Lämmchen wohnte. In Sieker war sie also zu Hause. Dann kam er ihrer Bitte nach und schilderte die Ereignisse des Tages. „Und ich dachte, das arme Fräulein Krämer wird jeden Moment bewusstlos. Sie stand unter Schock. Der Tod ihres Mieters hat ihr sehr zugesetzt. Sie muss ihn sehr gemocht haben."

Die Haushälterin rührte energisch die Bratkartoffeln um und schwieg.

„Fräulein Lamm, was stimmt nicht mit Ihnen?!"

„Was soll mit mir nicht stimmen?", fragte sie schnell.

„Sie rühren die Bratkartoffeln nie um. Sie lassen sie sonst ganz in Ruhe braten, fast eine Stunde lang. Ab und zu rütteln Sie an der Pfanne. Also, was ist los?"

„Ihnen entgeht aber auch nichts." Paul sah ihr an, dass sie kurz vor einem Lächeln stand, das sie sich aber in Anbetracht der Situation nicht gestattete.

„Sie wissen, dass ich mich ungern am Tratsch beteilige ...", leitete sie ihre Erklärung ein, „aber ich muss mich sehr wundern, dass Fräulein Krämer der Tod von Herrn Hesselbrink so nahe geht. Im Viertel erzählt man sich, dass sie ihn erst im vergangenen Jahr vor den Kadi gezerrt hat."

Fräulein Lamm machte eine Pause.

„Weswegen?“, fragte Paul, der nun hellhörig wurde.

„Angeblich wegen ausstehender Mietschulden.“

„Und, war da was dran?“

„Er ist jedenfalls nicht verurteilt worden, aber …“

„Aber!“ Paul wurde ungeduldig.

„Das sind doch alles nur Gerüchte. Was man sich auf der Straße erzählt. Ich weiß nicht, ob das überhaupt stimmt.“

„Manchmal ist dort auch Feuer, wo Rauch ist“, erwiderte Paul.

„Da haben Sie nicht ganz Unrecht.“ Fräulein Lamm holte Luft. „Also, man erzählt sich, dass bei Herrn Hesselbrink Damen aus- und eingegangen sind.“

„Aber das ist doch nicht verboten.“

„Nicht solche Damen. Andere Damen …“ Fräulein Lamm stockte. „Leichte Mädchen eben“, fügte sie hastig hinzu.

„Und das hat Fräulein Krämer gestört?“

„Das. Und diese ewigen nächtlichen Versammlungen. Es hieß, dass sie sich darüber beschwert habe, dass sie nachts kein Auge mehr zutun könne, weil sich dauernd Hesselbrinks Parteifreunde bei ihm trafen. In ihrem Hause ginge es schlimmer zu als in einem Taubenschlag. Eigentlich hat sie ihm eher die Pest an den Hals gewünscht.“

„Merkwürdig“, sinnierte Paul. „Auf mich hat sie wirklich erschüttert gewirkt.“

„Die Bratkartoffeln!“, rief Fräulein Lamm aus, stürzte zum Herd, um die leicht angebrannten Scheiben mit einem Ruckeln an der Pfanne zu wenden.

Pünktlich um sechs kam Max vom Dienst zurück. Fräulein Lamm hatte im Esszimmer den Tisch gedeckt und trug das Essen auf. Danach verabschiedete sie sich von den Brüdern. Seit Paul vor knapp einem Monat zurück nach Bielefeld gekehrt war, wohnte er mit seinem älteren Bruder zusammen in der elterlichen Wohnung. Platz genug war da.

„Guten Appetit“, wünschte Max seinem Bruder und stutzte etwas, als er die angebrannten Kartoffeln sah.

„Nanu, das sieht Lämmchen gar nicht ähnlich.“

Paul erzählte ihm von dem Intermezzo in der Küche.

„Bin froh, dass das nicht mein Fall ist.“ Max war Kommissar bei der Bielefelder Polizei. „War natürlich Gesprächsthema Nummer eins heute im Präsidium. Ein Kollege kümmert sich um den Mord. Wenn du mich fragst, sieht das fast wie eine geplante Hinrichtung aus.“ Er nahm sich eine ordentliche Portion Kartoffeln und begann zu essen.

„Gibts denn einen Verdächtigen?“

„Ist aber nur für deine Ohren bestimmt. Davon will ich nichts in der Zeitung lesen.“

„Ehrenwort“, entgegnete Paul.

„Sind auf der Suche nach zwei Kommunisten. Natürlich im Untergrund, wird ja immer gefährlicher hier für politische Gegner. Heute Abend machen die Kollegen eine Razzia im Vereinslokal der Fichten. Es heißt, die Arbeitersportler unterstützen den Widerstand gegen die Nazis. Bin froh, dass ich nicht dabei sein muss. Kenne da bestimmt so einige von früher. Hoffentlich lassen sie die in Ruhe.“

„Du meinst, deine alten Freunde vom Fußball?“

Max schob sich eine Gabel in den Mund und brummte nur ein „Steht zu befürchten“.

„Aber sind in dem Sportverein nicht eher Sozialdemokraten?“

„Weißt doch, wie es ist“, sagte Max mit vollem Mund. „Für die sind das doch alles vaterlandslose Gesellen und Verräter.“

„Vielleicht wäre alles anders gekommen, wenn die Linken zusammengehalten hätten, statt sich zu bekämpfen.“

„Hätte, wenn und aber …“

„Ich weiß: hilft alles nicht weiter.“

„Genau!“

Plötzlich klingelte es an der Tür. Max blickte Paul fragend an.

„Ich erwarte niemanden", sagte der Jüngere, erhob sich aber, um die Tür zu öffnen.

Vor ihm stand Edda Krämer und hielt sein Taschentuch in der Hand. Gewaschen und gebügelt.

„Guten Abend. Entschuldigen Sie die Störung, aber ich wollte Ihnen nur das hier zurückbringen." Dabei hielt sie ihm das weiße Leinentuch entgegen.

„Kommen Sie doch rein."

Verschüchtert blickte Edda Krämer in den großzügigen Flur mit den schweren Teppichen und all den goldgerahmten Gemälden an den Wänden. Rasch schüttelte sie den Kopf.

„Sie waren heute so nett zu mir …" Dann brach sie in Tränen aus. Paul führte sie sanft an der Schulter ins Wohnzimmer und bot ihr einen Platz vor dem Kamin an. Kraftlos ließ sich die ältere Dame in den weichen Sessel fallen. Max hatte die Szene schweigend verfolgt und Paul fragte sich, ob die Besucherin seinen älteren Bruder überhaupt wahrgenommen hatte.

„Ist ja gut", sagte Paul und tätschelte ihr unbeholfen die Schulter. „So schlimm wird es schon nicht sein."

„Doch!", schluchzte Fräulein Krämer auf. „Es ist alles meine Schuld!"

Max wurde neugierig, erhob sich von seinem Stuhl. Seine Serviette rutschte langsam vom Schoß. Doch er hielt sich weiter im Hintergrund.

Paul war wegen des Ausbruchs so erstaunt, dass er kein Wort rausbrachte. Die Stille lastete schwer auf der schuldbeladenen Seele von Fräulein Krämer und löste ihre Zunge.

„Ich habe das nicht mehr ertragen. Immer diese SA, die Parteigenossen. Und wenn die nicht da waren, dann die ganzen Huren. Ich führe ein ordentliches Haus. Ich will so ein Pack nicht unter meinem Dach. Das ist doch verständlich, oder?"

„Ja, natürlich verstehe ich das", sagte Paul, der die Frau nicht noch weiter aufregen wollte. „Aber das ist doch kein Grund, sich schuldig zu fühlen."

„Ich wollte doch nur, dass er auszieht. Der Hugo sollte ihm ein bisschen drohen. Ihm Angst einjagen, verstehen Sie?", sagte Edda Krämer flehentlich.

„Offen gestanden nicht. Wer ist Hugo?"

„Hugo Hackbarth. Das ist der Zuhälter von der Evi."

„Evi?"

„Wie die weiter heißt, weiß ich nicht, aber das war eine, die immer ins Haus kam. Und wie liederlich die immer angezogen war." Fräulein Krämer verzog angewidert das Gesicht. „Jedenfalls habe ich dem Hugo erzählt, dass seine Evi jetzt die feste Freundin von Herrn Hesselbrink ist und dass sie sogar schon bei ihm eingezogen sei …"

„Was nicht stimmte?"

„Nein, das habe ich erfunden. Ich konnte doch nicht ahnen, dass der Hugo gleich durchdreht. Ich wusste auch nicht, dass er eine Pistole hat. Er ist gleich aufgesprungen und hat geschrien, dass er ihn umbringt. Ich dachte, der regt sich schon wieder ab, aber dann habe ich Herrn Hesselbrink vor meiner Haustür gefunden. Und das ganze Blut …"

Wieder fing sie an zu weinen. Paul saß still neben ihr. Langsam kam Max näher.

„Frau Edda Krämer …"

„Fräulein", herrschte sie ihn an.

„Das ist mir jetzt Wurscht! Edda Krämer, Sie sind verhaftet. Sie bleiben jetzt hier sitzen und warten, bis ich meinen Anruf erledigt habe. Ich muss dringend eine Razzia abblasen. Hoffentlich ist es noch nicht zu spät!"

Jörg Kleudgen und Uwe Voehl

Freddys Pasta Pinte

Das Erste, das ich bei meinem Eintritt bemerkte, war die rauchgeschwängerte Luft, die mir bereits nach dem zweiten Schritt in den Lungen kratzte. Das Zweite war die gewaltige Geräuschkulisse, die so gar nicht zu der besinnlichen Stimmung eines Heiligen Abends beitragen wollte. Das Dritte war die Auswahl der Gäste. Ich hatte den Eindruck, dass sich in dem Lokal der gesamte Bielefelder Sozial-Adel versammelt hatte, um Weihnachten zu feiern. Dazwischen lungerten noch einige jüngere Leute auf den Plätzen und vor der Theke herum. Langhaarige Led-Zeppelin-Typen mit ihren Bräuten, die direkt aus den 70-ern den Weg hierher gefunden hatten. Passend dazu dröhnte aus den Boxen Whole Lotta Love.

Ich wünschte mich weit weg von hier, aber ich hatte keine Wahl!

Freddys Pasta Pinte hieß der Schuppen. Wenigstens hatte das auf dem Schild über dem Eingang gestanden.

Am liebsten hätte ich auf dem Absatz kehrtgemacht, aber es gab gute Gründe, die mich hinein in die Spelunke trieben: Zum einen schneite es ganz fürchterlich, zweitens war ich völlig mittellos, denn es hatte jemand meine Tasche geklaut. Nicht einfach irgendeine Tasche, sondern eine sündhaft teure Aktentasche aus vegetabil gegerbtem Leder. Ich liebte sie mehr als alles andere, was ich besaß, und außerdem befanden sich in ihr meine gesamten Wertsachen: Vom Portemonnaie mit Ausweis und EC-Karte bis zum modernsten Handy.

Der dreiste Dieb war davongeeilt und in Freddys Pasta Pinte verschwunden. Ich hatte gerade noch seinen Schwanz erkannt, ehe sich die Tür hinter ihm geschlossen hatte. Der Jemand, der mich derart dreist beraubt hatte, war kein Mensch gewesen, sondern ein Affe. Natürlich hatte ich ihn verfolgt; über einen Kilometer weit war ich hinter ihm hergelaufen. Er war viel schneller als ich gewesen, zumal ich auf dem rutschigen Bürgersteig und den zugewehten Straßen in meinen Prada-Schuhen nicht besonders gut zu Fuß war. Ab und an hatte der Affe mich herankommen lassen. Er hatte auf mich gewartet, aberwitzige Sprünge veranstaltet, nur um jedes Mal im letzten Moment, bevor ich ihn erwischen konnte, wieder davonzueilen. Dabei stieß er quietschende Laute aus, die an ein höhnisches Gelächter erinnerten.

Einmal hatte ich ihn völlig aus den Augen verloren. Zum Glück war mir ein Passant entgegengekommen. „Haben Sie den Affen gesehen?"

„Einen Affen?" Der Mann schaute mich verständnislos an. Seine Brille war vom Atem beschlagen. Er trug eine Strickmütze und einen Mantel, und die Päckchen, die er auf dem Arm trug, wiesen darauf hin, dass er auf dem Weg zur Bescherung war.

„Ja, einen Affen. So einen kleinen, rotes, zotteliges Fell ..."

„Nein, ich habe keinen Affen gesehen. Wirklich nicht."

„Er trug eine Tasche bei sich."

„So so."

Ich hastete weiter und hörte ihn noch hinterher rufen: „Trotzdem Fröhliche Weihnachten."

Irgendwo auf der Jöllenbecker Straße sah ich den räuberischen Affen wieder. Er wartete, bis ich ihn beinah erreicht hatte und lief dann weiter.

Noch während ich ihn verfolgte, stellte sich mir ein Betrunkener in den Weg. Er trug einen blutigen Verband um die Stirn und lallte: „Alter, haste mal 'nen Euro?"

„Verpiss dich!" Ich drückte ihn zur Seite und lief weiter. Dieser Abschaum hatte selbst am Heiligen Abend nichts anderes zu tun, als Leute zu belästigen. Doch mitten im Lauf stoppte ich. Der Affe war erneut verschwunden. Ich blickte zurück. Der Penner stand unschlüssig in einer Lichtinsel, die die Straßenlaterne warf.

„Hast du den Affen gesehen?"

Er kam neugierig angehumpelt. Seine billigen Turnschuhe

waren vom Schnee durchnässt. Sein durchlöcherter Mantel Marke Mottenhotel umwehte ihn wie eine Vogelscheuche. Darunter trug er nur ein verblichenes T-Shirt. Merkte der Kerl nicht, wie kalt es war? Seine Alkoholfahne schlug mir entgegen. Uh, der merkte garantiert überhaupt nichts mehr. Unwillkürlich trat ich einen Schritt zurück, um mich nicht anzustecken. Man wusste ja, welche Krankheiten diese Leute verbreiteten.

„Was iss nu mit dem Euro?“ War der Typ hartnäckig!

Ich wühlte in meinen Taschen. Tatsächlich bekam ich ein Münzstück zu fassen! Ich hatte immer etwas Kleingeld für den Parkautomaten in der Tasche. Es war eine Euromünze.

Ich warf sie ihm zu. Geschickt fing er sie aus der Luft.

„Der Affe ist da hinten um die Ecke“, erklärte er und grinste breit, wobei er sein schadhaftes Gebiss entblößte.

Ich lief weiter, ohne mich zu bedanken. Dabei wurde mir bewusst, dass ich jetzt völlig blank war. Der Penner hatte mir den letzten Euro abgeluchst! Ich würde noch nicht mal in die Bahnhofstoilette kommen.

Um die Ecke führte mich in die Mellerstraße. Auf einem heruntergekommenen Gebäude stand was von Neuer Börse. Normalerweise interessieren mich Börsen – bei dieser jedoch schien es sich um eine Kneipe zu handeln. Die Mellerstraße erwies sich als ziemlich lang. Ab und zu glaubte ich vor mir etwas Rotes erkennen zu können, aber das Schneetreiben wurde dichter. Ich sah immer weniger. Das ganze Viertel wirkte vernachlässigt. Ich lief an einigen fabrikähnlichen Gebäuden, Wohncontainern und anonymen Mietshäusern entlang.

Schließlich hatte ich die Schmiedestraße erreicht. In letzter Sekunde sah ich, wie der rote Schwanz des Affen durch eine Tür huschte, als diese für einen Moment von innen geöffnet wurde. Freddys Pasta Pinte stand darüber. Einen Gasthof hätte man in dieser Ecke nicht vermutet. Überall nur graue Mietshäuser. Der Eingang der Pinte hob sich allein deshalb etwas ab, weil rote Vorhänge auf die Mauer gemalt waren. So als hätte ein abgehalfterter Bühnenbildner hier seinen letzten Versuch hinterlassen.

Jetzt saß der Affe in der Falle! Ich nahm die drei Stufen zum Eingang, öffnete die Tür – vorsichtig, damit er nicht etwa an mir vorbei wieder hinauslaufen konnte – und betrat die Höhle des Löwen. Eine lautere Geräuschkulisse war mir in meinem ganzen Leben nicht untergekommen. Wenn nicht Heiligabend gewesen wäre, hätte ich allein anhand des Lärms vermutet, dass sich hier die gesamte Fankurve von Arminia Bielefeld versammelt hätte – nach einem verlorenen Spiel. Grölend gesungene Weihnachtslieder schlugen mir ebenso entgegen wie Zigarettenqualm und Alkoholdunst. Dazwischen lag der Geruch von Pizza und anderen Speisen.

Auch wenn das Publikum sich hauptsächlich aus dem Pöbel der Straße zu rekrutieren schien, war doch offensichtlich, dass man hier zu feiern verstand. Ich verzog unwillkürlich das Gesicht. Das passte zu Bielefeld! Die Stadt war eine einzige Zumutung. Das Geschäft, weswegen ich hierher gereist war, war zwar gut verlaufen, aber das Volk, das sich auf der Straße herumtrieb, war mir zuwider. An jeder Ecke wurde ich angeschnorrt. Besonders schlimm war es in der so genannten Fußgängerzone, und es wurde schlimmer, je näher ich dem Bahnhof kam. Und dann noch der Affe! Eines stand fest: Wenn ich erst meine Tasche wieder hätte, würde ich Bielefeld so schnell wie möglich verlassen. Sehnsüchtig dachte ich an zu Hause, an mein luxuriöses Penthouse in Hamburg.

Niemand nahm Notiz von mir, bis ich aus dem Eingangsbereich trat und sich mir ein schwerer Arm um die Schultern legte.

„Na, Kumpel, haste dich auch hierher verirrt?“ Der Mann musste mich mit jemandem verwechseln. Ich kannte ihn nicht. Als er lautstark und ziemlich nah an meinem Ohr rülpste, schlug mir der Geruch billigen Fusels entgegen. Er überdeckte immerhin die Ausdünstungen mangelnder Hygiene, die ihn umgaben.

Ich kam nicht dazu, ihm zu antworten. Eine zweite Gestalt baute sich vor mir auf, ein ausgemergelter Typ. „Was suchste'n? Vielleicht können wir dir ja helfen?"

Er untermalte seine Worte mit raumgreifenden Handbewegungen. Seine Unterarme waren mit schlechten Tätowierungen versehen, wie man sie von Gefängnisinsassen oder Seeleuten kennt.

„Ich suche meine Aktentasche. Sie wurde mir von einem Affen gestohlen. Er ist eben hier reingelaufen."

„'n Affe?" Der Hagere zwinkerte seinem Kumpel zu. „Hier bei Freddy?"

„Ja, eben, ich bin gleich hinter ihm her. Er muss doch hier vorbeigekommen sein." Mir war bewusst, wie absurd das für jemanden klingen musste, der das Tier nicht gesehen hatte.

„Ach, mach dich mal locker!" Der Erste hatte seinen Arm zurückgezogen. Er stierte mich mit glasigem Blick an. „Deine Flasche wird schon wieder auftauchen, un wenn nich … hier haste 'ne neue!" Er hielt mir eine halbleere Bierflasche vor die Nase.

„Tasche", sagte ich reserviert. „Nicht Flasche." Verzweifelt versuchte ich, irgendwo den Affen ausfindig zu machen. Der Laden war so überschaubar, dass er nicht einfach verschwunden sein konnte, oder? Mein Mut sank.

„Hömma, wenn dir unser Bier nich schmeckt …", begehrte der Tätowierte auf. Dabei sah er verlangend auf meinen Wintermantel von Gucci, als würde er bereits Kopfrechnen, wie viele Dosen Bier er sich davon würde leisten können. Falls er überhaupt mit so hohen Zahlen rechnen konnte.

„Lasst den Mann in Ruhe!", unterbrach ihn eine weibliche Stimme. Ich drehte mich um und schluckte schwer, als ich sie sah. Sie erinnerte mich an ein Mädchen, das ich vor vielen Jahren gekannt hatte. Ich hatte mich nie getraut, sie anzusprechen, hatte immer nur aus der Ferne von ihr geschwärmt. Bis sie eines Tages fort gewesen war. In eine andere Stadt gezogen vermutlich. Ich hatte sie nie wieder gesehen. Nicht einmal ihren Namen hatte ich gekannt. Im Nachhinein hat sich das als gut herausgestellt.

Frauen kosten nämlich nur Geld. Vor allem, wenn sie sich erst mal bei dir eingenistet haben. Ich bin eingefleischter Junggeselle.

„Wenn Ihr anfangt, andere Gäste zu belästigen, lass ich Euch rausschmeißen!"

„Ach, Gina, wir ham das nich so gemeint!" Der Hagere nahm Abstand. Sein Kumpel hatte fluchtartig das Weite gesucht, als die Frau aufgetaucht war.

„Ich habe zufällig mitbekommen, worüber Sie gesprochen haben", sagte Gina. Nein, sie besaß eigentlich gar keine Ähnlichkeit mit dem Mädchen aus meiner Jugend. Nur ein bestimmter Zug um ihren Mund herum, immer dann, wenn sie lächelte, war mir sonderbar vertraut. Ich hatte sie bis jetzt für eine Bedienung gehalten, doch nun sah ich, dass sie Zigaretten verkaufte. „Sie haben von einem Affen geredet …"

„Ja!" Ich fasste Hoffnung. „Haben Sie ihn gesehen? Er hat meine Tasche geklaut!" Ich zählte auf, was sich alles darin befand: Mein Blackberry, mein MacBook Air, meine Porsche Design-Geldbörse mit sämtlichen Kreditkarten …

Sie winkte ab. „Ich bringe Sie zu Marlowski, der kann Ihnen sicher helfen."

„Marlowski?"

„Willi Marlowski. Er war bei der Kripo. Ermittler. Der hat Sachen wiedergefunden, bevor die Leute überhaupt gemerkt haben, dass sie weg waren." Ohne Widerspruch überhaupt zuzulassen, drehte sie sich um und bahnte sich einen Weg durch die gedrängt stehende Kundschaft.

„Ach so, wie heißen Sie eigentlich?", fragte sie, während sie sich zu mir umdrehte.

„Sager. Jan Sager."

Ich fragte sie nicht nach ihrem Namen, denn den kannte ich ja.

Marlowski saß allein in einer Ecke. Entweder, weil ihn keiner mochte, oder weil er das Klischee des einsamen Wolfs verkörpern wollte. Ich tippte auf Letzteres. Standesgemäß hatte er vor sich eine halbleere Flasche Bourbon platziert.

Das Zigarettenmädchen stellte mich kurz vor. Marlowski nickte mir äußerst knapp zu.

Markante Gesichtszüge, in denen sich Resignation und Hingabe begegneten und bei ihrem Zusammentreffen wie Stahl und Feuerstein wirkten. Dass er Alkoholiker war, sah ich seinen entzündeten Augen und zitternden Händen an. Sehr viel Hoffnung verbreitete er nicht. Erst als Gina ihm mein Problem schilderte, fand der Funke Nahrung.

„Klingt so, als hätten Sie'n echtes Problem", sagte er. „Ich hab das Biest zwar nich gesehn, aber wenns vorne reingekommen ist und Sie ihm gefolgt sind, kanns nur hinten wieder raus sein." Er sah sich um. „Die Küchentür war die letzten zehn Minuten geschlossen, die hatte ich die ganze Zeit im Blick. Kommen Sie mal mit!"

Ich bewunderte den detektivischen Scharfsinn, den der Mann an den Tag legte. Leider lag der Verdacht nahe, dass er schon bessere Tage gesehen hatte.

Marlowski kämpfte sich in den hinteren Bereich des Lokals vor. Ich nutzte die Bresche, die er hinterließ, kam dadurch aber leider in den vollen Genuss der Alkoholfahne, die hinter ihm herwehte.

Zielstrebig steuerte er eine Tür an; es handelte sich um die zur Toilette. Marlowski riss sie auf. Die Köpfe der Männer an den Stehbecken schnellten zu uns herum.

„Haben Sie einen Affen ...", legte ich los, doch Marlowski packte mich am Handgelenk.

„Lassen Sie mal, die war'n beschäftigt!" Er marschierte schnurstracks an der Reihe pinkelnder Männer vorbei zur letzten Kabine, deren Tür nur angelehnt war. „Da, das Fenster steht offen. Genau da ist er raus."

Leider war die Öffnung zu klein, als dass wir hätten hindurchklettern können.

„Hier gehts nicht weiter. Kommen Sie mit! Wo sind Sie ihm denn eigentlich begegnet?“, wollte er wissen.

„In der Nähe des Bahnhofs.“ Ich versuchte mir den merkwürdigen Namen der Straße ins Gedächtnis zurückzurufen. „Naharyastraße. Ich hatte heute Nachmittag noch einen geschäftlichen Termin in der Nähe.“

„Verstehe“, sagte er und kniff ein Auge zu.

„Die Naharyastraße ist als Straßenstrich bekannt“, erklärte Gina, die uns bis zur Toilette gefolgt war.

Empört widersprach ich. „Glauben Sie etwa, ich ...“ Mir fehlten die Worte.

„Erzählen Sie weiter“, bat Gina.

Es fiel mir schwer, mich von dem Anblick ihrer blauen Augen zu lösen. „Also, ich ... Jedenfalls, als ich mein Auto aufschloss, um mein Gepäck einzuladen, legte ich die Tasche auf dem Dach des Wagens ab. Plötzlich tauchte dieses Vieh auf, schnappte sich die Tasche und raste davon. Ich konnte nichts dagegen unternehmen.“

„Sie kriegen Ihre Tasche schon wieder, das garantiere ich Ihnen. Aber erst mal trinken Sie jetzt einen!“

„Wie sollte ich in dieser Situation ...“ Ich wollte protestieren, aber er schob mich auf einen gerade frei werdenden Stuhl. Unauffällig sah ich mich um. Die Gäste in Freddys Pasta Pinte feierten, als gebe es kein Morgen.

Unserem Tisch näherte sich eine Bedienung. Die Jagd nach dem Affen hatte mich verdammt hungrig gemacht. Aber war es nicht verrückt, dass ich hier saß, während das Tier über alle Berge war?

„So, die Herren, was darf ich denn bringen?“

Ich wollte den Mund öffnen und erwidern, dass ich keine Zeit habe. Aber Marlowski kam mir zuvor: „Also, ich nähme auch eine Kleinigkeit zu essen. Eine Pizza vielleicht ...“

„Natürlich, wie wäre es denn mit einer Pizza universale?“ Die Bedienung machte sich eine Notiz auf ihren Block. „Und Sie?“

Ich konnte es nicht erklären, aber die Stimmung um mich herum ließ mich leichtsinnig werden. Marlowski hatte mir versichert, ich würde meine Tasche wiederbekommen. Also konnte ich auch erst mal was essen.

„Die nehme ich auch!" Wie lange hatte ich keine anständige Pizza mehr gegessen? In den Sterne-Lokalen, die ich bevorzugte, gab es so etwas natürlich nicht. Ich wurde übermütig. „Dazu bitte einen Chianti! Und Sie, Marlowski? Ich lade Sie ein!"

Kaum hatte ich es ausgesprochen, tat es mir schon wieder leid. Großzügigkeit ist der Anfang aller Verschwendung. Und wohin Verschwendung letztendlich führte, sah ich um mich herum. Die Menschen pfiffen aus dem letzten Loch. Ohne ihren Stoff würden sie wahrscheinlich nicht auf den Tischen tanzen, sondern trübselig davor sitzen. Dann würde sich statt *Kreuzberger Nächte* Das Lied vom Tod aus den Lautsprechern quälen, und einige von ihnen würden sich heute, am Heiligen Abend, den Strick nehmen.

„Nee nee, is nich nötig!", warf der Kellner ein. „Heute ist doch Heiligabend! Da ist bei uns alles umsonst!"

Umsonst? Ich glaubte nicht recht gehört zu haben. In Bielefeld schien man verrückt zu sein. Aber gut, es kam mir zugute. Zumal in meiner augenblicklichen Situation. Ich bedauerte, nicht ein teures Steak bestellt zu haben. Aber es gab ja sicher noch einen zweiten Gang auf Kosten des Hauses.

Schneller als erwartet, brachte der Kellner zwei Krüge Bier.

„Aber ich habe Chianti bestellt!", protestierte ich.

„Ach, einem geschenkten Gaul, du weißt schon …" Marlowski riss dem Kellner die Krüge aus den Händen und reichte mir einen davon.

„Skol!" Er prostete mir zu. Seine Augen glitzerten schelmisch. Wenn ich wollte, dass er mir half, musste ich dieses Spiel wohl oder übel mitspielen und ebenfalls trinken.

Als ich den Krug mit dem schäumenden, schweren Bier abgesetzt hatte, trafen meine Augen zufällig die von Gina. Sie hatte mich die ganze Zeit beobachtet! Irgendwie wurde mir heiß. Ich nestelte an meiner Krawatte und lockerte sie.

Die Zigarettenverkäuferin war eine bildhübsche Frau. Im schummrigen Licht der Pinte hatte sie zuerst viel jünger gewirkt, aber sie war mindestens so alt wie ich. Nichtsdestotrotz fand ich sie äußerst attraktiv, sogar mehr noch als vorher. Sie lächelte auf eine ganz eigentümliche Weise, dass mir warm ums Herz wurde.

„Na, gib mal ne Packung Kippen, Gina!", forderte Marlowski. „Die gehen doch heut auch aufs Haus!" Sie reichte ihm eine Schachtel Godewind. Gabs die überhaupt noch? Zum ersten Mal schaute ich mir ihre Ware genauer an. Die meisten Marken waren mir fremd: Le Mans, Denver, Life, Fairwind …

„Und Sie?", fragte die Frau, während sie meinem neugewonnenen Freund das Päckchen reichte. „Welche Marke?"

„Ist egal." Ich versank in der unergründlichen See ihrer kornblumenblauen Augen. Eigentlich hatte ich ja vor 20 Jahren, nach dem Ende meiner Studienzeit, aufgehört zu rauchen und seitdem keine Zigarette mehr angefasst. Die Letzte war eine „Ernte 23" („Ende mit 23") gewesen. Im Gegensatz zu den Rauchergenerationen davor war uns bewusst, welchen Gefahren wir uns mit jeder weiteren Zigarette aussetzten. Rauchen war nachgewiesenermaßen ungesund, und seitdem man Raucher quasi per Gesetz aus der Öffentlichkeit verbannt hatte, lief die Versuchung, wieder damit anzufangen, mathematisch gesehen gegen Null.

„So, jetzt sollten wir uns aber langsam auf die Socken machen", sagte Marlowski endlich nach dem dritten oder vierten Bier und der Pizza universale.

Die hatte übrigens außergewöhnlich gut geschmeckt.

Er schob mich vor sich her nach draußen. Ich hatte plötzlich wenig Lust, die anheimelnde Wärme der Pinte zu verlassen. Und da war ja auch noch Gina …

„Können Sie die Tasche nicht allein wiederbesorgen?" In

den Krimis, die ich kannte, machten sich die Detektive ja auch nicht gemeinsam mit den Opfern auf die Suche nach dem Täter. „Schließlich bezahle ich Sie ja."

Er drehte sich um und grinste mich breit an. „Womit?"

Ich hatte verstanden.

Als wir vor Freddys Pinte traten, traf mich die Kälte wie ein Schlag ins Gesicht. Hatte ich bislang noch über den unvermindert dicht fallenden Schnee geschimpft, so kam er uns nun zugute. Deutlich zeichneten sich darin die kleinen Affenpfoten ab, und auch die Schleifspur meiner Tasche, die das kleine Biest hinter sich her zog. Ich atmete erleichtert auf. Der Affe hatte sie also nicht unterwegs versteckt oder weggeworfen.

„Er ist da lang!", rief ich, doch Marlowski hatte die Verfolgung schon aufgenommen. Er bewegte sich mit einer Geschicklichkeit, die man ihm aufgrund seines Alters und seiner Statur im ersten Moment gar nicht zugetraut hätte.

Marlowski grinste. „Hier isser abgebogen. Scheints eilig gehabt zu haben!"

Die Straßen wurden immer verwinkelter. Sie trugen seltsame Namen wie Weihnachtswinkel, Platz zum mildtätigen Hirten, Mildtätigkeitsstraße oder Christenpflichtsgasse.

„In diesem Viertel wohnen wohl ziemlich fromme Menschen, was?" Ich konnte mir ein überhebliches Grinsen nicht verkneifen. Mildtätigkeit war der Beginn, sein eigenes Vermögen zu verprassen. Genauso gut konnte man das Geld auch verbrennen. Und mit Christenpflicht hatte ich eh noch nie was am Hut gehabt.

Humbug, dieses Weihnachten!

„Ne, hier wohnen ganz normale Leute wie du und ich." Wollte er mich auf den Arm nehmen?

Im Vorbeigehen schaute ich in einige der Fenster. Alle waren sie anheimelnd erleuchtet. Ich sah eine Familie einträchtig am Küchentisch sitzen. Hinter einem anderen Fenster hockte ein altes Ehepaar auf einer Couch. Er hatte den Arm um sie gelegt, und beide schienen mit sich im Reinen zu sein.

Vielleicht lauschten sie auch einer Radiosendung. Ziemlich altmodisch!

Na, wartet mal alle bis heute Abend!, dachte ich griesgrämig. Dann werden die Blagen aufsässig, weil sie nicht das bekommen haben, was sie wollten. Und es geht der Streit um das Fernsehprogramm los …

Trotzdem … der Anblick des alten Paares ging mir nicht aus dem Kopf. Ich konnte mir nicht vorstellen, dass die beiden miteinander stritten.

„Komm, ich hab 'ne Ahnung, wo wir ihn finden!" Marlowski riss mich aus meinen Gedanken und wechselte unvermittelt ins vertrauliche Du. Mir war alles egal, solange er mir nur half, mein Hab und Gut zurückzubekommen. Außerdem schweißte dieses absurde Abenteuer irgendwie zusammen. An diesem Heiligabend gemeinsam durch den Schnee zu stapfen und einen Affen durch Bielefeld zu jagen, hatte schon etwas ausgesprochen Bizarres.

Vor uns klaffte zwischen zwei grauen Häusern eine schmale Gasse. Sie war so schmal, dass zwei Leute nicht nebeneinander gehen konnten, und so dunkel, dass ich zögerte. Wusste ich, ob ich Marlowski überhaupt trauen konnte? Andererseits besaß ich nichts mehr außer dem, was ich am Körper trug. Und dass er es auf meine Schuhe abgesehen hatte, um sie zu verhökern, traute ich ihm nun wirklich nicht zu.

Mein Blick fiel auf das Straßenschild: Arm-Sünderlein-Gasse stand in abblätternden Buchstaben auf dem verrosteten Schild.

„Müssen wir da wirklich lang?" Ich hatte ein mulmiges Gefühl.

„Wir können auch den Büßergang nehmen oder den Siechensteig, iss egal. In dem Viertel hier wohnen die ärmsten Schweine. Kranke, Junkies, abgehalfterte Huren, lauter Selbstmordkandidaten. Die meisten trauen sich nicht mehr aus ihren Häusern raus. Oder können nicht mehr. Noch nicht mal zu Freddy."

Der Weg durch die Gasse schlug mir aufs Gemüt. Die meisten Fenster waren verdunkelt. Hinter zerbrochenen Scheiben zeigten sich ab und zu ausgemergelte Gesichter. Einmal sah ich kurz eine junge Mutter. Während sie sich eine Spritze setzte, hing ihr Kind an ihrer ausgemergelten, schlaffen Brust.

Ich atmete auf, als wir die Gasse endlich hinter uns gelassen hatten.

„Da, guck!"

Wir waren an einem Platz angekommen. Er wirkte nicht sehr einladend. Überall lag Müll herum. Den meisten Unrat verdeckte gnädigerweise der Schnee. Ein paar schräge Gestalten hatten sich um ein brennendes Ölfass versammelt und wärmten sich die Hände. Ein streunender Köter, unter dessen räudigem Fell sich die Knochen abzeichneten, kläffte uns an.

„Sollten wir nicht ..."

Einer der Bettler kam auf uns zugehumpelt. Er trug einen blutigen Verband um die Stirn. Als er mich sah, strahlte er und zeigte sein lückenhaftes Gebiss. Ich erkannte ihn wieder. Ihm hatte ich meinen letzten Euro geschenkt.

„Na, haste deinen Affen gefunden?", lallte er. In der Linken schwenkte er eine Wippermann-Flasche. Er hielt sie mir hin. „Willste auch ma? Iss ja schließlich Weihnachten. Das Fest der Liebe!"

Normalerweise hätte ich mir Gedanken gemacht, mit welchen Bazillen er die Flaschenöffnung bereits verseucht hatte. Erst jetzt merkte ich, wie kalt mir war. Seit meinem Gang durch die Arm-Sünderlein-Gasse hatte ich einen Eisklumpen im Bauch. Ich nahm die Flasche, bedankte mich und nahm einen tiefen Schluck des billigen Fusels. Danach war mir wärmer.

Plötzlich vernahm ich ein knatterndes Motorengeräusch. Ein altertümliches TEMPO-Dreirad kam angeknattert und hielt vor dem Platz. Die Penner jubelten. Aus den umliegenden Gassen kamen ausgemergelte Gestalten angeschlichen. Einige humpelten oder bewegten sich auf Krücken und im Rollstuhl fort.

„Wo sind wir hier gelandet?“, fragte ich.

„Hier stranden die Leute, die durch unser Sozialnetz gefallen sind. Manche von ihnen sind erst seit wenigen Jahren arbeitslos und trotzdem schon am Ende. Das haben sie rücksichtslosen Geschäftemachern zu verdanken.“ Er wies auf einen Mann mit schlohweißen schulterlangen Haaren. „Erwin ist erst 54. Hat sein ganzes Leben lang im Stahlwerk malocht. War einer der Besten. Vor vier Jahren haben sie seine Stelle wegrationalisiert. Erst arbeitslos, dann Hartz IV, Frau an Krebs gestorben, Wohnung weg, jetzt ist er hier gelandet ...“ Ich sah, wie aus dem TEMPO ein ziemlich unangenehmer Genosse ausstieg. Er trug einen schwarzen Fellmantel, in dem er ganz bestimmt nicht fror, und qualmte eine teure Zigarre.

„Das ist Erwin Krampus, der schlimmste Wucherer weit und breit. Eigentlich macht er in Kohle und Heizöl, aber ansonsten handelt er mit allem, was nicht weglaufen kann. Na, wenigstens versorgt er die Leute hier an Weihnachten. Er weiß schon, weswegen ... das beruhigt sein schlechtes Gewissen.“ Er boxte mir in die Seite.

„Krampus.“ Ich schluckte. Erwin Krampus hatte ich erst am Nachmittag getroffen. Ich hatte ein Bombengeschäft mit ihm abgeschlossen. Liquidation einer großen Firma mit zahlreichen Angestellten. Für uns beide eine Win-Win-Situation. Die Angestellten würden die Nachricht von ihrer Entlassung wahrscheinlich am nächsten Morgen im Radio hören.

Krampus stieg auf die Ladefläche seines Lieferwagens und warf die darauf liegenden Pakete in die jubelnde Menge. Ab und zu waren auch ein paar Säckchen darunter.

„Was ist in den Säcken?“, fragte ich neugierig.

„Kohle, was sonst! Weißt du, wie kalt so ein ungeheiztes Zimmer sein kann, wenn es draußen unter null ist?“

Nein, das wusste ich nicht. Meine Fußbodenheizung sorgte dafür, dass meine Hamburger Wohnung stets wohltemperiert war.

Plötzlich erblickte ich ein rotes Fellbündel auf einem der

kahlen Bäume, die den Platz umsäumten. Ein Hund stand unter dem Baum und kläffte wie verrückt.

„Der Affe!“, schrie ich.

Marlowski blieb bemerkenswert ruhig. „Ach ja, der Affe.“

Er griff in seine Manteltasche und holte ein paar Erdnüsse daraus hervor. Danach vollführte er mit den Lippen ein paar schmatzende Laute, als habe er sein Leben lang nichts anderes getan.

„Machen Sie so was öfters?“

„Na ja ...“ Marlowski zwinkerte mir zu. „Wenn du so ein Tier hast ... Affen sind nun mal sehr gefräßig.“

„Moment mal! Wollen Sie mir damit sagen, der Affe gehört Ihnen?“ Ich fand, dass ich das Recht hatte, empört zu sein. Hätte er das nicht gleich sagen können?

„Klar, deshalb hat Gina Sie doch zu mir gebracht.“

„Die Zigarettenverkäuferin?“

Marlowski nickte. Mittlerweile war der Affe bis auf einen Meter herangekommen. Der Hund hatte sich verzogen. Wahrscheinlich wusste er mit dem Affen nicht so recht etwas anzufangen. Blitzschnell lief der Affe auf Marlowski zu, kletterte an seiner Kleidung hoch und hockte schließlich auf seiner Schulter. Marlowski belohnte ihn mit einer Erdnuss, die der Affe mit seinen Klauen geschickt knackte.

„Darf ich vorstellen: Das ist Freddy!“

Freddy? Nach einem Freddy war doch auch die Pinte benannt.

„Und was ist jetzt mit meiner Tasche? Hängt sie vielleicht oben im Baum?“

„Nee...“ Marlowski deutete hinter sich, wo Erwin Krampus sich anschickte, wieder in seinen Wagen zu steigen. Bevor er Gas gab und davonraste, kurbelte er die Scheibe runter und warf etwas heraus, was im Schnee liegen blieb.

„Meine Tasche!“ Ich nahm die Beine in die Hand und raste zu der Stelle. Ich hatte Angst, dass einer der Obdachlosen und Bettler sie mir wegschnappen würde. Aber die meisten hatten sich bereits wieder abgewandt und trugen ihre Pakete nach Hause. Sie hatten offensichtlich genug eingesackt.

Ich hob die Tasche hoch. Gottlob, sie wies keinerlei Kratzer auf! Allerdings war sie bemerkenswert leicht. Als ich hineinschaute, befanden sich nur meine Schlüssel und meine Ausweise darin. Die sündhaft teure Geldbörse, die Scheckkarten, das Handy, das MacBook Air – alles weg!

Am liebsten hätte ich losgeheult. Dann packte mich die Wut. Marlowski, der Affe und Krampus steckten unter einer Decke!

Marlowski war mittlerweile herangekommen. Er legte seinen Arm um meine Schulter. „Das feiern wir jetzt erst einmal. Komm mit zu Freddy!“ Trieb ihn etwa sein schlechtes Gewissen, weil er sein Haustier so wenig unter Kontrolle hatte?

„Aber ich muss heute weiter, ich …“

„Bei dem Wetter willst du weiterfahren?“ Er bedachte mich mit einem mitleidigen Blick. „Warte wenigstens, bis der Räumdienst das Gröbste beiseitegeschoben hat!“

Ich zweifelte daran, dass überhaupt ein Räumdienst fuhr. Feierten nicht in dieser Nacht auch die Beschäftigten der Straßenreinigung?

Im Grunde hatte Marlowski ja Recht. Es wäre Wahnsinn, bei diesem Wetter nach Hamburg zu fahren. Bestenfalls kam ich ohne schlimmeren Unfall weit nach Mitternacht zu Hause an.

„Oder wartet etwa deine Braut auf dich?“

„Nein“, erklärte ich. „Ich bin Junggeselle.“

Er klopfte mir johlend auf die Schulter. „Das bin ich auch, Kumpel. Aber deswegen bleibt mein Bett nicht kalt. Vor allen Dingen heute nicht, am Heiligen Abend.“ Fast mitleidig sah er mich an. „Ist da denn wirklich niemand? Vermisst du denn nichts?“

„Doch“, gab ich ehrlich zu. „Über Weihnachten schließen die Börsen. Ich liebe es, stündlich den Kurs meiner Aktien zu überprüfen. Vor allem, wenn sie steigen, und das tun sie meistens.“

„Aktien? Die kenn ich nur aus'm Fernsehen. Aber wenn du meinst, dass die dir das Bett wärmen …"

Mit sanfter Gewalt schob mich Marlowski vorwärts, bis wir schließlich erneut vor Freddys Pasta Pinte standen. Im Lokal selbst war die Stimmung inzwischen noch ausgelassener. Auf zwei Tischen tanzten mehrere Personen in sichtlich alkoholisiertem Zustand zu Peter Alexanders *Die kleine Kneipe*. Andere grölten irgendwelche Weihnachtslieder. Das Wichtigste aber war, dass Gina noch genau an demselben Platz wie zuvor stand. So als hätte sie auf mich gewartet. Als sie mich sah, kam sie auf mich zu und hauchte mir einen Kuss auf die Wange.

„Danke!", sagte sie.

„Danke? Wofür?" Ich begriff noch immer nichts.

Marlowski grinste mir zu. Von irgendwoher hatte er zwei vollgefüllte Bierkrüge organisiert. „Jetzt wird richtig gefeiert, mein junger Freund! Lasst es krachen!"

Jubel brandete auf, ich fühlte mich hochgehoben und mitgezogen.

Und plötzlich begriff ich: Ich war einer von ihnen!

Ich erwachte auf einer Bank in der Bahnhofshalle. Keine Ahnung, wie ich dorthin gekommen war. Die große Bahnhofsuhr zeigte halb acht. Es war noch kaum Betrieb. Ich ließ meine Blicke schweifen. Wo war Marlowski? Und Gina? Wir hatten die ganze Nacht gefeiert. Das Letzte, an das ich mich erinnerte, war, dass wir alle nach draußen gestürmt waren und eine Schneeballschlacht veranstaltet hatten. Gina hatte sich von hinten herangeschlichen und mir Schnee in den Nacken gepustet. Und dann hatte ich sie genommen und …

„Sie? Ich kenne Sie doch! Suchen Sie immer noch Ihren Affen?"

Ich schaute auf und erkannte den Mann mit den Paketen, bei dem ich mich am Vortag erkundigt hatte, ob er den Affen gesehen hatte. Er trug jetzt Uniform und war augenscheinlich Bahnhofspolizist.

„Nein, ich …" Vielleicht konnte er mir ja diesmal weiterhelfen. „Ich suche Freddys Pasta Pinte." Ich erklärte ihm ungefähr die Richtung.

„Freddys Pasta Pinte? Sind Sie sicher, dass Sie nicht Ferdis Pizza Pinte meinen?"

„Totsicher." Immerhin hatte ich das Schild über dem Eingang genau studiert.

„Das ist nicht Ihr Ernst!"

„Es ist mein voller Ernst!" Verärgert wollte ich mich abwenden. Mit diesem Idioten verschwendete ich doch nur meine Zeit. Wahrscheinlich hatte ich ihn zu wichtig genommen.

Doch er hielt mich am Arm fest. „Ich weiß nicht, wer Sie da hinbestellt hat, aber derjenige hat Sie veralbert. Kennen Sie die Geschichte denn nicht?"

Ich schüttelte ratlos den Kopf.

„Es ist eine dieser modernen Legenden, Sie wissen schon, wie die vom Krokodil in der Kanalisation oder dem Mann, der tagelang tot an seinem Büroschreibtisch saß, ohne dass es seinen Kollegen auffiel. Genauso heißt es, dass einmal im Jahr eine Kneipe aus dem Nichts auftaucht, eben besagte Freddys Pasta Pinte, und sich dort die Armen und Obdachlosen satt essen und volllaufen lassen können."

„Ein Märchen also?"

„Eine sehr schöne Legende. Passt doch irgendwie zur Jahreszeit, oder? Fröhliche Weihnachten."

Die Armen und Obdachlosen … in dem Moment, da ich dem Affen gefolgt war, war ich tatsächlich beides gewesen. Ich hatte wortwörtlich ohne Geld auf der Straße gestanden.

Ich würde Freddys Pasta Pinte heute nicht wieder finden und auch nicht in dieser Woche. Aber vielleicht in einem Jahr, wenn ich an Heiligabend das Glück hatte, dass man mich einlud, und ich Marlowski wiedertraf, und Gina, das Zigarettenmädchen …

Marlene Koch

Das rote Kleid

Es waren nur noch wenige Tage, und nun lag das Päckchen endlich vor mir. Vorsichtig nahm ich es hoch, schüttelte es leicht und lauschte. Nicht einmal ein Rascheln war zu hören. Einen Augenblick stand ich ratlos da und starrte auf das dunkle Papier. Schneeflocken wirbelten um meine Nase und legten sich sanft vor meinen Augen nieder. Für einen Moment schien alles still, bevor der gedämpfte Straßenlärm wieder an meine Ohren drang. Es schneite schon seit Tagen und eigentlich war es ein Wunder, dass mich die Lieferung noch rechtzeitig erreichte. Ich wischte die Flocken beiseite und rannte die Treppen hinauf. Warme Heizungsluft stieß mir entgegen, als ich die Wohnungstür öffnete, und ließ mir das Blut in den Kopf steigen. Atemlos taumelte ich in Richtung Schlafzimmer. Ich konnte es nicht länger erwarten. Schwungvoll riss ich das Papier auseinander wie ein Kind zu Weihnachten und erschrak, als ich einen brennenden Schmerz fühlte. Ich schaute auf meinen Zeigefinger. Ein messerscharfer Schnitt. Glücklicherweise blutete es nicht stark. Fluchend steckte ich den Finger in den Mund und blickte erwartungsvoll auf den Inhalt des Päckchens.

Ich hatte mir mein Brautkleid im Internet bestellt. Nicht, weil ich im Laden keines gefunden hätte. Nein, es sollte etwas ganz Besonderes sein. Passend zu der Hochzeitszeremonie, die nicht auf einem Standesamt oder in einer Kirche, sondern im Heimathaus in Jöllenbeck stattfinden sollte. Es war mein Wunsch gewesen, in dem schönen alten Fachwerkhaus den Bund der Ehe zu schließen. Rustikal, traditionell und nah bei der Familie, so dass sogar meine Urgroßmutter dabei sein konnte, die, für ihre 95 Jahre körperlich erstaunlich fit, auf der Demenzstation des nahegelegenen Altenheims wohnte.

Meine Familie war mir sehr wichtig. Während meine Eltern mit meinen zwei jüngeren Brüdern und meinen Großeltern zusammen in einem großen Haus lebten, war ich vor einem Jahr mit Sascha zusammengezogen. Wir wohnten allerdings nur ein paar Straßen weiter und so kamen wir so oft es ging vorbei, um gemütlich zusammenzusitzen, Kaffee zu trinken und zu plaudern. Sascha war schon ganz in den Kreis der Familie aufgenommen. Meine Mutter mochte seine höfliche, zurückhaltende Art. Gerne machte er ihr Komplimente, die sie dankbar annahm. Mein Vater hingegen schätzte besonders Saschas Sachverstand in Bezug auf schnelle Autos und heiße Kisten. Oft ging es laut und lustig zu. Besonders wenn meine Brüder Sascha überredeten, mit ihnen Fußball zu spielen und zu guter Letzt die gesamte Familie im Garten stand und hinter dem Ball herlief.

Unter dem dicken Kartonpapier kam etwas zum Vorschein, das wiederum sorgfältig eingeschlagen war. Es raschelte verheißungsvoll. Durch feinstes Seidenpapier drang ein roter Schimmer. Ich klatschte vor Freude in die Hände, zügelte dann aber meine Neugierde und suchte nach den Klebeenden.

Erfreulicherweise war Sascha heute nicht daheim. Er durfte das Kleid vor der Hochzeit nicht zu Gesicht bekommen. Das bringt schließlich Unglück. Andererseits stimmte mich der Gedanke, dass Sascha heute mit seiner Mutter unterwegs war, auch nicht besonders fröhlich. Im Gegensatz zu meiner Kindheit war seine nicht so glücklich verlaufen. Sein Vater war kurz vor seiner Geburt verstorben. Ein Verlust, den seine Mutter nicht verkraftet hatte. Nach wenigen Wochen übergab sie Sascha einem befreundeten Pärchen und machte sich aus dem Staub. Keine Geburtstagskarten. Kein Brief. Nichts.

Vor zwei Wochen dann, stand sie plötzlich vor der Tür. Nach dem anfänglichen Schock war Sascha völlig aus dem Häuschen. Ich hingegen stand der ganzen Sache äußerst skeptisch gegenüber. Saschas Mutter war durchaus freundlich und lachte, jedoch meinte ich, dahinter böse Absichten erkennen zu können. Immer wenn Sascha es nicht sah, starrte sie mich eigenartig an. Und im Gegensatz zu seinen Augen waren ihre dunkel, fast schwarz. Auch sonst konnte ich keine Gemeinsamkeiten zwischen den beiden feststellen. Saschas Mutter war abgemagert, dass es schon fast krank wirkte. Ihre Wangen waren eingefallen und ihre Nase stach spitz aus ihrem Gesicht hervor.

In den darauffolgenden Tagen merkte ich, wie Sascha sich langsam veränderte. Wie seine Mutter ihn mehr und mehr für sich einnahm. Wie sie begann, sein Leben zu bestimmen. Auf mein Nachfragen hin sagte er bloß, er wolle seine Mutter doch nur näher kennen lernen. Ich flüchtete zu meinen Eltern.

Endlich hatte sich das Klebeband von dem Seidenpapier gelöst. Vorsichtig wickelte ich die Bögen auseinander. Ich war bemerkenswert ruhig. Sorgsam faltete ich das Papier wieder zusammen und legte es auf dem Nachttisch ab. Da lag es nun. Mein Kleid. Maßgeschneidert. Rot, wie die Rosen, mit denen Sascha mir den Antrag gemacht hatte. Mit einem weißen Unterrock. Ich fühlte nach dem Stoff. Er war glatt und erstaunlich warm. Schnell schlüpfte ich aus meinen Klamotten, zog Reifrock und Unterrock an, und versuchte mich schließlich in das Kleid zu zwängen. Ich gab recht schnell auf. Solche Kleider zieht man sich einfach nicht alleine an.

Drei Tage später war es endlich soweit. Ich betrachtete mich im Spiegel. Haare und Make-up hatte ich von einer befreundeten Nachbarin machen lassen. Ich hatte mich für die natürliche Variante entschieden. Meine langen schwarzen Haare waren zu einem Dutt gebunden. Mein blasser Teint etwas aufgebessert. Und statt der Lippen, waren die Augen dezent betont.

Plötzlich sah ich ein zweites Gesicht im Spiegel. Saschas Mutter war hinter mich getreten und lächelte schief. Ihre dunklen Augen funkelten. „Schön siehst du aus", presste sie hervor, „soll ich dir das Kleid zubinden?"

Ich ließ mir meine Unsicherheit nicht anmerken und erwiderte freundlich: „Ja, gerne, ich bin soweit." Während ich noch Luft holte, zog Saschas Mutter mit geschickten Fingern die Schnüre zusammen. Ruck. Sie zog das erste Mal. Ich erschrak. Ruck. Sie zog ein zweites Mal. Ich ruderte unkontrolliert mit den Armen in der Luft herum. Ruck. Sie zog ein drittes Mal. Mir wurde schwindelig. Ich schwankte leicht. Vorsichtig versuchte ich zu atmen. „Nicht so fest“, stieß ich hervor. Langsam lockerte Saschas Mutter die Bändel und knotete sie zusammen.

Als ich vor dem Heimathaus in Jöllenbeck ankam, war meine Familie bereits da. Ich schritt den schneebedeckten Weg entlang, immer darauf bedacht nicht hinzufallen. Wenigstens hatte es endlich aufgehört zu schneien. Es war bitterkalt. Alle quetschten sich in dem kleinen Vorraum zusammen. Es wurde sich freudig begrüßt, gedrückt und auf die Wangen geküsst. Sascha sah mich strahlend an. Er gab mir einen Kuss und drückte mir den Brautstrauß in die Hände. Mit drei roten Rosen. Passend zu meinem Kleid. „Wundervoll siehst du aus!“, raunte er mir zu. Von der Zeremonie bekam ich kaum etwas mit. Meine Gedanken waren ganz woanders. Und schon standen Sascha und ich als Mann und Frau wieder vor der Tür. Glückwünsche. Händeschütteln. In den Armen liegen. Freudentränen und gute Ratschläge.

Es war alles wie ein Traum, aus dem ich erst langsam erwachte, als wir im Örkenkrug ankamen. Der Wirt Patty begrüßte uns freundlich, gratulierte ebenfalls und besprach mit Sascha noch letzte Details, wie die Hochzeitsfeier ablaufen sollte.

Alles war perfekt. Die Stimmung war ausgelassen. Das Essen hervorragend, auch wenn ich vor Aufregung beinahe nichts herunter bekam. Es wurde gelacht und gescherzt. Ich hatte kaum Zeit zum Luftholen. Das Kleid tat sein Übriges. Meine Mutter kam mit der Hochzeitstorte herein. Selbstgemacht. Mit weißem Schokoladenüberzug. Silberperlen. Zuckerfiguren. Und roten Marzipanrosen. Ein Staunen. Torte anschneiden. Welche Hand liegt oben?

Mir war das alles zu viel. Nachdem die Torte probiert und die Gäste versorgt waren, brauchte ich dringend eine Pause. Ich flüchtete auf die Toilette. Als ich die Tür öffnete, starrten mich zwei dunkle Augen durchdringend an. Saschas Mutter stand vor einer der Toilettentüren und schien auf mich gewartet zu haben. Gedanken rasten durch meinen Kopf, doch ich bekam sie nicht zu fassen. Noch immer die Türklinke in der Hand haltend, schloss ich leise die Tür. Ich versuchte mich zu beruhigen.

Saschas Mutter trat einen Schritt auf mich zu, wich dann aber wieder zurück. „Hast du Angst vor mir?“, fragte sie leise. Ich wollte etwas sagen, aber kein Laut kam aus meiner Kehle. Schon fuhr sie fort: „Ich habe eigentlich nichts gegen dich, aber ich sehe in dir immer die Mörderin meines Mannes!“ Stille. Ich war geschockt. Was hatte das denn zu bedeuten?

„Deine Mutter …“, hob sie an etwas zu sagen. Plötzlich rauschte die Toilettenspülung los und im selben Augenblick wurde die Tür aufgerissen. Bevor ich einen Blick in die Kabine werfen konnte, sah ich schon wie Saschas Mutter taumelte. Die Tür hatte sie unerwartet und mit voller Wucht in die Seite getroffen. Sie flog nach vorne. Es waren Bruchteile einer Sekunde, aber mir kam alles wie in Zeitlupe vor. Ich löste meine Hand von der Türklinke. Fasste nach vorne. Und griff ins Leere. Saschas Mutter versuchte noch, am Waschbecken Halt zu finden, rutschte jedoch ab und schlug hart mit dem Kopf auf. Ich warf mich auf die Knie. Blut breitete sich auf den Fliesen aus. Ich konnte jedoch keine Austrittswunde erkennen. Es musste sie am Hinterkopf erwischt haben. Ich sah, wie meine Mutter neben mir kniete. Ich war in Schockstarre, die Augen weit aufgerissen, konnte ich mich keinen Millimeter bewegen. Meine Mutter zog mich auf die Beine, drehte mein Gesicht zu ihrem und sprach ruhig, aber bestimmt auf mich ein: „Sie ist nur bewusstlos. Ich kümmere mich darum. Geh du zu Sascha. Es ist schon spät. Ihr müsst los auf Hochzeitsreise!“

Sie warf einen letzten Blick auf mein Kleid. Scheinbar hatte ich tatsächlich nichts abbekommen. „Es wird alles wieder gut. Mach dir keine Sorgen.“ Mit diesen Worten schob sie mich energisch auf den Gang hinaus.

Markus Winter

Der Anhalter

Er drückte kurz die Taste „Set" am Lenkrad und stellte damit den Tempomaten auf 130 km/h ein. Der VW Passat glitt auf der linken Spur der A2 an der schier endlosen Karawane von polnischen und litauischen Lkw vorbei. Er bemühte sich schon seit langem, sich nicht mehr über die permanenten Behinderungen auf der Warschauer Allee durch sich gegenseitig überholende Sattelzüge zu ärgern. Auch die vielen Baustellen nahm er mittlerweile etwas gelassener hin. Meistens jedenfalls.

Heute war es einigermaßen erträglich, denn Hartwig Möhlberg hatte nur zwei Termine abzuarbeiten, da kam es auf eine viertel Stunde mehr oder weniger nicht an. Allerdings lagen die Firmen, die er aufzusuchen hatte, am äußersten nördlichen Rand seines Zuständigkeitsgebietes, in Herford und Minden. Insofern würde sein Arbeitstag mal wieder hauptsächlich aus der Hin- und Rückfahrt bestehen. Möhlberg war jetzt seit einigen Jahren im Außendienst für einen Hersteller von Duschabtrennungen tätig und durfte sich auf seiner schicken Visitenkarte Account Manager nennen. Aber in Wahrheit war er eigentlich, das war ihm schon seit geraumer Zeit klar, doch überwiegend nur Kraftfahrer. Die meiste Zeit des Tages steuerte er seinen Firmenwagen über die nordrheinwestfälischen Autobahnen, um einige relativ kurze Verkaufsgespräche mit Firmeninhabern oder Einkäufern zu führen. Das langweilte ihn schon lange.

Da die Langeweile auf den immer gleichen Fahrten auch mit dem Hören von WDR 2 auf Dauer nicht zu bekämpfen war, hatte Hartwig Möhlberg heute ausnahmsweise mal wieder einen Anhalter mitgenommen. Obwohl er sich eigentlich fest vorgenommen hatte, dies nie wieder zu tun. Aber als er den jungen Mann mit dem Pappschild „Bielefeld" in der

Hand auf der Raststätte Resser Mark kurz hinter Gelsenkirchen bemerkt hatte, war er seinem Grundsatz doch wieder untreu geworden.

Er hatte sich von ihm ein wenig nette Unterhaltung auf der anderthalbstündigen Fahrt erhofft. Das schien sich zunächst jedoch nicht zu erfüllen. Der junge Mann, etwa Mitte 20, in Jeans und Lederjacke, war nicht gerade gesprächig. Nachdem er seinen Rucksack zwischen seine Beine gestellt hatte, saß er überwiegend schweigsam auf dem Beifahrersitz und beantwortete Möhlbergs Fragen offensichtlich nur widerwillig und äußerst kurz. Na super!

Da der junge Anhalter in Gelsenkirchen zugestiegen war, lenkte Möhlberg das Gespräch auf den örtlichen Fußballverein, aber nur um festzustellen, dass der Mann Basketball-Fan war. Davon wiederum hatte Möhlberg nun gar keine Ahnung. Da Möhlberg mehr als doppelt so alt war wie der Tramper, machte es sicher auch wenig Sinn, über Musik, Literatur oder Urlaubsziele mit ihm zu plaudern. Auch da wären die möglichen Gemeinsamkeiten eher gering. Sein Beifahrer gab an, in Bielefeld Medizin zu studieren, ansonsten gab er eher ausweichende und allgemein gehaltene Antworten. Seltsamer Zeitgenosse.

Also fing Möhlberg an, von sich zu erzählen. Dass er als Handelsvertreter schon einige Jahre Sicherheitstechnik verkauft habe, davor Dämmstoffe für Hausfassaden und für drei Jahre auch mal Wohnaccessoires wie Keramik, Porzellan, Glas und Lampen. Am besten gefallen hätten ihm die fast zehn Jahre als Pharmareferent. Gute Bezahlung, anspruchsvoller Kundenkreis, als Dienstwagen eine Mercedes E-Klasse …

„Und, warum machen Sie das heute nicht mehr?"

Der Tramper hatte also doch zugehört und nur so gewirkt, als schaue er desinteressiert aus dem Fenster.

„Ja, äh, das waren mehr private Gründe." Jetzt war es an Hartwig Möhlberg, ausweichend zu antworten. „Meine Frau wurde damals schwer krank, und ich hatte einen 60-Stunden-

Job. Da wollte ich kürzer treten, und das ging bei Nuperus-Pharma nicht." Das stimmte zwar, war aber nur die halbe Wahrheit. Doch die Einzelheiten gingen diesen Fremden gar nichts an. Hartwig Möhlberg war damals zum ersten Mal auch von jüngeren Konkurrenten ausgebootet worden. Die waren bereit, für weniger Geld siebzig Stunden auf den bundesdeutschen Autobahnen unterwegs zu sein. Das Gleiche war ihm später auch noch bei anderen Arbeitgebern passiert. Seit er Anfang 50 war, saßen ihm regelmäßig diese karrieregeilen Junior Account Manager im Nacken, die scharf auf seinen Vertriebsbereich waren. Jetzt war Hartwig Möhlberg Anfang 60 und hatte den Kampf längst aufgegeben. Sein Job bei Megadusch war definitiv sein letzter, er würde nächstes Jahr in Ruhestand gehen. Seine Frau war jetzt seit vier Jahren tot, die Kinder aus dem Haus und seine Rente würde für ihn allein allemal ausreichen.

Eine Zeitlang fuhren sie schweigend weiter. Hartwig Möhlberg hatte keine Lust mehr, mit diesem Fremden Smalltalk zu betreiben. Hätte er ihn doch gar nicht erst mitgenommen. Nach fünf Minuten war es aber der junge Mann, der sich zu Wort meldete.

„Was ich noch sagen wollte: Ich finde es übrigens toll, dass Sie mich mit nach Bielefeld nehmen. Trotz der vielen Dinge, die hier auf der A2 passiert sind."

Hartwig Möhlbergs Nackenhaare richteten sich auf. Wohin wollte der Mann das Gespräch jetzt lenken? Und warum?

„Dinge?"

„Ja, das können Sie sich doch denken. Der Autobahnkiller eben. Dieser Unbekannte, der hier seit drei oder vier Jahren Leute erschießt. Da nimmt ja kaum noch jemand Anhalter mit."

„Ach so, die Geschichte. Na ja, natürlich, ich lese ja auch Zeitung." Möhlbergs Puls beschleunigte sich. Erst sagte dieser Kerl da auf dem Beifahrersitz so gut wie nichts, und jetzt fing er mit diesem Thema an. Der war ihm ja gleich komisch vorgekommen.

„Na, ich selbst würde heutzutage jedenfalls niemanden mehr mitnehmen“, fuhr der Mann fort. „Das Ganze ist doch unheimlich, oder? Immer zwei Schüsse in den Kopf. Keinerlei Spuren, keine Hinweise. Die Bullen tappen offenbar völlig im Dunkeln.“

„Na ja, sicher. Schlimme Geschichte.“ Möhlbergs Gedanken rasten, seine Hände klebten feucht am Lenkrad. „Aber jetzt war doch schon längere Zeit nichts mehr. Ich meine, die Gefahr, durch einen Autounfall umzukommen ist doch hier auf der A2 immer noch deutlich höher.“

„Na ja, könnte sein. Aber der Killer hat doch schon fünf oder sechs Menschen erschossen, glaube ich. Ohne jedes erkennbare Motiv. Unter den Opfern waren Männer, Frauen, Anhalter und auch Autofahrer. Aber immer der gleiche Täter, wegen der immer gleichen Waffe. Das ist doch unheimlich.“

„Na ja, schon.“ Hartwig Möhlberg war bemüht, sich weiter auf den rasenden Autobahnverkehr zu konzentrieren. Es waren bislang genau fünf Fälle gewesen. Das wusste jeder in Deutschland, der ab und zu eine Zeitung las oder Nachrichten im Fernsehen verfolgte. Und dieser Tramper wusste doch auch eine Menge weiterer Details. Warum sprach er dann von „fünf oder sechs“? Der war einerseits bestens informiert, wollte andererseits aber so tun, als habe er nur ein paar Gerüchte vom Hörensagen aufgeschnappt. Warum?

„Diesen anderen Spinner, diesen Lkw-Fahrer, der bundesweit jahrelang auf andere Fahrzeuge geschossen hat, den hat man zum Glück erwischt.“ Der Mann auf dem Beifahrersitz knackte hörbar mit seinen Fingergelenken. „Aber dieser A2-Killer, der scheint ja cleverer zu sein. Ein Psychopath, schreiben die Zeitungen, aber eben wohl ziemlich schlau.“

Das war doch nie im Leben ein normaler Student. Medizinstudent? Hartwig Möhlberg spürte, wie sein Hemd langsam begann, an seinem Rücken zu kleben. Ein Medizinstudent hätte doch eben, als er von seiner Zeit als Pharmareferent erzählt hatte, ein paar fachkundige Anmerkungen machen können. Aber der hatte nur aus dem Beifahrerfenster geschaut.

Medizin? Konnte man in Bielefeld überhaupt Medizin studieren? Hartwig Möhlberg war kaum noch in der Lage, einen klaren Gedanken zu fassen. Nein, auf keinen Fall. Dort gab es gar keine medizinische Fakultät. Oder?

„Und er scheint ja immer in kürzeren Abständen zuzuschlagen." Sein Beifahrer redete immer weiter. „Nach dem ersten Mord hat er fast zwei Jahre gewartet, bis er wieder jemanden erschossen hat. Nach der zweiten Tat war nur 18 Monate Pause, danach nur etwa ein Jahr. Nach neun Monaten war der vierte Mord, ein halbes Jahr später der fünfte. Wenn das so weitergeht, wäre eigentlich nach drei Monaten wieder ein Mord fällig."

So viel zum Thema „fünf oder sechs Morde". Der Kerl wusste genau Bescheid. Und er war kein Medizin-Student in Bielefeld. Hartwig Möhlberg suchte den Horizont nach Hinweistafeln ab. Er musste aus dem Wagen raus, weg von diesem mysteriösen Anhalter. So schnell wie möglich.

„Und seit dem letzten Mord, diesem erschossenen Motorradfahrer auf dem Rastplatz Rhynern, sind schon dreieinhalb Monate vergangen …"

Der Kerl gab einfach keine Ruhe. Falls es das Ziel des Trampers gewesen sein sollte, Hartwig Möhlberg in Panik zu versetzen, dann war ihm das gelungen. Er setzte den Blinker und sortierte seinen Passat nach einem kurzen Blick in den Rückspiegel auf der rechten Spur zwischen den Lkw ein. Der Parkplatz Sürenheide war nur noch einen Kilometer entfernt.

„Ich fahre mal kurz rechts ran", informierte er seinen Beifahrer. „Muss dringend pinkeln. Halte es nicht mehr länger aus."

Er parkte seinen Wagen am Ende des kleinen Parkplatzes, in der Nähe des dortigen Wäldchens und stieg aus.

„Hier gibt es leider kein Toilettenhäuschen", sagte er durch die geöffnete Tür. „Ich verschwinde mal kurz hinter den

Bäumen. Ist sonst nicht meine Art, muss aber sein. Wird ein bisschen dauern. Bei Männern in meinem Alter …"

Der junge Mann nickte nur, Möhlberg schlug die Wagentür zu und ging zügig auf das kleine Waldstück zu. Er meinte, die Blicke des Mannes in seinem Rücken förmlich zu spüren.

Möhlberg verbarg sich hinter den ersten Bäumen und atmete tief durch. Es gelang ihm, seinen Puls leicht zu beruhigen. Was sollte er bloß tun? Hatte er überreagiert? War der Kerl eventuell doch ganz harmlos?

Er würde sich den Mann noch einmal heimlich anschauen. Mal sehen, was der jetzt in dem vermeintlich unbeobachteten Moment so anstellte. Er durchquerte das kleine Wäldchen und näherte sich seinem geparkten Passat leise von hinten. Auf dem Parkplatz befand sich kein weiteres Fahrzeug, der Anhalter war ausgestiegen und telefonierte neben der offenen Beifahrertür mit einem Handy. Noch war Möhlberg noch nicht nah genug, um sein Geflüster zu verstehen.

Der Mann bückte sich jetzt zu seinem Rucksack und nahm eine Schachtel Zigaretten heraus. Dabei rutschte seine braune Lederjacke im Rückenbereich hoch. Möhlberg sah den Griff einer Pistole aus dem Hosenbund herausschauen.

Sofort war die Panik wieder da. Möhlberg befürchtete einen Augenblick lang, seine Beine würden unter ihm wegknicken. Ein großer Schweißtropfen begann sein Rückgrat hinabzurinnen. Trotzdem ging er noch leise zwei Schritte weiter, bis er in Hörweite war.

„Nein, sicher bin ich mir natürlich nicht", hörte Möhlberg ihn sagen. „Woher denn auch?"

Hartwig Möhlberg blieb stehen und wagte kaum, zu atmen.

„Es ist doch immer das Gleiche", fuhr der Anhalter fort. „Nur so ein Bauchgefühl, wie bei den anderen dreißig gestern und vorgestern auch. Er passt eben ins Raster, das die Profiler aufgestellt haben. Zwischen Mitte 50 und Mitte 60, alleinlebend, beruflich gescheitert, viel auf der A 2 unterwegs. Und sehr nervös …" Er zündete eine Zigarette an und nahm einen tiefen Zug. „Also Zugriff an dieser neuen Raststätte bei Bielefeld, Lipperland Süd. Wie viele Kräfte habt ihr da heute im Einsatz?“ Er machte eine Pause, blies den Rauch aus und lauschte kurz. „Das dürfte reichen … Da lotse ich ihn mit einer Ausrede runter … so in 15, 20 Minuten. Wir sind mit einem dunkelblauen VW Passat unterwegs, amtliches Kennzeichen …“

Als das erste Projektil in seinen Kopf eindrang, fiel ihm das Handy aus der Hand. Die zweite Kugel spürte er schon nicht mehr. Er sank zu Boden und sah auch nicht mehr, wie der Wagen den Parkplatz mit hoher Geschwindigkeit verließ.

Die Autoren

Volker Backes, Jahrgang 1966, arbeitet im Kulturamt der Stadt Bielefeld. Er ist Mitglied diverser Lesebühnen, seine Geschichten erscheinen in Anthologien, Soloveröffentlichungen und diversen Publikationen (11 Freunde u. a.). Aktuelle Buchveröffentlichung: Backes, Beune, Ruf: „Ohne Fußball wär'n wir gar nicht hier – Geschichten von Fans in der Midlife-Crisis", 2012.
Originalbeitrag © beim Autor

Eike Birck, geboren 1970, lebt seit ihrem dritten Lebensmonat mit Unterbrechungen in Bielefeld. Sie studierte Geschichte und Soziologie in Bielefeld und Cork, Irland. Auch wenn sie mit wachsender Begeisterung verschiedene Länder dieser Erde bereist, zieht es sie immer wieder zurück in die Teuto-Stadt. Als freie Autorin arbeitet sie u. a. für ein Stadtmagazin. Kurzkrimis erschienen zuletzt unter anderem in: „Schöner Morden in Ostwestfalen-Lippe", 2011.
Originalbeitrag © beim Autor

Dietmar Bittrich schrieb speziell für den Pendragon Verlag das „Gummibärchen Orakel". Bei seinen zahlreichen Besuchen in Bielefeld entdeckte er die morbiden Qualitäten der Stadt – und die charmante Neigung ihrer Bewohner, sich oder andere in die endgültige Freiheit zu befördern.
Originalbeitrag © beim Autor

Mechtild Borrmann wurde 1960 geboren und lebt heute in Bielefeld. Ihre Kindheit und Jugend verbrachte sie am Niederrhein. Sie arbeitete u. a. als Tanz- und Theaterpädagogin, in der Drogenberatung und lebte auch mal eine Zeit lang auf Korsika. Im Pendragon Verlag erschienen die Romane „Morgen ist der Tag nach gestern", „Mitten in der Stadt" und „Wer das Schweigen bricht" (ausgezeichnet mit dem deutschen Krimi Preis 2012).
Erstdruck in: „Mord-Westfalen II", © *beim Autor*

Pia Faller verbrachte träumerische Kindheitsjahre bei ihren beiden Großtanten in Bielefeld. Heute ist sie Mutter dreier Kinder in Hamburg und reist nur urlaubsweise an die alten Stätten. Pia Faller veröffentlichte das Kinderbuch „Das Smarties Spiel".
Originalbeitrag © beim Autor

Dieter Fleiter, geboren 1965, verbrachte seine Kindheit und Jugend in Schloß Holte Stukenbrock. Er lebt als Drehbuchautor in Berlin. Beiträge in Krimi-Anthologien, wie z.B. „Rätselhaftes Bielefeld" oder „Schöner Morden in OWL".
Originalbeitrag © beim Autor

Andrea Gehlen, Jahrgang 1965, eingeborene Bielefelderin. Erste Charakterstudien betrieb sie im Friseurhandwerk. Die Mutter von drei Kindern hat bis heute sechs Kinderbücher verfasst. Ihre kriminellen Kurzgeschichten wurden mit zwei Preisen ausgezeichnet. Veröffentlichungen in Literaturmagazinen, Anthologien und auf Brötchentüten.
Sie ist Mitglied des Krimiautorinnen-Netzwerks „Mörderische Schwestern", im „Syndikat" und Dozentin für kreatives Schreiben an der Volkshochschule Bielefeld.
Originalbeitrag © beim Autor

Lisa Glauche wurde 1980 in Oldenburg (Niedersachen) geboren. Sie studierte Neuere Deutsche Literaturwissenschaft und arbeitet jetzt als Projektassistentin in Berlin. Zusammen mit Matthias Löwe ist sie Gründerin des Literaturforums www.blauersalon.net.
Originalbeitrag © beim Autor

Frank Göhre, 1943 geboren, arbeitete als Buchhändler, Bibliothekar, Verlagsangestellter und Hörfunkautor. Er lebt in Hamburg und schrieb neben Romanen u. a. die Drehbücher zu den Kinofilmen „Abwärts", „Die Ratte" und das mit dem Deutschen Drehbuchpreis ausgezeichnete Drehbuch „St. Pauli Nacht" (Regie Sönke Wortmann). 2013 erschien von ihm der Band „Geile Meile".
Originalbeitrag © beim Autor

Stefan Tomas Gruner, geboren 1943 in Leipzig, verbrachte seine Kindheit in München, die Jugend in Bonn. Im Brotberuf ist er Psychologe, Gesprächstherapeut und Verhaltenstrainer. Heute lebt er als freier Schriftsteller in Bielefeld. Er veröffentlichte zahlreiche Romane, Erzählungen, Essays und Lyrik; zuletzt 2013 den Roman „Nie wieder Beethoven!".
Originalbeitrag © beim Autor

Gerald Hagemann, geboren 1971, ist Autor, Kriminalhistoriker, Goldschmiedemeister, Hersteller von Zauberrequisiten und Mitglied des Magischen Zirkels. Er liebt Sherlock Holmes, Agatha Christie und den

makabren angelsächsischen Humor. Als Kurator seines eigenen Kriminalmuseums und Autor von Romanen, Sachbüchern und Short Stories beschäftigt er sich hauptsächlich mit der britischen Kriminalgeschichte. Hagemann lebt mit seiner Familie in Lemgo.
Originalbeitrag © beim Autor

Michael Helm, geboren 1969 im Ruhrgebiet, arbeitet als freier Schriftsteller und Rezitator. 2007 wurde er mit dem LfM-Bürgermedienpreis NRW für ein Radiofeature zum Werk des Schriftstellers Jorge Semprún ausgezeichnet. Zehn Jahre wohnte er in Ostwestfalen, mittlerweile lebt er wieder im Ruhrgebiet. Unter anderem erschien: „Im toten Winkel“ in der Anthologie „Schöner Morden in Ostwestfalen-Lippe“, (2011).
Originalbeitrag © beim Autor

Lena Klassen hat in Bielefeld Literaturwissenschaft und Philosophie studiert. Sie schreibt vor allem Fantasy für Jung und Alt wie die „Magyria“-Saga oder die „Drachenjägerin“-Trilogie (unter ihrem Pseudonym Maja Winter). Außerdem liebt sie Rätsel und Geheimnisse und ist auch einem literarischen Mord hin und wieder nicht abgeneigt. Mit ihrer Familie lebt sie in Ostwestfalen.
Originalbeitrag © beim Autor

Jörg Kleudgen, geboren 1968 in Zülpich / Eifel, lebt mit Frau und Tochter in Büdingen / Hessen. Neben etlichen phantastischen Büchern veröffentlichte er 2012 bei Murder Press eine Sammlung mit Kriminalkurzgeschichten unter dem Titel „Eifler Schlachtplatte“. Seine Rockgruppe THE HOUSE OF USHER veröffentlichte bislang acht Alben und trat auf bedeutenden Festivals, u. a. in Deutschland, Belgien, Italien, Frankreich, England und dem Libanon auf.
Originalbeitrag © beim Autor

Thorsten Knape, Jahrgang 1961, verbrachte einen Großteil seiner Kindheit und Jugend im Bielefelder Stadtteil Brackwede. Mit diesem Ort verbindet den bekennenden Bielefelder bis heute eine innige Hassliebe. In Ostwestfalen-Lippe ist er ständig unterwegs und auf der Suche, allerdings nach echten und nicht erfundenen Geschichten: Knape arbeitet als freier TV-Autor und Reporter für das WDR-Landesstudio Bielefeld.
Originalbeitrag © beim Autor

Marlene Koch wurde 1985 in Bielefeld geboren und verbrachte ihre Kindheit in Jöllenbeck. Nach Abschluss ihres Germanistikstudiums in Bielefeld und Essen zog es sie wieder in das schöne Dörfchen zurück, wo sie derzeit mit ihrem Mann und ihrem Sohn lebt.
„Das Versteck“, Erstdruck in: „Mord-Westfalen II“, © *beim Autor,*
„Das rote Kleid“, *Originalbeitrag © beim Autor*

Anne Kuhlmeyer wurde 1961 in Leipzig geboren. Da absolvierte sie auch ihr Medizinstudium und begann die Facharztausbildung am Universitätsklinikum. 1990 übersiedelte sie nach NRW, wo sie verschiedene berufliche Stationen durchschritt. Heute lebt sie mit ihrer Familie in Coesfeld wo sie als Ärztin und seit 2009 als ärztliche Psychotherapeutin tätig ist.
2013 erschien der Krimi „Thymian und Blut“.
Originalbeitrag © beim Autor

Hans-Jörg Kühne, Dr. phil., lebt, arbeitet und musiziert in Bielefeld. Nach dem Studium der Geschichtswissenschaft, Wirtschaftswissenschaften und Soziologie verfasste er nicht nur zahlreiche Publikationen zur Regionalgeschichte, sondern ist auch als Saxophonist in Deutschland und Europa unterwegs. Zu den neuesten Veröffentlichungen gehören sein Kriminalroman „Der Pfahlmörder“ und Krimi-Storys in diversen Anthologien.
Originalbeitäge © beim Autor

Matthias Löwe wurde 1964 in Löhne (Westfalen) geboren, studierte in Bielefeld und lehrt seit 2003 als Professor für Mathematik in Münster. Das Autorenpaar Löwe/Glauche veröffentlicht zusammen die Bielefelder Lokalkrimireihe rund um den Antihelden Bröker. Bisher sind in Zusammenarbeit mit Lisa Glauche „Tod an der Sparrenburg“ (2011) und „Campusmord in Bielefeld“ (2012) erschienen.
Originalbeitrag © beim Autor

René Paul Niemann, in Bremen geboren, studierte Romanistik und Kulturwissenschaft. Neben beruflichen Tätigkeiten unterschiedlichster Art ist er seit mehreren Jahren als Kriminalautor tätig. Zum Schreiben seiner Romane und Kurzgeschichten zieht er sich in ein kleines gallisches Dorf zurück.
Originalbeitrag © beim Autor

Sandra Niermeyer, geboren 1972, lebt und schreibt nach vielen Jahren in Bielefeld jetzt in der Nähe von Würzburg. 2004 und 2006 wurde sie für den Glauser Kurzkrimipreis nominiert. 2009 erhielt sie den dritten Platz

beim ersten deutschsprachigen Krimi Hörbuch Preis „totenschmaus". Ihre Kurzkrimis sind in zahlreichen Krimi-Anthologien veröffentlicht: u. a. „Mord-Westfalen I", „Ruhig fließt der Main – 24 Kurzkrimis aus Franken", „Schöner Morden in Ostwestfalen-Lippe".
Originalbeitrag © beim Autor

Hellmuth Opitz, geboren im schneereichen Januar 1959 in Bielefeld. In der „Stadt, die es nicht gibt" verbrachte er auch seine Kindheit und Jugend. Mehrere Aufenthalte in London, Amsterdam und New York. Ab 1991 Texter in einer Werbeagentur, seit 1998 dort als Creative Director und Geschäftsführer tätig. Veröffentlichung von zahlreichen Gedichtbänden und Kurzgeschichten in verschiedenen Anthologien. Zuletzt erschien der Gedichtband „Die Dunkelheit knistert wie Kandis".
„Heimspiel für Plessner", Erstdruck in: „Mord-Westfalen II", *© beim Autor*, „Am Ende der Nahrungskette", *Originalbeitrag © beim Autor*

Que Du Luu, geboren 1973. Freie Schriftstellerin. Lebt in Bielefeld. Aufgewachsen in Herford. Studierte Germanistik und Philosophie. Viele unterschiedliche Jobs vor und während des Studiums, u. a. in der Pflege, Altenpflege, Gastronomie, als Nachtwache in der Psychiatrie. Veröffentlichungen von Kurzkrimis und Erzählungen. 2006 erschien ihr erster Roman „Totalschaden". „Vielleicht will ich alles" wurde 2011 veröffentlicht.
„Frau Wong geht einkaufen", Erstdruck in: „Wedding Connections", Verlag edition karo, Berlin 2004, *© beim Autor*, „Das Ungkück des Junggesellen", *Originalbeitrag © beim Autor*

Jürgen Reitemeier, Jahrgang 1957 im westfälischen Warburg, hat Elektrotechnik, Wirtschaft und Sozialpädagogik in Paderborn und Bielefeld studiert. Er arbeitet als Coach und Erwachsenenbildner in seinem Unternehmen modul b in Detmold. In Zusammenarbeit mit Wolfram Tewes sind zahlreiche Krimis erschienen.
Originalbeitrag © beim Autor

Norbert Sahrhage, 1951 geboren, arbeitet als Lehrer, Historiker und Krimiautor. Nach dem Studium der Geschichtswissenschaft, Sozialwissenschaften und Sport unterrichtet er seit 1981 als Lehrer an einem Gymnasium in Bünde. Promotion 2004. Es folgten diverse Veröffentlichungen zur Regionalgeschichte. 2010 erschien sein erster Kriminalroman „Der tote Hitlerjunge", 2012 folgte „Blutiges Zeitspiel".
Originalbeitrag © beim Autor

Wolfram Tewes wurde 1956 in Peckelsheim (Kreis Höxter) geboren und hat dort die ganze Kindheit und Jugend in sehr dörflicher Umgebung verbracht. Ab 1982 lebte er einige schöne Jahre auf Norderney, wo er bei der Norderneyer Badezeitung zuständig für Anzeigen, Vertrieb, Redaktion und Kaffeekochen war. Seit 1987 ist er im Anzeigenbereich der Neuen Westfälischen Tageszeitung tätig.
In Zusammenarbeit mit Jürgen Reitemeier sind zahlreiche Krimis erschienen.
Originalbeitrag © beim Autor

Uwe Voehl wurde 1958 geboren und lebt als freiberuflicher Krimiautor und Lektor in Bad Salzuflen. Außerdem ist Uwe Voehl als Dozent für Creative Writing tätig (u. a. für die Bastei Lübbe Academy). Zusammen mit Jörg Kleudgen gründete Uwe Voehl 2012 die Murder Press. Mit „Mörderische Kurschatten" erschien im Herbst 2013 der erste Lippe-Krimi. Im Frühjahr 2014 erscheint bereits der dritte Teutoburger Wald-Krimi um den ermittelnden Journalisten Moritz.
Originalbeitrag © beim Autor

Marcus Winter arbeitet seit über 35 Jahren als Kriminalbeamter in einer nordrheinwestfälischen Großstadt. Er schreibt in erster Linie Kurzkrimis und war in dieser Kategorie von 2008 bis 2013 jährlich nominiert für den Agatha-Christie-Krimipreis. Im Jahr 2011 hat er den Preis gewonnen. Kurzkrimis erschienen zuletzt unter anderem in: „Schöner Morden in Ostwestfalen-Lippe", 2011.
Originalbeitrag © beim Autor